한국 고유 사상의 맥

한국선도韓國仙道와 현대단학現代丹學

우리에게도 우리만의 고유한 사상이 있는가

이승호

국학자료원

머리말

　필자는 한국선도를 전공한 학자이다. 그러나 공부함에 있어 한국선도의 사상과 철학을 체계적으로 정리한 책을 만나기란 쉽지 않다. 필자가 근무하는 학교에서 한국선도와 관련하여 몇 권의 책이 출간되었고, 지금도 관련한 전문 학술지가 출간되고 있지만 체계적으로 공부하기에는 여전히 쉽지 않다.

　한국선도를 주제로 하여 박사학위를 받은 학자는 아마도 필자가 최초일 것이다. 하지만 아직도 한국선도에 대해서는 과문하다. 그 이유를 짐작컨대, 한국선도는 소위 '학문'이라고 불리는 범주에서만 이해될 수 없기 때문일 것이다. 한국선도를 제대로 공부하기 위해서는 반드시 수행과 실천을 겸수해야 한다. 필자의 스승께서는 한국선도를 공부함에 있어 원리 공부와 수행공부 그리고 생활공부가 함께 이루어져야 제대로 공부할 수 있다는 가르침을 주셨다. 이것이 한국선도 공부의 진모眞貌이다. 이런 관점에서 이 책은 많이 부족할 수 있다. 그러나 한국선도를 학문적으로 이해하고자 하는 연구자들에게 조금이나마 도움이 되고자, 부족하지만 공완功完하는 마음으로 박사학위논문과 학술지에 게재한 논문을 엮어서 이 책을 저술했다.

　한국선도를 한때 먼 과거에 있었던 한민족의 고유한 사상으로만 치부할 수 없다. 한국선도는 현재 진행형이다. 왜냐하면 현대단학으로 면면히 계승되고 있기 때문이다. 더 나아가 현대단학은 단순히 한국선도 계승이라는 차원을 넘어 최신의 뇌과학과 접목되어 '뇌교육'이라는 새로운 이름으로 전개되고 있다. 이 책에서는 다소 고전적인 현대단학의 원리와 수련법에 국한되어 있고, 현대단학의 새로운 뇌교육 이론을 소개하지 못한 것은 아쉬운 점으로 남아 있다. 그러나 이 아쉬움은 한국선도와 현대단학 연구의 또 다른 활력소로 작용할 것으로 기대한다.

이 책의 원제는 '한국'과 '현대'라는 글자가 빠진 '선도와 단학'이었다. '한국선도와 현대단학'이라고 책 제목을 붙인 데에는 피치 못할 사연이 있다. 첫째는 '선도'라고 하면 비현실적인 신선神仙 사상으로 보거나, 그렇지 않으면 중국 도교나 도가의 아류쯤으로 보기 때문이다. 둘째는 '단학'이라는 용어 역시 학계에서는 중국 수련도교의 한 종류로 이해하는 경향이 있다. 이러한 선입견을 극복하고자 하는 것이 이 책의 출간 목적이기도 하다. 이 책의 부제에서도 주장했듯이, 원래 선도와 단학은 한국 고유 사상의 맥이다. 이 점을 강조하기 위해서 한국선도와 현대단학이라는 용어를 사용하였다. 언젠가는 한국 고유 사상으로써 선도와 단학이라는 용어를 편히 사용하는 그날을 기대해 본다.

이 책의 출간에는 많은 분들의 도움이 있었다. 불혹이 훌쩍 넘긴 아들을 아직도 큰마음으로 지켜봐주시는 부모님, 인생의 반려자라는 진정한 의미를 말이 아닌 느낌으로 깨닫게 해 준 아내와 간혹 지치고 힘들 때 존재 그 자체만으로도 용기를 주는 사랑하는 아들과 딸에게, 바쁜 일정에도 불구하고 몇 번이고 원고 교정을 도와준 박현주 선생님께 깊은 감사를 드린다.

무엇보다도, 이 책을 쓸 수 있도록 허락해주시고 진정한 삶의 의미와 목적을 알려주셨으며 이 세상이 고해苦海가 아니라 재미在美있다는 것을 깨우쳐 주신 일지 스승님께 작은 보은이 되었으면 한다. 이 책으로부터 생긴 모든 과過는 필자의 부족함에서 비롯된 것이고, 공功은 스승님의 제자에 대한 무한한 사랑에서 비롯된 것이다.

단군산 아래에서…

이승호

차례

들어가는 말

들어가는 말

한국과 중국의 상고시대 문화교섭은 동북아 사상에 있어 매우 중요한 자리를 차지하고 있다. 한문으로 된 역사 기록은 중국이 앞섰고, 한문을 공식적인 기록 수단으로 사용하기 시작한 이래, 한국은 중국의 사료를 참조하여 자신의 역사를 기술하게 되었다. 그러한 이유로 한국과 중국 중 어느 쪽이 영향을 더 받았는지를 명확하게 가리기는 쉬운 일이 아니다. 한국 역사의 자원이 되는 중국의 역사가 아무리 객관적으로 기술되었다 하더라도 중국 자신에게 유리하게 기록되기 마련이다. 더욱이 중국은 예부터 문화민족의 자긍심이 강했으므로 중화적中華的 사관史觀에 입각하여 타 민족의 역사는 열악한 것으로 인식하고 서술하였다. 이러한 분위기에서 고대 한국이 중국문화의 영향 없이 독자적 문화를 형성했다고 강변하는 것은 쉬운 일이 아니다.

중국인이 가지고 있는 문화적 자부심에도 불구하고, 고대로부터 중국인은 한국을 가리켜 문화민족으로 지칭해왔다. 중국 고대 기록에 보이는 군자국君子國, 청구지국青邱之國, 동방예의지국東方禮儀之國 등의 칭호는 한국이 중국의 다른 변방민족들과는 구별되는 높은 수준의 문화를 향유하고 있었음을 보여주는 예이다. 그러나 이러한 찬사의 배경에는 은殷나라의 유민遺民 기자箕子가 동쪽으로 이동해서 한국민족을 교화教化한 이후부터 문화민족으로 살아왔다는 뿌리 깊은 중화주의中華主義가 자리 잡고 있다.

즉, 문화가 서쪽에서 동쪽으로 이동되었고, 이로 인하여 한국은 고대로부터 문화민족으로 거듭날 수 있었다는 견해이다. 이러한 관점은 특별히 유교문화와 연결되어 중국에 근원한 유교의 인문주의 문화가 한국에 유입된 후, 한국인들은 군자국으로 불릴 만한 수준으로 고양되었다는 논리이다.

하지만 이러한 논리는 최근의 고고학적 성과에 의해 불식되고 있다. 일반적으로 동아시아를 대표하는 문명은 중원지역의 황하를 중심으로 한 앙소仰韶 문화, 소위 황하黃河 문명이라고 불리는 것이었다. 그러나 앙소 문화 이외에도 동북방 요서遼西의 홍산紅山 문화, 동방의 대문구大汶口 문화, 동남방의 양저良渚 문화, 서남방의 대계大溪 문화가 발견됨에 따라, 동아시아의 신석기 문화는 황하 중심 문화가 주변으로 확대되는 형태가 아니라, 기원과 계통이 다른 문화가 동시다발적으로 발전한 것으로 이해해야 한다.

홍산 문화는 고조선 문화로, 대문구 문화는 제로齊魯 문화로, 앙소 문화는 하상주夏商周 문화로, 양저 문화는 오월吳越 문화로, 대계 문화는 파촉巴蜀 문화로 전개되었다. 그 성립연대를 살펴보면 앙소 문화는 기원전 6,000년경에 시작하였고, 홍산 문화의 경우는 기원전 8,000년~7,000년경까지 거슬러 올라간다. 특히 홍산 문화는 지금으로부터 5,000년 전에 다른 문화보다 한 걸음 앞서 고대국가 단계에 진입했음이 여러 고고학적 연구에 의해 밝혀졌다.[1]

이처럼 동북아 고대문명의 기원과 계통은 서로 다르지만, 지역적으로 인접해 있기에 상호간에 교섭이 있었음은 부정할 수 없을 것이다. 그러나 한국이 중국으로부터 일방적인 영향을 받았고 그들의 선진문화에 의하여 문명화되었다는 기존의 주장, 즉 한국 고대문화에 대한 중화문명의 배타적 우위성을 이제 더 이상 강조할 수 없음이 분명해졌다. 그 이유는 앞에서 언급한 고고학적 성과에서 확인될 뿐만 아니라, 한국 고대문명이 중국에

---

1) 심백강, 『황하에서 한라까지』, 참좋은 세상, 2007, 119~120쪽.

영향을 주었다는 기록들이 『환단고기(桓檀古記)』나 『규원사화(揆園史話)』 등의 선도仙道 문헌에 보이고 있기 때문이다. 이러한 인식의 기초 하에서 한국 고대문화의 원형을 규명하고, 그 고유성과 독자성을 추출하는 것은 한국사상사와 철학사 연구에 의미 있는 작업이 될 것이다.

한국에 처음으로 유·불·도 삼교三敎가 소개된 것은 삼국시대 이후이다. 따라서 순수 한국 고유 사상의 원형을 지니고 있던 시대는 삼국시대 이전이라 할 수 있으며, 최치원(崔致遠, 857~?)이 「난랑비서(鸞郎碑序)」에서 언급한 '풍류風流'란 용어를 통해 그 실재를 확인할 수 있다.[2] 그러나 그 존재여부에 대해서는 긍정적이지만, 한국 고유 사상이 구체적으로 어떤 성격을 갖고 있으며 고대 한국인들이 어떤 사유체계 혹은 어떤 세계관을 갖고 있는지는 선명하게 파악되지 않고 있다. 한국 고유 문화의 흐름을 인정하는 연구자들조차 하나의 독립된 사상이나 조류로 보지 않고, 유교와 불교 그리고 도교에 흡수 용해되고, 그 요소로만 전승된 것으로 이해하는 경향이 있다.

그러나 한국 고유 사상의 흐름을 무시하면 한국사상사에서 설명되지 않는 부분들이 있다. 다시 말해 한국의 독자적 사상의 흐름을 설명하는 관련 문헌들을 해명할 수 없게 된다. 단군檀君 인식이 그 대표적인 예로써, 단군 인식은 시대에 따라 다른 양상으로 나타나는데, 이는 한국 고유 사상이라는 사상적 조류를 전제하지 않고서는 이해되지 않는다. 한국 고유 사상의 흐름을 주목하는 이유는 바로 여기에 있는 것이다.[3] 따라서 한국 고유 사상을 이해하기 위해서는 일차적으로 삼교가 들어오기 이전에 한국에 어떤 사상과 문화가 존재했는지 주목해야 할 필요가 있다.

최치원은 한국 고유 사상인 풍류를 '현묘지도玄妙之道'라 하여 유·불·도 삼교사상을 포괄하고 있다고 했으며 한민족에게 예로부터 있었다는

---

2) 『三國史記』 卷4, 「新羅本紀」, 眞興王三十七年條.
3) 서영대, 「한국 선도의 역사적 흐름」, 『선도문화』 5, 국학연구원, 2008, 8~9쪽.

것을 명확히 기록하여 전했다. 또한 그는 이러한 내용이 '선사仙史'에 상세하게 기술되어 있다고 지적하였다. 여기서 '선仙'은 한국문화 원형의 특징을 설명한 글자이기에 한국 고유 사상을 다른 말로 '선도문화仙道文化'라 칭할 수 있을 것이다. 한국의 고유한 문화와 사상을 정의하는 용어에는 연구자 간의 차이가 있지만, 중국으로부터 삼교가 들어오기 이전에 한국의 고유 사상, 즉 '한국선도韓國仙道'가 존재했었음을 알 수 있다.

현재 한국선도는 한국사상사나 철학사에 있어 정립단계에 있지만, 근본적으로 한국선도에 대한 학계의 충분한 연구가 이루어지지 못하고 있다.[4] 일각에서는 그 이유를 한국선도 자체가 원융과 종합의 특성 속에서 단순히 생활 사유로만 존재하게 되었기에 근본적으로 비체계적이며 비이론적인데 있다고 하며,[5] 사상적인 전개에 있어서 지배이데올로기가 되지 못함에 따라 후대의 사상적인 발전이나 체계적인 이론으로 정립되지 못하기 때문이라고 한다.[6]

그러나 과연 한국선도가 처음부터 비이론적이며 철학적 체계를 갖추고 있지 않은 것일까? 이러한 오해를 불러일으킨 그 배경을 크게 다섯 가지로 구분할 수 있다.

첫째, 한국선도 연구의 중심이 되는 문헌의 희귀성과 선도경전仙道經典에

---

4) 정영훈은 한국선도의 연구과제로는 ① 한국 고대사 속에 보이는 제천행사나 소도신앙 및 화랑도-현묘지도 같은 고유문화와의 관련성, ② 중국에서 유입된 도교 및 노장사상과의 관련성, ③ 동방선파-해동단학파 등 수련적 도맥과의 관련성, ④ 소격서 등 국가 제사 및 그 담당집단과의 관련성, ⑤ 민간의 단군신앙과의 관련성 등을 들고 있다. (정영훈, 「근대 민족주의사학의 역사의식-선가사학과의 관련 속에서」, 『환단고기·규원사화 등 선가계 사학에 대한 남북공동연구』, 한국학술진흥재단 연구결과보고서, 2005, 64쪽)
5) 민영현은 한국선도는 처음부터 논리적 이론적 측면을 중심으로 진행된 것이 아니라, 일상생활의 발현으로 홍익인간·재세이화의 인간 현실성을 통하여 주로 계승 유지되어 온 것이기 때문이라고 한다. (민영현, 「중국도가와 도교 그리고 한국 선의 사상에 관한 비교연구」, 『선도문화』1, 국학연구원, 2006, 148쪽)
6) 김영두, 「한국정치사상사」, 『한국문화사대계 II』, 고대민족문화연구소, 1978, 39쪽.

속하는 천부경天符經, 삼일신고三一神誥, 참전계경參佺戒經과 『부도지(符都誌)』, 『환단고기』, 『규원사화』 등의 선도사서仙道史書들에 대한 위서논쟁

　둘째, 한국 사상이 유교, 불교, 도교 중심으로 이해된 편향된 연구 풍토

　셋째, 한국선도가 문헌보다는 지명이나 인명 그리고 삼신신앙 · 민간신앙과 같은 민속 문화 속에서 그 흔적을 발견하기 쉽기 때문에 무속신앙쯤으로 간주하는 경향7)

　넷째, 한국 고대부터 전승된 선도가 삼국시대 이후 중국 도교가 한국에 전래되면서 서로 간에 혼효混淆 성향에 따라 선도의 고유 사상이 흐려진 경향

　다섯째, 한국선도가 민족주의적인 성향을 지닌 연구자들에 의해 연구되었기 때문에 쇼비니즘Chauvinism으로 치부되는 경향8)

---

7) 유동식은 한국 고대 사상을 '巫敎'라고 주장한다. "한국 巫敎의 원형을 단순히 현행 무속과 일치시키기란 어렵다. 오늘의 무속은 긴 문화사 속에서 많은 외래적 요소와 혼합된 것이며, 또한 적지 않게 변화된 것으로 보이기 때문이다. 그러므로 무교의 원형은 외래 종교 문화의 영향을 받기 이전에 존재했던 한국의 고대신앙 속에서 찾아야 할 것이다. 무속의 구조는 고대 신앙에 비롯되어 있고, 고대 신앙의 구조가 오늘의 무속 속에도 존재한다는 보편성에 대한 이해가 필요하다."(유동식, 『한국무교의 역사와 구조』, 연세대출판부, 1997, 25쪽) 이런 견해와는 달리 류병덕은 한국 고유 종교의 원형은 '仙'과 '巫'라는 두 타입으로 나눠지며, 巫는 시베리아 서북에서 이동된 부족의 원시 신앙이었을 가능성이 짙으며, 仙의 발생은 한국 땅에서 자생했으며 단군은 仙的 氣志로 고대 부족국가들을 통일했다고 한다. 단군에 의해서 승화된 仙的 종교의 상징을 '흔 붉사상'이라 하며 한국 종교의 祖型을 이루고 있다고 한다. 仙的 原型이 흔 붉사상의 주체가 된 후 仙은 지배세력, 상층사회, 권력층의 지도이념이 되었고 이에 반작용으로 巫는 서민층, 하층민의 종교가 된 것이라 한다.(류병덕, 「흔 붉사상의 본질과 전개」, 『한국종교』 22, 원광대학교 종교문제연구소, 1997, 6~14쪽)

8) 이러한 경향은 서구적 민족주의 개념의 한국적 적용에 있어서 빚어진 잘못된 이해에서 비롯된 것이다. 한국의 민족주의라는 것은 기본적으로 서구의 내쇼날리즘 즉 기존의 민족주의란 개념을 넘어서 보다 긍정적인 의미의 세계화를 위한 주체적 사유 내지 자기 정체성의 확보라는 중요한 철학적 주제와 맞물려 있는 것이다. 그러므로 한국의 민족주의 내지 민족사서에 나타난 민족주의란, 다른 의미로 참된 민족의식의 확인과 고양이라는 철학사상적 의미로 우선 이해되어져야만 할 것이다. (민영현, 「한민족사와 한국사의 역사철학적 과제－고유 사상과 연관한 書誌 분석과 위작론에 대한 재고를 요청하며－」, 『단군학연구』 6, 단군학회, 2002, 201~205쪽)

이와 같은 이유들이 한국선도의 명징성明澄性을 저해하고 있다. 이러한 한계를 극복하기 위해서는 기존의 역사, 문화, 종교, 사상사적 연구 성과와 더불어 선도문헌을 중심으로 한 한국선도의 기원과 전승과정, 철학적 체계의 엄밀한 고찰과 연구가 함께 있어야 할 것이다. 한국선도가 한국의 고유한 정신으로 최치원의 언급처럼 삼교사상을 포함하고 있더라도, 현대를 사는 한국인들이 한국선도의 시의성時宜性을 갖기 위해서는 무엇보다 먼저 보편타당한 철학적 체계가 확립되어야 할 것이다. 그러기 위해서 동북아 사상 특히 중국 철학적 개념과 서양 철학적 개념과의 비교·검토를 통한 한국선도의 철학적 개념과 체계의 정립이 필요하다.

한국선도는 삼국시대 이후 고려와 조선시대를 거치면서 삼교와 혼효되는 경향으로 인해 그 문화적인 원형이 많이 소실되었지만, 한국 문화 속에서 면면히 이어져 왔음은 여러 선행 연구결과를 통해 확인할 수 있다. 특히 일제의 침략에 직면하여 망국의 위기감이 절실해지던 무렵, 당시 한말 정신계의 동향 중 대표적 특징은 '우리의 것'에 대한 자각이었다. 한말 일제기의 계몽 사상가들은 국권을 잃어버린 상황에서도 끝까지 살아 있어야 할 민족의 고유 사상을 찾아내는 데 몰두하였다.

신채호(申采浩, 1880~1936)는 한국 고유의 '선교仙敎'가 이미 중국 도교 수입 이전부터 형성되어 있었다고 했다.9) 안재홍(安在鴻, 1891~1965)은 최남선(崔南善, 1890~1957)이 고신도古神道를 '붉도道'라고 한 내용을 '부루신도夫婁神道'와 '불함문화론不咸文化論'으로 부연 설명하는 등 많은 민족주의 역사학자들이 삼교 수입 이전부터 한국 고유 사상이 이미 형성되어 있었음을 주장하였다.10) 정인보(鄭寅普, 1892~1950)는 최치원의 「난랑비문」에 나타난 풍류를 부루夫婁의 사음寫音으로 '나라'라는 뜻으로

---

9) 신채호, 「동국고대선교고」, 『단재신채호전집』, 단재신채호전집간행위원회, 1998, 48쪽.
10) 안재홍선집간행위원회편, 『민세안재홍선집 4』, 지식산업사, 1992, 102~113쪽.

해석하고 풍류도를 '국학國學' 또는 '국교國敎'라고 해석하였으며, 고조선의 최고 건국이념인 '홍익인간弘益人間'을 잘 설명하는 글이라고 하였다.[11]

이능화(李能和, 1868~1945)는 여러 전적들을 근거로 삼신산三神山이 해동海東에 있고, 황제黃帝가 청구靑丘의 자부선생紫府先生으로부터 삼황내문三皇內文을 받았으며, 방사方士의 연원은 해동에 있다고 논증하였다. 이처럼 중국 도교의 원류를 한국의 신선사상神仙思想에서 찾는 것 역시 같은 흐름이라 할 것이다.[12]

상기의 여러 학자들이 언급했듯이, 한국 고유 사상을 설명하는 용어 간에 다소 조금씩 차이는 있지만, 박은식(朴殷植, 1859~1925)의 '국혼國魂', 신채호의 '국수國粹', 정인보의 '조선얼', 최남선의 '조선정신' 등으로 불렸으며 이러한 과제를 두고 전개되었던 제 작업을 오늘날 '국학'이라 부를 수 있을 것이다. 이러한 국학운동은 한말과 일제기에 와서 역사 민족주의로 계승되었으며 이 외에도 대종교大倧敎의 종교 민족주의와 주시경(周時經, 1876~1914)과 최현배(崔鉉培, 1894~1970)의 어문 민족주의로 표현되기도 하였다.[13]

지금까지 언급한 학자들은 주로 한국 정사正史나 중국 문헌을 토대로 연구한 것이라면, 이기(李沂, 1848~1909)가 1906년에 설립한 단학회檀學會를 계승하여 이유립(李裕岦, 1907~1986)이 1963년에 조직한 단단학회檀檀學會

---

11) 정인보 저, 박성수 역, 『정인보의 조선사연구』, 서원, 2000, 84~89쪽.

12) 이능화 집술, 이종은 역주, 『조선도교사』, 보성문화사, 2000, 33~52쪽. 이능화의 『조선도교사』는 한국 도교 연구의 발판이 되었다고 볼 수 있다.

13) 정영훈은 한말~일제기를 통하여 우리 정신사 속에 단군을 민족과 민족사의 원점으로 이해하고 한민족을 단군의 자손으로 인식하며 그 이름 밑에 민족적 결속을 도모하고자 하던 사상 문화운동을 단군민족주의라 이름하고, 역사·종교·어문 민족주의는 모두 단군민족주의 운동의 한 양상이라고 한다.(정영훈, 「규원사화에 나타난 민족의식」, 『정신문화연구』 13-2, 정신문화연구원, 1990, 165쪽) 이러한 견해는 단군의 홍익인간 이화세계의 정신을 민족주의라는 틀에 가두고 자국만을 위한 배타적 민족주의라는 뉘앙스를 갖기 쉽기에 그 용어 사용에 있어 신중을 기할 필요가 있다.

는『환단고기』를 중심으로 기관지『커발한』을 발간하면서 환단桓檀시대의 한국 고유의 역사, 종교, 문화, 사상에 관한 연구결과를 발표하였다.[14]

　1980년대 이후 한국 고유 사상에 대한 학계 연구가 진전되면서 주로 '고신도'라는 용어로 사용되었다. 이 고신도라는 명칭은 류승국柳承國, 김형효金炯孝, 류병덕柳炳德, 차주환車柱環, 송항룡宋恒龍 등 한국 고유 사상에 관심을 기울이고 있는 대부분의 학자들이 한국 고대문화의 사유형에 관한 주 용어로써 사용하였다.

　1980년 중반 한국도교사상연구회韓國道敎思想硏究會[15]에서 학술지『한국도교사상연구총서(韓國道敎思想硏究叢書)』를 발간하였다.[16] 기존 유교와 불교 연구 중심에서 벗어나 이때야 비로소 한국 도교는 학문적, 이론적 체계화 및 자료 발굴이 이루어졌으며 본격적인 학문적 연구가 진행되었다고 볼 수 있다. 한국 도교의 관점에서 한국선도는 한국 도교의 고대사상의 한 분야로 '신도神道' 내지 '선도仙道'로써 신선사상을 내포하고 있는 한민족 고유신앙 혹은 원시종교로 이해되었다.[17] 비록 한국선도가

---

14) 1906년 3월 16일에 海鶴 李沂가 단군숭봉과 아울러 그 이념의 연구를 목적으로 하여 檀學會를 창립하였으며 기관지『檀學會報』를 8호까지 간행하였다. 해방 후 이북에서 주로 활동을 하였다가 사정이 여의치 않아 월남한 이유립이 1963년에 단학회를 계승한 단단학회를 조직하였다. 2대 회장 雲樵 桂延壽, 3대 회장 石泉 崔詩興, 4대 회장 碧山 李德秀, 5대 회장 直松軒 李龍潭, 6대 회장 寒闇堂 李裕岦이 역임하였다. 단단학회의 명칭은 이기의 檀學(단군에 대한 사상 학문)연구와 나철의 단군교 신앙을 兼修한다는 뜻에서 취한 것이다. 1965년 4월부터 기관지인『커발한』을 발간하면서 단군에 대한 역사, 종교, 문화, 사상 방면에 연구를 주로 하고 종교단체로서는 활동하지 않았다.(이강오,「단군신앙(총론) I −한국신흥종교 자료편 제2부」,『전북대학교 논문집』10, 1968, 35쪽) 그러나 아쉽게도 단학회 계통은 그 학문적 전통성에 비해 오늘날 학계에 진출하지 못했기에 주로 재야에서 활동하게 된다.

15) 韓國道敎思想硏究會는 회장 車柱環을 필두로 李鍾殷, 李錫浩, 卜圭龍, 趙石來, 鄭在書, 宋恒龍, 柳炳德 金勝惠, 李符永, 梁銀容 등이 임원으로 하여 1986년 8월 29일 서울 호텔에서 창립총회를 갖고 발기취지문을 채택했다.

16) 1996년까지 亞細亞文化社에서『韓國道敎思想硏究叢書』총10권이 발간되었으며, 그 이후부터는 학회명을 韓國道敎文化學會로 변경하고, 11집부터 학술지 이름을『道敎文化硏究』로 변경하였다.

17) 송항룡,「한국 고대의 도교사상」,『도교와 한국사상』, 한국도교문화연구총서 I,

중국 도교와 유사하다고는 하나, 그 원류는 중국사상과 무관하게 한국 민족 신앙 내지 고유 사상 속에서 자생적으로 형성되었다고 보는 것이 대체적인 연구경향이었다. 한국도교사상연구회의 한국선도에 대한 연구 성과는 주로 사상사 측면에서 활발히 진행되었지만, 그 연구의 주는─삼국시대부터 지속적으로 수입된 중국 도교의 한국적 수용과 전개란 측면에서─ 신라시대의 신선도교神仙道敎, 고려시대의 과의도교科儀道敎, 조선시대의 수련도교修鍊道敎, 최근세의 민간도교民間道敎라는 범주로 연구가 이루어졌다.[18]

1980년 후반에 접어들어 민간학술단체인 국학연구소國學硏究所가 출범하면서 대종교 중심의 연구가 이루어졌다. 국학연구소는『국학연구(國學硏究)』와『올소리』라는 잡지를 통해 일제 강점기의 민족주의 사학, 삼일신고를 중심으로 한 종교학, 대종교 역대 인물의 사상 등에 대한 심도 있는 연구결과를 발표하고 있다. 1997년 단군학회가 창설되면서 학술지『단군학연구』를 통해 단군의 자손이라는 인식의 전통 하에 한국 상고의 역사와 사상, 문화에 대한 전반적인 연구결과를 발표하고 있다.[19] 이 외에도 2000년 초에 설립된 국학연구원國學硏究院[20]에서『선도문화(仙道文化)』라는 한국선도 전문 학술지를 발간하면서 1990년 중반 이후 주춤했던 한국선도 연구를 심화시키고 있다.

한국도교사상연구회 편, 아세아문화사, 1986, 33쪽.

18) 2000년대 이후부터 한국 도교보다는 중국 도교로 치우치는 연구경향은 다소 아쉬운 점이다.

19) 2011년 2월 17일 단군학회와 고조선학회가 통합되면서 학회는 고조선단군학회로 학술지는『고조선단군학』으로 변경되었다.

20) 2003년 3월 국제뇌교육종합대학원(구 국제평화대학원)의 仙道文化硏究院이란 부설연구기관으로 설립되었으며, 2006년에 國學硏究院으로 개명하였다.

이 책은 크게 2부로 구성되어 있다. 제1부는 한국선도를 주제로 하고 제2부에서는 한국선도를 현대적으로 계승한 현대단학現代丹學21)에 대해 살펴본다. 연구의 범위는 그간에 발표된 한국선도와 관련한 연구논문과 단행본 등을 적극 수용하지만 기본 연구 텍스트로는 한국선도 문헌을 중심으로 한다. 한국선도 문헌은 크게 경전류와 사서류, 전기류로 구분될 수 있다. 경전은 선도의 3대 경전인 천부경, 삼일신고, 참전계경을 말하며, 사서는『부도지』,22)『환단고기』,『규원사화』등과 같은 선도사관

---

21) 洪萬宗은『旬五志』下편에 "丹學이란 黃帝와 老子의 大道로서 곧 三敎의 하나이니, 사람이 이 도를 얻게 되면 長生하는 것이다.(丹學者 乃黃老大道卽三敎之一也 人得之則長生)"라고 하여 丹學을 중국 도교와 같은 것으로 이해했다. 일제시대 李能和의『朝鮮道敎史』에서 조선시대 내단 사상가를 중심으로 하는 일련의 무리를 朝鮮丹學派라고 설명하면서 丹學이란 용어가 학계에 사용되었다고 볼 수 있다. 現代丹學은 一指 李承憲이 1985년 서울 신사동에 단학선원을 처음 개설하여 대중들에게 보급하였으며, 1985년『丹學』이란 책을 펴냄으로써 시작된 일련의 학문과 사상을 말한다. 이승헌은 氣를 학문적이고 체계적으로 연구한다는 면에서 氣에 대한 학문을 다른 말로 氣學 혹은 丹學이라고 할 수 있다고 한다. 여기서 말하는 '丹'이란 글자는 '붉다'는 의미를 가지고 있으며 모든 생명의 근원이자 에너지의 핵을 상징한다고 한다. 그리고 현대단학의 정의를 인간이면 누구나 가지고 있는 생체 에너지인 氣를 다루는 우리 민족의 고유의 학문이라고 정의한다.(이승헌,『단학』, 한문화, 2003, 14쪽) 홍만종의 '단학' 개념과 이능화의 '단학' 개념은 주로 중국 도교에서 그 연관성을 찾고 있다. 현대단학이 '단학'이란 용어를 공유하고 있지만, 그 의미하는 바는 서로 다르다고 봐야 할 것이다. 이런 측면에서 본 연구에서는 이승헌의 저서 등에 나타난 일련의 학문을 '現代丹學'이라고 칭한다.

22)『符都誌』는 충렬공 朴提上(363~419?)이 삽량주 간으로 있을 때, 보문전 태학사로 재직할 당시 열람할 수 있었던 자료와 가문에서 전해져 내려오던 秘書를 정리하여 저술한 책이라고 김시습은 그의 「澄心錄 追記」에서 추정하고 있다. 「符都誌」는 『澄心錄』15誌 가운데 제1誌이며,『澄心錄』은 上敎 5誌인「符都誌」,「音信誌」,「曆時誌」,「天雄誌」,「星辰誌」와 中敎 5誌인「四海誌」,「禊祓誌」,「物名誌」,「歌樂誌」,「醫藥誌」, 그리고 下敎 5誌인「農桑誌」,「陶人誌」, 그밖에 알려지지 않은 3誌를 포함하여 모두 15誌로 되어 있다. 후에 박제상의 아들 백결이「金尺誌」를 지어 보태고, 김시습이「澄心錄 追記」를 써서, 모두 17편으로 된 책이다. 그러나 현재 원문은 전해지지 않고 있으며,「부도지」는 1953년 박금이 울산 피난소에서 과거에『징심록』을 번역하고 연구하던 때의 기억을 되살려 거의 원문에 가깝게 되살려 낸 것이

仙道史觀[23]에 의해 저술된 문헌을 의미한다. 전기는『청학집(靑鶴集)』,[24] 『해동이적(海東異蹟)』·『순오지(旬五志)』,[25]『해동이적보(海東異蹟補)』,[26] 『오계일지집(梧溪日誌集)』[27] 등과 같이 선맥仙脈이나 선가仙家들의 전기를 중심으로 기록한 문헌을 말한다. 선도사관의 범주에는 근대 신채호에서

다.(박제상 저, 김은수 역,『부도지』, 한문화, 2003)『부도지』에 대해 현재까지 알려진 연구결과는 많지 않고 서지학적 연구도 불충분하지만, 우주창조에서 신라시대까지의 신화와 역사를 기록하고 있어 한국선도 연구에 아주 귀중한 사료이다.
23) 韓永愚는 한국 사학사를 儒敎史學, 佛敎史學, 道家史學 세 갈래의 흐름이 있다고 주장한다. 여기서 道家란 老莊思想家를 뜻하는 것이 아니라 단군 이래의 고유신앙으로써 중국의 道家와 성격이 다른 '神敎'를 의미한다고 한다.(한영우,「17세기의 반존화적 도가사학의 성장-북애의 규원사화에 대하여」『한국학보』1, 일지사, 1975, 23~24쪽) 서영대는 한국 고유의 선가문헌의 기준을 내용상에 '단군에 대한 언급이 있느냐'를 기준으로 해야 한다고 한다.(서영대,「조선후기 선가 문헌에 나타난 상고사인식」,『환단고기·규원사화 등 선가계 사학에 대한 남북공동연구』, 한국학술진흥재단, 2005, 1~16쪽) 본 연구에서 중국 도교와 구별하기 위해, '道家史觀'이란 용어보다는 '仙道史觀'이라는 용어를 사용한다.
24)『靑鶴集』의 사료적 가치에 대해서는 김성환의 논문「선가자료 청학집의 자료적 검토」(국학연구원 제9회 학술대회 자료집, 2008)와『운학선생사적』(경인문화사, 2010)을 참조.
25)『海東異蹟』과『旬五志』에 대한 연구는『홍만종연구』(강전섭 편, 민속원, 1998)를 참조.
26)『海東異蹟補』는 홍만종의『海東異蹟』을 純陽子라는 인물이 증보하여 저술한 것이다. 純陽子는 영·정조대의 실학자 黃胤錫(1729~1791)으로 추측되며,(최삼룡,「황윤석 문학의 도교적 측면에 대하여」,『한국 도교문화의 위상』, 한국도교사상연구총서Ⅶ, 한국도교사상연구회편, 1993, 155~156쪽)『海東異蹟』을 증보하여 100명의 전기를 수록하였다.
27)『梧溪日誌集』은 숙종~정조 때 인물인 李宜白(1711~?)이 남긴 문장 가운데 중요한 것을 뽑아서 묶은 것이다. 저자 李宜白은 본관이 龍仁으로, 관서지방(황해도) 信川郡에 살았다고 한다. 집안은 대대로 선가와 깊은 관련을 가졌다고 한다. 8세조가 翠屛公 李美廷(1446~?)이며, 고조부는 편운자 李思淵(承祖)인데, 이들은『靑鶴集』에도 등장한다.『梧溪日誌集』과『靑鶴集』모두 연산군 때의 인물인 百愚子 李惠孫을 비조로 간주하고 있고, 두 문헌 모두 원본이 전해지지 않고, 일제시대 權相老가 필경한 등사본만 전하고 있으며 두 책은 합철되어 전해진다.(최삼룡,「이의백의 오계일지집에 대하여」,『한국도교와 도가사상』, 한국도교사상연구총서Ⅴ, 한국도교사상연구회편, 1991, 307~334쪽)

시작되는 민족주의 사관[28]과 대종교를 중심으로 한 대종교 사학[29]이 포함된다. 대종교 사관에 의해 저술된 『단기고사(檀奇古史)』·『신단민사(神檀民史)』·『신단실기(神檀實記)』 등은 조선시대의 중화사대주의를 벗어나는데 일조를 했으며, 일제강점기 때 한국의 고대사를 주체적으로 인식하면서 역사 교육과 더불어 독립운동을 고취하는데 있어 그 기여한 바가 인정된다. 하지만 그 문헌의 내용들은 사상적이기보다는 한국 고대의 역사적 사실들을 주로 기술하고 있으며, 다소 종교적·선교적인 측면이 있다고 판단되기 때문에 연구범위와 인용에서 제외한다. 본 연구에서는 천부경과 삼일신고를 중심으로 한국선도의 철학적 체계(존재론, 인간론, 수행론, 실천론)에 논점이 맞추어져 있기에, 일상생활의 도덕적 규범이나 생활 속의 구체적인 실천방법을 제시하고 있는 참전계경보다는 천부경과 삼일신고를 중심으로 논의를 전개한다.

제1부에서는 한국선도 문헌의 서지학적 검토와 한국선도의 기원, 그리고 철학체계와 내용에 대해 연구한다. 한국선도 문헌 중 『청학집』, 『해동이적』, 『순오지』, 『해동이적보』, 『오계일지집』 등과 같은 전기류에 속하는 문헌에 대한 서지학적 검토는 선행 연구결과에 의존하고, 선도경전인 천부경과 삼일신고 그리고 진위논쟁 중인 『규원사화』와 『환단고기』에 대해 서지학적으로 검토한다. 천부경과 삼일신고에 대한 현전하는 판본문제와 그 전승과정을 정리한 후, 『규원사화』와 『환단고기』에 대해서는

---

28) 정영훈은 한영우와 동일하게 한국사 속의 선도사관을 사상적 흐름 속에서 파악되어야 한다고 주장하면서 선도사관과 근대 민족주의 사학과의 공통점을 아홉 가지로 설명하고 있다.(정영훈, 「근대 민족주의사학의 역사의식-선가사학과의 관련 속에서」, 『환단고기·규원사화 등 선가계 사학에 대한 남북공동연구』, 65~67쪽)

29) 대종교 사학이란 환인·환웅·환검(단군)의 삼신일체의 신관과 신교를 지향했던 대종교단에서 교리 내용을 역사적으로 뒷받침하기 위해 직접 편찬했거나, 대종교인들이 그 영향을 받아 그들이 공유하고 있던 사론을 바탕으로 저술한 사서에 내포된 역사의식을 말한다.(김성환, 「대종교계 사서의 역사관-상고사 인식을 중심으로-」, 위의 책, 17~51쪽)

지금까지의 연구논문을 중심으로 두 문헌의 가치와 사상적 의의를 살펴본다. 두 문헌이 진위논쟁 중에 있지만, 문헌에 담겨있는 철학적·사상적·문화적 내용은 한국선도를 연구하는데 있어 그 실효성이 충분하다고 판단되기에 본 연구에서는 두 문헌을 적극적으로 인용한다.

한국선도의 기원에서는 먼저 한국선도의 개념과 범주를 정의한 후, 기원과 전승과정을 살펴본다. 한국선도가 삼국시대 수입된 삼교 이전의 한국 고유 사상이라고는 하지만, 삼교와 많은 혼효과정을 거쳐 현재까지 변형된 모습으로 전해졌다. 일반적으로 한국 도교의 범주를 통사적通史的 관점에서 볼 때, 한국선도와 삼국시대 이후 수입된 중국 도교 그리고 한국선도와 중국 도교와 혼효되어 도교적 색채를 띤 일련의 사상과 문화를 포함하고 있다. 그렇기 때문에 한국선도 연구는 한국 도교 사상사와 불가분의 관계가 있다고 볼 수 있다. 본 연구에서는 그간의 한국 도교사상에 대한 연구결과를 바탕으로 한국선도를 정의하고 그 기원과 원류를 고찰한다. 그리고 한국 도교의 자생설을 주장하는 연구결과들을 적극 수용하면서, 한국선도 전승의 핵심사상이 '홍인인간'임을 논증할 것이다.

한국선도의 전승과정에서는 홍익인간 사상이 어떻게 전승되었는지 환국桓國시대에서부터 오늘날까지 통사적으로 살펴본다. 홍익인간 사상이 어떻게 그리고 얼마만큼 온전하게 전승되었는가가, 전승과정을 살펴봄에 있어 핵심 키워드가 될 것이다. 본 절에서는 전기류에 속하는 한국선도 문헌과 더불어 한국 도교의 도맥을 정리한 『해동전도록(海東傳道錄)』[30]과

---

30) 『海東傳道錄』은 韓無畏(1517~1610)가 지었다고 알려져 있으며, 그의 행적은 잘 알려져 있지 않다. 『海東傳道錄』에 기술된 내용에 의하면 그는 사대부 출신으로써 도교 수련 끝에 득도한 인물이라고 한다. 80년대에 『海東傳道錄』의 전문이 규장각에서 발견됨으로써 한국도교에 대한 새로운 연구 성과가 나타났다.(김낙필, 「해동전도록에 나타난 도교사상」, 『도교와 한국사상』, 한국도교사상연구총서 I, 한국도교사상연구회편, 아세아문화사, 1987, 135~170쪽) 일각에서는 『東國傳道秘記』나 『海東傳道錄』을 근거로 한국선도를 신라 말 중국으로부터 수용된 외래사상이라고 주장한다. 『海東傳道錄』에서는 한국 도맥을 단순히 중국 도교에 기원을 두고

조선시대 내단內丹 사상가들의 문헌 그리고 대종교 관련 문헌 등도 함께 인용한다.

한국선도의 철학적 체계와 내용을 존재론, 인간론, 수행론, 실천론 등으로 나누어 살펴볼 것이다. 한국선도의 철학체계를 상기의 철학 범주에 따라 분석하되, 그 다양한 개념과 논리들을 현대의 세분화된 학문 분야(철학, 종교, 교육, 정치 등)로 쪼개고 분할해서 서술하지 않는다. 왜냐하면 그러한 연구 방법으로는 한국선도를 전체적 시각으로 조망하기가 어렵고, 말로 표현할 수 없는 것, 지칭할 수 없는 것, 언어로 전달될 수 없으며 오로지 수행을 통한 체험으로 인식될 수 있는 것에 대한 언어적 서술의 한계상황에 직면하게 될 것이기 때문이다. 본 연구에서는 가능한 기존 학문적 개념들을 수용하고 인용하지만, 생생한 세계를 개념화하고 범주화함으로써 발생할 수 있는 '학문의 화석화化石化'를 염려한다. 따라서 우주(자연, 세계)와 신과 인간이 분리되지 않는 상호 유기체적 입장에 입각해 한계지우고 개념화함으로써 인식이 성립한다는 기존의 인식론을 극복할 수 있는 '수행을 통한 인식의 확장'이라는 전제를 고수할 것이다.

한국선도의 존재론에서는 천부경에 나타난 존재론과 선도경전의 저작 시기를 규명하고, 선도경전에 나타나는 '무無'와 '허공虛空'의 개념을 통해 고대 한국인들이 '존재存在'의 문제를 어떻게 사유했는지를 살펴본다. 그리고 한국선도의 특징인 삼원론적 세계관에 대해 간략하게 살펴본 후, 동북아의 철학적 핵심 개념들인 '하나一', '하늘天', '하느님神', '기氣' 등이 한국선도에서는 어떻게 이해되고 있는지를 살펴봄으로써 한국선도의 존재론적 체계를 세우고자 한다. 이는 하나, 하늘, 하느님, 기 등에 대한 동북아의 철학적 개념사 속에서 한국선도 문헌에 나타난 개념들의 상호 비교와 분석을 통해 이루어질 것이다. 개념화 작업 자체가 서양 철학적 산물이기에, 필요 시 서양 고대 소크라테스 이전에 진술된 철학 개념과의 비교도

_____

있지만, 내용적인 면에서는 한국선도와 혼효되어 있음을 확인할 수 있다.

함께 진행하여 한국선도의 존재론적 개념들을 명료화시키고자 한다. 이러한 작업을 통해 한국선도의 삼원론적三元論的 세계관이 인간론, 수행론과 어떻게 수미일관 연결되어 있는지 확인하게 될 것이다.

인간론에서는 삼일신고「진리훈(眞理訓)」을 중심으로 인간 존재의 삼원적 구조를 살펴보고, 천天 · 지地 · 인人 삼원三元의 조화를 이끌어 내는 주체적 역할에 대해 고찰한다. 특히 한국선도의 경우, 인간 존재를 이해하는데 있어 신(하느님)과의 관계성은 매우 중요하다. 초월적이고 주재적主宰的인 신이 어떻게 인간에 내재하고 합일, 즉 신인합일이 이루어지는지에 대한 원리와 그 의미도 함께 살펴본다.

수행론에서는 인간 존재가 신인합일에 이를 수 있는 방법인 삼법수행三法修行을 소개하고, 대종교와 조선시대 내단 사상과의 비교를 통해 그 의미와 특징을 고찰한다. 한국선도에서 수행과 실천은 별개로 논의될 수 없는 부분이기도 하다. 그렇기 때문에 개인적 수행을 통해 사회적 실천으로 나아가는데 두 가지가 병행되어야지만 궁극적인 목적인 성통공완性通功完에 이르게 된다. 이에 대해 먼저 개인적 수행과 사회적 실천이 하나로 인식되게끔 하는 그 철학적 이념이 무엇인지를 살펴본다. 그리고 사회적 실천의 핵심사상인 홍익인간 · 재세이화의 전승의 기원과 전승과정의 특징에 대해 단군 조선의 건국사를 중심으로 살펴보고, 앞의 인간론에서 논의한 신인합일 사상을 홍익인간의 의미와 결부하여 재해석하는 작업을 시도한다.

제2부에서는 한국선도를 현대적으로 계승한 현대단학에 대해 살펴본다. 앞의 1부에서 논의한 연구결과를 토대로 한국선도의 계승여부를 판별할 수 있는 개괄적 기준을 선정하고, 국선도와 현대단학을 한국선도 계승이라는 차원에서 비교를 간략하게 시도한다. 현대단학의 철학적 특징을 존재의 삼원성과 주체성을 중심으로 살펴보고, 정精 · 기氣 · 신神론을 중심으로 한 내단학적 특징과 현대단학의 수련 원리를 살펴본다. 특히

내단학적 특징에서, 중국 도교의 정·기·신론의 기원과 한국선도와의 관계를 살펴보고, 현대단학 수련의 3대 원리를 조선시대의 내단 사상과 중국 도교와 비교하고 그 특징을 고찰해 본다. 이 때 중국 도교의 내단서와 이를 수용하여 한국적으로 변용한 조선시대의 내단 사상을 폭넓게 수용하여 인용한다.

광명 사상은 한국선도의 맥이다. 광명의 상징성을 한국선도적 관점에서 살펴보고 이 한국선도의 광명 사상이 어떻게 현대단학의 '생명전자 태양'으로 계승되고 있는지를 한국 고대 유물을 통해 수행적 관점에서 살펴본다. 더불어 1부에서 논의한 한국선도의 '허공'의 개념을 현대단학에서 어떻게 이해하고 있는지 고찰해보고, 더 나아가 '허공의 인식'을 현대단학의 '브레인스크린'이라는 개념과 연관하여 이해하고 인식론적 관점에서 논의를 진행한다.

1부

한국선도

1부. 한국선도

I. 한국선도 문헌

지금까지 학계에서는 한국 고대사 연구의 정사正史로써 고려 후반기의 『삼국사기(三國史記)』(1145)와 『삼국유사(三國遺事)』(1281), 『제왕운기(帝王韻紀)』(1287) 등을 인정한다. 이들 모두 12~3세기의 저작들이다. 『세종실록』「지리지」나 권람(權擥, 1416~1465)의 「응제시주(應製詩註)」는 이보다 후기의 것이다. 이 문헌들은 단군조선 이전의 역사를 인용하여 기록하고 있는데, 그 인용한 문헌을 '고기古記', '단군기檀君紀' 혹은 '단군고기檀君古紀', '본기本紀' 등으로 언급하고 있다. 현재로서는 이 역사서들의 원형을 확인할 수 없지만 이규보(李奎報, 1168~1241)가 『동명왕편(東明王篇)』에 "구삼국사舊三國史를 얻어 동명왕 본기東明王 本記를 보았다."[1]고 하였고, "김부식이 국사를 중찬하면서 다소 그 일을 간략히 했다."[2]라고 한 것으로 보아, 확실히 한국 고대사에 대한 고본이 있었음을 알 수 있다.[3] 그러나 이러한 문헌들에는 단군조선의 역사에 대한 상세한 기록이 없기에, 삼국 이전의 한국 고대사를 파악하는데 어려움이 있다.

---

1) 『東明王篇』, 「序」, "得舊三國史 見東明王本記."
2) 위의 책, "金公富軾 重撰國史 頗略其事."
3) 류승국, 『한국사상의 연원과 역사적 전망』, 성균관대학교 출판부, 2008, 64쪽.

한국 고대사를 기록한 중국 문헌으로는『사기(史記)』「조선전(朝鮮傳)」, 『한서(漢書)』「지리지(地理志)」,『후한서(後漢書)』「동이전(東夷傳)」,『위지(魏志)』「동이전(東夷傳)」,『산해경(山海經)』「대황동경(大荒東經)」등과 더 오래된 문헌인『춘추좌씨전(春秋左氏傳)』,『상서(尙書)』,『시경(詩經)』등의 유교 경전들이 있다. 최근 고고학적 발굴이 활발해지고 선사시대의 유물과 유적이 발견되면서 한국의 고대 역사를 직·간접적으로 뒷받침하고 있다. 국내에는 금석문金石文이나 단편적 고문서古文書 등이 있는데 <광개토대왕비>나 <진흥왕순수비>가 가장 오래된 자료이며, 중국의 경우에는 기원전 10세기경의 중국 청동기 명문銘文과 기원전 15세기 이전의 갑골문甲骨文 등이 있다. 이러한 자료들을 통해 한국의 고대 문화를 연구한 성과는 적지 않고 현재에도 연구결과가 지속적으로 발표되고 있다.

중국 문헌들이 주변의 여러 민족에게 영향을 주었다 하더라도, 중국 중심의 서술방식으로 쓰였고, 고고학적 자료 역시 중국 중심으로 해석되기 때문에 한국선도의 고대 역사를 중국 문헌을 중심으로 고찰함에 있어 주의가 요구된다. 물론 중국 문헌도 한국선도를 연구하는데 있어 도움이 되는 것은 사실이다. 그러나 한국선도의 깊이 있는 연구를 위해서는 한국적 시각으로 쓴 문헌을 통해 그 사상과 철학을 살펴보는 것이 한국선도의 전모를 이해하는데 도움이 될 것이다.

본격적인 한국선도에 대한 연구에 앞서, 이 연구의 저본이 되는 선도 문헌들 중 경전에 해당하는 천부경과 삼일신고, 진위가 문제시되고 있는『규원사화』와『환단고기』에 대한 그간의 연구 성과를 서지학적 측면에서 종합하여 정리할 필요가 있다.

1. 천부경

1940년대 이전까지 전해진 천부경은 14종으로 알려지고 있다. 천부경이 일반대중에게 알려지기 시작한 것은 1980년대 이후부터이다. 그리고 학계에서의 본격적인 연구는 1990년대 들어와서야 이루어졌으며, 학위논문을 통한 연구결과는 그보다 늦은 시기에 발표되었다. 일반대중을 대상으로 발간된 천부경 관련서적 숫자에 비해, 아직도 학계의 천부경 연구는 미진한 편이다.[4] 1980년대 이후 현재까지 출간된 천부경 관련서적은 거의 대부분이 묘향산妙香山 석벽본石壁本의 전문을 따르고 있다. 따라서 먼저 묘향산 석벽본의 기원과 전승과정을 살펴보는 것은 한국선도 문헌의 서지학적 연구의 첫걸음이 될 것이다.

1) 묘향산 석벽본

묘향산 석벽본(이하 '석벽본'이라 한다)은 1916년 계연수桂延壽가 태백산(지금의 묘향산) 석벽에서 발견하여 1917년 단군교당에 전한 것으로 알려져 있다.[5] 그 전문을 살펴보면 다음과 같다.

一始無始一析三極無盡本天一一地一二人一三一積十鉅無匱化三天
二三地二三人二三大三合六生七八九運三四成環五七一妙衍萬往萬來用
變不動本本心本太陽昂明人中天地一一終無終一[6]

---

4) 국제뇌교육종합대학원대학교 국학연구원에서 2005년부터 '천부경의 현대적 의의', '천부경과 모악산을 중심으로', '천부경의 철학과 종교적 해석', '천부경의 철학과 역사적 재해석', '한국선도와 천부경', '한국선도의 수련법과 천부경' 이란 주제들로 학술대회를 여러 개최하였다. 천부경 관련한 연구논문은 국학연구원에서 발행하는 학술지『선도문화』를 참조 바람.
5) 대종교총본사,『대종교요감(우리전통종교)』, 개천4455년(1998년) 4판, 11쪽.
6) 위의 책, 12쪽.

계연수가 천부경을 묘향산 어느 석벽에서 발견하여 단군교당에 전했다고 하나, 현재까지 계연수의 탑본搭本이 발견되지 않고 있으며 또한 석벽의 위치도 확인되지 않고 있다. 계연수가 1917년 단군교에 인편을 통해 천부경을 보내왔는데 그 편지의 내용을 살펴보면 다음과 같다.

제가 일찍이 스승으로부터 들은 바에 의하면, 동방의 개황조(開荒祖)이신 단군은 신인(神人)이시라. 천부삼인(天符三印)을 지니시고 하늘에서 세상에 내려오시어 덕화대행(德化大行)한지 지금으로부터 사천여년이라. 삼인(三印)이 무엇인지 알 수 없지만 귀한 물건이고, 천부(天符)는 가르침을 설하는 경전이라. 아직까지 전해지고 있으니 이를 얻어 외우면 재액(災厄)이 길상(吉祥)으로 변하고, 불량(不良)함도 어질고 선함으로 변화하고, 오랫동안 닦으면 자손이 번창하고 오래 살며 부(富)을 누리게 되니, 반드시 선과(仙果)를 얻을 지요. 비록 우매한 자라도 일본(一本)을 지니고 있으면 재액을 면할 수 있을 것이라 한 바, 나는 이를 가슴깊이 새겨 (천부경을) 구하려고 했으나 얻지 못하였다. 성품을 닦고 약초를 채집하는 것을 직업으로 하여 십년동안 명산을 유람하다가, 작년 가을 태백산에 들어가서 인적이 없는 골짜기의 석벽에 고각(古刻)을 발견하여 손으로 이끼를 치우니 자획(字劃)이 분명하니 바로 천부신경(天符神經)이라. 두 눈이 홀연히 밝아져 절하고 꿇어 앉아 공경히 읽으니, 한편으로 단군 천조(天祖)의 보경(寶經)이요 한편 고운 선생의 기적(奇跡)이라. 마음이 충만하여 길에 표시하고 종이와 먹을 갖고 다시 입산하였으나, 그 길을 찾지 못하여 산신령에게 기도하고 삼일을 야숙하니 비로소 찾을 수 있었다. 그 때가 9월 9일이다. 탑본한 글자가 모호하여 다시 탑본하려고 하였으나 운무가 홀연히 일어났다. 산사(山寺)로 돌아와 밤새 그 뜻을 풀어 보았으나 요령(要領)을 얻지 못하니 짧은 학식과 총명하지 못함으로 단지 입으로 외우기만 할 뿐이라. 마침 서울에서 온 사람이 있어 경성에 단군교가 있다는 말을 듣고 기뻐하여 몸소 가고자 했으나, 그 뜻을 수행하지 못하고 어느덧 봄이 되었는지라. 서울로 가는 사람 편에 탑본을 드리오니, 이 글자의 뜻을 잘 풀어 중생을 열어 가르치면 반드시 복록을 받고 교운(敎運)이 흥할 것입니다.

귀교에 이것을 드리오며, 듣자하니 단군시대에 신지씨(神志氏)의 오래
된 글자가 있어 고려에 전래되었다고 하니, 그것을 구하면 마땅히 드릴
계획이나, 얻으면 다행이요 얻지 못하면 보내지 못하더라도 신임이 없
다고 하지 마시기를 바랍니다. 위축(爲祝)

　성심수도(誠心修道) 정사정월초십일(丁巳正月初十日)

　향산유객 계연수(香山遊客 桂延壽) 재배(再拜)

　단군교당 도하(道下)[7]

위의 글은 단군교의 기관지 『단탁(檀鐸)』에 1921년 11월 공식적으로
소개되었으며, 1937년 『단군교부흥경략(檀君敎復興經略)』에 다시 천부
경 81자와 계연수의 편지가 실렸다. 편지 내용에 의하면 "천부경을 암송하
면 재액이 길상으로, 불량不良이 인선仁善으로 변하고 구구성도久久成道하
면 자손이 번창하고 수부연면壽富連綿하여 선과仙果를 얻는다"라고 하여,

---

7) 桂延壽書搭天符經原本於妙香山石壁送來時書. 僕이 甞聞之師하니 東方開荒之祖 檀
君은 神人이시라 持天符三印하시고 自天降世하사 德化大行于今四千餘年이라 事在
鴻濛에 未知三印이 爲何物이요 如何寶物而天符난 卽說敎之經也라 尙今遺傳處하니
人若得而誦之則災厄이 化爲吉祥하고 不良이 化爲仁善이니 久久成道則子孫이 繁昌
하고 壽富連綿하야 必得仙果요 但愚昧者라도 藏之一本이면 可免災禍矣라 云하온바
僕이 銘在心中하고 求之不得矣러니 浚乃鍊性爲工하고 採藥爲業하야 雲遊名山十許
年矣라가 昨秋에 入太白山하야 信步窮源에 行到人跡不到之處하니 澗上石壁에 若有
古刻이라 手掃苔蘚하니 字劃分明에 果是天符神經이라 雙眼이 忽明에 拜跪敬讀하니
一以喜檀君天祖之寶經이요 一以喜孤雲先生之奇跡이라 心中에 充然하야 若有所得
에 始覺吾師不發虛言하고 乃百步疊石하야 記其道路하고 歸携紙墨하야 更入山中하
니 非復前日經過處라 東尋西覓에 暗禱山靈하야 三宿에 始得하니 時난 九月九日也라
纔搭一本하니 字甚糢糊라 故로 更欲搭之하니 雲霧忽起라 乃間關히 返山寺하야 終夜
解釋호대 不得要領하니 自顧少短學識에 老減聰明으로 無復硏鑽之道하고 但口誦而
已矣러니 適有自京來人하야 說到京城에 有 檀君敎云耳라 聞甚欣然하야 意欲躬往이
나 足跡이 齒且齲하야 未得遂意하고 荏苒發春이라 路逢歸京人하야 玆以搭本을 獻上
하오니 望須解釋經旨하야 開喩衆生則衆生이 必受福祿하고 敎運이 從此發興矣리라
竊爲 貴敎賀之이오며 又聞 檀世에 有神志氏古字文하야 傳來于高麗云하니 竊惟求之
하야 若得之면 更當付呈爲計나 然이나 得之則幸矣요 若不得而不送이라도 勿以無信
으로 垂諒焉하라 爲祝 誠心修道 丁巳正月初十日 香山遊客桂延壽 再拜 檀君敎堂 道
下. (정진홍 편, 『단군교부흥경략』, 계신당, 1937(국립도서관 소장본), 23~25쪽)

천부경을 종교적 교리보다는 주로 기복적인 측면에서 소개하고 있다. 그리고 난 후 스승으로부터 천부경의 영험함을 언질받았기에 얻고자 했지만 구할 수 없었다는 심경을 토로한다. 석벽을 본 즉시 그 내용이 천부신경天符神經이고 단군의 귀한 경전寶經이며 최치원의 기이한 흔적奇跡이라고 한 것으로 봐서는 계연수는 이미 천부경을 알고 있었다고 추측된다. 만약 천부경을 미리 알고 있지 않았다면 석벽의 글이 천부경임을 그 자리에서 확인할 수 없기 때문이다.

1916년 9월 9일 석벽의 천부경을 탑본한 후, 계연수 본인은 그 내용을 이해하기 어렵거니와 단군교의 발흥을 기대하는 마음에서 천부경을 단군교당으로 보낸다고 했다. 그러나 계연수는 1899년에 「천부경요해(天符經要解)」[8]를 썼으며, 1911년에는 『환단고기』의 범례凡例[9]를 썼던 이력이 있다. 계연수는 「천부경요해」에 천부경을 해석한 내용을 실었으며 이어 발문에 다음과 같이 기록하였다.

> 夫天符者는 大一之道也라. 三神運化之妙가 符驗於人事하니 一體之原理는 作用於三神하야 化顯焉而爲三眞之一像하고 治法焉而爲三韓之一土하니 此天符大一之眞義也라. 一極成大而大自一起하고 一積十鉅而一自零生하니 零은 卽起點야라. 一切物이 惟三神所造요 而數는 生於一而成於三하고 終於十하니 一十之象이 積而鉅하고 化三之數가 无匱焉하니 於是乎永久生命之理 存焉이라. 有生曰根이요 知守曰核이니 根核生命이 主宰萬物하야 視之無形하고 聽之無聲인 有此而生하고 無此而滅일새 恭惟我[10)]

발문의 내용에 따르면, 계연수는 천부경에 대해서 상당한 지식과 학문적 소양을 갖춘 사람임을 알 수 있다. 그러나 이미 천부경의 주해까지 한

---

8) 이유립, 『대배달민족사』 3, 고려가, 1987, 9~10쪽.
9) 이유립, 『대배달민족사』 1, 384쪽.
10) 이유립, 『대배달민족사』 3, 9~10쪽.

사람이 편지에서는 마치 천부경을 처음 대하는 것처럼 기술한 것과 학식
이 짧아 그 뜻을 이해하지 못하여 독송만 했다는 편지의 내용에 다소 의문
이 생긴다. 계연수 자신이 천부경을 해석했다고는 하나 정확한 해석이 궁금
할 수 있었을 것이라는 억측을 하더라도, 편지의 내용에 따르면 계연수는
천부경을 매우 중요하게 생각했고 해석에 대해 궁금한 점이 있다면 인편으
로 전달하지 않고 본인이 직접 갖고 가는 것이 일반적인 행동일 것이다.

계연수가 1899년에 쓴 「천부경요해」의 내용과 1917년 단군교당에 전
달된 편지의 내용과 비교했을 때 몇 가지의 상이한 점이 있다.

첫째는 「천부경요해」의 내용은 철학적이고 '일一'과 '삼三'이라는 한국
고유의 철학적 특징으로 천부경을 주해하고 있는 것에 비해, 편지의 내
용은 종교적이고 개인적이고 기복적인 측면이 강하다는 것이다. 따라서
「천부경요해」와 편지의 내용이 동일인의 저작으로 납득하기에는 여러
정황상 그 진실여부를 확인키는 어려운 실정이다.

둘째로는 천부경의 기원에 대해 「천부경요해」는 환웅천왕에서 비롯되
었다고 하고,[11] 편지에서는 단군에서 비롯되었다고 한다. 편지의 내용에
의하면 단군이 동방東方의 개조開祖로서 하늘에서 세상에 내려올 때 천부
삼인天符三印을 갖고 왔다고 했는데, 『삼국유사』에 의하면 천부삼인을 지
니고 하늘에서 내려온 것은 단군이 아니라 환웅이다. 단군교는 교명에서
보듯이 환웅보다는 단군을 강조하고, 천부경의 기원을 단군에서 찾고 있
다. 「천부경요해」와 편지 모두 계연수가 쓴 것임에도 불구하고 천부경의
유래가 서로 상이하다.

마지막 셋째로는 천부경의 출처 문제이다. 「천부경요해」에서는 『태백
일사太白逸史』에서 얻었다고 하는데,[12] 편지에서는 『태백일사』에 대한

---

11) "桓雄天王이 以天降之姿로 至神兼聖하시사 能代天而立敎하야 標的萬世하시니 此
天符經之所以作也시니라." (이유립, 「천부경요해발」, 『대배달민족사』 3, 10쪽)

12) 위의 책, 같은 쪽.

언급이 없다. 계연수가 「천부경요해」에서 분명히 그 출처를 『태백일사』로 밝히고 있기에, 편지의 내용에 최소한 그 출처는 언급되었어야 하지 않을까 한다. 다만 편지 말미에 단군시대에 신지씨의 옛 글자가 있어 고려시대까지 전해졌다고 하는 내용만이 있다.

『태백일사』「소도경전본훈(蘇塗經典本訓)」에서 "세상에 전하기를 목은 이색과 휴애 범세동 두 선생이 모두 천부경 주해를 지었다고는 하나 지금은 볼 수 없다."[13]라는 내용에서 이색(李穡, 1328~1396)과 범세동(范世東, 생몰년미상)은 모두 고려말기의 학자들로 고려시대까지 천부경은 어떤 형태로든지 전해지고 있었으며, 편지의 내용 역시 이점을 언급하고 있어 『태백일사』와의 어느 정도 연관성을 추측할 수 있겠지만 그 정확한 정황을 파악하기 어렵다.

현재 전해지는 석벽본은 한문으로 되어 있어 탁본 당시 석벽에는 한문으로 새겨져 있었을 것이다. 『단군교부흥경략』에는 편지의 내용 다음에 노주蘆洲 김영의(金永毅, 1877~1951)의 주해가 이어진다. 여기서 김영의는 최치원이 전서로 된 고비를 보고 태백산에 새겼다고 한다.[14] 그러나 『태백일사』에 의하면 최치원은 전서로 된 비문을 보고 서첩으로 만들어 세상에 전했다고 되어 있으며 석벽에 새겼다는 내용은 없다.[15] 계연수의 편지에도 최치원이 직접 석벽에 새겼다는 내용이 없고 최치원의 기적奇跡이라고만 했다.

계연수는 석벽을 발견했을 당시 전서篆書로 된 비문을 서첩書帖으로 세상에 전했다는 『태백일사』의 내용을 알고 있었기 때문에 고운선생의 기적이란 표현만 사용했을 것으로 추측할 수 있다. 그러나 이유립(李裕笠, 1907~1986)은 "최고운이 신지전神誌篆으로 쓴 옛 비석에서 옮겨놓았고,

---

13) 『太白逸史』「蘇塗經典本訓」, "世傳 牧隱李穡 休崖范世東 皆有天符經註解云 而今不見."
14) 『檀君敎復興經略』, 25쪽.
15) 『太白逸史』「蘇塗經典本訓」, "天符經 天帝桓國口傳之書也 桓雄大聖尊 天降後 命神誌赫德 以鹿圖文記之 孤雲崔致遠 亦嘗見神誌篆古碑 更復作帖 而傳於世者也."

이 글이『태백일사』속에 전하면서 다시 노사蘆沙 기정진(奇正鎭, 1798~1876)의 탐구와 함께 계연수가 묘향산 석벽에 새기고 도전圖篆을 붙임으로부터 점차 세상에 나타나게 되었다"라고 하면서 계연수가 묘향산 석벽에 직접 새겼다고 주장한다.16) 또한 이유립의 문인 전형배는 "계연수는 약초를 캐서 서울에 내다 파는 일을 했는데, 당시 대종교에서는 천부경을 인정하지 않아 계연수가 묘향산 석벽에서 천부경을 탁본했다는 말을 약초를 팔면서 퍼뜨렸다. 그런 소문을 내야 대종교가 천부경을 빨리 인정할 것으로 보고 그렇게 했다."라는 얘기를 이유립으로부터 전해 들었다고 한다.17) 이유립의 주장에 따르면, 계연수는 천부경을 대종교로 전달했어야 한다. 그러나 정작 계연수가 묘향산에서 탁본한 석벽본은 단군교에 전달되었다.

나철(羅喆, 1863~1916)이 1909년 중광했던 단군교란 교명을 1910년 대종교로 명칭변경을 하자, 단재 정훈모(亶齋 鄭薰模, 1868~1943)는 이유성, 유탁, 서팽보 등과 함께 교단분립을 선언하고 스스로 교주가 되어 단군교를 창설하게 된다.18) 정훈모는 나철과 함께 1908년 일본에서 독립운동을 하던 당시 백두산에서 수련하는 단체의 우두머리격인 백봉白峰 신사神師가 보낸 두일백杜一白이라는 도인으로부터 영계靈戒를 받았다.

---

16) 이유립, 「민족경전해의①」, 『대배달민족사』 5, 132쪽; 조영주, 「「천부경직해」로 본 이단해 사상」, 『자유』, 1977, 142쪽; 이석영, 「환국역무학사연구초(13)」, 『자유』, 1978, 125~126쪽 참조.
17) 이정훈, 「환단고기의 진실」, 『신동아』, 2007년 9월호(50권9호).
18) 나철과 정훈모가 갈라서게 된 이유에 대해서는 여러 설이 있다. 이강오는 나철이 경술국치 후 같은 해에 대종교로 개명한 이유는 장차 일제의 침략적 마수가 한민족의 민족종교 말살에까지 뻗칠 것을 예상하고 교의 存續策으로 개명한 이유도 있지만, 보다 큰 이유는 나철과 입교 및 창교를 같이 했던 정훈모가 한일합방에 대하여 일본정부에 한민족의 自治를 선언하고 당시의 合邦功臣 関丙漢 · 鄭斗和 · 朴泳孝 등을 받아 들여, 일본정부에 단군교의 공인을 얻어 암암리에 자신의 교권신장을 도모하였기 때문이라고 주장한다.(이강오, 「단군신앙(총론Ⅰ)-한국신흥종교 자료편 제2부」, 26쪽)

정훈모는 1913년에 제정한 「단군교종령(檀君敎宗令)」제55조에 "천부경과 각사覺辭의 진리를 단전丹田에 양정養精수련하여 심리心理에 도력道力을 득하여 감영성感靈性을 통한 교인에게는 대종사가 특별히 신전神殿에 고유하고 영고장靈誥狀을 수영授與하여 포증襃證함"이라고 기록하였다. 그리고 정훈모의 천부경 친필본이 2005년 공개되었는데 천부경 말미에 "단군천부경 81자는 최치원이 신지의 전자를 해석한 것이다. 암송하고 제사드리면 복이 내리고, 재앙을 막고 피할 수 있느니라"라는 구절이 있다.[19] 이상의 내용에 따라면 단군교에서는 천부경을 내단內丹 수련과 주력呪力 수련에 활용하였던 것으로 짐작된다. 또한 계연수가 편지로 천부경을 단군교당에 전달하기 이전에 이미 단군교에서는 천부경을 알고 있었음을 확인할 수 있다.

계연수는 주로 단학회에서 활동을 하였고, 단군교당에 전달했다고 알려진 편지 이외에는 단군교와의 별다른 관계를 확인할 수 없다. 이유립이 계연수의 학맥을 계승하였고, 그의 저서 『대배달민족사』에는 계연수의 「천부경요해」와 묘향산 석벽에 새겼다는 내용만 있을 뿐 편지에 대한 내용은 언급이 없다.

당시 대종교에서는 천부경을 경전으로 채택하지 않고 있었으며, 단군교가 첫 기관지인 『단탁』을 통해 계연수의 편지와 천부경 전문을 소개한 의도는 정훈모가 나철로부터 이탈했다는 소외감을 극복하고 대종교와 차별성을 갖고 단군교의 정통성을 확립해야 할 필연성 때문에 천부경을 대대적으로 공표하고 기본경전으로 채택한 것이라는 추측을 갖게 한다.[20]

---

19) 정훈모의 손부 권태영이 보관해 오던 유품을 2005년 7월 23일 (사)국학연구소가 공개하였다.(국학연구소,「천부경」,『올소리』1, 한뿌리, 2006; 100~103쪽. 조준희,「국학자료발굴기」,『올소리』4, 국학연구소, 한뿌리, 2007)

20) 이형래,「천부경 연구사 소고」,『선도문화』2, 선도문화연구원, 2007, 36~37쪽. 이형래는 단군교가 천부경을 기본 경전으로 채택하였음에도 독립과 자주성에 대한 인식이 약했던 것은 단군교의 친일적인 성격과 무관하지 않다고 주장한다.

천부경으로 수련을 하게 되면 복을 받고 자손이 번창하고, 질병으로부터 피할 수 있다는 기복적인 측면과 천부경을 통해 심성을 연마하여 고해를 벗어나게 되면 신선이 될 수 있다고 하여 개인의 심신수련에 비중을 두었던 것으로 보인다.

이후 1920년 단군교는 일제강점기에 자연 소멸되고,[21] 당시 단군교를 따르던 많은 신도들은 대종교로 넘어왔지만, 대종교에서는 천부경을 경전으로 인정하지 않았다가 1975년 들어와서야 교무회의를 통해 경전으로 공식 인정하였다.[22]

이런 정황을 종합적으로 판단한다면, 현재로서는 최치원이 천부경을 묘향산 석벽에 새겼다는 김영의의 주장을 확신할 수 없다. 따라서 석벽본을 반드시 최치원과 연결지어 생각할 필요는 없을 듯하다.[23] 현재까지

---

21) 삿사 미즈아키에 따르면, 당시 단군교의 친일 행위는 국조 단군을 신봉한다는 교단의 성격상 정당한 방법으로는 일제의 단속과 탄압을 피할 수가 없었으며, 교단을 유지하기 위해서는 친일파의 지원을 받아야 하는 시대상황을 고려하면 부득이한 일이었다고 한다.(삿사 미즈아키, 「한말 일제 강점기의 단군신앙운동의 전개-대종교, 단군교의 활동을 중심으로」, 서울대대학원 박사학위논문, 2003, 175쪽) 그러나 단군교의 경우, 외세 문화에 지나치게 영합한 결과 단군신화 안에 내재된 신화적인 원형력을 상실하게 되고 일반 민중들의 찬동을 얻지 못한 채 자연 소멸되는 운명을 맞이하게 된다. 대종교와 단군교의 사례를 통해 전통문화의 본존과 재창조의 문제에 대해 외세 압력을 받았을 때 교단조직이나 민족집단의 외형적인 유지가 중요한 것이 아니라, 오히려 민족 고유 사상이 지닌 순수한 정신성의 고수가 더 중요함을 시사해 준다.(위의 논문, 「초록」 참조)

22) 이때 대종교는 단군교의 경전인 천부경과 聖經八理를 정식으로 경전으로 편입시킨다.(김정신, 「단군신앙에 관한 경전연구」, 『정신문화』 32, 1987, 38쪽)

23) 삼일신고 '無'의 고한자 '兂'와 친필본의 '炁'는 서로 다른 모양의 글자이기 때문에 삼일신고와 전래 계통이 다른 사료이며, 대종교 백봉 계열의 고대사 인식은 단군조선으로부터 부여→고구려→발해로 연결되는 대륙사관적 정통을 세운데 반해, 신라의 역사와 인물이 배제된 특징이 있다. 이러한 이유로 신라인 최치원 유래의 천부경은 백봉 계열과 연관성이 없는 것으로 보는 주장도 있다.(조준희, 「삼일신고 독경 연구」, 『선도문화』 7, 국학연구원, 2008, 109쪽) 그러나 이러한 견해는 천부경과 최치원의 관계에 대해 『환단고기』에도 기록이 되어 있고, 『환단고기』에 보여주는 역사의식 역시 북방계열을 중심으로 하고 있다는 점에서 검토가 필요한 부분이다.

탁본이 전해지지 않고 계연수 편지 내용의 신빙성에 대한 의문과 현재까지 전해져 오는 석벽본과 태백일사본의 전문이 일치하는 것으로 추측컨대, 두 가지 가설을 세울 수 있다.

하나는 계연수가 묘향산 석벽의 탁본을 보낸 것이 아니라 태백일사본을 단군교당에 전달했을 가능성이다. 그렇다고 해서 묘향산에 천부경이 새겨진 석벽이 없다고 단정할 필요는 없을 듯하다. 예부터 묘향산에는 단군 관련한 많은 이야기들이 구전되어 왔기에 어느 석벽에 천부경이 새겨져 있을 것이라는 내용은 여러 정황을 통해 신빙성이 있는 듯하다. 그러나 그것이 전서인지 최치원이 해석한 한문인지는 현재로서는 확인할 수 없다.

다른 하나는 단군교에서 『태백일사』와 관련된 계연수란 인물에 가탁假託하여 편지를 조작했을 가능성이다. 천부경 '一始無始一'의 '無'가 정훈모의 친필본에는 '粿'로 되어 있다. 현재로서는 정훈모가 왜 '粿'자로 기록했는지 그 정확한 의도를 파악할 수 없지만, 친필본의 연대를 1917년에서 1926년으로 추측하고 있다.[24] 정훈모가 계연수로부터 석벽본을 받기 이전에 천부경을 알고 있었다고 한다면, 친필본은 계연수가 묘향산 석벽에서 탁본했다는 천부경이 아닐 가능성이 있다.

어떻든 두 가지 가설 모두 다 석벽본과 태백일사본이 서로 동일한 전승을 갖고 있다고 봐야 할 것이다. 따라서 현전하는 천부경의 유래를 단군교당에 전달되었다는 계연수의 석벽본만으로 생각할 필요는 없을 듯하다. 이 책에서 석벽본과 태백일사본이 동일한 전승으로 보고 이후 이 둘을 합쳐 태백일사 · 석벽본으로 기술한다.

2) 천부경의 원문과 주해

1940년 이전까지 천부경 전문을 기록한 문헌을 저술 혹은 발행 연대순으

---

24) 국학연구소, 『올소리』 1, 101쪽.

로 정리한다면, 고려시대 농은農隱 민안부(閔安富, 생몰년 미상)의 집안에서 전해졌다고 하는 「은문(殷文) 천부경」, 이맥(李陌, 1455~1528)의 『태백일사(太白逸史)』(16세기 초), 노사盧沙 기정진(奇正鎭, 1798~1876)의 주해가 실린 『단군철학석의(檀君哲學釋義)』(1957)[25], 계연수桂延壽의 「천부경요해(天符經要解)」(1899), 단해檀海 이관집李觀輯의 「천부경직해(天符經直解)」(1914), 단재亘梓 정훈모鄭薰模의 친필본(1917~1926), 계연수가 묘향산 석벽에서 발견하여 단군교당에 전달한 석벽본(1917), 서우曙宇 전병훈(全秉薰, 1857~1927)[26]의 『정신철학통편(精神哲學通編)』(1920), 『단탁(檀鐸)』(1921), 한별 권덕규(權悳奎, 1890~1950)의 「단군천부경해(檀君天符經解)」(1921), 김택영(金澤榮, 1850~1927)의 『소호당집속(韶濩堂集續)』과 「차수정잡수(借樹亭雜收)」(1924), 『고운선생사적(孤雲先生事蹟)』편에 실려 있는 「단전요의(檀典要義)」(1926), 단암檀庵 이용태(李容兌, 1890~1966)의 「천부경도석주해(天符經圖釋註解)」(1930), 성재省齋 이시영(李始榮, 1869~1953)의 『감시만어(感時漫語)』(1934), 『단군교부흥경략(檀君敎復興經略)』(1937), 퇴경당退耕堂 권상노(權相老, 1879~1965)의 『조선종교사초고(朝鮮宗敎史草橋)』(1937) 정도가 될 것이다.

(1) 민안부의 은문 천부경

고려후기 충신으로 두문동杜門洞 72현 중 한사람인 농은 민안부의 후손에게서 발견되었다고 하는 은문 천부경[27]은 최근에 발견된 것으로 현재

---

25) 盧沙 奇正鎭의 주해는 김형탁씨가 1957년에 跋文을 쓴 『檀君哲學釋義』에 실려 있는데, 이 책에서는 노사 기정진의 생존 시기를 기준으로 정리함.
26) 全秉薰의 생애에 관해서는 임채우의 논문 「전씨문중자료를 통해본 전병훈의 생애에 대한 고증 연구─생존연대와 출생지를 중심으로」(『도교문화연구』 22, 동과서, 2005, 63~90쪽)와 윤창대의 『정신철학통편 : 전병훈선생의 생애와 정신을 중심으로』(우리출판사, 2004)를 참조.
27) 농은 민안부가 두문동에서 산청으로 피신 이후 수백 년이 흘렀고, 은문 천부경을 농은이 가지고 온 것인지 아니면 후손들 중에 누가 입수한 것인지 현재로는 알 수

까지 81자 전문을 기록하고 있는 자료 중에 가장 오래된 것이라 할 수 있다. 은문 천부경은 농은 민안부 문중에서 보관해오다가 2000년 초 문중인 민홍규가 송호수 박사에게 처음 보여줌으로써 세상에 알려졌다고 한다. 민홍규는 "필자의 가문에는 목은, 범세동 등과 함께 두문동 72현賢 가운데 한 명인 농은 민안부 어른이 남긴 천부경이 전해온다. 그간 천부경은 고본古本이 존재하지 않고 그 출처가 명확하지 않으며 그 난해성 때문에 강단사학계에 의해 위·개작되었다는 비판을 받아왔다. 하지만 분명 고본은 전해지고 있다."[28]고 밝힌 바가 있다. 그리고 고본에 대해 일본 전문 감정소로부터 정식감정을 받았다고 하는데, 진본과 감정서 모두 공개되지 않아 현재로서는 그 진모를 알 수가 없다.[29]

특이하게 은문 천부경은 81자 천부경문이 갑골문甲骨文으로 되어 있다. 갑골문은 1898년 중국대륙에서 최초로 발견된 것이고 『설문해자(說文解字)』를 지은 후한의 허신(許愼, 30~124)조차도 갑골문을 몰랐었다는 사실을 고려할 때, 만약 은문 천부경의 진본이 공개된다면, 지금으로부터 약 650년 전의 인물에 의해 갑골문으로 된 81자의 천부경문을 남겼다는 것은 한국 고대에 천부경의 존재여부를 확증하는 중요한 문헌이 될 뿐만 아니라 어문학적으로 상당히 의미가 있다고 볼 수 있을 것이다.[30]

그러나 민홍규는 2011년 '국새 사기사건'으로 세간을 떠들썩하게 하였는데, 이런 불미스러운 사건으로 인해 민홍규가 주장한 갑골문에 대한 진실성을 의심받게 되었다. 그럼에도 불구하고 은문 천부경까지 날조된 것

가 없다. 이에 대한 자세한 내용은 대종연구소의 홈페이지(www.hanja.co.kr)를 참조바람.

28) '나무에 뿌리가 없다',「민홍규의 우리문화일기」, 『뉴스피플』, 2000. 11. 23. 민홍규로부터 은문 천부경을 접한 송호수는 『한겨레의 뿌리 얼 - 한민족의 뿌리사상』(개천대학출판부·한터, 2000)에 영인본을 포함시켰다.

29) 대종연구소 홈페이지(www.hanja.co.kr) 참조.

30) 박대종,「한국에서 발견된 갑골문자에 관한 연구-농은유집 천부경문을 중심으로」, 『大鍾言語 연구론문 1』, 대종언어연구소, 2002, 5쪽.

으로 보는 견해에 대해서는 조심스럽게 접근해야 할 것이다. 왜냐하면 민홍규가 갑골문 전문가가 아닌 이상 천부경을 갑골문으로 정교하게 위조했다고 보기에는 쉽게 납득하기 어려운 점이 있기 때문이다. 또한 『태백일사』의 이색과 범세동이 천부경을 주해했다는 내용을 통해 고려 말까지 천부경이 전해져왔으며 세간의 지식인들 사이에 유포되어 해석되어졌음을 알 수 있다.[31]

은문 천부경의 판독결과 태백일사 · 석벽본과는 네 군데(析三極→新三極, 無匱化三→無匱從三, 大三合→大氣合, 七八九運→七八九夷)에서 차이가 있다. 그 전문은 다음과 같다.

> 一始無始一**新**三極無盡本天一一地一二人一三一積十鉅無匱**從**三天
> 二三地二三人二三大**氣**合六生七八九**夷**三四成環五七一妙衍萬往萬來用
> 變不動本本心本太陽昻明人中天地一一終無終一[32]

만약 은문 천부경이 실재한다면, 천부경은 고려 말까지 전고비篆古碑에서 최치원이 해석한 한문본 이외에도 은허 갑골문과 같은 고문으로도 전해져 내려왔음을 추측할 수 있다. 또한 「삼일신고봉장기(三一神誥奉藏記)」에 따르면 "기자箕子가 왕수긍王受兢을 초빙하여 은문殷文으로 삼일신고를 쓰게 했다."[33]는 기록이 있는데, 이 기록을 근거로 추측컨대 천부경은 환국시대에는 구전으로 전해지던 것이 환웅시대에는 녹도문鹿圖文으로, 단군시대에는 전문篆文으로 전해졌을 뿐만 아니라 그 이후 은문(은허 갑골문)으로도 기록되어 전승되었을 가능성이 있다.[34] 지금까지 살펴본 바에

---

31) 정경희, 「여말 학계와 천부경」, 『선도문화』 6, 국학연구원, 2009.
32) 박대종, 「한국에서 발견된 갑골문자에 관한 연구-농은유집 천부경문을 중심으로」, 17쪽.
33) 『三一神誥』「三一神誥奉藏記」, "後朝鮮記曰 箕子 聘一土山人王受兢 以殷文 書神誥 于檀木林而讀之."(대종교총본사, 『譯解倧經四部合編』(이하 『사부합편』이라 함), 1999, 42쪽)
34) 朴大鍾은 農隱遺集 천부경문은 『太白逸史』「蘇塗經典本訓」에 언급된 神市時代의

따르면, 어떤 형식으로든 민안부를 통해 은문 천부경이 전해졌을 개연성
이 전혀 없는 것은 아니며, 그 진위 여부 또한 확정되지 않은 상태이기에
섣불리 은문 천부경의 위작설을 내세워 평가할 필요는 없을 듯하다. 하지
만 현재 은문 천부경은 민홍규가 갖고 있다고 알려져 있다. 소장자는 하
루빨리 그 진위 여부를 공개해야 할 것이다. 만약 진본이 존재한다면, 은
문 천부경에 대한 고증학적 절차를 거쳐 역사적·민족사적인 가치를 담
게 되기를 기대해 본다.

(2) 이맥의 태백일사

이맥李陌이 편찬한 것으로 알려져 있는 『태백일사』의 「소도경전본훈
(蘇塗經典本訓)」에 천부경의 전문이 소개되어 있다.[35] 앞에서 언급했듯이
그 전문은 단군교에 계연수가 전한 석벽본과 일치한다. 『태백일사』에 따
르면 천부경의 원류는 천제 환인이 다스리던 환국으로부터 구전口傳된 글
이고 환웅이 천강 후 신지神誌 혁덕赫德에게 명하여 녹도문으로 적게 했고
최치원이 신지가 쓴 고비古碑를 보고 서첩書帖을 만들어서 세상에 전한 것
이라 한다. 이상의 내용을 정리하면, 환인시대의 천부경은 문자 형태로 되
어 있지 않아 구전으로 전해졌고 환웅시대에 녹도문으로 기록되었으며 후
에 전서로 기록된 것을 최치원이 한문으로 번역한 것으로 볼 수 있다.

글자인 算木의 1에서 10까지의 숫자 중 10을 제외한 9까지의 숫자와 農隱遺集 갑
골 천부경문의 숫자가 일치하고 있어 어문학적 연구가치가 있다고 주장한다. 箕子
가 招聘 및 指示하여 夫餘의 법학자였던 王受兢이 삼일신고와 함께 殷文(은허갑골
문)으로 쓴 진본을 후대에 일급 서예가(農隱 선생일 가능성)가 지금으로부터 최소
600년 전 이상의 옛날에 정밀 모사한 것으로 보이며, 王受兢이 쓴 당시 연도는 지
금으로부터 약 3100년 전으로 추정한다.(박대종, 「한국에서 발견된 갑골문자에 관
한 연구―농은유집 천부경문을 중심으로」, 54~55쪽)
35) 李陌이 당시에 『太白逸史』를 편성할 수 있었던 여건에 대해서는 송호수의 책, 『한
겨레의 뿌리 얼―한민족의 뿌리사상』(개천대학출판부, 2000, 82~83쪽)을 참조하
기 바람.

이에 대해 이유립은 천부경의 전승과정을 "신시시대의 신지 혁덕이 처음 저작한 후 고구려의 을파소乙巴素, 신라의 고운 최치원을 경유하여 고려 말기에 이르러 홍행촌수紅杏村叟 이암(李嵒, 1297~1364)의 문하를 중심으로 많은 문인학자들의 천부주의天符主義 사상 연구에 대한 활동이 성황을 이루었을 것임이 거의 확실하다"라고 설명한다.36)

『태백일사』의 편찬자인 이맥은 『단군세기』의 편자인 이암의 고손高孫이다. 『태백일사』를 소장하고 있었던 이기는 이암, 이맥과 같은 고성固城 이가李家 출신이다. 따라서 이기가 가문의 선조가 편찬한 책을 소장하고 있었을 개연성은 충분하다고 볼 수 있다.37) 이상의 내용을 정리하면 이암 → 이맥 → 이기 → 계연수로 이어지는 인맥을 통해 태백일사본은 전해져왔다고 볼 수 있다.

(3) 기정진의 단군철학석의

노사 기정진본은 기정진이 소싯적에 천부경을 얻으나 그 뜻을 해득하지 못하고 그의 제자 이승학李承鶴에게 전하게 되었고, 이승학이 손자인 이혁李爀에게 전한 것을 김형탁金炯鐸이 얻어 보고 30대에서부터 궁구하여 65세에 이르러 『단군철학석의』를 간행하였다고 한다. 후에 그의 아들 김종성金宗性이 그 해석본을 1975년에 출간하였다고 전해진다.38) 노사본이 태백일사 · 석벽본과 다른 점은 '析三極'을 '釋三極'으로, '妙衍'을 '妙演'으로, '人中天地一'을 '人中天中一'로 기록하고 있다는 것이다. 두 글자(석, 연)는 틀리나 음이 같고 '天'을 '中'으로 한 것은 『고운선생사적』편에 실려 있는 「단전요의」와 동일하다. 그 외 부분은 태백일사 · 석벽본과 일치한다.

다만 「단전요의」처럼 천부경이라는 제목이 없으며 전비문篆碑文이라

---

36) 이유립, 『대배달민족사』 3, 31쪽.
37) 고성 이씨 문중과 『환단고기』에 대한 관계는 박성수의 논문, 「환단고기의 역사 세계와 고성 이씨 문중」(『선도문화』 11, 국학연구원, 2011, 413~444쪽) 참조 바람.
38) 송호수, 『한겨레의 뿌리 얼 − 한민족의 뿌리사상』, 48쪽.

고만 통칭하여 기술하고 있다. 이에 대해 이유립은 "근세의 대학자 노사 기정진이 전습傳襲한 천부경은 종래의 일십당본一十堂本39)과는 별파別派의 소전본所傳本임이 이제 드러나고 있다"40)라고 하면서 기정진본과 태백일사본이 서로 다른 전승과정을 갖고 있음을 주장한다.

(4) 계연수의 천부경요해와 이관집의 천부경직해

계연수의 「천부경요해」는 이유립이 저술한 『갱생배달민족사(更生倍達民族史)』 백권白卷에 실려 있다. 「천부경요해」 발문에 의하면 계연수가 1899년에 저술한 것으로 되어 있으며 그 이상 정확한 것은 현재로서는 확인할 길이 없다.

계연수는 이유립의 부친인 단해 이관집의 스승이었기에41) 계연수의 「천부경요해」를 이유립이 소장하고 있었을 개연성이 있다. 이유립은 계연수의 「천부경요해」 발문 뒤에 본인이 직접 후서後序를 적고 바로 뒤이어 그 부친 이관집이 저술한 「천부경직해」를 기록하였다.

이관집의 「천부경직해」는 1914년에 저술되었다고 한다.42) 이 세 사람은 단학회에서 활동하면서 한국 고유의 고대사상과 철학, 역사 연구에 많은 관심이 있었다. 앞의 태백일사본과 「천부경직해」를 연결하다면, 그 전승과정은 환인(구전) → 환웅(녹도문) → 단군(전문) → 을파소 · 최치원 → 이암 → 이맥 → 이기 → 계연수 → 이관집 → 이유립으로 볼 수 있다.

---

39) 일십당은 이맥의 호로 여기서 일십당본은 태백일사본을 의미함.
40) 이유립, 『대배달민족사』 3, 31쪽.
41) 檀海라는 호는 계연수가 작명했다고 한다. 이에 대한 자세한 내용은 조영주의 논문 「천부경직해로 본 이단해 사상」(『자유』, 1977)을 참조.
42) 「천부경직해」에 저술연대를 직접 표기하지 않고 있지만 조영주는 「천부경직해로 본 이단해 사상」에서 그 저술시기를 1914년이라고 주장하고 있다.

(5) 전병훈의 정신철학통편

서우 전병훈이 1920년 북경에서 발간한 『정신철학통편』[43]에 천부경의 전문과 주석이 실려 있다. 전병훈은 1918년 11월 이미 『정신철학통편』의 원고를 완성하고 있었다. 이 무렵 천부경을 입수하게 되고 전병훈은 이에 주석을 달아 새로 『정신철학통편』을 완성한 것이 1919년 11월 경이고 책은 다음 해에 인쇄 배포되었다. 전병훈은 천부경의 유래와 입수 경위를 계연수에서 윤효정(尹孝定, 1858~1939)[44]으로 전달된 것으로 다음과 같이 설명하고 있다.

> 동방의 현인 선진(仙眞) 최치원이 말하였다. "단군의 천부경 81자는 신지(神志)의 전문(篆文)인데 옛 비석에서 발견되었다. 그 글자를 해석해보고 삼가 백산(白山)에 각을 해 두었다." (중간 생략) 이 경문이 작년 정사(丁巳)년에 한국의 서쪽 영변(寧邊) 백산에서 나왔는데 도인 계연수가 산에서 약초를 캐려고 깊은 산골짜기로 들어가서 우연히 한 석벽에서 이 81자를 발견하고 조사(照寫)했다고 한다. 나는 이미 정신철학을 편성(編成)하고 인쇄를 맡길 것을 계획하였을 때 홀연 유학자 윤효정(尹孝定)으로부터 천부경을 얻었는데 참으로 하늘이 주신 기이한 일이었다. 세상에서는 음부경(陰符經)을 가지고 황제경(黃帝經)이라고 한다. 그러나—송나라 주자는 이를 비평하였다—나는 감히 깊이 믿지 않으며, 오직 이 천부경만이 천도와 인도를 포괄하여

---

43) 이 책의 원제는 『精神心理道德政治哲學通編』이다. 원제에서 확인할 수 있듯이 정신철학, 심리철학, 도덕철학, 정치철학으로 구성되어 있으며, 그의 사상은 여러 가지 측면에서 탐구할 수 있으나 도교사상사의 시각에서 볼 때 그 의미가 두드러진다. 자신의 중요한 철학적 기반이나 실천적 체험이 도교에 바탕하고 있기 때문이다. 그는 도교사상을 기초로 하여 동서고금의 철학 사상을 회통시켜 하나의 세계 철학으로 발전시키려 했던 것이다.(김낙필, 「전병훈의 천부경 이해」, 『선도문화』 1, 선도문화연구원, 2006, 9쪽)

44) 尹孝定은 한말의 애국지사, 본관 파평, 호는 운정, 독립협회 간부로 활동, 일본에서 朝日義塾을 세웠으며, 현정연구회, 대한자강회를 조직하였다. 친일 매국단체인—進會를 규탄하였고, 국채보상운동을 전개하였다.

겸성(兼聖)의 도를 다하였던 것으로 본다. 분명코 이것은 우리 단군성조의 신령한 혼을 담고 있는 진전(眞傳)임에 믿어 의심치 않는다. 그러나 글의 뜻이 극히 깊고 월등하여 뛰어나게 정밀하여 참으로 해석하기가 어려웠다. 조용히 며칠 동안 생각하고 나니 어느 날 아침에 환하게 알 수 있었다.[45]

『정신철학통편』에 실려있는 천부경의 전문은 태백일사 · 석벽본과 일치한다. 전병훈은 천부경을 '단군천부경'이라 하여 그 주해를 책 첫머리 편으로 삼고 그 가치를 다음과 같이 매우 높이 평가하고 있다.

아! 지극히 신령하면서도 겸성(兼聖)함이 어쩌면 이와 같을 수가 있겠는가? 지난 4252년전 10월 3일 신인이 태백산 단목 하에 내려오니, 나라 사람들이 옹립하여 임금으로 삼고 민주(民主)를 여는 기틀이 되어 처음으로 개국을 하니 바로 이분이 단군이요, 곧 우리나라를 창립한 군주이며 스승이시다. (중간생략) 내가 분에 넘치게 감히 주해를 달아서 정신학의 첫머리 편으로 삼으니, 아! 장차 태선(胎仙)에 의해 널리 지구를 바로잡고 세상을 극락의 정치로 다스릴 수 있게 하는 길이 반드시 여기에 있을 것이다. 그렇다면 이것이 세계를 한 몸으로 보고 또 일가로 보는 천서(天書)가 아니겠는가? 태초에는 나라의 경계가 없었다고 말할 수 있으니 하늘은 장차 이 책으로써 만세를 고르게 감화시키려 함은 필연일 것이다. 우주 내에서 안팎으로 고금의 서적을 구해보아도 어찌 이러한 책이 있겠는가? 그러나 이 경전은 때에 맞추어 나왔고, 그 경을 공경히 받들어 발휘하여 우주 안의 동포들에게 바친 것은 진실로 도를 이루고 세상을 구제하려는 평생의 소원으로 뇌리에 숨겨져서 결성된 것이 아니겠는가? 위의 성조와 하늘에 계신 신명께서 특별히 복을 내려 도우신 것이다. (중간 생략) 나는 도학으로써 이미 정신철학을 삼고 세상에 공공으로 이용하도록 하며 삼가 배우는 학인들에게 말하노니 이 경전으로 겸성하여 철학에 달하는 학리를 터득하게 되면 기자가 전한 홍범을 기대하지 않고도 거의 이 한국이 천지의

---

45) 전병훈, 『精神哲學通編』, 명문당, 1982, 29쪽.

가운데가 되고 최고의 신성한 문명의 나라가 될 것임을 알 수 있을 것
이다. 아! 거룩하도다.[46]

전병훈은 중국 도가의 전설적인 명산인 나부산羅浮山에서『도장(道藏)』
2천여 권을 연구하고 몸소 자신이 10년 동안 실험하여 도道를 성취한 후
세상에 나와 북경에 거주하면서 학계, 군계, 관계의 개화 사상가들과 관
계를 가지면서 제자들을 길러내고 서양사상과 학술을 연구하였다. 그는
당시 중국인들이 추앙하던 39인의 성철聖哲에 속하였다. 당시의 조선인
으로는 보기 드물게도 화려한 이력을 갖고 있는 전병훈이 천부경의 가치
를 상기와 같이 극찬했다는 것은 의미하는 바가 크다고 할 수 있다.

(6) 권덕규의 단군천부경해

한글학자이자 대종교인인 한별 권덕규는 1921년 비교적 젊은 나이인 31
세에 천부경을 해석하였다.[47] 권덕규의 천부경 해석은 계명구락부啓明俱樂
部에서 발간한『계명(啓明)』이라는 잡지에 한별이라는 이름으로 실려 있
다.[48] 천부경 전문은 태백일사 · 석벽본과 같으며, 천부경의 하나一를 심본
心本으로 보고 심본을 천지인 근본 원리인 삼극三極으로 이해하고 있다.[49]
그는 천부경 주해뿐만 아니라 1949년 대종교에서 간행된『역해종경사부
합편(譯解倧經四部合編)』에 실려 있는 삼일신고 번역에도 참여하였다.[50]

46) 전병훈,『精神哲學通編』, 29~31쪽. 해석은 윤창대의『精神哲學通編 : 전병훈선생
   의 생애와 정신을 중심으로』를 인용하였음.
47) 조남호,「권덕규의 단군 천부경 연구」,『선도문화』13, 국학연구원, 2012, 98쪽.
48) 한별,「단군천부경해」,『계명』4, 계명구락부, 1921, 28~19쪽.
49) 권덕규의 천부경 해석에 대해서는 조남호의 논문「권덕규의 단군 천부경 연구」를
   참조 바람.
50)『사부합편』, 2쪽.

(7) 김택영의 소호당집속과 차수정잡수

1924년에 천부경의 전문과 주석을 한 김택영의『소호당집속』[51]과「차수정잡수」[52]가 있다.[53] 전병훈과 달리 천부경의 입수 경로는 밝혀지지 않고 그 전문은 태백일사 · 석벽본과 같다.『정신철학통편』발간일(1920년)과는 4~5년 차이가 있으며 전병훈은 천부경을 도가적으로 해석을 했다면, 김택영은 주역을 근간으로 유가적 세계관으로 해석했다고 할 수 있다.

김택영은 천부경을 주역을 통해 해석하면서 천부경과 주역의 차이점을 논하지 않고 비슷한 점을 연결한 것에 불과하지만, 단군의 실재성과 그의 국가통치의 정당성을 천부경을 통해 설명하고자 한 점은 그 의미가 깊다고 할 수 있다. 그는 전통적 유가 지식인이었지만, 국권을 상실한 당시의 상황에서 국난극복을 단군에서 찾고자 한 대표적인 인물로 이해할 수 있을 것이다.[54]

(8) 최국술의 단전요의

「단전요의」는 최치원문집 가운데『고운선생사적』편「난랑비서」바로 앞 항목에 실려 있고 여기에 천부경이 소개되어 있다. 그 내용을 살펴보면 다음과 같다.

---

51)『韶濩堂集續』은 1924년경에 간행되었으며, 권5「檀氏朝鮮記」에 천부경의 전문과 주석이 실려 있다.(한국고전번역원www.itkc.or.kr의『소호당집』해제)
52)「借樹亭雜收」은 1924년에 지은 시문(권1, 甲子詩錄)과 전문(권2, 甲子文錄)을 수록한 것인데 1925년에 발간되었으며, 권2「檀氏朝鮮記」에 천부경의 전문과 주석이 실려 있다.『소호당집속』과 약간의 글자 출입이 있으나 내용은 거의 중복된다.(한국고전번역원www.itkc.or.kr의『소호당집』해제)
53) 김택영의 천부경에 대한 기존연구는 철학적 연구에 중점을 둔 조남호의 논문「김택영의 천부경 주석연구」(『동서철학연구』45, 한국동서철학회, 2007)가 있으며, 현계순의「김택영의 사회사상과 역사의식」(인하대 박사학위논문, 1993), 김수진의「단군 천부경의 초기 주석 연구」(원광대 석사학위논문, 2004), 이형래의「천부경연구사소고」등이 있다. 그 외에의 김택영과 관련해서는 주로 역사적 측면에서 다루어진 연구가 다수 있다.
54) 조남호,「김택영의 천부경 주석연구」, 103쪽.

태백산에 단군전비가 있다. 어렵고 읽기가 어렵다. 고운이 해석하
기를,　一始无始一**碩**三極无盡本天一一地一二人一三一積十鉅无**愧**化三
天二三地二三人二三大三合六生七八九運三四成環五七一**杏演**萬往萬來
用變不**同**本本心本太陽**仰**明人中天**中**一一終无終一[55)]

　최치원이 태백산에서 단군전비檀君篆碑를 보았고 그것을 한문으로 해
석하였다는 것이 「단전요의」의 내용이다.[56)] 태백일사 · 석벽본과 비교하
면 동음상이同音相異한 7개의 자구[57)]가 있다. 그리고 81자 경문을 천부경
이라고 이름하지 않고 '人中天地一'을 '人中天中一'로 한 것은 노사 기정진
본과 일치한다. 이 일치가 우연인지 아니면 상호간 어떤 연관이 있는지
현재로써는 확인하기 어렵다.

　「단전요의」는 최치원의 후손인 최국술崔國術이 1926년에 편찬했는데,
그 전 해인 1925년에 대종교 남도본사의 신도 김용기金容起가 동명으로
『단전요의』를 발간했다. 두 문헌은 '단전요의'라는 같은 제목을 사용하고
있고 발간일을 기준으로 본다면 최국술이 김용기의 『단전요의』를 인용
했을 가능성을 배제할 수 없을 것이다.

　이에 대해 좀 더 살펴보면, 김용기의 『단전요의』에는 천부경뿐만 아니
라 삼일신고를 주요경전으로 소개하면서 "제帝께서 인민을 교화하실 때
천인의 진리를 훈명訓明하시니 그 경전은 제오장중고문第五章中誥文과 삼
일신고와 천부경과 시서始書와 종서終書와 현묘결玄妙訣 등이 있는데 시서
와 종서, 현묘결은 분실되었다"라고 하였다.[58)] '시서'와 '종서'란 이름은
이능화(李能和, 1869~1943)의 『조선도교사(朝鮮道敎史)』에서도 『백악
총설(白岳叢說)』을 인용하면서 등장한다.

55)『崔文昌侯全集』, 성균관대학교 대동문화연구원, 1962, 434쪽.
56)『崔文昌侯全集』「孤雲先生事蹟」, "檀典要義 太白山有檀君篆碑, 佶倔難讀, 孤雲釋
　　之, 其文曰"
57) 析(碩), 匱(愧), 妙衍(杏演), 動(同), 昻(仰), 天地一(天中一) : 괄호안은 단전요의본.
58) 김용기,『檀典要義』, 단전요의발행소, 1925, 국립중앙도서관 소장본, 11쪽.

"남석행(南石行)이 말하기를 환인진인이 대왕씨(大往氏)에게 시켜서 시서(始書)를 짓게 하고 종서(終書) 일권(一卷)을 자작하였는데 시서는 풍우·오곡·음식·연양(鍊養)의 도를 주재함에 있어 성(誠)과 신(信)으로서 하여 다투지 말고 음(淫)하지 말며 사람을 위하여 착한 일을 하라는 것이요. 종서는 일월성신(日月星辰)과 천지산천의 이치와 성명(性命)의 근원과 신도묘덕(神道妙德)의 교훈을 쓴 것으로써 대왕씨로 하여금 이 글을 중외(中外) 선관(仙官)에게 펴게 하였다. (중간 생략) 그 글이 문박(文朴)으로부터 을밀(乙密), 영랑(永郞), 안유(晏留), 보덕성녀(普德聖女)에게 전하여졌다."[59]

'현묘결'이란 서명은 이의백(李宜白, 1711~?)의 『오계일지집(梧溪日誌集)』에도 보인다.

삭령(朔寧)의 수청산(水淸山) 용복사(龍復寺)에서 어느 밤 소나무 아래 앉아 불을 켜고 책을 펴고 있는 노인을 만났다. 내가 그 책의 글자를 보니 마치 범자(梵字)와 전자(篆字) 같아 알지 못하여 그 책명을 물으니, 노인이 말하기를 이 책은 세권으로 이루어져 있으며 책명은 현묘결(玄妙訣)이라. 동방에서 유래한 도서(道書)로 상고(上古) 환웅성선(桓雄聖仙)이 십여장으로 처음 지으시고, 뒤에 해모수 선인이 사십장으로 산술(刪述)하여 지으시고, 동명왕 임종 시 웅심산(熊心山) 석실에 감추어 두었던 것이다.[60]

---

59) 이능화 집술, 이종은 역주, 『조선도교사』, 32쪽. 환인진인은 환국시대를 의미하는데, 『태백일사』에 의하면 천부경은 환인시대에는 구전으로 내려왔기에 시서와 종서처럼 글로 남길 수 없었을 것이다. 大往氏라는 인명은 『梧溪日誌集』에도 보이는데, 여기서 大往은 단군시대의 선인이라고 설명한다. 그리고 『청학집』에 의하면 단군의 도가 문박씨에 전해졌다는 내용을 종합하면 『白岳叢說』의 환인은 단군으로 이해하는 것이 적절하다.

60) 『梧溪日誌集』「檀君來歷實記」, "余留朔寧水淸山龍復寺月夜有老人坐于松下点燈開卷余就視之字若梵篆不可識余問册名老人曰此册凡三卷名曰玄妙訣東方道書上古桓雄聖仙創造十餘章其後解慕漱仙人刪述作四十章又東明王臨終時藏之熊心山石室."

『오계일지집』의 위 인용문 바로 뒤에 이어지는 내용에 의하면, 현묘결은 술법術法을 기록한 책으로 짐작되며,[61] 중국 도교의 술법과 다른 동방 고유의 술법이 존재했음을 짐작케 한다.

이상의 내용에서 살펴본 것처럼, 한국선도 관련 문헌들은 상호 일정한 연관성을 짐작하게 하는 문구들이 많다. 향후 이런 관점에서 선도 문헌에 대한 연구가 확대되어 선도 사상과 역사와 문화에 대한 통합적 관점에서의 연구가 이루어져야 할 것이다.

김용기의 『단전요의』에는 81자 전문이 실려 있지 않고, 『최치원사적편』의 「단전요의」에는 삼일신고나 기타 다른 문헌들에 대해서는 언급이 없기 때문에, 현재로서는 최국술이 김용기의 『단전요의』를 인용했다고 단정하기는 어렵다. 만약 최국술이 김용기의 『단전요의』를 인용했다면 천부경의 이름 정도는 서술했을 것이며 삼일신고와 같은 경전들도 소개했을 가능성이 높다. 단전요의란 이름만 동일할 뿐 그 외에 일치하는 문구가 없다. 최국술이 무엇을 보고 인용했는지 현재로는 확실치 않으나 집안에 내려오는 문헌을 참고했을 가능성 역시 배제할 수 없다.[62]

(9) 이용태의 천부경도석주해

단암 이용태는 1930년 「천부경도석주해」에 천부경의 전문을 싣고 해제를 달았다. 「천부경도석주해」는 『수감록(隨感錄)』하권에 수록되어 있다.

---

61) 첫째 권은 風雲을 타고 하늘을 날며 땅 속에 들어갈 수 있는 符訣이고, 둘째 권은 만물을 생기게도 하고 사라지게도 하는 符訣이며, 셋째 권은 만리를 투시하고 사람의 마음을 조종할 수 있으며, 禽獸를 불러 모으고 흩어버릴 수 있는 符訣이라고 한 점을 미루어 보아 천지자연의 이치를 설명하는 경전이 아니라 일종의 술법책으로 보여진다.(『梧溪日誌集』「檀君來歷實記」, "余問此書何用老人曰第一卷乘風御雲升天入地之符也第二卷化生萬物滅沒萬形之符也第三卷坐見萬里褫取人物之情 聚散禽獸之符也.")

62) 송호수는 「단전요의」는 최치원의 친필본이 아니고 먼 후대(1925년 후손 최국술 편)에 편찬되어졌기 때문에 암송으로 전래된 것을 수록한 것으로 이해할 수 있다고 한다.(송호수『한겨레의 뿌리 - 한민족의 뿌리사상』, 45쪽.)

이용태는 이 책에 「천부경도석주해」뿐만 아니라 천부역설天符易說, 삼묘
설三妙說, 천부기설天符旗設 등과 같이 본인의 사상과 철학을 함께 수록
하였다. 그 이후 1957년에 「천부경도석주해」 서문을 작성하고 1960년
『단군문화와 진리문답』에 천부경의 해설을 실었다.63) 이용태는 천부경
을 전병훈의 도교적, 김택영의 유교적 해석과는 달리 대종교의 전통 교리
를 바탕으로 삼교융합적 시각에서 해석하였다.

(10) 이시영의 감시만어

임시정부 당시 초대 부통령을 지낸 이시영(李始榮, 1869~1953)은
1934년에 간행한 『감시만어』에 천부경의 전문을 실었다. 그 전문은 태백
일사·석벽본과 동일하다. 이시영이 천부경의 전승과정을 설명하기를
"단군시대에 찬술되었고 최치원이 고비문을 한문으로 번역하고 거기에
발문으로 해석하고 묘향산 어느 석벽에 새겼다"64)라고 하였다. 이시영은
당시 단군교나 대종교로부터 천부경을 입수했을 것으로 보인다. 천부경
에 대해 다음과 같이 설명하고 있다.

> 천부경은 처음에 하나라는 이치의 극치를 첫머리에 서술하고 중간
> 에 만사만물의 설명으로 확산하였다가 끝에 가서는 다시 하나의 이치
> 로 통합하였다. 우주전체를 빠짐없이 여기에 기재하였다. 삼라만상과
> 우주 은비(隱秘)를 성주괴공(成住壞空)하고 조겁변환(造劫變幻)과 인
> 생본연의 성명원리를 그리고 도문(道門)의 신비와 원각(圓覺)의 묘체
> (妙諦)에 이르기까지 불비(不備)한 것이 없다 할 것이라고 하였다.65)

위 인용문의 내용은 천부경에 대한 이시영 자신의 해석은 아닌 듯하다.

---

63) 박달재수련원, 『애국지사단암이용태선생문고』, 동화서관, 1997, 811~981쪽.
64) 이시영, 『감시만어』, 일조각, 1995, 18쪽.
65) 이시영, 위의 책, 19쪽.

왜냐하면 당시 천부경을 주해하고 해석하는 이가 많았다고 하면서 그 내용을 인용하였기 때문이다. 이를 통해 당시 독립운동가들 중에 천부경을 주해하거나 해석하는 이가 많았음을 추측할 수 있다.

이시영은 기자가 동방에 와서 문명을 전달하기 전에 이미 동방에는 천부경과 삼신三神의 이치와 같은 높은 문화가 존재하고 있었다고 강조하였다. 또한 그는 『동방신단사(東方神檀史)』라는 문헌을 인용하면서 "기자가 동쪽에 와서 신의 이치를 흠경欽敬하면서 교리와 경전을 해석하고 읽었으며 아사달산에 사당을 짓고 그 사당은 자단목紫檀木으로 건조하고 삼신의 위패를 모셨으며 현량賢良 이백 명을 선발하여 봄가을로 제사를 경건하게 모시었다"[66]라고 하였다. 이시영은 대종교인으로,[67] 천부경의 가치를 높이 평가하고 그의 독립운동의지와 민족혼을 상징하는 표현으로써 천부경을 『감시만어』에 수록한 것은 민족의 주체성을 밝히려는 의지로 간주할 수 있을 것이다.

(11) 단군교의 단탁과 단군교부흥경략

1937년 단군교에서 발행한 『단군교부흥경략』에 천부경 전문이 실려 있다.[68] 그 전래경위는 계연수가 묘향산 석벽에서 탁본한 것으로 적고 있으며, 바로 이어 계연수가 전한 편지의 내용이 기록되어 있다. 단군교에서는 이미 1921년 기관지 『단탁』에 계연수의 편지를 소개했기 때문에 『단군교부흥경략』에 그 전래경위를 적은 것은 이상할 것이 없다. 그러나 이미 앞서 살펴보았듯이 단군교당에 전해진 계연수 편지의 전후관계가 의심스럽다는 점과 그 전문이 태백일사본과 동일하다는 것을 고려한다면 단군교에 전해진 천부경은 태백일사본에서 연원할 수도 있다.

---

66) 이시영, 위의 책, 20~21쪽.
67) 1918년 50세에 입교함.(대종교종경종사편수위원회, 『대종교중광육십년사』, 대종교총본사, 817쪽)
68) 『檀君敎復興經略』, 23~25쪽.

『단군교부흥경략』에 의하면 단군교는 천부경, 삼일신고,『태을선학경(太乙仙學經)』을 주요 경전으로 삼고 있다.『태을선학경』에는 연정練精, 연기練氣하는 도교 수련 방법이 구체적으로 나와 있으며, '백일승천白日昇天', '우화羽化' 등의 도교 수련 용어가 많이 차용되고 있다. 이러한 현상은 이미 1920년에 전병훈이『정신철학통편』에서 천부경을 도교적인 관점에서 해석한 바가 있고, 조선시대에 내단 사상가들이 일정한 도맥을 형성했기 때문에 그런 영향 하에 이루어졌다고 이해할 수 있다.

(12) 권상노의 조선종교사초고

퇴경당 권상노는 1937년『조선종교사초고』를 출간하면서 그 속에 천부경 전문과 삼일신고를 소개하고 있다. 권상노는 천부경의 유래를 단군교의 주장과 같이 최치원이 묘향산에 새긴 것을 계연수가 조사照寫하여 전한 것으로 설명하고 있으며 전병훈이 주해했다고 기록했다.[69]

이상으로 1940년대까지 천부경 81자 전문을 실은 문헌들을 중심으로 살펴보았다. 1940년까지 천부경 전문과 주해서가 함께 실려 있는 문헌은 계연수의「천부경요해」, 이관집의「천부경직해」, 전병훈의『정신철학통편』, 권덕규의「단군천부경해」, 김택영의『소호당집속』과「차수정잡수」, 이용태의「천부경도석주해」,『단군교부흥경략』 정도이다. 그 외에 유학자인 석곡石谷 이규준(李圭晙, 1899~1923)이『천부경』을 해제하였다고 하는데,[70] 그 기록의 출처나 해제 연도 등을 확인할 수 없었기에 본 연구에서는 제외하였다.

앞에서도 언급했듯이 이시영은『감시만어』에서 "최근에 천부경 서문에 주석을 달고 이를 해석한 사람이 있다"라고 한 것을 봐서는 임정 당시

---

69) 퇴경당권상노박사전집간행위원회,『퇴경당전서』 8, 1998, 866쪽.
70) 이천효,「천부경의 본의해석」,『도서관학논집』 25집, 경북도서관학회, 1996.

천부경이 독립운동가 사이에 알려져 있었음을 알 수 있다. 이유립의『대배달민족사』에는 오동진吳東振, 홍범도洪範圖, 최시흥崔詩興, 이덕수李德秀, 이용담李龍潭, 여운형呂運亨, 이유항李裕沆, 전봉천全鳳天, 박노철朴魯澈 등이 천부경을 찬贊한 내용이 전해진다.[71]

　이처럼 일제강점기 항일독립운동가들 사이에 천부경의 소개와 주해가 활발했다는 것은, 당시 단군의 상징이 민족자주성을 의미하는 독립운동의 강력한 추동력이 되었다는 것을 의미하며, 천부경의 상징 역시 민족정신의 원형과 자주적 정체성을 회복하려는 독립운동의 강력한 추동력이었음을 확인할 수 있다. 이때의 천부경의 주해는 주로 석벽본을 중심에 두고 있다. 그리고 1940년대까지 독립운동가들 사이에 천부경이 연구되었던 분위기를 감안한다면 아직 발견되지 않은 문헌들도 많을 것으로 추측된다.[72]

　해방 이후부터 천부경에 대한 연구나 해제가 꾸준히 지속되었고,[73]

---

71) 乾坤正氣創成倍達授符遺往率將而主熊虎願化平等與婚假化之德弘益人間(吳東振), 天旋地轉環成五七一積而鉅無賈而三一像之眞根核永生大哉天符萬世寶典(洪範圖), 一始大道一无天白日頭山開天定世運機三四成環五七天符大典萬世準極(崔時興), 桓雄聖德與天同符天符大義人中爲一像乃三眞物我同胞太陽思想亘古長明(李德秀), 崇明之鄕倭獄之囚郎誦天經胸生霽月求我之道讀可通祖國獨立天符精神(李龍潭), 太虛兩間惟氣自盈獨此天符萬世糧識無糧而飢無識而豫劣桓雄天經足富我民(呂運亨), 天符爲道知我求獨不知者弱能知則强宣哉天符萬理條暢愚得明懦能健勇(李裕沆), 天符經作肇自桓雄道盡兼聖存神眞傳文明赫濯年將六千假哉桓雄大敎權輿(全鳳天), 神誌之篆見於古碑孤雲之筆移成帖雲樵之勤抽印壁刻經世大訓首諸群聖(朴魯澈) 透出太一肇開天門首出庶物桓雄道尊以我主性與天合神一妙萬衍光燭三界.(이유립,『대배달민족사』3, 10~11쪽)

72) 석벽본이 단군교와 대종교에 전승되었고 일제강점기에 독립운동가들 중에 단군교도와 대종교도가 많았던 것이 한 이유가 된다. 일제강점기 이후의 천부경 연구사에 대한 것은 이형래의「천부경 연구사 소고」를 참조하기 바람.

73) 1940년대 이후부터 1960년대까지 출간된 천부경 주해서들은 鄭仁卓의『滄臯集』제2권(1952년), 一菴 金炯鐸의『檀君哲學釋義』(1957년), 柳正基의『東洋思想事典』(1965년), 白雲 韓圭性의『檀君天符經 解論』(1968년), 淵九 崔康의『古今觀我丹心典』(1968)이 있다. 이 외에 이유립은 育泉 安朋彦, 心堂 李固善 등 주해를 했다고 한다. 상기에 언급한 각각의 천부경의 전문은 모두 석벽본·태백일사본과 동일하지만 그 句讀法은 상호간에 차이가 있다.(이유립, 위의 책, 32쪽)

주로 유교, 불교, 도교적 측면에서 이루어졌다. 그러나 계연수에서 이유립으로 이어지는 단학회나 대종교 이용태의 경우 한국고유의 철학체계인 삼원사상을 중심으로 연구하고 있는 것이 특색이라 할 수 있다. 근대 이후 기독교[74]와 현대물리학, 한의학[75]적 관점에서의 연구 성과도 다수 있다. 뿐만 아니라 기존의 이론적인 해석보다 선도 수련적인 의미로 해석한 연구논문도 발표된 바 있다.[76] 그 해석들은 각각 다르나 태백일사 · 석벽본을 저본으로 하고 있다.

태백일사본은 계연수의 「천부경요해」, 이관집의 「천부경직해」로 전승되면서 주로 단학회를 중심으로 학문이나 사상, 역사 연구를 중심으로 계승되었다. 석벽본은 전병훈의 『정신철학통편』, 단군교의 『단탁』, 김택영의 『소호당집속』과 「차수정잡수」, 이용태의 「천부경도석주해」, 이시형의 『감시만어』, 『단군교부흥경략』, 권상노의 『조선종교사초고』로 그 전문이 이어졌다고 볼 수 있으며, 주로 단군교나 대종교를 통해 천부경이 이들에게 전달되었다.

태백일사 · 석벽본의 전문과 일치하지 않은 것은 최치원의 단전요의본, 노사 기정진본, 은문 천부경이다. 이 세 개의 천부경은 상호간에 다소 다른 자구가 있더라도 경문의 이름을 천부경으로 하지 않았다는 것이 공통점이라 할 수 있다.[77] 노사 기정진본과 단전요의본은 태백일사 · 석벽본의 '人中天地一'을 '人中天中一'로 기록하고 있다. 그것을 우연의 일치로

---

74) 이에 대한 자세한 것은 조남호의 「천부경의 연구사 정리(2)」(『선도문화』 2, 선도문화연구원, 2007)를 참조.

75) 전춘삼, 「한국전통 양생기공사상과 삼대경문」, 대구한의대 석사학위논문, 2007.

76) 조남호는 기존의 이론적인 해석에 대한 한계를 지적하면서 천부경을 동작 형태로 표현한 天符神功을 수련적 의미로 조명하였다.(조남호, 「천부경 해석의 문제점(1)」, 『선도문화』 1, 선도문화연구원, 2006)

77) 은문 천부경에 해서체로 된 천부경이란 제목과 인장이 찍혀 있다. 소장자인 민홍규가 원본에는 제목이 없었는데 나중에 천부경임을 알고 붓으로 써넣은 것이며, 인장은 본인이 주인을 알리기 위해서 본인의 도장과 집안 관련 도장을 찍었다고 증언하였다고 한다.(대종언어연구소 www.hanja.co.kr 게시판 참조)

보기는 어렵고, 전승과정에서의 상호간 어떤 연관성을 추정할 수 있다. 따라서 태백일사·석벽본과는 다른 전승과정을 가지고 있을 가능성이 높다.

이상에서 살펴본 바에 따르면, 천부경이란 이름은 『환단고기』를 통해 세간에 널리 알려졌지만, 천부경은 『환단고기』와 관계를 짓지 않아도 그 존재와 전래가 설명될 수 있다. 그리고 계연수가 전한 석벽본을 중심으로 한 천부경의 전승과정에는 다소 의문점이 있다 하더라도 한국 고대로부터 천부경이 존재하였고 여러 전승과정이 있었음은 의심할 여지가 없다.

2. 삼일신고

한국선도의 철학체계에 있어서 천부경은 하나一를 중심으로 하늘天과 땅地 그리고 사람人, 즉 삼원三元의 작용에 의한 우주의 운행 원리를 설명하는 존재론에 해당한다. 그리고 삼일신고의 5개 가르침訓은 천론, 신론, 우주생성론, 인간론, 수행론, 실천론 등 세부적으로 구분해서 살펴볼 수 있다. 따라서 삼일신고는 천부경과 더불어 한국선도의 철학적 체계를 규명하는데 아주 중요한 문헌이 된다. 현재 전해지고 있는 삼일신고는 크게 발해 석실본渤海 石室本, 태소암본太素庵本, 신사기본神事記本 세 가지로 구분할 수 있다.[78]

1) 발해 석실본

발해 석실본과 신사기본은 대종교와 관련이 있다. 대종교를 중광한 홍암弘巖 나철은 일본에서 독립외교활동 중에 을사조약(1905)의 소식을 듣고 황급히 귀국한 1906년 1월 24일(음력 1905년 12월 30일) 서대문역에서,

---

[78] 이유립은 崔岡本(석실본)과 太白敎本(태백일사본), 신사기본 이외에도 俗本이라고 해서 네 가지가 전해지고 있다고 한다. 태백일사본을 원본으로 보고 속본의 전문은 원본과 같은데 신사기본과 혼동하여 자구가 틀린 것이 있다고 지적하고 있다. (이유립, 『대배달민족사』 권5, 146쪽)

백두산에서 수도하는 백봉白峯[79])이 보낸 백전伯佺이라는 도인으로부터 삼일신고와 『신사기』를 받았다.

이후 무원茂園 김교헌(金教獻, 1868~1923)이 삼일신고를 활자본의 한문원본으로 1912년 4월 7일 서울에서 간행했다. 백포白圃 서일(徐一, 1881~1921)은 삼일신고를 도해 강의한 『도해삼일신고강의(圖解三一神誥講義)』를 1916년에 완성하였고,[80]) 『신사기』, 『신리대전(神理大全)』, 『회삼경(會三經)』 등을 하나로 엮어 대종교동도본사大倧教東道本司에서 『사책합부(四冊合附)』란 이름으로 출간하여 지금까지 전해지고 있다.[81]) 그리고 광복 후 서울에서 단애檀崖 윤세복(尹世復, 1881~1960)이 『도해 삼일신고강의』 내용의 일부를 발췌하고 여러 사람들의 번역을 첨가한 삼일신고와 『신리대전』, 『신사기』, 『회삼경』 등과 합본하여 1948년 『역해 종경사부합편(譯解倧經四部合編)』을 출간하였다.[82])

「삼일신고봉장기」에 의하면 삼일신고는 석본石本과 단본檀本이 전해졌으나 병화로 소실되고 발해 문왕이 봉장한 삼일신고는 고구려에서 번역한 것이라고 한다.[83]) 이후 백봉이 십 년 동안 백두산에서 하늘에 기도하여 삼일신고를 비롯한 여러 경전과 단군의 역사를 기록한 책을 석함石函에서 얻었다고 한다.[84]) 나철이 백전으로부터 받은 삼일신고는 백두산

---

79) 백봉과 관련하여 나철의 창교를 신비화하기 위한 조작이라고 하는 비평이 없지 않지만, 이강오는 백봉은 당시 백두산 중에 수도인으로서 분명히 존재된 인물이며, 그를 포함한 일단의 활동은 나철의 단군교단 창립에서 결실을 보게 된 것이라고 주장한다.(이강오, 「단군신앙(총론Ⅰ)─한국신흥종교 자료편 제2부」, 33쪽)

80) 정길영, 「백포 서일 연구─대일항쟁을 중심으로」, 국제뇌교육종합대학원 박사학위논문, 2013, 51쪽.

81) 김동환, 「백포 서일의 삶과 사상」, 『올소리』 6, 흔뿌리, 2008, 107쪽.

82) 『사부합편』, 12쪽.

83) 『사부합편』, 44쪽.

84) 「檀君教佈明書」, "白峰은 十年동안 百苦를 經하시고 太白山中에서 禱天하여, 大皇祖 神聖의 黙契를 受하고 本教經典과 檀君朝實史를 石函中에서 得하였다."(『육십년사』, 85쪽)

보본단報本壇 석실石室에서 백봉이 얻게 되었기에 '석실본'이라 부른다. 보본단은 『규원사화』에도 언급되어 있기에,[85] 발해 당시 보본단이 있었음을 짐작할 수 있다.

석실본에는 발해시조 고왕 대조영(大祚榮, ?~719, 재위 698~719)의 동생 대야발大野勃이 지은 서문과 대조영이 직접 지은 「어제삼일신고찬(御製三一神誥贊)」이 있다. 그 다음에 본문으로 「천훈(天訓)」, 「신훈(神訓)」, 「천궁훈(天宮訓)」, 「세계훈(世界訓)」, 「진리훈(眞理訓)」 5개의 가르침(訓)으로 분장되어 있고 각 장마다 자수대부紫授大夫 선조성宣詔省 좌평장사左平章事이면서 문적원감文籍院監인 임아상任雅相이 대조영의 칙명을 받고 쓴 주해와 각 가르침 뒤에 대조영 어찬이 함께 실려 있다. 본문 다음에 고구려의 개국공신인 극재사克再思[86]가 지은 「삼일신고독법(三一神誥讀法)」이 있고, 맨 끝에 발해 문왕 대흠무(大欽茂, ?~793, 재위 737~793)가 지은 「삼일신고봉장기」가 첨부되어 있다. 석실본에는 𤽅(虞), 𣑥(無), 𥛪(神), 𩄀(靈), 𤇖(腦), 𠰔(哲), 众(衆), 𤘖(觸) 등 발해 이후의 문체에서 보기 힘든 옛날 한자를 사용하고 있다.[87] 그 원문을 살펴보면 다음과 같다.

> 三一神誥
> 天訓
> 帝曰 元輔彭虞 蒼蒼非天 玄玄非天 天無形質 無端倪 無上下四方 虛
> 虛空空 無不在 無不容
> 神訓
> 神 在無上一位 有大德大慧大力 生天 主無數世界 造牲牲物 纖塵無漏
> 昭昭靈靈 不敢名量 聲氣願禱 絶親見 自性求子 降在爾腦

85) 『揆園史話』「檀君記」, "渤海時有報本壇."(북애자 지음, 고동영 옮김, 규원사화, 흔뿌리, 2005, 133쪽. 이하 쪽수만 표기함.)
86) 克再思는 고구려 개국공신이다. 주몽을 처음 만났을 때 麻衣를 입고 있었고, 주몽이 克씨라는 성을 내려주었다고 한다.(『삼국사기』권 제13, 「고구려본기」제1)
87) 『사부합편』에는 모두 옛 한자로 기록되어 있지만, 이 책에서는 가독성을 위해서 현재 사용되고 있는 한자를 사용한다.

天宮訓

天 神國 有天宮 階万善 門万德 一神攸居 羣靈諸哲 護侍 大吉祥 大光
明處 惟性通功完者 朝 永得快樂

世界訓

爾觀森列星辰 數無盡 大小明暗苦樂不同 一神 造羣世界 神 勅一世界
使者 轄七百世界 爾地自大 一丸世界 中火震盪 海幻陸遷 乃成見象
神 呵氣包底 煦日色熱 行翥化游栽物 繁殖

眞理訓

人物 同受三眞 曰性命精 人全之 物偏之 眞性無善惡 上哲通 眞命無淸
濁 中哲知 眞精無厚薄 下哲保 返眞一神 惟衆迷地 三妄着根 曰心氣身
心依性 有善惡 善福惡禍 氣依命 有淸濁 淸壽濁殀 身依精 有厚薄 厚貴
薄賤 眞妄對作三途 曰感息觸 轉成十八境 感 喜懼哀怒貪厭 息 芬爛寒
熱震濕 觸 聲色臭味淫抵 衆 善惡淸濁厚薄相雜 從境途任走 墮生長肖
病沒苦 哲 止感調息禁觸 一意化行 返妄卽眞 發大神機 性通功完是[88]

　　일반적으로 석실본이라고 함은 김교헌이 1912년 4월 7일 간행한 활자
본을 가리킨다. 최근에 대종교의 판본 중 가장 오래된 판본으로 추정되는
필사본이 발견되었는데, 이에 따르면 1904년 3월 백두산 옛 제단 터에서
백봉신사가 발굴한 것으로 기록되어 있다. 이 판본은 대종교에서 나온 여
타 판본들과 거의 동일한데, 특이한 것은 마지막에 실려 있는 「부현세(復
現世)」[89]라는 부분이 있다. 「부현세」는 이 판본에 유일하게 나타나는 내
용으로 백봉신사가 삼일신고를 발굴한 배경과 감격 그리고 감회를 토로
하고 있다.[90]

---

88) 懸吐와 임아상의 註解와 대종교 인사들의 講解부분은 제외하고 原文만 게재함.
　　(『사부합편』, 13~33쪽)
89) "三一神誥復現世 吾大倧敎經典古蹟遭 奇握溫氏之厲禁而湮沒 豈不恨哉 不肖於今春
　　三月 幸賴神感 掘得渤海文王大興三年石函藏本三一神誥　太白山古祭壇遺址噫吾敎
　　雖中衰不振而今日古經之復現于世泃 神意之中興吾敎也明矣 其又何恨哉 薰沐騰佈
　　于南北信奉兄弟姉妹 神祖降世之七十三週辰上月白峯告."(국학연구소, 「최초 공개
　　삼일신고 초간본」, 『올소리』 6, 흔뿌리, 2008, 164쪽)
90) 이 필사본은 현재 독립기념관에 소장되어 있으며 입수처는 고서점 호산방이고 책

이상의 내용을 정리하면, 석실본은 고구려를 통해 전해진 것으로 볼 수 있다. 석실본을 발해문왕이 태백산의 보본단 석실에다 봉장했다는 내용과 백봉이 석함을 발견한 곳이 같은 곳이라면 그 전승과정을 고조선(석본, 단본) → 고구려 번역본 → 발해(고왕, 문왕) → 보본단 → 백봉 → (백전용) → 나철(대종교)로 보는 것이 적절할 것이다.

2) 태소암본

태소암본은『태백일사』에 편재되어 있는데『태백일사』는 일십당주인 一十堂主人 이맥이 엮은 책이고 해학 이기가 간직하고 있던 책이다.『태백일사』「고려국본기(高麗國本紀)」에『단군세기』의 저자 행촌 이암이 천보산에 유람 갔다가 태소암에서 야숙을 하게 되었는데, 소전素佺이라는 거사居士로부터 이명 · 범장과 함께 환단으로부터 전수된 진결을 얻었다고 한다.[91] 이암, 이맥, 이기 모두 고성固城 이씨李氏로 같은 문중 사람이고, 이맥의『태백일사』에서 삼일신고가 이암이 얻은 진결로부터 유래했다고 보기에『태백일사』에 실려 있는 삼일신고를 '태소암본' 혹은 '천보산 태소암본'이라고 한다. 따라서 천보산 태소암본이『태백일사』에 실려 있어 '태백일사본'이라고 해도 크게 무리는 없을 듯하다.『태백일사』에서는 삼일신고를 신시개천 시대에 나온 것[92]으로 보고 있다. 신시개천神市開天 시대에서부터 어떻게 태소암에 비장되었는지는 확인할 수 없으나 그 전승과정을

의 크기는 가로 18.4㎝, 세로 26.2㎝이며 총 28면이다. 조준희는 필사본이 활자본보다 앞선 것으로 추정한다.(조준희,「삼일신고 독경 연구」, 91쪽) 이 판본의 겉표지에 삼일신고라는 제목과 秘라는 글자가 적혀 있음을 볼 때, 대종교가 부활하는 1909년 이전 혹은 그 직후에 나타난 것으로, 대종교의 몇몇 핵심인사들만이 비밀리에 회람한 판본으로 추정할 수 있다. 1912년 인쇄본부터는 누락되어 있다.(위의 책, 162~164쪽)

91)『太白逸史』「高麗國本紀」, "杏村先生 嘗遊於天寶山 夜宿太素庵 有一居士曰素佺 多藏奇古之書 乃與李茗范樟 同得神書 皆古桓檀傳受之眞訣也."

92)『太白逸史』「蘇塗經典本訓」, "三一神誥 本出於神市開天之世 而其爲書也."

대략 신시개천시대(환웅시대) → 소전(태소암) → 이암 → 이맥 → 이기(단학회)로 볼 수 있다. 그 전문은 다음과 같다.

三一神誥 總三百六十六字
第一章 虛空 三十六字
帝曰爾五加衆蒼蒼非天玄玄非天天無形質無端倪無上下四方虛虛空空無不在無不容
第二章 一神 五十一字
在無上一位有大德大慧大力生天主無數世界造牲牲物纖塵無漏昭昭靈靈不敢名量聲氣願禱絶親見自性求子降在爾腦
第三章 天宮 四十字
天神國有天宮階萬善門萬德一神攸居羣靈諸哲護侍大吉祥大光明處惟性通功完者朝永得快樂
第四章 世界 七十二字
爾觀森列星辰數無盡大小明暗苦樂不同
一神造羣世界神勑一世界使者舝七百世界爾地自大一丸世界中火震盪海幻陸遷乃成見像神呵氣包底煦日色熱行翥化游栽物繁殖
第五章 人物 一百六十七字
人物同受三眞惟衆迷地三妄着根眞妄對作三途
曰性命精人全之物偏之眞性善無惡上哲通眞命淸無濁中哲知眞精厚無薄下哲保返眞一神
曰心氣身心依性有善惡善福惡禍氣依命有淸濁淸壽濁夭身依精有厚薄厚貴薄賤
曰感息觸轉成十八境感喜懼哀怒貪厭息芬爛寒熱震濕觸聲色臭味淫抵衆善惡淸濁厚薄相雜從境途任走墮生長肖病沒苦哲止感調息禁觸一意化行改妄卽眞發大神機性通功完是[93]

석실본의 경우 5개의 '훈訓'으로 되어 있는 것에 반해 위의 태소암본은
'장章'으로 구분 짓고 있다. 태소암본의 '제1장 허공', '제2장 일신', '제5장
인물'은 석실본에서 '천훈', '신훈', '진리훈'으로 표기 되어 있다. 제목이 다
른 것을 봐서는([표 1] ① 참조) 석실본과 태소암본은 동일한 저본으로 출
발했으나 어느 일정한 시대에서부터는 서로 전승과정을 달리했음을 추측
할 수 있다. 『태백일사』에 따르면, 삼일신고는 원래 장구분이 안되어 있
었는데 이암이 처음으로 분장했다고 한다.[94] 따라서 이암에 의해 고려 말
이후부터 태소암본과 석실본은 장 제목과 「진리훈」의 일정 부분([표 1]
③ 참조)이 달라진 것으로 추측된다.

3) 신사기본

나철은 백봉이 보낸 백전으로부터 삼일신고(석실본)뿐만 아니라 『단군
교포명서』와 『신사기』를 함께 받았다. 이때 받은 『신사기』는 1949년에
간행된 『사부합편』에 실려 있으며, 『신사기』의 「교화기(敎化紀)」에 삼일
신고 전문이 실려 있기 때문에 이를 '신사기본'이라고 한다.

이외에도 2종의 『신사기』가 있는데, 그 하나는 신태윤(申泰允, 1884~1962)
이 1938년에 출간한 것으로,[95] 특이하게 우주를 육대설(六大說, 空, 熱,
震, 濕, 寒, 固)로 설명하고 있다. 이외에도 신태윤의 『신사기』에는 나반과
아만이라는 인류 최초의 남자와 여자가 등장하고 있으며 이로부터 다섯
종족이 생겨 환웅, 단군으로 이어졌다고 기술하고 있다.

다른 1종의 『신사기』는 1918년 대종교동도본사大倧敎東道本司에서 발
간한 『사책합부』[96]에 실려 있다. 『사책합부』에 실려 있는 『신사기』에는

---

94) 『太白逸史』「蘇塗經典本訓」, "三一神誥 舊本無分章 杏村先生分章 一曰虛空 二曰一
　　神 三曰天宮 四曰世界 五曰人物."
95) 신태윤, 『圖解三一神誥講義』(국립중앙도서관 소장본), 삼인동정사, 1938.
96) 2007년 1월에 (사)국학연구소 이영재 전 이사장이 발굴했다 한다.(조준희, 「삼일신
　　고 독경 연구」, 90쪽)

삼일신고의 원문이 없기에 후대에 가필되었다고 추측하기도 한다. 『신사기』의 구성은 「조화기(造化紀)」, 「교화기(敎化紀)」, 「치화기(治化紀)」로 이루어져 있다. 「교화기」에 의하면 환웅은 하느님으로써 인간으로 변화하여 대도大道를 세우고 큰 가르침大敎을 베풀고 신고神誥를 통해 무리들을 가르쳤다고 한다.[97] 이어서 바로 삼일신고 전문이 나온다. 만약 「교화기」에 삼일신고 전문을 빼고 나면 위의 짧은 문구만 남기에, 「조화기」와 「치화기」의 각 분량과 비교할 때 「신사기」의 전체 문장 구조상 상당히 부자연스러운 현상이 발생하게 된다. 따라서 『사책합부』에 삼일신고의 원문이 없다고 해서 신사기본은 후대에 와서 가필되었다고 단정하기에는 무리가 있을 듯하다. 대종교동도본사에서 『사책합부』 발간 당시 삼일신고를 누락했을 가능성도 배제할 수 없다. 단애 윤세복이 신사기가 어느 시대 누가 지었는지는 알 수 없다고 하였듯이,[98] 아직 정확한 그 전래경위에 대해 현재로서는 알 수 없다.

신사기본의 삼일신고 전문은 환웅시대의 큰 가르침으로 설명하면서 '삼일신고'가 아닌 '신고'라고 기술되어 있다.[99] 또한 석실본이나 태소암본처럼 분장이 되어 있지 않고 장의 제목도 없다. 『태백일사』에서는 이암이 처음 삼일신고를 분장했다고 한다.[100] 만일 이 주장을 받아들인다면, 세 개의 판본 중에 장 제목이 없는 것은 신사기본이기에 신사기본이 원형을 유지하고 있을 가능성이 가장 높다. 만일 위의 주장대로 신사기본이 후대에 와서 가필되었다면, 석실본이나 태소암본이 저본이 되었을 텐데

---

97) 『神事記』「敎化紀」, "欽稽敎化主호니 曰 桓雄이시니 以神化人하사 立大道하시며 設大敎하사 感化蚩蚩民하시니라 演神誥하사 大訓于衆하시다."(『사부합편』, 84쪽)

98) 『神事記』「譯解神事記跋辭」, "此書는 本無序跋하니 何代誰氏의 所作임을 雖不能 知나 文字는 簡古하고 神事가 畢備이다."(『사부합편』, 102쪽)

99) 『神事記』「敎化紀」, "欽稽敎化主호니 曰 桓雄이시니 以神化人하사 立大道하시며 設 大敎하사 感化蚩蚩民하시니라. 演神誥하사 大訓于衆하시다."(『사부합편』, 84쪽)

100) 『太白逸史』「蘇塗經典本訓」, "三一神誥 舊本無分章 杏村先生分章 一曰虛空 二曰 一神 三曰天宮 四曰世界 五曰人物."

왜 분장을 하지 않았는지 쉽게 납득되지 않는다. 이에 대해서는 좀 더 세밀한 연구가 필요한 부분이다. 이런 점 때문에 이유립이 신사기본을 최초 환웅이 전한 원서의 흔적이 있다고 한 연유를 짐작할 수 있다.[101]

석실본의 대야발 서문과 발해고왕의 어찬에는 '삼일신고'라고 직접 언급되어 있고, 임아상이 '삼일'에 대하여 주해[102]한 것으로 볼 때 '삼일신고'란 명칭이 발해 때에는 존재하고 있었음이 분명한 듯하다. 그러나 고구려 개국공신인 극재사가 「삼일신고독법」을 지었다고는 하나 제목 이외의 내용에는 삼일이란 명칭이 없고 단지 '신고'라고만 언급되어 있다. 「삼일신고봉장기」의 내용에도 삼일이란 명칭이 없고, 발해에 전해진 삼일신고는 고구려의 번역본이라고만 되어 있다. 이러한 정황을 살펴보건대, 삼일신고의 전문은 환웅시대부터 전해진 것으로 보이며, 삼일신고라고 불리어진 것이 고구려 시대인지는 확신할 수 없다. 신고를 삼일신고로 부른 것은 발해 때부터로 짐작된다.

4) 3종의 삼일신고 비교

지금까지 살펴본 석실본, 태소암본, 신사기본의 차이점을 다음과 같이 표로 나타낼 수 있다.

[표 1] 3종의 삼일신고 비교 · 분석표

구분	석실본	태소암본	신사기본
①	天訓	第一章 虛空	훈과 장의 구분이 없음
	神訓	第二章 一神	
	天宮訓	第三章 天宮	
	世界訓	第四章 世界	

---

101) 『대배달민족사』 3권, 64쪽.
102) [註] "三一 三眞歸一也 神明也 諳文言也"(『사부합편』, 13쪽)

	眞理訓	第五章 人物	
②	帝曰 元輔彭虞	帝曰 爾五加衆	主若曰 自爾衆
③	신사기본 과 동일	人物 同受三眞 惟衆迷地 三妄着根 眞妄對作三途 曰性命精 人全之 物偏之 眞性善無惡 上哲通 眞命清無濁 中哲知 眞精厚無薄 下哲保 返眞一神 曰心氣身 心依性 有善惡 善福惡禍 氣依命 有清濁 清壽濁夭 身依精 有厚薄 厚貴薄賤 曰感息觸 轉成十八境 感 喜懼哀怒貪厭 息 芬殤寒熱震濕 觸 聲色臭味淫抵 衆善惡清濁厚薄相雜 從境途任走 墮生長肖病沒苦 哲止感調息禁觸 一意化行 改妄卽眞 發大神機 性通功完是	人物 同受三眞 曰性命精 人全之 物偏之 眞性無善惡 上哲通 眞命無清濁 中哲知 眞精無厚薄 下哲保 返眞一神 惟衆迷地 三妄着根 曰心氣身 心依性 有善惡 善福惡禍 氣依命 有清濁 清壽濁夭 身依精 有厚薄 厚貴薄賤 眞妄對作三途 曰感息觸 轉成十八境 感 喜懼哀怒貪厭 息 芬殤寒熱震濕 觸 聲色臭味淫抵 衆善惡清濁厚薄相雜 從境途任走 墮生長肖病沒苦 哲止感調息禁觸 一意化行 返妄卽眞 發大神機 性通功完是

[표 1]의 ② 에서 보듯이 석실본의 「천훈」은 '제왈 운보팽우帝曰 元輔彭虞'로 시작하고 태소암본 「제1장 허공」에서는 '제왈 이오가중帝曰 爾五加衆'으로 신사기본에서는 '주약왈 자이중主若曰 自爾衆'으로 시작한다. 3종의 삼일신고 첫 머리가 모두 다르다. 석실본에서 '원보팽우'의 '원보'는 관직명이고 '팽우'는 사람의 이름이다.[103] 팽우는 단군 왕검 때의 인물로『환단고기』와『규원사화』에 그 행적이 나와 있지만,[104] 환웅시대에는 원보

---

103)『사부합편』, 14쪽.
104)『三聖記全』上篇, "檀君 端拱無爲 坐定世界 玄妙得道 接化群生 命彭虞 闢土地 成造 起宮室 高矢 主種稼.";『檀君世紀』, "於是 命彭虞 闢土地 成造 起宮室 臣智 造書契 奇省 設醫藥.", "丁巳五十年 洪水汎濫 民不得息 帝命風伯彭虞治水 定高山大川 以

란 관직명을 찾을 수가 없다.[105]

태소암본의 '이오가중'은 '오가五加'와 '일반 대중衆'을 의미한다. 오가는 환국시대에도 있었던 것으로 『삼성기』하편과 『태백일사』「환국본기(桓國本紀)」에 보이나, 주로 단군조선시대에 대해 많이 언급되고 있다. 『단군세기』의 단군 왕검이 천범天範을 공표하는 마지막 구절에 '이오가중 기흠재爾五加衆 其欽哉'라고 되어 있다. 따라서 석실본과 태소암본은 모두 단군이 중생을 교화하는 모습을 기준으로 기록한 것으로 봐야 할 것이다.

『신사기』「교화기」에 환웅을 언급한 후, 바로 이어서 오가나 원보팽우와 같이 당시 시대를 암시하는 단어가 없고 '주약왈 자이중'이라 하고 있다는 점과 발해에 와서야 신고를 삼일신고로 했다는 점 그리고 이암이 처음 분장을 했다는 점 등을 토대로 볼 때 신사기본이 원형에 가장 가깝다고 추측된다.

3종의 삼일신고에서 가장 차이가 나는 곳은 [표 1]의 ③이다. 석실본과 신사기본은 동일한데 태소암본과 비교했을 때 상호간 자구字句와 서술의 순서가 차이가 있다.

석실본과 신사기본에는 세 가지 참됨三眞인 성性 · 명命 · 정精에 대해 설명한 후, 세 가지 망령됨三妄인 심心 · 기氣 · 신身에 대해 설명하고, 참됨과 허망함이 만나서 생기는 세 갈래 길三途인 감感 · 식息 · 촉觸에 대해 설명하면서 망령됨으로부터 참됨을 회복하기 위한 수행법인 지감止感 · 조식調息 · 금촉禁觸 삼법수행三法修行을 통해 성통공완性通功完에 이른다고 한다. 이에 비해 태소암본에서는 삼진과 삼망 그리고 삼도의 관계를 먼저

便民居 牛首州有碑."『揆園史話』「檀君記」에 "단군이 홍수를 만나서 彭吳에게 산천을 다스리게 하고 백성이 살 곳을 정했다고 한다.(檀君遭洪水 使彭吳治山川 奠民居云云)"라는 내용은 『檀君世紀』의 내용과 유사하다. 『揆園史話』의 彭吳과 『桓檀古記』의 彭虞은 동일 인물인 듯하다. 『神事記』「治化紀」에도 단군이 彭虞에게 토지를 개간하고 사람들에게 거처를 마련할 수 있도록 하라는 명을 내리는 부분이 있다.

105) 이러한 석실본의 특징을 통해, 이유립은 대종교가 역사의 상한을 단군시대로 하고 환웅의 치적을 단군 왕검의 정치활동으로 바꾸어 놓았다고 지적하고 있다.

설명한 후, 삼진과 삼망, 삼도에 대해 설명하고 삼법수행을 통해 성통공완에 이른다고 한다.

석실본과 신사기본의 삼진은 선악이 없고無善惡 청탁이 없으며無淸濁 후박이 없다無厚薄고 하여 이원적二元的 세계관을 초월한 차원에서 삼진을 설명하고 있는데 반해, 태소암본은 삼진을 악함이 없는 선함善無惡과 탁함이 없는 맑음淸無濁, 엷음이 없는 두터움厚無薄으로 설명하고 있어 대대적 이원성의 논리 안에서 삼진을 이해하고 있다. 이암은 고려 후기의 사람으로서 성리학의 이원성 논리에 영향을 받아,[106] 당시 전해지던 삼일신고를 성리학적 체계에 맞게 해석하고 분장하면서 일부 자구와 선후를 변경했을 것으로 추측된다.

이상에서 살펴본 바를 정리하면, 현존하는 삼일신고는 신사기본이 신시개천시대 이후 전해진 신고의 원형을 가장 잘 보존하고 있다고 보이며, 그 다음으로 석실본, 이암이 분장한 태소암본 순으로 보는 것이 적절하다. 본 연구에서 인용하는 삼일신고의 366자 전문은 신사기본을 기본으로 하되, 분장한 제목은 석실본을 기준으로 한다.

---

106) 고려 말의 大儒 李穡의 스승이자 유명한 성리학자 白頤正(1247~1323)은 그의 先外從叔이다. 이암의 조부 李尊庇(1233~1287)는 외삼촌인 白文節(?~1282)에게서 직접 학문을 수업하였는데, 白文節은 바로 백이정의 아버지다. 이암은 또한 과거시험을 관장하는 同知貢擧 혹은 知貢擧를 맡아 많은 유학자 관료들과 관계를 맺었다. 이러한 그의 혈연적 학문적 인맥은 고려말 성리학 발전의 중요한 촉매 역할을 하였으며, 여말 선초 성리학자들로부터 높은 추앙을 받은 인물의 하나였다. (한영우, 「행촌 이암과 단군세기」, 『행촌 이암의 생애와 사상』, 일지사, 2002, 13~14쪽)

5) '삼일'의 의미

임아상은 '삼일신고'의 의미를 다음과 같이 해석했다.

三一은 三眞歸一也라 神은 明也오 誥는 文言也라.[107]

임아상의 주해에 따르면 '삼일三一'이란 '삼진귀일三眞歸一'을 뜻하며 '신神'은 '밝음明'을 뜻한다고 해석했다. 대조영은 삼일의 의미를 '즉삼즉일卽三卽一'이라고 표현하였는데,[108] 나철은 『신리대전』「신교(神敎)」에서 「진리훈」의 '일의화행一意化行'이 되는 이유가 '즉삼'에 있고 '삼진귀일'은 '즉일'에 있다고 했다.[109] 이러한 나철의 해석에 대해 서일은 '즉삼'과 '즉일'을 따로 분리하여 '셋에 나아감卽三'은 '반망返妄적 공부'를 의미하고 '하나에 나아감卽一'은 '반진返眞적 공부'를 의미한다고 했다.[110]

또한 나철은 '삼일'의 의미를 "나누면 셋이고, 합하면 하나이니 셋과 하나로써 하느님 자리가 정해진다"라고 하며 '하느님 자리神位'로 설명하였다.[111] 그리고 '삼일'을 '대종大倧의 이치'라고 하여 "하나만 있고 셋이 없으면 그 쓰임이 없고 셋만 있고 하나가 없으면 몸이 없다. 그러므로 하나는 셋의 몸이 되고 셋은 하나의 쓰임이 된다"[112]라고 하여 체용론體用論

---

107) 『사부합편』, 13쪽.
108) 「御製三一神誥贊」, "帝演寶誥하시니 籀篆이 璿璘이로다 大道는 眞倧이니 邁化超神이로다 卽三卽一하야 返妄歸眞이로다 恒照恒樂하시니 羣象이 同春이로다." (『사부합편』, 9쪽)
109) 『神理大全』「神敎」, "一意化行은 所以卽三이오 三眞會歸는 所以卽一이니 而三而一하야 以合于神하니라." (『사부합편』, 67쪽)
110) [註] "卽三者는 返妄的工夫오 卽一者는 返眞的工夫니 返妄은 施其用之事也오 返眞은 荏其體之事也니라." (위의 책, 같은 쪽)
111) 『神理大全』「神位」, "分則三也오 合則一也니 三一而神位定하나니라."(『사부합편』, 57쪽)
112) 『神理大全』「神敎」, "大倧之理는 三一而已니 有一無三이면 是無其用이오 有三無一이면 是無其體 라 故로 一爲三體오 三爲一用이니라."(『사부합편』, 65쪽) 一神과 三神의 관계를 체용론으로 보는 관점은 『太白逸史』「三神五帝本紀」에도 나타난다.

으로 설명하였다. 서일은 이러한 나철의 해석을 '삼신일체三神一體' 사상으로 정리하였다.113)

임아상의 '삼진귀일'에 대해, 서일은『회삼경』「삼신(三神)」에서 '즉삼즉일卽三卽一'114)로 대조영과 같은 표현으로 이해한 반면, '즉일즉삼卽一卽三'은 '하느님의 도神道'라고 하여 하느님體으로부터 우주만물의 생성用까지를 설명하고 있음을 시사하고 있다.115)

『삼일신고』의 전체 문맥은「천훈」에서의 형이상학적 존재인 하늘이「신훈」에서 의인화된 하느님으로 전화轉化되고, 그 하느님이 있는 곳을 설명하는「천궁훈」, 그리고 세계가 어떻게 생성되었는지를 설명하는「세계훈」이 뒤따르는, 큰 것에서 작은 것까지의 순차적인 흐름으로 서술되어 있다. 이러한 흐름과 서일의 해석에 따르면「천훈」에서「세계훈」까지는 '즉일즉삼'에 해당한다. 마지막「진리훈」의 경우 '墮生長消病歿의 苦'까지는 '즉일즉삼'에 해당하며, '哲은 止感하며 調息하며 禁觸하야' 이하는 '즉삼즉일'과 '삼진귀일'에 해당한다고 볼 수 있다.

특히,「진리훈」에서는 하느님으로부터 완전성(三眞)을 품부 받은 인간이 타락하는 과정을 자연 현상적 시각으로 설명하고 있다. 하지만 인간은 타락에만 머물지 않고 다시 본래의 인간성을 회복할 수 있음을 강조하고 있다. 이러한 관점은 인간의 실존이 인간성 회복에 있음을 의미하는 것이다. 따라서 인간성은 인위적으로 조작되거나 교육되어지는 것이 아니라 다만 회복되는 그 어떤 것으로 이해하고 있다.

---

113)『사부합편』, 58쪽. 대종교의 삼신일체 신관에 대해서는 이근철의 논문,「대종교 신관에 관한 철학적 연구」(『도교문화연구』37, 한국도교문화학회, 2012)을 참조 바람.

114)『會三經』「三神」, "五訓은 一曰天이오 二曰神이오 三曰天宮이오 四曰世界오 五曰眞理라. 盡在盡容을 謂之天이오 至昭至靈을 謂之神이오 惟善惟德을 謂之天宮이오 幻遷不一을 謂之世界오 卽三卽一을 謂之眞理니라."(『사부합편』, 120~121쪽)

115)『會三經』「三神」, "大哉라 神之道也여 卽一卽三하야 體之에 而達無上하시며 用之에 而窮無倪하시니라."(『사부합편』, 115쪽)

서일 역시 같은 맥락에서 "깨달음은 갑자기 일어나는 것이 아니라 돌이켜서 회복하는 것이다"[116]라고 하면서 깨달음이란 원래 없던 것이 생기는 것이 아니라 회복한다는 의미를 내포하고 있음을 강조하고 있다. 그리고 서일은 '삼진귀일'에서 '일一'은 '하늘天'이고 '하느님一神'이라고 해석하면서, '귀일('한'으로 돌아감)'은 '반진일신返眞一神'의 의미라고 하였다.[117]

이상의 내용을 정리하면, 임아상은 '삼일'의 의미를 '삼진귀일'로, 대조영은 '즉삼즉일'로 해석하였다. 이를 나철이 '일'과 '삼'의 문제를 '체용론'으로 풀어냈으며, 서일은 이 모두를 수용하여 임아상의 '삼진귀일'의 의미를 '즉삼즉일'로 '반망즉진返妄卽眞'과 '반진일신' 그리고 '귀일'로 이해하였다. 따라서 '삼일'은 '삼진귀일', '즉삼즉일', '반망즉진', '반진일신' 등과 같은 의미로 해석될 수 있으며, '일삼'과 '즉일즉삼'의 의미와는 구분을 해야 한다. 이러한 논리에 의하면 삼일신고의 '삼일'의 의미는 「진리훈」의 '철은 지감하며 조식하며 금촉하야' 이후 부분을 강조하고 있음을 추측할 수 있다.

앞에서 언급했듯이 삼일신고의 전문이 환웅시대부터 전해진 것이고 발해 때에 와서 신고를 삼일신고로 부른 것이라면, 삼일이라는 글자는 「진리훈」을 강조하기 위해 발해 시대 이후에 추가된 것으로 이해할 수 있다. 서일 이후 「진리훈」이 중심이 된 삼일신고 해석과 더불어, 근원적 실재(ultimate reality, 天, 神)로부터 우주 만물의 생성과 인간의 타락, 그리고 타락을 극복하여 인간성을 회복하고 궁극적으로 근원적 실재와 하나가 된다는 장대한 스토리 속에서 삼일신고 전체 문맥을 따지며 읽어내는 방식이 삼일신고 전체를 이해하는데 도움이 될 것이다.

---

116)『會三經』「三妄」, "善我本心이며 淸我本氣며 厚我本身이어늘 迷之하야 爲惡하며 爲濁하며 爲薄하니 是故로 乃知迷非本然이라 因幻乃得이오 悟非頓然이라 因返乃 復이니라."(『사부합편』, 154쪽)

117)『會三經』「歸一」, [字] "一은 天也오 一神이다." [句] "歸一은 三眞歸一이니 곧 返 眞一神의 意味이다."(『사부합편』, 234쪽)

3. 규원사화

『규원사화』는 조선 숙종원년(1675)에 저술되었으며 저자의 이름은 전해지지 않고 단지 북애北崖라는 호를 가진 사람이 저술했다고만 알려진 선도사서이다.[118] 이 책은 「서문」, 「조판기(肇判記)」, 「태시기(太始記)」, 「단군기(檀君記)」, 「만설(漫說)」 다섯 부분으로 구성되어 있다. 「서문」에서는 저자 자신의 암울한 개인적 상황을 현실의 역사적, 민족적 위기 경험으로부터 올바른 국사國史의 필요성으로 승화시키면서 자신의 저작동기를 설명하고 있다. 「조판기」에서는 『삼국유사』의 단군조선 건국사[119]를 기본적으로 포함하고 있으며 천지의 창조과정을 ① 암흑, 혼돈

---

118) 현전하는 『규원사화』는 ① 고려대학교본(양주동 소장본을 1940. 9 손진태가 필사하였으며 1976년 아세아문화사에서 영인), ② 동국대학교본(권상노 소장본 필사), ③ 서울대학교본(방종현 소장본 등사), ④ 한국정신문화연구원본(이선근 소장본 등사), ⑤ 국립중앙도서관본(양주동 소장본을 1940. 9 손진태가 필사), ⑥ 국립중앙도서관본 마이크로필름본(소장자 불명) 6종이 있다. 이에 대한 자세한 내용은 임채우의 논문 「선도사 규원사화 해제 : 위작설에 대한 쟁점을 중심으로」(국제뇌교육종합대학원 국학연구원 제9회 학술대회 자료집, 2008) 참조. 북한에도 인민대학습당에 필사본 한부가 소장되어 있다고 하며, 아시아문화사에서 출판한 것을 대조해 보면 누락된 것, 오기 등이 있으나 내용에서는 큰 차이가 없다. (최인철, 「규원사화의 사료적 가치」, 『환단고기 · 규원사화 등 선가계 사학에 대한 남북공동연구』, 한국학술진흥재단, 2005, 78쪽)

119) 『三國遺事』卷1「紀異 第1」, "桓雄天皇 欣然領命 持天符三印 率風伯, 雨師, 雲師等 三千之徒 下降太白之山 檀木之下 ……." 『三國遺事』에는 '檀君神話'라는 표현이 없고, '古朝鮮'이라고만 되어 있고, '신화'라고 한 것은 일제 식민지 사학자들의 주장이기에 '단군조선 건국사' 정도로 이해하는 것이 좋을 듯하다. 이러한 견해에서 임재해는 '고조선 건국본풀이'라고 하는 것이 좋겠다고 주장한다. 연구자의 성향에 따라 '檀君說話'로 말하거나 설화보다 더 적극적인 사료로 인정하는 경우에는 '檀君史話'라고 부를 수 있다. '단군사화'로 일컫는 학자는 대부분 재야사학자들이고 역사의식이 남달라 고조선 역사에 관한 놀랄만한 연구 성과를 이루었다.(임재해, 「단군신화로 본 고조선 문화의 기원 재인식」, 『단군학연구』19, 2008, 285쪽) 그러나 『삼국유사』의 단군조선 건국사는 역사적인 측면뿐만 아니라 근대 이후 새롭게 정립된 신화학적 측면에서도 의미가 있는 내용이다. 따라서 본 연구에서는 단군조선 건국사의 신화적인 관점도 수용하여 기술한다.

에서부터 천지의 분화, ② 천체의 운행과 계절의 분화, ③ 바다와 육지의 분화, ④ 금수와 초목의 발생, ⑤ 인간의 탄생으로 설명하고 있다.120) 전체적으로 보면 천 · 지 · 인 삼재의 성립을 시간 순으로 설명하고 있으며, 『삼국유사』의 단군조선 건국사에 없는 우주생성에 대한 부분을 포함하고 있다.

『규원사화』는 1973년 신학균申學均에 의해 한글로 처음 번역된 바가 있으며, 신학균은 민족사학을 강조하면서 이 책을 통해 우리의 상고사가 재정리되어야 할 필요성이 있다고 역설하였다.121) 『규원사화』의 사학사적史學使的 가치를 연구한 논문은 한영우韓永愚에 의해 최초로 발표되었다. 한영우는 17세기 이후 『규원사화』에 나타난 선가적仙家的 역사의식은 기존 유교 사학의 존화尊華 의식으로부터 탈피하는 밑거름이 되었으며, 한말에 이르러서 민족주의 사학을 태동시키는 태반이 되었다고 강조하였다. 더불어 선도 사학이 갖는 사학사적 의의와 정신사적 의미는 실로 중차대하다고 하며,122) 『규원사화』의 역사 인식방법에 있어서 민속학적 방법론과 언어적 해석방법의 도입 그리고 문헌고증학적 방법의 채용은 주목할 만한 특색이라고 강조하였다.123)

이처럼 『규원사화』는 사서로서의 의의뿐만 아니라, 사적史的 건국신화의 내용과 함께 종교사적인 타당성을 지니고 있으며 한국 고대 문화와 사상에 있어 중요한 사료적 가치를 지니고 있다고 할 수 있다. 단군조선 건국사를 기록하고 있는 『삼국유사』를 비롯한 몇몇 문헌에는 우주창생 신화와 연결되어 있지 않다. 그러한 이유로 단군조선 건국사의 내용을 신화적

---

120) 한영우, 「17세기의 반존화적 도가사학의 성장-북애의 규원사화에 대하여」, 26쪽.
121) 신학균 역, 『규원사화』, 명지대학출판부, 1973.
122) 그러나 『규원사화』에는 광대한 지역에 독립 분포된 군소 동이국가들을 마치 단군조선이라는 대통일 민족국가의 제후국인 것처럼 구성해 놓은 것은, 근대사회과학의 이론으로는 설명되지 않은 부분이 있다고 설명하면서 단군조선사 연구의 일차 사료로써 무비판적으로 이용하는 것에 우려를 표명한다. (한영우, 「17세기의 반존화적 도가사학의 성장－북애의 규원사화에 대하여」, 56쪽)
123) 위의 논문, 47~48쪽.

혹은 종교적으로 해석하기 보다는 정치이념으로 수용하려는 경향이 있다. 그에 반해『규원사화』는「조판기」에서 우주창생의 신화를 서술하고 있으며,「태시기」와「단군기」에서 신시씨神市氏 환웅과 단군의 치적과 관련된 역사적 사실을 기록하고 있다. 종교적인 내용과 역사적인 내용이 서로 단절되기 보다는 일관성 있게 이어지는 서사적 성격을 갖고 있다.

「서문」에 따르면, 북애자의 집필 의도는 민족사관을 정립하려는 선명한 집념에서 비롯되었다고 볼 수 있다. 그러나「조판기」에 서술된 신화적 내용은 종교사 일반에서 발견되는 신화적인 구조를 지니고 있고, 아울러 그것이 종교적인 상징 기능으로 묘사되고 있어 한국 종교사를 위한 중요한 자료가 되기도 한다.『규원사화』의 신화가 특정한 종교를 위한 선교적宣教的 의도를 배제하고 있으면서 대종교와 같은 특정한 종단을 위해 저술된 것이 아니라, 하나의 문화권 안에 있는 민족공동체가 지닌 문화유산으로서의 신화를 기술하고 있어 한국의 종교사를 살펴보는 중요한 자료일 수 있다는 것이다.124)

고대의 사유체계는 종교와 철학이 완전 분리되지 않는 삶 그 자체라 할 수 있다. 그런 원시적 사유체계는 후대에 체계화될 사상이나 철학의 맹아기에,『규원사화』의 내용으로부터 한국선도 사상과 철학적 체계를 유추해 낼 수 있는 것이다. 따라서『규원사화』에 드러난 북애자의 사상체계는 단군을 국조로만 받아들인 유가들과는 달리, 역사뿐만 아니라 종교 · 사회 · 정치 · 문화 · 경제 등 제 방면에 걸쳐 단군론을 사회 지도적 이데올로기로 제시했다는 의미에서 한국사상사의 혁명적인 의미를 담고 있다고 할 수 있다.125)

---

124) 정의홍,「규원사화의 신화」,『문학과 지성』23, 문학과 지성사, 1976, 24~27쪽. 종교사적인 현상에서 본다면 그것은 한마디로 하늘님의 역사로 요약할 수 있다고 한다. 즉 규원사화가 보여주는 한국인의 종교심성의 원형은 하늘님 신앙이라고 말할 수 있다. (정의홍, 위의 논문, 38쪽)

125) 신용운,「조선중기(16 · 17세기)의 단군론과 규원사화」,『한국사의 단군인식과 단

그러나『규원사화』에 대한 상기와 같은 긍정적인 평가와는 달리 위서 僞書로 보는 견해도 다수 있다. 위서로 보는 견해를 정리한다면 크게 네 가지로 분류할 수 있다. 첫째는 불확실한 저작자와 인용 연대의 모순이고, 둘째로는 용어 사용에 있어서의 모순, 셋째는 시대적 서술 논리상의 모순, 넷째로는 사상 및 철학체계의 모순이다.[126] 이 위서론은『규원사화』를 한말−일제강점기의 민족주의 성향의 사람들에 의해 조작된 위서로 보는 것이 공통된 견해이다. 그러나『규원사화』가 출현한 시기가 민족 자주성과 주권을 회복해야 할 일제시기이고, 그 내용이 민족주의적 성향이 강하다고 해서 출현 당시 민족주의자들에 의해 조작되었다고만 볼 수 없다.[127]

　『규원사화』의 가치를 논함에 있어,『규원사화』의 단편적인 역사적 사실에 의존하기 보다는 선도사관의 통사적 전승과정에서 그 가치를 이해해야 할 것이다. 한국 사학사 속에는 유가 사학, 불가 사학, 선가(선도) 사학의 세 흐름이 있었고, 유가나 불가 사학보다는 선가들이 민족 중심적이며 주체적이었다. 특히 단군신화와 동이문화東夷文化 및 그를 중심으로 한 상고사 체계를 가다듬어 온 주도층은 유가나 불가가 아닌 선가였음이 확실하다. 선가들은 이단의 사설史說을 용납하지 않은 유가의 탄압 때문에

군운동』, 세계역사문화연구소 편, 국제평화대학원대학교출판부, 2005, 230쪽.

126) 이승호, 「한국선도문헌의 연구사 소고 - 전승과정과 위작논쟁을 중심으로」, 『선도문화』 6, 국학연구원, 2009.

127) 이유립은『규원사화』는 삭주부사 權悆이 지은 것은 틀림없는 사실이지만, 친일파 尹德榮(1873~1940)이 단군교 남도본사의 재정을 지원하면서 단군교 교리에 맞도록 단군을 한사람으로 만들기 위하여『규원사화』의 원전 47대의 단군을 모두 단군 왕검으로 바꾸는 잘못을 했다고 한다. 그러나 북애자는 실존인물이며 삭주부사를 지냈고 퇴관 후 북악산 동쪽 기슭에 살았음으로 호를 北崖子라하고 癸年生이기에 癸자에 才변을 더해서 揆園이라고 했다는 확증이 있다고 주장한다. 따라서『규원사화』를 위서라고 해서 무시해야 할 것이 아니라 버릴 것은 버리고 취할 것은 취해야 한다고 한다. (이유립, 『대배달민족사』 5, 72~73쪽)『규원사화』「서」에 의하면 북애자는 과거를 보았으나 급제하지 못하여 탄식하여 붓을 버리고 방랑했다라는 부분과 삭주부사란 관직에 있었으며 퇴관 후 북악산에 살았다는 이유립의 주장과는 다소 엇갈리는 부분이 있다.

산간의 암혈岩穴 속에서 은밀히 전수되어 공개적인 세력을 형성하지 못했다. 그러나 그런 속에서도 선가 사학은 사대 모화적 유가 사학과 대립하면서 유가 쪽의 역사인식에도 상당한 영향을 주었다. 여말·선초의 단군 숭배와 그를 통한 자주의식과 민족의식 제고에 촉매역할을 한 것도 바로 선가들이었으며, 조선 후기 실학 계통의 역사서술이 동이문화를 스스로 비하하고 천시하던 종전의 역사의식에서 탈피하여 동이적 우월성을 재인식하고 그에 대해 일정한 자부심까지 표명하게 된 것 또한 근본적으로 선도 사학의 영향이라 할 수 있다.[128]

더 나아가 한말 일제 초기의 민족 사학에 끼친 영향은 더욱 절대적이라고 평가할 수 있다. 선가 사학이나 사상은 근대기에 넘어오면서 소위 '단군 민족주의'[129]라는 사조를 탄생시켰다. 근대기의 단군 민족주의는 종교 쪽에서는 대종교로, 학술운동 쪽에서는 국학과 민족사학으로, 그리고 대중들의 의식 속에서 단군 배달겨레로서의 고유한 민족의식으로 전개되었는데, 근대기에 찾아지는 규원사화적 요소들은 이런 배경 속에서 생겨난 것으로 볼 수 있다.[130]

이상에서 살펴보았듯이 『규원사화』의 내용이 근대 민족주의 사상과 유사하다고 해서 후대의 위작으로 보는 것은 적절치 못한 견해이다. 『규원사화』는 고려 말 이후 지속적으로 계승된 선가 의식에서 저술된 문헌으로 봐야 할 것이다. 기본적으로 우리 정신사를 조선 유학자들의 역사 의식 수준과 식민 사학 그리고 실증주의 사학에만 염두에 두고 논한다면 한국

---

128) 이에 대한 연구결과는 한영우의 논문「17세기의 반존화적 도가사학의 영향」과 『환단고기·규원사화 등 선가계사학에 대한 남북공동연구』(한국학술진흥재단 2005년도 연구결과보고서)를 참조.
129) 단군민족주의 또는 단군내셔널리즘이란 말은 한영우와 신용하 등이 거론하였고 정영훈이 체계화시켜 내세운 명칭이다. 단군을 이데올로기적 측면에서 본 이 용어는 단군과 관련한 사상 등을 민족주의로 한정시키는 면이 있기에 사용함에 있어 주의가 필요하다.
130) 정영훈,「규원사화에 나타난 민족의식」, 166쪽.

고대를 포함한 한국 고유 정신의 면모를 확인하기가 어렵게 된다. 또한 선가 사학을 배제하려는 어떤 의도나 선입견을 갖고『규원사화』에 수록된 상고사 서술 내용을 지나치게 거부하는 경향은 배제되어어 할 것이다.

『규원사화』는 서지학 및 금서학 분야의 전문가 감정과 심의과정을 거쳤다고 알려져 있다. 국립도서관이 1945년 구입하여 소장중인『규원사화』원본에 대하여 1972년 11월 3일 국립중앙도서관 고서심의위원인 이가원, 손보기, 임창순 3인이 조선 중기에 쓰인 진본임을 확인하여 인증서를 작성한 바 있고,[131] 서지학자로서 국립도서관에서 고서를 전문으로 다룬 장지연은 종이의 질과 글씨 및 제호를 표지에 바로 쓴 것으로 미루어 보아 조선 중기에 쓰인 것이 틀림없다고 확인했다고 한다.[132]

이제부터라도『규원사화』에 대한 진위 논쟁과 단군 실증 논쟁과 같은 소모적이고 헤게모니적 갈등에서 벗어나 연구 분야의 시야를 넓혀야 한다. 한국 고대 사상사의 한 단면으로『규원사화』에 나타난 종교, 사상, 역사 등을 수용해야 할 필요성이 있다. 이러한 관점에서 이 연구에서는『규원사화』를 적극 인용한다.

---

131) 이러한 내용이 1989년『한배달』(고평석,「규원사화, 북애노인 친필본: 1675년 북애노인이 직접 쓴 규원사화를 공개한다.」,『한배달』2-2, 1989, 190쪽)를 통해 확인 공개되었다.

132) 임채우,「선도사 규원사화 해제 : 위작설에 대한 쟁점을 중심으로」, 17~18쪽. 정영훈이 지적하였듯이, 규원사화위서론이 사상사학계가 아닌 고대사 학계 쪽에서 주로 제기되고 있음을 주목하면서 특히 한국도교~선가에 대해 연구하는 많은 학자들은 규원사화의 성립 연대를 별다른 의심 없이 받아들이고 있다.(정영훈,「규원사화에 나타난 민족의식」, 143쪽)

4. 환단고기

『환단고기』는 1911년 묘향산 단굴암檀窟庵에서 계연수가 『삼성기(三聖記)』, 『단군세기(檀君世紀)』, 『북부여기(北夫餘紀)』, 『태백일사(太白逸史)』라는 각기 다른 네 종류의 책을 하나로 묶은 것이다. 계연수가 만주에서 독립운동을 하다가 1920년 사망하기 전, 경신년(1980)이 되거든 『환단고기』를 세상에 알리라는 말을 이유립에게 남겼다고 한다.[133] 그 후 1979년 수십 부가 영인된 후, 1982년 가지마 노보루鹿島 昇라는 일본인이 일어로 번역하면서 세간에 소개되었다.

『환단고기』의 범례凡例에 따르면, 『삼성기』는 원래 2종류가 있는데 이중 계연수 집안에 소장하고 있던 안함로安含老 저작의 책을 『삼성기전(三聖記全)』 상편으로, 태천泰天의 백관묵白寬默 진사進士로부터 얻은 원동중元董仲 저작의 책을 『삼성기전』 하편으로 하여 모두 합쳐서 『삼성기전』이라 했다 한다.

『단군세기』는 고려 말에 수문하시중守門下侍中을 역임했던 이암이 엮은 것으로 백진사로부터 계연수가 얻었다고 한다. 『북부여기』는 휴애거사休崖居士 범장이 저술했는데, 본래 단군세기합편檀君世紀合編이란 이름으로 전해지고 있었다고 한다. 이 책은 삭주朔州 이형식李亨栻 진사의 집에서 나왔으며, 단군세기합편 가운데 단군세기는 백관묵이 소장했던 것과는 한자도 차이가 없었다고 한다. 『북부여기』는 내용상 『단군세기』의 속편으로 북부여뿐만 아니라 가섭원부여迦葉原夫餘 즉 동부여의 역사까지 서술하고 있다.

---

133) 이는 송호수의 주장인데, 일각에서는 조병윤씨도 이 말을 들었기에 1979년 『환단고기』를 인쇄한 것으로 보고 있다. 그러나 이유립의 제자인 전형배는 "계연수 선생이 경신년에 『환단고기』를 세상에 내라고 했다는 말을 외부인에게는 들은 적이 있어도, 이유립 선생으로부터는 그러한 말을 단 한 번도 들은 적이 없다."라고 한다.(이정훈, 「환단고기의 진실」, 651쪽)

『태백일사』는『단군세기』를 저술한 이암의 현손인 이맥이 저술한 것으로, 발문에 의하면 이맥은 조선 중종 15년(1560)에 찬수관纂修官을 지냈다고 한다.[134]『태백일사』는 계연수의 스승인 이기가 소장했던 책이라 한다. 『태백일사』는 「삼신오제본기(三神五帝本紀)」·「환국본기(桓國本紀)」·「신시본기(神市本紀)」·「삼한관경본기(三韓管境本紀)」·「소도경전본훈(蘇塗經典本訓)」·「고구려국본기(高句麗國本紀)」·「대진국본기(大震國本紀)」·「고려국본기(高麗國本紀)」로 구성되어 있다. 「삼신오제본기」는 주로 우주의 생성에 관한 내용을 담고 있으며, 「환국본기」는 환인이 다스렸다는 환국의 역사를, 「신시본기」는 환웅이 다스렸다는 신시시대의 역사를 기록하고 있다. 「삼한관경본기」에는 단군 왕검이 나누었다는 진한眞朝鮮·마한莫朝鮮·변한番朝鮮 중 마한과 변한의 역사가 실려 있다. 특히, 「소도경전본훈」에는 한국선도 경전인 천부경과 삼일신고가 실려 있어 그 철학적 가치가 높다고 할 수 있다.

범례에 의하면, 『환단고기』는 이기의 감수를 거쳐 계연수가 묘향산 단굴암에서 필사한 후, 홍범도(洪範圖, 1868~1943)와 오동진(吳東振, 1889~1944)의 자금지원으로 간행되었다고 한다. 그리고 현재까지 전해지는『환단고기』의 판본은 9가지로 추정된다.[135]

앞에서 살펴본『규원사화』와『환단고기』의 전승과정에는 상호 연관성이 있다.『환단고기』의 「고려국본기」에 의하면, 이암이 천보산에 유람

---

134) 이 부분은 확인되지 않았고, 다만 연산군 10년(1504)에 괴산으로 유배된 사실은 조선왕조실록에서 확인된다.(이도학, 「환단고기」,『민족지성』9, 민족지성사, 1986, 206쪽)

135) ① 계연수가 편찬한 것(1989년 「해동인물지」, 259쪽), ② 계연수가 직접 편저한 것(원본이라 함)－30부 한정 발간, ③ 이유립이 오형기에게 필사하게 한 것(오형기 원본), ④ 오형기 영인본(조병윤 판본)－1979년 광오이해사 100부 한정판, ⑤ 조병윤 판본 재영인본, ⑥ 오형기 필사본의 수정본(이유립 판본)－1983년 배달의숙 100부 한정판, ⑦ 이유립 판본의 활자본(2004년 한뿌리출판사), ⑧ 가지마노보루 판본(1982년 신국민사). 이에 대한 자세한 내용은 우대석의 논문「환단고기 위서론에 대한 비판적 고찰」(국제뇌교육종합대학원 석사학위논문, 2010) 을 참조. 이외에도 ⑨ 국제뇌교육종합대학원 임채우 교수가 발굴한 1979년에 만들어진 환단고기 국판호와선장본이 있다.(경인일보 제21349호)

갔다가 태소암에서 이명, 범장과 함께 소전이라는 거사에게 환단으로부터 전수된 진결을 얻었다고 한다. 『규원사화』에 의하면, 이명은 『조대기(朝代記)』를 인용하여 『진역유기(震域遺紀)』를 썼다고 한다.[136] 『환단고기』 범례에 따르면, 범장이 『북부여기』를, 이암이 『단군세기』를 지은 것으로 되어 있다. 이암이 『단군세기』를 저술했다는 내용은 『환단고기』의 범례 이외에, 그의 후손인 이삼문李三文이 1920년에 간행한 『행촌선생년보(杏村先生年譜)』에도 이암이 『단군세기』와 『태백진훈(太白眞訓)』 등을 저술했다는 기록이 있다.[137]

이상의 내용을 간략하게 도표로 정리한다면 다음과 같다.

```
                    범장『북부여기』
   『조대기』
   (태소암    →  이암『단군세기』·『태백진훈』  →  이맥『태백일사』
   비장)
                    이명『진역유기』           →  북애『규원사화』
```

태소암에 비장된 『조대기』를 저본으로 해서 범장이 『북부여기』를, 이 암이 『단군세기』와 『태백진훈』을, 이명이 『진역유기』를 저술하였다. 이 암의 저서들은 이후 후손인 이맥이 『태백일사』를 저술하는데 기반이 되었고 이명의 『진역유기』는 북애자가 『규원사화』를 저술하는데 저본이 되었던 것이다.

---

136) 『揆園史話』 「序」, "亦竟奈何哉 然何幸 峽中得清平所著 震域遺記中有三國以前故史 雖約而不詳 比於巷間所傳區區之說 尚可吐氣萬丈 於是復采漢史諸傳之文 以爲史話."(14쪽); 「檀君記」, "古有淸平山人李茗者高麗詩人 有震域遺記三卷 引朝代記備載我國故史."(128쪽)

137) 이 책에 의하면 이암이 67세 10월에 썼다고 되어 있는데 『단군세기』를 『檀帝世紀』로 표기하고 있으며, 독립지사인 洪範圖의 발문이 실려 있다. 전체적으로 이 암의 생애와 업적을 太白敎의 시각에서 정리한 것으로 이암을 민족주의자로 묘사한 것이 주요 특징이다. 1992년에 후손 李基文이 재간행했다.(한영우, 「행촌 이암과 단군세기」, 24쪽, 47쪽)

『규원사화』가 널리 알려지기 시작한 것은 1920년대 이후이며,『단군세기』가 세상에 알려진 것은 1949년 이후이다. 세상에 알려진 순서로 보면『규원사화』가 앞서며, 단군의 재위연한과 치적 등의 내용은 상호 다르다. 따라서『단군세기』와『규원사화』는 전혀 계통이 다르다고 볼 수도 있다. 하지만 반대로, 원래 단군 조선의 47대를 기록한 원본이 있었고, 이 책을 토대로 하여 각 단군의 재위연한과 업적을 두 가지 계통으로 만들어지게 되었다고 추정할 수도 있다.

『규원사화』는 그간의 연구결과에 의해 진본임이 어느 정도 입증됨으로써 학계 위서논쟁은 일단락이 되었다고 한다. 그러나『환단고기』의 경우, 지금까지 학계의 연구논문도 충분치 못할 뿐더러 아직 위서논쟁에서 자유롭지 못하다. 현재까지 진행된 위작 논란의 쟁점을『규원사화』와 마찬가지로 저술연대의 모순, 용어사용에 있어서의 모순, 교리체계의 모순, 서술논리상의 모순으로 구분지어 정리할 수 있다.[138]

네 가지 쟁점 중에서 용어 사용의 모순이 가장 문제시 되는 부분이다. 저술 당시에 사용할 수 없는 용어들이 보이기 때문이다. 그러나 이와 반대로 21세기에 들어와서『단군세기』를 과학적 천문학으로 분석하여 진위 여부를 판가름한 사실이 있다.『단군세기』에 실린 지진의 기록, 혜성의 배열, 일식 기록 등을 근거로 하여 대종교의『단기고사』와『단군세기』의 사실성 여부를 밝힌 바가 있다.[139] 당시 천문학적 지식으로 한반도가 아닌 중국대륙에서 관찰할 수 있는 천문현상을 위서로 가장하기 위해 기록했다는 것은 상식적으로 이해할 수 없는 부분이다. 따라서 이러한 배경에서는『단군세기』를 위서로 단정할 수 없기에『환단고기』역시 위서로 섣불리 단정할 수는 없다.

---

138) 위서론에 대한 정리와 그에 따른 반론에 대한 자세한 연구 결과는 이승호,「한국 선도문헌의 연구사 소고-전승과정과 위작논쟁을 중심으로-」를 참조.

139) 박창범·라대일,「단군조선시대 천문현상기록의 과학적 검증」,『한국상고사학보』제14호, 1993; 박창범,『하늘에 새긴 우리 역사』, 김영사, 2002.

한국선도 사서들은 조선 말기까지 세상에 공식적으로 발간된 일이 극히 드물었고 전래되는 문헌 역시 적다. 이런 이유에 대해서 신채호는 조선 세조, 예종, 성종 때에 국가적으로 선도관련 서적을 회수한 기록을 인용하면서 "우리나라에 문헌이 적은 것은 외침으로 인한 문적의 상실도 있었지만 우리 손으로 없앤 것이 더 많았다"라고 지적하였다. 뿐만 아니라 1923년에서 1938년 15년 동안 일제에 의해 많은 고서들이 수집되어 유실되었다. 조선사편수회를 통해 차입한 자료가 4,950종이 되었으며 그 속에 고대사와 관련된 문헌이 얼마나 되는지 확인할 수 없으나, 당시 일제의 한국 고대사 말살 의도를 감안한다면 상당수의 문헌이 포함되어 있을 수 있다.[140] 그리고 조선시대의 정치이념이 된 사대모화 사상과 벽이단 사상에 따른 사회적 분위기 속에서 선가들과 같은 비주류층의 시대적 처세관이 또 다른 이유가 될 것이다.[141]

『환단고기』에 인용된 문헌들의 원본은 현재 전해지지 않고 있지만, 『조선왕조실록』을 통해서 한국선도 사서류의 명칭에 대한 단편을 찾을 수 있다. 세조 3년(1457)[142], 예종 1년(1469)[143], 성종 즉위년(1469)[144]에 팔도 관찰사에게 고조선비사 등의 문서를 사처에서 간직하지 말

---

140) 서희건,『잃어버린 역사를 찾아서』1, 고려원, 1991, 46~47쪽.

141) 이와 관련하여 정재서는 조선 단학파의 예를 들면서 이른바 현실불우론의 한 편면적인 개괄은 시정되어야 한다고 주장하며, 이러한 특징이 중국 도교와 한국 도교의 차별성을 드러내게 한다고 주장한다.(정재서,『한국 도교의 기원과 역사』, 이화여자대학교출판부, 2006, 208쪽)

142) "論八道觀察使曰 古朝鮮秘詞, 大辯說, 朝代記, 周南逸士記, 誌公記, 表訓, 三聖密記, 安含老 · 元董仲 三聖記, 道證記, 智異聖母, 河沙良訓, 文泰山 · 王居仁 · 薛業 等三人記錄, 修撰企所 一百餘卷, 動天錄, 磨蝨錄, 通天錄, 壺中錄, 地華錄, 道詵 漢都識記 等文書, 不宜藏於私處, 如有藏者, 許令進上, 以自願書册回賜, 其廣論公私及寺社."(『朝鮮王朝實錄』, 世祖 3年, 5月 26日)

143) "傳于禮曹曰 周南逸士記, 志公記, 表訓天詞, 三聖密記, 道證記, 智異聖母, 河沙良訓, · 文泰 · 玉居仁 · 薛業三人記一百餘卷, 壺中錄, 地華錄, 明鏡數, 及凡干天文,地理,陰陽諸書家藏者, 京中限十月晦日, 呈承政院, 外方近道十一月晦日, 遠道十二月晦日, 納所居邑. 納者超二階, 自願受賞者及公私賤口, 賞綿布五十匹, 隱匿不納者, 許人陳告, 告者依上項論賞, 匿者處斬. 其速諭中外."(『朝鮮王朝實錄』, 睿宗 1年, 9月 18日)

144) "下書諸道觀察使曰: 前者, 周南逸士記, 志公記, 表訓天詞, 三聖密記, 道證記, 智異

것을 명한 내용을 통해 그 구체적인 서명을 간접적으로 확인할 수 있다.

　한국선도 사서들이 기층사회에서 구전되는 자료나 풍속신앙으로 전해오는 자료들을 많이 인용하였고, 그 사서 자체가 상류사회보다도 하층사회에 필사 또는 구전된 경향이 있지만, 비록 그 사서가 암혈 속에 묻혀왔다 하더라도 그 영향력이 없다고는 볼 수 없다.[145] 한국선도 계통의 역사 인식은 조선조의 유교적 역사 인식과는 큰 차이가 있고, 조선조 지배세력을 형성하지 못했기에 산간에 숨어서 생명력을 이어갈 수밖에 없었다. 그러나 비록 은둔해 있었을지라도 그 존재는 현재까지의 연구 성과를 통해 분명히 확인할 수 있다. 확연히 드러나지 않지만, 면면히 이어진 한국선도의 전승과정은 『규원사화』와 『환단고기』 같은 선도사서의 성립을 가능케 한 사상적 모태가 되었으며, 역으로 선도사서의 존재는 한국선도의 존재를 증명해주는 것이기도 한 것이다. 한국선도 사서에 대한 위서론은 이 같은 사실을 간과한데서 나온 잘못된 판단이라고 보여진다.

　현존하는 『환단고기』는 원본이 나온 지 38년이 지난 1949년에 이르러 이유립이 오형기吳炯基라는 사람에게 필사시킨 것이라고 하는데,[146] 그 필사본은 그때로부터 30년이 지난 1979년 조병윤趙炳允이 광오이해사 光吾理解社를 통해 영인, 인쇄 출판하면서 세간에 공개하였다.[147] 그러나

聖母, 河少良訓, 文泰 · 王居仁 · ,辭業三人記一百餘卷, 壺中錄, 地華錄, 明鏡數 及凡干天文,地理,陰陽諸書, 無遺搜覓上送事, 曾已下諭. 上項『明鏡數』以上九冊, 太一金鏡式道詵讖記, 依前論上送, 餘書勿更收納, 其已收者還給."(『朝鮮王朝實錄』, 成宗 0年, 12月 9日)

145) 한영우, 「17세기의 반존화적 도가사학의 성장-북애의 규원사화에 대하여」, 23~24쪽.

146) 이유립은 오형기의 필사본과 관련해 몇 가지를 못마땅하게 여겼다고 한다. 이에 전형배는 "선생은 오형기씨가 붙인 발문을 아주 못마땅하게 여겼다. 이유립 선생은 '발문은 그 책을 쓴 사람이 붙이는 것이지, 필사를 한 사람이 붙이는 것이 아니다.'라는 말을 여러 차례 했다. 또 이유립 선생은 오씨가 필사한 환단고기에는 오자가 있다며 환단고기를 가르쳐줄 때마다 틀린 글자를 지적하면서 수정해주었다."라고 증언하였다.(이정훈, 「환단고기의 진실」, 644~645쪽)

147) 선린상고 출신으로 영어와 한문에 능통했던 조병윤(1956년생)은 1970년대 말 이

계연수가 편집하고 이기가 감수한 최초의『환단고기』30부는 현재 전해지지 않고 있으며, 이유립이 월남할 당시 갖고 있던『환단고기』역시 현재 남아 있지 않고, 오직 1949년 오형기 필사본만 전해지고 있다. 오형기 필사본에는 오자가 많고, 이유립 본인이『환단고기』를 윤색, 가필했을 가능성도 배제할 수는 없기에 최초 네 종류의 책이 오자나 탈자 없이 그대로 필사되었다고 보기는 힘들다.

『환단고기』가 여러 사람의 손을 거치면서 윤색, 가필되었다는 혐의가 있더라도 전적으로 위서로 판정하는 것은 삼가야 할 것이다. 일반적으로 어떤 책을 저술할 시, 무언가 토대가 된 고본古本이 있었을 것이며, 고기古記나 야사野史는 거짓 속에 진실이 있고 진실 속에 거짓이 있다고 한다. 원래 고기나 야사라는 것은 한 사람의 손으로 완결된 책이 아니라 오랜 세월 여러 사람의 손을 거치면서 중층적으로 변용되게 마련이다.[148]『환단고기』의 내용 일부가 시대를 거듭하면서 후대에 가필되었다 할지라도, 그 속에 우리 나름의 사유 방식의 틀이 내재되어 있기에 단지 실증적 사학의 관점으로만 한국선도 사서를 위서로 재단할 수는 없는 것이다. 그 속에 담긴 종교나 문화, 철학이나 사상은 지금도 다룰 만한 충분한 가치가 있는 것이며 주요한 한국의 문화유산으로 따져봐야 할 것이다.

『규원사화』나『환단고기』와 같은 한국선도 사서들은 그 문헌에 대한 서지학적 연구나 진위 논쟁도 한국선도 연구를 심화시키는데 있어 분명히 의미 있는 작업이다. 그러나 문헌 그 자체만 연구하다 보면 한국선도

유립의 제자가 되었는데, 당시 영인 인쇄 출판한 환단고기는 이유립의 허가를 받지 않고 출판되었고, 단단학회 대표를 자칭하여 파문되었다고 한다.(이정훈,「환단고기의 진실」, 645쪽)

148) 한영우는 이암이 단군에 관한 저술을 냈을 가능성이 높기에,『환단고기』속『단군세기』는 이암이 저술한 책을 母本으로 후세인들이 중층적으로 가필 윤색한 것으로 보는 것이 타당한 해석이라는 견해를 밝히면서,『단군세기』는 사료로서의 가치보다는 이 책을 보급한 사람들의 마음을 담고 있다는 것이 중요하며, 이것 또한 우리 사상사의 일부라고 한다.(한영우,「행촌 이암과 단군세기」, 57~58쪽)

전체를 조망하지 못하고 하나의 문헌에만 매몰될 소지도 있다. 이러한 한계상황을 극복하기 위해서는 한국선도의 기원과 함께 시대적으로 어떻게 전승되어 왔는지를 이해하는 것이 중요하다.

II. 한국선도의 기원

1. 한국선도의 정의

한국의 고유 사상을 논할 때 가장 먼저 언급되는 문헌적 근거는 최치원의 「난랑비서」이다.

> 우리나라에 현묘한 도가 있는데 이를 풍류(風流)라고 한다. 가르침(敎)을 세운(設) 근원은 선사(仙史)에 자세히 실려 있거니와, 내용은 곧 삼교를 포함하는 것(包含三敎)으로 중생을 교화시킨 것(接化群生)이다. 이를테면, 들어와 부모에게 효도하고 나아가 나라에 충성하는 것은 노사구(魯司寇, 孔子)의 주지와 같고, 무위(無爲)로써 세상일을 처리하고 말 없는 가르침을 행하는 것은 주주사(周柱史, 老子)의 종지와 같으며, 모든 악한 일을 하지 않고 모든 착한 일을 받들어 행하는 것은 축건태자(竺乾太子, 釋迦)의 교화와 같다.[149]

최치원에 따르면 한국고유의 '현묘지도玄妙之道'가 있으니 '풍류風流'라고 하며, 풍류는 삼교三敎를 아우르는 사상이라 한다. 최치원이 설명한 풍류의 실체는 '포함삼교三敎包含 접화군생接化群生' 여덟 글자에서 찾을 수 있다.

---

149) 『三國史記』卷4「新羅本紀」眞興王三十七年條, "崔致遠鸞郞碑序曰 國有玄妙之道 曰風流 說敎之源 備祥仙史 實乃包含三敎 接化群生 且如入則孝於家 出則忠於國 魯司寇之旨也 處無爲之事 行不言之敎 周柱史之宗也 諸惡莫作 諸善奉行 竺乾太子之化也."

'포함包含'은 본래부터 그 속에 들어 있다는 뜻이다. 최치원이 포함삼교라 하면서 삼교의 예를 든 것은 삼교의 핵심사상을 가지고 풍류도의 실체를 해석한 것이 아니라, 풍류도의 핵심 강령이 삼교 사상의 주요 요소와 부합하고 있음을 강조한 것이다. 풍류도는 삼교 사상과 이질적이지 않으면서도 그 자체에 독특한 성격을 지니는 것으로 삼교로만으로는 정의할 수 없는 것이기에 최치원은 '현묘한 도'라고 규정하였음을 알 수 있다.[150]

「난랑비서」의 노자老子의 종지가 도가를 의미하는지 도교를 의미하는지는 분명치 않다. 그러나 최치원의 유학 당시 당나라는 도교가 대중화되어 있었으며, 여러 편의 도교청사道敎靑詞에 『도덕경』이나 『포박자(抱朴子)』를 비롯한 다양한 도가서와 도교적 용어[151]들이 언급되어 있어 도가와 도교 모두를 포함한 의미로 보아야 할 것이다. 또한 최치원의 저서들은 삼교회통적 관점을 분명히 하고 있다.

「난랑비서」에서 언급된 '선사仙史'의 '선仙'이란 유 · 불 · 도 삼교의 종지가 모두 내포되어 있지만 삼교로부터 유래한 사상이 아니라, 삼국시대에 삼교가 들어오기 이전의 순수 한국문화의 원형을 의미한다. 그러한 한국 고유 사상을 최치원은 삼교로써 설명하고자 했던 것이다.

선사에 대해 신채호는 "선사는 곧 왕검의 설교 이래 역대 선배의 사적을 기록한 것이다.", "고구려의 강성함이 선배제도에서 비롯되었으며 선배는 이두자로 '仙人', '先人'이라고 쓴 것이다"라고 하였다.[152] 양주동은 '선'은 순수한 우리말로 '아침에 떠오르는 태양'을 상징하는 말이며, 이두로 표기하기 위해 '仙'으로 표기한 것이라고 한다. 그는 고구려의 선배와 조의선인皂衣仙人, 신라의 국선國仙 그리고 조선朝鮮에서 '선'자는 모두 '아침에 떠오르는 태양을 상징하는 단어'라고 주장하였다.[153] 양은용梁銀容은

---

150) 최영성, 『고운사상의 맥』, 심산, 2008, 89쪽.
151) 『桂苑筆耕集』15, 「上元黃籙齋詞」에 '紫府', '玄關'이란 용어가 등장한다.
152) 신채호, 『조선상고사』, 일신서적, 1992, 66쪽, 152쪽.
153) 양주동, 『양주동전집』3, 동국대학교출판부, 1995, 139~188쪽.

"필사본『화랑세기(花郎世紀)』의 내용에 의하면, 당시 신라에는 한국 고유 사상의 흐름인 선仙이 존재했으며, 이를 국풍國風 혹은 풍류도風流道 즉 풍월도風月道로 표현했다"라고 한다.[154]

이러한 해석은 중국에서 말하는 선仙과는 전혀 다른 개념이다. 진晉나라 갈홍(葛洪, 283~343)의『포박자』에서는 선도仙道를 '단丹을 복용하고 환정태식還精胎息하여 불로장생의 도'라고 정의한다.[155] 선도라는 것은 외단外丹과 내단內丹 모두를 의미하는 것으로, 중국인들은 오래도록 살다가 승천長生遷去[156]하거나 불로불사不老不死할 수 있는 도道로 이해했던 것이다.

이처럼 한국과 중국의 선 개념이 다름에도 불구하고, 한국선도는 중국 도교와 유사한 사상으로 혹은 그 아류로 오해를 받아 왔다. 더욱이 그 동안 학계에서는 중국 도교의 영향 아래 형성된 조선조 내단파, 민간에 유포된 도교적 민간신앙 등을 한국선도와 함께 한국 도교라는 광의적 범주에 놓고 연구를 진행해 왔다. 이러한 연구 환경에서 한국선도를 이해한다는 것은 쉽지 않다. 따라서 한국선도의 올바른 개념 정의가 한국선도 연구의 첩경에 해당한다 할 수 있다.

이제까지 학계에서는 한국선도를 한국 도교라는 개념 하에서 이해하고 있는데, 사실상 이는 전혀 다른 각도에서 이해하여야 함을 한국선도의

---

154) 양은용, 「통일신라시대의 도교사상과 풍류도」, 『도교의 한국적 수용과 전이』, 한국도교사상연구총서Ⅷ, 한국도교사상연구회편, 아세아문화사, 1994, 23~24쪽. 김윤수는 신라 國仙은 도교의 신선사상의 한국적 체현이며, 한국 고유 신선사상의 발로가 아니다라고 주장한다. 또한 중국 신선사상을 흠모한 진흥왕에 의하여 한국에 헌신한 神仙을 구현한 것이며, 불교의 전성 시기인 신라 후기에 국사 제도가 정립된 것에 비하면 이른 제도화이니, 신라중기 도교숭배의 반영이라고 한다. (김윤수, 「신라시대 국선의 사상적 성격」, 『도교문화연구』 25, 한국도교문화학회편, 동과서, 2006, 203~231쪽)
155) "仙道遲成, 多所禁忌. 自無超世之志, 强力之才, 不能守之. 其或頗好心疑, 中道而廢, 便謂仙道長生, 果不可得耳. 仙經曰, 服丹守一, 與天相畢, 還精胎息, 延壽無極. 此皆至道要言也."(王明 著,『抱朴子內篇校釋』, 中華書局, 1996, 46~47쪽)
156) 『說文解字』人部, 遷.

다양한 측면에서 그 차이점으로 보여준다. 한국선도를 분명하게 드러내기 위해서는 그 차이점에 주목하여 연구할 필요가 있다. 이처럼 한국선도 연구에 있어서 직접적 연구도 중요하지만, 그간의 한국 도교 기원설에 관한 연구 성과를 살펴보는 것은 한국선도 연구를 위해 도움이 되기에 먼저 한국 도교의 기원설에 대해 살펴본다.

　한국 도교의 기원설은 크게 자생설과 전래설, 두 가지로 분류된다.157) 한국 도교의 자생설을 주장하는 사람들은 주로 한국 학자들이다. 최초로 자생설을 제기한 근대 학자는『조선도교사』를 저술한 이능화로 볼 수 있다. 이 비슷한 시기에 활동한 안재홍, 최남선, 신채호, 정인보 등도 자생설을 주장하였다. 그는『청학집』,『규원사화』등의 선도문헌과 고대 중국의 일부 문헌을 인용하여 일찍이 고대 한국의 환인·환웅·단군 등 삼신三神에 대한 신앙과 중국의 봉래蓬萊·방장方丈·영주瀛洲 삼신산三神山에 대한 전설을 비교하여, 연燕·제齊 지역의 신선 숭배가 오히려 고대 한국의 성산聖山이었던 백두산 일대의 토착 신앙으로부터 유래했다는 자생설을 주장했다.158) 그 이후 1980년대 도광순이 자생설을 주장했으며 그의 견해는 이능화의 주장과 대동소이하다. 차주환은『규원사화』,『청학집』뿐만 아니라 삼일신고,『환단고기』등 대종교 관련 문헌까지 그 자료범위를 확대하여 신관·내세관·공동체관 등을 심도 있게 분석하였다.159)

---

157) 서영대,「한국 선도의 역사적 흐름」, 16~22쪽; 정재서,『한국 도교의 기원과 역사』, 83~95쪽. 정재서는 자생설의 경우 실증성이 떨어지는 설화자료에 주로 의존하고 있을 뿐만 아니라 과잉된 민족의식의 혐의로부터 자유롭지 못하다는 약점이 있으며, 전래설의 경우 역사·고고 자료라는 근거로 인해 일단 우위를 확보하고는 있으나 이들을 고래 한국문화 속에 관계 지워 기원을 설명함에 있어 피상적인 수준에 그치고 있다는 문제가 있음을 지적하고 있다. 한국 도교사상에 대한 연구를 시기별로 구분한다면 연구전사기(1945년 이전), 태동기(1945~1969년), 출발기(1970~1979년), 전개기(1980~현재)로 구분하기도 한다.(정재서, 위의 책, 16~20쪽)

158) 이능화,『조선도교사』, 30~40쪽.

159) 차주환,「한국도교의 종교사상」,『도교와 한국문화』, 한국도교사상연구총서Ⅱ,

차주환에 의하면 한국의 신선사상은 단군신화의 정신에서 유래한 것인데, 그 요체는 유일신 신앙과 성통공완性通功完 후 승천하여 신향神鄉으로 회귀하는 것 등이라고 한다.160) 류병덕은 한국 고유 종교의 원형은 선仙과 무巫라는 두 타입으로 나눠지며, 무는 시베리아 서북에서 이동된 부족의 원시 신앙이었을 가능성이 짙으며, 이와 달리 선의 발생은 그 어느 지역에서보다도 먼저 한국 땅에서 발생했다고 한다. 단군에 의해서 승화된 선적仙的 종교의 상징을 '흔 붉사상'이라 하며 한국 종교의 조형祖型을 이루고 있다고 한다.161) 이 외에도 최삼룡162) · 송항룡163) 등이 자생설을 주장하였으며, 그 외에 정재서鄭在書의 비교 신화학적, 비교 문화학적 견지에서 살펴본 연구결과도 있다.164)

박성수朴成壽는 한국 도교의 귀화론歸化論을 주장한다. 한국 도교는 유교, 불교와 더불어 중국에서 우리나라에 수입된 것이 분명한데, 중국 도교를 한국에 들어와서 토착화하는 과정이 아니라 귀화하는 과정으로 파악해야 한다고 한다. 도교뿐만 아니라 유교와 불교 역시 귀화과정에서 그 본래의 모습을 잃었으며 새로운 한국문화로 정착하게 되었다고 주장한다. 토착화는 한국에 고유문화가 없는 경우에 일어나는 현상이지만 한국에

한국도교사상연구회편, 1988, 465~478쪽.

160) 정재서, 『한국 도교의 기원과 역사』, 85쪽. 차주환은 종교적인 측면에서 살펴보았지만, 본 연구에서는 차주환의 연구결과를 수용하여 한국선도를 철학적인 체계로 규명하고자 한다.

161) 류병덕, 「흔 붉사상의 본질과 전개」, 6~14쪽; 「한국 정신사에 있어서 도교의 특징」 『도교와 한국사상』, 한국도교사상연구총서 I, 한국도교사상연구회편, 아세아문화사, 1987, 61~70쪽.

162) 崔三龍, 「仙人 說話로 본 韓國 固有의 仙家에 대한 硏究」, 『道敎와 韓國思想』, 韓國道敎思想硏究叢書 I, 韓國道敎思想硏究會編, 亞細亞文化社, 1987, 373~422쪽.

163) 송항룡, 「한국 고대의 도교사상」, 11~60쪽.

164) 고대 한국의 북방과 중국의 연 · 제 지역은 지리적 · 문화적으로 인접해 있을 뿐만 아니라 고대 한국 역시 도교발생의 중요한 조건이었던 샤머니즘 · 산악숭배 등이 성행했기 때문에 원시도교는 고대의 한국과 중국이 공유하였던 문화 형태로 보아야 한다는 견해이다.(정재서, 『불사의 신화와 사상』, 민음사, 1995, 63~69쪽)

또 하나의 종교문화가 있는 경우 그것은 토착화가 아니라 귀화라고 봐야 한다고 주장한다.[165]

임재해林在海는 단군조선의 건국사를 일제강점기의 일본인들이 단군신화로 만든 것에 대한 비판과 더불어, 한국 고대문화의 기원을 홍산문화 등의 고고학적 성과를 빌어 환웅의 신시문화로 소급하고 있다.[166] 안동준安東濬은 고구려 도교와 관련하여 자생설의 가능성을 언급하고 있다.[167]

이런 자생설의 근거가 되는 자료는 최치원의 「난랑비서」, 일연의 『삼국유사』, 조여적의 『청학집』, 홍만종의 『해동이적』, 순양자의 『해동이적보』, 이의백의 『오계일지집』, 북애자의 『규원사화』, 계연수의 『환단고기』 등이다. 대체로 이런 견해는 단군조선과 그 이전의 역사를 인정하면서 민족의식이 기본 정서로 바탕에 깔려 있으며, 더 나아가 중국 도교도 한국선도에서 비롯되었다고 주장한다. 자생설은 한국의 고대문화가 중국으로부터 파생된 것이 아니라고 하는 것이 공통적 견해이다.

상기의 문헌 이외에도 선도경전으로 천부경·삼일신고·참전계경이 있지만, 이런 문헌들은 대종교에서 경전으로 사용한 까닭에 주로 종교학적 측면에서 인용되고 있다. 하지만 한국 고대의 역사적 사실 여부는 역사문헌을 통해 확인할 수 있으나, 당시 사람들의 사유체계나 사상적 특징은 주로 경전을 통해 확인할 수가 있는 것이다. 따라서 한국선도 사상을 체계적으로 연구하기 위해서는 선도경전 연구가 필수적이다.

한국 도교의 전래설은 일반적으로 국제 도교학계의 주장이 주를 이룬다. 근대 중국 도교학자인 부근가傅勤家는 육조六朝 이래 도교가 해외로 전파되기 시작했다고 보았는데 고구려는 도교를 제대로 수입하지 않아 멸망했고 신라는 화랑을 통해 나라를 강성하게 했다는 색다른 견해를 피력했다. 현대에 와서 일본 학자인 구보노리타다窪德忠는 고려시기까지의 도교

---

165) 박성수, 「한류의 역사적 배경」, 『한류와 한사상』, 모시는사람들, 2009, 37~38쪽.
166) 임재해, 「단군신화로 본 고조선 문화의 기원 재인식」, 277~369쪽.
167) 안동준, 「고구려계 신화와 도교」, 『한국의 고대문화 형성』, 백산학회, 2007, 85~118쪽.

숭배현상, 조선 시기의 삼시三尸 신앙 등을 언급하면서 중국으로부터 도교가 전래되었다고 한다.[168]

전래설의 근거가 되는 문헌으로는 김부식(金富軾, 1075~1151)의『삼국사기』, 한무외(韓無畏, 1517~1610)의『해동전도록』,『동국전도비기(東國傳道秘記)』등이 있다.[169]『해동전도록』은 조선단학파의 연원을 당대唐代의 종리권鍾離權을 비조로 하는 전진교全眞敎에 두고 있다. 이외에도 자생설의 선도문헌을 인정하지 않는 학자들도 한국 도교를 자생설보다는 전래설에 비중을 두고 있다.

자생설과 전래설 두 가지 견해는 한국 도교를 순수 한국 고유의 자생문화로 보느냐, 아니면 한국 도교를 단순히 중국 도교에 의해 파생된 것으로 보느냐의 문제이다. 그러나 한국 도교의 전래문제를 둘 중에 어느 하나만을 선택해야 하는 이원적인 시각은 향후 한국선도와 한국 도교 연구 발전을 위해서도 올바른 시각이 아니다.

한국사상사에 있어 유교는 조선시대에 와서 주류 이데올로기가 되었으며 불교는 삼국시대와 고려시대에 가장 중요한 정신적 · 문화적 위치를 차지했다. 그러나 한국 도교는 한국 역사상 표면적으로 세력을 떨친 적도 없고 실제로 중국 도교처럼 교단과 같은 종교조직을 갖춰 본 적도 없다. 한국 도교는 한국 고대로부터 한국인의 내면세계에 스며들어 잠재의식으로 지배해 왔다. 무속과 민속 그리고 신종교의 밑바탕에 강력하게 그 영향을 드리우고 있고, 유교와 불교 속에 일부 스며들어가 있다. 이처럼 한국

---

168) 정재서,『한국 도교의 기원과 역사』, 87~89쪽.
169)『海東傳道錄』은 광해군 2년(1610)에 韓無畏가 지은 것으로 이것을 세상에 전한 사람은 澤堂 李植(1584~1647)이다.『海東傳道錄』과 異名同書인『東國傳道秘記』는 상호 내용은 대체로 같으나 부분적으로 다르다. 그 원류 관계는『東國傳道秘記』가 먼저이고『海東傳道錄』이 나중에 출연하여 공존하였고 서로 다른 전승 과정을 가졌다.(김윤수,「『동국전도비기』와『해동전도록』」,『한국 도교의 현대적 조명』, 한국도교사상연구총서VI, 한국도교사상연구회편, 아세아문화사, 1992, 179쪽)

도교는 한국 고유 사상을 포함하고 있음에도 불구하고, 도교란 용어를 중국과 공유하고 있는 이상에는 아래에서 언급되는 문제점을 드러낼 수밖에 없다.

첫째, 우리의 전통사상을 우리 자신의 눈으로 보지 않고 중국인의 시각으로 보고 중국적인 세계관이 마치 우리의 것인 양 그들의 눈으로 우리를 파악하려 했다는 지적이다.[170]

둘째, 한국 도교와 중국 도교의 유사성 때문에 한국 도교를 중국 도교의 아류로 보는 견해에 빠지기 쉽다는 것이다.

셋째, 「난랑비서」에서 한국 고유 사상이 유 · 불 · 도 삼교를 포함하고 있다는 지적에도 불구하고, 그 연구범위가 도교로 한정되어 유교와 불교 등 기타 다른 사상으로 확대하지 않는다는 것이다.

넷째, 한국 도교의 기원은 자생설과 전래설 둘 중의 하나를 선택할 수밖에 없는 한계상황으로부터 벗어 날 수 없다는 것이다.[171]

이러한 한국 도교 연구의 문제점 아래에서 한국선도를 변별하기란 쉽지 않은 작업임에 틀림없다. 더구나 한국선도 문헌은 희귀하고 도교와 불교 그리고 유교의 문헌이 주류를 이루고 있기에, 삼교가 수입되기 이전의 한국문화의 원형인 선도문화는 외래문화의 그늘에 가려서 그 모습을 찾기 어려운 실정이다. 한국선도 문화는 도교 문헌 속에만 있는 것이 아니라, 불교와 유교 그리고 민속 특히 무속 · 무도 · 체육 · 음악 · 미술 등 여러 분야에 숨어 있다. 따라서 중국 도교의 관련 문헌만 연구하게 되면 한국선도 문화는 보이지 않거나 왜곡된 형태로 나타난다. 다시 말해 한국

---

170) 최준식, 『최준식의 한국 종교사 바로 보기: 유불선의 틀을 깨라』, 한울아카데미, 2007, 38쪽.

171) 정재서의 경우, 현대의 선도 수련 단체들은 고대 한국문화가 본래부터 지니고 있던 원시 도교적 요소, 그리고 후대에 한국에 전래된 조직화되고 이론화된 중국도교가 결합해 이뤄진 것으로 보고 자생설과 전래설을 절충하고 있다.(정재서, 「새 천년을 여는 수련문화」, 『월간 정신세계 창간준비 특집』, 정신세계사, 1999)

도교 연구가 곧 한국선도 연구가 되는 것은 아니다.[172]

　이러한 문제점을 극복하기 위해서는 현재 한국 도교에서 한국선도를 선명하게 구분해내는 작업이 필요하다. 그리고 한국선도 문헌들에 대해 사료적·실증적인 가치에만 매몰될 것이 아니라, 사상적·철학적인 연구와 더불어 관련 문헌들에 대한 긍정적인 시각에서 연구가 진행되어야 할 것이다. 이러한 연구 성과는 한국선도뿐만 아니라 한국 도교의 발전에도 많은 기여를 할 것으로 기대된다.

2. 한국선도 기원과 원류

　『부도지』에서는 한국선도의 뿌리를 모든 존재의 궁극적 원리인 율려 律呂[173]로까지 소급을 하고, 그 연원이 황궁씨黃穹氏 → 유인씨有因氏 → 환인의 환국桓國 → 환웅의 신시神市 → 단군조선 → 박혁거세로 이어졌다고 설명하고 있다. 『부도지』에는 창조신화를 포함하고 있기에 『규원사화』의 「조판기」와 더불어 신화학적인 연구가치가 있다. 단군조선에서 고구려가 아닌 신라의 박혁거세로 넘어가는 것은 『부도지』의 저자인 박제상 (朴堤上, 363~419)이 신라인이기 때문인 것으로 추측된다. 황궁씨와 유인씨를[174] 거쳐 환국으로 이어진 한국선도의 맥이 본격적으로 펼쳐진 시기는 환웅시대부터라고 볼 수 있다.[175] 『환단고기』의 내용에 의하면,

---

172) 박성수, 「한류의 역사적 배경」, 39~40쪽.
173) 『부도지』에서는 律呂에서 만물이 창조되어 나왔다고 설명하였다. 율려의 化現인 인류의 시조, 天人들은 자신들의 터전인 麻姑城의 중앙에 天符壇을 만들어 天符 를 모셨으며 항상 天音에 귀 기울였다고 한다. 천부는 어떤 실체에서의 물건이나 대상이 아니라 만물을 있게 한 원리, 곧 율려였다.(정경희, 「한국선도의 수행법과 제천의례」, 『도교문화연구』 21, 한국도교문화학회, 2004, 60~61쪽)
174) 황궁씨와 유인씨에 대한 부분은 다른 문헌에는 보이지 않고 있는데, 이와 관련하여 자세한 연구결과가 없어 더 이상의 논의가 어려운 실정이다. 하지만 한국선도 연구자들은 『부도지』가 품고 있는 사유체계가 한국선도의 원형을 유지하고 있을 가능이 크기 때문에 쉽게 간과해서는 안 될 것이다.
175) 임재해, 「단군신화로 본 고조선 문화의 기원 재인식」, 277~369쪽.

한국선도는 환웅시대에 어느 정도의 사상적 체계를 갖추었고[176] 단군조
선까지 이어진 것으로 보인다.

『청학집』에서는 환인을 동방선파東方仙派의 조종祖宗으로 보고 있
다.[177] 환인을 진인眞人이라고 언급하고 있는데, 진인이란 도가나 선가에
서 수진득도修眞得道하여 신선의 경지에 이른 자를 말한다. 동방선파의 조
종이란 점에서 환인은 한국의 선도문화 기저에 자리 잡고 있음을 알 수
있다. 그리고 『청학집』은 환인의 선맥을 광성자廣成子에서 명유明由로부
터 이어졌다고 한다. 갈홍葛洪의 『신선전(神仙傳)』에 의하면, 광성자는 공
동산崆峒山 석실에 살면서 중국의 황제黃帝에게 도를 전수한 고대의 신선
으로 묘사하고 있으며, 명유는 중국 상고시대의 제왕 수인씨燧人氏의 네
명의 보좌 가운데 한 사람이라고 한다. 이능화는 광성자를 청구靑邱, 즉 요
동遼東지역과 관련시키면서 한국선도의 기원을 설명하고 중국 도교의 기
원을 동이족인 한국에 있다고 주장했다.[178] 중국 도교의 기원을 살펴볼
때 도교는 중국의 중원지역에서 자생한 문화라기보다 변경으로부터 유입
된 외래의 외족문화로서의 성격이 짙다. 초기 도교의 중요한 경전들, 예
컨대 『참동계(參同契)』, 『태평경(太平經)』 등이 모두 동방의 방사方士 계
층에 의해 이루어졌다는 전설 및 사실이 이를 입증한다.[179] 『청학집』은
비록 선맥의 근원을 중국의 광성자에게서 구하고 있지만 이는 다분히

---

176) 『太白逸史』「蘇塗經典本訓」에 의하면 "천부경을 환웅이 신지혁덕에게 명하여 녹
   도의 글로 기록케 했다.(天符經 天帝桓國口傳之書也 桓雄大聖尊 天降後 命神誌赫
   德 以鹿圖文記之)"는 내용과 "삼일신고가 신시개천의 시대에 나와서 책으로 이루
   어졌다.(三一神誥 本出於神市開天之世)"는 내용, 그리고 "홍익의 뜻을 받들었다.
   (揭弘益之義)"는 내용을 보아서 환웅시대에 한국선도는 사상적으로 기초 체계를
   갖추었음을 알 수 있다.

177) "桓仁 爲東方仙派之宗 桓雄天王 桓仁之子也."(이종은 역주, 『해동전도록 · 청학집』,
   보성문화사, 1988, 218쪽)

178) 이능화, 『조선도교사』, 46~48쪽.

179) 정재서, 「태평경의 성립과 사상에 관한 시론」, 『도교의 한국적 수용과 전이』, 한
   국도교사상연구총서Ⅷ, 한국도교사상연구회편, 아세아문화사, 1994, 81~83쪽.

명분론적인 의미에 그치고 있고, 이후 한국 내의 신화적이고 전설적인 인물들을 대량 수용하여 독자적인 선파 계보를 구성함으로써 한국선도의 고유성을 확보하려는 입장을 취하고 있다.180)

『해동이적』에서는 선도의 기원을 단군으로 설정하면서 단군은 고대의 군장인 동시에 선도의 시조라고 하며, 그 전통이 중국에 못지 않다고 주장한다.181) 이처럼 단군을 선도의 시조라 한 것은 한국선도 전통의 독자성을 강조한 것으로 볼 수 있다. 『해동이적』은 단군뿐만 아니라 신라 시조 혁거세, 고구려 시조 동명왕도 한국선도 전승과정 속에 포함시키고 있다. 이는 고대국가의 건국 전통을 한국선도에 두고 있음을 강조하는 것으로, 한국의 독자성과 우수성을 강조한다는 측면에서 『청학집』의 견해와 일치한다.

이상의 내용을 정리하면, 한국선도의 기원을 『청학집』은 환인에서 찾고, 『해동이적』은 단군에서 찾으며 환인을 역사적 인물로 이해하는 것이 아니라 최고신인 천신으로 이해하고 있다. 그리고 『청학집』은 단군의 선맥이 문박씨文朴氏로 이어졌다고 했는데, 이에 비해 『해동이적』에는 단군 이후 전승과정에 대해 특별한 언급이 없다.182)

『오계일지집』은 선도의 기원을 환웅으로 보고 있다. 한국선도의 기원을

---

180) 정재서, 『한국 도교의 기원과 역사』, 168쪽.
181) 홍만종의 또 다른 저서인 『旬五志』에서는 단군을 '동방생민의 시조(東方生民之鼻祖)'라고 했다. 『해동이적』에서 단군을 "사람이라 할 수도 없고 사람이 아니라고 할 수도 없다.(不可謂之人也 不可不謂之人也)"고 하면서 단군의 선가적 측면을 강조한 데 비해, 여기서는 선가적 측면은 후퇴하고 역사의 시조로서의 측면이 강조되고 있다. 『東國歷代總目』에서는 단군의 업적이 언급되고 있어 단군의 역사성이 더욱 더 강조되고 있다. 이런 영향은 안정복의 『東史綱目』을 비롯한 이후의 여러 사서에서 답습되고 있는데, 이러한 기사의 전거는 선도문헌으로 추정된다.(서영대, 「조선후기 선가문헌에 나타난 상고의식」, 9쪽)
182) 이러한 사실은 조선후기 선가들 사이에서도 선도의 역사는 물론, 한국상고사에 대한 인식이 일치하지 않음을 보여주기도 한다. 이러한 이유에 대해서 서영대는 저자의 출신 지역과 가문의 차이에서 비롯된 것으로 추정한다.(서영대, 위의 논문, 14쪽)

환웅시대까지로 소급하는 견해에 대해 살펴보면, 그 첫 단추는『삼국유사』의 단군신화[183]로부터 시작된다고 볼 수 있다. 실제로『삼국유사』의 단군조선 건국사를 유심히 살펴보면 단군에 관한 내용보다는 환웅에 관한 내용이 더 많다. 단군조선 이전에 환웅의 신시가 있었고, 홍익인간 · 재세이화는 고조선의 건국이념이기 전에 신시神市의 건국이념이었던 것이다. 이런 의미에서는 임재해는 '단군신화'가 아니라 '환웅신화'라고 보는 것이 더 적절하다고까지 주장한다. 홍익인간의 이상을 꿈꾸고 재세이화한 주체의 처음은 단군이 아니라 환웅이며 단군조선 이전 신시건국을 통해 그 이상을 실현하고자 하였다고 한다.[184] 그러나 비록 홍익인간 정신을 세상에 구현하고자 한 처음 시도는 환웅의 신시로 보더라도 단군조선 역시 그 정신을 계승했다고 보아야 함은 마땅하다. 따라서 한국 고대국가의 정통성은 홍익인간 정신을 국시國是로써 계승했는가에 달려있다고 판단할 수 있다.

최치원은 한국의 고유 사상인 '풍류'를 설명하면서, 그 성격을 '접화군생接化群生'으로 표현하였다. 도광순은 접화군생의 의미를 홍익인간과 연결하여 다음과 같이 설명하고 있다.

---

183) 임재해는 단군조선 건국사를 서술하고 있는『삼국유사』·『제왕운기』·『응제시주』·『세종실록 지리지』 등의 단군조선 건국사를 단군신화로 일컫기 시작한 것은 일제강점기에 일본인들로부터 비롯되었다. 때문에 단군조선의 건국이 역사가 아니라 신화로 되었고 단군의 존재조차 신화속의 인물로 치부되었다고 강조한다 (임재해,「단군신화로 본 고조선 문화의 기원 재인식」, 280~281쪽)
184) 이런 역사의식과 관련하여 임재해는 신시의 건국이념인 홍익인간을 우리나라 건국이념(문교부,『문교개관』, 1958, 4~5쪽)이라고 하면서 신시를 우리나라로 여기지 않고 홍익인간을 대한민국 교육이념(교육기본법 제2조)으로 설정하고 있지만, 실제 교육현장에서는 신시는 커녕 단군조선조차 국사시간에 제대로 가르치지 않고 있다고 지적한다. 홍익인간을 건국이념 또는 교육이념으로 표방하면서, 환웅의 정체에 침묵해도 좋은가라는 비판을 가하고 있다.(임재해,「단군신화로 본 고조선 문화의 기원 재인식」, 321~322쪽)

접화군생은 홍익인간보다 그 뜻이 더욱 넓은 한국 고유의 어짊의 표현이요, 풍류도의 범생물적인 생생(生生)의 자혜(慈惠)를 의미하는 말이다. 초목군생(草木群生)이나 동물에까지도 덕화(德化)를 베풀어 생(生)을 동락동열(同樂同悅)하도록 하는 것을 '접화군생'이라고 표현한 것이다.[185]

『규원사화』의 「단군기」에서 "단군 고열가는 덕 있는 사람이 없어 더이상 왕위를 물려줄 수 없어 아사달로 들어갔다"[186]라고 하며, "후에 문박씨와 영랑永郎, 신녀보덕神女寶德이 단군의 도道를 치우치게 얻었는데 단군의 만민萬民을 교화하는 대의大義는 아니었다"[187]라고 한다. 이러한 「단군기」의 내용으로 판단하건데, 마지막 단군인 고열가 이후부터는 단군조선의 홍익인간 정신이 온전히 전승되지 않고 불완전하게 전승되었음을 알 수 있다.

최삼룡은 단군 고열가 이후의 한국선도 전승과정과 그 특징을 다음과 같이 말하고 있다.

중국의 도교가 정식으로 도입되기 이전부터 이미 존재하고 있었던 선가로 단군신화를 비롯한 부족국가들의 시조 신화들은 그 주인공이 선인의 모습으로 나타나 있으며, 대체로 청학집에는 이러한 선인의 계보를 상고시대로부터 조선조에 이르기까지 나열하고 있다. 통일신라

---

185) 도광순, 「한국의 전통적 교육가치관」, 『철학과 종교』, 현대종교문제연구소, 1981, 101쪽.
186) 『揆園史話』「檀君記」, "壬儉與諸加謀曰 昔我皇朝肇基立業 爲萬世後孫之範 今 王室衰微 諸家浸彊 方外諸侯 殆無奉命者 雖 圻圻内之民 懷列聖之化 猶表忠慶 惟予涼德 不可以致化立威 欲讓於有德 則遍觀聖裔 又無其人 予欲 避居於唐莊京 入阿斯達 以安奉先聖之神靈 諸加悽愴而從之."(159쪽)
187) 『揆園史話』「檀君記」, "後有文朴氏 居阿斯達 詔顔方瞳 頗得檀儉之道 其後 如向彌山之永郎及馬韓之神女寶德諸人 只基得一斑 淸淨無爲 適遙塵外 又非檀祖用化萬民之大義也."(150쪽)

시대 당(唐)의 종리권(鍾離權), 여순양(呂純陽)의 선류가 유당(留唐) 신라인에 의해서 들어온 일맥이 한국에 유전하여 내려온 자취를 엿볼 수 있으니 이 계보는 대체로 『해동전도록(海東傳道錄)』에 소장되어 있다. 한국에는 일찍이 고유의 신앙으로 신교(神敎) 또는 선교(仙敎)의 성격을 지닌 원시적 사상이 전래하고 있다 함은 주지의 사실이다. 이러한 전통신앙은 매우 저급하고 미신적 무속으로 간주되어, 한갓 토속신앙으로써 외래종교의 저변에 붙어 그 명맥을 유지하여 왔다고 말한다. 한국 선인은 오늘날 우리가 알고 있는 현실 도피적 은둔자들이 아니요, 그들이 터득한 '생명철학(生命哲學)'으로 인간을 바르게 이끌려는 이념을 가진 도인(道人)들이었다.[188]

최삼룡의 견해와 유사하게 이능화 역시 홍익인간의 정신을 『조선도교사』에서 『백악총설(白岳叢說)』의 내용을 인용하면서 다음과 같이 말하고 있다.

고유의 선가는 홍익인간(弘益人間)에 대한 휴머니즘적 치민사상(治民思想)을 찾아볼 수 있으니, 선가 본래의 면목은 현실을 도피하여 일신만을 보명(保命)하자는 것이 그 목적이 아니었던 것 같다. 특히 단군신화는 개국하여 우리 민족을 교화하고 창생(蒼生)들에게 그의 덕화로써 바른 삶을 인도해 주려는 홍익인간의 이념을 구현한 설화임을 감안할 때 선도는 보다 적극적이요, 이타(利他)의 정신을 고양하여 국가 민족이나 그가 소속되었던 사회에 투신봉공(投身奉公)하고자 하는 이념을 지닌 도(道)였음을 짐작할 수 있다.[189]

최삼룡은 홍익인간 정신을 생명철학이며 개인적 차원을 넘어선 공동체 차원의 공헌을 강조하는 휴머니즘의 '치민사상治民思想'이라고 하였다.

---

188) 최삼룡, 「선인 설화로 본 한국 고유의 선가에 대한 연구」, 373쪽~374쪽.
189) 위의 논문, 380쪽.

그리고 노자 이후 장자로 이어지는 후세의 도가는 춘추전국시대라는 난세를 배경으로 하며, 유가에 대립하여 현실의 소용돌이에 휩쓸리지 않고 초연한 자세로 생을 영위하려는 처세철학處世哲學으로써의 성격을 가지게 되었고, 이후 중국 도가의 성격은 소극적이고 은둔적이며, 위아적爲我的이며 초세적超世的이고, 현실 도피적 정신의 방향으로 흘렀다고 지적하였다. 이능화 역시 홍익인간 정신이 개인만을 위한 것이 아니라 보다 적극적인 이타적 성격을 강조하고 있다. 이러한 최삼룡과 이능화의 견해들은 한국선도와 중국 도교의 차이점을 잘 설명해 준다.

조지훈(趙芝薫, 1920~1968))은 우리 고유 종교였던 한국선도와 중국 도교와의 관계를 다음과 같이 설명하고 있다.

중국의 도교 즉 선교류의 태반도 우리의 동계(同系)인 동이계(東夷系) 사상이었던 듯하며, 우리의 선교는 그 바탕이요 그것이 나아가서 중국의 선교가 되어 다시 들어온 것이라 할 수 있다.[190]

한국선도는 자생적 사상이며, 오히려 중국 도교의 원류가 되었고 다시 한국에 들어오게 되었다는 견해는 박성수의 도교 귀화론과 그 맥을 같이한다. 그리고 한국선도가 중국 도교의 원류라는 주장은 이능화의 주장과 일치하는 것으로, 이능화는 『조선도교사』에서 광성자가 거주한 공동산은 청구의 영토였다고 말하고, 청구란 요동을 중심으로 한 동이東夷의 영토였음을 논증함으로써 중국 도교의 원류가 한국선도였음을 논증하였다.[191]

정인보(鄭寅普, 1892~1950)는 『조선사연구』에서 "단군의 가르침의 종지宗旨는 홍익인간이다"라고 했다.

---

190) 조지훈, 「누석단 신수 당집 신앙연구」『문리논집』7, 고려대학교문리논집 편집위원회, 1965, 45~68쪽.
191) 이능화, 『조선도교사』, 23쪽.

광개토대왕 비문의 "동명왕이 세자에게 유언하기를 도로써 정치를 일으키라.(顧命世子儒留王以道興治)"의 이도흥치(以道興治)와 최치원의 난랑비서의 현묘지도(玄妙之道)는 단군의 가르침인 홍익인간을 말하는 것이다. 풍류는 두말할 것도 없이 우리 고유의 도였다. 이 도는 중국에서 유입된 노자의 도교로 착각하는 이가 많으나 그렇지 않다. 그것은 단군의 가르침인 홍익인간의 도인 것이다.[192]

신라 화랑도의 세속오계의 종지는 먼 상고시대에 뿌리를 두고 있다. 그것은 언제나 인간 중심의 법이었다. 홍익인간의 가르침에는 불교의 정토(淨土)나 도교의 자부(紫府)와 같은 인간 이외에 대한 선망(羨望)이 없었다. 바로 하늘과 사람이 하나라는 천인합일(天人合一)의 굳은 신념을 드러내고 있는 것이다.[193]

위의 견해에 따르면, 홍익인간 사상은 고구려와 신라까지 이어진다. 정인보는 홍익인간의 도를 천인합일 사상으로 설명하고 있는데, 한국선도에서 천이 신으로 전화轉化되어 나타나기에 천인합일은 곧 신인합일과 같은 개념으로 이해할 수 있다. 따라서 홍익인간 사상 속에 신인합일 사상을 내포하고 있음을 확인할 수 있다.

류승국은 한국이 동북아시아에서 유구한 역사를 가진 나라이고, 고유한 언어와 문화를 지닌 한민족은 오랜 역사를 통하여 내우외환內憂外患의 시련을 겪으면서 오늘날까지 생의 의지를 관철해 왔는데, 그 내재적인 힘의 원천이 되는 것은 홍익인간 사상이라고 강조한다.

한국의 건국신화는 홍익인간을 그 이상으로 하고 있다. 이 홍익인간이란 한국인을 의미하기보다는 한국인이 믿는 하나님을 뜻한다. 이 홍익인간의 정신은 오늘날 대한민국 교육법에서도 근본이념으로 삼고 있다. 삼국시대에 신라의 박혁거세나 고구려 동명왕의 경우만 보

---

192) 정인보 저 · 박성수 편역, 『정인보의 조선사연구』, 84쪽.
193) 위의 책, 85쪽.

더라도 광명이세 또는 이도여치(以道輿治)[194]라 하듯이 그들의 건국 신화는 모두 신의 뜻을 이어받아 광명으로 세상을 다스리며, 진리로 나라를 다스려 천하를 화평하게 함을 통치의 이상으로 삼았다. 한민족은 예로부터 하느님께 감사의 제사를 드리는 풍속을 전해왔다. 신의 은총에 의하여 복된 삶을 누릴 수 있는 신시(神市)의 건설을 목표로 살아온 종교적인 민족임을 알 수 있다. 홍익인간의 이념에서 보듯이 어떤 특정한 민족이나 국가 또는 계급을 위하는 것이 아니라, 모든 사람 하나하나를 구제한다는 보편적 인간애와 평화정신이 한민족의 이상이며, 그것이 바로 한민족이 믿는 신의 뜻인 것이다.[195]

이어서 류승국은 홍익인간 정신을 종교적으로 한국인의 신관과 연결시켜 설명하고 있으며, 광개토대왕 비문의 사상적 원류를 홍인인간 정신에 있다고 주장한다.

오늘날 조상을 숭배하는 유교인들은 하늘을 망각하기 쉽고, 기독교에서 하느님을 신앙하는 사람들은 조상을 도외시하기 쉽다. 광개토대왕비의 정신을 현대 사회에 적용시켜 보면, 부모에게 효성을 다하고 조상의 뜻을 이어 받아 하늘의 아버지까지 경배하여 인류 만민의 조상의 자손인 동시에 하늘의 아들이라는 '천손(天孫) 사상'인 것이다. 이렇게 지극히 높고 깊은 정신으로 인류를 사랑하고 존중하여 영원토록 낙원을 이룩하자는 것이 광개토대왕의 기본 정신이다. 이 하늘의 뜻에 맞는 정치는 다름 아닌 단군의 '천부(天符) 사상'이요. '홍인인간의 정신'인 것이다.[196]

이처럼 류승국은 효, 조상숭배, 경천사상은 '천손天孫 사상'이면서 광개토대왕 비문의 기본정신으로 홍익인간의 발로라고 강조한다. 그리고 신라

---

194) '이도여치(以道輿治)'에서 '홍(興)'인지 '여(輿)'인지 분명하지 않아서 보는 사람에 따라 그 판독이 달라진다. 정인보는 '홍'이라고 하고, 류승국은 '여'라고 한다.
195) 류승국, 『한국사상의 연원과 역사적 전망』, 132~133쪽.
196) 위의 책, 180쪽.

진홍왕 순수비에 "짐朕은 태조의 기틀을 이어 왕위를 계승하였으니 몸을 조심하며 스스로 삼가 하늘의 도리를 어길까 두려워한다. 하늘의 은혜天恩를 입어 운기를 개시하고, 은밀히 하늘님神祇를 통하여 천부天符에 합할 수 있어, 이로 인해 사방으로 국경을 넓히고 널리 민토民土를 얻게 되었다"라고 하였으니, 여기서 말하는 천은天恩, 신기神祇, 천부天符 등의 개념은 모두 고신도古神道를 지칭한 것으로[197] 홍익인간 정신이 신라에까지 어느 정도 계승되었음을 논증했다.

『삼국유사』에 의하면 진홍왕이 나라를 홍하기 위해 풍월도를 일으켰다고 한다.[198] 이 풍월도는 최치원의 풍류도이자 화랑국선花郎國仙이며 선도仙道이며, 화랑도는 이런 한국선도 사상을 기반으로 유불도 사상을 섭취한 것으로 이해할 수 있다.[199]

박성수는 한국선도의 핵심 교의를 '홍익인간 · 재세이화', '포함삼교包含三敎 접화군생接化群生', '수미균평위首尾均平位 홍방보태평興邦保太平'이라고 지적하면서, 이 셋 중에서 핵심은 홍익인간 정신임을 강조한다. 중국의 도교와 기독교의 개인주의 문화와는 달리, 나라와 이웃 그리고 가족을 사랑하고 봉사하는 정신을 본질로 삼고 있는 것임을 주장한다.[200]

지금까지의 내용을 정리하면,『규원사화』의 '만민을 교화하는 대의'라고 언급한 것, 최삼룡이 '고유의 선가는 인간을 바르게 이끄는 생명철학이며 홍익인간의 휴머니즘적 치민사상이며 사회에 투신 봉공하는 이념의 도'라고 한 것, 정인보의 '광개토대왕 비문의 이도홍치와 최치원「난랑비서」의 현묘지도는 단군의 가르침인 홍익인간이다'라고 한 것, 류승국의 '천손 사상과 선도를 계승한 화랑도 정신' 등은 모두 한국선도의 사상적 핵심이 홍익인간 사상임을 논증한 것이다. 또한 그 사상적 특징은 소아적

---

197) 위의 책, 244쪽.
198)『三國遺事』卷3「塔像篇」, "彌勒仙花未尸郞眞慈師, "欲興邦國 須先風月道.""
199) 양은용,「통일신라시대의 도교사상과 풍류도」, 23~24쪽.
200) 박성수,「한류의 역사적 배경」, 38~39쪽.

小我的인데 있는 것이 아니라 대아적大我的이며 사회적, 국가적 실천을 강조하는 것이라고 볼 있다.

이런 견지에서 본다면, 『규원사화』의 「단군기」에서 문박씨와 영랑과 신녀보덕이 단군 고열가로부터 선맥을 이었지만 그 대의를 계승한 것이 아니라고 한 이유는, 대의 즉 홍익인간 사상을 사회적, 국가적, 공동체 차원의 실천정신으로까지 계승하지 못하고 개인적인 차원에서 머물렀기 때문으로 보인다. 이처럼 한국선도의 여러 사상적 특징 중의 핵심인 홍익인간 사상은 한국선도의 기원을 살피는데 있어 주요한 키워드가 된다. 바꾸어 말하면 현대에 와서 한국선도의 선맥을 따지는 핵심 키워드는 바로 '홍익인간 사상의 계승여부'에 있다고 할 수 있다.

III. 한국선도의 전승과정

『환단고기』의 『삼성기전』하편에 따르면 7대의 환인[201]과 18대의 환웅[202]이 있었고, 『단군세기』에서는 47대의 단군이 있었다고 기록하고 있다. 『청학집』은 환인이 동방선파의 종宗이라 하며 그 전승과정을 다음과 같이 적고 있다.

> 환인진인(桓仁眞人)이 동방선파의 조종이고, 환웅천황은 환인의 아들이다. 아버지의 뜻을 이어 풍우(風雨)와 오곡(五穀) 등 360여 가지 일을 주재하고 동방백성을 교화시키더니 단군이 또 그 업을 이어 교화를 편 지 1,000년에 구이(九夷)가 함께 받들어 천왕으로 모셨다. 작은

---

201) 『三聖記全』下篇, "初 桓仁 居于天山…傳赫胥桓仁 古是利桓仁 朱于襄桓仁 釋提壬桓仁 邱乙利桓仁 至智爲利桓仁 或曰檀仁."

202) 『三聖記全』下篇 「神市歷代記」, "倍達 桓雄定有天下之號也 其所都曰神市 後徒靑邱國 傳十八世 歷年一千五百六十五年."

정자와 버들대궐에 살면서 머리를 땋아 드리우고, 소를 타고 다니면서 백성을 다스린 지 1,048년에 아사달산에 들어가 신선이 되었다. 자손이 번성하여 그 때 대국(大國) 아홉, 소국(小國) 열둘이 다 단씨(檀氏)의 나라였다.[203]

  단군조선의 사회조직은 신정일체神政一體의 구조를 갖고 있기에, 한국선도는 국가이념으로 최고 통치자이면서 제사장인 단군을 중심으로 계승되었다고 볼 수 있다. 단군조선까지 한국선도를 계승한 주체는 주로 단군을 위시한 선인으로 불리는 종교 지도자 신분이었음을 고려한다면,[204] 국가 전반적인 사회, 경제, 문화 등은 한국선도의 사상적 배경 하에서 형성되었을 것으로 짐작된다.
  『청학집』에 보이는 단군조선 이후 선도의 전승에 대한 기록은 인물 중심으로 기록되어 있다. 단군 이후의 전승과정은 문박씨 → 영랑 → 보덕 → 표공瓢公 → 암시선인岊始仙人 → 물계자勿稽子 → 대세 · 구칠大世 · 仇柒 → 최치원 → 이명李茗, 곽여郭輿, 최당崔讜, 한유한韓惟漢 등으로 이어진다.[205]
  『규원사화』와 『청학집』이 공통적으로 언급하고 있는 단군의 전승자는 상고선인上古仙人 문박씨인데, 이에 대해 이능화는 『조선도교사』에서 다음과 같이 설명하고 있다.

  문박(文朴)씨가 아사달 산에 살고 있었는데, 그는 용모가 아름답고 눈동자가 모난 이인으로서, 단군의 도를 전하였다. 영랑(永郞)이란 사람은 향미산(向彌山) 사람으로 나이 구십에도 얼굴은 어린이 같고 노

---

203) "桓仁 爲東方仙派之宗 桓雄天王 桓仁之子也 繼志述事 又主風雨五穀三百六十餘事 以化東民 檀君繼業 化行十年 九夷共尊之 立爲天王 蓬亭柳闕而居 絢髮跨牛而治 主世一千四十八年 入阿斯山仙去 子孫蕃衍 當其時大國九 小國十二 大抵皆檀氏也."(『海東傳道綠 · 靑鶴集』, 218쪽) 번역은 16쪽을 인용함.
204) 윤내현, 『고조선연구』, 일지사, 1995, 649쪽.
205) "金蟬子曰 卞泟 記壽四聞錄者 記吾東道流之叢 … 崔讜 韓惟漢 是亦同德也."(『海東傳道綠 · 靑鶴集』, 218~219쪽)

우관(鷺羽冠)을 쓰고 철죽장(鐵竹杖)을 짚고 산수간에 소요하였는데 마침내 문박의 업(業)을 전하였다.

『백악총설』에 향미산인(向彌山人)206)이 말하기를, 선도가 천하에 있다면 중국은 황제가 광성자에게 배운 것이고, 우리 동방은 문박이 환인의 연원을 얻음으로써 깨끗하고 맑은 학문(淸潔之學)을 전하게 된 것이라고 하였다.207)

『규원사화』의「단군기」에 박朴씨, 백白씨가 모두 단군 고열가의 먼 후손이며 혁거세赫居世 역시 단군의 먼 후손이라고 하고 있는데,208) "영랑이 향미산에 들어갔다."는 내용과 "얼굴이 어린아이와 같고 노호관鷺羽冠을 쓰고 철죽장鐵竹杖을 짚고 다녔다."는 내용은『규원사화』의「만설漫說」의 내용과 거의 동일하다.209)

『백악총설』에서 문박이 환인의 도를 계승한 것으로 설명하고 있는데, 그 도의 핵심을 '청결지학淸潔之學'이라고 하였다. 이어서 이능화는 청결지학에 대해 다음과 같이 부연 설명한다.

남석행(南石行)은 말하기를 환인진인이 대왕씨(大往氏)에게 시켜서 시서(始書)를 짓게 하고 종서(終書) 일권(一卷)을 자작(自作)하였는데 시서(始書)는 풍우(風雨)·오곡(五穀)·음식(飲食)·연양(鍊養)의 도를 주재함에 있어 정성과 믿음으로써 최고로 하여 다투지 말고 음란하지 말며 사람을 위하여 착한 일을 하라는 것이요. 종서는 일월성신(日月

---

206) 『靑鶴集』에서 永郞은 向彌山 사람이라고 지칭하는 것을 통해 向彌山人은 永郞을 의미하는 것으로 추측할 수 있다.
207) 이능화,『조선도교사』, 31~32쪽.
208) 『揆園史話』「檀君記」, "或曰 朴氏 白氏 皆其後裔 而赫居世亦出於檀君之後云 今文獻無徵 未知其確矣."(160쪽)
209) 『揆園史話』「漫說」, "昔者永郞 恨人生之無幾 慕先聖之化神 乃棄其率 入向彌山中修道行 年九十有嬰兒之色 鷺羽之冠 鐵竹之杖 逍遙于湖山."(207쪽)

星辰) · 천지산천(天地山川)의 이치(理致)와 성명(性命)의 근원과 신도
묘덕(神道妙德)의 가르침을 쓴 것으로써 대왕씨(大往氏)로 하여금 이를
중외(中外) 선관(仙官)에게 펴게 하였다. 대왕씨(大往氏)는 그 무리들과
함께 환인을 문조씨(文祖氏)라고 하니 그 글은 문박으로부터 을밀(乙
密), 영랑(永郎), 안유(晏留), 보덕성녀(普德聖女)에게 전해졌다. 내가
전일에 태백산인에게 이 글을 얻어 본 지가 오래되었다.210)

위의 글에 따르면 '시서始書'의 내용은 일종의 수행론과 실천론에 관한
것이고 '종서終書'는 우주생성이나 원리를 담고 있는 존재론과 인간론에
해당하는 내용으로 짐작된다.

시서가 수행과 실천에 있어서 정성과 믿음을 최고의 덕목으로 한다는
것은, 한국선도의 실천론에 해당하는 참전계경의 8대 강령綱領211)에 속하
는 정성誠과 믿음信을 생활 속에 실천해야 할 가장 중요한 덕목으로 보고
있는 것이나, 지감止感 · 조식調息 · 금촉禁觸 삼법수행三法修行 전에 기본
적으로 갖추어야 할 심법心法으로 간주하는 것과 비교한다면 한국선도 사
상과 종서의 내용이 어느 정도 일맥상통하고 있음을 확인할 수 있다. 또
한 '사람을 위하여 착한 일을 한다爲人間善事'라는 의미는 홍익인간 사상의
계승이라는 연속선상에서 이해해야 할 것이다.

연양鍊養의 도가 있었다고 하는 부분은 한국선도 역시 중국 도교의 양
생술과 유사한 수행법이 있었음을 추측할 수 있다.212) 그러한 한국선도

---

210) "南石行曰 桓仁眞人 使大往氏述始書 自作終書一卷 始書者 主風雨五穀 飮食鍊養之
道 最以誠信 不鬪不淫 爲人間善事 終書者 主日月星辰天地山川之理 性命之源 神道
妙德之訓 使大往氏 頒告終書于中外 仙官大往乃與其徒 稱桓因爲文祖氏 其書傳自
文朴 乙密 永郎 晏留 普德聖女之流焉 余嘗得見於太白山人 藏之久矣."(이능화,『조
선도교사』, 359쪽) 번역은 32쪽을 인용함.
211) 제1강령 誠, 제2강령 信, 제3강령 愛, 제4강령 濟, 제5강령 禍, 제6강령 福, 제7
강령 報, 제8강령 應.
212) 이러한 내용은『太白逸史』「神市本紀」에 "太虞儀 桓雄이 사람들에게 調息保精을
가르쳤다."고 하며, "이것이 長生久視의 術이다."라고 하고,『太白逸史』「蘇塗經

의 수행법을 구체적으로 삼일신고 「진리훈」에서 지감 · 조식 · 금촉으로 설명하고 있다. 신라 말기 김가기 등의 유당학자로부터 수입된 중국의 수련도교가 쉽게 수용되어 조선시대 내단 사상으로 계승된 것도 바로 한국선도 속에 삼법수행과 같은 수련이 밑바탕에 깔려 있었기 때문이다.

『백악총설』의 내용을 철학적 체계로 구별한다면, 천지자연의 이치와 성명의 근원은 일종의 존재론과 인간론에, 연양의 도는 양생론과 같은 수행론에, 사람을 위해 착한 일을 한다는 것은 실천론에 해당한다고 볼 수 있다. 따라서 한국 고대에 원시적이지만 어느 정도의 철학적 체계가 형성되어 있었음을 확인할 수 있다.

그리고 문박씨가 단군으로부터 청결지학을 전수받았다고 하는 것은 개인적인 수행과 더불어 공동체적 실천을 강조하는 온전한 홍익인간 정신이 아니라, 다투지 않고 음란하지 않은 청정한 생활 즉 개인적인 수행을 중심으로 치우치게 전승되었다는 것을 의미한다. 『규원사화』에서 문박씨와 영랑, 보덕성녀는 단군의 도를 온전히 얻지 못하였으며, 청정무위한 생활을 하며 소요逍遙하였다는 부분과 단군이 만민을 교화한 대의는 아니었다고 하는 내용은 한국선도의 전통이 문박씨부터는 대아적인 차원이 아니라 소아적인 차원을 중심으로 전승되었음을 지적한 말일 것이다.

영랑에 대한 기록은 『해동이적』에도 보이는데, 신라 사선四仙 중의 한 명213)으로서 승지勝地를 찾아다니며 소요하였다고 한다.214) 영랑의 이러한 행적을 통해 문박씨의 청결지학을 계승했다고는 볼 수 있겠으나, 사회

典本訓」에 "紫府先生이 軒轅에 준 三皇內文經을 후세에 부연하여 周나라 · 秦나라 이래로는 道家의 鍊丹服食하는 법이 나와서 세상을 미혹케 했다."라고 한 내용을 통해서도 확인할 수 있다.

213) 『청학집』에서 "문박에서 영랑으로, 영랑에서 馬韓의 신녀보덕으로 이어졌다."는 내용은 영랑을 신라사선 중의 하나로 보기에는 시대상으로 맞지 않다. 이에 대한 논증은 최삼룡의 논문 「선인 설화로 본 한국 고유의 선가에 대한 연구」에 잘 나타나 있다.

214) 『海東異蹟』「四僊」, "…皆四僊所遊處…"(홍만종, 『洪萬宗全集』上, 태학사, 1980, 137쪽)

적 · 국가적인 실천적 측면보다는 개인적인 수양을 중시하게 됨으로써 홍익인간 사상과는 멀어지게 되었음을 추측할 수 있다.

그러나 신라 화랑의 전신을 사선으로 소급한다면, 개인의 수양과 더불어 실천적 측면을 강조하는 한국선도의 정신이 사선을 통해 신라 화랑도에 어느 정도 계승되었음을 추론할 수 있을 것이다. 박혁거세부터 소지왕에 이르기까지의 5세기 남짓 동안(BC57~AD499) 신라는 선도의 이념을 실제로 실현하고 있었고, 신라에 외래 삼교가 들어오기 전에 선도문화가 존재하고 있었다.215)

신채호가 "한국선도의 맥이 고조선의 단군에서 고구려의 조의선인으로 조의선인에서 신라의 화랑도로 전개되었다"216)라고 지적했듯이, 신라의 한국선도적 기반은 도교 사상이 배척 없이 수용될 수 있는 터전을 마련했으며 화랑도 즉 풍류도 사상으로 전개된 것이다.217) 한국선도로부터 전승되어 온 이러한 선풍仙風은 신라인들의 도교적 선가적 사유체계를 풍성하게 해주는 것이었고, 따라서 중국 도교의 유입에도 수용적인 입장을 취하게 된다.

신라인들의 기록에는 직 · 간접의 선도적 요소가 다양하게 나타나는데, 통일신라에 이르면 중국과 문화적, 사상적 교섭이 빈번해지기 때문에 중국 도교적인 영향도 증대되었을 것이다.218) 한국선도의 자생설 입장에서, 중국 도교는 한국선도에서 파생된 것이기에 다시 한국으로 귀화한 중국 도교는 토착의 한국선도와 친연성을 갖고 있었음이 분명하다. 이러한 점이 삼국시대 중국 도교를 수입함에 있어 용이하게 작용했을 것이다. 바로 이종휘(李鍾徽, 1731~1786)가 "신라에는 노자의 도가 들어오기 전에 그 정수를 배우지 않고도 이미 실행하고 있었다"219)라고 한 연유는 이에 있

---

215) 박성수, 「한류의 역사적 배경」, 30쪽.
216) 단재신채호기념사업회 편, 『단재신채호전집』상, 형설출판사, 1987, 372쪽.
217) 양은용, 「통일신라시대의 도교사상과 풍류도」, 9~11쪽.
218) 김낙필 · 박영호 · 양은용 · 이진수, 「한국 신선사상의 전개에 관한 연구」, 『도교문화연구』15, 한국도교문화학회편, 동과서, 2001, 29~30쪽.
219) 『修山集』「新羅論(一)」, "所不行者 惟老道耳 然無其爲老之名 而實己行於爲國 如新

는 것이다.220) 시대를 거듭하여 지금에 와서 한국선도와 중국 도교의 구별이 쉽지 않은 것 역시 이러한 이유 때문일 것이다.

물계자勿稽子는 신라 내물왕(奈解王, 196~230)때의 사람이며221) 선인仙人으로 수행함에 있어서 '얼의 앉을 자리를 닦는 것'과 '숨쉬는 것'을 강조했다고 한다.222) 물계자가 얼을 닦는 것과 숨 쉬는 것뿐만 아니라 충효를 중시하였다는 내용223)을 통해 개인적 수행에 치우친 영랑과 또 다른 일면을 확인할 수 있다.

『청학집』에서는 대세 · 구칠大世 · 仇柒이 물계자의 선맥을 계승하였다고 한다. 『삼국사기』와 『해동이적』에서는 신라 진평왕(眞平王, 579~632)때 사람인 대세 · 구칠은 함께 도를 배워 신선이 되어 볼 생각을 가지고 진평왕 9년(587)에 오吳와 월越로 스승을 찾아 떠났다고 한다.224) 『청학집』의 내용에 의하면 대세 · 구칠이 물계자의 선맥을 이었다면 군이 스승을 찾으러 중국에 갈 필요성이 있었을까라는 의문225)과 함께 최치원에게 어떤 경로로

羅之得其精 盖不學而能之也."
220) 차주환은 이종휘의 『修山集』(1803)의 내용을 근거로, 신라의 道教的 경향이 통일 이전에는 노장 사상을 배움 없이 道家的 이념을 실천하였고, 통일 이후는 風流道를 중심으로 仙風으로 이어졌으며, 말기에 이르러서는 수련 도교적 경향이 짙어진 것으로 파악하고 있다.(차주환, 「통일신라시대의 도가사상」, 『한국철학사』상, 한국철학회, 1987, 257쪽)
221) 『三國遺事』「避隱第八」, "勿稽子 第十奈解王即位十七年壬辰."
222) 김범부, 『화랑외사』, 이문사, 1981, 122쪽, 123쪽, 130쪽.
223) 『三國遺事』「避隱第八」, "稽謂其妻曰 吾聞仕君之道 見危致命 臨難忘身 仗於節義 不顧生死之謂忠也 夫保羅竭火之役 誠是國之難 君之危 而吾未曾有忘身致命之勇 此乃不忠甚也 旣以不忠而仕君 累及於先人 可謂孝乎 旣失忠孝 何顏復遊朝市之中乎."
224) 『三國史記』第6 新羅本紀 第4 眞平王條; 『海東異蹟』「大世仇柒」, "在此新羅山谷之間 以終一生 則何異池魚籠鳥 吾將乘桴 浮海以至吳越 追師訪道 若凡骨可換神僊可學."
225) 서울대 천문학자인 박창범 교수가 『삼국사기』에 나타난 천문현상은 서기 201년 이전과 787년 이후가 양분되어 있는데, 서기 201년 신라의 일식 최적 관측지가 양자강 유역으로 나타난 것과 『太白逸史』「高句麗國本紀」에 "吳 · 越은 본래 구려의 옛 고을이다.", "齊 · 魯 · 吳 · 越의 땅이 고구려에 속하게 되었다.", "백제가 병력으로 齊 · 魯 · 吳 · 越의 땅을 평정하여 관아를 설치해서 병역과 세금을 거두었다."라는 내용과 연관 짓는다면, 당시 오와 월을 단순히 중국으로 보는 것에 대해서는 제

선맥을 전수했는지에 대한 의문이 생긴다.

『청학집』에는 언급되어 있지 않지만, 신라의 김유신(金庾信, 595~673)이 신이한 노인老人으로부터 비법을 전수받고 재계齊戒 · 소향燒香 · 고천告天하고 설단設壇하여 신술神術을 닦았다는 『삼국사기』의 내용226)은 한국 고유의 도천禱天 기축祈祝의 방법에 따른 것이라고 생각되며,227) 이때까지 신라에 유행했던 일련의 신선 사상은 한국 고유의 선도 계승이라는 연속선상에서 이해해도 무방할 듯하다. 그러나 김유신의 손자인 김암金巖이 당唐에 들어가 음양가陰陽家의 술법術法과 둔갑입성법遁甲立成法을 배웠다는 내용을228) 봐서는 신라 말기에는 중국 도교의 영향을 받아 신라에도 중국식 방술方述이 유행하였음을 짐작할 수 있다.

『청학집』에서 원효(元曉, 617~686)와 도선(道詵, 827~898)은 물계자의 여운을 받았지만 불교에 의탁했다는 내용과229) 혜륵惠勒 · 아도阿道 ·

고할 여지가 있다. 『三國遺事』 卷44 列傳 第4 金仁問條에 신라 제29대 太宗 武烈王(654~661)의 次男인 金仁問이 儒家의 책을 많이 읽고, 아울러 莊老와 浮屠의 학설까지 두루 섭렵하였다는 내용과 『三國遺事』 卷9 新羅本紀 第9 孝成王條에 孝成王 2年(738) 4월에 당나라 사신이 老子 『道德經』 등의 서책을 왕에게 바쳤다는 내용을 통해 중국 도교유입은 통일신라 이후에 수입되었다고 볼 수 있다. 金后稷이 진평왕의 狩獵이 지나침을 諫하는 말에서 노자를 언급하는 부분(『三國史記』 卷45 列傳 第5 金后稷條, "老子曰 馳騁田獵 令人心狂")과 고구려의 도교수입시기(『三國遺事』 3 寶藏奉老條에 인용된 高句麗本記에 의하면 武德 · 貞觀年間(618~649)에 고구려 사람들이 다투어 五斗米道를 신봉했다고 한다)인 營留王 1년(618)~寶藏王 9년(649)과 비교한다면 삼국 중에서 중국문물의 수입이 가장 늦었던 신라에 고구려보다 먼저 도교가 수입되었다고 보기는 힘들다. 그렇다면 金后稷이 언급한 말은 道敎라기 보다는 중국 諸子百家 중의 道家의 영향이라고 보는 것이 옳을 듯하다. 당시 中國 道敎가 신라에 큰 영향을 미치지 못했다면 大世 · 仇柒이 중국으로 神仙術이나 道家를 배우기 위해 吳 · 越로 갔다는 내용은 논의의 여지가 생기게 된다.

226) 『三國史記』 卷40~卷43.
227) 차주환, 『한국도교사상연구』, 서울대학교출판부, 1997, 117쪽.
228) 『三國史記』 卷43 列傳 第3 金庾信 下條.
229) 『靑鶴集』, "元曉道仙 託身西敎 是乃勿稽子餘韻." 元曉의 행장에 "왕성(경주) 서북쪽에 한 작은 절이 있었는데, (원효는 이 절에서) 識記 · 外書 등을 읽었다."(양은용의 논문 「통일신라시대의 도교사상과 풍류도」의 11쪽을 인용함.)라고 되어 있는데, 여

혹호黑胡 · 고선鬎仙은 모두 석문釋門의 사람으로 대세 · 구칠의 영향을 받았다230)라고 표현된 것은 대세 · 구칠이 활동했던 제26대 진평왕 이후부터는 한국선도가 불교와 혼효되기 시작했음을 보여준다.231) 제24대 진흥왕 (540~576)은 부처를 한결같은 마음으로 섬겨 널리 절을 세우고 사람들을 이끌어 승려가 되게 하였다는 내용과 천성이 풍류를 좋아하고 신선神仙을 매우 숭상하여 백성들 집안의 아름다운 처녀들을 뽑아 원화原花로 삼았다는 내용232)을 통해서 이때부터는 본격적으로 한국선도와 불교가 혼효되는 시기임을 알 수 있다.

『화랑세기(花郎世紀)』에서 화랑의 설치목적이 뚜렷하고 그 가운데 종교적인 성격도 잘 드러나는데, '화랑은 선도仙徒', '살아서는 선도요 죽어서는 부처로다', '불도佛道와 화랑도에 복되게 들어갔으니…' 등의 표현에서 한국선도의 흐름을 확인할 수 있으며, 여기서 불교가 거듭 언급되고 있는 것은 당시의 신라사회에서의 불교 영향력을 확인할 수 있다. 따라서 화랑도는 사상적으로나 조직상에서나 불교와 관련이 깊었음을 알 수 있다.233) 이러한 당시의 시대적 상황은 단군조선의 건국이념이며 한국선도의 핵심사상인 홍익인간 사상이 이후에 수입된 불교와 혼효되어 원광법사(圓光法師, 565~630)의 세속오계世俗五戒를 낳게 하였다고 볼 수 있다.234)

기서 언급한 참기와 외서가 중국 도가서인지 아니면 한국 고유 사상을 담고 있는 문헌인지 확실치 않다.

230) 『青鶴集』, "惠勒 阿道 黑胡 鬎仙 皆釋門之高人 取襲其影光者."(이종은 역주, 『海東傳道錄 · 青鶴集』, 보성문화사, 1998, 219쪽. 이하 『青鶴集』의 내용을 인용할 시 쪽수만 표기한다.)

231) 『청학집』에서는 한국선도의 영향을 받은 것으로 짐작되는 승려를 여러 곳에서 언급하고 있다.

232) 『三國遺事』 卷3 「塔像第4」 彌勒仙花 未尸郎 眞慈師, "一心奉佛 廣興佛寺 度人爲僧尼 又天性風味 多尙神仙 擇人家娘子美艶者 捧爲原花."

233) 양은용, 「통일신라시대의 도교사상과 풍류도」, 23쪽.

234) 조명기는 "우리 檀君始祖의 弘益人間의 理想에 釋尊의 中道思想이 加勢되어 人間 및 宇宙의 가치를 認知하는 總和의 思想이 發生된 것이 곧 우리나라 문화의 發展相일 것이다."라고 하면서 신라의 불교는 인도와 중국불교와 다른 이유가 바로 여기에 있다고 설명하고 있다. (조명기, 『新羅佛教의 理念과 歷史』, 經書院, 1982,

『청학집』은 한국선도가 최치원에서 이명에게로 이어졌다고 한다. 이명의 행적은『태백일사』「고려국본기」에 보인다.

　　행촌선생이 일찍이 천보산(天寶山)에 노닐 때 태소암(太素庵)에 묵었던 바, 한 거사가 있어 말하기를 "소전(素佺)은 많은 기이한 옛날 책을 가지고 있다. 이에 이명(李茗), 범장(范樟)과 함께 신서(神書)를 얻으니 모두 옛 환단(桓檀)의 진결(眞訣)이다.[235]

이명은 천보산 태소암에서 환단의 진결인 신서를 얻었다고 했다. 앞에서도 언급했듯이, 그는『규원사화』의 저본인『진역유기』의 저자이며『진역유기』는『조대기』를 인용했다고 했으며, 세조3년(1457)에 수거한 고조선비사와 관련된 문헌들 중에『조대기』가 언급되어 있는 것으로 봐서 이명이 얻은 환단의 진결은『조대기』일 가능성이 높다.

　『청학집』에 보이는 한국선도 전승과정은 신라를 중심으로 소략하나마 고려시대까지 전승과정을 설명하고, 그 이후 조선시대의 전승과정은 자세히 언급하지 않으며 특히 고구려나 백제에 대한 부분은 전혀 언급하지 않고 있다.[236]『해동이적』의 경우 단군에서 혁거세赫居世, 동명왕東明王으로

23쪽, 30~32쪽)

235)『太白逸史』「高麗國本紀」, "杏村先生 嘗遊於天寶山 夜宿太素庵 有一居士曰素佺 多藏奇古之書 乃與李茗范樟 同得神書 皆古桓檀傳修之眞訣."

236) 최삼룡은『청학집』에 고구려나 백제의 선가에 대하여는 언급한 바를 찾을 수 없으니, 이는 신라가 삼국을 통일한 후 문헌이 소멸된 까닭이라고 설명한다. (최삼룡,「선인 설화로 본 한국 고유의 선가에 대한 연구」, 388쪽) 그러나 중국 측 문헌이나 일본서기 등의 기록은 백제에 이미 도교적 方術들이 존재했음을 시사하며, 부여 능산리에서 1993년 발굴된 金銅龍鳳蓬萊山香爐을 통해 백제에 불교의 승가처럼 강력한 교단 도교의 체제는 없었지만 연단수련 등 구체적인 선교적 요소는 뚜렷하며, 가치관이나 상상체계에서부터 생활문화에 이르기까지 폭넓게 전개되었음을 확인할 수 있다.(김낙필 · 박영호 · 양은용 · 이진수,「한국 신선사상의 전개에 관한 연구」, 22~28쪽) 따라서 백제에도 일정한 선맥이 존재했을 것으로 짐작된다.

계승되어 신라 사선을 거쳐 옥보고玉寶高, 김소이선金蘇二仙, 대세·구칠, 암시昂始로 이어진다. 상호간의 전승과정에 대한 자세한 언급이 없고 개개인에 대한 행적만 나열하므로, 그 전승과정을 일목요연하게 도식화할 수는 없으나 단군을 시조로 인식하고 있음은 분명한 사실이다.

또한『해동이적』은『청학집』과 비교해서 조선시대 인물과 서명들을 비교적 자세하게 기록하고 있다. 그러나 인용된 서명을 살펴보면 중국 도교의 대표적인 문헌들이다.[237] 그러나 김가기 이전의 상고 선인들을 설명할 때는 중국 도교 문헌의 언급이 없으며, 이후 인용한 문헌들은 중국 도교의 내단 사상과 관련이 있기에 조선시대 지식인들 사이에 내단 사상은 상당히 보편화되었음을 짐작할 수 있다.

최삼룡은 홍익인간이라는 이념의 구현을 목표로 삼았던 단군계의 선파를 북방선파北方仙派로 명명하고, 삼한지방을 중심으로 한 영랑계의 선파를 남방선파南方仙派로 구분하였다.[238] 이 견해에 따르면『청학집』은 남방선파인 영랑계의 선맥을 주로 하고 있다고 볼 수 있다.

신라 초기의 화랑제도는 청년조직이고 국가적으로 공인된 단체였다. 국가사회의 중요한 인물들 중에 화랑출신이 많았다는 점에서 풍류도가 국가경영 내지 사회지도의 이념이 되었지만, 신라 말기에 와서는 불교를 중심으로 삼교가 국가적 주요사상으로 대두되었다.[239] 따라서 주로 남방선파는 단군으로부터 문박씨와 영랑, 신녀보덕으로 한국선도가 전승되었다고는 하나, 홍익인간 사상이 국가적 이념으로 온전히 전승되지 못했으며, 삼국시대에 중국으로부터 들어온 삼교가 사회의 중심역할을 담당하게 됨에 따라 남방계통에서 한국선도는 불교와 혼효되거나 중국의 수련도교와 혼효되어 전승되었음을 알 수 있다.

---

237) "金可記−道德經, 權眞人−參同契·黃帝內外玉景經·黃帝陰符經·金碧龍虎經·崔公入藥鏡·胎息心印·洞古定觀·大通淸淨·度人經·玉樞經, 鄭㦿−黃庭經·參同契·道德經·陰符經, 尹君平−黃庭經, 張漢雄−玉樞經·運化玄機"
238) 최삼룡,「선인 설화로 본 한국 고유의 선가에 대한 연구」, 395쪽.
239) 양은용,「통일신라시대의 도교사상과 풍류도」, 29~32쪽.

한국선도의 북방계통의 전승과정은 단군 → 북부여 → 고구려를 통해 발해로 전해졌다. 이 전승과정은 주로 『규원사화』240)와 『환단고기』를 중심으로 하고,241) 『청학집』처럼 인물을 통해 청정을 중시하는 청결지학 혹은 양생을 중심으로 한 수련법으로 전수되었다기보다는 국가적 이념으로써 전승되었다고 볼 수 있다.

『태백일사』 「삼신오제본기」에 한국선도 사상의 특징인 삼원론三元論이 잘 드러나 있고, 「소도경전본훈」은 천부경과 삼일신고의 전승과정과 그 내용이 자세히 실려 있으며, 홍익인간 사상이 고구려와 발해로 이어지며 국시國是의 역할을 수행했다는 점에서 한국선도의 정통성은 북방계에 있다고 볼 수 있을 것이다.242) 『규원사화』는 홍익인간이란 용어를 직접적으로 언급하지 않으나, 「단군기」에 천범天範에 입각하여 백성을 교화한 여덟 개의 규범 중 첫 번째에 해당하는 조항243)은 삼일신고의 「신훈」과

---

240) 『揆園史話』는 단군의 맥이 문박씨, 영랑, 신녀보덕, 박혁거세 등으로 이어졌음을 일정부분 인정하지만, 만민을 위한 대의가 아닌 개인적, 소아적 측면에서 계승되었음을 강조하고 있다.

241) 「삼성기」, 「단군세기」, 「북부여기」, 「태백일사」에 보이는 한국선도의 계승은 환국 → 신시배달국 → 단군조선 → 북부여 → 고구려 → 발해 → 고려로 연결된다.

242) 1917년에 太白眞敎의 桂延壽가 묘향산에서 수도 중 천부경을 어느 석벽에서 발견했다고 한 것 (전병훈, 『精神哲學通篇』, 29쪽)과 앞에서 언급한 김염백의 신교가 묘향산에서 개창한 것 등을 살펴보면 한국선도의 선맥이 백두산 계보와 합쳐서 주로 북방에서 전승되었음을 알 수 있다. 그러나 『海東傳道錄』과 『周易參同契演說』에 의하면 金時習 → 尹君平 → 郭致虛 → 韓無畏 → 柳亨進으로 이어지는 조선시대 내단 사상은 묘향산을 중심으로 형성된 계보로 있기에(양은용, 「『주역참동계연설』과 조선도교」, 『도교사상의 한국적 전개』, 한국도교사상연구총서 III, 한국도교사상연구회편, 아세아문화사, 1989. 191~192쪽) 대종교 백봉 계열의 고대사 인식은 단군조선으로부터 부여·고구려·발해로 연결되는 대륙사관적 정통을 세운데 반해, 신라의 역사와 인물이 배제된 특징이 있어, 신라사람 최치원 유래의 천부경은 백봉 계열과 연관성이 없는 것으로 보는 주장도 있다.(조준희, 「삼일신고 독경 연구」, 109쪽) 이에 대한 심화연구가 필요하다.

243) 『揆園史話』 「檀君記」, "惟皇 一神在最上一位 用御天宮 啓萬善 原萬德 群靈護侍 大吉祥 大光名 處日新郷 惟皇 天帝降自天宮 率三千團部 爲我皇祖 乃至功完而朝天歸神鄕."(141쪽)

「천궁훈」의 내용과 매우 유사하다. 그리고 『환단고기』와 『규원사화』는 조선시대 한국선도의 전승과정을 명확히 설명하고 있지 않다. 그 이유는 세 가지로 볼 수 있다.

첫째는 삼국시대 이후 중국 도교와의 혼효로 인해 한국선도의 명징성이 모호해진 것이다. 둘째는 조선시대의 지식인들은 중국과의 교류를 통해 삼교와 역사적으로 오랜 친연성을 가지고 있었고 더욱이 많은 자료와 인맥을 통해 쉽게 접근할 수 있었기 때문으로 볼 수 있다. 셋째는 유교 이외의 다른 학문들은 이단으로 보는 학문적 성향 때문에 당시 선도문헌들이 이단시되었고, 3차례에 걸친 국가적 수거령에 의해 그나마 음지에서 전승되던 선도 관련 문헌들이 희귀하게 되었기 때문으로 볼 수 있다. 이러한 시대적 상황은 조선후기 한무외가 편찬한 『해동전도록』에서도 확인된다.

『해동전도록』에는 신라 말기에 김가기金可紀, 최승우崔承祐, 자혜慈惠가 입당入唐하여 종리권鍾離權으로부터 도맥을 전수 받았다고 기록하고 있다. 이들 중 김가기는 당에 남아 수련을 계속하였고,[244] 최승우와 자혜는 신라로 돌아와서 종리권의 도맥을 전했다고 한다. 삼인의 행적을 문헌상으로 추적하면 시대적 배경이나 활동 영역의 상이함이 있다. 일견 불합리하게 보이는 도맥 전수 과정을 제시하는 것은 중국 도교인 전진교全眞教의 도맥을 계승하려는 의도[245]와 삼교합일적三敎合一的 포용성을 가지고 성리학과 선불교에 필적할 만한 이론적 근거를 세우기 위한 의도가 있었던 것으로 추측된다.[246]

---

244) 『雲笈七籤』卷103, 「續仙傳」에 의하면 金可紀는 신라인으로서 입당하여 관직에 근무하다가 服氣煉形 등의 도교적 수련을 거쳐 당 대중 11년(857)에 登仙하였다고 한다.
245) 차주환은 조선 단학파의 정통성을 말하기 위해 唐代에 흥기한 鍾呂金丹道의 비조 종리권과 입당 유학생 간의 관계를 설정한 것이라고 추정한다.(차주환, 『한국의 도교사상』, 동화출판공사, 1986, 65쪽)
246) 김낙필, 「해동전도록에 나타난 도교사상」, 139~140쪽.

『해동전도록』에서 제시한 계보를 살펴볼 때 김시습 이하 조선조 내단 사상가들의 전수 계통은 비교적 자세하지만 고려 및 그 이전은 대단히 소략하다. 그런 까닭에 일반적으로 조선의 사실적史實的인 도맥 계보는 김시습에서 비롯된 것으로 이해한다. 전진교 교조敎祖인 종리권에 도맥을 대고 있는 김시습 이전 사항은 조선 단학파의 이념을 말해 주고 있는 것이며, 한무외가『해동전도록』에서 김시습을 해동단학海東丹學의 비조鼻祖라고 찬탄한 것은 가시적可視的 의미로 봐야 할 것이다.247) 종리권과 입당 유학생 간의 관계 역시 허구적인 성격이 농후하기 때문에, 조선시대 내단 사상의 정통성을 말하기 위해 당대唐代에 흥기한 종려금단도鍾呂金丹道의 비조 종리권과 입당 유학생 간의 관계를 설정한 것으로 보인다.248)

『해동전도록』에 의하면 승려인 대주大珠로부터 도맥을 이은 사람은 정렴(鄭磏, 1506~1549)이다. 정렴이 지은『용호결(龍虎訣)』에서『참동계(參同契)』를 단학의 비조鼻祖로 받아들이고 있음을 살펴볼 때,249) 조선시대 내단 사상의 문헌 근거를 중국 도교에 두고 있음을 알 수 있다. 하지만 그가 중국에 가서 중국인과 담론한 내용이『해동이적』에 나오는데, 한국 고유 선맥이 있음을 강조하는 내용이 나온다.

중국에 가서 봉천전(奉天殿)에서 도사를 만났다. 도사가 "귀국에도 도사가 있습니까?"라고 물었다. 선생(정렴)께서는 대답하기를, "우리 나라(東國)에는 삼신산(三神山)이 있어 한낮에도 신선이 하늘로 올라가는 것을 항상 볼 수 있으니, 그리 귀할 게 있겠소?"라고 하였다. 도사는 크게 놀라, "어찌 그럴 수가 있소?"하였다. 선생은 즉시 황정경(黃

247) 양은용,「청한자 김시습의 단학수련과 도교사상」,『도교와 한국문화』, 한국도교사상연구총서Ⅱ, 한국도교사상연구회편, 아세아문화사, 1991, 66~71쪽.
248) 정재서,『한국 도교의 기원과 역사』, 82~83쪽.
249)『龍虎訣』, "修丹之道 至簡至易 而今其爲書 汗牛馬充棟宇 且其言語 太涉恍惚難了 故古今學者 不知下手之方 欲得長生 反致夭折者多矣 至於參同契一篇 案丹學之鼻祖 顧亦參天地 比卦爻 有非初學之所能蠡測."(『海東傳道錄 · 靑鶴集』, 275쪽)

庭經), 참동계(參同契), 도덕경(道德經), 음부경(陰符經) 등의 도경(道經)을 들어 신선이 되는 계제(階梯)를 밝게 설명하니, 도사는 굽실거리며 슬그머니 피하여 버렸다.[250]

　정렴은 한국에 삼신산三神山이 있으며 독자적으로 유구한 선맥의 흐름이 있음을 강조하였고,[251] 그가 남긴 시에서 자신이 신라 사선의 맥을 이었음을 간접적으로 시사하고 있다.[252] 정렴의 후손인 동명東溟 정두경(斗卿, 1597~1673)이 『해동이적』 서문에 "우리나라 산수가 천하에서 빼어나고 단군과 기자 이래 복기연형服氣練形하고 바람과 이슬을 마시는吸風飲露 사람들이 많았었다. 그러나 세상 사람들에게 숭상 받지 못했기 때문에 널리 전해지지 않았다. 그래서 속세와 인연을 끊은 선비들은 이것을 심히 안타깝게 생각했다"[253]라고 한 내용을 봐서는 정렴의 가문에서는 한국 고유의 선맥을 일정부분 확신하고 이를 계승하려는 사명의식이 있었던 것으로 보인다.[254] 그럼에도 불구하고 정렴이 중국 도사와의 담론에서 한국에

---

250) 『海東異蹟』「鄭磏」, "後觀上國遇道士於奉天殿道士曰東國亦有道流乎先生給曰東國有三神山白日昇天尋常見之何足貴乎道士大驚曰何至於此先生卽學黃庭參同道德陰符等經洞陳作遷階梯道士踧踖辭避."(홍만종, 『洪萬宗全集』上, 172쪽)
251) "東國有三神山 白日昇天 尋常見之 何足貴乎"(허목 찬, 『溫城世稿』, 「북창선생행적」)
252) 『北窓先生詩集』「四仙亭」, "四仙飛上白雲端 壁上靈書不改端 陳跡偶尋千載後 前身疑是舊仙班." 사선은 흰 구름을 타고 비승하였으며, 벽에 쓰인 신령스런 글에는 새로이 단청을 칠하지 않았네, 지난 자취 천년 후에 우연히 찾아드니, 아마도 전생의 도반인 듯 의심되네.
253) 『海東異蹟』「序」, "我東山水雄於六合自檀箕以來服氣練形吸風飲露之輩必多矣不尙故不傳是以物外之士甚恨之."(홍만종, 『洪萬宗全集』上, 125쪽)
254) 정재서, 「온성세고를 통해 본 조선조 단학파의 이념적 성격」, 『도가사상과 한국도교』 도교문화연구 제11집, 한국도교문화학회, 1997, 362쪽. 정두경은 중국에서 역대로 선망했던 蓬萊, 方丈, 瀛州의 삼신산이 한국에 있다고 생각하고 그 중의 하나인 금강산이 西王母와 같은 유명한 신선들이 거주하는 崑崙山보다도 훌륭한 산이라 예찬함으로써 한국을 오히려 중국보다도 도교의 본 고장으로 인식하고 있다.(정재서, 「도교 세화의 정치적 전유와 민족 정체성」, 『도교문화연구』 31, 동과서, 2009, 20쪽)

신선이 많다는 근거로 중국 도교 문헌을 제시한 것으로 볼 때, 정렴은 한 국선도에 대해 삼신산설이나 신선 사상 정도로 이해하는 수준에 있지, 한 국선도 문헌을 직접적으로 접했는지는 확신할 수 없다.

따라서 정렴이『해동전도록』의 내용처럼 중국 전진교의 도맥만을 전 승한 것으로 이해하기에는 무리가 있으며, 조선시대 내단 사상가들 사 이에 한국선도에 대한 인식이 어느 정도 남아 있었음을 추측할 수 있다. 정렴은 유교를 중심으로 하면서도 유 · 불 · 도 삼교의 포섭을 주장하였 는데,255) 이러한 삼교융합적인 입장은 조선 후기 한국 참동계학의 대가 인 권극중으로 계승된다.256)

1850년도 이후 민족종교의 자생적 출현은257) 한국인의 정신적 사유의

---

255)『龍虎訣』「周天火候」에서 周天火候를 통해 생기는 玄珠나 불교의 舍利는 동일한
것으로 보는 견해와『海東異蹟』에서 정렴이 삼교에 능통했고 聖學을 근본하여
仙佛을 上達處라고 한 내용을 통해 정렴이 삼교융합적 시각을 갖고 있음을 확인
할 수 있다.

256) 그는 유 · 도 합일의 전제 위에 다시 仙佛同源論을 주장한다. 이는 내단에서 추구
하는 선인의 경지나 불교의 부처의 경지가 서로 상통된다고 보는 견해이다. 권극
중은 내단 사상과 불교의 지향하는 바가 다 같이 태극으로 返本還源함으로써 不
生不死에 이르는 데에 있다고 말한다. 그리하여 그는 수련에 있어서 仙丹互修論
을 주장하게 되는데, 이는 禪定의 수련과 內丹 수련이 함께 병행되어야 한다는 견
해로 明心見性의 정신 수련과 煉氣의 육체 수련을 함께 존중해야 한다는 입장이
다. 중국 도교적인 측면에서 볼 때 권극중의 이러한 취지는 유 · 도 회통이라는
『참동계』의 정신을 계승하면서 宋代의 張伯端 · 陳致虛 등에 의해 형성된 性命雙
修論을 수용한 결과이다. 권극중의 내단 사상에 대해서는 김낙필의『조선시대 내
단사상』(한길사, 2000)을 참조.

257) 後天開闢思想과 三敎合一을 강조하며 등장한 崔濟愚(1824~1864)에 의해 창도된
東學, 三敎融合的인 성격과 예언사상 그리고 彌勒사상 등이 혼합된 金恒
(1826~1898)의 正易은 甑山敎의 성립에 지대한 영향을 끼치게 된다.(황선명,「후
천개벽과 혁세사상-조선 말기 민중종교운동을 중심으로-」,『한국근대민중종
교사상』, 학민사, 1983, 12~15쪽) 김항과 최제우의 영향 속에 나타난 증산교의
姜一淳(1871~1909)은 1902년 三敎合一의 표방과 민간 전래의 眞人思想을 끌어
안으며, 스스로 彌勒佛을 자처하고 나서며 후천개벽사상을 더욱 발전시켜 天地
公事와 神人合德을 주장했다. (김동환,「근대의 선도사상과 문화」,『한국선도의
역사와 문화』, 제1회 국제평화대학원대학교학술대회논문집, 2005, 171쪽) 法身

근간이 되는 신앙심을 근대적으로 발현시켰다는데 의미가 크다. 그러나 그러한 민족 자생 종교들의 배경에는 불교나 유교의 사상적 영향이 깊게 자리 잡고 있기에 한국선도의 근대적 계승이라는 차원에서 이해하기 힘들다. 왜냐하면 민족종교들은 한국선도의 주요 경전인 천부경·삼일신고·참전계경과 홍익인간 사상이나 삼원론적 세계관에 대한 언급이 없기 때문이다. 각 민족 종교 단체들은 한국 고대의 역사적 정통성을 내세우고 있지만 한국선도의 사상적, 철학적 계승이라는 측면에서는 제고의 여지가 있는 것이다.

한국선도 경전이나 사상과 직접적으로 연관되는 민족종교는 백두산의 백봉신사에 영향을 받은 나철의 대종교大倧敎로 볼 수 있다. 대종교 이전, 단군 숭배를 종교로 하는 것은 1890년 경 평남 맹산孟山에서 김염백金廉白이 일으킨 대신교大神敎이다. 김염백의 신교는 국조 단군을 주신主神으로 하여 천황씨天皇氏, 지황씨地皇氏, 인황씨人皇氏 삼황을 곁들어 신봉하고, 주로 음양론과 오행사상을 바탕으로 한 선악론에 토대를 두고 있어 유교의 영향을 받았다고 볼 수 있다.[258]

나철은 1906년 백봉의 제자인 백전伯佺으로부터 삼일신고와 『신사기』를 받았고 1908년 일본에서 역시 백봉의 제자인 두일백杜一白으로부터 『단군교포명서(檀君敎佈明書)』와 『고본신가집(古本神歌集)』과 『입교절차(入敎節次)』등 여러 책과 영계靈戒를 받아 1909년에 대종교를 중광하였다. 나철이 당시 창교創敎가 아니라 중광하였다 함은 바로 단군 이후의 한국선도의 맥을 종교적인 측면을 중심으로 계승했음을 의미한다.[259]

佛一圓相을 우주의 궁극적 진리로 들고 나온 朴重彬(1891~1943)의 圓佛敎는 佛法에 연원하면서도 삼교합일과 개벽사상의 흐름을 수용하고 있다.

258) 三皇은 중국 고대의 神人으로 되어 있으면서 또한 단군신화의 三神의 뜻에 합의 되는 바가 있기 때문에 의식적으로 이 三代神皇을 추봉한 것으로 이해된다.(오병무, 「단군신앙 계열의 흐름과 전망」, 『신종교연구』 8, 한국신종교학회, 2003, 29~30쪽)

259) 중광 당시에는 교명이 단군교라고 했으며, 단군으로부터 그 맥이 계승되어 오다 가 고려가 몽고의 지배하에 들어간 고려 원종(元宗, 1247~1260) 때부터 그 맥이

『단군교포명서』의 신교神敎 전승과정에 따르면, 신교 즉 한국선도는 고구려까지는 제대로 이어졌지만, 신라에 와서 국가적 이념으로 제대로 계승되지 못하였고 다행히 선도문헌만이 발해로 이어져 백봉까지 이르게 되었다고 한다. 그리고 삼국시대 이후에 들어온 불교에 의해 신교가 약해지고, 그것은 신라와 고려가 망하게 된 원인이 되었으며, 조선시대 역시 정주程朱 성리학性理學에 의해 선도가 탄압받게 되었고 결국 한국선도는 외국으로부터 들어온 삼교에 의해 쇠퇴되었고 간신히 그 맥을 이어왔다고 한다.

『단군교포명서』에 보이는 전반적인 내용은 한국선도라는 고유 사상을 잃어버림으로써 그 국가적 정체성과 자주성을 상실하고 외세의 침입을 받게 되고 결국 당시 한말의 어려운 상황에 처하게 되었다고 보고 있다. 이러한 『단군교포명서』의 내용은 신교를 통해 한국의 정체성과 주체성을 회복해야 한다는 민족주의 이념을 강하게 내포하고 있으며, 이러한 이념은 이후 항일독립운동으로 이어지고 신채호, 정인보 등과 같은 민족주의 사학자들에 많은 영향을 주었던 것으로 이해된다.

나철의 대종교 '중광重光'이라는 개념은 동학의 수운사상과 증산교의 증산사상을 비교할 때 상호간의 뚜렷한 차이점을 보여준다. 나철은 창교가 아닌 중광을 택함으로써 사상적·시간적·공간적으로 고대 한국선도를 계승하고 있음을 그대로 드러내고 있는 반면, 우리 민족의 자생종교라는 동질성을 가진 수운사상과 증산사상은 한국선도의 계승적 차원이 아니라 창교를 통해 민족적 자각을 일깨우고자 했다.

나철은 『신리대전(神理大全)』에서 한국선도의 삼원론에 해당하는 '삼일사상三一思想'을 천명하였고,[260] 홍익인간이라는 말을 직접 사용하지는

단절된 것을 700년간 끊어진 도맥을 홍암이 백봉대신사로부터 전수받아서 다시 이었다고 해서 己酉重光이라고 한다.(김상일, 「대종교편」, 『한국종교사상사』 IV, 연세대학교출판부, 1998, 146쪽)

260)『神理大全』「神敎」, "大倧之理는 三一而已니", "有一無三이면 是無其用이오 有三

않았지만 '홍암弘巖'이란 그의 호에서도 짐작할 수 있는 바와 같이, 그는 '홍익홍제弘益弘濟' 또는 '홍제弘濟' 그리고 '홍제일세弘濟一世', '승제천하拯濟天下', '독성홍포篤誠弘布' 등의 용어[261]를 사용하여 홍익인간의 의미를 대신했다.

나철은 천제를 올리고 중광을 선포함으로써 개인적 수련 중심으로 비전되어 오던 수행 전통을 종교적ㆍ집단적ㆍ제의적 성격을 가진 한국선도의 종교적 본연의 모습으로 되돌려 놓았다는 점에서 그 의미가 남다르다. 개인 중심의 신선의 꿈이 아니라 홍익인간ㆍ이화세계의 구현이라는 공동체적 실천논리를 제시함으로써 한국선도의 본질과 방향을 가장 잘 드러냈다는 것이다.

대종교를 중심으로 부활한 한국선도는 일제의 탄압 속에서 자신의 정체성에 대한 문제를 고민하던 한국인들에게 삶의 지표를 제시하였고, 또 항일독립운동의 정신적 지주가 되었다. 당시의 시대적 상황에 따라 민족의식이 높아졌고, 민족주의 사학자들인 박은식, 신채호, 정인보, 안재홍 등을 중심으로 한국 고대사 연구가 이루어지면서 한국선도에 대한 역사적ㆍ사상적 인식이 새로워질 수 있는 계기가 되었다. 이 계기로 한국선도는 한말과 일제강점기에 유력한 사상적 흐름으로 자리 잡았고, 근대 한국 민족운동과 근대화운동을 견인한 동력 중의 하나가 되었던 것이다.

그러나 해방 이후 서구적 근대화로 치달아가는 시대적 추세에 따라 서양 사상과 기독교의 영향력이 강화되면서 한국선도의 가능성은 다시 한 번 꺾이게 되었다.[262] 이러한 경향은 1930~40년대에 시작되어 해방 이후,

---

無一 이면 是無其體라. 故로 一爲三體오 三爲一用이니라."(『사부합편』, 65쪽)

261) 『육십년사』, 239쪽, 244~246쪽.

262) 이에 대해 정영훈은 그 구체적인 이유를 다섯 가지로 설명한다. 첫째는 해방 후 좌우대결의 중도에서 좌우의 대결을 화해시키는 정치투쟁과정에서 패배한 것이고, 둘째로는 대표적인 반대세력인 기독교와 실증주의 학풍 그리고 공산주의에 의해 배척되었으며, 셋째로는 민족적 동질성보다는 이념적 동질성을 중시하던 냉전논리에 의해서이다. 넷째는 냉전과 함께 심화된 정신문화적 대외 종속에 의해서이고, 마지막 다섯째로는 이기주의ㆍ배금주의ㆍ향락주의 같은 反공동체적

더욱 심화되었고 결국 한국선도는 민속이나 무속과 같이 저류로 인식되고 말았다.

　20세기 초 한국 근대시기에 한국선도가 대종교를 중심으로 민족종교의 형태를 취했던 것과 달리 1980년대 이후 선도는 선도수련법의 보급이라는 방식을 통해 중흥하게 되었다. 1970년대 말~1980년대 초 많은 한국인들이 한동안 잊고 있던 한국선도는 수련법을 중심으로 널리 보편화되었다. 이 시기에 등장한 수많은 선도수련단체는 '단학丹學' 혹은 '단전호흡丹田呼吸'이나 '기氣'를 표방하였으며, 이들은 우리의 전통수련법인 한국선도의 맥을 잇고 있다는 주장과 그 기원을 단군에 두고 있다는 공통점을 지닌다. 대표적인 선도수련 단체로 단월드와 국선도, 연정원, 수진선학, 기천문, 혜성선도수련원, 마음호흡 선도수련원, 한국선도회 등을 꼽을 수 있을 것이다.[263] 이런 단체들에 의해 한국선도는 그 사상과 수련법을 체계적으로 정비되고 보급됨으로써 크게 성장하게 된다. 특히 단월드의 경우, 고대 한국선도 수련법에 뇌과학과 융합하여 '뇌호흡(Brain Respiration)' 혹은 '뇌교육(Brain Education)'이라는 새로운 수련법과 교육방법론을 제시하고 있다.[264]

　가치관이 우리 사회 저변에서 확산되어 갔던 것이 한국선도가 해방 이후 침체된 원인으로 작용했다.(정영훈, 「21세기 향한 단군운동의 과제」, 『국학연구』4, 국학연구소, 1998, 90~93쪽)

263) 조중현 한창현 박수진 권영규, 「한국 전통사상을 중심으로 한 기공수련 단체의 현황 분석」, 『동의생리병리학회지』21(5), 2007, 1356~1363. 이외 선도수련 단체로 1991년 창설된 道華齋 石門呼吸, 1998년 창설된 樹仙齋 등도 널리 알려져 있다. 그리고 한국선도를 종교적으로 계승한 仙佛敎가 있다. 선불교에 대해서는 이승호의 논문, 「선교의 종교적 본질과 현대적 계승」(『선도문화』13, 2012, 9~54쪽)을 참조 바람.

264) 김병수·박성식, 「명상과 뇌 관련 연구 동향 분석」, 『인문과학연구논총』36, 2013, 249~280쪽.

IV. 한국선도의 철학체계와 내용

고대 한국인의 사유는 중국으로부터 파생된 것이 아니라, 독자적이며 자생적인 문화적 원형으로부터 출발한다. 이를 토대로 하여 상이한 중국문화의 변주들과 혼효되었다고 보아야 할 것이다. 따라서 이들 사유 속의 개념들 사이에 어떤 일치나 유사함이 발견된 경우, 이것이 우연적인 일인지 아닌지를 구별해내기란 쉽지 않다. 한국 고대문화의 원형은 종교적·철학적으로 어떤 특징을 갖고 있는데, 종교적 연구결과는 적지 않지만 일관된 철학적 체계에 따른 연구결과는 극히 드문 것이 현실이다.

특이하게도 한국선도 경전인 천부경에는 '신'을 의미하는 상징하는 글자가 등장하지 않고, '하나―'라는 개념 속에 우주만물 운행의 원리와 법칙을 포섭하고 있다. 숫자와 간략한 몇 개의 문자들이 합쳐 81자를 이루고 있고 그 내용은 삼원론적 세계관을 보여주고 있다. 천부경과 달리, 삼일신고는 전반적으로 종교적 '신'이 아니라 법칙과 원리가 의인화로 표상된 '신(하느님)' 중심의 사유체계를 보이고 있다. 「천훈(天訓)」에서 '천天'이란 '허공虛空'과 같은 속성을 가진 본체이며, 본체에 대한 인간의 언어적 인식의 한계를 지적하면서, 그것을 「신훈(神訓)」 앞에 두고 있다는 점은 한국선도의 존재론에 대한 깊이 있는 해석을 요구한다.

인류는 철학 훨씬 이전에 종교적 표상으로 세계를 분야에 따라 질서 있게 정립하였는데, 삼일신고에서도 이런 현상을 뚜렷하게 발견할 수 있다. 삼일신고의 설명 방식은 깨달은 성인聖人이 대중을 두고 하는 가르침訓의 형태를 취하고 있다. 「천훈」은 하늘에 대한 가르침, 「신훈」은 하느님에 대한 가르침, 「천궁훈(天宮訓)」은 하늘나라에 대한 가르침, 「세계훈(世界訓)」은 우주가 어떻게 생성되었는지에 대한 가르침, 마지막 「진리훈(眞理訓)」은 사람에 대한 가르침으로 이루어져 있다.

천부경과 삼일신고의 전체적인 구조는 삼원론을 근간으로 하고 있는데,

이는 한국선도 철학의 가장 두드러진 특징으로 한국선도 철학체계의 기본 구조를 이룬다. 특히, 「진리훈」에서는 삼원론을 근간으로 인간 존재를 분석적이며 구조적으로 설명하고 있다.

1. 존재론

1) 천부경의 저작 시기

동북아시아의 전통적 사유체계에서 우주생성론에 인용되는 철학적 개념들은 '도道', '음양陰陽', '오행五行', '기氣', '리理' 등이다. 그러나 천부경이 우주의 생성원리를 설명하는 한국선도 경전이라고 알려져 있지만, 81자에는 상기에서 언급한 철학적 개념들은 전혀 보이지 않고 있다. 천부경은 단지 일一에서 십十까지의 숫자와 천天, 지地, 인人 그리고 상태를 형용하는 단어들만으로 이루어져 있다. 한국선도가 중국문화와 그 연원을 달리하고 있다고 하지만, 현재 전해지는 천부경은 한문으로 쓰여 있기 때문에, 각 글자가 의미하는 그 본래 한자적 의미에서 벗어날 수 없는 것은 당연하다. 그렇다면 왜 천부경은 우주본체와 생성에 대해 설명하면서 도, 음양, 오행, 기, 리 등과 같은 동북아의 보편적 철학 개념의 용어가 보이지 않는 것일까? 이 의문을 통해 천부경의 저작연대를 추정할 수 있고, 천부경의 존재론이 갖는 기본성격을 파악할 수 있다.

천부경에 우주생성에 대한 철학적 개념을 가진 단어가 존재하지 않는 이유에 대한 의문을 풀기 위해서는, 먼저 동북아시아에서 도, 음양, 오행 등의 용어가 철학적 개념으로 등장한 시기를 살펴본다면 이 의문에 대한 해답의 실마리를 얻을 수 있을 것이다.

(1) 도와 음양
『설문해자(說文解字)』에 따르면, 도道는 '곧바로 쭉 통하는 한 갈래'라는 어원을 갖고 있고,265) 『시경(詩經)』에서는 '사람이 통행하는 길'이라는 뜻을 갖고 있다.266) 중국 사상사에 있어 도라는 의미는 초기에는 철학적 개념이나 형이상학적 의미보다는 일상생활의 용어로 주로 사용되었고 이후에도 이런 의미로는 지속적으로 사용되었다.

후대로 오면서 도라는 의미는 도리·법칙·규범의 의미로 발전하게 되는데, 이런 철학개념의 도는 『좌전(左傳)』이나 『국어(國語)』에 최초로 등장한다. 전국시대에는 우주의 이법理法으로 '천도天道'가 등장하였고 또 인간의 규범을 탐구하면서부터 '인도人道'가 등장하였다.

공자는 도를 두 가지 의미로 사용하고 있는데, 『논어(論語)』에 "아침에 도를 들으면 저녁에 죽어도 좋다"267)라고 했을 때의 도는 대상의 한정을 받지 않는 보편적인 진리를 가리킨다. 그리고 "나의 도는 하나로써 관통한다"268)라고 했을 때의 도는 대상이 인간에 한정된 당위로서의 도를 가리킨다. 여기서 도는 존재개념에서 가치개념으로 전환이 된다.269)

노자는 존재의 근거를 인간 자체에서 찾은 것이 아니라 우주에서 찾으면서 세계의 본질을 도道로 삼는다. 『도덕경(道德經)』에서는 "도道는 일一을 낳고, 일一은 이二를 낳고, 이二는 삼三을 낳고, 삼三은 만물을 낳는다"270)라고 하여 도를 우주생성론의 출발점으로 삼고 있다. 그리고 노자는 우주생성론과 함께 도의 성질을 '유약함'과 '돌아옴'으로 설명하면서 반복성과 가역성을 강조한다.271)

이와 같은 노자의 두 가지 관점을 계승하면서 이를 일체화시켜 도를 삶의

---

265) 『說文解字』「辵部」, "道, 所行道也. 一達謂之道."
266) 『詩經』「小雅, 大東」, "周道如砥, 其直如矢."
267) 『論語』「里仁」, "子曰 朝聞道 夕死 可矣."
268) 『論語』「里仁」, "子曰 參乎 吾道 一以貫之 曾子曰 唯."
269) 당위로서의 도는 개인 차원에서는 仁, 사회 차원에서는 禮가 그 구체적인 내용이 된다. 존재개념에서 가치개념으로 전환된다는 것은 보편적인 진리의 도가 당위로서의 도로 전환되는 것을 의미한다.
270) 『道德經』 제42장, "道生一 一生二 二生三 三生萬物."
271) 『道德經』 제40장, "反者道之動 弱者道之用 天下萬物生於有 有生於無."

존재방식으로, 인식을 초월한 존재로써 이해한 것은 장자라 볼 수 있다. '좌망坐忘', '심제心齊'라는 방식을 통해 도와의 합일을 강조한다. 한비자韓非子는 장자가 삶의 근거로 해석하는 개인적 차원을 사회적 차원으로 끌어올려 도를 법法과 결합시켰다. 이상의 내용을 정리하면, 선진시대 이전에 '길'을 의미하는 도의 개념은 존재로서의 도, 생성으로서의 도, 당위로서의 도, 법칙으로서의 도라는 개념으로 발전했다고 볼 수 있다.

전국시대 말기의 『여씨춘추(呂氏春秋)』에서는 도를 '태일太一'로 바꾸어 설명하면서, 노자적인 생성론을 도입하여 자연의 순환법칙을 강조하고 있다. 1971년 마왕퇴馬王堆에서 출토된 백서帛書『황제사경(黃帝四經)』[272]의 황노사상黃老思想은 도를 생성론적 측면에서 만물의 근원으로 상정하고 있다.『회남자』는 우주생성 초기의 어떤 상태를 가리키는 '허확虛霩'에서 도가 나왔다고 하여,[273] 우주생성론을 설명하는 주요한 핵심 개념으로 사용하고 있다.

도가 사상가들이 도를 천지 만물의 존재 근거로 보고 철학적 개념의 용어로 사용한 이후, 도의 개념은 우주·자연·만물의 보편적 규율이나 근원적 진리이며 사회·정치·도덕의 당위나 규범이 되었다. 더욱이 도교나 불교와 같은 종교나 문학과 예술 등의 제 방면에 이르기까지 도는 줄곧 중국문화의 중요한 개념이 되었다.

---

272)『黃帝四經』은「經法」,「十大經」,「稱」,「道原」의 네 편으로 구성되어 있으며 황로학의 대표적 저작으로 인정받고 있다.

273)『회남자』에서 우주 생성론 상 최초의 근원은 '太昭'라 한다. 이 상태는 氣가 나타나기 이전의 어떤 최초의 상태로 묘사하고, 하늘과 땅이 형성되기 이전으로, 아무런 형상도 없이 한데 뒤엉켜 분간이 되지 않는 세계다. 이 태소 다음에 '虛廓'이라는 말이 나오는데, 허확은 공허하고 아득히 멀며 광활한 상태를 뜻한다. 이 상태는 "아무런 형상도 없고 어둑하고 어둑해 아무도 그것을 인식할 단서(問)를 찾을 수 없으며", 또한 "너무나도 깊어 그 끝닿는 데를 알 수 없고, 아득히 펼쳐지고 쉼 없이 요동하여 그 멈추는 바를 알지 못한다." 이것은 또 간단히 無形으로 표현되기도 하니, 천지의 형성은 물론 아직 시간과 공간도 나누어지지 않은 혼돈이자 樸의 상태를 말한다.(이석명,『회남자』, 사계절, 2004, 90~93쪽)

양계초梁啓超는 "은주시대 이전의 음양은 자연계 속의 하찮고 미세한 현상에 불과하였으며, 어떤 심오한 의미를 담고 있는 것이 결코 아니었다"라고 지적하면서, 『도덕경』 5,000자 중에 음양을 말하는 것은 42장[274]에 한번 뿐이기에 노자와도 큰 관계가 없다고 한다.[275]

『시경』의 음양 개념은 후대처럼 만물을 형성하는 원소의 음양이기陰陽二氣라는 의미가 포함되어 있지 않다. 음양의 최초 관념은 주로 햇빛의 유무를 기준으로 하여 나타나는 현상이었을 뿐이고 그 자체가 독립적인 실체는 아니었다. 그리고 날씨의 변화를 통해 나타나는 현상과 날씨가 사람에게 주는 감각(춥거나 더운)을 표현하는 것일 뿐이었다.[276] 춘추시대에 들어와서 이러한 음양 관념도 발전하게 되어, 음양을 천天이 생성한 육기六氣 중의 이기二氣로 파악하였고, 이목구비 등 인간의 감각기관이 접촉할 수 있는 구체적 존재였지 후대의 음양이기와 같이 감각기관이 접촉할 수 없는 추상적인 존재는 아니었다.

춘추시대의 음양에 대한 언급들은 거의 사관史官에서 나온다. 음양 관념의 결정적인 변화와 발전은 『역전(易傳)』의 발전에 따른 것으로 추정되며 그 영향을 가장 빨리 받은 것은 오히려 도가였다. 유가계통의 문헌인 『논어』, 『중용』, 『맹자』에는 음양의 관념이 존재하지 않았다. 일반적으로 선진시대의 유가는 음양 관념과 상당한 거리를 가지고 있었다고 볼 수 있다.

『주역』의 해석서 십익十翼 중 「상사(象辭)」에서 건괘乾卦에 양이 한번 등장하고, 곤괘坤卦에 음이 한번 등장한다.[277] 이때 음양의 의미는 어떠한 신비적인 의미나 술수와도 아무런 상관이 없다. 양계초의 주장에 의하면 음양이 철학적 개념으로 발전한 것은 최소 공자나 노자 이후로 보고 있다.

---

274) 『道德經』 제42장, "萬物負陰而抱陽."
275) 양계초 저, 김홍경 역, 「음양오행의 역사」, 『음양오행설의 연구』, 신지서원, 1993, 29~37쪽.
276) 서복관 저, 김홍경 역, 「음양오행설과 관련 문헌의 연구」, 위의 책, 61쪽.
277) 「象辭」 乾卦, "天行健 君子以自彊不息. 潛龍勿用 陽在下也." 坤卦, "地勢坤 君子以厚德 載物 履霜堅冰 陰始凝也." 「繫辭傳」, 「說卦傳」, 「文言傳」 등에서는 음양을 말하는 경우가 비교적 많다.

그에 따르면 단지 공자와 노자는 음양을 서로 연속된 하나의 명사로 무형무상無形無象한 두 가지 대대적인 성질을 가리키고 있는 것이라 한다.[278)

진·한秦·漢대에 들어와서,『역경(易經)』의 "한 번 음陰하고 한 번 양陽하는 것, 이것을 도道라고 한다"[279)라고 내용을 부연 설명하면서 음양의 개념을 도입하여 우주만물의 생멸 법칙을 파악했다. 음양을 우주에 존재하는 두 가지 상반되고 상호작용하는 기본적인 원소 혹은 동력이라고 인식하고 그것을 통해서 여러 가지 현상을 변화법칙 혹은 근원으로 설명하게 된 것은 상당한 기간의 발전과 전개를 거친 후였다.[280)

중국 철학사에 있어서 도의 개념이 우주만물의 생성원리로 이해된 시기는 전국시대에 들어와서이다. 특히 진한시대에 와서 도의 개념은 우주생성론의 핵심개념으로 등장한다. 진한대 이후 우주생성론을 도란 글자 없이 설명한다는 것은 당시 사유체계 상 불가능하였다. 그러나 전국시대 이전에 도란 글자는 단순히 길을 의미하는 글자로 사용되었지 철학적 개념으로 나아가지 못했다. 이상에서 살펴 본 내용과 천부경의 81자 전문을 비교하여 살펴본다면 몇 가지 특이점을 발견할 수 있다.

첫째, 앞에서도 잠깐 언급하였듯이, 천부경 81자의 전문에는 '도'란 글자가 보이지 않고, '일一'이라는 본체가 우주만물의 생성과 변화를 포섭한다. 천부경은 하나一에서 천·지·인의 생성을 '일석삼극一析三極'으로 표현하는데, 이때 '석析'은 '쪼갠다'는 의미로 순차적인 발생이 아니라 '동시동탁同時同析'으로 이루어지는 것을 의미한다. 천부경은 '하나'라는 근원 이외에 '도'와 같은 다른 근원을 설정하지 않는다.

둘째, 천부경에 음양이란 글자가 없고 음양과 같은 대대적인 이원성이 보이지 않는다.

---

278) 양계초의 이러한 생각은 다소 유물론적이며 이데올로기적 성격이 짙기 때문에 수용함에 주의가 필요하다.(양계초,「음양오행의 역사」참조)
279) 『周易』「繫辭 上」, "一陰一陽 謂之道."
280) 서복관,「음양오행설과 관련 문헌의 연구」, 56~57쪽.

따라서 천부경이 우주 생성의 원리를 표현한 경전임에도 불구하고 도와 음양이란 철학적 개념이 인용되지 않은 것은 그 저작시기를 최소한, 도나 음양이 철학적 개념으로 발전하기 이전인 전국시대 이전으로 소급해야 함을 의미한다.

(2) 오행

도와 음양과 함께 동북아 사상에 있어서 '오행'은 주요한 존재론적 개념이라 할 수 있다. 특히 오행의 기원은 한국선도와 밀접한 관계가 있는 것으로 보인다.

오행五行의 기원에는 크게 다섯 가지의 기원설이 있다. 고대인들의 총체적인 생산과 생활경험에 기원한다는 설, 치수治水 투쟁에서 발생했다는 설, 상나라 사방四方 관념에서 근원했다는 설, 은나라 사람의 귀복龜卜에서 나왔다는 설, 고대의 점성술에서 기원했다는 설 등이 있다.[281]

오행五行이라는 글자가 문헌에 처음 등장하는 것은 『서경(書經)』의 「감서(甘誓)」[282]와 「홍범(洪範)」이다. 여기서 언급된 오행은 물질을 다섯 가지 종류로 구분하고 각각의 기능과 성질을 설명하는 것에 불과하며, 철학적 혹은 술수적 의미는 존재하지 않는다. 『서경』의 이 두 편을 제외하면 『시경(詩經)』, 『예기(禮記)』, 『역경(易經)』, 『역전(易傳)』, 『도덕경(道德經)』, 『논어(論語)』, 『맹자(孟子)』에는 모두 오행이라는 두 글자가 인용된 경우가 없다. 단지 『묵자(墨子)』의 「경하(經下)」와 「경설하(經說下)」에는 오행이라는 말이 나온다. 『춘추좌씨전』이나 『국어』를 통해서 본 춘추시대의 오행 관념은 모두 생활에 필수불가결한 다섯 가지 실용적인 생활재료를 가리키는 것이다. 후대에서 말하는 오행의 의미로는 사용되지 않았다.[283]

---

281) 유소홍 저, 송인창·안유경 역, 『오행, 그 신비를 벗긴다』, 국학자료원, 2008, 27쪽.
282) 『書經』「甘誓」, "大戰于甘 乃召六卿 王曰 嗟 六事之人 予誓告汝 有扈氏 威侮五行 怠棄三正 天用勦絶其命."
283) 서복관, 「음양오행설과 관련 문헌의 연구」, 69~75쪽.

선진시대에는 오행을 가지고 만물의 생성과 변화를 설명하지 않았다. 그리고 음양과 오행을 결합하여 『주역』을 해석하는 후대의 방법은 모두 한유漢儒에서 나타난 것이며, 음양과 오행을 결합시킨 것은 추연(鄒衍, BC350~240)에서 시작한다고 볼 수 있다. 그러나 추연의 학설은 일부 통치자들의 흥미를 불러일으킨 것을 제외하고는 당시 사상계의 흥미를 이끌어내지 못하였다. 음양과 오행을 결합시키고 있는 문헌들은 거의 모두 『여씨춘추』이후의 문헌이라고 볼 수 있다. 음양오행 사상은 전한시대에 더욱 완전한 구조를 갖추게 되었으며, 따라서 그것이 커다란 영향력을 가지게 된 것은 동중서(董仲舒, BC179~104)로부터 시작된 것이라 할 수 있다.

이상 살펴본 바에 의하면, 춘추전국시대 이전에는 오행이라는 말이 매우 드물게 나타나고 그 의미도 극히 평이한 것이었다. 오행은 연나라와 제나라 방사方士들이 지어낸 말이고, 그 이론을 구축하고 전파한 사람은 추연과 동중서, 유향(劉向, BC77~6)이라고 볼 수 있다.[284] 사송령謝松齡은 오행이 비주문화권非周文化圈에서 연원했으며 비주문화권의 중심을 해안문화의 중심인 제나라로 보고 있다. 제나라의 산동반도가 한국 고대국가가 지배한 곳이었다는 주장[285]을 견지한다면 오행설은 한국 고대인들이

---

284) 이러한 양계초의 주장은 오행설을 혹세무민하는 미신으로 치부하는 경향이 있으며 다소 이념적인 색채가 짙다고 볼 수 있다.(양계초, 「음양오행의 역사」, 43쪽) 이와 반대로 서복관의 오행설은 후대에 걸쳐 상당히 오랜 기간을 거치면서 발전과 전개를 거쳐 왔으며 양계초처럼 오행설을 미신으로 단정하는 태도는 사상사를 연구하는 입장에서 그대로 수용할 수 없다고 주장한다.(서복관, 위의 책, 55~56쪽)

285) 류승국은 중국학자 傳斯年의 夷夏東西說(東漢末 이래의 역사는 항상 南北으로 분열 대립한 역사였으나, 夏·殷·周 三代와 그 이전에는 東西로 대치하여 갈등한 역사였다. 또 지역적으로 河水·濟水·淮水 유역을 기반으로 한 중국 고대 문명은 부락에서부터 제국으로까지 발전하였다. 이 지리적 형세는 동서의 대립이었고, 남북의 대립은 아니었다. 동서는 서로 계통이 달라 때로는 대치하여 투쟁하였고, 혼합이 생기기도 하였다. 그 민족을 분류하여 동이와 상은 동방족에 속하고, 하와 주는 서방계에 속한다.)는 다른 전적들을 인용하면서 회대지역 지금의 산동지역이 고대한국의 영토였음을 논증하였다.(류승국, 『한국사상의 연원과 역사적 전망』, 19~119쪽) 최문형은 중국인들은 회대지역의 부족들을 人方이라고 불렀으며 동이족의 땅이었다고 한다.(최문형, 「한국과 중국의 상고시대 문화교섭에

창출한 사유 중의 하나라고 볼 수도 있는 것이다.

　그러나 한국선도 문헌 중의 하나인『부도지』에 따르면, 오행은 요임금에 의해 만들어진 것286)이라고 하면서 오행설을 비판하고,287) 우주의 생성을 '기화수토설氣火水土說'로 설명하고 있다.288) 이에 반해『태백일사』에 오행설과 유사한 오제설五帝說과 오령설五靈說이 있다. 그리고 단군 왕검의 태자 부루夫婁가 도산塗山에서 우사공虞司空에게 '오행치수법五行治水法'을 전했다고 한다.289) 이는 오행의 다섯 가지 기원설 중에 치수투쟁설과 관련지을 수 있을 것이다.

관한 고찰」,『단군학연구』9, 단군학회, 2003, 165쪽) 이외에도『桓檀古記』에 의하면 회대지역은 상고시대 한국과 중국의 영토분쟁이 잦은 곳임을 설명하고 있다.(『三聖紀全』下篇, "後有葛古桓雄 與炎農之國 劃定疆界.", "蚩尤天王 見炎農之衰 遂抱雄圖 屢起天兵於西 又自索度進兵 據有淮岱之間.";『檀君世紀』, "蚩尤起青邱 萬古振武聲 淮岱皆歸王 天下莫能侵.";『太白逸史』「神市本紀」, "三韓秘記曰 (中略) 後 有葛古桓雄 與神農之國 劃定疆界 空桑以東屬我.") 춘추전국시대에 들어와서는 주나라의 내륙문화(앙소 문화)로 발전하고 해안지역(용산 문화)인 노와 제나라에서 유가와 稷下 학파라는 새로운 사조가 탄생하였다.(사송령저, 김홍경 · 신하령 공역,『음양오행이란 무엇인가?』, 연암출판사, 1995, 51~56쪽) 이 후 진이 중국을 통일하면서 이 두 문화는 충돌과 융합을 거쳐 지금의 중국 문명의 원류를 형성했고, 진의 통일과 함께 淮水 · 泗水유역의 夷들이 중국에 편입되면서 이 상고의 동이는 소멸되었다.(이성규,「중국 고문헌에 나타난 동북관」,『동북아시아 선사 및 고대사 연구의 방향』, 2003년 정신문화연구원 학술대회 논문집, 정문연, 9~10쪽) 그런데 한대 이후의 사서에 보이는 동이는 선진시기 중국 동부 연안지방에 존재했던 이(夷) 집단들이 아니라 중국 동북부 지역의 종족이나 민족을 가리키는 것으로 그 위치가 변화되었음을 볼 수 있다.(기수연,「중국 문헌에 보이는 동이과 조선」,『단군학연구』4, 단군학회, 2001, 10~11쪽) 그리고 이를 오랑캐나라라는 뜻으로 사용되어진 것은 한나라 이후에 나타나는 경향이다.(김시황,「구이와 동이」,『동방한문학』17, 동방한문학회, 1999, 72~76쪽) 단군조선 말기 연나라와 빈번한 충돌이 있었으며, 진의 통일 이후 회대지역은 단군조선의 강역에서 제외되고 동북부 지역으로 한정되고 있음을 알 수 있다.

286)『符都誌』제17장, "是時 陶堯 起於天山之南 一次出城族之裔也 曾來往於祭示之會 聞道於西堡之干. 然 素不勤數 自誤九數五中之理 以爲中五外八者 以一於(御)八 以內制外之理 自作五行之法 主唱帝王之道 巢夫許由等 甚責以絶之."

287)『符都誌』제21장, "故 五行之說 眞是荒唐無稽之言. 以此 誣惑證理之人世 乃作天禍 豈不可恐哉."

288)『符都誌』제3장, "以故 氣火水土 相得混和 光分晝夜四時 潤生草木禽獸 全地多事."

289)『檀君世紀』, "甲戌六十七年 帝遣太子扶婁 與虞司空 會于塗山 太子傳五行治水法."

오행 기원설 중 다른 하나는 은나라의 사방四方 관념에서 나왔다는 설이다. 상나라는 오행을 오방五方의 공간방위로 배열하고 하나의 체계로 제시했다. 은나라 사람들은 각 방향마다 하나의 큰 신이 있어서 그것을 주관한다고 생각하였고 자신의 감성경험에 근거하여 목ㆍ화ㆍ토ㆍ금ㆍ수로 연결시켰다. 이후 주대에 오방ㆍ오행ㆍ오제五帝가 하나의 패턴으로 정합되었다.[290]

오방과 오제는 『환단고기』에도 보인다. 『태백일사』「삼신오제본기」는 오제설과 오령설로 만물의 생성을 설명하고 있는데 요약하면 아래의 표와 같다.

[표 2] 「삼신오제본기」의 오령설과 오제설

방위	오령	기능	오제	기능
北	太水	主榮潤	黑帝	主肅殺
南	太火	主鎔煎	赤帝	主光熱
東	太木	主營築	靑帝	主生養
西	太金	主裁斷	白帝	主成熟
中	太土	主稼種	黃帝	主和調

오령과 오제의 기능을 살펴보면 인간생활과 밀접한 관계가 있다. 목ㆍ화ㆍ토ㆍ금ㆍ수 중에서 목ㆍ화ㆍ토ㆍ수는 자연물에서 그대로 드러나는 것들이지만, 금은 앞의 네 가지에 비해 다소 늦게 등장했을 것이다. 왜냐하면 금의 등장은 동銅을 제련할 줄 아는 청동기 시대에 와서야 가능했을 것이기 때문이다. 금속의 출현은 고대인들의 생활에 거대한 변혁을 야기하였고 인류문명에 서광을 비춤으로써 모든 사람들에게 중시되었다.

---

290) 유소홍, 『오행, 그 신비를 벗긴다』, 33~34쪽, 42~52쪽.

고고학적 성과에 따르면 최초의 동기는 주로 화살촉이나 제기祭器로 쓰였고, 상고시대에 국가의 큰일인 제사나 전쟁의 제단 위에 놓였던 청동기는 그 신성한 의미를 말하지 않아도 알 수 있다. 따라서 이러한 관점에서 오령과 오제에 금이 추가된 시기는 청동기 시대 이후라고 봐야 할 것이다. 동북아 지역의 청동기 시대를 기원전 31세기~24세기로 본다면[291] 오령설과 오제설은 단군조선에 와서 정립될 수 있는 사유체계일 수 있다.

신석기 시대는 금을 제외한 목 · 화 · 토 · 수가 의식주 생활에 밀접하게 연관되었을 것이다. 여기서 목은 집을 짓기 시작할 때부터 유의미하게 되었을 것이다. 그렇다면 구석기 시대는 주로 화 · 토 · 수가 일상생활과 밀접한 관계를 갖게 된다. 이러한 인류학적 관점은 『부도지』의 우주생성론인 '기화수토설'에 대한 긍정적인 시각을 제공한다.

동북아 고대인들은 기를 일종의 바람으로 이해하고 있었기 때문에 기와 풍風은 동일한 개념으로 이해할 수 있다. 고대 인디언들이 지地 · 수水 · 화火 · 풍風을 숭배한 흔적, 고대 인도문명이 지 · 수 · 화 · 풍을 우주 구성의 4대 원소로 간주하는 것, 고대 희랍 철학자 엠페도클레스(Empedokles, BC 483~435)의 수水 · 화火 · 토土 · 기氣 4대 원소설, 『부도지』의 기화수토설 등은 모두 지역적 · 인종적 · 문화적인 차이를 넘어선 인류 고대인들의 공통된 사유였음을 확인할 수 있다.

은나라 무정武丁 때의 갑골에 의하면 동 · 서 · 남 · 북을 목 · 금 · 화 · 수로 서로 배열했는데 그들은 사신社神을 섬겼을 뿐만 아니라 사방四方의 황제를 모시기도 하였다. 은나라는 토를 중앙과 서로 배합하여 토를 숭상하였던 관념을 보여준다. 목 · 화 · 토 · 금 · 수를 백신百神 중의 하나로 자연숭배의 단계를 거쳐서 우상숭배로 나아가 일日 · 월月 · 기氣 · 풍風 등의 신과 평형을 이루는 중요한 신기神祇가 되었다. 후에 은나라 사람들이

---

291) 신용하, 「고조선 국가의 형성과 고조선 금속문화」, 『단군학연구』 21, 단군학회, 2009, 192쪽.

그것을 오방과 함께 인식함에 따라, 여러 신 속에서 독립되어 나와, 스스로 체계를 이루어 오행이라고 불렀던 것이다. 주문화의 원형을 보여주는 주나라 갑골 속에서는 오행숭배의 흔적을 발견할 수 없고, 동주東周로 들어선 이후의 문헌자료에 오행과 유관한 기록이 점차 많아졌다. 주대에 형성된 오행·오방·오제의 계통은 그 유형이 은나라 시대와 서로 같으나 명칭은 각각 다를 뿐만 아니라 내용상으로도 발전하게 된다.[292]

은나라 역시 동이족의 하나이기에 사송령의 지적처럼 비주문화인 해안문화의 중심이 동이족이고 오행관념은 동이족의 공통적인 사유체계였을 가능성이 높다. 따라서 「삼신오제본기」의 오제설과 오령설 역시 동이족의 공통적 사유체계의 연속선상에서 이해해야 할 것이다. 그러나 오제설과 오령설은 한국선도 사상의 주류는 아닌 듯하다. 왜냐하면 오제와 오령설은 한국선도 경전인 천부경, 삼일신고, 참전계경에 전혀 언급이 없을 뿐만 아니라 『태백일사』「삼신오제본기」를 제외한 다른 한국선도 문헌에도 보이지 않기 때문이다.

「삼신오제본기」에 상제上帝인 삼신三神이 오제와 오령을 통해 만물을 드러나게 하고 통하게 하며 인도하여 화육하도록 했다는 내용[293]은 한국 고대인들의 자연신 개념을 보여준다. 특이하게도 한국 전통 민속에 전해오는 천하대장군天下大將軍은 하늘 아래에 편재하여 오제의 사명司命을 주관하는 것이고, 지하여장군地下女將軍은 지하에 편재하여 오령의 성효成效를 주관하는 것이라고 하여,[294] 천하대장군과 지하여장군의 연원을 오제설와 오령설로 설명하고 있다. 오제와 오령의 상위신上位神으로 삼신을 두고 그 삼신은 한 분의 상제로서 "주체主體는 곧 일신一神이며 삼신三神은 각각 신으로 있는 것이 아니고 작용用이다"[295]라고 하여, 일신과 삼신의

---

292) 유소홍, 『오행, 그 신비를 벗긴다』, 33쪽, 41~46쪽.
293) 『太白逸史』「三神五帝本紀」, "於是 三神乃督五帝 命各顯厥弘通 五靈 啓成厥化育."
294) 『太白逸史』「三神五帝本紀」, "於是 遍在天下者 主五帝司命 是爲天下大將軍也 遍在地下者 主五靈成效 是爲地下女將軍也."
295) 『太白逸史』「三神五帝本紀」, "自上界 却有三神 卽一上帝 主體則爲一神 非各有神

관계를 체용론 입장에서 해석하고 있다. 이러한 해석 경향은 대종교 관련 문헌에서도 동일하게 보인다.

중국의 경우 오제설은 진秦 왕조에서 시작되었는데, 백제白帝 · 청제靑帝 · 황제黃帝 · 염제炎帝를 제사했다. 한漢 고조高祖 2년(BC 205)에 흑제黑帝를 더해서 오제를 천신으로 제사했다. 한漢 무제武帝 때 최고의 천신으로 태일신太一神이 부각되면서 오제는 태일신을 보좌하는 종속적 위치로 떨어진다. 후한後漢의 정현(鄭玄, 127~200)은 하늘의 상제에는 호천상제昊天上帝와 오방상제五方上帝가 있다는 육천설六天說을 제시하면서 오방, 오행, 사계절과 관련시켰다. 삼국시대 조위曹魏의 왕숙(王肅, 195~256)은 천신은 오직 하나 호천상제뿐이며, 오제는 하늘의 일방을 맡은 천신의 보조자에 불과하다는 일천설一天說을 주장했다. 이후 중국의 역대 황조의 국가제사, 특히 제천은 정현설과 왕숙설 가운데 어느 쪽을 따르느냐에 따라 그 모습을 상당히 달리하지만 대체로 정현설을 따랐다.[296]

「삼신오제본기」에 의하면 오제는 삼신 아래 있는 하위신 개념이며 중국처럼 제천의 대상이 아니었다. 오제와 오령은 『표훈천사(表訓天詞)』를 인용한 것인데, 인용문 중에 삼신과 오제, 오령을 '생각건대稽'라고 하며 저자가 부연 설명하면서 체계적으로 설명하였다.

『표훈천사』가 정확히 언제 저작되었는지 알 수 없지만, 중국 오제설과 연관이 있을 수 있다. 그러나 정현은 오제를 창제蒼帝 영위앙靈威仰, 적제赤帝 적표노赤熛怒, 황제黃帝 함추뉴含樞紐, 백제白帝 백초거白招拒, 흑제黑帝 즙광기汁光紀로 보고 있어[297] 『표훈천사』에 보이는 오제의 기능과 다르고, 오제에 계절을 배치시키는 관념과 호천상제 관념은 『표훈천사』에는

也. 作用則三神也."

296) 서영대, 「백제의 오제신앙과 그 의미」, 『한국고대사연구』 20, 한국고대사학회, 2000, 95~108쪽.

297) 서영대, 위의 논문, 99쪽.

보이지 않는다. 『표훈천사』의 오제와 중국의 오제의 방위와 오행은 일치하는데, 오방과 오행 관념은 동이족의 공통적 사유체계라 한다면, 「삼신오제본기」의 오제설이 오로지 중국으로부터 영향을 받아 형성되었다고 보는 것은 적절하지 않은 견해일 수 있다.[298)

　고대 중국 문화의 유물로써 현존하는 최초의 문자인 갑골복사나 서주시대의 금문에는 음양오행이란 글자가 보이지 않는다.[299) 천부경에도 음양오행 관념이 없으며, 사용된 문자와 내용을 살펴보면 단순하고 질박하며, 서사적인 구조를 갖고 있지 않다. 또한 춘추시대 이후의 정치 · 도덕사상과 관련된 내용을 찾아볼 수가 없다. 문헌학적으로 볼 때 음양오행이 등장하는 시대는 춘추시대이며 철학적 개념으로 발전한 것은 전국시대 이후 진 · 한대이다. 따라서 천부경에 음양오행이란 글자가 없다는 것은 그 저작시기를 최소 춘추시대 이전으로 소급할 수 있음을 의미한다.

(3) 천부경의 존재론적 기본 성격

　신화학적으로 볼 때, 상商나라 신화의 체계에는 후대 음양설의 전조라 할 이원적 대응 구조가 존재한다. 이 체계 속에서 상은 태양, 하늘, 새, 동쪽,

---

298) 오제신앙은 백제에서도 나타난다. 『삼국사기』에 의하면(『三國史記』 「祭祀志」, "冊府元龜云 百濟 每以四仲之月 王祭天及五帝之神.") 백제는 2월, 5월, 8월, 11월의 중월(仲月)에 왕이 직접 하늘과 오제의 신을 제사지냈다고 한다.(박미라, 「삼국 · 고려시대의 제천의례와 문제」, 『선도문화』 8, 국학연구원, 2010, 15~16쪽) 백제는 정월의 천지제사 외에, 천과 오제의 신을 제사하는 또 다른 형태의 제천의례가 있지만, 당시 백제 사람들이 오제에 대해 어떤 위상과 성격을 부여했는지는 알 수 없다. 박미라는 백제의 오제에 대한 제사는 중국의 제천의례에 영향을 받았다고 주장하는데, 특이한 것은 중국의 역대 왕조 중에서 중월에 정기적인 제천의례를 거행한 예가 없다고 한다. 서영대는 오제에 대한 제사가 중국의 영향을 받았더라도, 그 이전 백제에도 고유한 제천의 전통이 있었다고 한다.(서영대, 「한국의 제천의례」, 『강화도 참성단과 개천대제』, 경인문화사, 2009, 55쪽) 백제의 오제설이 「삼신오제본기」의 영향인지 확인할 수는 없지만, 현재 학계에서는 백제의 오제신앙은 중국의 영향을 받아 형성된 것으로 이해하는 것이 주류이다.

299) 사송령, 『음양이란 무엇인가?』, 42쪽.

생명, 천제天帝 등과 관련이 있는 방면, 하夏나라는 달, 황천黃泉, 용, 서쪽, 죽음, 지하의 신 등과 연관된다. 이러한 체계는 훗날 음양이란 말로 표현된 이원론의 원형을 보여준다.[300]

새玄鳥 토템의 경우 태양을 상징하는 일상문日象文은 동이족과 화하족에 함께 나타난다. 화하족의 일상문은 동이족의 일상문의 영향을 받았지만, 현조의 다리가 셋이 아닌 둘로 표현하고 정지된 모습이 아닌 수평 또는 사선의 날아가는 새로 묘사한다.[301] 현조숭배와 한국고대 건국신화에 보이는 태양숭배 관념은 동이족에게 보이는 공통 관념이라고 볼 수 있다.[302] 천부경의 '태양太陽', '앙명昂明'과 삼일신고「세계훈」의 '칙일세계사자勅日世界使者', '후일색열煦日色熱'은 동이족의 태양숭배 관념과 무관하지 않을 것이다.[303]

---

300) 그런데 이러한 신화는 周가 商을 정복하면서 주나라 사람들의 역사적 배경에 비추어 전 시대의 유사한 역사적 사건으로 재해석되었으며, 夏 또한 선행하는 정치적 왕조로 간주되었다. 나중에는 원래 지하세계 황천의 신령으로 하 왕조와 밀접한 관련이 있던 黃帝까지 역사상의 제왕으로 변형되었다.(사라 알란, 오만종 역, 『거북의 비밀, 중국인의 우주와 신화』, 128~129쪽, 162쪽)

301) 더욱이 남북조시대를 지나 隋唐시대가 되면 중원 문화권의 일상문에서는 현조의 모습은 거의 사라진다. 이는 秦漢 교체기 때 한족에 흡수 통합된 산동반도 일대의 동이족의 현조 숭배의 영향을 받아 화하족의 후예인 한족이 일상문에 현조를 일시적으로 채용한 것이며, 현조 숭배는 원래 한족의 문화가 아님을 보여준다. 한편 음양론에 입각하여 태양을 양의 상징으로만 보았고, 일상문에서의 현조 표현을 일식과 같이 태양을 가리는 것으로 여겨 원으로 구성된 일상문이 보편화되었기 때문이다.(김주미, 「해 속의 삼족오과 그 상징성에 대한 고찰」, 『한류와 한사상』, 모시는사람들, 2009, 256쪽)

302) 김봉영, 「신화로 본 한민족의 태양숭배 사상」, 『국어교육연구』 1, 조선대학교 사범대학 국어교육과, 1975. 김성환, 「한국 고대의 선교의 '빛'의 상징에 관한 연구(상, 하)」, 『도교문화연구』 31, 32, 동과서, 2009, 2010 참조.

303) 한국 고유의 종교적 원형은 巫的인 요소와 仙的인 요소가 혼합되어 있는데, 전자의 경우 샤만을 대상으로 하고 一神敎로 나아가고 卵生說이나 蘇塗信仰, 祖上崇拜로 나타난다. 후자의 경우는 物活論이나 汎神論을 지향하고 光明을 매개로 神仙說, 山岳崇拜, 國祖崇拜로 이어진다. 한국은 무당이나 소도신앙 등의 무적 요소와 천신강림과 단군의 산신신화는 선적요소가 공존하고 있다.(양은용, 「통일신라

천부경 81자 전문에 이원성을 내포한 단어들도 보이지 않고 그 내용 역시 이원성을 띄고 있지 않는다. 그렇다고 한국선도 사상이 이원성을 배제하고 삼원성만 강조하는 것은 아니다. 왜냐하면 삼일신고 「진리훈」에서 인간 존재를 선·악, 청·탁, 후·박이라는 대대적 이원성으로 파악하고 있기 때문이다. 하지만 한국선도의 경우 세계를 이해하는데 있어 이원성보다 삼원성에 중심을 두고 있음을 알 수 있다.

지금까지 살펴본 바에 따르면, 천부경 주석 시 그 저작 시기나 시대적 환경의 고려 없이, 이후에 발전된 철학적 개념을 단순히 등치시켜 비교하고 환원하는 분석방법에 많은 주의가 요구된다. 특히 천부경의 일一에 대한 개념을 정의하고자 할 때, 그 의미가 중국 철학의 도와 유사하다고 하여 도의 개념으로만 환원하여 해석할 수 없으며, 일一의 글자가 도가나 도교에서 말하는 일 혹은 일기一氣와 문자 상으로 동일한 것으로 이해하여 동일한 의미로 파악하는 것은 한국선도의 존재론을 파악하는데 있어 가장 주의해야 할 부분이라고 생각한다.304)

천부경은 마치 암호와 같은 숫자로 되어 있어 그 해석이 쉽지 않다. 천부경에는 어떤 종교적 교의나 철학적 사변 그리고 언어적 묘사가 없는 것이 특징이다. 그렇다고 신비적이고 깨달음으로만 천부경을 이해한다면 소위 학문적 패러다임 안으로 들어올 수 없을 것이다. 천부경이 철학적

시대의 도교사상과 풍류도」, 9~10쪽) 이러한 공존 현상은 삼일신고의 「신훈」, 「세계훈」에 잘 나타난다.

304) 최민자는 一을 우주의 본원으로 天, 天主(하느님, 창조주, 천신, 한얼 등), 道·佛·太極(無極), Brahman, 우주의식(순수의식, 一心), 至氣, 混元一氣 등으로 표현하고 있다.(최민자, 『천부경』, 모시는사람들, 2008, 64쪽) 김석진은 一神, 一氣라고 한다.(김석진, 『대산의 천부경』, 동방의 빛, 2009, 36~37쪽) 김동원은 삼일신고의 一神으로 이해한다.(김동원, 『천부경강전』, 정상생활, 2008, 118~120쪽) 특히 최민자의 경우 지구상에 존재하는 모든 종교와 사상에서 말하는 근원자를 一로 포섭하는 사고는 신중을 기해야 할 것이며, 一神으로 보는 견해는 삼일신고를 전제하지 않고는 해석하기 어려운 사유이다. 一氣로 보는 기일원론적 사고는 한국선도의 삼원론적 사고와 일치하기 어려운 점이 있다.

개념이 등장하기 전에 저작되었기에, 당시 사람들의 사유체계는 우주와 세계를 복잡하게 사변적으로 이해하기 보다는 1차적으로 우선 현상세계라는 현실에 집중을 했을 것이다. 그런 후에야 현실세계 넘어 어떤 근원적인 존재를 상상하게 되었을 것이며, 근원적인 존재와 현상세계를 연결짓게 되었을 것이다. 그러나 그 연결 지음이 단순히 관념적인 상상력에만 기반을 두고 있는 것이 아니라 수행을 통한 초월적 경험에 기반을 둔 것이다. 왜냐하면 한국선도는 수행을 강조해왔고 수행을 통해 획득한 지고한 경험을 바탕으로 세상을 이해했기 때문이다.

일반적으로 고대 문헌들은 그 전승과정에서 그 시대에 맞는 철학적 개념들에 맞게 윤색되거나 각색되기 마련인데, 천부경에서는 그런 흔적들을 발견하기 어렵다. 왜냐하면 한국 고대인들은 천부경을 단순히 어떤한 사람의 저작으로 이해한 것이 아니라, 절대적 진리의 민족의 '천경天經'으로 받아들였기 때문일 것이다.

2) 한국선도의 '존재' 문제

(1) 천부경의 '무' 개념

천부경에 '무無'란 글자는 '일시무시일一始無始一', '무진본無盡本', '무궤화삼無匱化三', '일종무종일一終無終一'로 총 4회 등장한다. 이 중에서 '일시무시일'과 '일종무종일'에서 '무'를 어떻게 해석하느냐에 따라, 뒤에 나오는 '무진본', '무궤화삼'의 해석이 달라지며 천부경의 전체 해석에 큰 차이가 생긴다. 일반적으로 일시무시일의 해석으로는 "하나는 무無에서 시작한다.", "하나는 무시無始에서 시작한 하나이다.", "하나는 시작이 없는 하나에서 시작한다."라는 세 가지로 구분할 수 있다.[305]

첫 번째 해석은 무에 의미를 두고 명사로 보고 있는 견해이다. 이는 도가

---

305) 一始無始一은 一始 無始一, 一始無 始一, 一始無始 一, 一始 無始 一 네 가지로 끊어 읽는 방법이 있다.(이찬구, 『천부경과 동학』, 372쪽)

의 영향을 받은 해석으로 볼 수 있다.306) 먼저 무의 사전적 의미를 살펴보면 총 11가지가 있다.307) 이 중에서 세 가지의 의미가 철학적으로 유용하다.

① 무명無名, 무형無形, 허무虛無, 공허空虛 따위로 물질의 은미한 상태
② '不有'로 형용사인 '없다'라는 의미
③ 부정어로서 '아니다非'라는 의미

일시무시일에서 무를 중시하는 해석은 사전적 의미 ①에 해당한다. 『노자』제40장은 "천하만물은 유有에서 생하고 유는 무無에서 생한다"308)라고 하여 무無→유有→천하만물의 생성론을 보여준다. 이때의 무는 우주 만물 생성의 근원이 되며 존재론적으로 아주 중요한 위치를 차지한다.309)

두 번째로 "하나는 무시無始에서 시작한다."라는 해석은 무시를 만물의 근원인 무극無極으로 보고, 여기서 음양이 나온다는 해석이다. 이런 견해 는 주돈이(周敦頤, 1017~1073) 의 『태극도설(太極圖說)』310)에 영향을 받은 해석이라고 볼 수 있다.311)

세 번째 해석은 무를 '없다'라는 형용사로 보는 경우이다. 이는 무의 사 전적 의미 ②에 해당한다. 대종교, 선불교仙佛敎, 현대단학 등이 이에 속한 다. 노주 김영의의 해석을 기본으로 하는 대종교는 "하나란 우주의 근본 이요, 만유의 비롯되는 수이니, 이 하나보다 먼저 비롯됨이 없다"라고 풀 이한다.312) 선불교와 현대단학은 일시무시一始無始에서 끊어 읽으면서 "모든 것은 하나에서 시작하나 그 하나는 시작이 없다"313)라고 해석한다.

---

306) 이근철, 「한의 개념에 대한 연구」, 『선도문화』 1, 선도문화연구원, 2006, 183쪽.
307) 단국대학교 동양학연구소, 『漢韓大辭典』 8, 단국대학교출판부, 1111쪽.
308) 『道德經』 제40장 ,"天下萬物生於有 有生於無"
309) 天符經을 해석함에 있어서 無를 중시하는 학자는 박용숙, 김상일, 권태훈, 이찬구 등이 있다.
310) 『太極圖說』, "無極而太極 太極動而生陽 動極而靜 靜而生陰"
311) 이근철, 「한의 개념에 대한 연구」, 185쪽.
312) 2002년도 나온 개정판인 『대종교경전』에서는 이 해석을 취하지 않고 있다.(이찬 구, 『천부경과 동학』, 37~38쪽)
313) 이승헌, 『단학』, 49쪽; 선불교 출판경전팀, 『선불교경전 흔법(3차 개정판)』, 단기

특히 선불교의 경우, '무'를 전체 문장 속에서 해석할 때는 '없다'라고 해석하지만, '무' 한 자만 놓고 해석할 때는 모든 존재의 근원이며 무한한 창조가 시작되는 곳314)이라고 하여 철학적 개념으로 이해한다.315) 이처럼 무를 '없다'라고 해석하는 견해는 천부경의 핵심글자를 '무'가 아니라 '하나一'로 보는 입장이다.

앞 절에서 살펴보았듯이 천부경은 전국시대 이후에 보이는 도, 음양, 오행 등과 같은 형이상학적 개념들이 보이지 않는다. 무가 우주생성론에서 철학적 개념으로 대두된 것은 한대漢代이후이기에, 무에 대한 도가의 생성론적 해석과 무극으로 보는 형이상학적 해석보다는 '없다'라는 형용사로 해석하는 것이 적절하다고 본다. 이처럼 '일시무시일'의 무를 '없다'로 해석한다고 하면 뒤의 '무진본無盡本'과 '무궤화삼無匱化三'의 무도 '없다'라고 해석하는 것이 적절하다. 지금까지 논의한 바를 정리하면, 천부경의 무를 '없다'라고 해석하는 것이 가장 타당한 해석임을 알 수 있다.

무의 사전적 의미 ③은 부정어 '아니다'이다. 삼일신고는 '아니다(Not)'라는 부정어로 '무無'를 사용하지 않고 '비非'를 사용한다. 그러한 특징을 「천훈」에서 확인할 수 있다. 「천훈」에서는 '아니다'라는 의미를 '무'가 아니라 '비'로 표현하고 있다.316) '무'는 '없다'라는 '존재를 표현하는' 형용사로 사용되며, 부정의 '아니다'라는 의미로는 '비'를 사용한다. '없다'의 '무'와 '아니다'의 '비'를 정확하게 구별하여 서술하고 있다.

고대 그리스의 경우, 소피스트 이전에는 'be'동사 즉 'einai' 동사에 '있다'와 '이다'의 구분이 없었기에 파르메니데스(Parmenides, BC 520~440)

4342년(서기 2009년), 선불교 총본산 불광도원, 322쪽.

314) 『선불교경전 혼법』, 357쪽.

315) 선불교의 이러한 특징 때문에 이찬구는 선불교의 '하나'는 '無'에 가깝게 인식한 '無的인 하나'로 이해해야 한다고 주장한다.(이찬구, 『천부경과 동학』, 39쪽)

316) 三一神誥 「天訓」, "主若曰 咨爾衆 蒼蒼非天 玄玄非天 天 無形質 無端倪 無上下四方 虛虛空空 無不在 無不容."

처럼 논리적으로 '무'는 불가능한 것이 된다.[317] 고대 한국인들이 '있다有', '없다無'와 '아니다(非, not)'를 구분했다는 것은 '존재'에 대한 뚜렷한 사고체계를 형성하고 있었음을 알 수 있다. 이는 삼일신고「천훈」에서 '하늘天'의 성격을 '허공虛空'으로 간주한 것과 밀접한 관계가 있다.

(2) 삼일신고의 '허공' 인식

우리말에 '있는 것이 없다'라는 말이 있는데, 이 말은 다시 말해 '하나도 없다'라는 의미와 동일하다.[318] 이를 논리적으로 볼 때 '있는 것' 즉 '존재하는 것'은 '하나'라는 의미가 된다. 이는 파르메니데스의 "이 세상에는 있는 것만 있고 없는 것은 없는데 있는 것은 모두 달라붙어서 하나로 있다."[319]라는 주장과 표면적으로 같아진다. 그러나 파르메니데스는 허공을 비존재로 보고 부정하였지만, 삼일신고「천훈」에서는 허공을 하늘의 한 속성으로 '허허공공虛虛空空'이라고 표현한다.

『태백일사』에서 '천훈'을 '허공'이라고 이름한 것은 하늘을 허공과 동일한 개념으로 보았고, 하늘의 허공적 속성을 강조하기 위해서일 것이다. 「천훈」의 "허공(하늘)은 있지 않는 곳이 없으며, 무엇이나 싸지 않은 것이 없는 것이다無不在 無不容."라는 표현에 의하면, 한국 고대인들은 허공을 '존재하는 것'으로써 항상 편재하면서 본체적인 그 어떤 것으로 인식하고 있음을 알 수 있다.

그러나 일반적으로 허공은 오감으로 인식할 수 없기에 존재하는 것이 아니라고 생각한다. 허공이 존재하는 것이 되기 위해서는 경험적으로 인식되어야만 한다. 역으로 말해 허공을 존재하는 것으로 인식한다는 말은 허공은 '인식될 수 있는 것'이라는 의미이다. 만약 허공이 아무것도 없는

317) 이정우,『개념-뿌리들』, 철학아카데미, 2004, 184~186쪽.
318) 윤구병,『윤구병의 존재론 강의 : 있음과 없음』, 보리, 2003, 19~20쪽.
319) 김인곤 외 6명 역,『소크라테스 이전 철학자들의 단편 선집』, 아카넷, 2008, 280~283쪽.

'절대 무'라면 사변적 혹은 추상적 인식은 가능할지라도 경험적으로 포착되지는 않을 것이다. 따라서 허공이 존재하는 것이 되기 위해서는, 오감 차원에서 인식할 수 없더라도, 인식할 수 있는 그 무언가가 있어야 한다는 말이다.

동북아 사상에서 허공은 기氣로 가득 찬 세계이지, 아무 것도 없는 빈공간이 아니라는 기론적氣論的 세계관이 이어져 왔다. 기는 오감차원에서 느낄 수 없지만, 수련을 통해 터득할 수 있고 느낄 수 있는 존재인 것이다. 그렇기에 기를 느끼는 것은 한국선도 수련의 핵심으로 생각했다. 기를 통해 허공을 느낀다는 것은 인간의 인식범위가 확장되는 것을 의미하며, 사변적이고 이성적으로 파악되지 않는 초월적 존재를 느낄 수 있다는 의미이다. 그렇기에 삼일신고 「천훈」은 이성과 언어로 파악될 수 없는 '천'을 설명함에 있어 '무(없다)'라는 존재론적 단어로 표현하고 있는 것이다. 허공은 없지만 없는 것이 아니기 때문이다. 이처럼 삼일신고에는 한대漢代 이후의 기 개념을 직접적으로 인용하지 않지만, 기론적 세계관은 이미 한국 고대인의 사유체계에 내재해 있었다고 볼 수 있다.

존재자인 허공 속에서 만물들은 존재하고 생성하고 운동한다. 그 허공은 공간적으로 우주 만물의 본체계로 드러난다. 모든 만물 즉 개체들은 허공이라는 본체 속에서 존재하며, 공간적으로 볼 때 허공은 오직 '하나'이다. 허공을 없는 것(비존재)으로 보면 파르메니데스의 주장처럼 역설이 되지만, 허공을 있는 것(존재)으로 보면 허공 속에서 모든 것은 하나가 되는 것이다. 따라서 모든 것은 허공 속에 있기 때문에 만물은 허공을 통해 하나가 되는 것이다. 지금까지의 논의대로라면, '허공'은 '존재하는 것' 즉 '있는 것'이며 있는 것이 하나가 되기 위해서는 그 '하나'는 바로 '허공'이 되어야 하는 것이다. 이렇듯 한국선도의 허공은 비존재 즉 '없는 것'이 아니라 '존재하는 것' 즉 '있는 것'으로 인식하고 있으며, 모든 존재자들의 본체가 되는 것이다.

이처럼 한국선도는 오감으로 인식할 수 없는 '허공'을 '유(있음)'의 본체로써 간주한다. 무한한 허공 속에서 모든 존재자들은 극(極, peras)을 이룬 한정자로써 형질을 가지고 그 자신의 동일성(identity)을 유지할 수 있는 것이다. 우주만물은 허공 속에서 하나가 되는 것이다. 그리고 그 허공은 무한하면서 편재하는 현존재이다. 이런 허공을 삼일신고「천훈」은 '하늘天'이라고 하고 모든 존재자들의 바탕이 되는 본체로서, 천부경의 '하나一'가 삼일신고「천훈」의 '하늘天'로 전화轉化되어 나타난 것이다. 그리고 「천훈」의 '하늘'은「신훈」에서 '하느님神'으로 전화되어 나타난다.

3) 삼원론적 세계관

　한국선도에서는 일一과 삼三의 상호 관계에 내포된 기본원리를 삼원론
이라 하며,[320] 이 삼원론[321]을 기초로 존재론, 신론, 인간론이 전개된다.
그러나 삼원론적 사유체계는 한국에서만 발견되는 사유는 아닌 듯하다.

　『주례』「태종백(太宗伯)」의 천신天神·지지地祗·인귀지례人鬼之禮,『주
역』「계사전 상편」의 삼극의 도三極之道,『도덕경』의 도생일道生一 일생이
一生二 이생삼二生三 삼생만물三生萬物 등에 나타나는 천신·지지·인귀의
종교적 개념, 천황·지황·인황의 정치적 개념, 천도·지도·인도의 성
리학적 개념, 동북아의 동북방 샤머니즘의 삼혼신앙三魂信仰·삼혼일체사
상三魂一體思想에 보이는 3수 분화의 세계관,[322] 중국 도교의 삼동三洞·삼
청설三淸說, 불교철학의 삼신불설三身佛說, 인도의 삼신三神 숭배사상, 기독
교의 삼위일체三位一體 신관, 피타고라스((Pythagoras, BC570~495)의 트
리아드triad[323] 등은 모두 우주본체를 삼원론적으로 바라보는 사유체계라

---

320) 삼원간 관계의 논리는 조남호의 논문「홍익인간사상의 삼원론적 고찰」(『홍익문
　　화 통일 강연 시리즈 03-4호』20, 홍익문화통일협회, 2003)을 참조.
321) 한국선도를 여타의 사상적 전통과 대비하여 그 특징을 간명하게 설명하고자 할
　　때 흔사상, 三一사상, 三元사상 등으로 표현하고 있다. 흔사상이란 명칭은 80년
　　대 이후 김상일, 최민홍, 이을호 등이 사용하였으며, 주로 철학적인 접근을 시도
　　하였다. 삼일사상은 대종교 측에서 많이 인용하는 용어이다. 다른 말로 一體三用
　　의 원리라고 할 수 있으며 삼일신고를 중심으로 해석하고 종교적인 경향이 강하
　　다. 삼원사상은 우주의 근본상태인 一에서 天·地·人 三元이 나오고 삼원의 조
　　화를 통해 운행되고 있다고 보는 견해로써 삼원의 관계에 있어 조화성, 주체성을
　　강조하고 있다는 점에서 중국의 三才思想과 비교가 되며 다른 말로 삼원조화철
　　학이라고도 하여 주로 현대단학에서 보는 견해이다.
322) 3수 분화의 세계관이란 1에서 변화의 계기 수인 3으로 분화하고 3이 각각 3으로
　　분화되어 완성수 9를 이루고, 9의 제곱수로 우주적 완성수 81을 이루는 일련의
　　사유체계를 말한다.(우실하,「천부경, 삼일신고의 수리체계와 3수 분화의 세계
　　관,『선도문화』1, 선도문화연구원, 2006, 36쪽)
323) 피타고라스는 실제의 세계는 3중적이라고 한다. 인간이 육체와 영혼과 정신의 결
　　합으로 이루어져 있듯이, 이 세상도 자연 세계, 인간 세계, 신의 세계, 즉 3중으로
　　이루어져 있다고 한다. 트리아드(Triad, 셋으로 된 하나)는 이 세상 만물을 구성하

할 수 있다. 이처럼 삼원론적 세계관은 고대로부터 인류의 보편적인 관념 체계 중의 하나였다.

그러나 현재 동서양의 주류 철학은 기본적으로 이원론적 전통에서 세워졌다. 서양의 이원론은 플라톤으로부터 시작되었고 플라톤은 영원 불멸의 이데아와 감각적인 물질세계를 구분하였다. 이것이 중세에 와서 전자는 천국의 세계로, 후자는 물질과 육욕의 세계가 되었다. 근대 데카르트에 이르러 정신과 물질이라는 실체이원론으로 극단화되어 나타난다.

동북아시아의 음양이원론은 음양이 실체가 아니라 관계의 개념으로 이해할 수 있다. 유가계통은 양陽만을 강조해서 음陰을 지배하려고 하고, 도가는 음만을 강조해서 양을 지배하려고 한다는 점에서 고질적인 이원론에 빠지고 만다. 음양 사이의 관계를 모색하기 보다는 한쪽 측면을 절대시함으로써 이원론적 갈등과 대립 상태에 빠지게 되는 것이다. 서양의 이원론이 정신과 물질이라는 이원을 통해서 물질의 지배, 즉 자연의 개발과 착취를 정당화했다면, 동양의 이원론은 원래는 관계론적인 개념이었던 음과 양을 이원론적으로 분리시키고 한 쪽에 존재론적 우월성을 부여함으로써 위계적 정치질서를 정당화했다고 할 수 있다. 서양의 이원론은 자연을 지배하는 데 정당성을 부여하게 되었고, 동양의 이원론은 인간을 지배하는 데 정당성을 부여하게 되었다.[324]

경험적으로 솥이 안정적으로 서기 위해서는 세 개의 다리가 필요하듯이, 이원론이 갖고 있는 대립과 갈등의 문제는 이원을 조화로 이끌 수 있는

는 법칙이며, 생명을 이해하는 진정한 열쇠가 된다. 트리아드의 법칙은 삶의 모든 단계에서 작용하고 있으며, 조직세포의 형성에서부터 동물적 신체의 물리적 형성에까지, 혈액 순환계와 뇌척수계의 기능에까지, 또한 인간의 초물리적 형성과 우주와 신의 초물리적 형성에 이르기까지 트리아드의 법칙이 지배한다고 한다. 트리아드는 경탄에 사로잡힌 영혼에게 마치 마술처럼 이 우주의 내부 구조를 보여주며 소우주와 대우주의 무한한 교감을 보여준다고주장한다.(에두아르 수레저, 진현준 역, 『신비주의의 위대한 선각자들』, 사문난적, 2009, 344~349쪽)

324) 조남호, 「홍익인간사상의 삼원론적 고찰」, 28~29쪽.

또 다른 실체의 등장을 요구한다. 기독교의 삼위일체설이나 불교의 삼신 불설, 삼권분리의 정치구조 등은 이원론 대안으로 발생한 것으로 볼 수 있는 충분한 이유가 있다.325)

　그러나 한국선도의 삼원론은 이러한 이원론을 극복하기 위해서 성립된 철학이 아니다. 삼원론은 이원론의 폐단을 극복하기 위한 대안적 요구이기 전에, 한국 고대인들이 우주와 인간을 바라본 세계관이었던 것이다. 한국선도의 삼원론은 천부경에서 하나에서 하늘과 땅 그리고 인간이 나와 극極을 이루었다는 '일석삼극一析三極'의 원리에서 출발한다. 동시동탁으로 분화되지만 언제든지 합할 수 있다는 뜻이다. 다시 말하면, '석삼극一析三極'이란 창조와 피조의 이분법적 관계를 부정하며 천지인이 본래부터 한 뿌리이기 때문에 별개가 아님을 강조하고 있는 것이다.326) 하나一라는 본체 속에서 천·지·인 삼원으로 분화된다는 것은 조화造化와 생성(becoming)의 세계가 무질서하고 불규칙적으로 이루어지는 것이 아니라 삼원론적 원리에 의해 이루어진다는 것을 의미한다. 모든 존재자들은 '하나' 속에 존재한다는 일원론적 측면을 갖고 있지만, 생성이라는 측면에서는 삼원론이 강조되는 것이다. 그렇기에 삼원론은 한국선도에서 가장 중요한 철학적 이론과 원리이며, 삼원론을 바탕으로 해서 신론, 인간론, 수행론을 통섭統攝하여 그 철학적 체계를 이룬다.

　다음은 '하나一'라는 본체로부터 '하늘天'과 '하느님神'이 어떤 철학적 개념으로 드러나는지 살펴보고, 동북아 사상에서 빼놓을 수 없는 중요한 개념인 기氣가 삼일신고에서 어떻게 이해되고 있는지 살펴봄으로써, 한국

---

325) 인간은 감각적으로 세계를 밤과 낮, 남자와 여자, 하늘과 땅, 바다와 육지, 삶과 죽음 등 이원적으로 파악하는데 익숙하다. 그것은 인간의 대뇌를 수평적으로 볼 때 좌우 대칭의 구조를 갖고 있기 때문일지도 모른다. 그러나 뇌량을 통해 상호 소통이 될 수 있다. 더욱 중요한 것은 인간의 뇌를 종적으로 볼 때, 삼원적 구조를 갖고 있다는 것은 매우 의미심장한 의미를 담고 있다.
326) 김석진, 『대산의 천부경』, 40쪽.

선도의 존재론에 대한 철학적 체계와 개념들을 좀 더 선명하게 파악할 수 있을 것이다.

4) 한

이 우주의 모든 것을 존재 가능케 한 것이 있다면 그것은 무엇일까? 세계와 우주에 드러나 있는 현상과 이 현상들이 변화하는 것을 가능케 한 궁극의 실체는 무엇일까? 라는 물음은 동서양의 철학자와 종교가들에게 공통적인 화두였다.

고대 그리스 철학자들 역시 가장 먼저 제기한 물음들은 바로 자연 현상의 배후에 있을 수 있는 근원과 원천에 관한 것이었다. 그것은 만물의 근원, 즉 '아르케Arche'에 관한 물음이다. 동북아의 도가道家 사상가들은 그 것을 비인격적 실재인 '도道'로 명명하였고, 유가들은 '비인격적인 천天'이라고 불렀다. 불교에서는 '공空'으로, 힌두교에서는 인격적, 비인격적 요소마저 뛰어넘는다고 할 수 있는 '브라만Brahman'이라 불렀다. 반면 유대 · 기독 · 이슬람교도들은 인격적인 존재로 파악해 '야훼Yahweh'나 '알라Allah'와 같은 이름의 신으로 불렀다.

한국선도는 만물의 근원을 천부경에서는 '하나'로, 삼일신고에서는 '하늘'과 '하느님'으로 보고 있다. 한국선도 경전인 천부경의 81자를 한 글자로 줄인다면 그것은 '하나' 즉 '一'이다. '하나'를 다른 말로 '한'이라고도 한다. 한의 개념에는 특이하게도 서로 상반된 두 개념 즉, 양적으로 한 개一와 많음多, 질 적으로 '한갓'이라는 최소 개념과 '한껏'이라는 최대한의 개념을 동시에 갖고 있다.[327] 그렇기에 천부경에서 하나의 의미는 규정되고 한정된 개념으로 쉽게 파악되기 어렵다. 그러나 학문적 체계를 갖추기 위해서는 어느 정도 개념화 작업이 선행 되어야 하기에, 소크라테스

---

327) 이 외에도 한의 의미는 22개나 된다.(김상일, 『한철학』, 온누리, 1995, 21~38쪽) 양면성을 포괄하고 있는 한의 개념을 통해 한국 고대인들의 個全一體 사유를 확인할 수 있다.

(Socrates, BC469~399) 이전 고대 그리스 철학자들의 아르케에 대한 주장들과 비교하면서 한국선도의 '하나'에 대한 개념화를 시도해 본다.[328]

한국선도의 특징이 '한(하나)'에 두고 있다는 것은 한국 고대사상과 관련한 여러 연구논문에서 밝히고 있다. 이는 소위 '한철학' 혹은 '한사상'이란 용어로 대변된다. 이외에도 대종교大倧敎의 '일즉삼 삼즉일一卽三 三卽一의 삼일三一철학', 태백진교太白眞敎의 '집일함삼 회삼귀일執一含三 會三歸一', 현대단학의 '삼원조화론三元造化論', '일원적一元的 삼원론三元論' 등 다양한 용어로 정의하고 있다. 비록 서로 용어는 다르지만 공통적으로 삼원론적 세계관을 의미한다고 볼 수 있다.

하나(한)는 모든 것이 그것으로부터 나와서 그것으로 돌아가는 존재의 근원을 의미한다. 이러한 한국선도의 하나 개념을 고대 그리스 철학자 아낙시만드로스(Anaximandros, BC611~547)의 '무한자(無限者, apeiron)' 개념과 비교하면 하나의 의미를 조금 더 선명하게 드러낼 수 있을 것이다.

아낙시만드로스는 "아페이론에서 하늘과 그 하늘에서 세계들이 생겨나며, 아페이론으로부터 있는 것들의 생성이 있게 되고, 아페이론으로 소멸한다"라고 하여 만물의 근원을 아페이론 즉 무한자로 보았다. 아낙시만드로스의 사유는 아직 서로 분리되지 않고 통일되어 있는 다양한 차원들을 포함하고 있다. 즉 윤리적, 사회적, 물리학적, 철학적, 존재론적, 종교적 차원들이 그의 사유 안에서 한꺼번에 움직이고 있는 것이다.[329]

---

328) 한국선도를 소크라테스 이전의 고대 그리스 철학과 비교한다고 해서 '환원주의'로 이해할 필요는 없다. 앞에서 살펴보았듯이 선도경전의 저작시기가 철학적 사유체계로 확립되기 이전이고, 소크라테스 이전의 고대 그리스 철학 역시 그러하다고 볼 수 있다. 비록 철학적 개념화가 부족하더라도, 인간 정신의 원시적 원형을 잘 표현해주고 있다고 생각한다. 그런 점에서 상호 사유체계에서 유사점이 있다고 생각하기에, 본 연구에서는 비록 단편적인 부분에서 고대 그리스 철학과의 비교가 이루어지기는 하겠지만, 한국선도의 주요 단어들을 개념화하는데 있어 이해를 돕는 차원에서 머물게 될 것이다.

329) 콘스탄틴 J. 밤바카스 저, 이재영 역, 『철학의 탄생』, 알마, 2008, 100쪽.

이렇게 만물의 생성과 소멸을 아페이론이라는 근원적 존재로 귀일시키는 아낙시만드로스의 사유방식과 한국선도에서 존재의 근원을 일一로 보는 관점은 일원론적一元論的인 사고로써 상호간에 유사한 측면이 있다고 볼 수 있다. 그리고 근원적 존재의 속성을 무한성으로 보는 아낙시만드로스의 견해는 천부경에서 하나가 무시무종無始無終하다는 점과 삼일신고「천훈」의 하늘天을 무한한 존재로 보는 점과 비교했을 때 상호 유사한 점이 있다. 다만, 무한성을 직선적 무한인지 순환적 무한인지에 따라 그 내포된 의미는 달라지지만 한정이 없다는 측면에서 유사하다. 그러나 아낙시만드로스는 자연 철학자답게 자연계의 현상적인 유한자(물질적인 존재)들의 근원을 인간이 인식할 수 없는 무한자로 이해하고자 했다.330) 이에 비해 한국선도는 존재의 근원을 '형질形質이 없다'331)고 표현했지만 인식 불가능한 존재는 아니다. 한국선도의 사유에서 '근원이나 실체'라는 것은 언어적 한계에 의해 설명되지 않을 뿐이지 수행을 통해 인식 가능한 존재로 여긴다.

헤라클레이토스(Herakleitos, BC 530~470)는 "만물은 하나다"라고 하여 이 하나는 우주 통일성의 근거가 되며 '로고스logos'를 통해 알 수 있다고 했다.332) 이 통일성은 지속적으로 싸우면서 역동적인 균형을 이루고 있는 대립물들의 통일에서 생겨나는데, 변증법적인 직관에서 출발하여 전체 현실의 과정으로 파악한다.333) "모든 것으로부터 하나가 생겨나고, 하나로부터 모든 것이 생겨난다."334) 여기서 일자一者가 자신에서 나오는

---

330) 고대 희랍의 무한자의 개념은 한정이나 규정이 결핍된 무규정적 혼동 또는 무질서로 이해되는 플라톤의 순수질료로 이해된다. 그러나 여기서는 정신과 물질의 이원성을 초월하고, 한정이나 규정을 넘어서는 의미의 형이상학적 초월적 존재로 파악하여 서술한다.

331) 三一神誥「天訓」, "天 無形質 無端倪."

332) 김인곤 외 6명, 『소크라테스 이전 철학자들의 단편 선집』, 236쪽.

333) 콘스탄틴 J. 밤바카스, 『철학의 탄생』, 242쪽.

334) 김인곤 외 6명, 『소크라테스 이전 철학자들의 단편 선집』, 236~237쪽.

다수의 존재들로 변형됨에도, 자신의 일자성을 간직한다는 신비주의적 믿음을 만나게 된다. 신비주의 보편적인 특징은 인간과 신과의 하나 됨, 신인합일의 체험에 있다.[335] 이러한 신비주의 특징은 한국선도의 한 특징이기도 하다.[336]

헤라클레이토스는 이 과정의 비밀은 삶의 연속성이 죽음에 의해 단절되기보다 오히려 다시 새롭게 된다는 관념에 있다고 본다. 죽음은 사실상 소멸도 아니고, 그것은 끝이나 해체도 아니다. 일자인 생명은 끊임없이 원을 그리며 회전하고, 그것의 단일성은 원소들이 분리의 과정을 거쳐 나올 수 있는 혼합적 통합성이 아니라, 시간이 그러하듯이 실체적인 연속이다.[337] 헤라클레이토스는 오직 하나의 진리만 존재하는데, 그 진리는 우리 안에 그리고 우리 주위의 모든 사물 속에 내재해 있다고 한다. 모든 것들이 동일한 하나의 우주 전체에 걸쳐서 하나의 로고스, 모든 것에 대해 하나의 이성만이 존재한다고 본다. 모든 개별적 사물들은 이 하나의 의미에 대한 상징들에 불과하며 이 상징들의 어느 한 표현도 그 의미에 대한 완전하고 독립적인 표현이 되지 못한다.[338]

---

335) 금인숙, 『신비주의』, 살림, 2006, 7쪽.

336) 가장 널리 받아들여지고 있는 신비주의 정의는 심리학자이며 철학자이었던 Walliam James의 개념이다. 자기의 개인적인 체험에 근거하여 정의한 제임스의 신비주의는 언표불능성, 순수 이성성, 일시성 그리고 수동성의 특성을 지닌 초월 체험이다.(James, Wiilliam. The Varieties of Religious Experience, New York : Collier Macmillam, 1961)

337) 헤라이클레이토스는 하나의 실재적 존재의 통합성과 연속성을 파르메니데스만큼이나 강조하여 주장하였다. 이런 관점에서 보면 이 양자를 양극적인 적대 관계에 있는 것으로 해석하는 철학사가들은 매우 잘못되었다.

338) F. M. Cornford, 남경희 역, 『종교에서 철학으로』, 이화여자대학교출판부, 2004, 221~222쪽. 헤라클레이토스는 연역적이로든 귀납적으로든 분석하지 않고, 고대적이며, 손상되지 않은 완전하고 통일적인 상태를 유지하고 있고, 다의적이며, 경험과 사유, 행위와 사유를 공존시키고 있다. 밀레토스 자연철학자들의 경우처럼 합리적인 관찰에 기반을 두는 것이 아니라, 직관에 더 많이 의존하고 있다.(콘스탄틴 J. 밤바카스, 『철학의 탄생』, 222쪽)

천부경의 하나는 헤라클레이토스의 대립과 균형이라는 변증법적인 직관으로도 설명될 수 없다. 그 이유는 우선 대립과 균형이라는 상대적 이원성의 개념이 보이지 않고, 우주의 생성과 소멸은 구조적으로 삼원(천ㆍ지ㆍ인)의 관계 속에서 형성되기 때문이다. 그러나 헤라클레이토스가 주장하는 생명의 순환성이 천부경에서 '하나는 시작도 끝도 없다'는 무시무종無始無終의 원리339)와 상통하는 면은 있다. 인간을 포함한 우주만물 각각에 진리가 내재하며 자신의 일자성은 존재들의 변형에도 유지된다고 하는 헤라클레이토스 주장은 천부경에서 "만물이 우주의 질서 속에 오묘히 오고 가며 온갖 모양과 쓰임을 지어내지만 그 근본에 있어서는 변함이 없다.妙衍萬往來用變不動本"라는 의미와 일정부분 상통한다. 천부경은 인간 안에 하늘과 땅이 있어 셋이 일체가 된다人中天地一고 하여 선험적 혹은 선천적으로 인간에는 완전성이 내재하고 있다고 본다. 인간 본래의 마음이 태양과 같은 밝음으로 발현됨本心本太陽昻明으로써 인간은 완성에 이르게 된다는 본성광명本性光明의 원리340)를 표현하고 있다. 결국 인간은 선천적으로 완전성을 내재하지만 인생의 삶은 고통 속으로 들어가게 된다. 그러나 수행을 통해 고통을 극복하고 다시 인간의 완전성을 회복할 수 있다고 한다. 이러한 논리는 삼일신고「진리훈」에서 아주 구체적으로 표현된다.

헤라클레이토스의 개별적 사물들에 진리가 내재하고 있다는 생각은 천부경과 비교하면 진리의 내재성이란 측면에서는 일면 유사하나, 개별적인 사물들은 로고스에 대한 상징들에 불과하다는 견해는 결국 인간이 불완전하다는 것을 의미하고, 인간완성에 대한 한계점을 노정하면서 이러한 관념은 향후 로고스 기독론으로 연결되고, 인간이 원죄로부터 영원히 벗어날 수 없는 멍에를 갖게 된다.

헤라클레이토스의 생성론과 달리 파르메니데스는 하나를 존재存在로

---

339) 이승헌, 『숨쉬는 평화학』, 한문화, 2002, 130쪽.
340) 위의 책, 같은쪽.

등치시키면서 존재에 대한 개념을 "존재는 탄생한 적이 없으므로 소멸하지도 않고 유일하며 온전하게 이루어져 있고 흔들림이 없으며 더 완전하게 될 수도 없다. 존재는 과거에 있었던 것도 미래에 이루어질 것도 아니다. 존재는 지금 현재 전체로, 하나로, 통짜로 있기 때문이다"[341]라고 하여 그리스 존재론의 기틀을 놓았다. 파르메니데스가 말하는 존재의 속성은 생성과 소멸되지 않는 완전하고 시간을 초월하여 존재하는 영원한 어떤 것이다. 천부경의 하나(한)는 모든 것이 그것으로부터 나와서 그것으로 돌아가는 존재의 근원이기에, 하나 그 자체는 파르메니데스의 하나라는 실체적 속성과도 일면 유사한 점이 있다. 그러나 한은 마치 우주의 숨소리와 같이 우주의 깊고 긴 날숨과 들숨 속에 영원히 이어지는 시작도 끝도 없는 생명 그 자체를 가리키기에,[342] 하나라는 본체 속에서 만물은 생성하고 변화하고 있는 것이다. 따라서 생성과 변화를 인정하지 않은 파르메니데스의 존재론에서의 하나의 개념과는 일정 차이가 있다.

고대 그리스 철학은 존재론과 생성론의 대립이 변증법적 통일과 종합을 통해 발전했다면, 천부경에서는 존재와 생성을 대립적인 시각이 아니라 하나 혹은 한이라는 본체 속의 존재자들의 유기적인 관계로 설명하고 있다. 예를 들면 하나라는 존재는 파르메니데스의 운동이나 변화가 없는 일자(the One)가 아니라 변화와 생성의 가능성을 내재한 존재이며, 모든 만물의 생성과 변화의 시발점이면서 종착점이 된다. 그 하나는 시작과 끝이 없는 것으로 모든 변화와 생성을 포용하는 우주 본체와 같은 개념이다.

우주 만물은 하나라는 본체 속에서 생성하며 발전하고 소멸한다. 이러한 관점에서 하나라는 존재는 일자와 같이 하나 그 자체에 생성과 소멸은 없다. 그러나 하나는 무한적 존재이기에 경험적, 인식적 한계를 노정하고 있다. 일반적으로 인간이 감각적으로 허공을 인식하지 못하듯이, 무한적

---

341) 김인곤 외 6명 역, 『소크라테스 이전 철학자들의 단편 선집』, 280~288쪽.
342) 이승헌, 『숨쉬는 평화학』, 148쪽.

존재들을 논리적으로 이해하고자 하면 파르메니데스처럼 경험적 오류에 빠지고 마는 것이다. 그렇기 때문에 삼일신고「천훈」에서는 이러한 인식적 한계 상황을 독자들의 논리적인 이해는 전혀 염두에 두지 않은 문장으로 표현하고 있는 것이다. 한국선도에서 이러한 인식적 한계 상황은 수행이라는 인식의 확장을 통해 극복된다. 따라서 존재론은 수행론을 바탕으로 할 때만이 하나라는 근원적 존재에 대한 초월적 인식이 가능하게 되는 것이다.

논리성을 중시하는 서양 철학의 관점에서 볼 때, 파르메니데스(존재론)와 헤라클레이토스(생성론)의 견해는 양자 불합의 상대적인 관계라고 할 수 있다.[343] 그러나 한국선도에서는 서양 철학적 논리성이 파괴되는데, 그 이유는 인간의 이성적 사고보다는 자기 내면적 수행을 통해 획득하는 경험을 통한 직관과 인식의 확장을 중요하게 여겼기 때문이다. 영원 부동한 만물의 근원인 하나라는 본체 속에서 우주 만물이 생성·소멸하고 변화·운동한다. 한국선도에는 이처럼 파르메니데스의 존재론과 헤라클레이토스의 생성론이 함께 공존하고 있는 것이다.

하나는 우주의 본체로써 존재의 근원이며 시공간을 초월한 존재이지만, 우주 만물이 생성하고 운동하기 위해서는 시간과 공간을 배제할 수 없기 때문에 시공간은 창조되어야 하다. 운동하고 변화하기 위해서는 반드시 시간과 공간을 동반해야 하는 것이다. 그렇다면 하나는 시공간을 초월한 존재이면서 시공간에 대한 창조성을 내재하고 있게 된다. 그렇다면 어떻게 초월적인 존재가 시간과 공간이란 세계 안으로 들어오는가? 이에 대한 해답은 삼일신고「천훈」과「신훈」에 잘 나타나는데, 천부경의 하나一는 삼일신고「천훈」에서 하늘天로 전화되면서, 그 하늘은 무규정적인 것이

---

343) 이러한 사유 체계는 고대 그리스 이후 근대 서양 철학사까지 지속된다. 초월세계(신의 영역, 이데아 세계)는 현실세계(인간의 세계, 경험의 세계) 사이에 분리, 긴장관계를 유지하는 이분법적 사유체계를 이룬다. 이러한 분리와 긴장은 변증법적인 통합을 시도하지만 이 통합은 또 다른 분리와 긴장을 불러온다.

며無形質, 시간과 공간을 초월하여無端倪 無上下四方, 우주에 편재한 존재로無不在 無不容 설명된다. 이러한 하늘은 「신훈」에서 '하느님'으로 의인화되어 나타나고 「세계훈」에서는 세계 창조의 주재자로 설명된다. 「신훈」과 「천궁훈」에서 모든 것을 주재하고 모든 것에 생명을 불어넣는 원리를 '하느님'이라고 부른다. 이때의 하느님이란 모든 대립물의 총괄이다. 하느님 즉 하늘은 가장 큰 것이자 가장 작은 것이고 무한한 것이며 불가분의 것이다. 하느님 안에는 가능성과 현실성이 모두 담겨 있는 것이다. 이상에서 언급한 내용을 도식으로 정리하면, 궁극적인 실재이며 존재의 근원인 천부경의 하나一는 삼일신고의 하늘天로, 하늘에서 하느님神으로 전화되어 간다.

지금까지 한국선도 경전인 천부경의 하나에 대한 의미를 주로 고대 그리스 철학과 비교 검토하였다. 이 시도 후에도 더욱 깊고 넓은 연구가 요구되긴 하지만, 한국선도에서 하나의 개념 정의를 정리함으로써 한국선도의 존재론을 이해하는 데 초석이 될 듯하다. 다음은 지금까지 살펴본 한국선도의 하나의 개념을 중국 철학과 비교 검토함으로써 한국선도의 존재론을 좀 더 선명하게 드러내고자 한다.

『주역』에서 '천하지동 정부일자天下之動 貞夫一者'라고 하여[344] 모든 운동은 다 '하나'를 따라서 나온다고 한다. 현상세계의 만물은 모두 하나에서 발원된다는 것이다.[345] 요임금이 순임금에게 전하고 순임금이 우임금에게 전한 16자 심법心法에 '유정유일惟精惟一'이라고 하였다.[346] 공자는 '오도일이관지吾道一以貫之'라고 하였는데,[347] 이때 '일一'에 대한 해석은 학자 간에 그 해석이 구구하다.[348] 공자는 제자인 자공에게 "너는

---

344) 『周易』「繫辭傳 下」, "天地之道 貞觀者也 日月之道 貞明者也 天下之動 貞夫一者也."
345) 김석진, 「특별기고문」, 『선도문화』 7, 국학연구원, 2009, 208쪽.
346) 『書經』「大禹謨」, "人心惟危 道心惟微 惟精惟一 允執厥中."
347) 『論語』「里仁」, "子曰 參乎 吾道一以貫之 曾子曰 唯 子出 門人問曰 何謂也 曾子曰 夫子之道 忠恕而已矣."
348) 공자가 '오도일이관지(吾道一以貫之)'라고 하였을 때 아무도 알아듣는 이가 없었

내가 많이 배워서 아는 줄로 알지?"하니, 자공이 대답하길 "그렇습니다. 그렇지 않습니까?"라고 했다. 이에 공자가 대답하기를 "그렇지 않다. 나는 하나를 가지고 모든 것을 꿰었느니라"[349]고 하였다. 공자가 말한 일一은 배움을 통해 지식만으로 알 수 있는 것이 아님은 분명하나, 공자가 남긴 말로는 그 정확한 개념을 파악하기가 어렵다. 그러나 지금까지의 살펴본 바에 의하면 유가에서는 하나의 의미는 한국선도와 같이 형이상학적 혹은 본체론적 개념으로 파악하고 있지 않음을 알 수 있다. 하나는 유가보다는 도가에서 상대적으로 많이 사용한다.

도가 경전인 『도덕경』에 하나一는 10장, 14장, 22장, 39장, 42장에 등장한다. 여기서 하나란 모든 존재의 근원으로서의 도, 모든 존재를 꼴 지우는 힘으로서의 도를 말한다. 그러나 엄밀히 따지면 '하나'와 '도'가 완전한 동의어는 아니다. 제10장의 '포일抱一[350]의 개념은 도교의 내단적 수련체계로 발전된다. 이때 하나一는 후대에 와서 크게 두 가지 견해로 구분된다.

첫째는, 하나를 순수한 정신으로 풀이하는 견해이며,

둘째는, 우주를 생성하는 근원적 원기元氣로 풀이하는 견해이다.

후자, 즉 일자一者를 일기一氣와 동일시하는 경향이 한대漢代 무렵부터 도교를 중심으로 널리 유포되면서 수당隋唐시대부터는 인간존재를 정精·기氣·신神 삼자三者로 이해하면서, 이 삼자를 일기의 분화로 이해하는 틀이 정착되었다.[351] 이러한 하나를 원기元氣 혹은 일기一氣로 보는 일원론적 견해는 지금까지도 천부경의 하나를 주석하는데 많이 활용되고 있다.

제42장의 "도가 하나를 낳는다.道一生"라는 말에서 보듯이 하나는 도에서

으나 오직 증자만이 '유(唯)'라고 응답하였다. 一을 仁으로 해석하는 이도 있고, 誠으로 해석하는 이도 있고, 宋儒들은 태극 또는 무극으로 이해한다.(류승국, 『한국사상의 연원과 역사적 전망』, 221쪽)

349) 『論語』「衛靈公」, "子曰 賜也 女以予爲多學而識之者與 對曰然 非與 曰非也 予一以貫之."
350) 『道德經』제10장, "載營魄抱一 能無離乎."
351) 김낙필, 『조선시대의 내단사상』, 80~81쪽.

나온 것이다. 이에 대해 하상공은 하나는 도의 아들一無爲 道之子也이라 주석하였다.[352] 그러나 하나가 도와 별개의 것은 아니다. 하나도 도道임은 틀림없으나 존재론적 용어로 하면 그것은 비존재(non-being)로서의 도에 대응하는 존재(being)의 측면으로서의 도, 비존재와 존재가 맞닿는 경계의 자리로서의 도라 할 수 있을 것이다. 신유학의 용어를 빌리면 여기서의 하나란 무극無極에 대응하는 태극太極에 해당된다고 볼 수 있다.

태극이란 더 큰 것이 없다는 지극히도 큰 덩어리라는 개념으로 시간적으로나 공간적으로나 끝이 없다. 극極이란 '끝'을 말한다. 태극은 한없이 커서 태극인데 그것이 끝이 없어서 무극無極이라고도 한다. 천부경에서 '일시一始'란 하나가 시작이 되었다는 뜻인데 그 하나가 시작된 곳을 찾으니 시작된 곳이 없다. 그래서 '무시無始'라고 한다. 무극이 곧 태극이요 태극이 곧 무극이듯이, 일시가 곧 무시이고 무시가 곧 일시가 되는 것이다.[353]

삼일신고 「천훈」에서 하늘은 '끝이 없다無端倪'라고 하니, 그 하늘은 무극이나 태극과 같은 의미가 된다. 결국 천부경의 하나一와 삼일신고 「천훈」의 하늘天은 같은 의미인 것이다.

『태극도설』에서 태극은 원래 무극이라 한 것과 마찬가지로 『도덕경』에서 말하는 하나도 태초부터 비존재로서의 도와 함께 있었다. 단 현존하는 모든 것이 하나를 통해 이루어졌고, 그런 뜻에서 "이루어진 것이 하나도 그로 말미암지 않고는 이루어진 것이 없다"라고 할 수 있다.[354]

앞에서 설명하였듯이 도란 용어가 천부경과 삼일신고에 등장하지 않는다. 천부경과 삼일신고는 도라는 용어가 만물의 근원으로써 차용되기

---

352) 하상공주, 『도덕경』, 제39장. 하상공주에 의하면 『도덕경』에서의 하나라는 개념은 크게 네 가지로 구분된다. 첫째는 도와 동격의 개념, 둘째는 도를 근거로 나타나는 이차적인 것, 셋째는 氣와 관련된 것으로 精氣를 의미한다. 넷째로는 양생의 요체로 守一 혹은 抱一의 형태로 언급하고 있어 수양론 혹은 양생론 차원에서 이해되고 있다.(이석명, 『노자도덕경하상공장구』, 소명출판, 2005, 48~49쪽)
353) 김석진, 「특별기고문」, 203쪽.
354) 오강남, 『도덕경』, 현암사, 2000, 172~173쪽.

이전에 쓰여졌으며, 그 후대에 저작된 것으로 보이는 『도덕경』에서 하나의 개념은 도를 설명하기 위한 부차적인 개념으로 전락하였다. 반면에 『설문해자』에서는 "일一은 처음 태극이다. 도道는 일에 근거하여 천지를 나누고 만물을 만들어 내었다"355)라고 하여 하나를 도의 근거가 되는 것으로 간주하고 있다.356)

이외에도 『도덕경』에서 하나란 개념을 이夷, 희希, 미微로 설명하면서357) 이 세 가지가 합해져 하나가 된다고 한다.358) 이 하나는 물어서 알 수 있는 것이 아니며, 색깔이 없고 소리가 없고 형체가 없는 것이며 입으로 말할 수 없고 글로 전할 수 없으니, 고요함으로 받아들이고 신령으로 구할 뿐 말로 물어서는 얻을 수 없는 것이라 한다.359) 이 하나는 끊임없이 이어지며 이름할 수 없으니 물질 이전의 상태로 돌아가며, 모습 없는 모습無狀之狀, 물질 없는 형상無物之象이며 홀황忽怳하다.360) 모습은 없지만 만물에게 모습을 지어 줄 수 있으며, 물질적 바탕이 없지만 만물에게 형상形象을 만들어 준다.361) 이때의 하나는 만물 생성의 근원임을 표현하고 있다. 하나에 대한 위의 하상공河上公의 해석은 삼일신고 「천훈」의 내용과 유사한 측면이 있다.

도는 한쪽으로만 계속 가 버리지 않고, 한 쪽 방향으로 가다가 극점에

---

355) 염정상, 『설문해자』, 서울대학교출판문화원, 2009, 17쪽.

356) 천부경의 하나와 『도덕경』의 도의 상관관계에 대해서는 보다 정밀한 연구가 필요하다.

357) 夷 · 希 · 微가 精 · 氣 · 神에 해당한다는 견해도 있다. 이에 대한 자세한 내용은 『기의 사상』(전경진 역, 小野澤精一 · 福永光司 · 山井湧 編, 원광대학교출판국, 1993, 369쪽) 참조 바람.

358) 『道德經』 제14장, "視之不見 名曰夷 聽之不聞 名曰希 搏之不得 名曰微. 故混而爲一."

359) "三者 夷希微也 不可致詰者 謂無色無聲無形 口不能言 書不能傳 受之以靜 求之以神 不可問詰而能得也."(이석명, 『노자도덕경하상공장구』, 113~114쪽)

360) 『道德經』 제14장, "復歸於無物 是謂無狀之狀 無物之象 是謂忽恍."

361) "言一無形狀 而能爲萬物作形狀 一無物質 而爲萬物設形象."(이석명, 『노자도덕경하상공장구』, 115쪽)

달하면 다시 그 반대방향으로 되돌아간다. 이 경우 만물과 더불어 다시 그 본래의 자리로 돌아간다는 뜻이다. 전통적으로 동북아 사유체계에서 도가나 도교는 근원으로 회귀하는 반본返本 사상을 중심으로, 근원으로 회귀하여 도와 일체화 되어 장생불사長生不死하는 것을 목적으로 한다. 한국선도는 불사不死를 주장하지 않지만, '참으로 돌아감返眞' 즉 '복본復本'의 개념을 매우 중요시한다. 이러한 측면에서 한국선도와 중국 도교는 일정한 접점을 이룬다.

이상에서 살펴본 바에 의하면, 도가나 도교에서는 전반적으로 '하나'보다는 '도'를 더 중요시하고 있다는 것을 알 수 있다. 『도덕경』에서의 도는 근본적으로 형이상학적이고 우주적인 의미로 파악된다. 도란 직관과 체험의 영역이지 사변을 통한 분석과 정의의 대상이 될 수 없다는 뜻이다. 모든 종교에서와 마찬가지로 여기서도 궁극적 실재 혹은 절대적 실재는 우리의 제한된 표현을 초월한다는 주장이다. 도라든가 뭐라고 이름이나 속성을 붙이면 그것은 이미 그 이름이나 속성의 제한을 받는 무엇으로써 절대적인 도일 수 없는 것이다. 따라서 그것은 궁극적으로는 이름 붙일 수 없는 '무명無名' 혹은 '무'일뿐이다. 우주가, 그리고 그 안에 있는 모든 것이 존재하도록 하는 무엇, 그리고 그것이 움직이도록 하는 기본 원리, 그것으로 말미암지 않고는 아무것도 존재하거나 움직일 수 없는 우주의 기본 원칙 같은 것, 그런 의미로서의 도는 궁극적 실재이다.[362]

도가에서는 천지 창조 이전의 태초보다도 더 이전에 무엇이 있었다고 한다. 이것은 혼混 또는 혼돈混沌인데 혼잡하다거나 무질서하다는 식의 부정적 의미로서의 카오스chaos가 아니라, 모든 것의 근원으로써 그 안에 모든 것을 잠재적으로 포괄하고 있는 분화되지 않은 무엇을 말한다. 아무것도 생겨나지 않은 미발未發 상태의 무엇 혹은 포괄자라 부를 수도 있을 것이다. 신유학에서 말하는 무극無極, 태극太極 중에서 음양으로 갈라지기 전의 태극에 해당되는

---

362) 오강남, 『도덕경』, 20~21쪽.

개념이라 볼 수 있다. 노자와 장자에서는 이 혼돈을 모든 것의 시원으로 본다. 통일적 실체로써 모든 가능성을 그 속에 머금고 있는 완전한 무엇이다. 두루 편만하다는 것은 무소부재無所不在하여 어디서나 역동적으로 작용한다는 것이다. 바로 '역동적 생성(dynamic becoming)'을 의미한다.363)

이 역동적 생성은 한국선도에서는 하나라는 본체에 내재하면서 삼원론적 원리에 따라 모든 만물의 쓰임用이 있도록 하게 하는 힘이고 그 본체인 하나는 여전히 부동한 것이다. 이러한 사유체계는 인간론에도 그대로 투영이 되는데, 인간의 현상적인 모습 즉 감정, 행동, 모양 등은 시간에 따라 변화하여, 감각적으로 확인할 수 없지만 변하지 않는 실체가 있다는 것으로 이어진다. 이를 천부경에서는 '만왕만래용변부동본萬往萬來用變不動本'이라 한다.

도가에서 도는 두 가지 측면이 있다. 하나는 이름 붙일 수도 없고 드러나 보이지 않는 신비의 측면인 실상實相의 세계로써 무명 혹은 무의 세계이고, 다른 하나는 이름 붙일 수도 있고 드러나 보이기도 하는 현상의 측면인 현상의 세계로써 유명 혹은 유의 세계이다. 도의 존재론적 해석이 의미하는 바는 도를 있음과 동일시하여 유有로 해석한다는 뜻이 아니라 오히려 도를 무로 해석한다는 뜻이다. 이처럼 도를 형이상학적 유로 보려는 것이 아니라 존재론적인 무로 생각한다는 것이 도의 존재론적 해석이라 할 수 있다.364)

한국선도의 경우, 도가와 같이 도를 유(현상세계)와 무의 대비를 통해 설명하지 않고, 좀 더 현상적으로 설명하고 있다. 다시 말해 '없다'라는 형용사를 사용하고는 있지만, 그것은 궁극적으로 '절대 무'가 아니라 항상 존재한다는 기반 위에서 사유하고 있는 것이다. 이런 점에서 도가와 비교할

---

363) 위의 책, 116~117쪽.
364) 김광식, 「도의 존재론적 해석-도덕경의 도개념을 중심으로」, 『현대와 신학』 9, 연세대학교 연합신학대학원, 1982.

때 상대적으로 한국선도의 존재론은 있음, '유有의 철학'이라 할 수 있다. 그러나 허공처럼 있는 것은 사변과 분석이라는 인간의 지성적 혹은 이성적 측면에서 파악할 수 없다. 오직 수행을 통해 직관과 체험의 영역에만 이해될 수 있는 부분이기에, 존재하지만 쉽게 파악되지 않는 그 어떤 존재라는 점에서는 도가와 일치한다.

이상에서 살펴본 바를 정리하면, 한국선도의 하나의 개념은 도가에서 말하는 하나보다는 도의 개념과 유사하다고 볼 수 있다. 만물의 근원이며 불변의 본체인 하나로 파악하는 것은 일원론적 사고를 품고 있다. 그 하나에 모든 만물의 생성과 운동이 내재하면서 삼원의 관계를 통해 현상세계를 이룬다는 것은 삼원론적 세계관을 보여주는 것이다.

5) 하늘

한국선도의 '하늘天'은 천부경의 '하나一'와 같은 범주로, 삼일신고의 「천훈」에서 잘 살펴볼 수 있다. 하늘은 우주 만물의 근원이면서 만물이 생성과 소멸, 운동할 수 있도록 하는 본체가 되는 존재이다. 이때 주의할 점은 「천훈」에서의 '천'을 천부경의 삼원에 속하는 '천'과 구별해야 한다는 점이다. 「천훈」의 '천'은 천부경의 '일'과 같이 우주 만물의 본체가 되는 것으로 다음과 같이 설명하고 있다.

　主若曰 咨爾衆 蒼蒼非天 玄玄非天 天 無形質 無端倪 無上下四方 虛
虛空空 無不在 無不容[365]

앞에서도 설명했지만, 「천훈」에 보이는 천에 대한 설명은 추상적인 사유를 통해 근원을 탐구한 것이 아니라, 초월적 경험을 통해 체득한 것을

---

365) 三一神誥 「天訓」.(『사부합편』, 13쪽)

성인이 대중들에게 하는 가르침訓의 형태로 설명하고 있는 것이다. 하늘은 우리가 세계 혹은 우주라고 하는 시간적이나 공간적 무규정성으로 가득 차 있는 시공복합체時空複合體366)를 넘어 있는 그 무엇으로 간주한다.

중국 철학에 있어서 천天은 크게 세 가지로 구분할 수 있다.367)

첫째, 당우唐虞시대의 성군聖君이나 현상賢相, 하·은·주夏·殷·周시대의 왕들, 공자나 맹자, 묵자 등의 경천사상에서 보이는 천이다. 이러한 천은 천을 절대적 권위의 존재로써 숭배의 대상으로 보는 주재적主宰的, 종교심리적宗敎心理的 천 사상이다.

둘째, 노자나 장자, 순자에 이어지는 사상에서 보이는 천이다. 천을 순수하게 자연 아니면 기계적인 것으로 생각하는 시각이다. 주재적 천 관념을 반박하여 유물론적인 방향으로 간 자연적, 기계론적 천 사상이다.368)

셋째, 유가의 형이상학적인 천리를 말한 역易이나 공자, 맹자, 송대의 도학자, 주자로 이어지는 흐름에서 보이는 천이다. 천을 형이상학적인 이법理法으로 생각하는 이법적, 철학적 천 사상이다.

이외에도 진시황의 등장으로 제기된 정치적 절대 군주로서 인황人皇이 천신天神이나 인신人神보다 존귀하다는, 천자天子로서의 정치 이데올로기적 천 사상이 있다. 요순시대에는 주재적·종교적 천 개념으로써 천신 사상이 강하였으나, 절대 군주제의 등장으로 천자로서의 천 개념이 등장하여 황제가 천신이나 인신보다 존귀하다는 인황최귀人皇最貴 사상인 정치 이데올로기로 발전하게 된다. 그리고 후대의 성리학에서는 정치

---

366) 윤구병, 『윤구병의 존재론 강의: 있음과 없음』, 89쪽.
367) 김능근, 『유교의 천사상』, 숭실대출판부, 1988, 113~116쪽.
368) 荀子는 「天論」에 하늘·땅·만물이 생기고 없어지는 변화란 음기와 양기의 교감 운동이 만드는 것이라고 생각하면서, 음양 두 기의 교감과 화합이 천지만물을 만들고 사물의 운동·변화를 일으킨다.(天地合而萬物生, 陰陽接而變化起) 별천지음양의 변화는 항상적인 법칙(常道)에 의한 것이다. "하늘에 대해서 인식하는 범위는 그 현상이라고 확실히 지적할 수 있는 것에 그쳐야 한다.(所志於天者 已其見象之可以期者矣)"라고 하여 자연계의 운동·변화를 알고 그것을 활용의 대상으로, 자연계를 객관적 대상으로 보았다.

이데올로기적 천 사상의 새로운 대안으로 이법적 천 개념인 천리天理의 논쟁이 전개된 것이라고 보아야 할 것이다.

중국철학의 고대 태동기에 해당하는 하·은·주 삼대시기에 천天과 제帝 개념이 중국철학사의 뿌리가 된다. 하의 농경 중심의 소박한 자연주의 발달은 정착 공간 안에 있는 주요 물상物象에 대해 관심을 갖고 파악하다가 공간 주위에서 공간 위의 천으로 옮겨간다. 천은 시간 개념의 상징이고, 그 시간은 변화와 생성의 계기가 되어, 마침내 천은 만물을 생성하는 생원生元으로 자리 잡게 된 것이다. 이에 비해 은 문화는 공간 의식이 강했다. 유목 생활은 늘 새로운 공간으로 이동해야 하고, 늘 새로워지는 공간에서는 경험 지식의 정확성이 희박하여 초경험적인 계시를 요구하게 되었으며, 이것이 은 문화가 복서卜筮를 중시하고 모든 행위 이전의 유일한 신앙적 지식을 숭상하게 되어 제帝가 중심개념으로 대두된다. 이 공간 중심의 제는 상제上帝라는 개념으로 발전하고 황의상제皇矣上帝로까지 발전하는데, 이것은 죽은 조상의 영력靈力을 믿는다는 사상으로, 죽은 조상上帝은 현실을 초월, 고고재상高高在上하면서 자연계를 포함한 인간세계의 모든 것을 지배한다고 본 데서 온 것이다. 하에 있어서 천은 생명 생성의 자연적 내원이 되고 소박한 자연주의와 윤리 문화를 구축하고 도덕 이상주의, 즉 인간을 천지의 중中으로 보는 인본주의로 발전했다. 은의 상제는 길흉화복을 관장하고 관념적 외경의 대상이 되어, 이후 중국 문화의 영역을 예술적이고 문학적인 데로 승화시키는 모태가 되었다. 은의 신 본위 사상이 주周에 와서는 인人 본위로 옮겨 갔으며, 신 본위의 은 문화는 씨족 신 중심의 의타적이고 협애한 사상에서 벗어나, 인간 본위의 자작과 보편적인 천의 개방성을 지향하여 윤리 문화를 도덕적으로 강화하였다.[369]

일반적으로 정치적 절대 군주가 등장하면서 천 개념은 정치 이데올로기적 천 사상으로 대두되고, 그 이전 초기 국가에서는 주로 신화적, 종교적인

---

369) 김충렬,『중국철학사』, 예문서원, 2006, 27~32쪽.

색채를 강하게 띠게 되는 것이다. 「진리훈」을 제외한 삼일신고의 전반적 내용도 이러한 색채를 띠고 있다고 할 수 있다. 그리고 「천훈」에서의 천은 자연적 기계론적 천도 아니며,[370] 도덕적 이법적인 천도 아니며, 절대적, 주재적, 종교심리적 천이 아니다. 단지 형이상학적이며 초월적이고 우주 만물의 본체가 되는 존재로 묘사하고 있을 뿐이다.

임아상의 경우, 인간의 관점에서 보면 위아래 동서남북이 있지만 천의 관점에서 보면 그런 방향성이 없다고 하여,[371] 천은 시간과 공간을 초월한 존재로 설명하고 있다. 이러한 임아상의 관점은 뒤의 「세계훈」에서도 드러난다. 임아상은 「천훈」에서는 천의 무한성과 대비해서 인간의 인식 한계성을 지적하고 있지만, 「신훈」과 「천궁훈」 그리고 「진리훈」에 가서는 인간은 신의 속성을 내재하고 있기에 그 인식적 한계성을 극복할 수 있는 존재로 나아간다.

이에 비해 대종교에서는 '허허虛虛'를 '체허천體虛天'으로 '공공空空'을 '이공천理空天'이라고 하며,[372] "하늘은 본래 있음이 없고 허공과 같으니 비어있어虛 싸지 않음이 없기에 천은 본체로 지극히 크고, 비어있기空에 하늘의 이치는 지극히 밝다. 이처럼 하늘은 크고 밝기 때문에 천도는 무궁하다"[373]라고 하였다. 이러한 대종교의 견해는 일정부분 이법적이고 철학적인 천의 개념을 도입하여 천을 이해하고 있다. 이후 안호상(安浩相, 1902~1999)은 "푸르고 까마득하게 보이는 저 허공한 하늘에는 우리 사람의 생각으로 추상할 수 있고, 사람의 힘으로 측정할 수 없는 신비성이 내재하고 있다"[374]라고 하여 인간 인식의 한계를 지적하면서 하늘의 초월성을 강조하고 있다.

이러한 천의 속성은 허허공공虛虛空空하고 형이상학적이며 초월적이지만

---

370) 三一神誥「天訓」, "蒼蒼非天 玄玄非天"
371) [注] "上下四方은 以自身觀하면 有하고 以天觀하면 無也라."(『사부합편』, 14쪽)
372) [句] "虛虛는 外虛니 體虛天이오 空空은 內空인 理空天이다."(위의 책, 같은 쪽)
373) [講] "天本無有하고 只得虛空하니 虛無不用이라 故로 天體至大하고 空無不在라 故로 天理至明하니 旣大且明하야 天道無窮이로다."(위의 책, 같은 쪽)
374) 대종교 한얼글 편수 위원회 엮음, 안호상 펴냄, 『대종교 한얼글』, 대종교 총본사, 1990, 33쪽.

항상 편재하는 허공과 같은 존재이다. 그냥 빈 공간이 아닌 기로 가득 찬 허공은 수련을 통해 오감을 넘어 인간이 느낄 수 있는 존재가 된다. 기를 통해 허공을 느낀다는 것은 인식의 확장을 의미하기에 사변적이고 추상적으로만 파악되는 초월적 존재가 경험적으로 인식 가능한 존재가 되는 것이다. 허공 속에서 만물 존재자들은 생성하고 운동하며, 허공은 공간적으로 우주만물의 본체계로 드러난다. 모든 만물 즉 개체들은 허공이라는 본체 속에서 존재하며, 공간적으로 볼 때 허공은 오직 '하나'이고, 모든 존재자들은 허공 속에 있기에 만물은 허공을 통해 '하나'가 되는 것이다. 무한한 허공 속에서 모든 존재자들은 꼴을 이룬 한정자로서 형질을 가지고 자기동일성을 유지할 수 있다. 우주만물은 허공 속에서 하나가 될 수 있으며 그 허공은 무한하며 편재하는 현존재로서 이를 천부경에서는 '하나ー'로 삼일신고 「천훈」에서는 '하늘天'이라 한다. 이러한 「천훈」의 하늘이 「신훈」의 하느님으로 전화되었을 때 절대적, 주재적, 종교적 신으로 등장하게 된다. 천부경의 하나ー는 삼일신고 「천훈」의 '하늘'로 전화되고 그 하늘은 다시 「신훈」에서 '신' 즉 순수 한국말로 '하늘님', '하느님'으로 전화되어 나타난다.

6) 하느님[375]

삼일신고 「천훈」에서 하늘은 시·공간의 제약이 없으며 형질을 갖고 있지 않으며 허공처럼 편재하는 존재로 표현된다. 시간을 초월한다는 것은 시간의 변화 속에서 변하지 않는 그 무엇을 의미하기에, 마치 수학적 공식이나 물리학적 법칙처럼 결정론적이며 법칙성을 갖고 있다. 과학문명이 발달하지 못한 고대인들에게 그 법칙이란 현상적이며 종교적인 방식으로 존재해 왔고, 이는 섭리, 하늘의 뜻, 운명이라는 개념으로 발전하게 되었다. 이러한 현상은 삼일신고에도 보이는데, 「천훈」에서 「신훈」으로 넘어갈 때 일어난다.

삼일신고의 전체 문맥은 신화적 성격보다는 종교적 가르침 즉 교훈적 敎訓的으로 서술되어 있다. 또한 삼일신고는 신화적 은유법이 아니라 하느님을 대중들에게 직접적으로 설명하고 있는 형식의 글이다. 그렇기에

---

375) 대종교에서는 儓(神의 古字)을 大主宰로 指稱한다.(『사부합편』, 113쪽) 李承憲은 신(儓, 神)자를 다음과 같이 설명하고 있다. "하나는 종교라는 신념체계를 구성하는 정보로서의 신이다. 이것이 지금까지 인류의 의식을 지배하고 있는 지역신·민족신들의 실체이다. 이들은 인간에 의해 만들어지고 인간의 믿음에 의해 그 생명이 유지되는 정보이고 관념이다. 이것을 神(귀신 신)이라고 한다. 또 다른 하나는 종교로 정의할 수 없고 종교에 속박되지 않은 홀로 스스로 존재하는 영원한 생명으로서의 신이다. 이것은 누구를 지배하려고 하지도 않고 누구의 섬김을 받으려 하지도 않는 신이다. 이것은 모든 생명이 그 안에서 자신의 존재가치를 실현하도록 허락하는 조화의 법칙이다. 하늘과 땅, 해와 달을 포함한 글자로써 천지간에 있는 모든 것을 상징하는 글자로써 儓(하나님 신)이라고 한다." (이승헌, 『숨쉬는 평화학』, 한문화, 2002, 61~62쪽) 김주호는 儓은 한얼 자자로서 절대유일, 절대완전, 절대주재자이신 하나님에게 쓰인 글자라고 설명하고, 반면에 "神은 지신, 모신, 수신, 용왕신 등 대소제신들에게 두루 쓰이는 글자로 온갖 잡귀, 잡신들을 표현한 글자이며, 특히 기독교에서는 하나님 또는 신관을 말할 때 이 神자를 쓰고 있다."라고 한다.(김주호, 「종교칼럼-神이 아닌 儓을 되찾자」, 『한민족의 신』, 책보, 2008, 168~171쪽) 儓자는 선도경전이 쓰인 단군조선 이후 자취를 감추었다가 대종교 주요경전 『會三經』, 『儓事記』, 『儓理大全』 등에서 다시 등장하게 되며 민족사가들은 그 이유가 외래종교의 유입 이후 민족 고유의 하느님 사상이 사라졌기 때문이라고 보고 있다. (안진경, 「현대단학의 신입합일론 소고」 국제평화대학원 석사학위논문, 2005, 6쪽) 본 연구에서는 독자들의 가독성을 위해 편의상 儓을 神으로 통일하여 사용하였다.

삼일신고를 통해서 한국의 고대 문화 전반을 파악하기란 쉽지가 않다. 그리고 신에 대한 이해는 사변이나 이성을 통해서 알 수 있는 것이 아니라 수행을 통한 깊은 체험을 통해서만 가능하다고 한다. 종교적 문화 현상은 주로 제천의식祭天儀式을 통해 파악할 수 있는데, 이는 주로 천부경과 삼일신고보다는 선도문헌이나 중국문헌을 통해 알 수가 있다. 한국선도의 하느님 개념을 이해한다는 것은 한국인의 문화적, 종교적 사유의 심층을 이해할 수 있다는 의미다.

(1) 하늘과 하느님의 관계

천부경에는 우주 만물을 주재하는 신 개념은 등장하지 않고, 만물의 근원인 '하나'에 포섭된다. 이 하나는 삼일신고 「천훈」에서 하늘로, 이 하늘은 「신훈」에서 하느님으로 전화하고 「세계훈」까지 이어진다. 하늘과 하느님의 관계는 「신훈」의 '생천生天'의 의미를 어떻게 해석하느냐에 따라 그 의미가 달라진다. 「신훈」의 전문을 살펴보면 다음과 같다

神 在無上一位 有大德大慧大力生天 主無數世界 造牲牲物 纖塵無漏
昭昭靈靈 不敢名量 聲氣願禱 絶親見 自性求子 降在爾腦[376]

여기서 '생천生天'을 해석하는 방식에는 크게 세 가지가 있다. 첫째는 '하늘에 계신다'는 해석,[377] 둘째는 '하늘의 이치를 낳았다'는 해석,[378] 셋째는 '하늘을 만들었다'는 해석[379]이다.

삼일신고 각 훈들의 배열 구도를 살펴보면, 천부경의 하나에서 전화된 「천훈」의 하늘은 만물의 근원이며 형이상학적 존재이다. 그 후에 하느님을 설명하는 「신훈」, 하느님의 나라를 설명하는 「천궁훈」, 우주 창조를

---

376) 三一神誥 「神訓」.(『사부합편』, 17쪽)
377) 단학회연구회, 『환단고기 1』, 268쪽.
378) 三一神誥 「神訓」(『사부합편』, 17쪽); "'生天'은 猶言天理始明이다."(앞의 책, 18쪽)
379) 한문화편집부, 『천지인』, 한문화, 1998, 14쪽.

설명하는 「세계훈」, 마지막으로 인간에 대해 설명하는 「진리훈」으로 이루어져 있다. 설명의 순서가 큰 것(하늘)에서 작은 것(인간) 순으로 설명하는 흐름을 갖고 있다. 따라서 이러한 설명 순서에 의하면, 하느님이 하늘을 창조하게 된다면 하느님이 하늘보다 우선하니, 당연히 「신훈」이 「천훈」보다 먼저 나오는 것이 전체 흐름상 적절할 것이다. 이러한 관점에서 만물의 주재주인 하느님이 또 다른 만물의 근원인 '천을 낳았다'는 세 번째 해석은 논리적으로 볼 때 불합리하다. 그렇기에 세 번째 해석은 적절치 못한 것으로 이해된다. 『태백일사』가 「천훈」을 허공으로 장 제목을 구별한 것은 이러한 오류로부터 벗어나고자 한 의도로 짐작된다.

첫 번째 해석에서 하느님이 하늘에 계신다면, 그 앞의 구절 "하느님은 위가 없는 첫 자리에 존재한다在無上一位."와 해석상 중첩이 된다. 논리적으로 볼 때, 하느님이 어디에 존재하는 가에 대한 설명이라면 굳이 다시 반복할 이유가 없는 것이다. 만약 이 해석을 긍정적으로 수용한다면, 이 때의 하늘은 뒤이어 나오는 「천궁훈」의 신의 나라神國로 해석하는 것이 적절할 것이다. 그러나 뒤에 나올 신국이 「천훈」에서의 하늘과 혼동됨에도 불구하고, 「신훈」에서 미리 언급한다는 것은 가르침訓 형태의 서술방식에서는 이해하기 어려운 측면이 있다.

두 번째 해석은 대종교의 해석방식이다. '생천'은 하느님이 하늘의 이치를 밝히는 일이고, '주무수세계主無數世界'는 이 세계를 주관하는 일이고, '조신신물造神牲物'은 만물을 하늘의 이치대로 만들어 길러내는 일이다.[380] 이 해석 방법은 다소 메타적이기는 하나, 중국 상제의 경우에서 보듯이 천은 인격화를 거쳐 비인격적인 천리天理란 개념으로 변화했다고 볼 수 있다. 이를 『태백일사』에서는 "삼신일체三神一體가 만물의 원리가 되고, 이 원리가 덕이 되고 지혜가 되고 힘이 된다"[381]라고 표현한 것이다.

---

380) 이찬구, 『천부경과 동학』, 78쪽.
381) 『太白逸史』「三神五帝本紀」, "大矣哉 三神一體之爲庶物原理 而庶物原理之爲德爲

따라서 당시 한국 고대인들의 관념 속에 원리와 이치의 이법적인 개념이 내재하고 있었음을 추론할 수 있다. 이러한 이법적인 하늘을 『규원사화』에서 북애자는 '천범天範'이라고 하며 다음과 같이 말한다.

> 하느님은 오직 한 신(一神)으로 가장 높은 으뜸 자리에 계신다. 천지를 창조하시고 세계를 주관하신다. 수없이 많은 것들을 만드시니 넓고 넓게 둘러싸므로 들어 있지 않는 것이 없고 아주 밝고 밝아 작은 티끌 하나 새지 않도록 하셨다. (중략) 천범(天範)은 오직 하나로 그 문은 둘이 아니다. 너희들은 오직 마음이 깨끗하고 정성스러워야 조천(朝天)할 것이다. 천범은 오직 하나이며 인심(人心) 또한 하나다. 꺼리는 것을 잡아 인심에 미치고 인심이 감화되면 또한 천범에 합하는 것이니, 이 때 만방을 거느릴 수 있다.[382]

북애자는 하느님을 창조주, 주재주로 표현하고 있다. 하느님는 자연, 사회, 인간을 동시에 주관하는 존재로써 천범을 통해서 인간과 소통할 수 있다고 한다. 천범과 인심이 사람과 하늘을 이어주는 밧줄이라는 의미이다. 천범은 우주규범을 말한다. 이 우주규범이 인간 속에서는 인심이 된다. 이는 인간 밖의 우주규범과 인간 속의 마음이 같은 것이라는 신념을 말해준다. 이때의 하느님은 우주의 생성원리가 인격화된 것이고 도덕적 기준이 되는 것이다.

나철이 주장한 체용론으로 천과 신의 관계를 이해할 수 있다. 나철은 체를 일一로 용을 삼三으로 보았는데, 이와 유사하게 천과 신의 관계를 체용론으로 해석하는 방법이 있다.[383] '생生'을 '드러낸다'로 해석하면 '생천生天'은

慧爲力也."
382) 『揆園史話』 「檀君記」, "若曰 惟皇 一神在最上一位 創天地 主全世界 造無量物 蕩蕩 洋洋 無物弗包 昭昭靈靈 纖塵弗漏 (中略) 天範惟一 弗貳厥門 爾惟純誠一爾心 乃朝天 天範惟一, 人心惟同 惟秉己心 以及于人心 人心惟化 亦合天範 乃用御于萬邦."(141쪽)
383) 이근철, 「삼일신고의 천에 대한 철학적 고찰」, 『도교문화연구』 36, 동과서, 2012,

'체體로서의 천이 용用으로서의 신을 통해 드러낸다.'로 해석된다. 이에 두 번째 해석을 도입하면 '신이 하늘의 이치를 드러낸다.' 정도로 해석할 수 있을 것이다. 이러한 해석은 중국 철학에 의지하고 있지만, 대종교에 현전하는 석실본은 고구려 시대에 번역한 것이 발해에 전해진 것이기에 중국의 영향을 배제할 수 없고, 나철 역시 조선의 국시인 성리학의 영향을 받았기에 해석 상의 한계를 노정하고 있음은 분명하다.

「천훈」의 하늘으로부터 전화된 「신훈」의 하느님은 탄생하지도 개인성을 지니지도 않는 무한자의 실존으로 격상된다. 세계를 주관하고 만물을 창조하고 모든 것에 생명을 불어넣는 원리를 '하느님'이라고 부른다. 그리고 이 하느님은 깊숙한 종교적 감성에 부응하는 어떤 역동성을 지니고 있다. 그렇기에 하느님은 만물을 창조하고 길러내고 보호하며 조정하여, 세계 안에 존재하는 사물들에 대한 존재론적 지배권을 행사하게 되는 것이다. 하느님이란 모든 대립물의 총괄이기도 하다. 하느님은 가장 큰 것이자 가장 작은 것이고 무한한 것이며 불가분의 것이다. 하느님 안에는 가능성과 현실성이 모두 담겨 있다. 따라서 하느님은 충만한 실재이며 만물을 하나로 통일하는 근원이 된다. 이러한 근원은 생명을 생성하게 하는 힘들 속에 깃들어 있는 것이다. 이러한 사유는 「세계훈」에서 잘 표현된다.

爾觀森列星辰 數無盡 大小明暗苦樂不同 一神 造群世界 神 勅日世界
使者 轄七百世界 爾地自大 一丸世界 中火震盪 海幻陸遷 乃成見象 神
呵氣包底 煦日色熱 行翥化游栽物 繁殖[384]

지구의 생명현상을 "하느님께서 기운을 불어 넣어 땅속 깊이까지 감싸고 (태양으로부터 오는) 햇볕과 열로 따뜻하게 하여 걷고 날고 허물벗고 헤엄치고 흙에서 자라는 온갖 것들이 번성하게 되었다"라고 표현하고 있다.

305~309쪽.
384) 三一神誥 「世界訓」.(『사부합편』, 23쪽)

생명현상의 조건은 하느님이 불어넣는 '기운氣'과 '태양의 햇볕과 열煦日色熱'이다. '하느님이 기운을 불어넣는다神 呵氣包底'는 것은 마치 허공에 가득한 기를 바람風처럼 불어 넣는다는 의미로 해석할 수 있으며, 이렇게 기를 바람으로 이해하는 것은 중국 은대의 '사방풍四方風'의 개념과 유사하다.[385]

은대의 '풍風' 관념과 발해만이나 산동지역 방사들의 신선사상에서의 '기' 관념은 중국 의학의 발생에 많은 영향을 주었으며 내경內經 의학의 초기에는 바람과 기를 동일한 개념으로 이해했다. 또한 천지의 바람을 인간의 호흡에 대응하여 이해했다.[386] 그리고 『산해경(山海經)』 「해외북경(海外北經)」에 따르면 바람을 신이 토해 내는 숨결로 이해하고 있다.[387] 『산해경』에 보이는 이러한 사유는 마치 「세계훈」의 '신이 기운을 불어 넣는다'라는 관념과 일면 유사하다. 또한 '기'라는 용어는 「세계훈」 이외에도 「진리훈」에서도 등장하는데 이때의 '기'는 주로 '생명命'과 '호흡息'으로 연관지어 설명되고 있다. 『회삼경』 「귀일(歸一)」에서도 명命·기氣·식息을 바람風과 관련지어 설명하고 있다.[388]

---

385) 殷代의 '風神'의 '風' 관념과 발해만과 산동지역 方士들의 神仙思想의 '氣' 관념은 중국 의학의 발생에 많은 영향을 주었다.(가노우 요시미츠, 동의과학연구소 역, 『몸으로 본 중국사상』, 소나무, 2007, 114~117쪽) 삼일신고의 氣 관념과 일정한 계통적 연관을 추측할 수 있다. 한국선도의 氣 개념에 대해서는 뒤에서 자세히 설명한다.

386) 가노우 요시미츠 저, 동의과학연구소 옮김, 『몸으로 본 중국사상』, 소나무, 2007, 114~117쪽.

387) "종산의 산신은 촉음이라고 하는데, 무계국 동쪽 종산 자락에 산다. (중략) 입으로 바람을 세게 내뿜으면 세상은 겨울이 되고 천천히 내쉬면 여름이 된다. 물을 마시지 않고 음식도 먹지 않으며 숨도 잘 쉬지 않는데, 숨을 쉬면 바람이 된다."(여태일·전발평 편저, 서경호·김영지 옮김, 『산해경』, 안티쿠스, 2009, 208쪽)

388) 『會三經』 「歸一」, "觀水不波하고 以之止感心平하며 觀風不淫하고 以之調息氣和하며 (중략) 觀風行天하고 以之養氣煉性하며 (중략) 觀風吹火하고 以之益氣延命하며 (중략) 觀風驅雷하고 以之引氣導精하며 (중략) 觀電起風하고 以之揚精抑氣하며 觀火引風하고 以之正命順氣하며 觀天風噓하고 以之衍性調氣라니. 觀雲駕風하고 以之寬心正氣하며 觀風冲土하고 以之整氣束身하며 (중략) 觀地受風하고 以之端身凝氣하며 觀風行水하고 以之靖氣鎭心이니라."(『사부합편』, 238~240쪽)

기와 더불어 생명현상에 중요한 것은 바로 '태양'이다. 한국인들은 고대로 태양 혹은 태양신 숭배사상이 있었으며 이러한 사상은 신석기 시대의 빗살무늬토기, 홍산문화권과 한반도의 암각화, 청동기 시대의 팔주령八珠鈴, 고구려 고분 등의 유물을 통해 확인할 수 있다.[389] 그리고 천부경의 '본심본태양앙명本心本太陽昻明'과 삼일신고 「세계훈」의 생명탄생에 대한 설명으로부터 한국인 고대 사유 속에 '태양', '빛', '하늘', '하느님'이라는 개념이 일관성 있게 연결되고 있음을 확인할 수 있다.

『삼국유사』의 단군조선 건국사에 의하면 하늘, 태양신, 하늘님, 하느님의 의미를 갖고 있는 환인의 홍익인간 정신을 하느님의 아들인 환웅이 천신강림天神降臨하여 재세이화를 실현하고 그의 아들인 신인神人 단군이 홍익인간·재세이화를 건국이념으로 하여 단군조선을 건국한 것이다. 이렇게 천신이 강림하여 나라를 세운다는 서사에서 '천손 의식天孫 意識'을 확인할 수 있다. 이러한 천손 의식은 단군조선뿐만 아니라 부여, 고구려, 신라 등의 건국설화에도 동일하게 나타난다.[390] 한민족의 하느님(하늘, 천신, 태양신, 환인) 숭배사상은 국조 숭배 사상으로 연결되고, 국조가 바로 조상이니 조상 숭배 사상으로, 하늘을 공경하고 사람을 사랑하는 경천애인 사상으로 이어졌다. 한국인은 인간을 중시해왔고 자기의 생명을 존귀하게 여길수록 자기의 근원을 그리워하였다. 이것이 조상 숭배 사상을 낳게 하였는데 한국인은 조상신으로 먼 조상까지 숭상했으며 최고 조상의 근원은 '하느님'이라고 생각하였던 것이다.[391]

하늘과 하느님과 관계에 있어서 하늘 신앙에 하느님 신앙이 추가되어

『삼일신고』「세계훈」에 보이는 '기'의 개념은 동북아 고대 사유에 속하는 것으로 漢代 이후 철학적 개념으로 대두되기 이전의 원시적인 개념으로 이해할 수 있다.

389) 최남선 저, 정재승·이주현 역, 『불함문화론』, 우리역사연구재단, 2008, 138쪽, 167쪽; 김성환, 「한국 고대 선교의 '빛'의 상징에 관한 연구(上·下)」.

390) 한국 고대 천손강림사상은 일본신화에도 영향을 주었다. 이에 대한 자세한 내용은 홍윤기의 『일본문화사신론』(한누리미디어, 2011)을 참조바람.

391) 류승국, 「한국인의 신관」, 『한국사상과 현대』, 동방학술연구원, 1988, 165쪽.

두 신앙이 양립하였고 이런 두 신앙이 한쪽으로 치우치지 않고 균형을 잘 이루어 오다가 삼일신고에서 「천훈」과 「신훈」으로 구별되었다는 발생론적 견해도 있다.[392] 그러나 전술하였듯이 초월적 존재인 하늘을 의인화된 하느님으로 전화시킴으로써 비로소 언어를 통해 대중을 교화敎化시킬 수 있었던 것이다. 따라서 하늘이라는 존재와 하느님이라는 존재가 서로 다른 존재로 이해할 필요는 없기에 하늘 신앙과 하느님 신앙을 뚜렷하게 구별할 필요도 없을 듯하다.

'한'의 의미에는 하날－해日, 하늘－허공虛空, 한울－한누리大世界, 한얼－하나의 얼神 네 가지 개념이 있다고 한다.[393] '한님' 즉 '하느님'이란 개념 속에는 태양, 하늘, 허공, 세계, 신 등의 모든 개념을 포함하고 있기에 하늘과 하느님을 구별할 필요는 없을 듯하다. 하느님은 바로 하늘과 같기에 '하느님 숭배'는 바로 '하늘 숭배'와 다름이 아니다. 이런 한국인 신관의 특징은 참전계경參佺戒經 제2조 경신敬神에 "신은 곧 천신天神이라고 하며 일월성신日月星辰과 풍우뇌정風雨雷霆은 유형의 하늘(有形之天)이고, 형체가 없어 보이지 않고 소리가 들리지 않는 무형의 하늘(無形之天) 중에 하늘의 하늘(天之天)이 바로 천신이다"[394]라고 하여 잘 나타나 있다. 이처럼 한국인들은 하늘과 하느님을 분리하지 않고 동일시하는 종교적 전통을 구축해 왔다. 이러한 한국의 종교적 전통은, 은殷의 종교적인 상제 중심에서 주周의 천명天命사상으로, 진시황 이후 천자天子라는 정치 이데올로기로 발전한 중국과 고대 신 관념이 그대로 혈연적 계보를 통해 천황天皇으로 이어지는 일본과 비교했을 때 그 차이점을 보여준다.

---

392) 이찬구, 「삼일신고에서의 하늘과 하느님의 관계」, 『천부경과 동학』, 모시는 사람들, 2007.
393) 안호상, 『환웅, 단군, 화랑』, 사림원, 1985, 210~217쪽.
394) 參佺戒經 「敬神」, "敬者 盡至心也 神 天神也 日月星晨 風雨雷霆 是有形之天 無物不視 無聲不聽 是無形之天 無形之天 謂之天之天 天之天 卽天神也 人不敬天 天不應人 如草木之不經雨露霜雪."(21쪽)

이처럼 한국인들은 하늘과 하느님을 분리하지 않고 동일시하는 종교적 전통을 구축했다. 그리고 한국적 신관의 전통은 중국 신의 변천사와 달리 고대신앙이 가지는 인격신의 요소를 놓치지 않고 지금까지 이어져 왔다고 할 수 있다.[395]

(2) 일신

한국인의 신관을 전반적으로 살펴보면, 「신훈」과 「천궁훈」 그리고 「세계훈」에 보이는 일신적 개념과 대종교나 민간신앙 등에 보이는 삼신신앙의 삼신적 개념으로 이루어져 있다. 먼저 일신적 개념을 살펴본다.

포괄적 개념으로서 신은 ① 스스로 존재하는 존재, ② 삼라만상을 창조한 조물주, ③ 모든 상대적 속성을 초월하면서도 모든 상대적 차별성을 포괄하는 궁극적 일자一者, ④ 내세來世의 주재자主宰者 등으로 정의된다.[396] 삼일신고에 보이는 신관이 위의 정의된 일신적 속성을 모두 지닌 존재임을 앞에서 살펴보았는데, 「신훈」 전체에 보이는 신관의 흐름은 세 가지로 요약될 수 있다.

첫째, 천부경에서 만물의 근원인 하나는 「천훈」의 하늘로 전화되고 이 하늘은 인간 인식으로부터 초월한 존재로 설명되고 있으며 「신훈」의 하느님으로 전화되어 나타난다.

둘째, 하느님은 「신훈」의 서두에서 삼원론적 시각(大德 · 大慧 · 大力)

---

395) 최문형, 「한국과 중국의 상고시대 문화교섭에 관한 고찰」, 182쪽.
396) 이외에 사전적 의미로는 ① 종교적 대상으로써 초인적 능력을 지닌 존재 · 절대자, ② 神明, ③ 귀신, ④ 하느님 또는 하나님 등의 의미이다. (이어령 감수, 『뉴에이스 국어중사전』 금성출판사, 1987) 유대교 및 기독교에 있어서의 신이란 그 이상의 위대한 실재를 생각할 수 없는 실재이며, 다른 실재에 의하여 창조되지 않는 무한으로, 스스로 존재하는 하나님이며, 사랑과 善의 하나님이며, 지극히 성스러운 하나님이며, 끝없이 초월적이면서 인간과 인격적인 교제를 하는 하느님이다. 그리고 이러한 하나님은 꼭 하나 밖에 존재하지 않는다. (Hick, J. H 저 · 황필호역, 『종교철학개론』, 종로서적, 1981, 28~39쪽)

으로 언표되면서 의인화되고, 만물을 창조하고 주재하는 하느님으로 추상화되지만 인간의 인식적 한계를 노정한다.

셋째, 하느님은 「신훈」의 말미에서 인간의 뇌에 내려와 내재화된 하느님으로 표현된다. 하느님은 인간에 있어 내재적이며 인식적으로 초월적 존재이지만,[397] 일정한 수행을 통해 인식 가능한 존재가 된다. 여기서 한국선도의 핵심 사상인 신인합일 사상의 정초가 마련된다.

'일신一神' 즉 '하느님'을 다른 말로 '한님'으로 불렀는데, '한'이란 '大' 또는 '一'을 의미하는 것이기에 '하나님'이라 할 수 있다. '하나'라 할 때는 수數로써 유일자 하나님이고, 한님이라고 할 때는 공간적으로 전체를 나타내며, 또 하늘님이라고 할 때는 시간적으로 영원한 것을 나타낸다. '늘'은 '영원', '울'은 '울타리', '하나'는 '유일'을 의미하는데, 이 한은 나라의 이름도 되고 민족의 이름도 된다. 최고의 통치 책임자도 한(韓 · 汗 · 干)이라고 하였다.[398]

『규원사화』는 신에 대해 "하늘에는 한 큰 주신(一大主神)이 있었다. 그를 환인桓因이라 하는데, 온 세상을 다스리는 많은 지혜와 능력을 갖고 있다. 그러나 형체는 드러내지 않고 가장 높은 하늘에 자리 잡고 있다. 그가 있는 곳은 수만 리나 떨어진 곳이지만 언제나 환하게 빛나고 있으며 그 밑에는 수많은 작은 신小神들을 거느리고 있다. '환桓'이란 광명, 곧 환하게 빛나는 것으로 그 형체를 말함이요, '인因'은 본원, 곧 근본으로 만물이 이로 말미암아 나는 것을 뜻함이다"[399]라고 풀이했다. '환'과 '한'이 모두

---

397) 이에 대해 김상일은 한국의 하나님은 철저하게 양면성, 즉 초월성과 내면성을 다 지니고 있는 양극성적 신관(dipolar theism)의 소산이며, 초월신관은 이신론 (theism)에 빠지고 쉽고, 내재신관은 범신론(pantheism)에 빠지기 쉽다고 지적하면서 한국의 신관을 범재신관(panentheims)이라고 한다.(김상일, 「대종교」, 『한국종교사상사』 IV, 190쪽)

398) 고려대학교 육당문제연구소, 『최남선전집』 3, 현암사, 1973, 304~305쪽.

399) 『揆園史話』「肇判記」, "上界 却有一大主神 曰桓因 有統治全世界之無量智能 而不現其形體 坐於最上之天 其所居數萬里 恒時大放光明 麾下更有無數小神 恒者 卽光

'한울'의 뜻으로 한문의 天을 한역한 것이라 한다.[400) '환桓'은 '천天'을 의미하고, '환인'은 '천신天神'으로 '하느님'과 같은 의미이다.[401) 이의 내용에서 한국 고대 사상에서 하나, 한, 환, 하늘, 해, 허공, 하느님 등은 모두 같은 개념으로 이해하고 있음을 알 수 있다.

서양의 경우 존재론적으로 하나님은 하나이다. 파르메니데스의 주장의 의하면, 하나는 시간도 공간도 없는 곳, 모두가 달라붙어서 하나가 되어 버린, 있는 것만 있는 세계이다. 이 하나뿐인 있는 것, 시간도 공간도 없으므로 아무것도 바뀌지 않는 영원한 세계에 있는 것이 바로 기독교의 유일신 하나님이다. 시간에 구애 없으니 하나님은 영원하고, 공간에 제약 받지 않으므로 하나님은 여기나 저기에 있는 것이 아니라 두루 있는 것, 곧 편재하는 것이다. 따라서 중세 신학자들이 머릿속에 그리고 있던 하나님은 히브리의 하나님이 아니라 그리스의 하나님인 파르메니데스의 '있는 것', 곧 '하나'로써 철학적으로 해석된 하나님이라 할 수 있다.[402)

일신一神관 즉 하나님 신관은 북방 유목민 문화에서 유래된 것으로, 공시적으로는 한국 문화의 시원적인 원리인 동시에, 통시적으로는 시대마다 다양하게 전승되어 온 내재적 구성 원리가 된다. 또한 표층문화와 기층문화에 동시적으로 광범위하게 나타나는 통전적인 원리라 할 수 있다. 문헌학적인 증거로는 한글 창제 후에 기록된 최초의 한글문서 중 하나인

明也 象其體也 因者 本源也 萬物之籍以生者也."
400) 『최남선전집』 2, 16쪽, 19쪽, 97쪽, 191쪽.
401) 이러한 견해에 이병도, 이기백, 천관우도 입장을 같이 한다.(허호익, 「한중일 신관 비교를 통해 본 환인 하느님 신관과 한국 기독교」, 『한류와 한사상』, 모시는사람들, 2009, 113~114쪽) 남한 학자들 대부분 환인을 하느님의 漢譯이라고 설명하는 데에 반해, 북한 사학자들은 원주 풀이를 통해 제환은 하늘이라는 뜻이며, 인 다라는 임금이라는 뜻이므로 帝釋이라 풀이한 "환인은 하늘의 주재신인 하느님에 대한 불교식 이름"이라고 한다. 반면에 환인이 아니라 환웅이 하누임의 音寫이고 그 의역은 천왕으로써 순수한 우리말이라고 주장한다.(김정숙, 「북한에서의 단군연구」, 『단군―그 이해와 자료』, 서울대학교출판부, 1997, 255쪽)
402) 윤구병, 『윤구병의 존재론 강의 : 있음과 없음』, 24쪽.

『용비어천가』에 나타나는데, 천복天福과 천명天命을 내리며 천택天擇과 천기天棄를 하시며, 천심天心과 천의天意를 나타내시는 하느님으로 드러난다. 이러한 신관은 구한말의 애국가에도 그대로 전승되었다고 한다.[403]

한국인의 종교 심성의 기층을 이루는 샤머니즘은 범신론적 특징을 지니지만, 천계에서 영계를 지배하는 최고신의 존재를 인정하고 있으며, 하느님이 바로 최고신이다.[404] 천지신명 하느님 신앙이 신화적 형태로 표현된 것이 단군신화의 환인 하느님이라고 볼 수 있으며, 한국에 기독교가 전래되면서 이 천지신명 하느님이 여호와 하나님으로 수용된 것이다.

한국에 들어온 기독교의 신 관념은 단군신화와 깊은 관계가 있다. 기독교가 한국에 전래되는 과정에서 성서가 번역되면서 구약성서의 여호와 엘로힘Elohim을 단군신화를 통해 전승된 여호와 하느님(또는 하나님)으로 번역한 일이다.[405] 하나님이냐 하느님이냐 하는 성서 번역상의 논쟁이 있어 왔지만,[406] 하나님이든 하느님이든 기본 의미는 한국 고유의 신명

---

403) 허호익, 「한중일 신관 비교를 통해 본 환인 하느님 신관과 한국 기독교」, 121쪽.

404) 장병일, 「하늘님 考」, 『기독교사상』 16-2, 대한기독교서회, 1972, 123쪽.

405) 옥성득, 「개신교 전래기의 신 명칭 용어 논쟁-구역성경(1893~1911)을 중심으로」, 『기독교사상』 37-10, 대한기독교서회, 1993, 200~222쪽; 곽노순, 「한국교회의 하나님 칭호」, 『기독교사상』 15-2·3, 대한기독교서회, 1971; 임승필, 「하느님의 이름 어떻게 옮길 것인가」, 『사목』 204, 한국천주교중앙협의회, 1996, 204쪽; 허호익, 「야훼신명의 신론적 이해」, 『현대조직신학의 이해』, 대한기독교서회, 2003, 15~41쪽.

406) 한국성서 번역사에서 처음으로 논쟁이 된 것은 엘로힘 신명의 번역이다. 정하상의 『上帝上書』 번역서(1839)에는 하느님으로, 존 로스의 『예수성교문답』(1881)에서는 하느님으로, 『예수성교성서 누가복음 데자힝뎍』(1883)에는 하나님으로 표기하였다. 1894년 상임성서실행위원회에서 사복음서와 사도행전을 번역하던 중 신명이 쟁점이 되어 텬쥬판 500부와 하ᄂᆞ님판 100부를 간행하였다. 1910년 선교사번역위원회의 『신약젼서』는 유일하고 큰 분이라는 뜻으로 하ᄂᆞ님이라 번역하였다. 1933년 이후 한글맞춤법 통일안이 제정되어 아래아 표기가 폐지되자 1937년에 나온 개역 『성경전서』에서는 유일신 인격신 사상을 잘 표상하는 하나님(하나+님)을 사용하였는데, 당시의 민중 기독교의 무속적 종교 혼합을 막고 일제의 신사참배를 반대하기 위한 의도로써 하나님과 하느님의 차별화를 시도하였

으로써 『삼국유사』에 나오는 환인桓因을 지칭한 것으로 이해해야 한다.[407] 이처럼 창조주의 히브리명인 엘로힘은 한국의 신명인 하나님으로 개명한 지 오래되었고, 하나님 어원이 바로 단군신화의 환인의 고유한, 하나님 혹은 하느님에서 유래했다.

한국에서 조상 대대로 전승되어 온 끈질기고 풍성한 하나님 신앙 때문에 기독교가 전래되었을 때, 기독교의 여호와 엘로힘을 여호와 하나님으로 번역함으로써 단군신화의 환인 하나님이 바로 기독교의 여호와 하나님 신앙으로 토착화된 것이라 할 수 있다. 이는 마치 한국선도의 수련적 경향이 중국의 수련도교를 수용하는데 용이하게 작용한 것과 같은 이치이다. 서양 기독교가 한국에서 유래 없이 크게 성장한 많은 요인 중에 한국 고유의 하나님 신앙의 영향을 과소평가할 수 없다. 이와 반대로 중국에서는 황제를 천자天子라 하고 일본에서는 왕을 천황天皇이라 하였기 때문에 민중들 사이에서 하나님 신앙은 자연히 약화되었으나, 한국인들의 경우는 단군조선 건국사에 내재된 하나님 신앙을 끈질기게 계승하여 왔기 때문에 기독교의 전래와 함께 여호와 하나님 신앙이 쉽게 전파되고 깊이 뿌리내리는 아주 중요한 통로가 되었다고 볼 수 있다. 기독교뿐만 아니라 유교와 불교 등의 외래종교와 사상이 들어올 때 큰 갈등이 없이 수용될 수 있었던 이유도 한국 고유의 하느님 사상의 조화성과 포용성에 있다고 봐야 할 것이다.

다. 1977년 신구교 『공동번역 성서』에서는 한글의 보통명사로서의 신명은 문법상 정확하게 표기하면 하느님이 되어야 한다는 이유로 성서의 엘로힘을 하느님으로 번역하였다. 하나님이라는 신명은 신의 유일성과 엄격성만을 강조하는 신조어라고 비판하였다. 그러나 재래종교의 하느님과 성서의 하나님을 구별하려는 여론에 밀리어 1993년 『표준새번역 성경전서』와 1998년 『개역개정판 성경전서』에서도 하나님으로 번역하였다.(허호익, 「한중일 신관 비교를 통해 본 환인 하느님 신관과 한국 기독교」, 138~139쪽)

407) 위의 논문, 110쪽.

(3) 삼신

『태백일사』에서 "상계로부터 삼신이 계셨으니 이는 곧 한 분 상제로서 주체는 곧 일신이시니 각각 신이 있는 것이 아니고 작용으로만 삼신이다"[408]라고 하여 삼신일체의 신관을 보여주고 있다. 삼신일체적 신관은 '삼원적 신관' 혹은 '삼일신관三一神觀'이라고도 한다.[409]

오늘날 기독교가 내놓은 신학 체계의 근본원리는 고대 헤브라이 사람들에 의해 제기된 신개념이 중세 서구사상에 이르는 동안 삼위일체三位一體라는 신관을 정립하는 것이었으며, 현재 불교철학에 있어서도 고대 인도의 우파니샤드 사상을 바탕으로 하여 인간 중심의 중도주의中道主義 사상을 성취시킨 불타의 가르침이 용수龍樹에 이르러 공空이라는 하나一의 개념으로부터 이신불설二身佛說을 내놓았고, 마침내 삼신불설三神佛說을 성취하게 된다. 여기서 비로소 불교사상은 보편화되었다고 볼 수 있다.

중국에서도 삼원적 신관을 엿볼 수 있다. 『도덕경』에서 "도생일 일생이 이생삼 삼생만물"이라는 표현을 함으로써 삼과 일의 논리가 무위이화無爲而化로 돌아가는 자연의 이법임을 밝힌 것이다. 『주례(周禮)』 「태종백(太宗伯)」에서 천신天神, 지지地祇, 인귀지례人鬼之禮라는 표현이 등장한다. 진秦나라 통일(BC 221) 이후 천자라는 칭호 대신 황제皇帝를 정식 칭호로 삼았으니 그가 시황제始皇帝이다. 진시황이 천하통일을 완수한 후, 승상인 왕관 등에게 명하여 새 제국 통치에 어울리는 자신의 존호를 짓도록 하였다.

---

408) 『太白逸史』 「三神五帝本紀」, "自上界 却有三神 卽一上帝 主體則爲一神 非各有神也 作用則三神也."

409) 삼원적 신관을 갖고 있는 종교로는 선불교와 대종교가 있다. 원적 신관은 삼원론으로 본 신관이라 할 수 있는데 엄밀히 따지면 삼원적 신관과 삼일신관은 차이가 있다. 삼원론이란 하나가 배제된 것이 아니라 하나라는 근원으로부터 삼원이 생겨나고 삼원의 작용 속에 만물이 생성, 변화, 소멸하고 그 삼원 작용의 속성은 造化이고 삼원 중의 하나가 조화의 주체 역할을 한다는 존재론적 개념이다. 따라서 삼원적 신관을 다신론으로 이해할 필요는 없다. 一과 三이라는 관계를 중시하는 측면에서는 삼원적 신관과 삼일신관은 유사하다.

신하들이 진왕에게 이르기를 "옛날에 천황이 있었고, 지황이 있었고, 태황이 있었는데, 태황이 가장 고귀하게 되었습니다"[410]라고 했다. 이러한 태황 최귀 사상은 정치적 목적을 그 배경으로 하고 있긴 하지만, 이를 통해 중국 고대에 삼원적 신관이 존재하고 있었음을 엿볼 수 있다. 『주역』 「계사전 상편」에도 삼원적 신관과 유사함 점이 보이는데, "육효에 삼극의 도가 다 들어 있다.(六爻之動 三極之道也)"라는 글에서 삼원적 사유를 파악할 수 있다. 여기서 삼극의 도란 천도天道, 지도地道, 인도人道를 가리킨다. 이처럼 중국의 삼원적 신관은 천신·지지·인귀의 종교적 개념이 천황·지황·인황의 정치적 개념을 거쳐 천도·지도·인도로 성리학적 철학의 개념으로 전개되었다. 따라서 초월적 주재자요 인격자에 대한 천신天神 신앙이 절대 유일의 신적 통치의 대리자인 천자 또는 황제의 정치 이데올로기로 대체되었다. 천신을 표상하는 천이나 황제의 대리자로써 정치적 종교적 존재인 천자와 황제가 전면에 등장하여 천신의 자리를 차지한 전통이 2천년 이상을 내려오면서 중국문화의 내재적 구성 원리에는 천신으로서의 하나님 신앙이 약화될 수밖에 없는 문명사적 과정을 거쳐 온 것으로 분석된다.[411]

그러나 한국의 신관은 중국이나 일본과는 달리 큰 변화가 없었다. 삼신은 환인·환웅·단군이고, 환인은 조화주造化主, 환웅은 교화주敎化主, 단군은 치화주治化主이다. 이러한 삼신관은 삼일신고에는 직접적으로 등장하지 않는다. 단지 대덕大德·대혜大慧·대력大力한 지고한 능력을 가지고 만물을 창조하고 주재하는 하느님, 일신으로 표현되고 있다. 하느님이 삼원적(德·慧·力)으로 언표되고 있을 뿐이다. 그 이외에 환인·환웅·단군의 삼신적 개념은 보이지 않는다.

---

410) "古有天皇 有地皇 有泰皇 泰皇最貴"
411) 허호익, 「한중일 신관 비교를 통해 본 환인 하느님 신관과 한국 기독교」, 129∼130쪽.

『태백일사』에 의하면 삼일신고는 신시개천시대에 나온 것이며, 『신사기』「교화기」에 의하면 환웅이 신으로 화하여 대도를 세우고 큰 가르침을 베풀고 신고를 통해 무리들을 가르쳤다고 한다. 만약 삼일신고 저작시기가 신시개천의 환웅시대였다면, 당시는 단군조선의 단군 왕검이 탄생하기 이전이기에 환인·환웅·단군의 삼신적 신관은 없었을 것이다.412)

『삼성기』에 의하면 신시시대에 천신에게 제를 올렸다는 것을 기록하고 있다.413) 후대에 와서 당시 제사장인 환웅을 지상 최고의 신으로 받들어 제를 지냈다고 한다.414) 『단군세기』의 기록에 의하면 단군 왕검 때부터 삼신에 제사를 지냈다고 한다.415) 삼신에 단군이 들어가기 때문에, 논리적으로 단군 왕검이 삼신에게 제를 올렸다는 것은 이해하기 어려운 부분이다. 단군 왕검 자신이 자신에게 제사를 올릴 수 없기 때문이다. 단군 왕검은 삼신이 아니라 일신에게 제를 올렸거나, 아니면 삼원론적 시각에서 환인·환웅·단군과 대비되는 또 다른 신적 존재가 있었을 가능성도 배제할 수 없다. 『태백일사』「삼신오제본기」에서는 "삼신은 천일天一·지일地一·태일太一이며 천일은 조화를 주관하고 지일은 교화를 주관하고 태일은 치화를 주관한다"416)라고 하여 삼신적 신관이 단군조선 이전에도 있었음을 보여주고 있다.

신시시대의 선인仙人 발귀리發貴理가 제천祭天 시에 지은 노래에 의하면 삼신이란 단어는 나오지 않고 "삼일三一은 그 본체요, 일삼一三은 그 작용이다"

---

412) 『檀君世紀』에 의하면 단군 왕검이 5가의 무리를 이끌고 왕의 자리에 오를 때 삼신에 제를 올렸다는 내용(率徒八百 來御于檀木之墟 與衆奉祭于三神)이 있는데 이때의 三神에 단군 왕검은 포함되지 않았을 것이다.

413) 『三聖紀全』上篇, "擇三七日 祭天神 忌愼外物 閉門自修 呪願有功."

414) 『三聖紀全』上篇, "後人 奉之爲地上最高之神 世祀不絶."

415) 『檀君世紀』, "率徒八百 來御于檀木之墟 與衆奉祭于三神 其至神之德 兼聖之仁 乃能奉詔繼天."

416) 『太白逸史』「三神五帝本紀」, "稽夫三神 曰天一 曰地一 曰太一 天一主造化 地一主教化 太一主治化."

라고만 하였다.[417] 따라서 신시배달시대에도 삼원 철학은 존재했지만, 하늘에 제를 올릴 때 그 대상이 환인·환웅·단군의 삼신이 아님은 분명하다. 그러나 이때의 삼신이 환인·환웅·단군을 정확히 지적하는 것은 아닐지라도, 일신과 삼신을 따로 분리해서 이해할 필요는 없을 듯하다. 「삼신오제본기」에 의하면, 1세 환인의 이름인 '안파견安巴堅'의 의미는 "하늘을 이어받아 아버지의 도를 세웠다는 뜻이며, 하늘·땅·사람을 하나로 정한다는 뜻인 거발한居發桓과 같은 뜻이다"[418]라고 기록하고 있다. "삼신이 하늘나라에 살며 만물을 창조하고 환인이 사람을 가르쳐 옳음을 세우니 이로부터 자손들이 대대로 이어 전하고 현묘한 도를 깨달으며 빛나고 밝게 세상을 다스리니 이미 하늘·땅·사람의 삼극三極과 대원일大圓一이 만물의 원뜻이 되는 것인즉 하늘 아래 구환九桓의 예악禮樂이 어찌 삼신고제三神古祭의 풍속에 있지 않겠는가?"[419]라고 한다. 삼신고제가 환인시대부터 있어왔다고 한다면, 이때의 삼신은 하늘·땅·사람을 의미하는 것으로 보인다. 그리고 "삼신의 후後가 환국이며 천제의 나라이고, 삼신은 환국 앞서 있었으며 영구 생명의 근본이다. 사람과 만물이 함께 삼신에서 나왔으니, 삼신은 한 근원의 조상으로 삼는다"[420]라고 하니,

---

417) 『太白逸史』「蘇塗經典本訓」, "及觀阿斯達祭天 禮畢而仍作頌 其文 曰 大一其極 是名良氣 無有而混 虛粗而妙 三一其體 一三其用 混妙一環 體用無歧 大虛有光 是神之像 大氣長存 是神之化 眞命所源 萬法是生 日月之子 天神之衷 以照以線 圓覺而能 大降于世 有萬有衆 故 圓者一也 無極 方者二也 反極 角者三也 太極 夫弘益人間者 天帝之所以授桓雄也 一神降衷 性通功完 在世理化 弘益人間者 神市之所以傳檀君朝鮮也."

418) 『太白逸史』「三神五帝本紀」, "久而後 有帝桓仁者出 爲國人所愛戴 曰安巴堅 亦稱居發桓也. 蓋所謂安巴堅 乃繼天立父之名也 所謂居發桓 天地人定一之號也."

419) 『太白逸史』「三神五帝本紀」, "竊想 三神 生天造物 桓仁 敎人立義 自是 子孫相傳 玄妙得道 光明理世 旣有天地人三極 大圓一之爲庶物原義 則天下九桓之禮樂 豈不在於三神古祭之俗乎."

420) 『太白逸史』「三神五帝本紀」, "三神之後 稱爲桓國 桓國 天帝所居之邦 又曰三神 在桓國之先 那般 死爲三神 夫三神者 永久生命之根本也 故 曰人物 同出於三神 以三神爲一源之祖也."

삼신을 만물의 근원인 일신적 개념으로 이해하고 있다. 이는 '일즉삼 삼즉일一卽三 三卽一'의 원리에 따라 '일신이 곧 삼신이고 삼신이 곧 일신'이 됨을 의미한다.

단군조선 이전에는 환인을 대중천大中天, 환웅을 대웅천大雄天, 치우를 지위천智偉天이라 하여 이 세 하늘을 삼황三皇이라 호칭한 것으로 봐서는,421) 환웅시대 역시 삼원론적 세계관에 의한 삼신적 신관을 유지하고 있었음을 알 수 있다. 따라서 환인·환웅·단군의 삼신일체 신관은 단군시대 이후에 형성된 것으로 봐야 할 것이다. 그리고 중국의 경우처럼 신관이 정치적인 성격을 띠게 된 것은 치화주인 단군이 등장한 시기라고 보는 것이 적절할 것이다.

이상에서 살펴본 바에 따르면, 일신적 신관과 삼신적 신관은 환국시대에서부터 존재해 왔으며 시대에 따라 삼신의 대상은 변화되었다. 그러나 한국 신관을 일신관에서 삼신관으로 발전했다는 발생론적 시각으로 이해하기보다는 일신이 곧 삼신이고 삼신이 곧 일신이라는 관점에서 이해하는 것이 적절할 듯하다. 한국선도의 이러한 신관의 특징을 「삼신오제본기」 서두에서는 "상계로부터 문득 삼신이 계셨으니 이는 곧 한 분 상제로서 주체는 곧 일신이시니 각각 신이 있는 것이 아니고 작용으로만 삼신이시다"422)라고 표현했던 것이다.

단군신화에 의하면, 환인과 환웅은 지상至上의 신으로 일신적 요소를 갖고 있으며, 그 지상신의 지배를 받는 풍백·우사·운사 등의 제신諸神으로 구성되어 있다. 지상신과 제신은 격이 다르다. '장풍백우사운사將風伯雨師雲師'에서 '장將'자는 주신인 환웅이 제신을 지배하는 것을 의미한다. 이러한 제신은 「천궁훈」에서 '군령제철君靈諸哲'로, 「세계훈」에서

---

421) 『太白逸史』「三神五帝本紀」, "桓仁 亦代三神爲桓國天帝 後稱那般爲大先天 桓仁爲大中天 桓仁 與桓雄治尤爲三皇 桓雄 稱大雄天 治尤爲智偉天 乃黃帝中經之所由作也."

422) 『太白逸史』「三神五帝本紀」, "自上界 却有三神 卽一上帝 主體則爲一神 非各有神也 作用則三神也."

'사자使者'로 표현되고 있다. 이것은 신의 기능과 조직을 말한 것이며, 이 신의 기능과 조직은 당시 사회 조직과 기능을 반영한 것이라 할 수 있다.

고대인들이 생활의 중심이 되는 문제를 해결하기 위하여 고심하는 양상이 신 개념으로 나타나는데, 신이 구심적 작용을 하여 그 사회 발전의 추동력이 되었던 것이다. 그러므로 고대 사회에서도 사회가 변동함에 따라서 재래의 신관이 변천하게 되고, 새로운 신관이 성립됨으로써 그 사회를 결합시키고 발전시키는 작용을 했다. 비근한 예로, 「삼신오제본기」의 삼신관에서 단군조선 이후 환인 · 환웅 · 단군 삼신관으로 변화한 것이 그 대표적인 예라 할 수 있다. 그 사회가 요구하고 염원하고 신성하게 여길 수 있는 공동 목표를 모색하는 것이 그 시대의 신관으로 드러났다고 보아야 할 것이다. 따라서 고대인의 신관을 통해 그 사회상을 알 수 있고, 그 신관은 신화와 전설, 고대의 유적과 유물을 통하여 분석될 수 있다. 특히 한국선도의 경우 한국선도 문헌이나 중국 문헌에 보이는 제천의식 속에서 종교적, 문화적 기능을 파악할 수 있다.

(4) 제천의식에서의 신관

일반적으로 한국 고대 제천의식에 대한 연구 성과들은 주로 중국문헌을 인용했다. 중국문헌에 나타난 한국 고대의 제천의식은 단군조선 이후의 국가들인 부여나 고구려 등에 관한 내용을 주로 하고 있고, 그 내용도 중국인의 관찰 기록이니 내면적 의미를 파악하기가 쉽지 않다. 그렇기 때문에 중국문헌을 통해서는 단군조선 이전의 제천의식을 명확히 알기 어려운 실정이다. 현재로서는 단군조선 이전의 제천의식에 대한 기록은 선도문헌을 통해서만 가능하다. 먼저 중국문헌에 기록된 한국 고대 제천의식을 살펴본 후, 선도문헌에 보이는 제천의식을 살펴봄으로써 한국 고대의 제천의식 속에 스며들어 있는 신관의 특징에 대해 살펴볼 수 있는 것이다. 중국문헌에 나타난 한국 고대 제천의식에 대한 기록을 살펴보면 다음과 같다.

은력(殷曆) 정월에 천신에게 제사를 드리는데 국민들이 대회를 열어 며칠씩 음식과 노래와 춤을 계속했다. 이를 영고(迎鼓)라고 한다. 이때에 옥사(獄事)를 중단하고 죄수를 풀어준다.423)

시월에는 천신에게 제사를 지내는데 온 나라가 대회를 열고 그 이름을 동맹(東盟)이라고 했다.424)

언제나 시월에는 천신에게 제사했는데, 밤낮을 헤아리지 않고 술 마시고 노래하고 춤을 추니 그것을 무천(舞天)이라고 했다.425)

5월에 파종을 마치면 귀신에게 제사했는데 군중이 모여 노래하고 춤을 추며 밤낮을 가리지 아니했다. 춤을 출 때는 수십 명이 함께 일어서서 서로 따르면서 땅을 디디면 손발을 낮추었다 높였다 하며 서로 장단을 맞추는 것이 탁무(鐸舞)와 비슷했다. 10월에 농사가 끝나면 또 이렇게 했다. 귀신을 믿되 나라마다 각기 한 사람을 뽑아 천신에게 제사지내는 것을 주관케 하고 그 이름을 천군(天君)이라고 했다. 또 모든 나라에 각기 별읍을 두고 이름을 소도(蘇塗)라 하며, 긴 장대에다 방울과 북을 달아 신을 섬긴다.426)

상기의 내용은 한국 고대 제천의식에 대한 중국 측 문헌의 기록을 인용한 것인데, 주로 단군조선 이후의 나라들인 부여나 고구려, 예濊, 한韓 등에 대한 제천의식을 기록하고 있다.

추수를 끝낸 시월 상달을 맞이하여 그들은 일제히 신에게 감사제를

423)『三國志』卷30 魏書「東夷列傳」夫餘, "以殷正月祭天 國中大會 連日飲食歌舞 名曰 迎鼓 於時是斷刑獄 解囚徒."
424)『三國志』卷30 魏書「東夷列傳」高句麗, "以十月祭天 國中大會 名曰東盟."
425)『後漢書』卷85 魏書「東夷列傳」濊, "常用十月節祭天 晝夜飲酒歌舞 名之爲舞天."
426)『三國志』卷30 魏書「東夷列傳」韓, "常以五月下種訖 祭鬼神 群聚歌舞 飲酒晝夜無休. 其舞 數十人俱起相隨 踏地低昂 手足相應 節奏有似鐸舞 十月農功畢 亦復如之. 信鬼神 國邑各立一人主祭天神 各之天君. 又諸國各有別邑 各之爲蘇塗. 立大木 縣鈴鼓 事鬼神."

드리고 또한 새로운 축복을 비는 공동제사를 지냈다. 부여에서는 이것을 '영고迎鼓'라 하여 신을 맞이한 다음 노래와 춤으로 제사를 지냈다. 고구려의 '동맹제'를 동명東明이라고도 쓴 것으로 보아 동쪽 밝은 하늘의 신 또는 그의 아들인 동명왕에게 제사지낸다는 뜻을 지니고 있기에 결국 천신제天神祭를 의미한다. 한에서는 방울과 북을 매단 큰 장대를 세우고 하늘의 신을 맞이하여 천제를 드렸었는데, 이 장대를 '솟대'라 한 데서 그 고을을 '소도蘇塗'라 불렀다. 예에서 10월에 지냈던 무천제舞天祭는 그 명칭이 뜻하는 대로 노래와 춤으로써 신에게 제사지내는 천제였다. 이러한 제천의식의 종교적 기초는 천신에 대한 신앙이었으며, 그 천신의 아들이 이 세상에 강림했다는 천신강림 신앙에 해당한다. 동명왕은 스스로 하늘의 아들이라고 하였다. 이 하늘이 나의 조상을 낳고, 조상이 아버지를 낳고, 아버지는 나를 낳으신 것이다. 이처럼 내 생명의 근원을 하늘로 소급하는 '천손의식天孫意識'이 뿌리 깊게 한국인의 사유 속에 내재해 있었다. 단군조선 이후 고대 제례祭禮의 기초를 이루고 있는 것은 강림한 천신을 맞이하여 그에게 제사 지내는 제천의식祭天儀式이었으며 각 나라마다 거의 공통된 형태를 띠고 있었다.

한국 고대 국가의 시조신화는 천신강림 신앙의 형태를 갖고 있다. 고구려의 시조신화는 북방의 천강天降설과 남방의 난생卵生설이 함께 어우러져 있다. 천강설은 지극히 높은 곳에 생명의 원천이 있다고 보는 초월설이고, 난생설은 이 우주 속 깊은 곳에 생명의 근원이 내재한다고 보는 내재설에 해당한다. 천신강림 신앙에서 하늘의 인격신이 인간의 뇌에 내려와 계신다는 「신훈」의 '강재이뇌降在爾腦' 사상을 어느 정도 엿볼 수 있다. 난생설화에서 씨알은 생명의 본질이다. 그러한 씨알 관념은 「신훈」의 '자성구자自性求子'의 '자子'의 의미와 유사하다. 내 속에 그런 생명의 근원이 있으며 그 생명성은 영원불멸하다고 보는데, 이는 자손만대로 이어져 생명의 본질이 끊어지지 않음을 의미한다.

이상에서 살펴본 내용에 따르면, 삼일신고의 '자성구자 강재이뇌'에 보이는 신인합일 사상은 단군조선 이후의 국가들의 시조신화와 연관되어 있음을 알 수 있다. 이를 『태백일사』의 '해와 달의 아들이 신의 씨알로 이 세상에 내려온다'는 '일월지자日月之子 일신강충一神降衷'으로 연결하여 이해할 수 있다.[427] 이처럼 인간이 근원인 하느님(하나, 천)과 합일한다는 사상은 조상 숭배로 이어져 그 근원인 하느님과 하늘에까지 소급되어 '경천애인敬天愛人' 사상으로 이어지면서 한민족의 신앙적 특징과 윤리사상을 형성했다고 할 수 있다.

시조신화를 살펴보면 후대로 갈수록 신 존재는 추상화되는 경향이 있다. 『삼국유사』 기록에 따르면, 가장 오래된 단군조선 건국사에는 환인, 환웅 등 하느님과 그의 아들의 이름이 나타나 있다. 그러나 주몽 신화의 경우에는 하느님의 이름은 나타나지 않고 다만 그의 아들 해모수解慕漱란 이름만이 사용되고 있다. 그런데 후대에 속하는 혁거세 신화의 경우에는 하느님도 그의 아들도 이름을 사용하지 않고, 다만 빛이라는 상징적인 말로써 추상화되고 있다. 고대의 신화일수록 신의 이름을 구체적으로 표시하고 있으며, 후대에 내려올수록 신의 존재는 추상화되고 있는 것이다.[428] 이에 비해 삼일신고는 신을 추상화하지 않고 가르침 형태로 직접적으로 설명하고 있다. 이는 삼일신고가 한국인 신관의 원형을 가장 잘 표현해주고 있음을 말해준다. 『삼국유사』의 환인은 바로 삼일신고의 신을 이름하여 부른 것이라 할 수 있다.

단군조선 이전 환인과 환웅시대에도 제천의식은 거행되었다. 특히 『환단고기』에 단군조선의 제천 기록이 많이 나온다. 제천의식은 단군조선 내내 국가적 중요한 행사가 되었다. 제천의례의 형식은 단군이 삼신에게

---

427) 『太白逸使』「蘇塗經典本訓」, "日月之子 天神之衷 以照以線 圓覺而能 大降于世 有萬有衆 (中略) 夫弘益人間者 天帝之所以授桓雄也 一神降衷 性通功完 在世理化 弘益人間者 神市之所以傳檀君朝鮮也."
428) 유동식, 『한국무교의 역사와 구조』, 42쪽.

제를 올린 후 나라 사람들과 함께 음주가무를 즐기고 천부경과 삼일신고를 설하는 것으로 구성되어 있었다.429)

『환단고기』에 보이는 신시배달과 단군조선 이전의 제천의식과 부여, 고구려 등에 보이는 제천의식을 정리하면, 그 기능을 크게 세 가지로 정리할 수 있다.

첫째, 수행 및 교육적 기능이며,430)

둘째, 종통宗統을 세워 국가 통치 및 국민을 화합하게 하는 기능,431)

셋째, 기원祈願이나 기복祈福적 기능432)으로 정리할 수 있다.

제천하기 전에 제사장인 단군은 몸과 마음을 기신忌愼하게 하는 수행을 한 후에 제를 올렸으며, 제천 후에 나라 사람들을 교화하는 강법을 했다. 그리고 엄숙한 종교적 행사에만 머무는 것이 아니라 음주가무를 통해 거국적 단결을 유도했으며, 이를 통해 사회적 공동체 의식을 고취하였다. 뿐만 아니라 이 대회를 기하여 규범에 어긋난 자는 처형 혹은 특사하여 그 사회를 통제하였다. 이처럼 단군조선의 제천의식은 국가적 행사로 국가의 질서와 공동체 의식을 함양하는 기능이었음을 알 수 있다.

---

429) 『檀君世紀』十一世檀君道奚, "三月 祭三神于山南 供酒備膳 致祠而醮之 是夜 持賜宣醞 與國人環飲 觀百戱而罷 仍登樓殿 論經演誥."; 十六世檀君蔚那, "戊戌二十八年 會九桓諸汗于寧古塔 祭三神上帝 配桓因桓雄蚩尤及檀君王儉而享之 五日大晏 與衆明燈守夜 唱經踏庭 一邊列炬 一邊環舞 齊唱愛桓歌 愛桓卽古神歌之類也."; 二十一世檀君蘇台, "帝 巡狩國中 南至冬海城 大會父老 祭天歌舞."

430) 『三聖紀全』上篇, "擇三七日 祭天神 忌愼外物 閉門自修 呪願有功.", 『檀君世紀』, 六世檀君達門, "祭天之儀 以人爲本."; 三十三世檀君甘勿 "戊子七年 寧古塔西門外甘勿山之下 建三聖祠親祭 有誓告文 曰."

431) 『檀君世紀』二世檀君夫婁, "神市以來 每當祭天 國中大會 齊唱贊德諧和 於阿爲樂 感謝爲本."; 三十世檀君奈休, "西至奄瀆忽 會分朝諸汗 閱兵祭天 與周人修好."; 四十四世檀君丘勿, "於是 丘勿爲諸將所推 乃於三月十六日 築壇祭天 遂卽位于藏唐京."

432) 『檀君世紀』五世檀君丘乙, "癸亥二年五月 蝗蟲大作 遍滿田野 帝親巡田野 呑蝗而告三神使滅之 數日盡滅."; 十四世檀君古弗, "乙酉六年 是歲大旱 帝親禱天祈雨 誓告于天."; 二十四世檀君延那, "辛丑二年 諸汗奉詔 增設蘇塗祭天 國家有大事異災 則輒禱之 定民志于一."; 二十八世檀君奚牟, "庚戌元年 帝有疾 使白衣童子禱天 尋瘳."; 四十五世檀君余婁, "己卯五十五年夏 大旱 慮有冤獄 大赦 親行祈雨."; 『太白逸史』「蘇塗經典本訓」, "夫上古祭天之義 要在爲民祈福 祝神興邦也."

『규원사화』에 의하면 하늘에 제사를 지내고 조상에게 보답하는 예는 단군으로부터 시작되었다고 하는데,[433] 이때의 제천의식의 대상은 상제와 삼신이었으며, 제천의식은 백성의 교화敎化와 정치의 근본이 되었다고 한다.[434] 그리고 한국선도는 중국 황로黃老 사상과는 구별되는 것이고, 신시시대부터 있어 온 전통사상이라고 북애자는 주장하였다.[435] 하늘에 제사하는 제천의식과 더불어 신하들과 백성들에게는 자연신들에게 제사를 지내게 했는데, 그 대상은 일월日月 · 음양陰陽 · 사시四時의 신과 산악山嶽 · 하천河川 · 이사里社를 주관하는 신이었다.[436] 당시에 단군은 제천의식을 직접 주관하였고, 제후들과 백성들로 하여금 조상신과 자연신들에게 드리는 제사를 주관하게 했음을 알 수 있다.

신시배달과 단군조선의 제천의식은 후대 고구려나 부여 등으로 계승되었다. 고구려나 부여, 삼한 등의 제천의식은 공동체 의식을 공고히 하고 단결력을 길러서 국가 유사시에 외적을 방어하고 내부의 통제력과 정치력을 강화하려고 하였다. 그러나 중국문헌들에 의하면, 이들 나라의 제천의식에는 교육적, 수행적 기능이 언급되어 있지 않다. 따라서 단군조선 이후의 제천의식은 교육적, 수행적 기능은 퇴화되고 주로 국가 통치와 국민 화합적 기능과 기복적 기능으로 치우치게 되었음을 짐작할 수 있다.

『동사(東史)』에는 "조선에 처음 환국이 있었다. 환국과 환웅시대에는 신교神敎로써 종교를 삼았다.(以神說敎)"라고 기록하고 있는데, 이는 환웅이 천부인 세 개를 가지고 백두산에 강림하여 신교를 창설하였다는 내용이다. 이런 행사는 모두 제천의식 중의 하나로 간주할 수 있다. 그리고 강화도의

---

433) 『揆園史話』「檀君記」, "盖祭天報本之禮 始於檀君 後世歷代諸國 莫不祭天."(132쪽)
434) 『揆園史話』「檀君記」, "檀君旣祭天而立敎率民 而致道化行數年 率土之民 皆洽其化 陶鈞停毒 無爲而治 此檀君神德之所致也 乃立國之本也 後可續述焉."(133쪽)
435) 『揆園史話』「檀君記」, "世俗不知原由 只憑漢籍曰 仙敎是黃老餘流 殊不知 以神說敎 實自我神市之世也."(133쪽)
436) 『揆園史話』「檀君記」, "乃還至平壤 八加及衆諸侯畢集 檀君乃使諸加及國內人民各 獻祭于日月 陰陽 四時之神 及山岳 河川 里社之主 祭畢 大誥于有衆."(140쪽)

마니산 첨성단의 제천, 태백산의 단군사, 구월산의 삼성사, 부여의 곤연사鯤淵祀, 고구려의 동맹 수신사隧神祀, 신라의 산신신앙은 모두 신시배달을 이은 단군조선의 제천의식으로부터 기원했다고 볼 수 있다.[437]

이러한 제천의식의 전통은 『부도지』에도 여러 차례 언급된다. 『부도지』에 제천의식과 유사한 '계불禊祓 의식'이란 것이 있다. 유인씨有因氏가 환인씨에게 천부天符를 전하고 산으로 들어가면서 계불을 전수했다고 한다.[438] 환인씨 역시 환웅씨에게 천부삼인天符三印을 전해주면서 계불 의식을 행했다고 한다.[439] 임검씨는 천웅의 도를 닦아 환웅씨로부터 계불 의식을 행하고 천부삼인을 이어받았다고 한다.[440] 이러한 계불 의식은 종통을 계승할 때, 하늘로부터 전통성을 인정받는 의식이기도 하다. 계불로써 마음을 깨끗이 했다는 내용[441]을 통해 계불 의식이 단순히 제사 기능 이외에도 수행적 기능이 있었음을 알 수 있다. 따라서 『부도지』에 기록된 계불 의식은 신시시대와 단군조선시대 제천의식의 원형일 가능성이 높다.

이상에서 살펴본 바를 정리하면, 고대 한국인들의 종교생활과 신앙은 제천에 집중되어 있었음을 확인할 수 있다. 한국선도의 제천의식은 전통적으로 수행적인 역할을 강조하고 있으며, 그 수행이 개인적, 정치적 도덕의식의 기본을 형성했다. 「신훈」에서 하느님은 천리天理라는 의미를 내포하고 있기에, 한국선도에서는 하느님을 오직 인간과 만물을 지어내고 주재하는 존재로 기복의 대상으로만 여기지 않았다. 뇌에 하느님이 내려와 내재하고 있기에, 인간은 신인합일의 가능성을 품고 있는 존재이다. 이는 하느님의 일방적 의지에 의해 신인합일이 이루어지는 것이 아니라, 인간의 선택이 있어야 한다는 것을 의미한다. 하느님에 의한 운명적,

---

437) 李鍾徽,『修山集』권12,「東史志」, 神事志.
438) 『符都誌』제10장, "有因氏千年 傳天符於子桓因氏 乃入山 傳修禊祓不出."
439) 『符都誌』제11장, "桓因氏之子桓雄氏 生而有大志 繼承天符三印 修禊除祓 立天雄之道 使人知其所由."
440) 『符都誌』제12장, "壬儉氏懷大憂於天下 修天雄之道 行禊祓之儀 繼受天符三印."
441) 『符都誌』제14장, "修禊淨心察于天象 修麻姑之譜 明其族屬 準天符之音 整其語文."

결정론적 세계관은 인간의 자유의지를 약하게 만든다. 하느님의 내재성은 인간을 지고한 가치를 지닌 존재로 격상시키면서 인간존중 사상으로 발현하여 홍익인간 사상으로 나아가게 된다.

7) 기

동북아 전통적 사유의 특징은 유기체적인 사유라 할 수 있는데, 이 유기체적 사유체계는 기론적 세계관에서 출발하여 '천인합일설天人合一說' 또는 '천인감응설天人感應說'을 이끌어냈다. 기론적 사유체계는 오늘날 동양적인 사고의 기본 틀을 구성한다.[442] 이러한 사유체계는 중국 한대에 와서 체계적이며 보편적인 사상이 되었다. 천인합일의 자연과 인간이 하나라는 생각은 중국 선진시대부터 내려오던 사고이고, 인간과 자연의 화해를 중시하고, 모든 사물은 기에 의해 생성되고 발전되며 자연 현상도 모두 기의 작용으로 나타난다고 보았기 때문에, 자연과 인간은 기氣라는 공통의 매개체를 통해 상호 교류가 가능하다는 것이다. 중국철학에 있어서 도道가 우주본체적인 성격을 갖고 있다고 한다면, 우주 만물의 생성과 변화를 갖도록 하는 것은 기라는 존재이다.[443] 역易이 늘 전변하는 세계의 현상적인 특징을 가리킨다면, 기는 이 흐르는 현상의 실재이다. 그리고 기가 머금고 있는 법칙성이 도이다. 이러한 개념들은 동북아 세계관의 근간을 형성하고 있다고 볼 수 있다.

일반적으로 기는 두 가지 존재방식으로 이해를 한다. 무와 같이 어떤

---

442) 이석명, 『회남자』, 29~30쪽.

443) 기에 대한 중국 철학적 개념은 ① 素朴 唯物主義者들이 인식한 우주 만물을 형성하는 가장 근본적인 물질의 실체, ② 宋代와 그 이후의 客觀 唯心主義者들이 인식한 일종의 물질, ③ 主觀 唯心主義者들이 인식한 주관 정신으로 본다.(『漢韓大辭典』 7, 1045쪽), 은주시기로부터 청 왕조의 멸망에 이르기까지 기 범주의 발전·변화는 정기근원론→원기생성론→원기자연론→원기자연본체론→원기도인론→원기자동론→원기본체론→원기질료론의 단계를 밟아 왔다.(장입문 저, 김교빈 외 역, 『기의 철학』, 예문서원, 2004, 56쪽)

규정도 띠지 않은 기와 형·색·질形·色·質 등을 가진 기이다. 형·색·질을 띠지 않은 근원적 기는 의미상으로 무와 동일하다. 그러나 그 무는 절대 무가 아니고 무한한 잠재성으로서의 무이며 '존재하는 것'이다.『노자』에서는 유를 기로 보고 무를 도로 보는데, 모든 것은 기에서 생겨나지만 기는 도에서 생겨난다. 도가 기를 초월해서 존재하는 형이상학적 존재가 되는데, 천天·리理·성性 등이 기보다 상위 개념들이지만 그렇다고 기를 초월하는 존재들은 아니다. 유와 무는 모두 기를 뜻한다고 해석할 수 있으며, 다만 무로서의 기와 유로서의 기 즉 형·색·질을 띤 기로 구분된다고 할 수 있다.444)

앞에서도 언급했지만, 천부경에는 동북아 우주론에 있어서 보편적인 개념인 기氣란 글자가 보이지 않는다. 천부경이 우주생성에 대해 설명하고 있음에도, 81자 전문에는 기란 용어가 없으며, 음양오행陰陽五行의 개념도 보이지 않는다. 기론적 세계관은 동양적 사유체계의 특징이기에, 동아시아에서 보편적으로 우주생성과 발전을 설명할 때는 기 개념이 빠지지 않는다. 동양 고전의 곳곳에서 기氣란 글자를 발견할 수 있고 일상 언어에서도 기와 관련한 무수한 말들을 찾을 수 있다.445) 이처럼 기론적 사유가 동북 아시아인의 의식 깊이 내재하고 있기 때문에, 우주만물의 생성과 발전을 설명함에 있어 기란 용어를 빼놓고 설명할 수 없다.

근래에 와서야 천부경을 주석한 문헌들은 기 개념을 도입하여 설명하고 있다. 그러나 81자 전문에는 기란 단어가 없으며, 우주생성의 원리

---

444) 동북아 사유에서 성리학 이전에는 탈물질적인 존재는 낯선 존재였으나, 송대 성리학에서 太極을 구체적인 물질성이 없는 추상적인 理로 이해한다.(이정우,『개념−뿌리들 1』, 201〜203쪽)

445) 일상용어로써 '기가 질리다', '기를 펴다', '기가 막히다'. '기 살리다', '기절하다', '기운', '기색', '기질' 등. 이러한 현상을 한국뿐만 아니라 중국어와 일본어에서도 공통적으로 찾을 수 있다. 언어는 의식을 반영하듯이 기는 동양인의 의식구조에 뿌리 깊이 박혀있어 기는 한자 문화권 사람들의 의식 밑바탕에 한결같이 흐르는 의식의 공통분모라고 볼 수 있다.(이석명,『회남자』, 84〜85쪽)

를 숫자들과 몇 개의 단어로 표현하고 있다. 『태백일사』에서 '대일大─'을 '양기良氣'라 하고,[446] '일기─氣'로부터 셋으로 쪼개지니 기氣는 곧 극極이요 극은 곧 무無라 한다.[447] 이때의 일─이 천부경에서의 모든 존재의 근본의 상태인 하나─와 같은 개념인지는 확실치 않다. 근래에 일─을 '혼원일기混元─氣'로 보는 견해가 있는데,[448] 앞에서 주지했듯이 천부경에는 기란 글자가 없다. 뒤에서 살펴보겠지만 삼일신고의 기 개념은 철학적 개념으로 발전하기 이전의 생명력을 의미하고 있고, 선진시대 이후 우주생성론의 핵심이론이 된 기일원론적 철학체계로 환원하여 해석하는 방식에는 신중을 기할 필요가 있다.

천부경과 함께 한국선도의 경전에 속하는 삼일신고에는 '기氣'라는 글자가 나온다. 그러나 삼일신고의 기 개념은 모든 사물이 기에 의해 생성되고 변화하며, 자연 현상도 모두 기의 작용으로 설명할 수 있다는 기일원론적 개념으로 인용되고 있지 않다. 천부경이 우주 생성을 설명하면서 기라는 글자가 없는 것은 앞에서 논의했듯이 도, 음양오행이란 글자가 천부경에 보이지 않는 것과 같은 맥락으로 이해할 수 있다. 천부경의 저작 시기는 중국 철학에서 기라는 개념이 등장하기 이전에 저술되었기 때문이다. 천부경에 기자가 없다고 해서 존재론적으로 기라는 존재를 배제하는 것은 아니다. 단지 철학적 개념의 기라는 글자가 천부경에 보이지 않을 뿐이다. 그렇다면 한국선도에서의 기는 어떤 존재로 이해되고 있는 것일까? 이에 대한 해답을 구하기 전에, 중국철학사에서 기 개념의 시대적 발전사를 살펴보는 것이 도움이 될 것이다.

---

446) 『太白逸史』 「蘇塗經典本訓」, "大一其極 是名良氣."
447) 『太白逸史』 「蘇塗經典本訓」, "自一氣而析三 氣卽極也 極卽無也." 이외에도 "所以執一含三者 乃一其氣而三其神 所以會三歸一者 是亦神爲三而氣爲一也 夫爲生也者之體 是一氣也 一氣者 內有三神也 智之源 亦在三神也 三神者 內包一氣也."라고 하여 기일원론적 사유체계가 보인다.
448) 최민자, 『천부경』, 36쪽.

은주殷周 시기의 갑골문甲骨文과 금문金文에 이미 기란 글자가 나타난
다.449) 기는 모양을 본뜬 상형문자이며 원래의 의미는 '운기雲氣'이다.450)
중국 철학사에 기라는 말은 애초 '구름의 기운雲氣' 혹은 '호흡하는 숨기운
息氣' 정도로 이해되었다. 일반적으로 기의 원초적인 의미는 음식물을 찔
때 피어오르는 증기蒸氣, 또는 구름이 피어오르는 운기運氣에서 출발하였
다고 한다. 고대인들은 밥을 지을 때 모락모락 피어오르는 수증기의 모
습, 또는 높은 산봉우리 언저리에서 뭉게뭉게 피어오르는 구름의 모습에
서 기氣라는 글자를 이끌어냈다. 훈고학적 분석을 통해 얻어진 기의 원의
에는 호흡呼吸·기식氣息·증기蒸氣·음식飮食에 의거한 생활력 등의 의
미가 있다. 자연계의 구름과 안개에 대한 직관적인 관찰이었거나 인간 자
신의 호흡에 대한 직접적인 경험에서 출발한 것이다. 이때의 기는 하나의
상형象形적인 직각直覺이었다고 할 수 있다.451)

예로부터 생명력과 호흡은 일체라고 생각되었으며, 고대에서 생명력
은 신체로 날아온 정령인 혼백이 발휘하는 힘, 호흡은 혼백이 나타내는
현상으로 이해했다. 중국 상고시대의 갑골문이나 금석문에 적힌 기는 대
개 이런 의미에서 크게 벗어나지 않는다. 기의 원형을 이루는 것 가운데
하나는 '바람風'이다. 은대殷代에 풍작을 기원하는 기년제祈年祭에서 동서
남북 사방의 바람의 명칭이 언급된 것은 풍작물의 생육과 숙성에 사방의
바람이 깊게 관계된다고 보았기 때문이다. 사방의 바람은 사방의 끝에 있
는 '바람 신風神'이 일으키는 것으로 생각되었다.

선진 시기의 문헌 중 초기의 것들에 기가 드물게 나타난다. 『좌전』에 육기설
六氣說이 나온다.452) 『국어』에 따르면 기는 천지음양의 기이며 자연만물과

---

449) 갑골문과 서주 금문에 '三'자 형태의 '气'자가 보이고 이것이 점차 '氣'의 형태로
    변화하였다.
450) 『說文解字』, "气運气也, 象形."
451) 장입문 , 『기의 철학』, 37쪽.
452) 六氣說에 따르면 하늘에 陰·陽·風·雨·晦·明의 六氣가 있는데 그것이 나뉘어 네 계
    절이 되고, 다섯 절기로 순서가 되며, 사람의 寒·熱·末·腹·惑·心의 여섯 가지 질병

사람 몸속에 들어있으면서 스스로 존재하고 운동하는 질서가 있고 자연, 사회, 사람의 발전과 변화를 결정한다고 한다. 이는 고대 그리스의 physis(자연, 본성), psyche(영혼, 생명)를 비롯한 여러 개념들과 대응하며, 우주의 근원적인 생명이나 생명체들의 근간으로 이해되었다고 볼 수 있다. 『좌전』과 『국어』에서 기는 이미 자연, 사회, 인생 등을 포괄하는 개념이 되었으며 철학 범주로 형성되기 시작했다. 『상서(尙書)』, 『역경(易經)』, 『춘추(春秋)』의 본문에는 기가 나오지 않는다. 『시경(詩經)』에 단지 '기氣'와 유사한 '희餴'가 나올 뿐이다.

이후 춘추 시대 말 무렵에 기가 조금씩 눈에 띄기 시작하는데, 『노자』에 3회, 『논어』에 4회 정도 출현한다. 그러나 전국 시대 중엽에 접어들면서 기는 상당히 널리 유행하였던 것으로 보인다. 즉 『맹자』에 19회, 『장자』에 39회, 『순자』에 22회 정도로 비교적 자주 등장한다. 이러한 추세는 전국시대 말 이후에 급격히 증가하여 대부분의 문헌에서 기라는 글자를 찾아볼 수 있으며, 『여씨춘추』에 85회, 『관자』에 106회, 『회남자』에 180회 정도로 보편적으로 사용되었다.453) 그 후 기는 그 의미가 확대되면서 점차 우주 만물을 구성하는 기본 요소로 이해되었다. 그리고 전국시대 중·후기에 이르면 이미 기는 만물의 본원적 요소로 확고하게 자리 잡는다.

『논어』에서 '혈기血氣'는 색욕色慾과 관계한 생명력을 담당하는 것으로 이해하고 있으며,454) 호흡에 관계된 '기식氣息'455)과 '사기辭氣'456) 그리고 의미가 분명하지 않은 '식기食氣'457)가 보인다. 공자의 기 개념은 주로

과 好·惡·喜·怒·愛·樂의 여섯 가지 감정과 사회의 예·의·형·법등이 모두 육기의 변화에서 나온다고 보았다.(장입문, 『기의 철학』, 61쪽)
453) 이석명, 『회남자』, 84~86쪽.
454) 『論語』 「李氏」, "孔子曰 君子有三戒 少之時 血氣未定 戒之在色 及其壯也 血氣方剛 戒之在鬪 及其老也 血氣旣衰 戒之在得."
455) 『論語』 「鄕黨」, "入公門 鞠躬如也 如不容 立不中門 行不履閾 過位 色勃如也 足躩如也 其言似不足者 攝齊升堂 鞠躬如也 屛氣似不息者."
456) 『論語』 「泰伯」, "君子所貴乎道者三 動容貌 斯遠暴慢矣 正顔色 斯近信矣 出辭氣 斯遠鄙倍矣 籩豆之事則有司存."
457) 『論語』 「鄕黨」, "食不厭精 膾不厭細 食饐而餲 魚餒而肉敗 不食 色惡不食 臭惡不食 失飪不食 不時不食 割不正 不食 不得其醬不食 肉雖多 不使勝食氣 唯酒無量 不及亂."

도덕적 규범인 예禮를 설명하기 위해 부차적인 의미로 사용되고 있다.458)

노자의『도덕경』에서는 기를 세 번 언급하는데,459) 천지만물의 충기沖氣와 사람 몸 안의 기라는 두 가지 함의를 갖고 있다. 노자는 도를 최고 범주로 삼았고, 도는 형체도 없고 모양도 없는 우주만물의 본체이며 만물이 운동하고 변화하는 총체적 법칙으로 이해하고 있다. 그리고 기는 하늘·땅·사람·사물의 모습과 그 속성을 이루는 원소이다. 기는 도에서 나오고 기의 존재와 변화도 도에서 결정된다. 그러므로 기는 도가 변화하여 만물을 생성해내는 중간 고리의 역할이다. 이처럼 노자의 논리구조에서 기는 도 범주에 종속된다.460)

노자의 사상을 계승한 장자는 기는 천지만물과 사람을 이루는 공통의 근원물질로 보았으며,461) 천지만물과 사람의 공통적 물질기초인 기는 단순한 하나가 아니고 음양의 속성을 갖추고 있으며 음양 두 기로 나누어진다고

---

458) 공자가 말하는 기는 일반 개념으로써 아직 철학 범주로 쓰이지는 않았다. 그러나 공자의 혈기에 대한 생각은 기와 심성이 서로 관련된다는 사상을 담고 있고, 이것은 후세의 유가들이 유가 심성학설의 중요한 내용으로 발전시킨 것이다.(장입문,『기의 철학』, 78쪽), 선진 유가의 기 개념은 주로 네 가지 측면에서 규정할 수 있다. 첫째는 공자의 혈기이고, 둘째는 맹자의 호연지기, 셋째는 순자의 자연의 기, 넷째는 관자의 정기이다.

459)『道德經』제42장, “道生一, 一生二, 二生三, 三生萬物. 萬物負陰而抱陽, 沖氣以爲和.”; 제10장, “載營魄抱一 能無離乎 專氣至柔 能嬰兒乎.”; 제55장, “知和日常 知常日明 益生日祥 心使氣日强 物壯則老 謂之不道 不道早已.”

460) 장입문,『기의 철학』, 89쪽.

461)『莊子』「知北遊」, “人之生氣之聚也 聚則爲生 散則爲死 苦死生爲徒 吾又何患 故萬物一也 是其所美者爲神奇 其所惡者爲臭腐 臭腐復化爲神奇 神奇復化爲臭腐 故曰通天下一氣耳 聖人故貴一.” 사람이 살고 죽는 것과 사물이 만들어지고 부서지는 것 모두가 기가 모이고 흩어지는 변화의 결과이다. 기의 각도에서 보면, 사람들이 찬미하는 신기한 물건이나 사람들이 싫어하고 냄새나는 물건, 그리고 살아있는 사람이나 죽어 없어진 사람이 모두 똑같다. 천지만물과 사람은 비록 갖가지로 모양이 다르지만 모두 하나의 기에 지나지 않는다. 이처럼 장자는 기에서 하늘·땅·사람·사물의 공통 기초를 찾으려 했으며 기를 가지고 삶·죽음·아름다움·추함 같은 생명과 사물의 본질을 해석하여 노자의 기 사상보다 더 깊이 들어갔다.(위의 책, 90쪽)

이해하였다. 장자 역시 노자와 같이 도를 자기 철학의 최고 범주로 삼았으며, 도를 기의 본체로 삼았다. 도는 천지보다 앞서 생겼고, 기 또한 도에서 나왔다.[462] 인간의 신체나 정신 모두 도→기→사람(사물)→기→도라는 우주 생성론을 만들어냈고, 기는 도가 만물을 변화와 생성해내는 과정의 중간 매개체에 해당하며 만물의 모양과 정신을 직접 만드는 재료로 보았다.

『관자』는 기를 '정기精氣'라고 보았고, 정기는 자연계의 일월성신과 산천초목을 만들뿐 아니라 생명과 지혜를 갖춘 사람도 만든다.[463] 관자는 이 정기가 나뉘어 음양 두 기가 생기고 음양 두 기가 대립 혹은 교감하여 우주 만물을 만들어 낸다고 하며,[464] 정기의 운동과 변화하는 특성을 오행의 기라고 표현하였다.[465]

기의 취산聚散으로 인간의 생사 현상, 더 나아가 사물의 생멸 현상을 설명하는 사유는 이후 동북아시아 사람들의 보편적인 생각이 되었다. 이러한 생사 및 생멸 현상의 본원으로 간주되는 기 개념은 이후 음양陰陽 개념과 결합되어 음기와 양기라는 개념으로 분화되었고, 이것으로 자연계의 변화 현상을 설명하였다.[466]

이상으로 중국철학의 기 개념사를 간략하게 살펴보았다. 이를 바탕으로 한국선도의 기 개념은 어떠한지 살펴본다.

---

462) 『莊子』「至樂」, "察其始 而本無生 非徒無生也 而本無形 非徒無形也 而本無氣 雜乎芒芴之間 變而有氣 氣變而有形 形變而有生 今又變而之死 是相與爲春秋冬夏四時行也."
463) 『管子』「內業」, "凡物之精 此則爲生 下生五穀 上爲列星 流於天地之間謂之鬼神 藏於胸中謂之聖人 是故此氣 杲乎如登於天 杳乎如入於淵 淖乎如在於海 卒乎如在於己."
464) 『管子』「內業」, "凡人之生也 天出其精 地出其形 合此以爲人";「侈靡」, "陰陽之分定 則甘苦之草生也."
465) 『管子』「侈靡」, "且夫天地精氣有五 不必爲沮 其亟而反 其重陷動毁之進退 卽此數之難得者也 此形之時變."
466) 중국철학의 통사적인 측면에서 볼 때, 기의 개념은 다섯 가지 측면으로 이해할 수 있다. 첫째, 기는 자연만물의 근원 또는 본체이다. 둘째, 기는 객관적으로 존재하는 질료 또는 원소이다. 셋째, 기는 동태 기능을 갖춘 객관실체이다. 넷째, 기는 우주에 가득 찬 물질매개 또는 매체이다. 다섯째, 기는 인간의 性命이다. 여섯째, 기는 도덕 경지이다.(장입문, 『기의 철학』, 42~44쪽)

삼일신고에 기란 글자가 「신훈」과 「세계훈」 그리고 「진리훈」에 각각 1회 등장한다. 삼일신고의 전체적 문맥상에 보이는 기의 의미는 우주 만물의 생성과 소멸을 기로 설명하는 기일원론적 세계관과는 거리감이 있다. 먼저 「세계훈」의 우주생성론에 대해 살펴보면, 우주의 생성을 태양계와 지구 그리고 생명체 순으로 설명하고 있다.

> 爾觀森列星辰 數無盡 大小明暗苦樂不同 一神 造群世界 神 勅日世界 使者 轄七百世界 爾地自大 一丸世界 中火震盪 海幻陸遷 乃成見象 神 呵氣包底 煦日色熱 行翥化游栽物 繁殖[467]

"하느님이 세계를 지은 후, 태양계日世界를 담당하는 사자使者에게 칙명을 내려 7백 세계를 주관하게 한다"는 내용은 우주와 태양계가 어떻게 창조되었는지를 설명하고 있다. 다음으로 보이는 "우리가 사는 땅은 한 알의 구슬처럼 둥글고 지구 중심의 불덩어리가 진동하고 움직여서 바다와 육지가 생겨 지금과 같은 모습을 하게 되었다"라는 내용은 지구의 생성과정을 구체적으로 설명하고 있다. 특히 땅의 모양이 환丸 즉 구球라고 한 것은 한국 고대인들의 천체관을 잘 보여주는 대목이라고 할 수 있다.

이어서 "신이 기운을 불어 넣어 땅속 깊이까지 감싸고 햇볕과 열로 따뜻하게 하여 걷고 날고 탈바꿈하고 헤엄치고 흙에서 자라는 온갖 것들이 번식하게 되었다"라고 하는 것은 땅위 생명체의 탄생과 그 생성과정을 설명하고 있는 부분이다. 이 생명체의 탄생과정에서 기란 글자가 보이는데, 이때 하느님은 '생명의 기'를 불어넣고 태양의 빛과 열을 통해 생명을 화육시킨다. 따라서 「세계훈」에 보이는 기 개념은 '하느님의 숨결', 일종의 '생명력'이라고 볼 수 있다.

이와 유사한 고대 그리스의 사유방식은 아낙시메네스(Anaximenes, BC

---

467) 三一神誥 「世界訓」.(『사부합편』, 23쪽)

585~525)의 '프네우마pneuma'468)이다. 프네우마는 원래 '미풍', '바람'을 뜻한다. 그러나 이 말은 숨결, 숨, 생명 자체, 영혼 등을 의미하기도 한다. 숨은 고대 그리스 전통적으로 인간의 혼이나 생명의 원리로 이해되었다.469) 공기(아에르, aēr)는 우주에 생명을 불어넣는 숨결을 의미하게 되는데, 이러한 관념은 이전의 오르페우스교나 동방의 종교에서 유래하는 것으로 보인다. "공기로 이루어진 영혼이 우리를 지배하고 지탱해주듯이, 숨결과 공기가 온 세계를 둘러싸고 있다"470)라고 하여 생명의 입김인 영혼을 자연의 근원으로 해석하고 있다.471) 그러나 아낙시메네스는 생명의 입김의 주체로써 신을 담지하고 있지 않고, 반대로 신들과 신적인 것들이 공기에서 생겨나므로472) 공기는 신적이라고 하여,473) 공기를 세상 만물 생성의 근원인 아르케로 보고 있다. 아낙시메네스는 신들에 의해서 공기가 만들어진 것이 아니라, 공기로부터 그들이 생겨났다고 믿었다. 그는 신을 부정하거나 침묵하지 않았지만,474) 신이 세계의 창조자가 아니라 피조물인 것은 삼일신고와의 차이점이라고 할 수 있을 것이다. 그렇지만, 숨결을 통해 우주 만물에 생명을 불어넣는다는 관념은 유사하다고 볼 수 있다. 이러한 관념은 『성서』「창세기」에 "여호와 하나님이 흙으로 사람을 지으시고 생기를 그 코에 불어 넣으시니 사람이 생령이 된지라."475)한 내용에서도 확인할 수 있다.

프네우마 관념은 아리스토텔레스(Aristoteles, BC 384~322)의 '프시케 psyche'476)라는 의미에서도 확인할 수 있다. 고대 그리스에서 프시케란 '호흡'

468) '입김을 불어넣다'는 뜻은 '프네오(pneo)'라는 말에서 유래한다.
469) 김인곤 외 6명 역, 『소크라테스 이전 철학자들의 단편 선집』, 698쪽.
470) 위의 책, 151쪽.
471) 콘스탄틴 J. 밤바카스, 『철학의 탄생』, 115쪽.
472) 김인곤 외 6명 역, 『소크라테스 이전 철학자들의 단편 선집』, 154~155쪽.
473) 위의 책, 156~156쪽.
474) 위의 책, 157쪽.
475) 『성서』「창세기」, 제2장 제7절.
476) '프시케(psyche)'란 말은 '숨결을 불어넣다', '숨을 내뱉다'는 뜻은 '프시코(psycho)' 에서 유래했으며 통상적 '영혼(soul)'으로 번역한다.

이나 '목숨'을 의미하는데, '바람' 혹은 '생명력'이라는 관념과도 연결되어 있다. 아리스토텔레스는 프시케를 '각각의 생물에 활기를 불어넣는 생명의 원리'로서 이해했다. 이러한 아리스토텔레스의 프시케 의미는 종교적 혹은 윤리적 함의보다는 '동·식물의 생명 원리'이고 '생명체의 형상'으로써 육체와 분리되는 실체적 영혼이 아니라 '생명체의 힘'이라고 생각했다.[477]

『태백일사』의 "하느님이 기를 불어넣어 만물을 감싸 안으며 열을 뿜어 만물의 싹을 움트게 한다."[478]라는 내용은 하느님이 기와 열을 불어 넣어 만물이 생긴다고 하는「세계훈」의 내용을 부연 설명한 것으로 보인다. 이러한 우주생성론을 일명 '기화수토설氣火水土說'이라고도 한다.[479]『부도지』에 의하면 기·화·수·토가 서로 섞여 빛이 낮과 밤, 그리고 사계절을 구분하고 풀과 짐승을 길러냈다고 한다.[480] 앞에서 언급했듯이 기화수토설은 오행설보다 시대적으로 앞선 사유체계이기에 삼일신고에 음양이나 오행설이 보이지 않는 것은 당연한 결과일지도 모른다. 그러나『태백일사』에는 하느님을 원기元氣로 보는 시각이 있으며,[481]『대변경(大辯經)』을 인용한 구절에서 만물은 일기一氣에서 생긴 것[482]이라 한다. 이는 삼일신고의 생명력이라는 소박한 기 개념이 후대에 와서 중국 도가의 기 개념으로 도입되면서 발전한 것으로 보여진다.

이상에서 살펴본 바에 따르면,「세계훈」에서의 기는 바로 '생명력'이란 의미를 갖고 있음을 알 수 있다. 이러한 기 개념은 은대 기년제祈年祭의 사방풍四方風 개념과 사방의 바람은 '바람 신風神'에 의해 일어난다는 관념과도

---

477) 맥스월 베넷, 피터 마이클 스브큰 해커, 이을상 외 5인 옮김,『신경과학의 철학』, 사이언스북스, 2013. 48~55쪽.
478)『太白逸史』「三神五帝本紀」, "恒時 大放光明 大發神妙 大降吉祥 呵氣以包萬有 射熱以滋物種 行神以理世務."
479) 김은수,『부도지』, 70쪽.
480)『符都誌』제3장, "以故 氣火水土 相得混和 光分晝夜四時 潤生草木禽獸 全地多事."
481)『太白逸史』「三神五帝本紀」, "惟元之氣 至妙之神."
482)『太白逸史』「三神五帝本紀」, "庶物之有虛粗同體者 惟一氣而已 惟三神而已."

일정부분 상통한다. 은대에 제帝 또는 상제上帝라는 지상신至上神이 존재하였고, 그 지상신이 재앙, 농작물의 풍흉 등 자연계와 인간계의 모든 현상을 주재한다고 믿었으며, 이후 주대에 들어서면서 은대의 상제가 천天으로 대치된다. 삼일신고「세계훈」에 하느님이 '기운' 즉 '생명력'을 불어넣어 만물을 생장하게 한다는 내용은 은대의 종교적인 사유체계와 일면 유사한 부분이 있다. 이러한 종교적인 관념은 한국선도의 종교적 특징으로 볼 수 있으며 한민족의 전통적인 종교관으로 형성되었고, 이후 한민족의 심성 속에 내재되어 계승되고 발전되어 구한말의 여러 민족종교의 창달로 이어지게 된다.

선진 도가사상은 근원적 실재 내지 이법인 도와 현실세계와의 관계를 기氣를 매개로 하여 통일적으로 파악하고자 한다. 이를「세계훈」의 기 개념과 비교한다면, 우주의 시원과 만물의 생성을 기로만 설명하는 중국 한대 이후의 기론적氣論的 세계관과 차이가 있음을 알 수 있다.「세계훈」에서 기는 하느님이란 주재주에 의해 생겨나는 것으로, 위진시대 현학玄學의 자생자화自生自化 이론 등과 같이 우주 생성, 만물의 소장, 인간의 생사 등이 세계의 삼라만상을 모두 기에 의거해서 일원적으로 파악하려는 기일원론적氣一元論的 세계관과는 구별해서 이해해야 한다. 그리고 육조시대의 도교에서 도道＝기氣＝신神의 교리[483]와도 차이가 있음을 알 수 있다.

이상에서의 내용을 정리하면, 삼일신고「세계훈」의 기 개념은 생명력을 의미하고, 기는 스스로 발생하고 스스로 변화하는 존재도 아니며, 우주 만물의 생성과 소멸의 일원적 근원이 되는 존재도 아니다. 단지, 신의 의지를 통해 발현되는 존재일 뿐이다. 이처럼「세계훈」의 기 개념은 철학적

---

483) 도교의 기론은 "도는 기이다."라고 하는 도와 기의 일체성의 주장, 즉 기일원론으로 수렴된다. 후한시대에 설립한 도→원기→만물의 생성론을 출발점으로 한 도교의 기론은 太上老君, 太上道君, 元始天尊 등의 최고신을 정점으로 하는 신의 세계와 그 아래에 위치하는 인간의 세계의 관계에 대한 교리를『도덕경』42장의 생성론을 근거로 구성하여 도와 신과 기를 삼위일체로 하는 교리를 형성했다.

개념으로 발전되기 이전 은주 시기의 원시적이며 소박한 형태로 인식되고 있다.

이상 「세계훈」에서의 기 개념이 인간에 있어 어떤 존재인지는 「진리훈」을 통해 확인할 수 있다. 「진리훈」에 의하면, "기는 목숨에 의지하는 것으로 청탁을 이루니, 맑으면 오래 살고 흐리면 쉬이 죽는다.氣依命 有淸濁 淸壽濁殀"라고 하여 기의 청탁에 따라 인간의 수명이 좌우된다고 한다. 그런데 「진리훈」에서 인간은 기氣와 함께 심心과 신身이 함께 존재한다고 한다. 그리고 심·기·신이 있기 전에 먼저 성性·명命·정精이 존재하는데, 이 성·명·정을 삼진三眞이라고 하여 인간과 만물이 다 함께 부여 받는 것이라고 한다. 인간에게 심·기·신이 있다고 하는 관념은 인간의 몸이 단지 기의 취산聚散으로 이루어졌다는 『장자』484)와는 구조적으로 그 시각을 달리하고 있다. 인간은 삼진三眞인 성·명·정, 삼망三妄인 심·기·신, 이 두 가지가 만나서 생기는 삼도三途인 감感·식息·촉觸의 상태로 존재하게 된다. 인간 존재는 종적으로 3차원적 체계를 갖고 있으며, 각 차원은 횡적 3차원으로 구성되어 있다는 것이다.([표 3] 참조) 이처럼 삼일신고는 인간의 존재를 파악하는데 있어서 삼원론적인 시각을 관류하고 있는데, 천부경의 하나에서 천·지·인이 나왔다는 일석삼극一析三極의 우주생성론과 삼일신고의 인간존재론은 구조적으로 표리일체의 관계를 이루고 있다. 이러한 관점은 도교의 정精·기氣·신神론과 부분적으로 유사하나, 3원이 각각 3차원적 구조로 되어 있다는 것은 도교에 비해 좀 더 복잡한 삼원론적 구조를 갖고 있음을 확인할 수 있다.

인간과 만물의 차이는 삼진을 어떻게 받느냐에 따라 달라진다. "인간과 만물은 삼진을 같이 받으나, 인간은 삼진을 온전히 받고 인간을 제외한 만물은 치우치게 받는다.人物 同受三眞 曰性命精 人全之 物偏之"라고 하는데, 인간이 품수 받은 삼진은 기능적으로 잘 작용을 하지만 인간을 제외한

---

484) 『莊子』「知北遊」, "人之生氣之聚也 聚則爲生 散則爲死."

만물은 삼진 중 어느 하나가 기능적으로 부족하다는 것을 의미한다. 인간과 만물의 구별 기준은 삼진의 존재 여부가 아니라 온전하게 받아서 기능적으로 잘 수행되는 것이냐, 아니면 치우치게 받아서 삼진의 기능이 제대로 작용하지 않는 것이냐이다.

이를 중국 철학의 기 개념과 비교한다면, 선진시대의 도가를 계승한 『회남자』는 "잡된 기는 벌레가 되고, 정밀한 기는 인간이 되었다"[485]라고 하면서 인간과 동물, 지혜로운 자와 어리석은 자의 차이는 부여받은 음양의 기의 조화와 평형의 정도에 의해서 결정된다고 하는 기일원론적 인간관을 갖고 있다.

「진리훈」에 따르면 인간의 수명을 좌우하는 중요한 요소로서 기를 상정하고 있지만, 단순히 기의 존재 유무로만 인간 존재를 확정지을 수 없다. 삼망인 심·기·신의 삼원적 구조로 파악을 해야만 인간 존재에 대해 온전한 파악이 가능하다. 그리고 기의 청탁에 따라 인간의 수명이 결정되며, 조식調息을 통해 인간의 본래 참됨인 명命을 회복할 수 있다는 관념은 양생론적 측면을 보여주는 것이다.

『좌전』의 육기설에서 육기는 음陰·양陽·풍風·우雨·회晦·명明인데, 상반상성相反相成하는 음기와 양기, 풍기와 우기, 회기와 명기로 갈라 나누고,[486] 그것들의 대립 운동이 인체의 생명 활동에 영향을 주는 것으로 설명하면서 기의 본질과 그 운동과 변화의 법칙을 언급하였다.[487] 「진리훈」에서 기는 목숨命에 의지하는 것으로, 기의 청탁이 인간의 수명을 좌우한다는 관념은 원시적인 기 개념에서 발전하였다고는 볼 수 있으나, 철학적 개념을 내포하고 있는 『좌전』의 육기설과는 차이가 있다.

「진리훈」에서 삼진의 하나인 명命과 삼망의 하나인 기氣가 만나서 호흡

---

485) 『淮南子』「精神」, "煩氣爲蟲 精氣爲人."
486) 『左傳』「昭公元年」, "六氣曰陰陽風雨晦明也 分爲四時 序爲五節 過則爲災 陰淫寒疾 陽淫熱疾 風淫末疾 雨淫腹疾 晦淫惑疾 明淫心疾."
487) 장입문, 『기의 철학』, 67쪽.

息이 생기는데 호흡에는 분芬·란爛·한寒·열熱·진震·습濕 여섯 가지 종류가 있다고 한다.[488] 이런 여섯 가지 종류의 호흡은 조식調息을 통해 망령됨妄인 '기'에서 참됨眞인 '명'을 회복할 수 있다는 수행론적 관념을 보여준다. 삼일신고의 기는 인간에 내재한 세 가지 망령됨(三妄, 心·氣·身)의 하나로 보고 인간존재에 필연적으로 내재한 구성요소로 본다. 중국 철학에서 기를 우주 만물을 구성하는 원질이나 운동과 변화의 법칙으로 인용되는 것과는 많은 차이점이 있다. 이 여섯 가지 종류의 호흡은『좌전』의 육기와는 다르지만, 인간의 어떤 상태를 설명하는데 있어, 여섯 가지로 구분하고 두 개의 상대적인 개념이 3쌍으로 등장하는 구조는 상호 유사한 점이라고 할 수 있다.

『국어』에서 기는 객관적인 자연 존재이며 음양의 기 또는 하늘과 땅의 기는 그 성질이 상반되는 대립적인 것이고, 이 두 가지는 서로 모순되면서도 서로 의존하며 작용하고 교감하여 변화하는 것이다.[489] 이 같은 대립과 교감 운동이 만물의 운동과 변화를 추동시킨다.[490]『국어』에서도 인체는 기로 이루어졌다고 보았다. 기는 사람의 모습을 구성할 뿐만 아니라 사람의 성정性情도 결정한다.[491] 몸 안의 기를 지켜서 음양이 조화를 이루도록 하는 것이야말로 마음에 조화를 유지하고 말함에 실질을 갖게 되고 행위에 마땅함을 얻을 수 있는 열쇠라고 한다. 이처럼 기를 사람의 심성수양과 관련지어, 기를 다스리고 마음을 기르며治氣養心 몸을 닦고 본성을 배양하는修身養性 사상은 이후 중국 철학의 기초가 된다.

---

488) 三一神誥「眞理訓」, "眞妄對作三途 曰感息觸 轉成十八境 感 喜懼哀怒貪厭 息 芬彌 寒熱震濕 觸 聲色臭味淫抵."
489)『國語』「周語上」, "夫天地之氣 不失其序 若過其序 民亂之也 陽伏而不能出 陰迫而不能 烝 於是有地震 今三川實震 是陽失其所而鎭陰也 陽失而在陰 川源必塞 源塞 國必亡."
490) 이 사상은 중국 철학에서 기 범주의 기본적 함의와 기 사상 발전의 기본 방향을 규정했고, 기 범주와 기 사상의 발전에 깊은 영향을 주었다.(장입문,『기의 철학』, 71쪽)
491)『國語』「周語下」, "口內味而耳內聲 聲味生氣 氣在口爲言 在目爲明 言以信名 明以時動 名以成政 動以殖生 政成生殖 樂之至也 若視聽不和 而有震眩 則味入不精 不精則氣佚 氣佚則不和 於是乎有狂悖之言 有眩惑之明 有轉易之明 有過慝之度."

「진리훈」에 의하면, 기는 인간의 수명을 좌우하지만, 인간의 심성을 좌우하는 것은 심心이며, 이 심이 인간의 선·악을 좌우한다고 하는 도덕적 관념을 형성하고 있다. 삼망인 심은 삼진인 성性에 의지하는 것으로 성과 심이 만나서 기쁨喜·두려움懼·슬픔哀·성냄怒·탐냄貪·싫어함厭의 여섯 가지 감정感이 생긴다. 이런 감정을 멈추는 수련인 지감止感을 통해 망령됨妄에서 참됨眞으로 나아갈 수 있다. 선·악의 도덕관념은 심心 차원에 의한 것이지, 기氣와는 직접적인 상관이 없다. 따라서 삼일신고의 기 개념은 도덕적 관념으로 직접 드러나지 않는다. 그러나 인간의 삶이 선·악, 청·탁, 후·박이 서로 섞이면서 태어나고 자라고 늙고 병들고 죽은 고통에 빠진다고 보는 관점은 단순히 선·악이란 도덕적 관념이 완전히 독립적으로 분리되어 있지 않고 청·탁, 후·박과 상호 관계를 유지하고 있음을 알 수 있다.

이상에서 살펴본 바를 정리하면, 삼일신고에 나타나는 기는 하느님에 의해 부여받는 것으로써 모든 생명에게 생명력으로 표현되며, 인간 목숨(수명)을 결정짓는 존재이다. 우주 만물의 생성과 소멸은 하느님의 주재에 의한 것으로, 이때 기는 하느님이 모든 만물에 생명력을 부여하게 하는 매개역할을 한다. 그리고 『좌전』의 육기와 『국어』의 천지음양의 기 그리고 전국시기의 『맹자』의 호연지기浩然之氣[492])나 『장자』의 일기론一氣論 등과 같은 철학적 개념으로 발전되기 이전의 다소 초보적이며 원시적인 기 개념으로 사용되고 있음을 확인할 수 있다. 더욱이 기 개념이 전국 말기 이후 생성론과 존재론에서 중요한 개념으로 대두되면서 선진시대 이후 원기론元氣論을 바탕으로 한 기일원론적 개념과는 상당한 거리감이 있다. 삼일신고의 기 개념은 전국시대 철학적 개념으로 발전하기 전인 은대 기년제 사방풍의 의미에 가깝고, 사람이 들이마시고 내쉬는 숨결로 수명과 관련된

---

492) 孟子는 공자의 血氣 사상을 발전시켜 사람 몸 안의 浩然之氣로 규정하고, 이 호연지기는 사람 마음에 들어 있는 正氣임을 말한다. 그것은 자연계의 하늘과 땅의 기나 사람 몸 안의 음양의 기가 아니라 일종의 도덕정신임을 말하고 있다.

것 정도로 이해해야 한다. 그리고 우주 생성론이나 인간의 심성 수양이나 도덕적 개념으로 확대되지 않고 있다. 삼일신고 「진리훈」에 의하면 기 개념만으로는 인간 존재를 전체적으로 파악하는 것은 불가능하며 삼진(三眞, 性·命·精)과 삼망(三妄, 心·氣·身) 그리고 삼도(三途, 感·息·觸)의 종·횡의 삼원론적 통합적 구조에서 인간존재를 파악할 수 있다.

2. 인간론

인간의 본성은 무엇인가? 나는 누구인가? 왜 태어났으며 어떻게 살아야 하는가? 등의 인간 자신에 대한 근원적인 물음은 인류 역사가 시작된 이래 철학에서 뿐만 아니라 과학을 비롯한 모든 분야에서 주요 화두로 대두되어 왔다. 한국선도가 인간을 어떤 존재로 이해하는지는 삼일신고 「진리훈」에서 아주 선명하게 보여준다. 삼일신고는 총 366자로 되어 있는데, 「천훈」에서 「세계훈」까지는 하늘이라는 본체에 대한 가르침과 하느님에 대한 가르침 그리고 지구 안에서 살고 있는 생명체들이 어떻게 생겨났는지를 설명하고 있다. 여기까지 천부경의 삼원론적 사유체계는 그다지 선명하게 보이지 않는다. 인간 존재를 설명하는 「진리훈」에 와서야 삼원론적 사유체계를 명확하게 보여준다. 5개의 가르침 중에서 「진리훈」이 가장 많은 글자로 되어 있다는 것은 그만큼 한국선도가 인간의 문제에 관심이 많다는 것을 의미하기도 한다.

고대 그리스의 피타고라스가 육체가 아니라 영혼이 인간 실존의 가장 중요한 담당자라고 선언한 이후, 인간은 변화와 소멸을 겪는 물질적인 육체와 정신적 존재인 비물질적인 영혼으로 구성되어 있고 영혼은 자신의 고유한 존재 방식을 지닌다고 생각했다. 인간의 영혼이 불멸의 신적 존재로부터 파생된 것이기 때문에 영혼은 불멸하다고 보았다.[493] 이러한

---

493) 콘스탄틴 J. 밤바카스, 『철학의 탄생』, 137쪽.

사유는 플라톤에 와서 이데아 세계와 현상 세계라는 이원론적 세계관을 형성하고, 근대 이후 데카르트에 와서는 인간이란 육체와 정신으로 정확히 분리된 존재로 이해하는 실체이원론이 자리를 잡게 된다.

동양에서는 육체와 정신을 유기적 관계로 이해하며, 인간을 소우주라고 하여 우주의 운행원리가 그대로 인간에게도 적용된다고 생각했다. '천인합일설天人合一說', '천인감응설天人感應說' 등은 그러한 사유방식에서 나온 사상이라 할 수 있다. 한국선도 역시 예외는 아니며 이를 '신인합일神人合一'라 하고 대종교에서는 '삼진귀일三眞歸一' 등으로 표현하였다. 「진리훈」에서는 지감·조식·금촉을 통해 신인합일에 이르는 경지를 '반망즉진返妄卽眞', '반진일신返眞一神', '성통공완性通功完' 등의 다양한 용어들로 표현하고 있다. 「진리훈」에서는 인간 존재를 육체와 정신이라는 이원론적 구조로 보지 않고 삼원론적 구조로 설명하고 있으며, 지감·조식·금촉 삼법수행三法修行을 통해 반진일신하여 궁극적인 경지인 성통공완에 이르는 과정을 자세히 설명하고 있다.

1) 인간 존재의 구조

천부경의 일석삼극一析三極의 원리에 의하면 하나에서 하늘과 땅 그리고 인간이 나온다. 이 하나는 「천훈」에서 하늘로 「신훈」에서 하느님으로 전화되어 나타난다. 「진리훈」에서는 근본이 되는 하나(하늘, 하느님)로부터 인간이 삼진을 품부받는 것으로 그 서두를 시작한다. 그 전문을 살펴보면 다음과 같다.

人物 同受三眞 曰性命精 人全之 物偏之 眞性無善惡 上哲通 眞命無
淸濁 中哲知 眞精無厚薄 下哲保 返眞一神 惟衆迷地 三妄着根 曰心氣身
心依性 有善惡 善福惡禍 氣依命 有淸濁 淸壽濁殀 身依精 有厚薄 厚貴
薄賤 眞妄對作三途 曰感息觸 轉成十八境 感 喜懼哀怒貪厭 息 芬殩寒熱

震濕 觸 聲色臭味淫抵 衆 善惡淸濁厚薄相雜 從境途任走 墮生長肖病沒 苦 哲 止感調息禁觸 一意化行 返妄卽眞 發大神機 性通功完是[494]

「진리훈」은 인간 존재를 삼원론적 구조에서 파악하고 있다. 우주 만물의 근본이 되는 하나에서 성性·명命·정精 삼진을 받고 삼진에 의지依하여 심心·기氣·신身 삼망三妄이 착근着根하고 삼진과 삼망이 만나서眞妄對作 감感·식息·촉觸 삼도三途라는 세 갈래의 길이 생기고, 기쁨·두려움·슬픔·성냄·탐냄喜·懼·哀·怒·貪·厭, 맑은기운·흐린기운·찬기운·더운기운·마른기운·젖은 가운芬·彌·寒·熱·震·濕, 소리·빛깔·냄새·맛·음탕함·만짐聲·色·臭·味·淫·抵이라는 열여덟 경계十八之境에 이르게 된다. 이를 아래의 [표 3]과 같이 나타낼 수 있다.

[표 3] 인간존재의 삼원적 구조

三眞	三妄	三途	十八境
性	心	感	喜·懼·哀·怒·貪·厭
命	氣	息	芬·彌·寒·熱·震·濕
精	身	觸	聲·色·臭·味·淫·抵

인간은 원래 세 가지의 온전함(삼진)을 가진 존재이지만 세 가지 망령됨(삼망)으로 인해 선악善惡과 청탁淸濁, 후박厚薄이란 분별이 생기게 되고, 세 가지 온전함과 세 가지 망령됨이 만나서 세 가지의 길三途로 나아가 십팔경十八境으로 빠지게 되어, 나고生 자라고長 늙고消 병들고病 죽는沒 고통에 떨어지게 된다.

천부경을 우주 발생론적 측면에서 해석할 때 ① 근본의 상태, ② 형상화되기 이전의 상태, ③ 형상화된 상태, ④ 형상화되기 이전과 형상화된

---

494) 三一神誥 「眞理訓」.(『사부합편』, 27~33쪽)

상태가 어울려 작용하는 상태, 총 4단계로 설명할 수 있다.[495) 이 내용을 삼일신고「진리훈」과 비교하면 [표 4]와 같은 도표로 나타낼 수 있다.

[표 4] 발생론적으로 본 우주와 인간의 구조[496)

구 분	『天符經』	『三一神誥』	비고	
근본의 상태	一	天, 神		先天
형상화 이전	天[497) · 地 · 人	三眞	胚胎前	
형상화 이후	天 · 地 · 人	三妄	胚胎初	後天
형상화 이전+형상화 이후	天 · 地 · 人	三途	出産後	

이 우주는 원래의 근본 상태, 형상화되기 이전의 상태, 형상화된 상태, 형상화되기 이전과 형상화된 상태가 어울려 작용하는 상태, 이 네 단계를

---

495) 이승헌,『단학인』, 한문화, 1996, 158~160쪽. 현재까지 천부경에 대한 많은 해설서들이 나와 있지만, 본 연구에서는 그 중에서 특히 삼일신고와 구조적인 측면에서 상호 일치하는 현대단학의 견해를 수용한다. 이러한 견해는 중국 도교 경전인 『太玄經』에서 보이는「太玄圖」에 의하면 一(玄)에서 三으로 분화되는 과정을 4단계(方 · 州 · 部 · 家)로 구분하고 있어(우실하,「도교와 한국 민족종교의 뿌리 북방 샤머니즘의 3수 분화의 세계관」,『한국의 신종교와 도교』, 한국도교문화학회 추계학술대회자료집, 2005, 58~59쪽), 천부경이 우주본체를 4단계로 구분하는 구조와 유사한 면이 있으나 보다 깊이 있는 연구가 필요하다. 이러한 부분은 중국 도교 경전 연구를 통해 삼원사상을 중심으로 하는 한국선도와의 관계성을 밝히는데 좋은 단초를 제공할 수 있을 것이다.

496) 현대 신과학에서 말하는 생명 에너지의 개념으로 설명하면 위의 네 단계를 ① 에너지의 근본이라고 할 수 있는 중심, ② 에너지의 운동과 작용단계, ③ 에너지가 형상화되어 물질로 나타나는 단계, ④ 에너지와 형상화된 물질의 상호작용의 단계로 표현할 수 있다.(이승헌,『단학인』, 183쪽)

497) 천부경의 '天'과 삼일신고에서 '天'은 글자는 같으나 그 개념은 다르다. 천부경에서 '天'은 三元(天 · 地 · 人) 중에 하나이고, 삼일신고에서의 天은 만물의 근원이며 본체로서의 天을 의미한다.

거쳐 우주 만물이 완성되며 우주 만물은 따로 뗄 수 없는 한 덩어리를 이룬다. 대종교에 따르면 인간의 경우, 형상화 이전 즉 배태전胚胎前에 삼진을 받고 형상화된 상태인 배태초胚胎初에 삼망이 생긴다고 한다.[498] 출산후 살아가면서 형상화 이전(삼진)과 형상화 이후(삼망)가 만나서 삼도에 따라 십팔경에 빠져, 나고 자라고 늙고 병들고 죽는 고통에 떨어지게 된다. 서일의 『회삼경』에서는 삼진 이전을 선천先天으로 삼망 이후를 후천後天으로 본다.[499]

위의 [표 4]에서 알 수 있듯이 천부경에서 우주본체를 해석하는 구조와 삼일신고에서 인간을 설명하는 구조가 기본적으로 동일하다는 것을 알수 있으며, 천부경의 삼원론적 시각은 삼일신고에 나타난 인간관에 그대로 투영되고 있음을 확인할 수 있다.

2) 삼원조화와 주체

천부경의 일석삼극 원리에 의하면 근원인 하나로부터 삼원 즉 하늘과 땅 그리고 인간이 나온다. 한국선도 문헌인『부도지』는 인간 존재의 의미를 서사적으로 잘 묘사하고 있다. 그 내용을 요약하면 다음과 같다.

> 마고(麻姑)가 궁희(穹姬)와 소희(巢姬)를 낳고, 궁희와 소희가 두 천인(天人)과 두 천녀(天女)를 낳았으며 모두 네 천인과 네 천녀가 되었다.

---

498) "衆은 凡人也오 迷地는 胚胎初라 妄은 歧而不一也오 着根은 置本也라 心은 吉凶宅이오 氣는 生死門이오 身은 情慾器也라 依는 附也라 福은 百順也오 禍는 百殃也라 壽는 久오 殀는 短也라 貴는 存이오 賤은 卑也라."(『사부합편』, 30쪽)
499) 『會三經』, "人物이 旣受三眞然後에 乃得三妄이라 故로 三眞은 可屬於先天하야 本無善惡 · 淸濁 · 厚薄하고 三妄은 可屬於後天하야 乃有善惡 · 淸濁 · 厚薄하니 學者 當知眞妄之由然後에 可得返卽之功을 敢此言證하노라."(『사부합편』, 162쪽) 三眞과 三妄의 관계를 도교의 精 · 氣 · 神論의 선천과 후천으로 설명하는 경우도 있다.(박병수, 「조선시대 도교 정 · 기 · 신론의 전개양상」, 『도교의 한국적 변용』, 한국도교사상연구총서Ⅹ, 한국도교사상연구회편, 아세아문화사, 1996, 363쪽)

네 천녀에게는 여(呂), 네 천인에게는 율(律)을 맡아보게 하였다. 후천
(後天)의 운이 열린 후, 마고가 땅과 바다를 생기게 하고 기(氣)·화
(火)·수(水)·토(土)가 낮과 밤, 사계절을 구분하고 지상의 만물이 생
겼다. 본음(本音)을 관섭(管攝)하는 자가 여덟 사람이었기에 향상(響
象)을 수증(修證)하는 자가 없었고 만물이 조절되지 않았다. 마고는 네
천인과 네 천녀를 결혼시키니, 삼남 삼녀를 낳아 인간의 시조(始祖)가
되었다. 몇 대에 거쳐 족속이 불어나 각각 삼천이 되었다. 열두 사람의
시조는 각각 성문을 지키고 그 나머지 자손은 향상을 나누어 관리하
며 수증을 하니 비로소 역수(曆數)가 조절되었다.[500]

『부도지』에 의하면 지구에 하늘과 땅 그리고 여덟 천인이 있었지만, 역
수曆數가 조절되지 않고 세상은 혼돈 상태였다. 이에 마고가 여덟 천인을 결
혼시켜 인간의 시조를 낳게 하니 그로부터 많은 인간들이 생겨나게 된다.
많은 인간들이 수증修證을 거친 후에야 비로소 역수가 조절되었다고 한다.

이를 존재론적으로 살펴보면, 삼원이 되는 하늘과 땅 그리고 인간이 있
었으나 삼원의 존재 그 자체만으로는 조화롭지 못하고 혼돈의 상태인 것
이다. 인간이 하늘과 땅의 이치를 밝히는 수증을 할 때야 비로소 역수가
바로 잡히고 삼원이 조화로워지는 것이다.

한인씨가 천부삼인을 이어받아 인간세상의 이치를 증거하는(證理)
일을 크게 밝히니, 이에 햇빛이 고르게 비추고 기후가 순조로워 생물
이 거의 편안함을 얻게 되었으며, 사람들의 괴상한 모습이 점점 본래
의 모습을 찾게 되었다. 이는 3세(황궁·유인·한인)가 하늘의 도를
닦아 실천하는(修證) 삼천 년 동안 그 공력을 거의 없어질 만큼 썼기
때문이었다.[501]

---

500) 『符都誌』 제1장~제4장.
501) 『符都誌』 제10장, "桓因氏 繼受天符三印 大明人世證理之事 於是 日光均照 氣候順
常 血氣之類 庶得安堵 人相之怪 稍復本態 此 三世修證三天年 其功力 庶機資於不
咸者也."

오미五味의 변502) 이후 마고성을 출성出城하여 인간들이 본성을 잃어갔지만, 황궁·유인·한인 3세의 수증 덕택에 기후와 동식물이 안정을 얻고 인간이 본래의 모습을 찾을 수 있었다고 한다. 상기 인용문들에 의하면 인간의 수증은 인간 자신뿐만 아니라 천지역수의 조화와 관계가 있으며, 인간은 삼원을 조화롭게 하는 주체적 역할을 한다. 인간이란 존재는 존재 그 자체보다는 수증, 즉 수행을 통해 하늘과 땅의 이치를 깨닫고 실천하는 것에 존재의 의미가 있다는 것이다. 이러한 수행의 전통은 도가나 도교의 개인중심의 장생불사와 비교된다. 이처럼 중국 도교나 도가의 수행론과는 달리, 한국선도 수행은 원초적으로 개인과 공동체뿐만 아니라 천지자연을 함께 아우르는 조화와 상생의 실천적 기능을 했으며, 그 전통이 홍익인간 재세이화란 국시國是로 이어져 내려왔던 것이다.

인간은 여전히 과학의 힘으로 해결할 수 없는 아주 중요한 문제를 안은 채 오늘을 살고 있다. 그 중요한 문제란 무엇일까. 다름 아니라 대상화할 수도 객관화할 수도 없는 인간 존재의 근원적 본질은 인간주체이며, 인식하고 사유하고 결단하고 행동하는 인격의 주체성 바로 그것이다. 인간주체의 문제는 객관적으로 대상화하여 사물을 다루는 과학적 방법으로는 도저히 파악할 수 없는 영역이다. 그러므로 대상적으로 해결하는 것이 아니라, 어디까지나 인간주체가 스스로 수행을 통해 체율체득하여 자신의 문제를 해결하는 수밖에 없다. 결국 인간은 하늘과 땅 그리고 인간 삼원의 관계에서 스스로 조화의 주체임을 깨닫고 올바른 선택과 결정을 통해 미래를 창조해야 한다.

---

502) 열두 사람의 시조가 서로 결혼하여 자손이 늘어나게 되니, 당시 식량이던 마고성의 地乳가 부족하게 되어 白巢氏가 포도를 먹게 됨으로써 타락하게 되고 마고성에서 쫓겨나게 된 사건을 말한다.(『符都誌』제5~7장)

3) 인간성 회복: 복본

인간의 본성이란 영어로는 human nature다. 이 말은 문자 그대로 인간의 자연(상태), 즉 인간의 자연적 성질, 다시 말해 자연의 일원으로써 인간에게 주어진 성질을 뜻한다. 그런데 이 성질을 근본적인 성질로 이해하느냐, 아니면 단지 타고난 성질로 이해하느냐에 따라 본성이라는 말의 의미가 달라진다. 전자처럼 이해할 경우 본성은 항상적인 불변성을 함축한 본질이 되며 근원적인 기체성基體性을 가리킨다. 후자처럼 이해할 경우 본성은 본능이 된다.503)

중국철학에서 '성性'이란 문자 그대로 '심心'과 '생生'의 합성어이다. 從心從生 여기서 생이란 '하늘이 부여함天之就', '태어나면서부터 함께 생긴 것與生俱生' 그래서 '나면서 가지고 있는 것生而有'을 의미하고 이것은 인간이 나면서부터 지닌 자연스러운 속성을 가리키는 말이다.504) 동서양에서는 인간의 본성과 본능이란 이원적이며 양극적인 측면에서 인간론을 이끌어 냄으로써, 하나는 수용하는 방식으로 다른 하나는 버리거나 억제하는 방식으로 이해해 왔다고 할 수 있다. 한국선도 역시 본성과 본능이 인간 안에서 어떤 형식으로 품수되고 전개되는지를 「진리훈」에서 구체적으로 설명하고 있다.

『회삼경』은 인간의 마음은 본래 착한 것이라고 한다. 미혹된 것에 의해 악한 마음이 생겨서 선악이 있는 마음 즉 삼망으로 변화하고, 진심眞心과

---

503) 소광희 외 13인, 『인간에 대한 철학적 성찰』, 문예출판사, 2004, 17쪽.

504) 자연스러움을 생리적인 것으로 본다면 生은 곧 본능과 욕망을 의미하고, 이런 자연스러움을 도가적으로 본다면 생은 바로 그런 작위적 욕망이 배제된 무위자연으로서의 원초적 생명 상태를 뜻한다. 둘 중 어느 입장을 취하든, 양자는 모두 인간의 본성을 인간과 자연 또는 동물 사이의 차이점보다는 공통점에 주목하여 해석하는 것으로서, 인성을 자연성의 시각에서 바라보는 경향이다. 이에 비해 心은 인간의 본성을 여타의 자연 사물과의 차이점에서 주목하여 해석하는 것으로서, 인성을 윤리 도덕성의 시각에서 바라보는 경향을 대변한다. 이것은 정통 유가의 기본입장이다.

망심妄心이 서로 마주함眞妄對作으로써 삼도가 생기고 삼도의 감感이 희喜 · 구懼 · 애哀 · 노怒 · 탐貪 · 염厭 여섯 경계를 갖게 된다고 한다.

삼망으로 빠지기 전에 인간의 본래 마음心은 착하고 기운氣은 맑고 몸은 두터웠지만,[505] 삼진으로부터 미혹된 것이 생겨나 선악과 청탁, 후박이 있는 삼망으로 변화하고, 삼진과 삼망이 서로 마주함眞妄對作으로써 삼도가 생기고 인간의 삶은 십팔경으로 나아가게 된다. 인간의 삼망은 본래 선한 마음, 맑은 기운, 두터운 몸이었지만 미혹함에 의해서 악한 마음, 탁한 기운, 엷은 몸이 생겨나서 타락하게 되었다는 논리이다. 이처럼 『회삼경』은 「진리훈」을 인간의 '타락墮落' 과정으로 설명하고 있으며, 현재의 인간은 인간성을 상실한 타락한 인간으로 묘사하고 있다.

현대단학에서는 인간이 자기 자신을 세 가지 참모습인 성 · 명 · 정으로 보이는 것이 아니라 심 · 기 · 신이라는 허상으로 보게 된다고 한다. 마치 굴곡이 심한 유리를 통해 바깥 풍경을 보면 모든 사물이 파편화되어 보이는 것처럼, 존재의 배경이고 근본 바탕인 허공이 보이는 것이 아니라 그 위에 그려진 무늬인 마음心과 기운氣 그리고 몸身만 인식하게 되며, 마음은 감정으로 기운은 숨쉼으로 몸은 감각의 길로 들어선다고 한다.[506]

앞의 『회삼경』의 논리는 인간의 본성은 선하다는 성선설性善說에 기반을 두고 있다. 그러나 선악은 심의 차원이고 삼진인 성을 회복할 때는 무선악無善惡, 즉 선도 악도 없는 차원으로 나아간다. 선악이라는 도덕적 관념은 인간의 마음이라는 삼망의 차원에서 주어지는 것이며, 삼진 즉 진성眞性에는

---

505) 『會三經』에는 "삼망의 근본은 善하고 淸하고 厚하다"라고 하며 다음과 같이 설명한다. "착함이 나의 본래의 마음이며, 맑음이 나의 본래의 기운이며, 두터움이 나의 본래 몸이어 늘 아득하여 악함이 되며, 흐림이 되며, 엷음이 되니, 이러므로 이에 아득함이 본래(本然)가 아니라 미혹됨으로 인하여 그 미혹됨에 빠지게 되는 것이오 깨달음은 갑자기 일어나는 것(頓然)이 아니라 돌이키므로 인하여 회복(復)됨을 아나니라."(善我本心 淸我本氣 厚我本身 迷之 爲惡爲濁爲薄 是故 乃知迷非本然 因幻乃得 悟非頓然 因返乃復) (『사부합편』, 154~155쪽)
506) 이승헌, 『힐링 소사이어티를 위한 12가지 통찰』, 한문화, 2001, 127~128쪽.

선도 악도 없는 것이다. 따라서 인간의 본성을 삼진의 차원으로 이해하느냐 삼망의 차원에서 이해하느냐에 따라 그 의미가 달라진다. 「진리훈」이 심心을 망념됨妄으로 보고 성性을 참됨眞으로 본다는 것은 인간 본성을 삼진의 차원에서 이해해야 함을 의미한다. 그렇기에 인간성 회복이란 삼진을 회복하는 것을 의미한다고 할 수 있다.

'강재이뇌'에서 신이 이미 인간의 뇌에 내려와 있다는 것은 바로 신이 내재하고 있음을 의미한다. 절대 존재자, 주재주로써 외재하고 타자화된 신이 강재降在했다는 의미는 절대존재인 하늘天 혹은 하느님神으로부터 하느님의 속성 즉 '신성神性'을 품부받았다는 말이며, 그 신성은 '원리'와 '이치'를 의미한다.[507] 따라서 신성은 「진리훈」에서 말하는 삼진 중의 하나인 '성性'을 가리키는 말이 된다. 삼진의 성은 절대적인 존재인 하느님(하나, 하늘)을 의미하는 것이 아니라, 신으로부터 인간이 신의 성질을 받았다는 것을 의미한다. 좀 더 엄밀하게 말한다면, 인간이 근원(하나, 하늘, 하느님)으로부터 삼진을 온전히 받았다는 것은 하느님의 속성인 '신성性'과 '목숨命' 그리고 '육체精'[508]를 받았음을 의미한다. 따라서 인간성 회복이란 바로 신성을 회복한다는 의미와 더불어 목숨을 잘 보존하는 것과 육체를 건강하게 하는 것과도 상통하는 것이다.

한국선도의 인간론은 성선설性善說과 성악설性惡說의 상대성의 차원과 상대적인 것을 넘어선 차원을 모두 포함하고 있다. 그리고 삼진이 인간의 본성이라 하여 원래 완전성을 품부 받은 인간에서 타락하는 과정을 현상적인 시각[509]으로 설명하고 있는 것이 「진리훈」에서 보이는 한국선도의

---

507) [字] "'性'은 理也니 受於神者也오 '子'는 種也니 受於親子也라"(『사부합편』, 18쪽)

508) 三眞의 精은 육체와 같이 형성화되기 이전의 상태를 의미하고, 三妄의 身은 精에 의지(依)하기에 精은 身(육체)를 이루는 근본 에너지 정도로 해석할 수 있을 것이다. 그런 의미에서 여기서는 정을 육체로 비정했다.

509) 여기서 '현상적'이란 용어는 한국선도가 인간의 타락과정과 복본과정을 인간으로 태어나면 누구나 겪는 일련의 과정 즉 현상으로 보고 있기 때문에 현상적이라고 표현했다.

인간론의 특징이라 할 수 있다. 인간이 필연적으로 타락의 과정을 겪을 수밖에 없다는 시각을 드러내고 있는 것이다. 그러나 인간의 타락과정을 설명한 후, 현재의 타락한 인간에서 머물지 않고 다시 본래의 인간성을 회복할 수 있음을 강조하고 있다. 비록 타락한 인간이라도 본래의 성품을 갖고 있기 때문에 인간은 존중될 수밖에 없는 존재이며, 본래의 인간성을 회복할 수 있는 가능성은 누구에나 항상 열려 있는 것이다. 그렇기에 인간성 회복의 가능성은 하느님에 의해 주어진 것이지만, 현실성으로 드러내기 위해서는 인간 자신의 선택 즉 수행을 통해서 결정되는 것이다. 이때 비로소 인간은 자신의 자율성과 주체성을 확보하게 된다.

　삼진 차원에서 인간은 근원적으로 순자荀子의 성악설이나 맹자孟子의 성선설과 같이 선악의 이원적 구도에서 파악되지 않는다. 단지 선악의 이원적 구도는 삼망의 상태에서 대두된다. 인간은 선악의 양면을 내포하고 있지만, 인간 개개인의 선택에 의해 선악이 결정되는 것이다.510) 선복악화善福惡禍, 청수탁요淸壽濁妖, 후귀박천厚貴薄賤은 순리적順理的 천리天理이지만, 개개인의 노력에 의해 그 결과가 결정되는 것이다. 인간은 저절로 선해지는 것도 아니요 저절로 악해지는 것도 아니다. 선악 · 청탁 · 후박은 인간에게 가능성으로 내재하고 있으며, 인간 자신의 선택에 의해 복화 · 수요 · 귀천이 결정되는 것이다. 그러나 선하면 복이 있게 되고 악하면 화가 미친다는 섭리는 마치 자연에서 물이 높은 곳에서 낮은 곳으로 흐르는 것과 같이 자연 운행의 원리와 같아서, 이는 결정론적 측면과 도덕적인 측면을 함께 내포하고 있다. 이때 도덕성이라는 것은 삼망의 차원에서 선험적이기는 하나 보편적으로 규정되지 않는다.511) 다시 말해 인간

---

510) 이러한 사유는 맹자나 순자에서도 보인다.

511) 선진 유가들은 天이 밝은 덕을 인간에게 부여하여 인간의 본성을 이루었다고 함으로써 초월적 존재인 천이 인간의 마음속에서도 내재하고 있다고 하는데, 이것은 性과 天道가 서로 연결되어 있다는 것을 의미한다. 이러한 측면에서 한국선도는 근원적인 존재로부터 삼진을 받기에 유가의 性은 三眞차원에서 이해되어야 할 것이다. 그러나 유가의 性은 선악의 도덕적 근거가 되지만, 한국선도에서는 선

누구나 저절로 마음이 선해지지 않는다는 의미이다. 따라서 인간이 수행해야 한다는 당위성을 상징적으로 내포하게 된다. 부연하면 악이란 자기자신의 잘못에서 생긴 병처럼 자기의 우둔함으로부터 발생하게 되는데 그 우둔함이란 선험적으로 결정되어 있는 것이 아니며 삼법수행을 통해 밝음의 지혜哲로 변화될 수 있는 것이다.

「진리훈」에서는 인간이 삼진에서 삼망으로 삼도를 거쳐 타락하였지만, 다시 삼법수행을 통해 삼망에서 삼진으로 나아가 근본상태로 가는 '복본復本'의 과정을 서술하고 있다. 『회삼경』에서 "깨달음은 갑자기 일어나는 것이 아니라 돌이켜서 회복한다는 것이다"512)라고 한 의미는 삼법수행을 통해 망령됨을 돌이켜 참으로 나아갈 때返妄卽眞 깨달을 수 있다는 것을 뜻한다. 이처럼 깨달음이란 원래 없던 것이 생기는 것이 아니라 회복한다는 의미를 내포하고 있음을 강조하고 있다. 즉 깨달음은 갑자기 일어나는 것, 즉 없던 것이 생기는 것이 아니라 돌아감으로써 회복하는 것이다.

복본이란 용어는 『부도지』에 나오는 용어이다. 오미의 변五味之變을 일으킨 지소씨가 마고성에서 나갈 때 황궁씨가 지소씨에게 당부하는 내용을 통해 알 수 있다.

> 황궁씨(黃穹氏)가 그들의 정상(情狀)을 불쌍하게 여겨 고별하여 말하기를, "여러분의 미혹함이 심히 커서 본 바탕(性相)이 변이(變異)한 고로 어찌할 수 없이 성 안에서 같이 살 수 없게 되었소. 그러나 스스로 수증(修證)하기를 열심히 하여 미혹함을 깨끗이 씻어 남김이 없으면 자연히 천성을 되찾을 것(復本)이니 노력하고 노력하시오!"라고 하였다.513)

악적 도덕은 삼망의 차원에서 논의되어야 한다. 따라서 맹자가 주장하는 四端의 心은 삼망 차원에서 논의할 수 없는 것이다.

512) 『會三經』「三妄」, "善我本心이며 淸我本氣며 厚我本身이어늘 迷之하야 爲惡하며 爲濁하며 爲薄하니 是故로 乃知迷非本然이라 因幻乃得이오 悟非頓然이라 因返乃復이니라."(『사부합편』, 154~155쪽)

513) 『符都志』 제7장, "黃穹氏 哀憫彼等之情狀 乃告別曰 諸人之惑量 甚大 性相變異故 不得同居於城中. 然 自勉修證 淸濟惑量而無餘則自然復本 勉之勉之."

본바탕으로 돌아가기 위해서 수증修證하여 복본해야 한다는 것은 바로 삼일신고의 삼법수행을 통해 삼진을 회복하는 것과 같은 의미이다. 『부도지』에는 수증의 방법에 대한 구체적인 설명이 없지만 삼법수행과 같은 일정한 선도수행법이 있었음을 추측할 수는 있다.

이러한 복본의 관념은 『도덕경』에도 잘 나타나는데, 이에서도 '되돌아감'의 원리로 설명하고 있다. 반反, 환還, 복復, 복귀復歸 등의 말로 표현되는514) 이 원리는 『도덕경』 전체에 일관되게 흐르고 있는 사상이다. 그리고 조선시대의 내단 사상을 정초하는 중요한 이론적 기초인 『용호결』의 역추逆推 개념515)과도 그 맥을 같이 한다.

> 고인이 말하기를 순(順)하면 사람이 되고 역(逆)하면 선인(仙人)이 된다고 하였다. 무릇 일(太極)이 이(陰陽)를 낳고 이가 사(四象)를 낳고 사는 팔(八卦)을 낳고 육십사(六十四卦)에 이르러 만사로 분화되는 것이 인도(人道)이다(順推功夫). 가부좌를 틀고 단정히 앉아 발을 드리우듯 눈을 감고 만사의 어지러운 잡념을 걷어치우며 아무것도 없는 태극에 돌아가니 이것이 선도(仙道)이다(力推功夫).516)

순順한다는 것은 태극에서 만물로 분화되어가는 과정에 순응한다는 의미이며, 역逆한다는 것은 분화과정을 소급하여 태극으로 복귀하는 반본환원返本還源을 의미한다. 인간사를 순順으로 파악한다는 것은, 삼일신고에서 인간이 타락하는 일련의 과정이 바로 인간이면 누구나 갖고 있는 자연스런 현상으로 보는 것과 그 의미가 같다. 다시 반본환원한다는 것은 반망즉진返妄卽眞하여 반진일신返眞一神한다는 내용과 비교할 때, 개괄적으로

---

514) 『道德經』 제14장, 제16장, 제25장, 제28장, 제30장, 제52장, 제65장.
515) 김낙필, 『조선시대의 내단사상』, 91~96쪽.
516) 『龍虎訣』, "謹按 古人云 順則爲人 逆則仙 盖一生兩 兩生四 四生八 以至於六十四 分以爲萬事者 人道也(順推功夫). 疊足端坐 垂簾塞兌 收拾萬事之紛擾 歸於一無之太極者 仙道也.(逆推功夫)"(『海東傳道錄‧靑鶴集』, 276쪽)

의미상 큰 차이가 없음을 알 수 있다. 다만, 존재론적 측면에서 한국선도는 삼원론을, 조선시대 내단 사상은 이원론을 표방한다는 점에서 차이가 있음을 알 수 있다. 그러나 조선시대 내단 사상가인 김시습, 정렴, 권극중에 보이는 역추론은 근본으로 돌아간다는 점에서 동일하다고 볼 수 있다.517)

지금까지 살펴본 바에 따르면, 한국선도는 서두에서 언급한 본성과 본능으로 구분하기 보다는 인간을 '타락한 인간'과 '복본하는 인간'으로 보며, 인간 자체를 현상적으로 파악하고 있다는 것이 옳은 표현일 것이다. 굳이 본성을 본질로 보고 본능을 자연스럽게 생기는 것으로 본다면 본성은 삼진 중 (신)성을 의미하고 본능은 삼망의 심으로 볼 수 있다. 삼망 중에 선한 마음, 맑은 기운, 두터운 몸은 본질에 가깝고 악한 마음, 탁한 기운, 엷은 몸은 본질과 반대되는 것이다518)라는 억지 붙임보다는, 인간을 삼원론 구조 속에서 이원성을 초월한 삼진의 세계와 이원적인 현상의 세계를 타락과 복본이라는 흐름 속에서 인간을 이해하고 있다고 보는 것이 보다 적절한 해석이 될 것이다. 현대 생물학적으로 본능은 진화의 과정에서 생긴 종 차원의 정형화된 행동 유형으로써 유전적으로 확립된 것이기 때문에 단순히 제거되어야 할 대상이 아니라 인정해야 할 그 무엇이듯이, 삼망과 삼도는 바로 부정하고 제거해야 하는 그 무엇이 아니라 순리적 타락을 통해 자연적으로 타고난 성향의 본능이라 할 수 있을 것이다.

한국선도에서는 인간이 육체를 가진 이상 삼도를 인정해야만 하는 그 무엇인 이유는, 바로 인간성 회복 즉 반망즉진返妄卽眞, 성통공완性通功完하여 반진일신返眞一神하기 위한 수행법으로 제시되고 있는 삼법수행 지감·조식·금촉이 삼도의 감·식·촉을 바탕으로만 가능하기 때문이다. 삼도 없이는 수행이 불가하기에 성통공완 역시 요원하게 된다. 삼망의 육체

---

517) 김종업, 「삼일신고의 수련원리에 대한 현대적 해석과 방법론 이해」, 명지대학교 박사학위논문, 2003, 97쪽.
518) "善과 淸과 厚는 天道에 順合한 故로 有慶하고 惡과 濁과 薄은 天道에 逆忤한 故로 有殃이다."(『사부합편』, 30쪽)

身가 없다면 금촉할 수 있는 근거가 없으니 성통공완이 어떻게 가능하겠는가. 따라서 몸은 배척되고 경시될 수 없는 것이기에 마음수행(지감), 호흡수행(조식)과 더불어 몸수행(금촉) 역시 중요하다. 한국선도에서 몸이란 그리스 희랍의 신적이고 불사의 영혼을 가두어 영혼의 자유를 속박하는 사멸하는 육체가 아니라, 궁극적으로 성통에 이를 수 있는 주요한 터전으로서 보保해야 하는 존재인 것이다.

한국선도는 결코 파괴될 수 없는 인간 생성(타락)의 한 과정 속에서 도덕적인 것의 뿌리를 발견했다. 도덕이란 개개 인간에 자연적으로 잠재된 것이다. 인간은 도덕적으로 선한 것을 직접적으로 느끼지만, 신이 무엇이고 그의 계명이 어떤 것인가는 도덕적 차원에서는 알 수 없다. 왜냐하면 선악이라는 도덕적인 기준은 삼망 차원에서만 그 의미가 있지 무선악의 삼진 차원에서는 무의미하기 때문이다. 따라서 하느님은 인간에게 도덕성을 강조하지 않는다. 도덕적 가치는 오직 인간의 마음에 의해 결정될 뿐이다. 도덕적 완성은 삼진 회복을 통해返妄卽眞 도덕적 한계를 초월할 때만 도달될 수 있는 것이다.

4) 신의 초월성과 내재성: 강재이뇌

고대 그리스의 호메로스(Homeros, BC800?~750)와 헤시오도스(Hesiodos, 생몰년 미상)는 신적인 것을 탄생된 것, 인간과 유사한 것으로 간주한 반면, 삼일신고에서 신은 우주 만물의 주재주로서 역할을 하고 있다. 그러나 그 주재주인 신이 어떻게 생성된 것인지는 설명하고 있지 않으니, 여전히 「천훈」에서 무한하고 시공간의 제약이 없이 항상 편재하면서 만물의 근원인 하늘의 개념과 같다. 그러한 형이상학적 하늘은 하느님의 의인화를 통해 인간의 언어 속에 구현된다.

『도덕경』에서 도道를 여성화하여 신적 존재로 표현한 대목을 찾아 볼 수 있는데,519) 이때 신적인 존재인 도는 만물을 양육하고 다스리는 최고 신最高神으로 인격화되어 묘사되고 있지만 주재성을 갖고 있지 않다.520) 「신훈」은 하느님을 의인화해서 표현하고 있지만, 그리스의 신화처럼 신인동형설神人同形說과 같은 개념은 없으며 전체적으로 일신론적인 성격을 보여주고 있다.521) 하느님이 의인화가 되었다고 해서 그리스의 신인동형의 올림푸스 신들처럼 인간과 같은 감정, 즉 사랑, 시기, 질투 등의 인격성을 갖고 있다는 의미는 아니다. "신이 큰 덕과 큰 지혜와 큰 힘을 갖고 있으면서 세계를 주관하고 만물을 낳았다"522)라고 표현한 구절을 통해 하느님이 의인화되었다고 보는 것이다. 그러나 이렇게 지고의 가치로서 큰 덕과 큰 지혜와 큰 힘을 가진 존재로 의인화 된 하느님은 "티끌만한 작은 것에도 빠진 것이 없으며 밝고 신령스러워 감히 이름으로 헤아릴 수가 없다"523)라고 하여 비록 의인화되었지만 여전히 형이상학적이며 초월적인 존재로 남아 있다. 이는 인식론적 측면에서 볼 때, 하느님에 대한 인간의 인식적 한계를 지적하는 것이다. 그리고 초월적인 존재이며 의인화함으로써 타자화 된 하느님을 인식하는데 그 한계가 있음을 「신훈」은 「천훈」에서와 같이 부정적否定的 표현을 빌려 설명하고 있는 것이다.

삼일신고 「신훈」에 보이는 하느님은 무상無上의 위치에서 큰 덕과 큰 지혜와 큰 힘으로 하늘을 내시어 세계를 주관하며 만물을 창조하시되 작은 것도 빠짐이 없고 밝고 신령스러워 감히 이름 지을 수 없는 존재이다. 그렇다면 초월적이며 외재한 의인화된 하느님은 어떻게 인간이 인식

---

519) 『道德經』제6장, "谷神不死 是謂玄牝 玄牝之門 是謂天地根 綿綿若存 用之不勤."

520) 『道德經』제34장, "大道氾兮 其可左右 萬物恃之而生而不辭 功成不名有 衣養萬物而 不爲主 常無欲 可名於小 萬物歸焉而不爲主 可名爲大 以其終不自爲大 故能成其大."

521) 一神만 존재하는 것이 아니라, 「천궁훈」과 「세계훈」에서 하위신을 의미하는 개념들인 君靈諸哲이나 使者가 등장한다. 이러한 상위신인 일신과 하위신인 諸神의 구도는 『규원사화』의 「조판기」의 내용과 비교하면 그 의미가 더욱 명료해진다.

522) 三一神誥 「神訓」, "神 在無上一位 有大德大慧大力 生天 主無數世界 造牲牲物."

523) 三一神誥 「神訓」, "纖塵無漏 昭昭靈靈 不敢名量."

가능한 존재일 수 있는가? 아니면 영원히 인식할 수 없고 경험할 수도 없으니 추상적 사유로만 인식이 가능한 존재인가? 이에 대한 해답은 바로 다음 구절에 나온다.

聲氣願禱 絶親見 自性求子 降在爾腦

이 구절은 '절친견絶親見'에서 '절絶'의 해석 여하에 따라 그 의미가 조금씩 차이가 있다. 대체로 두 가지 해석방식이 있는데, 첫째는 부정의 뜻으로 해석하는 것과 둘째는 긍정의 뜻으로 해석하는 것이다.

첫째 의미로 해석하면 하느님은 소리와 기운으로 원하고 빌어도 만날 수 없는 존재이지만 자기 자신의 본성自性을 통해 씨子를 구하면 이미 머리, 뇌에 내려와 존재한다는 것이다. 하느님은 이미 머리에 내려와 있기 때문에 본성의 자각 없이는 언어나 생각, 기도 등만으로는 하느님과 만날 수 없다는 것이다.[524]

임아상은 인간의 뇌를 '머리골頭髓'이며 '하느님의 고을神府'이라고 하였다.[525] 그리고 대조영은 하느님은 소리와 모습이 없기 때문에 '진부眞府'를 보기 어렵다고 하였다.[526] 이러한 대조영의 해석에 대해 서일은 "하느님은 소리를 떠나 있기에 소리로 들을 수 없으며 모습을 끊었기에 볼 수 없다. 따라서 하느님이 있는 곳을 직접 볼 수 없기에 자성구자를 통해 하느님을 만날 수 있다"[527]라고 해석하였다.

임아상은 "어미 배속에서 나오기 전에 하느님은 이미 뇌에 있음에도

---

524) 대종교, 선불교, 안호상, 현대단학 등이 이에 해당한다.
525) [注] "腦는 頭髓니 一名은 神府라"(『사부합편』, 18쪽)
526) "贊曰 至昭至靈하시니 万化之主로다 旣剛而健하시고 慧焰德溥로다 財成神機를 如持規矩로다 離聲絶氣라 不見眞府로다."(『사부합편』, 18쪽) 이때의 眞府를 대종교에서는 '天宮'을 의미한다고 한다.([句] "眞府는 猶言天宮이다." 『사부합편』, 19쪽)
527) 『圖解三一神誥講義』, "離聲故 聽無 絶氣故 視無是 以不得親見其神之攸居 反懋自性求子之意."(정길영, 「백포 서일 연구」, 248쪽)

불구하고 일반 사람들은 헛되게 몸 밖에서 하느님을 구하고 있다"[528]라고 하며 대중들의 인간으로부터 외재적이며 초월적인 신을 기복하는 신앙형태를 비판하면서 신의 내재함을 강조하고 있다. 그리고 "하느님은 자성구자를 통해 만날 수 있다"라는 서일의 주장은 하느님은 이미 인간의 뇌 속에 내려와 있기 때문에 가능한 것이다. 이러한 인간에게는, 중국『초사(楚辭)』에 등장하는 신의 하강을 기원하고 빙의에 이르는 샤먼shaman, 시베리아 유목민처럼 탈혼하는 샤먼[529]일 필요가 없을지 모른다. 임아상은 초월적, 외재적 존재에 기복하는 기존 종교의 신앙 형태를 비판하고 있는 것이다. 임아상의 하느님은 '강재이뇌'를 통해 초월적으로 외재하고 타자화된 존재가 아니라 이미 선험적으로 내재하는 존재가 된다. 하느님이 내재하고 있음에도 불구하고, 이를 알지 못하고 하느님을 찾기 위해 소리와 모습으로 빌어봐야 소용없음을 임아상은 비판적으로 지적하고 있는 것이다.

둘째는 소리와 기를 다하여 원을 세우고 기도하면 반드시 하느님을 만날 수 있다는 해석이다. 신의 친견에 있어서 방법적으로 첫 번째 해석은 자성구자自性求子를 강조하고,[530] 두 번째 해석은 성기원도聲氣願禱를 강조하는 해석이라 할 수 있다.[531] 수행방법적 차이가 있을 뿐, 두 견해 모두 하느님이 이미 뇌에 존재하고 있다는데 큰 의미를 두고 있다.

현대에서 이야기되는 뇌腦가 한국 고대경전에 등장한다는 것은 상당히 의외적이라 할 수 있다. 물론 중국 수련도교에서도 뇌를 삼단전三丹田 중의 하나인 상단전上丹田으로 보고 강조하고는 있지만, 이는 내단 사상이 무르익은 수 · 당시대 이후에나 등장한다. 그리고 뇌라는 단어 이외에도

---

528) [註] "此身이 未出胎前에 神已在腦언마는 衆人은 妄求於外也"(『사부합편』, 18쪽)
529) 엘리아데 지음, 이윤기 옮김, 『샤마니즘−고대적 접신술』, 까치, 2007.
530) 주 561) 참조. 인간이 신을 인식하기 위해서는 외재한 신을 찾아서는 안 되며, 자신 안에 내재한 신을 찾아야만 한다는 것을 강조한다.
531) 송호수, 최동환 등은 두 번째 해석에 해당한다.

과학적이며 체계적인 사유방식은 아니지만 「세계훈」의 우주 생성에 대한 설명에 있어서 현대 과학 이론에서나 볼 수 있는 몇 가지의 현상들을 설명하는 문구를 찾을 수 있다.[532]

강재이뇌降在爾腦한 하느님은 초월적으로 외재하고 타자화된 신이 아니라 선험적으로 내재해 있으며 수행을 통해 체험적으로 인식이 가능한 존재가 되는 것이다. 인간이 하느님을 인식할 수 있게 되는 이유는 뇌 속에 내려와 이미 존재하고 있기 때문이다. 하느님은 본래 형체가 없고 말이 없기 때문에 인간의 생각이나 오감과 같은 외부의식으로는 하느님을 인식할 수 없고 오직 내부의식을 통해서 만이 가능하다. 인식영역 밖의 하느님이 인식영역의 하느님이 될 수 있는 것은 바로 인간의 뇌 속에 하느님을 인식할 수 있는 메커니즘[533]이 있다는 것을 상징한다.

『역해삼일신고』에서는 '성기원도' 이전의 내용은 '천신天神'에 대한 설명이고, 이후의 내용은 '인신人神'에 대한 설명이라고 하면서, 재무상일위在無上一位의 재在는 유일무이한 하느님으로 체體가 되고 강재이뇌降在爾腦의 재在는 무소부재한 하느님으로 용用이 된다고 하여 체용론으로 해석한다.[534] 하느님이 이미 뇌에 내려와 있다는 것은 바로 인간의 뇌 속에 하느님이 있다는 것을 의미한다. 여기서 한국선도 사상의 주요 특징 중의 하나인 신인합일의 정초가 마련된다.

초월적 존재인 하느님은 「천훈」의 하늘과 같이 시간과 공간에 구애받지

---

532) 「진리훈」에서 지구가 공 모양의 丸이라고 한 점과 만들어진 과정을 중심의 거대한 불덩어리가 폭발하여 바다와 육지가 이루어졌다는 내용(爾地自大 一丸世界 中火震盪 海幻陸遷 乃成見象)은 현대 지구 과학적 설명과 유사한 부분이다.

533) 현대단학의 뇌호흡에서 뇌를 뇌생리학적인 3층 구조(신피질, 구피질, 뇌간)로 파악하며 뇌통합을 통해 인간의 인식(의식)이 神性이 있는 뇌간까지 확장됨으로써 인간과 신성이 합일하는 신인합일에 대한 구체적인 수련법을 제시하고 있다.

534) [講] "本訓은 可分兩段하니 聲氣以上은 主言天神하고 以下는 並言人神하야 以見人物之原天也라 又篇中兩 '在'字는 最玩味處라 前者는 言神之本位-唯一無二니 體也오 後者는 言神之變化-無所不在니 用也라."(『사부합편』, 18쪽)

않는 존재이다. 시간은 생성 과정의 조건이고 공간은 세계가 창조되는 터전이다. 공간은 무한정자 혹은 무규정적인 것이다. 세계가 창조되기 위해서는 시간과 공간이 있어야 하는데 이때 하느님이 개입하게 된다. 시간에 굴복하지 않는다는 주장은 생성으로부터 면제되어 있다는 것을 의미한다. 시간의 지배를 받고 생성된다는 것은 그만큼 물질성을 띄고 있다는 것이다. 시간의 지배를 받지 않는 하느님을 찾는다는 것은 물질적이지 않는 것을 찾는다는 것이다. 물질적인 것은 감각적으로 인식한다. 자연히 물질적이지 않은 것을 찾는다는 것은 감각을 넘어선 무엇을 찾는 것이다.

고대 그리스에서 신 또는 신적인 것은 감각에 의해 지각됨을 부인하면서,[535] 신이나 이데아는 수학처럼 이성이나 사변을 통해서만 찾을 수 있다고 생각했다. 신의 존재에 대해 관심이 있는 것이 아니라 인간이 인식할 수 있느냐 없느냐에 관심이 있다. '있다'라는 말의 의미는 주체에 관계없이 그냥 있는 것이 아니라 바로 인식주체의 대상이라는 뜻을 함축하고 있다.[536] 이러한 사유는 인간이 인식적 한계를 갖는다는 전제에서 출발하는 것이다. 그러나 인간의 인식적 한계가 고정되어 있지 않고 변화한다면, 인간의 인식 한계에 따라 존재론적 대상에 대한 인식의 한계도 변화되어야 한다. 이 의미는 인간의 인식 범위를 초월한 존재가 인식 범위 내 현실적, 보편적 존재로 하강할 수 있다는 가능성을 내포하게 한다.[537]

뇌를 중요하게 인식한 철학자로는 "머리에 지성(nous)이 있다"[538]고 한

---

535) 김인곤 외 6명 역, 『소크라테스 이전 철학자들의 단편 선집』, 436~7쪽; 같은 책, 437쪽.

536) 이정우, 『개념-뿌리들 1』, 206~207쪽.

537) 특히 각 개인별 인식 능력은 철학사에도 지대한 영향을 미쳤으며, 동·서양 철학사에 있어 위대한 철학자들은 당시 凡人의 인식범위(보편적 세계관)를 넘어서 세계 내에 새로운 철학적 개념을 선사해 왔다는 것을 통해 우리는 인간의 인식적 한계는 동일하지 않음을 알 수 있다.

538) "이성적인 동물의 근원들은 네 가지 즉 두뇌, 심장, 배꼽, 생식기이다. 머리는 지성의 근원이고, 심장은 혼과 감각적 자각의, 배꼽은 배아의 뿌리내림과 성장의, 생식기는 씨 뿌림과 출산의 근원이다. 그리고 두뇌는 사람의 근원을, 심장은 동물

기원전 5세기 피타고라스주의자인 필롤라오스Philolaus와 뇌가 감각의 근원이라는 견해[539]를 보인 아낙사고라스(Anaxagoras, BC 500~328)가 있다. 그러나 이러한 관념은 뇌는 근원적 존재인 하늘이나 하느님을 만날 수 있는 장소가 아니라 감각과 이성의 근원으로만 이해했을 뿐이다.

한국선도의 강재이뇌는 기존의 동북아 사상 중 유교와 불교에는 보이지는 않는 사유이고, 도교계통에서 '환정보뇌還精補腦'란 개념과 함께 상단전上丹田을 강조하는 수련법 등과 관련지을 수 있다. 삼일신고「신훈」, 참전계경 제24조,『태백일사』「마한세가」,『단군세기』「삼세단군 가륵嘉勒」에서도 뇌의 중요성을 언급하고 있다. 이 외에 고려말 이암이 지었다는 『태백진훈(太白眞訓)』에도 여러 차례 뇌에 대한 언급이 등장한다.[540] 근대 전병훈의『정신철학통편』에서는 도교수련을 중심으로 서양과학과 의학지식을 융합하여 뇌의 중요성을 강조하고 있다. 전병훈은 환정보뇌를 통해 금단金丹을 성취하고 전 세계와 인류 구원이라는 큰 뜻을 품고 있었다. 특히 천부경의 '본태양앙명本太陽昂明'의 주석에서 뇌의 중요성을 언급하고 있다. 전병훈이 이처럼 뇌의 작용과 그 효과에 주목을 한 이유는 중국 도교의 영향과 더불어 삼일신고, 참전계경 그리고『단군세기』,『태백진훈』 등 선도문헌과 서양과학의 영향이라고 추측할 수 있다.[541]

중국 도교계열은 정·기·신론을 바탕으로 하여 상단전과 관련하여

의 근원을, 배꼽은 식물의 근원을, 생식기는 그 모든 것의 근원을 나타낸다. 왜냐하면 모든 것은 종자에서 생기고 자라기 때문이다."(김인곤 외 6명 역,『소크라테스 이전 철학자의 단편 선집』, 454쪽)

539) "아낙사고라스는 태아에서 처음 생기는 것은 뇌수인데 여기서 모든 감각이 나온다."(위의 책, 527쪽)

540) 임채우,「선도수련에서의 뇌 개념의 의의」,『선도문화』제7집, 국학연구원, 2009, 119~122쪽.

541) 1918년 북경에 있던 전병훈에게 단군교의 尹孝定(1858~1939)이 천부경을 전해주려고 일부러 북경까지 올 정도였다면, 단군교 본부에서 1912년에 이미 출간했던 삼일신고나 참전계경 등의 단군자료 역시 가져와서 전해주었을 가능성이 있다. 한국선도, 전병훈 그리고 중국 도교와의 뇌의 개념에 대한 자세한 논의는 임채우 위의 논문을 참조.

뇌를 강조하고 있지만 이것은 삼일신고 저작시기보다 시기적으로 훨씬 후대의 일이다. 그리고 삼일신고에는 '강재이뇌' 이외에 뇌에 대한 언급이 없기에 상단전과 비교하는 것은 적절치 못할지 모른다.[542] 그러나 현대 단학이 뇌과학적 성과를 수용하여 '강재이뇌'의 의미를 새롭게 해석하고 수련법을 개발하고 있다. 이런 측면에서 보면 뇌를 중요시하는 한국선도의 사유는 현재까지 연속선상에 있다고 봐야 할 것이다.

초월적인 하느님과 강재이뇌의 내재한 하느님이 존재한다는 것은 내재와 초월의 양극성적兩極性的 신관인 범재신론(汎在神論, penenthism)을 표명하는 것이지만, 삼일신고의 범재신론은 초월적인 일신론이나 내재적인 범신론을 신인합일을 통해 극복하고 있다.

「신훈」의 자성구자의 성性과 「진리훈」의 삼진(성·명·정)의 성性과 동일한 것이라면, 인간은 (본)성을 통해서만 강재이뇌한 하느님을 만날 수 있는 것이다. 닮은 것이 닮은 것에의 원리에 따라 비슷한 것은 비슷한 것에 의해 인식되기 쉽다. 만약 인간이 하느님의 본성을 인식할 수 있다면 인간 속에도 하느님의 속성이 있다는 것이 된다.[543] 삼진의 성은 절대적인 존재인 하느님(하나, 하늘)이 아니라, 인간이 하느님으로부터 하느님의 성질性質혹 성품性品을 받았다고 본다면, 이를 다른 말로 '신성神性'이라고 할 수 있다. 이를 두고 「진리훈」에서는 '성性'으로 표현하였다. 이 때의 신은 절대존재자, 창조주로서의 하느님이 아니라 그런 하느님으로부터 강재降在한, 즉 품부된 신성神性을 가리키는 말이며 원리를 가리킨다고 볼 수 있다. 인간의 본성은 하느님의 속성 즉 신성을 갖고 있기에 서로 간의 합일이 가능한 것이다. 바로 인간은 신성을 내재한 존재인 것이다.

한국선도의 신인합일 사상은 고대 그리스의 디오니소스, 오르페우스, 피타고라스와 같은 신비주의적 종교에서의 신과의 합일,[544] 인도의 범아

---

542) 그러나 수련적 측면에서 뇌는 上丹田과 밀접한 관계가 있기에 중국 도교의 수련법과 한국선도의 수련법에 대한 비교연구는 차후 연구되어야 할 과제임에 틀림이 없다.
543) 김인곤 외, 『소크라테스 이전 철학자들의 단편 선집』, 437쪽, 주148.
544) 고대 그리스의 신은 두 유형의 신적 존재들이 있다. 그 하나는 신비 신(the Mystery

일여梵我一如사상, 태극이 모든 만물에 내재해 있다고 보아 천리인 태극과 하나가 되는 천인합일 사상 등이 모두 신인합일과 같은 맥락에서 이해될 수 있다.545) 구체적인 방법론에서는 각각의 독특한 수행방식을 주장하고 있지만, 한국선도의 하느님은 섬기고 기복하고 숭배만 하는 대상이 아니라, 인간의 뇌에 신성으로 내재함으로써 서로 만남을 통해 합일을 이루어야 하는 대상인 것이다.

5) 신과 인간의 합일: 신인합일과 성통

인간은 필연적으로 타락하는 존재이지만, 삼법수행을 한 뜻으로 행하여一意化行 하느님의 기틀 즉 강재이뇌한 하느님이 발현하면發大神機 누구나 성통공완性通功完할 수 있는 존재이다. 오직 성통공완한 자만이 하늘나라神國로 가서 영득쾌락永得快樂할 수 있다.546) 다시 말해 한국선도 수행의 최종 목적은 성통공완하여 하늘나라로 가는 것이다. 이 내용을 다음과 같은 [표 5]로 나타낼 수 있다.

God)이고 또 다른 하나는 올림푸스 신(the Olympian God)이다. 신비 신은 디오니소스(Dionysos)로 대변되는 데, 신이 어떤 집단에 강림하고 그리하여 집단 소속 사람은 신들린 자들의 열광(enthusiasm)으로써, 또는 사람들 자신들이 개별성의 감옥을 벗어나 전체의 공동적 삶속에 자신을 忘我하여 불사적인, 그리고 신적인 존재가 되는 탈아적 상태로써 이해된다. 이렇게 신은 동시에 인간적이고 다이몬(Dimon)적인 존재로서, 자신의 會衆의 집단적 정서 속에서 재창조된다. 酒神釋의 의식은 인간적 단계로부터 신적인 단계에로의 이행을 가능하게 한다. 신은 인간 속에 깃들 수 있으며, 인간은 신이 되기도 한다. 더 나아가 신비 종교는 필연적으로 일신교적이거나 범신교적이다. 모든 생명의 통합성을 가르침으로써 모든 신들이 단지 하나의 신적 원리의 다양한 형태, 여러 이름을 지닌 하나의 본성임을 주장하고 그리하여 다신교를 물리친다.(F. M. Conford, 『종교에서 철학으로』, 148~149쪽, 238쪽)

545) 기독교 인간관은 신 중심적이며 동시에 신 의존적이다. 인간의 자유는 신 안에서만 유효하기 때문에 기독교는 신율적인 인간관을 표방하고 있다.(소광희 외, 『인간에 대한 철학적 성찰』, 168~169쪽)

546) 三一神誥「天宮訓」, "惟性通功完者 朝永得快樂."

[표 5] 신인합일의 과정

근본의 상태	一, 天, 神

⇧ 返眞一神

형상화 이전	三眞

⇧ 返妄卽眞

형상화 이후	三妄
형상화 이전+형상화 이후	三途

　　대종교는 '반망즉진返妄卽眞'이란 나의 본연의 참됨을 아는 것이며, 이
를 '성통性通'이라고 한다. 그리고 나의 당연한 표리를 행함을 '공완功完'이
라고 하여[547], '지행합일知行合一'을 상징한다고 보았다.[548]

　　위의 [표 5]에서의 신인합일의 과정은 우선 삼법수행을 통해 반망즉진
하여 성통과 공완을 이룬 후 최종적으로 '반진일신返眞一神'을 하여 만물
의 근원인 한(一, 天, 神)과 하나 되는 것이다. 이는 최종적으로 육체를 버
리고 이르는 경지이며, 하늘나라에 들어 영득쾌락하는 경지를 말한다. 이
를 현대단학에서는 '천화仸化'라고도 한다.

　　신인합일의 과정은 인간이 육체의 상태에서 자성구자를 통해 강재이뇌
한 하느님(신성)과 합일하는 과정, 최종 육체를 버리고 근본의 상태와 합
일하는 과정, 총 2단계로 구분할 수 있다. 내재한 하느님과 합일하는 과정
을 거친 후에야 초월적 하느님과의 합일에 이를 수 있는 것이다. 「진리훈」

---

547) 『會三經』 「三我」, "能知我本然之眞을 曰性通이오 能行我當然之極을 曰功完이니
　　知而不行이 非知也오 不知而行이 非行也니라."(『사부합편』, 198~199쪽)
548) [講] "此節은 知行一致를 主張함이라."(『사부합편』, 199쪽)

에서 내재한 하느님과의 합일 과정은 '반망즉진'으로 비유하고, 육체를 버리고 외재하고 초월적인 하느님(근원의 상태)과의 합일을 '반진일신'이라고 표현한다. 반진일신할 때 하늘나라 천궁에 들어 영원한 복락을 누릴 수 있다는 것이다.

『태백일사』는 신인합일과 성통공완을 "신이 씨알을 내리니 성품이 통하여 광명하니 이화세계하고 홍익인간하라"549)로 표현하고 있다. '일신강충一神降衷'이란 바로 강재이뇌를 의미하고 성통이란 바로 강재이뇌한 하느님과 합일을 이루는 것이다. 그 결과 인간의 본성이 광명처럼 밝아지는데 이를 천부경에서는 '본심본태양앙명本心本太陽昻明'이라고 표현하며, 전병훈은 이를 "태양의 신기神氣가 뇌腦 속에 응결凝結되어 신령스럽고 밝아지는 것이다"라고 하며 "도가 밝아지고 덕이 높아져서 마치 태양처럼 사사로움과 가림 없이 공명公明해지고, 그렇게 된 다음 그 밝음이 우주를 밝게 비추고 만 가지 변화를 조성하여 천지와 더불어 동참하게 될 것이다"라고 풀이한다.550) 바로 인간은 본유적, 선험적으로 태양처럼 밝음을 구유하고 있다는 것이다.

도가 계통에서도 '밝음' 즉 '명明'의 개념을 인간의 깨달음의 경지로 설명하고 있다. 장자는 막약이명莫若以明551)과 같이 진리가 언어와 문자에 있는 것이 아니라 진리를 인식할 수 있는 인식능력에 있다고 한다. 도가는 지知보다 명을 중요시한다. 도가의 명은 대상적 지가 아닌 주객미분主客未分의 본래구유本來具有한 반성적 자각지自覺知를 말한다. 불교의 각覺은 도가에서의 명明인 것이다.552)

---

549) 『太白逸史』「三韓管境本紀」, "故 以三神入教 乃作布念之標 其文 曰一神降衷 性通 光明 在世理化 弘益人間"; 「蘇塗經典本訓」, "夫弘益人間者 天帝之所以授桓雄也 一神降衷 性通光明 在世理化 弘益人間者 神市之所以傳檀君朝鮮也."

550) 『精神哲學通編』제1편「檀君天符經註解」, "太陽之神氣 凝晶於腦中而靈明者也 (中略) 道明德滿 如太陽之無私無蔽 而公明焉 則明照宇宙 造成萬化 可與天地參矣."

551) 『莊子』「齊物論」, "彼是莫得其偶 謂之道樞 樞始得其環中 以應無窮 是亦一無窮 非 亦一無窮也 故曰 莫若以明.".

552) 『道德經』제33장, "知人者智 自知者明."

성통한 인간은 다른 말로 홍익인간이라는 의미이고 재세이화는 홍익인간이 궁극적으로 이루어야 할 현실 세계이다. 그러나 「진리훈」에는 홍익인간 · 재세이화라는 용어가 구체적으로 보이지 않는다. 성통공완이라는 의미는 다른 말로 홍익인간이 되어 재세이화하는 것이다. 이런 논리라면 「천궁훈」에서 언급하였듯이, 하늘나라에 들어 영원한 복락을 누릴 수 있는 인간은 오직 성통공완자만이 가능하며, 홍익인간 · 재세이화란 사명을 완수한 인간만이 하늘나라에 들어 영득쾌락할 수 있는 것이 된다. 이러한 사유체계는 『삼국유사』의 단군조선 건국사로 이어져 내려온다.

『삼국유사』에 의하면, 천계(환웅)와 지상(웅녀)의 합일을 통해 단군이 탄생하였고, 단군은 홍익인간과 재세이화를 국가 건국이념으로 하여 나라를 세운다. 이러한 세계관은 삼일사상三一思想을 형성하고 환인 · 환웅 · 단군의 삼위일체라는 신관으로 이어진다.[553] 천상계의 주신主神인 환인과 그의 아들 환웅 그리고 단군으로 이어지는 천손天孫의 계보에서, 환인은 인간사人間事와는 직접적인 관계가 없는 지고지상의 천신으로만 의식되고 환웅은 인간사와 직접 관계를 맺는 천인관계라는 인간과의 관계성 속에서 의식되어진 신 관념이다. 단군은 천 · 인이라는 이원화의 관계마저 소멸해 버린 완전히 인간화된 천신이다.[554] 바로 신인합일을 통해 하느님과 사람이 하나가 되는 자리에 있는 신인神人이다. 그래서 단군 왕검을 신인이라고 하는 것이다.

인간과의 관계성 밖의 하느님의 존재는 비록 그것이 관념적으로 의식되어진다고 하더라도 관심 밖의 것으로, 참다운 하느님은 천상에만 있는 것이 아니요 지상 즉 현실 속에 있는 존재이다. 하느님은 인간과 함께 있으나 내재적 초월적 존재로 존재하는 것이 아니라 수행을 통해 인간과 합일을 이루는 존재인 것이다. 이러한 의미에서 단군은 뇌에 내재한 신성과

---

553) 차주환, 『한국의 도교사상』, 33~36쪽.
554) 송항룡, 「한국 고대의 도교사상」, 20~29쪽.

합일을 이룬 신인이며, 인간과 함께 있으며 인간으로 구체화된 현세적 동참자로서의 신인이다. 피안의 세계가 아닌 바로 이 세상에 있으면서在世 이치의 세상으로 만들고理化, 인간을 이롭게 하는 것弘益人間이다. 따라서 '홍익인간 · 재세이화'의 정신은 '신인합일'과 연결될 때 비로소 그 진정한 의미가 드러나게 된다.

한국의 대표적인 세 개의 시조신화(단군신화, 주몽신화, 혁거세신화)에도 신인합일 사상이 내재되어 있다. 시조신화의 공통적인 구조로는 첫째로 하느님의 아들이 산이나 숲 속에 강림하고, 둘째는 땅의 여신이 자기부정 또는 죽음을 매개로 재생함으로써 성화聖化되는 것이고, 셋째로 강림한 천신과 성화된 지신과의 결합에서 생명이 탄생하고 문화가 창조된다는 것이다.[555] 궁극적인 관심은 생명과 문화의 창조에 있었고 그 창조는 하느님과 인간의 결합에서 비로소 가능하다고 믿었다. 이러한 창조적 결합을 위해서는 먼저 하늘의 신령神靈이 강재이뇌해야 하는 것이다.

고대 그리스의 경우, 디오니소스적인 주신제酒神祭의 제식이나 오르페우스적인 신비적 의식을 통해 망아忘我 상태에 이름으로써 일시적으로 신과 비슷한 상태에 도달하려고 했다. 이러한 상태는 신과의 합일이 일시적인 현상이며 지속적으로 유지되기는 힘든 점이 있다. 반면에 동북아에서는 수행과 극기를 통해 일상생활에서 지고의 상태에 이르기를 원했기에 수행과 삶이 격리되지 않았다. 이런 수행적 측면에서 국가적 행사로써 제천의식이 강조된다. 한국선도는 제천의식을 통해 신인합일의 일시적인 경지를 추구하지 않으며, 일상생활에서 삼법수행을 게을리 하지 않고, 성통을 통해 본성광명하여 홍익인간 · 재세이화의 사명을 완수한 후 천화하여 하늘나라에 가는 것이 인간 존재의 궁극적 목적이었던 것이다.

---

555) 유동식, 『한국무교의 역사와 구조』, 45쪽.

3. 수행론

수행의 기원은 한국 상고시대로 거슬러 올라간다. 『부도지』에 의하면 "황궁씨가 마고성에서 나온 후, 천산주天山洲에 도착하여 미혹함을 풀며 복본할 것解惑復本을 서약하고, 무리에게 천지의 도를 닦고 실천修證하는 일에 근면하라"[556]고 이른 내용과 "황궁·유인·한인 3세가 하늘의 도를 닦아 실천하였다"[557]는 내용에 의하면 한국은 아주 먼 옛날로부터 수행을 실천하는 전통이 내려왔음을 확인할 수 있다. 수증이란 '수행을 통해 깨달음을 얻고性通 일상생활에 실천하여 깨달음을 증험하는 행위功完'를 의미한다. 『부도지』는 한국 상고시대로부터 수행을 통한 실천修證과 복본의 사명解惑復本, 계불의식(제천의식)이 씨족사회에 전통적으로 내려왔음을 기록하고 있다. 이러한 전통이 후대에 와서 천부경과 삼일신고와 같은 경전으로 명문화되었다고 추측할 수 있다.

1) 수행의 기본: 정성과 믿음

한국선도는 삼법수행에 앞서 일차적으로 필요한 덕목으로 '정성誠'과 '믿음信'을 제시한다. 자신의 본질인 삼진의 회복을 간절히 염원하는 정성이 우선적으로 필요하다고 보았고, 정성을 표현하는 가장 좋은 수행법은 바로 제천의식의 거행이었다.[558] 더하여 자신 속에 원래 삼진이 갖추어져 있음을 믿는 것 또한 필수적이라고 본다. 천부경과 삼일신고에 드러난 한국선도 사상을 현실생활 속에서 실천하기 위한 지침으로 만들어진 경전이 참전계경이며, 그 8대 강령인 성誠·신信·애愛·제濟·화禍·복福·

---

556) 『符都誌』제10장, "黃穹氏 到天山洲 誓解惑復本之約 告衆勤勉修證之業."

557) 『符都誌』제10장, "此 三世修證三千年 其功力 庶幾資於不成者也."

558) 이와 관련해서는 정경희의 논문(「한국선도의 수행법과 제천의례」, 『도교문화연구』 21, 한국도교문화학회, 2004), 윤관동의 논문(「근대 한국선도의 제천의례 연구─대종교를 중심으로」, 『도교문화연구』 21, 한국도교문화학회, 2006)을 참조.

보報 · 응應 중에서 첫째 덕목이 정성誠이며 두 번째 덕목이 믿음信인 점은 현실적인 생활 속에서 구체적인 실천 덕목일 뿐만 아니라 수행론에서도 이 양 덕목을 중시하였음을 잘 보여 준다.[559]

이에 대해 나철은 지우知友인 황병욱에게 남긴 도감道鑑이라는 유서를 통해, 삼법수행에 있어 정성과 믿음의 중요성을 다음과 같이 강조하고 있다.

> 소운형장(小雲兄丈)께 도감(道鑑)을 드립니다. 신훈에서 '자성구자 강재이뇌(自性求子 降在爾腦)'는 믿음의 근본이요. 진리훈에서 '지감 조식금촉(止感調息禁觸)'은 정성의 근원이니 소중히 받들어 수행에 정 진해 주십시오.[560]

정성과 믿음을 일차적으로 중시하는 한국선도의 수행법은 수행이 자칫 기교적인 방식으로 흐를 문제점을 경계하는 큰 뜻을 담고 있다. 현대단학 역시 지감수련에 앞서 정성과 믿음을 기본덕목으로 강조하고 있다.[561]

삼일신고에서는 지감 · 조식 · 금촉 삼법수행 이외의 수련방법에 대해서는 구체적인 설명이 없다. 중국 도교의 경우 수련기법이 다양한데 반해, 한국선도는 정성과 믿음이 강조되는 것 외에 기교적인 수련기법은 거의 거론되고 있지 않다. 『환단고기』에 의하면 삼일신고는 신시배달국에서 발해시대까지 국가이념이었지만, 고려시대 이후부터는 중국으로부터 수입된 삼교에 의해 점점 퇴색해갔다. 고려시대 이후에는 삼일신고「진리훈」의

---

559) 「眞理訓」과 「讀法」에서도 믿음과 정성을 강조하고 있다. (『사부합편』, 27~39쪽)

560) "謹贈 小雲兄丈 道鑑. 神訓曰 自性求子降在爾腦 信之本也 眞理訓曰 止感調息禁觸 誠之原也 昻哉 專修"(나철, 「道鑑」『대종교보(통권 제286호)』, 대종교총본사, 2000 봄호, 33쪽)

561) 眞氣를 발생시키기 위해서는 진기에 대한 믿음이 필요하다. 진기에 대한 믿음을 갖기 위해서는 기운이 무엇인지 직접 느낄 수 있어야 한다. 진기는 마음을 집중함으로써 발생하는 심파에 의해 생겨나는 2차적인 기이므로 기에 대한 확실한 신념 없이는 발생하지 않는다. 공부하는 사람은 모든 것을 정성을 통해 터득하는 것이 매우 중요하다.(이승헌, 『운기단법』, 한문화, 1998, 61쪽)

삼법수행이 대중적으로 보급되거나 계승 발전할 수 있었던 환경이 아니었다고 볼 수 있다. 이런 시대적인 배경으로 중국 도교의 수행법과 비교함에 있어서 한국선도의 기교적인 부분이 부족한 원인이 되었다고 볼 수 있을 것이다. 지감·조식·금촉이라는 것도 실상 구체적인 수련법이라기보다는 수행의 3대 원칙 정도로 이해된다. 근래에 와서 각종 선도수련 단체들이 삼법수행의 원리를 응용하여 현대인에게 맞게 체계화하고, 다양한 수련법으로 발전시켜 대중화하고 있다.

2) 삼법수행

「진리훈」은 인간성 회복을 위해 지감·조식·금촉 삼법수행을 제시하고 있으나, 그 방법에 대한 구체적인 설명이 없다. 대종교가 후대에 와서야 삼법수행의 의미와 구체적인 수련법을 제시하였고, 현대단학이 내단 사상을 접목하여 현대인에게 맞는 수련법을 개발하여 대중적으로 보급하고 있다.

(1) 지감

지감은 단어 그대로 해석하면 '감정을 그치는 것', '감정의 동요 없이 마음을 맑고 고요히 하는 것'을 의미한다. 대종교의 서일(徐一, 1881~1921)은 지감하는 방법에 대해 다음과 같이 설명하고 있다.

> 기뻐하되 얼굴빛에 나타내지 아니하며, 성내되 기운을 부리지 아니하며, 두려워하되 겁내지 아니하며, 슬퍼하되 몸을 상하게 하지 아니하며, 탐하되 염치를 상하게 하지 아니하며, 싫어하되 뜻을 게으르게 하지 아니하니 이것이 '지감법'이다.[562]

---

562) 『眞理圖說』「第二十四章」, "誠修之人은 喜不形色하며 怒不使氣하며 懼而不怯하며 哀而不毀하며 貪不傷廉하며 厭不惰志하나니 此 止感之法也니라."(『육십년사』, 125쪽)

이용태(李容兌, 1890~1966)는 지감의 과정을 정좌靜坐 · 수령修靈 · 현상顯相 · 통지通知 · 망아忘我 · 원각圓覺의 구체적인 단계로 구분지어 설명한다.563) 이러한 지감은 마음과 관련되고 있음을 말하고 불교의 명심견성明心見性과 일정부분 통한다.

윤세복은 "회삼경에 삼교의 요체를 제시하고 있으나 그것은 강론 시 설명하기 위해서이며, 대종교의 종지가 삼교를 포함하고 있다"564)라고 하며 최치원의 현묘지도가 바로 대종교임을 설명하고 있다. 윤세복 이후의 대종교 경전의 해석, 특히「진리훈」은 삼교합일적인 시각으로 해석되고 있다.

기존 선도수련단체는 주로 조식을 통해 기를 터득하는 방법을 제시하고 있는565) 반면에, 현대단학이 조식보다는 지감을 통해 기를 쉽게 터득할 수 있는 방법론을 제시하고 있는 것은 기존의 선도수련단체와 크게 다른 점 중에 하나이다.566)

지감수련을 통해 감정을 그치고 마음을 고요히 가라앉히고 뇌파를
내려 정(靜)의 상태로 들어간다. 이런 정의 상태에서 정신을 집중하면

563) 발달재수련원,『愛國志士 檀菴李容兌先生文稿』, 876~884쪽.
564)『會三經』, [고] "本經各節에 三敎의 眞諦를 提示한것이 多하나, 그것은 講解할 時에 說明하려니와 '大敎의 宗旨가 三敎를 包含하였다'함은 崔孤雲先生의 證案이 如左하니 三國史記 新羅本紀 眞興王三十七年條下에 '崔致遠의 鸞郎碑序에 曰, 國有玄妙之道하니 曰風流라 (中略) 竺乾太子(佛陀)之化也라'고 記載되었다."(『사부합편』, 112~113쪽)
565) 이용태는 삼수행의 과정에서 三法並修와 함께 조식법의 중요함을 언급하고 있다. 즉 지감만을 수행하면 영적인 깨달음은 얻을지언정 정신과 육체의 단련은 얻을 수 없고, 금촉만을 수행하면 수신을 통해 덕행의 아름다움은 가질 수 있으나 靈覺이나 鍛鍊은 접근할 수 없으며, 조식만은 三法을 並修할 수 있는 기본적 수행법으로 보았다.(김동환,「단암 이용태의 종교사상」,『애국지사 단암 이용태 선생 추모 학술회의논문집』, 국학연구소, 2003, 139~140쪽)
566) 현대단학은 현대인이 쉽게 기를 터득하기 위해서 지감을 강조하고 있지만, 기를 터득한 후 조식과 금촉을 통해 터득한 기를 고양시키는 수련법과 원리를 제시하고 있다. 삼수행법 중 어느 하나만을 강조하지 않고 삼수행은 동시에 이루어지는 것이라고 한다.

기를 느끼고 터득한다. 기운을 모아 몸이 살아나면 감정이 가라앉으면서 치유력이 왕성해지고 몸과 정신이 조화롭게 된다. 지감수련은 몸의 감각을 깨움과 동시에 기를 터득하는 과정이기도 하다.567)

지감에 대해 감정을 그친다는 자구해석과 더불어 기를 터득할 수 있는 방법이라고 하는 것은 현대단학만의 독특한 견해이다. 지감수련을 통해 감정을 그치고 마음을 고요히 가라앉히고 뇌파를 내려 정靜의 상태로 들어가서 정신을 집중하면 기를 느끼고 터득하게 되는 것이다. 지감은 감정을 그치고 몸의 감각을 깨움과 동시에 기를 터득하는 과정이라고 설명한다. 기를 터득하기 위해서는 정신집중이 필요한데, 홍만종의『순오지(旬五志)』에 이와 유사한 표현이 있다.

눈이 코끝의 흰빛을 보고 코가 배꼽을 대하여, 들이쉬는 숨은 면면히 하고 내쉬는 숨은 미미하게 해서 항상 신기(神氣)를 배꼽 및 단전에 서로 주입시켜 이른바 현빈일규(玄牝一竅)를 얻을 수만 있다면 백규(百竅)가 통해서 이를 통해 태식(胎息)이 되고, 이를 통해 주천화후(周天火候)도 되고, 이를 통해 결태(結胎)가 된다.568)

『순오지』는 조식을 통해 의식을 단전에 집중을 하면 현빈일규玄牝一竅를 얻어 태식胎息이 되고 주천화후周天火候 즉 수화水火의 운기運氣를 통해 결태結胎한다고 한다. 이에 따르면 현빈일규는 조식법으로만 이루어지는 것이 아니라 단전에 정신을 집중을 해야 얻을 수 있는 것이다.

참전계경 제21조 묵안黙安에서는 지감을 통해 이루는 상태를 "감정을 그치고 마음을 고요히 가라앉히면 바른 마음 즉 정심正心을 가지게 된다"로

---

567) 이승헌,『단학』, 91쪽.
568)『旬五志』下, "苟能眼視鼻自鼻對臍輪入息綿綿出息微微常使神氣相注於臍下丹田得其所謂玄牝一竅則百竅皆由由是而胎息由是而周天火候由是而結胎."(홍만종,『洪萬宗全集』上, 75~76쪽)

표현하고 있다.569) 또한 제20조 척정斥情에서 "감정을 그치게 되면 정심을 얻게 된다"고 하며570), 제12조 정심正心에서 "정심을 얻기 위해서는 감정에 좌우되지 않아야 한다"라고 한다.571) 이상과 같이 참전계경의 내용을 정리하면 지감을 통해 감정을 그치면 바른 마음 즉 정심을 얻을 수 있다는 것이다.

이상의 참전계경의 지감을 통해 정심正心에 이른다는 내용은 지감을 통해 바로 착한 마음과 악한 마음 중에 착한 마음善心에 이른다고 해석할 수 있다. 다시 말해 지감수련을 통해 느낌感에서 착한 마음으로 나아가서 종국에는 무선악無善惡의 상태인 성性 즉 신성神性을 회복하는 것이다. 이와 반대로 지감수련을 하지 않은 뭇사람들은 착하고 악함과 맑고 흐림과 넘쳐남과 모자람을 서로 섞어서 여러 상태의 길을 마음대로 달리다가 나고 자라고 늙고 병들고 죽는 고통에 떨어지고 마는 것이다. 하지만 뭇사람들과 달리 밝은 사람哲572)은 지감을 통해 착한 마음을 회복하여 성으로 나아갈 수 있다고 하는 이런 일련의 과정을 대종교의 회삼도會三圖에서는 "성인은 지감을 통해 심평心平하고 통성通性하여 합덕合德이 된다"573)라고 표현한다.

(2) 조식

지감과 함께 삼법수행의 하나인 조식은 자의字意 그대로 해석한다면 '호흡을 고르는 것'을 의미한다. 서일은 조식에 대해 다음과 같이 설명한다.

---

569) "黙 沈遠也 安 淡泊也 沈遠以戒心之亂近 淡泊以戒心之冗劇則泥水漸清 重濁內定 此淸心之源也 淸心者 正心之基也."
570) "斥 却也 情 情慾也 有喜怒則不得正心 有好惡則不得正心 求逸樂則不得正心 厭貧賤則不得正心 欲正心 先斥情慾."
571) "正心者 正天心也 心有九竅 六感弄焉 求天理而不可得也."
572) 여기서 哲을 밝은 사람으로 해석하는 것은 대종교의 해석에 따른 것이다.(대종교총본사,『대종교 한얼글』, 42쪽.)
573) 三一神誥「眞理訓」.(『사부합편』, 37쪽)

풀과 나무의 기운은 향기로워 시원하고 숯과 송장의 기운은 더러워서 썩으며 번개기운은 급하여 줄어들며 비의 기운은 느려서 새며 찬 기운은 능히 독하고 모질며 더운 기운은 능히 마르고 답답하게 하니, 이 여섯 가지는 하나도 없을 수 없으며 다 갖추어 있는지라 심하면 사람으로 하여금 기운을 흐리게 하여 도리어 그 해로움을 받게 됨으로, 밝은 눈은 이것을 살피어 능히 삼가고 조절하니 이것이 조식법이다.[574]

서일은 조식을 '기운을 잘 조절하는 것'으로 풀이하고 있는데, 그 내용에 의하면 호흡과는 무관하게 설명한다. 그러나 이용태는 정렴鄭磏의 『용호결』에 나타나는 체계 및 용어와 거의 동일하게 설명하고 있다. 이러한 이용태의 견해는 도교의 양기연성養氣鍊性과 어느 정도 부합하고 있다. 특히 『수진비록(修眞秘錄)』의 조식설은 총론과 각론으로 하여 각론의 구성이 폐기閉氣·태식胎息·주천화후周天火候로 이루어진 것이 『용호결』의 내용과 일치한다. 내용 전개에 있어서 이용태의 조식설 부분이 『용호결』을 상당 부분 긍정·수용하고 있음을 볼 때, 이용태는 숨공부의 방법에 있어서 정렴의 수행논리에 적극적으로 공감한 것으로 보인다.[575]

조식이란 용어를 김시습은 복기服氣로, 정렴은 태식胎息으로, 권극중은 무식無息이란 용어로 사용하였고, 현대에 와서는 포괄적인 의미에서 단전호흡丹田呼吸이라 칭하고 있다. 현대단학은 허리 요추 2번과 3번 사이의 명문혈命門穴로서 호흡한다고 하여 명문호흡命門呼吸이라고 부르기도 한다.

앞에서 설명한 타락과 복본의 논리를 조식의 개념에 적용하여 설명한다면, 타락한 인간은 조식을 통해 맑은 기운과 탁한 기운 중에 맑은 기운 즉 청기淸氣에 이른다고 해석할 수 있다. 다시 말해 조식을 통해 숨쉼息이

574) 『眞理圖說』「第二十四章」, "木草之氣는 芬芳而爽하고 灰屍之氣는 汚穢而爛하며 雷氣는 急而縮하고 雨氣는 緩而滯하며 寒能毒厲하고 熱能燥鬱하나니 此六者는 不可一無而極備也라 極則令人氣濁하야 反受其害하나니 慧眼鑑此하야 能愼節之하니 調息之法也니라."(『육십년사』, 125쪽)
575) 김동환, 「단암 이용태의 종교사상」, 131쪽.

맑은 기운이 되고 종국에는 무청탁無淸濁의 명命을 회복할 수 있게 된다는 논리이다. 이를 대종교의 회삼도會三圖에서는 "조식을 통해 기화氣和되고 지명知命하여 합혜合慧된다"[576]라고 표현하였다.

현대단학은 지감을 통해 기를 터득한 후, 호흡을 고르는 조식調息을 해야 한다고 한다. 조식은 의식적인 호흡이 아니라 저절로 쉬어지는 것으로, 조식을 통해 마음이 편안해지고 하나로 모아지면, 생명 에너지는 호흡을 통해 몸을 드나들기 때문에 호흡조절을 통해 기운의 흐름과 강약을 조절할 수 있게 된다.

> 정말로 정성스럽게 숨을 쉬다 보면 호흡의 더 깊은 의미, 곧 생명의 참모습을 알게 된다. 무엇이 나를 나이게 하는가를 깊이 들여다보면, 나를 이루는 모든 것들의 가장 중심 되는 곳에 생명의 본질이 있음을 알 수 있다. 호흡은 생명의 가장 구체적인 표현이며, 쉼 없이 드나드는 숨 자체가 바로 생명의 실상이다.[577]

조식을 통해 생명의 본질을 터득할 수 있다는 의미이다. 이에 따르면 「진리훈」에서 삼진 중 명命의 회복은 조식을 통해 생명生命의 실상을 깨닫게 된다는 의미와 같은 것이다.

일반적으로 여러 한국선도 수련단체에서는 기를 터득하기 위해서 호흡수련 즉 조식법을 강조하고 있다. 그러나 옛날 한국선도 서적들은 비유적인 표현이 많아 현대인이 이해하기에는 어려운 점이 많다. 수련 방법도 입산하여 생식하며 하는 고전적인 수련 방식들이 대부분이다. 선도 수련단체에서 주장하는 수행법은 현대화되기보다는 고전적인 방법을 그대로 답습함으로써 여러 부작용을 낳기도 한다. 과도한 스트레스로 인해 임맥任脈이 막히고 심인성心因性 질환에 시달리는 현대인들에게 개개인의 특성을

---

576) 三一神誥 「眞理訓」.(『사부합편』, 37쪽)
577) 이승헌, 『단학』, 94쪽.

고려하지 않은 호흡법578)과 실제 수련을 통해 검증되지 않은 가공적인 내용을 담은 책자는 혼란으로 몰아넣거나 각종 부작용을 일으켜서 심지어는 주화입마走火入魔에 빠지는 경우도 있다.579) 이러한 잘못된 수련의 폐단을 정렴의 『용호결』에서도 지적하고 있다.580) 이런 폐단에서 벗어나서 현대인이 기를 보다 쉽게 터득하기 위해서 조식과 아울러 지감을 강조하는 부분은 한국선도를 현대화하고 체계화하는데 있어 의미가 있다고 할 수 있다.

(3) 금촉

금촉은 부딪힘을 금한다는 의미이다. 서일은 금촉에 대해 다음과 같이 설명한다.

> 교묘한 말이 귀에 들리지 아니함은 나의 귀 밝음을 생각함이요. 아첨하는 빛을 눈에 접하지 아니함은 나의 밝음을 막을까 두려워함이요. 입에 시원한 맛을 들이지 아니함은 병을 삼감이요. 코에 비린 냄새의 기운을 맡지 아니함은 더움을 막음에서요. 음란한 욕심을 절제함은 그 몸을 사랑하는 까닭이요. 살에 닿음을 미워함은 그 몸을 보호하는 까닭이니, 이것이 '금촉(禁觸)법'이다.581)

위에서 서일이 설명하는 금촉은 유교의 수신솔성修身率性과 일치한다. 이용태는 금촉방법으로 금정욕禁情欲과 독신고讀神誥 그리고 성변화成變化의

---

578) 과도한 止息으로 기운이 역상하는 경우가 이에 해당한다.

579) 이승헌, 『운기단법』, 82~93쪽.

580) "修丹之道 至簡至易 而今其爲書 汗牛馬充棟宇 且其言語 太涉恍惚難了 故古今學者 不知下手之方 欲得長生 反致天折者多矣."(『海東傳道錄 · 靑鶴集』, 275쪽)

581) 『眞理圖說』「第二十四章」, "巧言을 不入於耳者는 慮基蔽己聰也오. 佞色을 不近於目者는 恐基障吾明也오 口不納爽凉之味者는 愼其疾也오 鼻不聞葷腥臭之氣者는 防其穢也오 節淫慾은 所以愛其身也오 惡肌襯은 所以護其體也니 此禁觸之法也니라."(『육십년사』, 125쪽)

단계를 제시하고 6가지의 부딪힘으로부터 생기는 욕심을 다스려야 한다고 한다.[582]

서일은 금촉을 통해 몸이 건강해진다고 하는데,[583] 이용태 역시 금정욕을 통해 몸을 건강하게 하는 것이 수련 시작의 기본임을 강조한다.[584] 이용태는 금禁한다는 것이 이목구비의 감각을 완전히 끊는 것이 아니라, 절제하는 것이라고 하며 다음과 같이 주장한다.

> 금(禁)함은 이목구비(耳目口鼻)의 공능(功能)을 완전히 폐함이 아니라, 음탕한 소리와 사특한 빛을 귀와 눈에 접하지 말고, 나쁜 냄새와 후한 맛을 입과 코에 들이지 말고, 간음과 일함에 있어 난잡하게 하지 말라는 것이다.[585]

더불어 금촉수련은 약 없이도 건강을 유지하는 방법이며, 기혈을 기르고 정수를 보전하는 첩경임을 이용태는 강조하고 있다.[586] 또한 회삼도會三圖에서도 부딪힘을 금하는 것은 몸을 건강하게 하고身康 정을 보하는 것保精이라고 강조한다.[587]

이러한 금촉수련은 중국 도교의 양생에도 중요한 개념이다. 양생은 주로 양기養氣와 관련지어 설명된다.

> 후천의 정(精)은 신장에서 발생하며 귀를 통하여 발산되므로 귀로 듣지 않으면 정이 신장에 쌓인다. 후천의 기(氣)는 형(形)에서 발생하여 코로 발현되므로 코에서 호흡하지 않으면 기가 배꼽(臍)에서 함양

---

582) 『애국지사 단암이용태선생문고』, 892~897쪽.
583) 三一神誥 「眞理訓」, "止感하면 心平하고 調息하면 氣和하고 禁觸하면 身康하나니."(『사부합편』, 34쪽)
584) 『애국지사 단암이용태선생문고』, 891쪽.
585) 위의 책, 892쪽.
586) 위의 책, 같은 쪽.
587) 『사부합편』, 37쪽.

된다. 후천의 신(神)은 심(心)에 의탁하여 눈으로 발현되므로 눈으로 밖을 보지 않으면 신이 심에서 함장된다.[588]

조선시대 내단 사상은 중국 도교의 내단서內丹書를 인용하면서 정精 · 기氣 · 신神을 중심으로 한 보정保精을 중요시했다. 홍만선(洪萬選, 1643~1715)의 『산림경제(山林經濟)』「섭생(攝生)」에서 『도서전집(道書全集)』을 인용하여 보정을 양정養精으로 보고 다음과 같이 설명한다.

> 눈은 신(神)의 창이요, 코는 기(氣)의 문이며, 미려(尾閭)는 정(精)의 길이다. 사람이 오래 보면 신이 흩어지고, 숨을 많이 쉬면 기가 허해지며, 기욕(嗜慾)을 많이 부리면 정이 고갈된다. 모름지기 눈을 감고서 신을 기르고, 숨을 조절하여 기를 기르며, 하원(下元)을 굳게 가두어 정을 기르도록 힘써야 한다.[589]

홍만종의 『순오지(旬五志)』「양성보명(養性保命)」에서 "보고 듣고 말하고 행동하는 것은 모두 정과 기를 소모시키는 근원이다. 그러므로 불교에서는 면벽을 하고 선가에서는 좌관坐關을 한다. 이것은 모두 축기築基하고 고행을 해서 정과 기의 소모를 방지하기 위함이니 바로 장생술이다"[590]라고 하여 금촉을 통해 보정保精 · 보기保氣할 수 있다고 한다. 보정 · 보기를 통해 연명延命할 수 있다는 것이다.

이용태의 경우 삼법수행을 유 · 불 · 도 삼교의 수행특성과 대응시키고 삼교의 수행적 한계를 지적하면서, 삼법수행에 삼일철학三一哲學을 통한

---

588) "後天之精生於腎 發於耳耳不外聽則精守於腎 後天之氣生於形施 於鼻 鼻不呼吸則氣潛於臍 後天之神寄於心 寓於目 目不外視則神藏於心."(『仙學辭典』, 眞善美出版社, 中華民國, 153쪽)

589) 『山林經濟』卷一「攝生」, "眼者神之爽 鼻者氣之戶 尾閭者精之路 人多視則神耗 多息則氣虛 多嗜慾則精竭務 須閉目以養神 調息以養氣 堅閉下元以養精."

590) 『旬五志』「養性保命」, "視聽言動皆耗散精氣之原故釋氏面壁仙家坐關皆築基苦行以防耗此精氣便是長生之術也" (홍만종, 『洪萬宗全集』上, 48쪽)

삼교융합적三敎合一的 성격이 담겨 있다고 주장한다.591)

현대단학에서는 금촉을 '정보'의 개념을 활용하여 다음과 같이 설명한다.

> 부딪힘은 갈등이나 알력, 분쟁과 같은 일상적인 의미가 아니라 우
> 리의 감각이 느끼는 외부의 물리적인 자극을 의미한다. 실제로 지각
> 은 외부의 물리적 자극이 우리의 감각 기관과 부딪힐 때 형성된다. 눈
> 과 귀와 코와 혀와 피부의 다섯 가지 기본적인 감각을 통해 외부의 정
> 보를 받아들이는 것이다. 금촉은 다섯 가지 감각 기관을 통해 외부의
> 정보를 차단하고 의식을 깊숙한 곳에 둘 때, 일어나는 선정삼매의 경
> 지를 일컫는다. 감각 기관을 통한 외부 세계와의 통신을 끊고 의식이
> 온전히 자신의 내면에 집중되었을 때, 자신 속에 있는 근본적인 생명
> 의 실체를 만나게 되는 것이다.592)

지감에서 감(喜·懼·哀·怒·貪·厭)은 마음에서 생겨나는 감정을
의미하고 조식에서 식(芬·殩·寒·熱·震·濕)은 기운의 작용에 의한
느낌을 의미한다. 금촉에서 촉(聲·色·臭·味·淫·抵)은 외부와의 부
딪힘에 의해 생겨나는 감각을 말하며, 금한다는 것은 오감을 통해 들어오
는 정보를 차단한다는 것을 의미한다.

이상의 내용을 살펴보면, 삼법수행의 요지들은 대종교, 조선시대 내단
사상, 현대단학 등에서 공통적으로 보이는 견해이다. 삼법수행이 따로 떨
어져 있는 것이 아니라 서로 연결되어 있다. 조식을 통해 보정을 할 수 있
지만, 금촉을 통해서도 보정할 수 있는 것이다. 조식을 통해 기를 터득하
면 지감의 상태에 이르고, 반대로 지감을 통해 기를 터득하면 조식을 통
해 기를 축기하고 운기運氣할 수 있는 것이다.

---

591) "儒家의 靜工夫는 誠正極致와 窮理修身의 要諦이며, 佛家의 參禪工夫는 無罣無礙
와 無界無得의 空法이며, 仙家의 成丹工夫는 養氣鍊性과 解脫飛昇의 妙法이나, 다
支流分派의 缺陷이 없다고 認證하기 어렵다."(『애국지사단암이용태선생문고』,
223쪽)
592) 이승헌, 『단학』, 95쪽.

대종교는 삼일신고 「진리훈」의 삼법수행을 삼교융합적 시각에서 해석하고 있으며, 나철의 종교적인 가르침이 서일이나 이용태에 와서 보다 구체적인 수련방법으로 체계화되고 있음을 확인할 수 있다. 이용태의 조식법은 중국 도교경전과 조선시대 내단 사상가의 견해를 적극적으로 수용하고 있다. 현대단학은 한국선도의 전통적인 삼수행법을 현대적 용어로 설명하고 있으며, 뇌의 해부학적 구조 및 신경생리학적 기능에 대한 새로운 사실들과 결합하여 수련법을 개발하고 있다.

4. 실천론

앞에서 한국선도의 수행의 기원은 『부도지』의 수증修證에 있다고 하였다. 수증이란 의미는 수행과 실천이란 의미를 함께 가지고 있는 것이다. 다시 말해 수행과 실천이 따로 떨어질 수 없다는 의미이다. 이처럼 한국선도 수행은 실천과 분리될 수 없는 개념이다. 개인적 수행은 개인적 실천에 해당하고 사회적 수행은 사회적 실천에 해당한다고 볼 수 있다. 한국선도의 개인적 실천인 수행은 앞의 수행론에서 살펴보았기에, 여기서는 한국선도의 실천론에 대해 살펴보도록 한다.

삼일신고 「진리훈」에서 언급한 성통공완의 의미는 한국선도의 인간론과 수행론뿐만 아니라 사회적 실천론에서도 매우 중요하다. 「진리훈」에는 공완이란 말 이외에 실천적인 부분은 구체적으로 기술되어 있지 않다. 그 이유는 한국선도의 사상과 철학은 주로 천부경이나 삼일신고에 집중되어 있고, 그 철학을 바탕으로 한 생활 속 실천 덕목들은 참전계경에 정리되어 있기 때문이다.[593] 여기에서는 한국선도의 사회적 실천론적 기반인

---

593) 『參佺戒經』은 8강령인 誠, 信, 愛, 濟, 禍, 福, 報, 應으로 분류하고 총 366조항으로 이루어져 있다. 그 내용은 실천적 부분만 아니라 윤리적 내용까지 포함하고 있다. 서론에서 언급했듯이 본 연구의 요지가 한국선도 철학적 체계를 규명하는데 있기에 철학적 성격과 거리가 있는 『參佺戒經』은 논외로 하고 차후의 과제로 남겨 둔다.

개전일여個全一如 사상이 삼원론과 어떻게 연결되는지 살펴보고, 실천론의 핵심인 홍익인간·재세이화의 기원과 전승 그리고 의미를 살펴본 후, 성통공완과는 어떤 의미가 있는지 고찰한다.

1) 개전일여의 자각

삼원론은 하나에서 삼원이 나오고 이 삼원은 하나와 별개가 아닌 하나 안에서의 분화과정을 담고 있는 사상이다. 삼원은 천·지·인을 가리키기에 우주 만물을 삼원으로 구분지어 볼 수 있는 것이다. 『도덕경』에서 삼에서 만물이 나왔다三生萬物고 하듯이, 동북아 사유에서는 삼三이란 다多를 의미한다. 한은 하나라는 의미와 함께 일체, 전체의 의미도 있다.[594] 따라서 삼이란 천·지·인이면서 전체를 의미하고 하나와 같은 뜻이 되는 것이다.

이처럼 한국선도에서 개체와 전체를 같은 것으로 보고 있는데, 이는 개체의 삼원이 전체의 삼원과 같기 때문에 성립할 수 있는 논리이다. 한국선도가 인간뿐만 아니라 만물과의 공존을 모색하고, 인간 내에서 개인의 삼진회복과 전체의 삼진회복까지 함께 도모하는 것은 바로 이 때문이다. 개체의 삼진과 전체의 삼진이 같으므로, 개체의 삼진회복은 전체의 삼진회복에 기여하는 것이 된다. 이것이 개인의 삼진회복을(성통), 전체차원으로 확대하는(공완) 성통공완性通功完 사상이요, 홍익인간·재세이화의 사상이라 할 수 있다.[595]

개인완성과 전체완성은 별개로서 존재하는 것이 아니며, 하나를 먼저 하고 다른 하나가 뒤따라오는 식도 아니다. 홍익인간이란 신인합일을 통한 인간의 완성을 의미하듯이 재세이화는 모든 인간이 신인합일할 수 있는, 영혼의 완성을 이룰 수 있는 사회적 시스템의 구축을 의미하는 것이라고

---

594) 김상일, 『한철학』, 24쪽.
595) 정경희, 「한국선도의 수행법과 제천의례」, 53쪽

볼 수 있다. 홍익인간은 인간 즉 개체차원의 완성을 의미하고 재세이화는 사회 즉 전체차원의 완성을 의미하는 것이다. 개체의 완성과 전체의 완성은 분리되어 있는 것이 아니라 하나로 연결된다는 측면에서는 한국선도의 실천론은 전체와 개체가 서로 같다는 개전일여個全一如 사상을 내포하고 있다. 따라서 홍익인간 · 재세이화는 실천론의 핵심이라고 할 수 있다.

2) 홍익인간과 재세이화

(1) 홍익인간 사상의 기원과 전승

홍익인간 사상의 기원과 계승은 단군조선 건국사에 잘 드러난다. 단군조선 건국사는『삼국유사』를 비롯하여『제왕운기(帝王韻紀)』,『세종실록지리지(世宗實錄地理志)』,『응제시주(應制詩註)』등 여러 문헌에 조금씩 다른 내용으로 기록되어 있다. 이 중에서『삼국유사』와『제왕운기』가 '홍익인간'이라는 네 글자를 언급하고 있다. 이 밖에『환단고기』에서는 『삼국유사』의 내용을 보다 더 상세히 기록하고 있다.[596]

『삼국유사』의 "환웅이 홍익인간하기 위해 신시神市을 세우고 나라를 다스렸다"[597]라는 내용을 통해 환웅이 세운 신시배달국의 건국이념이 홍익인간 · 재세이화임을 알 수 있으며, 이 정신이 단군조선으로까지 이어졌다. 여기서 주의 깊게 살펴볼 점은『삼국유사』에서 홍익인간을 최초로 언급한 자는 환웅이 아니라 '환인桓因'이었다는 점이다. 통상적으로 홍익인간이 신시배달국과 단군조선의 건국이념으로 이해되고 있지만, 홍익인간의 정신은 환국桓國의 국시國是이기도 하다. 환인을 한님, 하느님으로 보는 전통적인 신관에서 볼 때, 홍익인간 사상은 하느님이 한민족에게 내린 계명과도 같은 것이다.

---

596)『三聖紀全』下篇, "桓國之末 安巴堅 下視三危太白 皆可以弘益人間";『太白逸史』, 「神市本紀」, " 時 安巴堅 遍視金岳三危太白 而太白 可以弘益人間."

597)『三國遺事』권1「紀異」古朝鮮, "古記云 昔有桓國 庶子 桓雄 數意天下 貪求人世 父 知子意 下視三危太伯 可以弘益人間 (中略) 謂之神市 是謂桓雄天王也."

『태백일사』에서 신시배달국 시대에 삼일신고가 책으로 편찬되었다는 내용과,[598] 홍익의 뜻으로 나라를 다스렸다는 내용[599] 등을 통해 환인의 홍익인간 사상이 신시배달국에 와서 사상적인 체계를 갖추게 되었음을 알 수 있다. 홍익인간 사상을 바탕으로 환웅이 신시를 세우고 풍백風伯ㆍ우사雨師ㆍ운사雲師를 거느리고 곡식ㆍ생명ㆍ질병ㆍ형벌ㆍ선악 등 인간세상의 360여 가지 일을 주관하여 재세이화를 실현한 것이다.[600]

『태백일사』의 기록에 의하면, 환인의 홍익인간 정신을 환웅이 단군에게 전한다.

> 홍익인간 가르침은 (환인)천제가 환웅에게 내려준 것이며, 일신(一神)이 씨알로 내려와(一神降衷) 성통광명(性通光明)하여 재세이화(在世理化) 홍익인간(弘益人間) 함은 이를 신시가 단군조선에 전한 것이다.[601]

위의 내용을 살펴보면 '일신이 내려와 성통하였다'라는 의미는 앞의 인간론에서 살펴보았듯이 신인합일을 의미하는 것이다. 상기 인용문에 의하면, 신인합일할 때만이 재세이화ㆍ홍익인간의 구현이 가능한 것이다. 『태백일사』「삼한관경본기」에도 위와 같은 내용이 보이며,[602] 홍익을 중요한 행실규범으로 내세우고 있다.[603] 환인 환국의 홍익인간 정신과 환웅 신시배달국의 재세이화 정신은 단군조선으로 이어져 홍익인간ㆍ재세이화를 건국이념으로 계승하여 국학國學, 즉 국시國是가 되었던 것이다.

---

598) 『太白逸史』「蘇塗經典本訓」, "三一神誥 出於神市開天之世 而其爲書也."
599) 『太白逸史』「蘇塗經典本訓」, "上爲天神揭弘益之義 下爲人世 解無告之怨."
600) 『三國遺事』卷1「紀異」古朝鮮, "將風伯雨師雲師 而主穀主命主病主刑主善惡凡主人間三百六十餘事 在世理化."
601) 『太白逸史』「蘇塗經典本訓」, "夫弘益人間者 天帝之所以授桓熊也 一神降衷 性通光明 在世理化 弘益人間者 神市之所以傳檀君朝鮮也."
602) 『太白逸史』「三韓管境本紀」馬韓世家上, "其文曰一神降衷 性通光明 在世理化 弘益人間."
603) 『太白逸史』「三韓管境本紀」馬韓世家上, "飭身恭儉 修學鍊業 啓智發能 弘益相勉 成己自由 開物平等 以天下自任."

홍익인간 사상은 단군조선 이후 고구려에까지 전승된다. 『태백일사』 「고구려국본기」에서 을지문덕乙支文德이 도道를 논하며, "날마다 재세이화하고 조용히 경도境途를 닦아 홍익인간함을 간절히 생각함이 중요하다"604)라고 한 구절이 주목되는데, 경도란 삼일신고의 삼도三途와 십팔경十八境을 말하며 경도를 닦는다는 의미는 삼법수행을 상징하는 것이다. 이러한 수련의 목적은 홍익인간·재세이화의 실현에 있다고 하였다. 따라서 한국선도의 실천은 수행을 동반하지 않고는 온전한 실천을 행할 수 없다는 것을 보여준다. 다시 말해 수행이 담보되지 않은 관념적 실천으로는 진정한 홍익인간·재세이화를 실현할 수 없다는 것이다. 따라서 제천의식 전에 보여준 제사장 즉 천군天君의 수행은 수행과 실천의 일치라는 전통적 의식에서 기원했다고 볼 수 있다. 이러한 전통은 대진국大震國으로까지 이어지는데 『태백일사』 「대진국본기」에서 확인할 수 있다.

> 태학(太學)을 세우고 천경신고(天經神誥)를 가르치며 환단고사(桓檀古史)를 강(講)하고, 또 문사(文士)에 명하여 국사(國史) 125권을 편찬케 하니, 문치(文治)는 예악을 일으키고 인간을 홍익하는 교화는 이로써 만방에 미치게 되었다.605)

「대진국본기」의 내용을 통해 대진국 시대까지 한국선도는 국학의 역할을 했음을 짐작할 수 있다. 환인시대에서 대진국까지 한국선도 사상과 홍익인간·재세이화의 정신은 국학의 역할을 수행해 왔으며, 수행을 통한 개인완성과 전체완성을 별개로서 보는 것이 아니라 하나로 보는 개전일여 사상이 일관성 있게 전승되어 왔다. 이는 앞에서 살펴본 한국선도의 전승과정과 그 맥을 같이 함을 알 수 있다.

---

604) 『太白逸史』 「高句麗國本紀」, "要在日求念標 在世理化 靜修境途 弘益人間也."
605) 『太白逸史』 「大震國本記」, "明年立太學 教以天經神誥 講以桓檀古史 又命文士 修國史一百二十五卷 文治興禮樂 武威服諸夷 太白玄妙之道 洽於百姓 弘益人間之化 賴及萬方."

대종교는 삼륜三輪을 주장하는데 삼륜이란 부자간의 애륜愛倫, 군신간의 예륜禮倫, 사도師徒간의 도륜道論을 말한다.606) 애륜은 일가一家에 적용되고 예륜은 국가에 도륜은 세계에 적용된다.607) 애륜은 부모에 대한 사랑인 효孝로 대표되며, 예륜은 국가에 대한 사랑인 충忠으로, 도륜은 인류에 대한 사랑 즉 도道로 대표될 수 있다.608) 이처럼 삼륜사상은 대종교의 윤리적인 측면과 실천론의 바탕이 되었다.

이러한 정신은 대종교의 항일독립운동의 정신적 기반이 되었다. 당시 시대적인 상황에 따라 대종교의 실천적 측면은 항일독립운동에 있다고 할 수 있다.609) 대종교는 항일독립운동과 함께 교육활동에도 힘을 썼다.610) 독립운동을 추동하는데 있어 무엇보다 그 기저를 이루는 것이 민족교육 사상이라고 생각하여 민족종교 교육을 통한 철저한 독립군 양성에 힘을 쏟았다. 따라서 만주지방에서의 한인韓人의 활동범위는 종교와 교육 및 독립운동을 각각 구분하여 생각할 수 없는 것이었다. 당시에는 독립운동가가 대종교인인 동시에 아울러 교육자이기도 하였다.611)

대한민국 임시정부의 건국 구상의 이론적 토대를 마련한 조소앙(趙素昻, 1887~ 1958)의 삼균주의三均主義612), 안재홍이 제시한 신민족주의 이론

606) 『會三經』「三倫」, "人有三倫하니 一曰愛오 二曰禮오 三曰道라 愛倫은 自天賦하고 禮倫은 由人定하고 道倫은 天人同이니라. 錯綜倫序 分之爲九하니 愛는 父子와 兄弟와 親戚이오 禮는 君民과 室家와 鄕黨이오 道는 師徒와 朋友와 種族이니라." (『사부합편』199~200쪽)
607) 유영희, 「근대 민족종교의 진리관 소고 −대종교의 경우−」, 『국학연구』2, 국학연구소, 1998, 150쪽.
608) 현대단학도 孝와 忠과 道가 서로 어긋나지 않는 孝 · 忠 · 道 一體思想을 주장한다.('인간으로서 가져야 하는 세 가지 가치', 「일지희망편지」, www.ilchi.net)
609) 김용국, 「대종교와 독립운동」, 『로산 이은상 고회기념논문집』, 1973, 188쪽.
610) 申奎植의 博達學院, 의 東明學院, 尹世復의 東昌學院과 白山學院 설립 등 大倧敎 지도자들은 만주지역에서 민족의식고취를 위해 많은 학교를 세워 韓人들을 교육하였다. (김동환, 「을유중광의 민족사적 의의」, 1988)
611) 위의 논문, 116쪽.
612) 개인과 개인, 민족과 민족, 국가와 국가 간에 완전한 均等을 실현하기 위해 정치

등은 홍익인간 사상과 단군자손의 공동운명체 의식을 사상적으로 구체화
시킨 대표적인 정치적 실천론이라 할 수 있다.[613] 이러한 정치적 실천론
은 해방 이후 냉전시대를 거치면서 몰락하게 되었다. 80년대 이후 한국선
도 수련단체들을 중심으로 대중화되었지만, 정치적 혹은 사회적 실천론
을 제시하기보다는 주로 개인적 건강과 깨달음 차원에 집중되었다. 그러
나 현대단학은 한국선도를 현대화하여 시대적 상황에 맞게 지구적 차원
의 실천론과 그 방법론을 제시하고 있다.[614]

(2) 홍익인간과 재세이화의 구현: 성통공완

일반적으로 홍익인간을 인본주의人本主義[615] 사상으로 부적절한 해석
을 하는 경우가 많은데, 그 이유는 서양 근대 이후 인간을 신과 분리된 혹
은 신으로부터 독립된 존재로 해석하는 경향이 있기 때문이다. 즉 인본주
의를 과거의 서양 중세의 신본주의神本主義와 대비적, 상대적 관계로 이해
하고 있는 것이다.

한국선도는 인간을 신과 동떨어진 존재가 아니라, 앞에서 살펴보았듯
이 외재한 신이 신성으로 선험적으로 내재된 존재로 이해하고 있다. 인간
안에 신성이 있고 그 신성이 바로 자기 자신에게 실재한다고 인식할 때
반망즉진返妄卽眞할 수 있는 것이다. 「진리훈」에서 반망즉진할 수 있는

적 · 경제적 · 교육적 균등을 실현하고자하는 민족자주적인 정치사상을 말한다.
613) 정영훈, 「단군민족주의와 그 정치사상적 성격에 관한 연구―한말~정부수립기를
　　중심으로」, 단국대 박사학위논문, 1993, 165~180쪽.
614) 이승헌은 『힐링소사이어티』,『평화학』,『한민족에게 고함』 등의 저서를 통해 개
　　인적인 수행뿐만 아니라 사회적 실천론과 그 방법론을 제시하고 있다.
615) 르네상스를 계기로 신본주의가 퇴조하고 인간의 합리적 사고와 이성을 중시하는
　　인본주의 또는 인간중심주의 시대가 도래하였다. 개인의 합리적 사고와 이성을
　　중시하는 인본주의가 지배적인 사조로 자리 잡게 되었고, 우주의 비밀과 사물의
　　본성, 그리고 인류의 존재 목적을 체계적으로 밝혀내기 위한 수단으로써 과학이
　　라는 새로운 권위가 창조되었다.(김광린, 「홍익인간사상과 민족통일(Ⅰ)」, 홍익
　　문화통일강연시리즈 00-4호, 홍익문화통일협회, 2000, 31쪽~32쪽)

방법은 지감·조식·금촉 수행을 통해서만 가능하다고 한다. 이처럼 한국선도가 인간 존재를 바라보는 관점은 인간을 신과 결별한 존재로 생각하는 인본주의와는 그 성격이 많이 다르다. 그렇기에 홍익인간은 신본주의와 대비되는 인본주의로 환원해서 이해할 필요는 없다.

이상의 내용을 종합하면, 홍익인간의 자구해석인 '인간을 널리 이롭게 한다'에서는 '인간의 본성이 신성임을 깨닫게 해주는 것'이라는 재해석이 가능하다. 한국선도는 '인간의 본성이 신성임을 깨닫게 하는 모든 일'이 '홍익'이며 '그 공덕을 완수하는 것'이 '공완'이라고 표현한 것이다. 한민족의 건국이념인 홍익인간·재세이화는 홍익인간이 되어 이 세상을 진리로 다스린다라는 의미이며, 이것은 다른 말로 성통공완의 의미와 같은 것이다. 단군신화에서 환웅이 인간세상을 탐구하여 환인의 명을 받고 인간을 널리 이롭게 하기 위해 내려왔다는 것은 바로 한웅이 '신인합일' 즉 '성통한 존재'이며, 세상을 치화와 교화하였다는 것은 '공완' 하였음을 의미하는 것이다.

이상에서 살펴본 한국선도 사상의 핵심 키워드는 '강재이뇌', '성통공완', '본성광명', '홍익인간·재세이화'이다. 이런 개념들의 상관관계를 『태백일사』에서는 "일신一神이 사람 안에 내려와 성통광명하니 재세이화하고 홍익인간한다"라고 축약해서 설명하고 있다. 홍익인간에서 인간의 의미는 바로 신성과 인성이 함께 공존하고 있는 존재로 이해되어야 하며, 그런 인간을 이롭게 한다는 것은 교화와 치화를 통해 하느님과 인간이 공존하는 상태에서 합일상태로 이르게 한다는 의미이다. 이처럼 홍익인간 사상은 바로 신인합일 사상과 그 맥을 같이 한다. 홍익인간의 자의字意적인 해석은 인간을 널리 이롭게 한다는 뜻이지만, 인간을 널리 이롭게 한다 함은 사람 안에 있는 신성과 하나되는 신인합일이 되게 한다는 의미가 내포되어 있는 것이다.

이상의 내용을 정리하면 홍익인간 사상에는 하느님과 인간의 상대적 관계 의미에서의 인본주의가 아니라, 인간 속에 신성이 내재하며 지감·조식·금촉 삼법수행을 통해 반망즉진하여 타락으로 인한 인간사의 고苦를 극복하여, 삼원을 조화롭게 하는 주체로서 그 역할을 다해야 한다는 사유가 스며들어 있다. 이러한 홍익인간 사상은 고대로부터 한국인의 심성 속에 내재하면서 평화를 사랑하는 경천애인 사상으로 발현되었다. 이러한 한국인의 심성을 중국인들은 '태평지인太平之人'이라 하며 고대 한국을 '군자의 나라'라 칭했다.『산해경(山海經)』의 "군자국 사람들은 의관을 하고 칼을 찼으며 양보하기를 좋아하고 다투지 않는다"616)는 말은 겸양사상으로 인자한 품성을 지니고 있음을 말함이요, 칼을 찼다 함은 불의를 용납하지 않는다는 의미를 내포하는 것이다. 중국 고전인『이아(爾雅)』에서 비유하기를 "동쪽으로 해 뜨는 곳에 이르면 태평, 즉 크게 평화로운 나라가 있는데, 태평지인들은 인자하다고 하였다"617)라고 하였다.

이처럼 홍익인간 사상은 평화 사상의 대표적인 사례가 될 수 있으며, 자신 안에 있는 신성을 자각하고 발현함으로써 인간완성을 통해 사회 속에 실천하는 존재로써 오늘날 인류가 직면한 총체적인 비평화의 상태를 극복할 진정한 평화의 주체가 될 수 있는 것이다.618)

한국인은 평화를 귀하게 여겼으며, 경천애인하는 풍습이 전래해 온다. 하늘은 하느님과 같이 근원적 존재이며, 모든 인간에 신성으로 내재하여 있기에 인간은 귀하고 존중받을 자격이 있는 것이다. 이러한 가치관의 흐름은 민족전통종교인 대종교와 천도교 그리고 동학사상으로 발현되었다. 하늘을 숭상하는 것이 인간을 존중하는 것이며, 바꾸어 말해 인간을 존중하고 사랑하는 것이 바로 하늘을 숭상하는 것이라는 인간존중 사상은 한국사상의 심연 속에 면면히 흐르고 있다.

---

616)『山海經』「大荒東經」, "有君子之國 其人衣冠帶劍 (中略) 好讓不爭"
617)『爾雅』「釋也」, "東至日所出爲太平 太平之人 仁"
618) 홍익인간사상과 평화사상에 대한 연구는 정해준의 논문,「평화주체로서의 인간-내재하는 초월적 근원과의 합일의 관점에서-」(국제뇌교육종합대학원 평화학과 박사학위논문, 2010)를 참조.

2부

현대단학

2부. 현대단학

Ⅰ. 한국선도 계승에 대한 판별 문제

지금까지 한국선도를 선도문헌의 서지학적 검토에서부터 기원과 전승 과정 그리고 철학적 구조와 내용을 통해 살펴보았다. 이미 앞에서 한국선도의 핵심은 홍익인간 사상임을 여러 연구결과를 바탕으로 논증하였기에, 한국선도의 계승에 대한 1차적 변별은 홍익인간 사상을 온전히 전승하였는가 하는 문제로 귀결된다.

그리고 한국선도를 본체론, 인간론, 수행론, 실천론이란 철학적 체계로 구분하여 그 핵심 요지를 살펴보았다. 지금까지 살펴 본 한국선도 사상과 철학에 보이는 특징들은 한국선도의 계승여부를 판별하는 주요한 기준이 된다. 따라서 한국선도 계승에 대한 판별 기준을 다음과 같이 정리할 수 있을 것이다. 이러한 기준은 현대에 한국선도를 계승했다고 주장하는 선도 수련단체를 비롯한 기타 여러 단체들에도 적용될 수 있을 것이다.

첫째, 선도경전

둘째, 삼원론적 세계관

셋째, 환인 · 환웅 · 단군의 역사인식

넷째, 신인합일 사상

다섯째, 홍익인간 사상

한국선도 계승에 대한 판별 기준에 가장 우선시 되는 것은 선도경전인 천부경과 삼일신고, 참전계경을 인정하느냐이다. 그리고 한국선도는 세계와 인간을 천·지·인 삼원론적 구조로 파악하고 모든 사유체계에 투영하고 있다. 역사적 인식은 단군의 단군조선, 환웅의 신시배달국, 환인의 환국을 하나의 계통으로 인정한다. 신인합일 사상은 한국선도 철학의 가장 큰 특징이라 할 수 있으며, 삼일신고「진리훈」의 반망즉진, 반진일신, 성통공완의 개념 속에 신인합일 사상으로 내포하고 있다. 신인합일 사상은 한국인 고유의 삼신일체 신관과 인간에 신성이 뇌에 내려와 내재한다는 인간관을 정립한다. 한국선도는 홍익인간의 의미를 단순히 인간을 물질적·정신적으로 이롭게 한다는 의미가 아니라, 신인합일을 통해 인간완성으로 이끄는데 그 의의를 지닌다.

1980년대 이후 한국선도는 수련단체들을 통해 보급되고 대중화되었다. 선도 수련단체로 많이 알려진 단체는 국선도, 현대단학(단월드), 석문호흡, 연정원 등이 있다. 이중에서 가장 많이 알려진 국선도와 현대단학에 대해 상기의 기준으로 비교 검토해 보고자 한다.

국선도는 약 9,700년 전 천기도인으로부터 산중에서 구전심수口傳心授되어 왔으며 1967년 청산青山 선사가 하산하여 일반 대중에게 보급하기 시작했다고 전해진다. 1976년 청산거사가 직접 글을 쓰고 발간한『비경보(秘境報)』에 의하면, 국선도의 지도이념은 민족정기 발휘와 민족문화 향상에 공헌하며 사기신장과 확고부동한 정신함양으로 체지체능體智體能하고 모든 분야를 정시正視 정각正覺하는데 그 진리가 있다고 하여 민족주의 성향을 강하게 드러내고 있다. 선도의 단리丹理 수도修道는 역천逆天하는 정신과 신체를 순천順天의 길로 인도하여 합리적인 행공行功으로써 완전한 전인적 인간을 만드는 양생지도養生之道라고 한다. 수련의 목적은 설화적인 신선이 되기보다 대자연의 법칙에 순응함으로써 건전한 인간 본연의 자세로 복귀하여 무병장수無病長壽하며 건전한 사회생활을 하는데 그 목적이 있다고 주장한다. 그리고 국선도는 유·불·도 삼교가 들어오기 전의 한국 고유의 도라고 한다.[1]

국선도는 전체적으로 사상이나 철학보다 주로 양생 수련적 측면을 강조하지만, 개인 수련뿐만 아니라 민족부흥을 위한 사회적 실천도 강조하고 있다. 그 도맥의 전승은 군자국을 중심으로 한 천자전승과 사자전승師資傳承으로 이어져 왔다고 한다. 군자국이 구체적으로 어떤 나라인지 확인할 수 없으며, 역사적 인식에 있어 환인과 환웅, 단군과 관련한 언급은 없다. 그리고 3대 경전에 대한 언급이 없으며, 천지자연의 법칙은 역리易理에서 논하고 인간생명의 법칙은 역리와 아울러 단리丹理에서 논한다고 한다.[2] 이처럼 천지자연의 이치를 주역의 바탕으로 설명하니 삼원론적 세계관은 아닌 듯하다. 양생법의 핵심을 정·기·신을 중심으로 하고 있으며, 내단 사상적 성향이 강하며 종교적 성향은 적게 나타난다.

현재 국내외에 가장 많은 지부를 갖고 있는 수련단체는 (주)단월드[3]이다. 일지一指 이승헌李承憲이 전라북도 모악산母岳山에서 대각大覺을 하고, 1985년 서울 신사동에 단학선원丹學仙院을 처음 개설하여 대중들에게 보급하였다. 1987년 『단학』을 펴냄으로써 시작된 일련의 학문과 사상을 '현대단학現代丹學'이라 한다.

현대단학에서는 민족의 얼을 되살리기 위해 국조國祖의 건국정신에서 그 원류를 찾아 정맥正脈을 세워야 한다고 주장하며, 국조의 건국정신은 홍익인간 정신 하의 이화세계 건설임을 강조한다. 홍익인간의 정신은 민족의 3대 경전인 천부경·삼일신고·참전계경에서 찾을 수 있으며, 수련의 목적은 지감·조식·금촉을 통해 성통공완하여 천공天功의 조화를 아는 것이 사람의 도리이므로, 천지인이 묘합하는 이치와 수련법을 터득하고 이것을 전 인류에게 가르치는 것이라 한다. 그리고 단학수련은 지감,

---

1) 고경민, 「仙道 法文」, 『秘境報』, 정신도법교육회, 1976년 11월호.
2) 「仙(伏) 이란?」, 위의 책.
3) 단학선원에서 2002년 4월 단월드로 사명을 개칭함.

금촉하고 숨을 고르게 해서 천지인 삼합三合의 묘리妙理를 터득하여, 시작도 없고 끝도 없고 나고 죽음도 없는 소소영영昭昭靈靈한 자성自性에 통달性通功完하여 진공묘유眞空妙有의 구경처究境處에 도달하는 방법이라고 한다.[4]

현대단학은 한국선도의 고전적인 원리와 수련법들을 현대인에게 맞게 개념화하고 현대화하고 있다. 예를 들면, 삼원론을 삼원조화의 원리로 풀어 설명하고 있으며, 삼원 중에 조화의 주체를 인정하면서 기존의 천 · 지 · 인 삼원을 정보 · 에너지 · 질료라는 현대적 용어를 사용하여 풀어내고 있다. 인간 존재의 구조 역시 삼진 · 삼망 · 삼도 이외에도 영 · 혼 · 백으로 설명하고 있는 부분은 현대단학만의 독특한 해석이다. 수련법은 정 · 기 · 신론을 중심으로 설명하고 있으며, 기존의 삼법수행과 내단 사상을 연결하고 있다. 특히 한국선도의 자성구자 강재이뇌를 뇌과학과 연결한 새로운 수련법의 개발은[5] 기존의 한국선도를 계승한 단체들과 구별되는 부분이다.

국선도와 현대단학 모두 한국선도를 계승한 것으로 주장하고 있지만, 한국선도 계승에 대한 다섯 가지 판별기준으로 비교한다면, 국선도에 비해 현대단학이 한국선도의 정통성에 좀 더 접근해 있다고 볼 수 있다. 그렇기에 2부에서는 한국선도의 현대적 계승이란 측면을 현대단학을 중심으로 살펴본다. 한국선도 사상과 중복되는 부분은 제외하고, 현대단학에서 독특하게 계승 발전시킨 부분 중, 그간의 발표된 연구논문을 중심으로 현대단학의 철학적 특징과 수련 원리의 철학적 이해를 도모하고자 한다.

---

4) 이승헌, 『단학』, 비봉출판사, 1987, 66쪽.
5) 2000년대 이후부터 '뇌호흡'과 '뇌파진동'이란 수련법을 개발하여 보급하고 있다.

II. 현대단학의 철학적 특징

1. 삼원성과 주체성

현대단학의 존재론은 '삼원조화三元造化'를 핵심으로 하고 있다. 현대단학은 일一과 삼원三元의 개념에 대해 다음과 같이 설명한다.

> 천부경이 전하는 메시지의 핵심은 '사람 안에 하늘과 땅이 모두 하나로 들어 왔다'는 '인중천지일(人中天地一)'이라는 글귀 속에 있으며, 이것은 다시 '시작도 끝도 없는 하나, 모든 존재가 그것에서 나와서 그것으로 돌아가는 하나'를 의미하는 '일(一)'이라는 한 글자로 귀결된다. 이 하나의 세 가지 다른 모습을 삼원이라 한다. 이를 다시 성 · 명 · 정이라고도 하고, 이(理) · 기(氣) · 상(像)이라고도 하고, 심 · 기 · 신이라고도 하고, 영(靈) · 혼(魂) · 백(魄)이라고도 하고, 천(天) · 인(人) · 지(地)라고도 한다. 이처럼 하나는 셋으로 이루어져 있고, 그 셋이 조화를 이루어 모든 것이 생성한다.[6]

위의 인용문을 통해 앞에서 살펴본 한국선도에서의 하나의 개념과 현대단학에서의 하나의 개념은 큰 차이가 없음을 확인할 수 있다. 그러나 인간 존재를 바라보는 구조는 삼진과 삼망 이외에 영 · 혼 · 백의 개념을 새롭게 대두시키고 있다. 그리고 하늘이라고 불리는 허공性이 있고, 땅이라고 표현되는 질료精가 있고, 그 사이에는 사람으로 표현되는 에너지命가 움직이며 온갖 정보를 만들어 내고, 그 정보가 질료를 통해 형상화 된 세계를 이룬다고 한다. 이 세계는 허공, 질료, 에너지 삼원의 작용에 의해 운행된다는 것이다. 이러한 논리구조는 인간 존재에도 그대로 적용된다.

---

6) 이승헌, 『단학』, 51쪽.

삼원의 조화에 의해 생성된 모든 것들, 모든 존재는 자신 안에 하나
의 세 가지 다른 모습(三元), 곧 정보(神)와 에너지(氣)와 질료(精)를 모
두 포함하고 있다. 하나의 세 가지 모습(三元) 중 한 가지는, 다른 두 가
지를 연결시키고 조화시키며, 그 둘의 조화를 통해 모든 사물이 생성
되도록 한다. 그러한 작용의 주체를 가르켜 성·명·정에서 명, 이·
기·상에서의 기, 영·혼·백에서의 혼이라 한다. 그리고 하늘과 땅
과 사람 가운데서는 코로 하늘의 기운(天氣)을 마시고 입으로 땅의 기
운(地氣)을 먹는 사람이 바로 그 조화의 주체이다.[7]

　삼원에서 인간이 조화의 주체임을 강조하는 사유체계는 『부도지』와
동일한 사유임을 확인할 수 있다. 다만 『부도지』는 하늘과 땅 사이에서
인간의 역할을 역수의 조화라는 차원에서 표현하고 있고, 현대단학은 인
간 자신 안의 삼원에도 조화의 주체가 있다고 한다. 삼원이 조화롭게 관
계 맺을 수 있는 주체가 있다는 사상은 다른 사상의 삼원론적 사유체계와
비교해서 한국선도와 현대단학만의 철학적 특징이라고 봐야 할 것이다.

　특이하게도 현대단학은 정·기·신을 질료·에너지·정보라는 용어
로 대응하여 설명하고 있는데 이는 근대 이후 과학적 세계관에서 사용한
개념들이다. 그렇기에 현대단학적 개념과 일반 철학적 혹은 과학적 개념
과의 비교·검토가 있어야만 현대단학의 삼원론에 대한 특징을 드러낼
수 있을 것이다.

　현대단학이 한국선도의 삼원론과 다른 점은 존재를 정보·에너지·질
료, 영·혼·백이라는 새로운 삼원성으로 설명하고 있다는 것이다. 그리
고 정보·에너지·질료의 삼원성은 현대단학의 존재론을 이해하는 데
핵심이 된다. 인간 존재를 영·혼·백 삼원성으로 해석하는 방식 역시 정
보·에너지·질료의 삼원론적 세계관에서 크게 벗어나지 않는다.[8]

---

7) 위의 책, 52쪽.
8) 영·혼·백 삼원론에 대한 부분은 강현숙의 논문 「삼원론의 구조 – 영·혼·백을
　중심으로 –」(국제뇌교육종합대학원 석사학위논문, 2007)와 채지영의 논문 「현대단

먼저 정보 · 에너지 · 질료에 대한 현대단학의 기본 개념을 살펴보자.

　　질료와 에너지와 정보, 이 세 가지는 우리의 몸뿐만 아니라 모든 존재를 구성하는 세 가지 바탕이다. 우리의 삶은 이 세 가지가 어울러서 만들어내는 현상이다. 이 세 가지를 육체와 에너지체와 정보체라고 부른다. 육체는 단순한 질료가 아니라 이미 에너지와 정보가 결합되어 빚어 낸 결과물이다. 육체는 오감의 영역에서 체험되는 몸이다. 그리고 보거나 만질 수는 없지만 느낄 수 있는 에너지체가 있다. 몸과 마음이 충분히 이완되고 의식이 명료하게 깨어 있을 때, 자신의 몸을 둘러싸고 있는 에너지장을 느낄 수 있다. 정보체는 오감으로 감지되지 않는 정보의 영역이다. 정보의 존재를 볼 수도 만질 수도 느낄 수도 없다. 시간과 공간 속에 가지고 있는 것은 정보를 기록하는 장치이거나 정보가 출력된 형상일 뿐, 정보 자체는 시간과 공간에 묶여 있지 않다.[9]

위의 인용문에 따르면, 질료는 형상 · 질료나 정신 · 물질의 실체이원론에서 말하는 질료의 개념이 아니다. 왜냐하면 삼원의 관계는 동일한 차원에서 이해를 해야 하기 때문에 질료(물질)보다 그리스 철학에서처럼 선재하는 초월적 형상에 의해 꼴 지워지는 질료의 개념과는 다르다.[10]

일반적으로 기를 에너지라고 총칭하여 부르는데, 「진리훈」에서는 에너지를 청 · 탁과 같은 질을 설명하고 있는데 이는 양적으로 수학적 언어로 환원되기 어렵다. 현대단학에서의 에너지는 심신이 이완이 되어 의식이 명료해졌을 때 체험될 수 있는 존재이며, 물질(질료)과 정신(정보)을 연결하는 작용을 한다. 따라서 이러한 현대단학적 에너지의 개념은 수학으로 환원할 수 있는 과학적 에너지의 개념과는 동일선상에서 논의되기 어렵다.

에너지를 체험할 수 있다는 것은 종래의 인식론에 충격을 가하는 견해

　　학의 영 · 혼 · 백」(국제평화대학원 석사학위논문, 2006)을 참조.
9) 이승헌, 『힐링소사이어티를 위한 12가지 통찰』, 64~66쪽.
10) 송양수, 「물질, 에너지, 정보로 본 삼원론의 구조」, 국제평화대학원 석사학위논문, 2006, 17~19쪽.

이다. 근대 칸트(Immanuel Kant, 1724~1804) 이후 서양에서 인간의 인식 작용은 오감을 통해 들어온 감각 자료가 감성(sensation)과 오성(understanding)을 통해 인식되기 때문에 오감을 뛰어넘는 물자체에 대해서는 감각할 수도 인식할 수도 없다고 한다. 현대단학에서 에너지의 체험은 보편적인 감각적 인식(오감)을 통해서 이루어지는 것이 아니라, 수행을 통해 의식이 어떤 상태에 이를 때 즉, 인식의 확장(육감)11)이 일어나면서 에너지가 인간의 인식 안으로 들어오는 것이라고 한다.12)

현대단학에서 에너지는 인간을 포함한 모든 생명체 내에 존재하고, 정보를 실어 나르는 매개체이고 물질을 묶는 그물과 같은 역할을 한다.13) 따라서 에너지를 체험하고 인식할 수 있다면, 이때 에너지는 인간을 포함한 모든 생명체 간의 소통의 매개체가 되는 것이고 인간은 에너지를 통해 생명체 간에 소통할 수 있게 된다. 이러한 관점에 따르면, 인간은 오늘날 지구환경 문제의 주범이기도 하지만 에너지를 통해 자연과 소통 가능한 인간은 가장 필요하고 가치 있는 존재일 수 있다.

만약 정보와 물질이 에너지로 환원될 수 있다면 에너지를 정보와 물질보다 더 본질적인 것으로 볼 수 있기에 기일원론처럼 근원적인 의미가 있는 존재론적 개념이 될 수 있다. 그러나 에너지가 근원적인 존재의 성격을 갖고 있다고 하더라도 궁극적인 실체인 '하나'로 환원될 수는 없다. 왜냐하면 세 가지(삼원)는 서로 떨어져 있는 개체가 아니라 하나의 세 가지 다른 모습이기에, 에너지는 정보와 물질이라는 삼원의 관계 속에서만 그 존재의 근거가 확보되기 때문이다.

---

11) 여기서 '인식의 확장'이란 五感의 범위가 확대되는 것이 아니라, 오감차원을 넘어선 六感차원을 의미한다.

12) 이에 대한 자세한 내용은 이승호의 논문, 「뇌교육의 '신성' 개념과 신경과학적 접근을 통한 '신성인식'에 관한 시론적 이해」(『선도문화』 16, 2014, 59~99쪽)을 참조 바람.

13) 이승헌, 『힐링소사이어티를 위한 12가지 통찰』, 64쪽, 182쪽.

현대단학은 궁극적인 실재를 '하나—'로 보고 이 하나를 정보, 에너지, 질료라는 삼원성으로 설명하면서, 이 삼원은 우리 몸뿐만 아니라 모든 존재를 구성하는 세 가지 바탕이라고 한다.

> 본래 하나를 공(空)이라고도 하고 무(無)라고도 하고 0이라고도 한다. 이것은 모든 정보와 에너지를 생성해내는 근원이다. 굳이 비유하자면, 무나 공이나 0이 물이라면 정보는 물 위에 생겨난 물결이요 무늬라고 할 수 있다. 정보는 볼 수도 만질 수도 없는 것이고, 어떤 시간적 공간적 위치도 점유하지 않는다. 분명 존재하기는 하는데 어떤 시간적 공간적 위치도 점유하지 않는 것, 그것이 정보의 기본적인 성질이다. 정보는 '있다 · 없다'의 경계선의 위치에 있는 것이다.[14]

> 시간의 개념을 넘어서 이루어진 일이지만 논리적 순서로 말하자면, 제일 먼저 하늘이라 불리는 허공(性)이 있고, 두 번째로 땅이라 표현되는 질료(精)가 있고, 그 사이에서 사람이라 표현되는 에너지(命)가 움직이며 온갖 정보를 만들어내고, 그 정보가 질료를 통해 형상으로 표현되는 것이다. 이렇게 형상화된 것을 가리켜 우리는 세계라고도 하고 우주라고도 한다.[15]

일반적으로 정보는 공간적 위치 즉, 연장성(extension)을 갖는 물질과 다르다. 시간적 위치를 점유하지 않는다는 것은 연속적(continuous)이지 않다는 의미인데, 이는 시간을 매개변수로 하지 않기에 자기 동일성(self-identity)을 유지할 수 있다. 따라서 정보라는 것은 시간에 따라 변화하지 않는 속성이 있다는 것을 의미한다. 물질적으로 감각되는 것이 아니며 정신적 속성을 갖고 있는 것이다.

정보는 에너지와 질료에 비해 존재론적으로 더 추상화된 개념이다. 현상적인 차원의 정보와 근원적인 차원의 정보가 있다. 컴퓨터의 예처럼

---

14) 이승헌, 『숨쉬는 평화학』, 137쪽.
15) 위의 책, 138쪽.

현상적인 정보는 정보의 집합체라고 할 때의 정보의 의미이며, 지각작용으로서의 정보, 개체가 겪는 모든 변화라는 의미의 사건으로서의 정보이다. 현상적인 정보는 만들어진 것임에 비해 근원적인 차원에서 정보는 신성으로 불리는 정보이다. 신성은 본성으로서 주어지는 것이기 때문에 변화되는 것이 아니라 불변하고 영원한 것이다.[16] 뒤에서 자세히 논의하겠지만, 특히 현대단학에서는 신성은 공·무·0이며 허공性과 같이 빛나는 의식의 공간, '브레인스크린'으로 이해될 수 있다고 한다. 이러한 존재를 현대단학에서는 '한'이라고 하며 동양철학에서는 '본체'라고 불렀다.

현상적인 정보는 인간의 감정과 같이 주변 환경에 따라 변화하므로 자기 동일성의 정도(degree)를 가진다. 이에 비해 신성으로서의 정보는 불변하고 근원적이며 자기 동일성을 갖고 있기에 시간과 공간에 구속받지 않는다.[17] '시간으로부터 한정 받지 않는다'라는 의미는 생성과 변화가 없는 존재라는 것이다. 그렇다면 근원적인 정보인 신성은 어떻게 세계의 생성과 변화에 참여하는 것일까? 신성 그 자체로서는 동일성을 확보하고 있지만, 에너지와 질료들과의 관계 속에서는 열린 세계를 지향한다. 따라서 정보의 온전한 이해는 실체의 논리와 함께 관계의 논리[18]로 풀어내야 한다. 만약 관계에 들어가지 않는다면, 삼원인 관계항들은 각각 고립된 하나로, 무의미한 고립상태에 빠져들 수밖에 없을 것이다.[19]

삼원론을 관계의 논리로 이해할 때 조화와 상생이란 개념이 탄생된다. 삼원의 존재 자체만으로는 조화와 상생을 창출할 수 없다. 삼원이 조화와 상생의 관계를 맺기 위해서는 조화와 상생의 주체가 요구된다. 만약 조화와

---

16) 송양수, 「물질, 에너지, 정보로 본 삼원론의 구조」, 43~44쪽.
17) 조남호, 「홍익인간사상의 삼원론적 고찰」, 23쪽.
18) 삼원의 관계 논리는 관계항1(정보, 天), 관계항2(질료, 地), 관계항3(에너지, 人)으로 보고 삼원간이 서로 관계를 맺는다는 논리이다. 이에 대해서는 조남호 위의 논문을 참조.
19) 조남호, 「홍익인간사상의 삼원론적 고찰」, 18쪽.

상생의 주체가 없다면 삼원은 조화와 상생의 관계를 맺어야 할 이유가 없다. 그냥 존재 그 자체만으로 의미가 있을 뿐이다. 데모크리토스(Demokritos, BC 460~360)의 원자론처럼 물질을 구성하는 하나의 요소적 기능만 남게 된다. 데모크리토스에 의하면, 무수한 원자들은 각각 형태, 배열, 위치에 따라 구별되며, 그 구별은 원자들의 이합집산을 통해 나타나는 사물의 속성 내지 성질과 관련된다. 또한 이들 원자는 무한한 허공 안에 서로 떨어져 있고 위에서 언급한 그러한 것들에서 차이가 나기 때문에 허공 속에서 움직이고 서로 따라 붙잡으면서 충돌한다. 그래서 어떤 것들은 아무 곳으로나 튀어나가고, 어떤 것들은 형태들과 크기들과 위치들과 배열들이 일치함에 따라 서로 얽혀서 함께 머물고 그렇게 해서 결합체들의 생성 또한 이루어진다. 앞에서 설명했듯이 현대단학의 '허공'은 그냥 있는 것이 아니라 기(에너지)로 가득 찬 세계이기에 데모크레토스의 원자론의 허공과는 구별이 된다.

만약 삼원이 절로 조화롭게 관계를 맺는다면 우리는 삼원 이외에 또 다른 주체적 실체, 예를 들면 기독교의 신이나 형상과 같은 또 다른 근원적 실체를 도입해야 할 것이다. 이러한 논리라면 삼원의 자율성을 파괴하는 것이고 삼원을 수동적이고 피동적인 존재로서 남아있게 된다. 세 가지는 서로 떨어져 있는 개체가 아니라 하나의 다른 세 가지 모습이며, 그 하나는 존재의 근원이라는 한국선도의 삼원론적 기본원리와 배치되는 것이다.

삼원의 관계에서 조화와 상생의 주체는 바로 에너지이다. 에너지는 생명의 흐름이다. 에너지의 흐름은 운동성을 갖고 있기 때문에 정보와 물질의 매개 역할을 할 수 있는 것이다.

> 삼원이라는 세 가지 근본이 있다. 첫째는 모든 존재의 배경이요, 원천으로서 무(無)·공(功)이 있고, 둘째는 무·공 위를 움직이는 온갖 무늬를 그려내는 생명전자가 있고, 셋째는 그렇게 해서 만들어진 정보를 출력하기 위한 질료가 있다. 생명전자가 허공의 바다 위를 움직

이며 온갖 무늬를 만들고, 그 무늬가 질료를 통해 출력될 때, 우리는 그 출력된 것을 가리켜 '세계' 혹은 '우주'라 부른다.[20]

　에너지(생명전자)의 운동성으로 인해 실체 즉 진리는 언어적으로 고형화된 문자나 형상으로 인식되기가 어렵다. 따라서 에너지의 움직임이 관념적으로 완성되는 것이 아니라, 직관과 체험을 통해서 체득되는 것이다. 그렇다면 여기서 생명전자를 인식하는 주체가 대두되어야 할 것이다. 그 주체는 '관찰자'라고 하며 일종의 '의식(consciousness)'이다. 생명전자를 인식하는 관찰자 의식이 존재하고, 그 의식이 다만 무심히 생명전자를 바라만 보는 것이 아니라, 의식이 생명전자에 영향을 주기에(이때야 비로소 인간의 창조성을 말할 수 있다.) 생명전자의 취산으로 이루어진 현상세계는 의식을 드러내고 있는 것이다. 그러한 관찰자 의식이 확장되어 우주의 영원한 의식과 하나가 될 때, 이를 '신인합일'이라고 한다. 에너지 즉 생명전자의 이런 특징은 삼원론을 생명의 논리로 하여 상생적 세계관으로 이끄는 것이다. 그러한 세계관은 서로가 잘 어울리고(조화), 잘 노는 것(율려)이기도 한 것이다.

2. 내단학적 특징

1) 기의 분류와 터득

　현대단학의 기 개념은 앞 절에서 정보 · 에너지 · 질료 삼원론에서 일정부분 논의가 진행되었기에 중복 부분을 제외하고 기의 종류와 특성에 대해 살펴본다. 현대단학은 인간의 기를 원기元氣, 정기精氣, 진기眞氣로 구분한다. 원기는 선천지기先天之氣라 하여 부모로부터 받은 생명의 기이다. 정기는 후천지기後天之氣라 하여 음식물과 호흡을 통해 얻는 기라고

---

20) 이승헌, 『힐링소사이어티를 위한 12가지 통찰』, 120쪽.

한다. 원기와 정기는 생명활동에 필요한 기로서 마음을 집중하지 않아도 발생하는 1차적 생명의 기이다. 그에 반해 진기는 정기와 심파心波의 작용 즉 정신집중과 우주적 자각에 의해 발생되는 2차적인 생명의 기다. 진기를 다시 정精·기氣·신神의 단계로 나뉘는데(아래 [표6] 참조) 이는 기의 등급을 말하며 정에서 기로, 기에서 신으로 변화한다는 것은 높은 차원의 기로 진화하는 것을 의미한다.[21]

[표 6] 기의 분류

구 분	내 용		
元氣	선천적인 에너지		
精氣	음식물과 호흡을 통해 얻는 후천적 에너지		
眞氣		神	정신집중과 수련을 통해서 얻는 에너지
		氣	
		精	

이러한 현대단학의 기 개념은 삼일신고의 기 개념에서 상당히 진보한 것이다. 그리고 현대단학은 인간을 기적인 구조로 파악하고 있다. 인간은 상·중·하 3개의 내단전內丹田과 장심掌心·용천勇泉 4개의 외단전外丹田으로 구성되어 있다. 이러한 단전들은 별도로 독립된 것이 아니라 기적氣的으로 하나의 유기적 시스템을 구성한다. 이 외에도 기가 흐르는 통로인 경락經絡과 경혈經穴로 구성되어 있다고 하여,[22] 동양의학과 동일한 견해를 유지한다. 인간을 정·기·신 구조와 단전시스템으로 파악하는 것은

---

21) 이승헌, 『단학』, 111쪽.
22) 현대단학은 인간의 몸을 단전시스템이나 경락, 경혈 등은 보이지 않는 음적인 부분과 근육, 골격, 오장육부 등 보이는 양적인 부분으로 파악하고 있다.(이승헌, 『단학』, 115~119쪽)

내단학內丹學적 성격을 보여주는 것이다. 현대단학의 내단학적 특징을 조선시대 내단 사상과 비교를 통해 그 특징을 살펴보고, 정·기·신론이 중국 도교와 기원적으로 어떤 관계가 있는지 살펴본다.

내단이란 용어는 중국 도교에서 처음 사용한 것으로써, 도교수련의 여러 영역 가운데 수련의 측면을 강조한 것이며 심신수련을 통한 자기완성을 목적으로 한다. 내단이란 개념이 뚜렷하게 대두된 것은 대략 수대隋代부터라고 할 수 있는데, 금단 제조를 중시하는 외단外丹과 구별한다는 의미에서 사용되었다. 그러나 내단 수련은 이보다 훨씬 이전에 형성되었는데 전국시대의 방선도方仙道[23)의 조식법調息法 등이 이에 해당한다.

내단학은 중국의 수련도교의 핵심 이론이기도 하지만, 한국에도 조선시대 지식인들을 중심으로 수련적 측면을 강조하는 내단 사상으로 계승되어 왔다. 조선시대의 내단 사상의 전통을 "김시습이 문을 열고, 정렴에 이르러 수련의 꽃을 피우고 권극중에 이르러 이론의 결실을 맺었다."[24)라는 표현처럼, 김시습과 정렴, 권극중(權克中, 1560~1614)은 한국 내단 사상의 중요한 위치를 점하고 있다. 이 세 사람의 내단의 사상적 특징을 살펴보고, 이를 토대로 한국선도와 현대단학을 비교하고자 한다.

김시습의 우주론은『주역』의 원형이정元亨利貞설로 설명하기에 유가적 세계관을 기본으로 하고 있다.[25)「복기(服氣)」에서 "하늘과 땅 사이에 가득 찬 것이 모두 기다"[26)라고 하며, 우주가 운행되고 인간사에 미치는 상관관계를 우주만물의 기본요소인 기로 설명하고 있다.「성리(性理)」에서 인성人性과 천리天理를 하나로 보는 입장은 인간과 우주가 서로 기를 통해 서로 상응한다는 천인감응적인 세계관을 보여준다.「수진(修眞)」에서

---

23) 齊와 魯의 바닷가 지역에서 활동한 方士들을 중심으로 不老長生으로 神仙이 되기를 희망하며 吐納·導引·房中·服食 등의 方術을 행한 일련의 사상을 의미한다.
24) 정재서,『한국도교의 기원과 역사』, 270쪽.
25)『梅月堂集』卷十七「雜著」天形第一, "易日乾元亨利貞."(『국역 매월당집』3, 41~42쪽)
26) 위의 책, 服氣第六, "盈天地之間者 皆氣也."(『국역 매월당집』3, 70~72쪽)

『양성결(養性訣)』을 인용한 내용에 의하면 정 · 기 · 신을 단련하여 '존삼포일存三抱一'하면 건강과 장생長生에 도움이 된다고 한다.

이처럼 김시습은 기의 중요성을 강조하고 있지만, 그에 앞서 기를 조정하는 것은 '마음心'이라고 한다. 김시습은 이것을 "마음이 있으면 뜻志이 되고, 뜻이 발發하면 기가 되니, 뜻은 기의 장수將帥다"27)라고 하여 의리義理 중심의 양성론養性論을 강조한다. 그리고 「복기」에서 "나는 기를 길러서 천명을 즐긴다는 말을 들었으나, 기를 마시어 수를 늘인다는 말은 듣지 못했다"28)라고 하고, 「용호(龍虎)」에서 "어찌 가히 이 생 이외에 다른 생을 훔치고 편안할 수 있겠는가?"29)라고 하여 그는 기본적으로 양생을 통한 장생長生은 인정하지만 불사不死는 부정했다고 볼 수 있다. 김시습은 양기養氣와 복기服氣를 서로 구별하면서 기를 기른다는 것은 수기연성修己煉性의 능동적 과정을 의미한다고 하였다. 천리天理나 이리를 배제한 것이 아니며 양생적 측면에서 중국의 외단外丹을 비판하고 내단 사상을 강조했지만 유학의 큰 범주에서 벗어나지 않는다.30) 또한 그는 우주와 인간은 편만한 기氣를 기축基軸으로 하여 형성되어 있다고 생각했으며, 형이상학적인 도교를 비판하고 수련적 도교를 긍정하며, 음사적淫祀的인 민간도교를 배척하고 연단煉丹의 성립도교成立道敎를 선호했다.31)

정렴의 우주생성론은 『도덕경』과 『역경』 및 「태극도설(太極圖說)」 등을 다양하게 수용한다. 김시습의 정 · 기 · 신론과 달리 형形 · 기氣 · 신神을

27) 위의 책, 服氣第六, "盖在心爲志 志發爲氣 志氣之帥也."(『국역 매월당집』 3, 70쪽)

28) 위의 책, 服氣第六, "吾聞養氣以樂天命 未聞復氣以延天年者也."(『국역 매월당집』 3, 70쪽)

29) 위의 책, 龍虎第七, "安可此生之外."(『국역 매월당집』 3, 76쪽)

30) 김시습의 글 가운데는 도교를 비판한 내용도 나타나지만, 그것은 유학의 입장에서 도교를 말할 때의 관점이고, 도교에 대해서 구체적인 입장을 드러낼 때에는 경우가 달라진다.(양은용, 「조선시대 수련도교의 생명관-청한자 김시습의 『잡저』를 중심으로」, 『도교와 생명사상』, 도교문화연구 12, 한국도교문화학회편, 국학자료원, 1998, 160쪽)

31) 김시습의 老莊에 대한 비판은 丹學에 입각하여 공허한 論辨을 선택적으로 비판한 것으로 볼 수 있다.(양은용, 「청한자 김시습의 단학수련과 도교사상」, 80쪽, 86쪽)

언급하고 있지만 형보다 신과 기에 중점을 두고 있다.32) 이는『회남자』에서 생명의 본질을 형 · 기 · 신론으로 보는 견해와 비교해볼 때 다소 차이가 있다.33) 정렴은 폐기閉氣와 태식胎息, 주천화후周天火候를 통해 등선登仙하는 것에 목적을 두고 있다. 특히 정렴은 역추론逆推論을 주장하면서 역추 공부가 선도仙道의 핵심이라고 설명한다.34) 이 때 역의 의미는 태극의 근원에 소급하여 복귀한다는 의미일 뿐 천리를 거스른다는 의미는 아니라고 한다.

권극중은 이理의 주재성을 부인하고 기氣의 작용능력을 강조하면서, 만물 생성의 실질적 원동력은 선천지기先天一氣35)임을 강조하고 있다. 우주의 분화과정을 인간의 성명性命론과 정 · 기 · 신론으로 설명한다. 내단수련의 목적이 불생불사不生不死의 도를 획득하여 자연의 조화에 능동적으로 참여하고, 자유롭게 지고한 천선天仙의 경지에 있는 것이라 한다. 권극중은 외단外丹보다 내단을 중요시하는 내단주체론內丹主體論, 내단수련의 원리를 역에 일치시키는 단역참동론丹易參同論, 선인과 부처의 경지가 같다는 선불동원론仙佛同源論을 세워 조선시대 내단 사상의 이론적 배경을 완성했다.36)

조선시대의 내단 사상들은 외물外物인 금단보다 내적 자력적 수련을 강조하는 것과 우주론에 있어서 역의 사상을 기초로 한 것이 공통점이다.

---

32)『龍虎訣』「胎息」, "經曰 胎從伏炁中結 炁從有胎 中息 炁入身來 爲之生 神去離形爲之死 欲得長生 神炁 皆相注神行則氣行 神住則氣住 勤而行之 是眞道路也."(『海東傳道錄 · 靑鶴集』, 276~277쪽)

33) 이석명,『회남자』, 118~124쪽.

34)『龍虎訣』, "謹按 古人云 順則爲人 逆則仙 蓋一生兩 兩生四 四生八 以至於六十四 分以爲萬事者 人道也(順推功夫). 疊足端坐 垂簾塞兌 收拾萬事之紛擾 歸於一無之太極者 仙道也.(逆推功夫)"(『海東傳道錄 · 靑鶴集』, 276쪽)

35) 권극중은 先天一氣를 陰陽이 분화되기 이전의 근원적 본체로서 생성 소멸하지 않고 영원한 長存性을 지니므로 不滅不生 또는 眞常不變 등으로 표현하며, 단순한 양생법과 달리 수련을 통해 선천일기를 회복하여 不死를 추구하는 도교사상의 근거를 세우고 있다.(김낙필,『조선시대의 내단사상』, 위의 책, 174~183쪽)

36) 권극중의 내단 사상과 조선시대 내단 사상에 대해서는 위의 책을 참조.

정·기·신론은 김시습과 권극중에 공통으로 보이는 점이고 수련 시 중요한 개념으로 등장한다. 양생이나 수련에 있어 기를 강조하는 것은 현대 단학과 큰 차이가 없지만, 삼일신고에 보이는 소박하고 원초적인 생명력으로서의 기 개념과는 많은 차이가 있다. 정렴의 "순하면 사람이 되고 역하면 선인이 된다."라는 순·역추 공부는 앞에서 언급했듯이, 삼일신고「진리훈」의 타락 및 복본의 의미와 유사한 측면이 있다. 그러나『용호결』에서 내단 수련의 연원을 중국의『참동계』로 보고 있기에 한국선도와의 상관관계는 짐작할 수 없다. 특히 우주본체론은 모두 역을 기초로 하고 있기에 한국선도의 삼원론과 거리가 멀다. 그리고 위 세 명의 저서들에서는 주로 중국의 도교 문헌들을 인용하고 있기에, 중국의 수련도교의 영향 아래 형성되었다고 보는 것이 옳을 듯하다.

한국선도와 유사한 부분이라면 정·기·신론이라고 볼 수 있다. 따라서 정·기·신론의 기원을 추적하여, 한국선도와 중국 도교의 상호간의 관계를 밝혀내는 것이 한국선도와 조선시대 내단 사상과의 관계를 밝힐 수 있는 단초가 될 것이다.

2) 정·기·신론

정·기·신론은 수당隋唐시대에 정착된 이론이며, 내단 사상과 수련법에 있어 핵심이 된다. 그 연원을 소급하면 한대의『태평경(太平經)』에 둘 수 있다.

> 세 기가 하나로 함께 하면 신묘한 근본이 된다. 하나는 정이 되고 하나는 신이 되며 하나는 기가 된다. 이 셋은 함께 하나로 행하며, 하늘과 땅, 사람의 기를 근본으로 한다. 신은 하늘로부터 받고 정은 땅으로부터 받으며 기는 중화로부터 받아 서로 함께 하나의 도가 된다.[37]

---

37) "三氣共一, 爲神根也. 一爲精, 一爲氣, 一爲神, 此三者, 共一位也, 本天地人之氣. 神

『태평경』의 내용에 따르면, 하나一에서 정 · 기 · 신 삼기三氣가 나오고 하늘을 신에, 땅을 정에, 기를 사람中和에 배치配置하는 사고는 일종의 삼원론적 사고로 볼 수 있다. 여기서 '태평太平'이란 하늘과 땅, 사람이 조화를 이루는 상태를 말한다. 이러한 조화는 천기天氣 · 지기地氣 · 중화기中和氣의 세 기가 조화의 상태를 이루어 셋이 합하여 서로 통하는三合相通 것을 의미한다. 자연현상이든 사회현상이든 모든 면에서 이처럼 삼분법적으로 파악하는 방식은 『태평경』에만 나오는 특유한 현상이다.[38)

중국 도교의 기원을 살펴볼 때 초기 도교는 중원中原 지역에서 자생한 문화가 아니라 고대 한국 동이족의 영향이 짙다. 초기 도교 경전들인 『포박자』, 『참동계』, 『태평경』 등이 모두 동방의 방사 계층에 의해 이루어졌다는 전설과 사실이 이를 입증한다.[39) 이처럼 『태평경』의 삼분법적 사고는 한국선도의 삼원론과 아주 유사한 형태로 보이는데, 상호 간의 사상적 영향의 가능성을 배제할 수 없을 것이다.

『포박자』에서 "황제가 동쪽 청구靑丘 땅에 이르러 풍산風山을 지나다가 자부선생紫府先生을 알현한 후, 삼황내문三皇內文을 받았다"[40)라고 한다. 이와 같은 내용이 『태백일사』에도 동일하게 언급되어 있다.[41) 그리고

者受地於天, 精者受之於地, 氣者受之於中和, 相與共爲一道."(王明 編, 『太平經合校』下, 中華書局, 1996, 728쪽)

38) 윤찬원은 『太平經』의 三合相通에서 三이란 관념은 전통적인 三才사상을 반영한 것이지만, 다른 한편 도교적 세계관의 특징이라고 한다. 세계를 셋으로 나누어 파악하는 방식은 『太平經』이전에는 찾아보기 힘든 표현으로 前後漢을 통틀어서도 세계를 삼분법적으로 파악하는 방식은 『太平經』이 최초라고 한다.(윤찬원, 『도교철학의 이해』, 돌베게, 1998, 141쪽, 135쪽)

39) 『太平經』의 발생지역은 山東으로부터 遼東에 이르는 沿海지역이며, 『參同契』가 長白 眞人의 전수하에 魏伯陽에 의해 이루어졌다는 전설과 관련하여 생각할 때, 도교의 기원은 고대 한국으로 비정할 수 있다. 이에 대한 자세한 내용은 정재서의 『한국도교의 기원과 역사』, 123쪽; 「『태평경』의 성립 및 사상에 관한 시론」, 81~83쪽; 『신선설화연구』, 서울대 박사학위논문, 1988, 37~41쪽, 60~61쪽을 참조.

40) 『抱朴子』「地眞」, "昔黃帝東到靑丘, 過風山, 見紫符先生, 受三皇內文, 以劾召萬神."

41) 『太白逸史』「蘇塗經典本訓」, "三皇內文經 紫符先生 授軒轅 使之洗心歸義者也 先生

자부선생은 발귀리發貴理의 후예로서 칠회제신七回祭神의 역서曆書와 삼황내문을 지은 사람으로 기록되어 있다.[42] 이 기록에 따르면『삼황내문경』은 신시神市의 녹도문鹿圖文으로 되어 있고 세 편으로 이루어져 있다고 하는데 정확히 어떤 내용인지는 확실치 않다. 다만,『태백일사』「소도경전본훈」에 천부경 81자를 기록한 바로 다음에 삼황내문경에 대해 언급하고, 이어서 삼일신고 전문이 나온다. 이러한「소도경전본훈」의 순차방식으로부터 삼황내문경이 천부경과 일정한 관계가 있음을 추측할 수 있다. 그리고『태평경』뿐만 아니라,『포박자』의 '진일眞一 사상'에서도 삼원론적 성격을 확인할 수 있다.

> 포박자가 말했다. 나의 스승께서는 "사람이 하나를 분명히 알면 만사는 이것으로 끝이다."라고 말씀하셨다. 하나를 안다고 하는 말은 무엇이든 모르는 것이 없다는 뜻이고, 반대로 하나를 모르면 한 가지도 알 수 없게 된다는 말이다. 하나란 도(道)의 근원으로써, 도는 그 하나에서 비롯되는 것이다. 그러므로 그 존귀함은 버금할 것이 없다. 천(天), 지(地), 인(人)으로써 각기 다른 존재를 가지고 있지만, 하나의 도(道) 속에 존재하고 있다. 그러므로 삼(三)은 하나라 한 것이다. 하늘은 하나를 얻음으로써 맑은 것이며, 땅은 하나를 얻음으로써 안정된 것이며, 사람은 하나를 얻음으로써 태어나고, 신(神)은 하나를 얻음으로써 영험하다.[43]

『포박자』는 '하나'를 '도의 근원'으로 보고 있어『도덕경』의 '도'에서 '하나'가 나온다는 사유방식과는 다소 상이한 측면을 드러내고 있다. 그리고

嘗居三淸之宮 宮在靑丘國大風山之陽."
42)『太白逸史』「三韓管境本紀」, "人文 早已發達 五穀豊熱 適以是時 紫符先生 造七回祭神之曆 進三皇內文於天陛."
43)『抱朴子』「地眞」, "抱朴子曰 余聞之師云, 人能知一, 萬事畢. 知一者, 無一之不知也. 不知一者, 無一之能知也. 道起於一, 其貴無偶, 各居一處, 以象天地人, 故曰三一也. 天得一以淸, 地得一以寧, 人得一以生, 神得一以靈."

도의 근원인 '진일眞一'을 얻기 위한 방법으로 금단도金丹道와 도술道術을 제시한다. 이러한 전래 경위를 두고 『태백일사』에서는 "주진周秦 이래로 도가들이 삼황내문경에 영향을 받아 쓰인 신선음부설神仙陰符說에 의탁하여 연단복식鍊丹服食과 방술이 어지러이 섞여 세상에 나오니 많은 사람들이 미혹하게 되었다"44)라고 지적한 것 같다. 그리고 『포박자』는 삼단전三丹田의 위치를 비교적 자세하게 기술하고 있다.45) 『포박자』에 기록된 도교의 중요경전 『삼황내문경』의 전래 경위와 진일 사상과 삼단전의 삼분적 사고 등을 종합적으로 검토해 볼 때, 『포박자』는 한국선도와 상호간 일정부분 연관이 있음을 추정할 수 있다.

『태백일사』에 의하면 연燕과 제齊의 방사들은 치우의 후손인 강태공姜太公을 기원으로 한다고 한다.46) 『태평경』은 연과 제나라 방사들에 의해 지어지거나 전수된 것으로 추측되기에, 『태평경』과 『포박자』와 같은 초기 도교 경전에 보이는 삼분법적 사유체계는 한국선도의 삼원론의 영향을 받았음을 짐작할 수 있다.47) 『참동계』의 경우 장백산長白山에서 노닐다가 진인眞人을 만나 연홍鉛汞의 이치와 용호龍虎의 기틀을 전수받아서 지었다고 한다.48) 그러나 그 내용에 있어서는 주역周易을 응용한 것이기에 한국선도의 삼원론적인 시각은 그다지 많지 않다.

---

44) 『太白逸史』「蘇塗經典本訓」, "周秦以來 爲道家者流之所托 間有鍊丹服食 許多方術之說 紛紜雜出 而多惑溺."

45) 『抱朴子』「地眞」, "一有姓字服色, 男長九分, 女長六分, 或在臍下二寸四分下丹田中, 或在心下絳宮金闕中丹田也, 或在人兩眉間, 却行一寸爲明堂, 二寸爲洞房, 三寸爲上丹田也."

46) 『太白逸史』「神市本紀」, "昔呂尙 亦蚩尤氏之後 故亦姓姜 盖蚩尤 居姜水而有子者 皆爲姜氏也 姜太公治齊 先修道術 祭天於天齊池 而亦受封於齊 八神之俗 尤盛於此地 後世 其地多好道術者出 與神仙黃老 混會敷演 尤爲之潤飾 則此又姜太公爲之助俗也 嘗作陰符經注 祖述紫府三皇之義 則燕齊之士 安得以不好 怪異浮誕之說哉."

47) 중국 초기 경전인 『태평경』에 나타난 철학과 한국선도의 비교는 향후 중국 초기 도교와 한국선도와의 상관관계를 밝히는 아주 중요한 연구테마가 될 수 있을 것이다.

48) 이원국 저, 김낙필 외 3인 공역, 『내단』, 2006, 성균관대학교 출판부, 303쪽.

이상에서 살펴본 것을 정리한다면, 중국 초기 도교경전인 『태평경』에 나오는 삼합상통·정기신론과 『포박자』의 진일 사상·삼단전 등은 한국 선도의 삼원론이 중국으로 전파되어 변형된 사례이며, 중국의 초기 도교가 한국선도의 또 다른 전승이라고 보는 것은 타당성 있는 견해다.

그러나 한대 이후 내단 사상은 조선시대의 내단 사상에서 보이듯이, 음양이원론과 혼효되면서 수당 이후 성명론性命論과 같은 이원론적 철학체계로 흐른다. 조선시대의 정·기·신론은 중국 도교사상의 영향을 받았기에, 한국선도의 삼원론과는 직접적인 관계는 없지만, 한국선도 삼원론의 영향을 받은 중국 도교의 정·기·신론이 이후 조선시대에 수입되어 내단 사상가들의 중요한 이론으로 대두되었다고 볼 수 있다. 이러한 견해는 전병훈의 『정신철학통편』에서 확인할 수 있다. 그는 내단 사상의 기본 이론과 실천적 수련 방법론의 뿌리를 단군사상에서 찾았다. 그의 사상은 천부경을 기초로 하여 그 위에 도가적 사상과 유학 그리고 신선 사상을 종합하고 체계화하였다.[49] 특히 천부경을 높이 평가하면서 내단학으로 해석한 것은 근대에 와서 한국선도와 중국 도교의 회통적 만남이라는 의의를 가질 수 있을 것이다.

조선시대 내단 사상가들의 경우 중국 도교에서 거론된 정·기·신의 중요성을 인식하여 내단 수련이나 양생론에 적극적으로 수용했다. 정·기·신을 언급한 한국문헌을 시대 순으로 나열한다면 김시습의 『잡저(雜著)』, 정렴의 『용호결』, 한무외의 『해동전도록』 「단서구결」·「단가별지구결」, 허준(許浚, 1546~1615)의 『동의보감』, 곽재우(郭再祐, 1552~1617)의 『양심요결』, 허균(許筠, 1569~1618)의 『한정록(閑情錄)』, 이수광(李睟光, 1563~1629)의 『지봉유설(芝峯類說)』, 권극중의 『참동계주해』, 작자미상의 『직지경(直指經)』·『중묘문(衆妙門)』(17C 이후), 홍만선의 『산림경제(山林經濟)』, 홍만종의 『순오지(旬五志)』·『해동이적』, 서명응(徐命膺,

49) 윤창대, 『정신철학통편 : 전병훈선생의 생애와 정신을 중심으로』, 82~85쪽.

1716~1787)의 『참동고(參同攷)』, 서유구(徐有榘, 1764~1745)의 『보양지(葆養志)』, 이규경(李圭景, 1788~?)의 『오주연문장전산고(五洲衍文長箋散稿)』, 강헌규(姜獻圭, 1797~1860)의 『주역참동계연설』, 전병훈의 『정신철학통편』, 작자미상의 『정심요결(正心要訣)』 등을 거론할 수 있을 것이다.[50] 정 · 기 · 신을 사상적 관점에서 보면 3단계의 전개양상으로 구분할 수 있다. 제1단계는 김시습으로부터 비롯되는 정 · 기 · 신론의 수용과 전개기(17세기 초까지)이고, 2단계는 정 · 기 · 신론이 도교서의 주해나 저술에 구체적으로 심화되어 나타나는 시기(19세기 초까지)이며, 3단계는 종합 정리되고 변증되는 시기(19세기 초 이후)이다.[51]

김시습은 「수진」에서 건강과 장생長生의 비결은 정 · 기 · 신을 단련하여 '존삼포일存三抱一'하는데 있다고 한다.

> 무릇 양성하는 자는 (중략) 그 요령은 셋을 지니고 하나를 안는 것(存三抱一)이니, 셋이란 정(精)과 기(氣)와 신(神)이요, 하나(一)란 도(道)이다. 정이란 것은 현기(玄氣)가 만유(萬有)를 낳아 기르고, 기라는 것은 원기(元氣)이니 선천(先天)의 여러 기운의 우두머리요, 신이라는 것은 처음의 기운(始氣)이니 낮에는 머리에서 나오고 밤에는 배에 모이는 것이다.[52]

'포일'은 『도덕경』에서 시작한 개념으로 태초의 도道인 '일一을 지킨다'는 말이다. 이 포일을 정 · 기 · 신 삼보와 관련시켜 존삼포일이라는 개념으로

---

50) 老莊思想(道家)이나 性理學과 관련된 문헌을 제외한 도교서, 의서, 문학 및 기타 문헌을 포함한다. 이를 유형에 따라 분류한다면, ① 도교 · 內丹 編著型(內丹 編著型, 口訣 및 雜著型), ② 醫學的 養生型 문헌, ③ 論說型 및 기타문헌으로 구분할 수 있다.(박병수, 「조선시대 도교 정 · 기 · 신론의 전개양상」, 341~367쪽)

51) 1단계의 문헌으로는 「雜著」에서 『芝峯類說』까지가 이에 해당하며, 정기신에 대한 기본적인 이해 위에서 문학서 등에까지 소박한 개념으로 쓰이고 있다. 2단계의 문헌으로는 『參同契註解』에서 『直指經』 · 『衆妙文』까지로 보고, 3단계의 문헌은 『五洲衍文長箋散稿』에서 『正心要訣』까지로 본다.

52) 『국역 매월당집』 3, 66쪽.

채용한 것은 한국에서는 김시습으로부터 비롯된다.[53] 이어 정을 현기玄氣에, 기를 원기元氣에, 신을 시기始氣라고 한 것은 『삼천내해경(三天內解經)』의 영향이라고 볼 수 있으며 그의 정·기·신론은 기일원론적 성격을 띤다고 볼 수 있다.[54]

정렴의 『용호결』에서 "불로써 약을 연성煉成하고 단丹으로 도를 이루는 것은 신으로 기를 통솔하고 기가 형에 머물러 서로 떨어지지 않는 것이다"[55]라고 하여 『회남자(淮南子)』의 형形·기氣·신神의 구조를 취하고 있다.

『해동전도록』에 실려 있는 「단서구결(丹書口訣)」과 「단가별지구결(丹家別指口訣)」에서 정·기·신은 각각 단편적인 모습으로 서술되어 있다. 임진·정유왜란 시 의병장으로 유명한 망우당忘憂堂 곽재우는 양정신養精神, 조조기調祖氣, 양원신養元神 등의 개념을 통해 정·기·신을 기르는 방법을 설명하고 있다.[56] 『주역참동계연설』 「내단삼요절(內丹三要節)」 약물론藥物論에서 수신修身의 요점은 정·기·신을 하나로 하는 것이라고 한다.[57]

권극중의 경우, 정·기·신론을 『옥황심인경(玉皇心印經)』의 내용을 근거로 하여 설명한다.[58]

---

53) 양은용, 「조선시대 수련도교의 생명관」, 167~169쪽.
54) 박병수, 「조선시대 도교 정·기·신론의 전개양상」, 349쪽.
55) 『龍虎訣』 「周天火候」, "以火煉藥 以丹成道 不過以神御氣 以氣留形 不須相離."(『海東傳道錄·靑鶴集』, 278쪽)
56) 『海東傳道錄』에 의하면 郭再祐가 養生書인 『服氣調息眞訣』을 저술했다고 하고 『周易參同契演說』에서는 『養心要訣』을 지었다고 하는데, 梁銀容은 두 책은 서명은 달라도 같은 책이라고 한다. (양은용, 「망우당 곽재우의 양생사상」, 『한국도교와 도가사상』, 한국도교사상연구총서 V, 한국도교사상연구회편, 아세아문화사, 1991, 219~236쪽)
57) 『參同契演說』 「內丹三要節」 藥物論, "修身之要在於玄牝 (中略) 故精氣一也 以元神居之 則三者聚爲一也."
58) 중국 내단파에 정·기·신을 강조할 때, 대부분 『옥황심인경』에 근거를 댄다. 『옥황심인경』의 성립시기는 분명치 않으나 『음부경』, 『상청정경』 등과 함께 내단파에서 중시하였다고 알려져 있다.(李养正, 『道教概説』, 中華書局, 1989, 363쪽)

정(精)은 능히 몸을 장양할 수 있으며 기(氣)는 능히 몸을 따뜻하게 할
수 있으며 신(神)은 능히 몸을 주재할 수 있다. 이 세 가지는 서로 떨어
질 수 없이 한 덩어리로 뭉쳐 있으나 그 중에서도 정이 근본이 된다.[59]

『직지경』의 「정기신설」에서는 진치허(陳致虛, 1289~?)의 『금단대요
(金丹大要)』를 인용하여 정·기·신을 설명하고 있다. 의학적 양생에서처
럼 건강상태와 노화와 관련하여 후천의 정精을 설명하고 있으며, 후천의
기氣는 곡물에 의해서 얻어지고, 선천의 원신元神에 대해서는 불교의 법신
法身과 금강金剛과 같은 것이라고 한다. 「삼단전공부(三丹田工夫)」에서 종
리권의 말을 인용하여 상·중·하 단전을 신사神舍·기부氣府·정구精區
로 나누고 정에서 기가, 기에서 신이 생한다고 말하며, 여동빈(呂洞賓, 생
몰년미상)의 말을 인용하여 정기신을 삼전지보三田之寶라고 하고 있다.[60]

허준(許浚, 1546~1612)의 『동의보감(東醫寶鑑)』은 양생을 근본으로
하는 도본의말론道本醫末論과 「내경편」의 정·기·신론을 채용하여 이론
적 바탕으로 삼았다 할 수 있다.[61] 이외에도『한정록』이나『지봉유설』,
『보양지』와 같은 의학계통의 서적들은 정·기·신의 개념을 중국 도교
내단서에 의지하고 있지만, 의학적이고 생리학적, 양생론적 관점에서만
거론하고 있다.[62]

지금까지 중국 도교의 정·기·신론의 기원과 조선시대 내단 사상을
정·기·신론 중심으로 살펴보았다. 이를 현대단학과 비교하면 그 내단
학적 특징을 살펴볼 수 있을 것이다. 현대단학은 정·기·신론을 수련에
있어서 매우 중요한 개념으로 본다. 그렇다고 해서 조선시대 내단 사상가
나 중국 도교의 직접적 전승관계로 이해할 수는 없을 듯하다. 왜냐하면

---

59) 『參同契註解』권5「參同圖說」, "精能滋潤一身 氣能溫暖一身 神能主宰一身 三物混
　　融無間 精其本也."
60) 박병수, 「조선시대 도교 정·기·신론의 전개양상」, 347쪽.
61) 김낙필·박영호·양은용·이진수, 「한국의 신선사상의 전개에 관한 연구」, 80쪽.
62) 박병수, 「조선시대 도교 정·기·신론의 전개양상」, 349~353쪽.

조선시대 내단 사상처럼 중국 도교의 전승으로 볼 만한 문헌적 언급이 없고, 정·기·신론을 포함한 우주론이나 인간론, 수행론 등은 모두 삼원론적 시각을 견지하고 있기 때문이다. 특히 본체론에 있어서 조선시대 내단 사상가들은 역을 근본으로 하고 있기에 현대단학이나 한국선도와 큰 차이점을 보인다.

정·기·신론은 구조적으로 볼 때, 삼원론적 세계관과 부합하는 면이 많고 이는 정·기·신론의 기원이 한국선도와 무관하지 않기 때문이라고 보여진다. 현대단학의 내단학적 특징은 정·기·신론을 적극적으로 수용하여 수련 원리의 기반으로 삼고 있지만, 삼원론적 차원에서 국한된다고 볼 수 있으며 따라서 중국 수련도교나 조선시대 내단 사상의 전승관계로는 볼 수는 없다.

3. 수련의 3대 원리

현대단학은 수련 시 나타나는 제 현상을 수승화강, 정충기장신명, 심기혈정 3대 원리로 설명한다. 이 3대 원리는 비단 현대단학 뿐만 아니라, 내단 사상을 중시하는 중국 수련도교에서도 용어적 표현만 달리할 뿐 수련의 핵심원리로 이해하고 있다.

1) 수승화강

수승화강은 인체의 기혈순환이 가장 원활할 때 일어나는 현상이다. 몸이 최적의 건강상태를 유지하게 되면 수기水氣가 위로 올라가 머리에 머물고 화기火氣는 아래로 내려가 복부에 모이게 된다. 이를 '수승화강水昇火降의 원리'라고 한다.[63]

인체에서 수화의 장기는 오장육부 중에 신장과 심장이 되는 것으로, 심

---

63) 이승헌, 『단학』, 96쪽.

장과 신장은 인체의 상과 하에 위치하면서 심은 양의 장기로 화를 대표하며, 신은 음의 장기로 수를 대표하는 장기인 것이다.[64] 현대단학은 수승화강에 대해 다음과 같이 설명한다.

몸속의 에너지 순환이 활발해지면 단전은 콩팥을 뜨겁게 하여 수기를 밀어 올린다. 수기가 심장을 차갑게 하면 심장의 화기가 단전으로 내려간다. 수기가 등줄기 부분에 위치한 독맥(督脈)을 따라 위로 움직이면 머리가 맑아지고 시원해진다. 화기가 흉곽 가운데에 위치한 임맥(任脈)을 따라 복부로 내려가면 장이 따뜻해진다. 이 수승화강의 원리는 자연과 사람, 모두에게 적용되는 보편적인 원리이다. 태양이 복사열을 내려 보내면(하강하는 불), 물은 증발하여 수증기가 되고 이 수증기는 하늘로 올라가(상승하는 물) 구름이 된다.[65]

물은 항상 상에서 하로 흘러내려가는 것을 기본 성질로 하고 있는 것이지만, 인체에서는 반대로 신수腎水가 위로 올라가 심화心火와 조화를 이루게 된다. 이를 '음승양강陰升陽降' 또는 '수승화강'이라고 하는데, 이런 상태가 되어야 건강을 유지할 수 있다.

위백양魏伯陽 『참동계(參同契)』의 오행착왕설五行錯王說과 장백단(張伯端, 984~1082)이 저술한 것으로 알려져 있는 『오진편(悟眞篇)』의 오행전도술五行顚倒術에 의하면, 진수眞水가 화火에서 나오고 진화眞火가 수水에서 나오며 이 수화가 교구交媾하면 내단이 형성된다고 한다.[66] 내단을 형성하기 위해서는 심화心火 가운데 진수가 발생하여 임맥을 타고 내려오고,

---

64) 정병희, 「경락의 수승화강에 관한 연구」, 『도교문화연구』 25, 한국도교문화학회 편, 동과서, 2006, 194쪽.
65) 이승헌, 『단학』, 96~97쪽.
66) 오행의 변화에는 일반적인 법칙 즉 '常道'가 있고, 또한 특수한 법칙 '錯王'이 있다. 丹道를 수련하는 관건은 바로 오행 변화의 이 특수한 법칙을 파악하고 운용하는데 있다고 한다. 이 두 사상의 모태는 모두 墨家의 五行毋常勝說이다.(이원국 저, 김낙필 외 3인 공역, 『내단』, 52~56쪽)

신수腎水 가운데 진화가 발생하여 독맥을 타고 올라가서 수화의 교구가 이루어져야 한다. 수승화강과 진수·진화의 흐름이 서로 반대되어 모순된 듯 보이지만 이 점이 중국 도교 내단술의 핵심 원리가 된다고 한다. 일반적인 건강은 수승화강을 통해 가능하지만, 진정한 생명 에너지의 응결체라 할 수 있는 내단을 형성하기 위해서는 진수眞水가 내려오고 진화眞火가 올라가는 수화의 교구가 반드시 필요한 것이라고 한다. 실제 경험적으로 소주천 단계에서 운기를 하면 아래에 있던 수 기운이 하단전의 화 기운에 의하여 데워져서 더운 김과 같은 기운이 되어 등督脈을 타고 상단전으로 올라갔다가, 다시 앞쪽任脈을 따라 하단전으로 시원하게 흘러내리는 것이다. 이는 기초적인 축기築基 수련 단계에서는 수 기운이 독맥을 타고 올라가고 화기운이 임맥을 타고 내려가는 듯하나, 수련이 깊어지면 선천의 진기眞炁라 할 수 있는 수 중의 화인 진화가 올라가고, 화 중의 수인 진수가 내려옴을 의미한다고 하여 오행전도술을 수련 시 나타나는 현상으로 설명하기도 한다.[67]

자연현상에 있어서 수승화강의 원리를 『참동계』는 본체인 건乾·곤坤과 그 작용인 감坎·리離로 설명한다.[68] 『참동계』에서 자연의 수승화강 현상을 하늘과 땅 사이에 음과 양의 두 기가 아래와 위로 오르고 내리는 것은 풀무의 손잡이를 움직여서 바람이 드나드는 것과 같고, 건곤은 풀무의 상자에 해당하고 감리는 바람을 드나들게 하는 풀무의 관에 해당한다고 비유적으로 설명한다.[69]

김시습은 「용호(龍虎)」에서 용호를 납과 수은으로 보고 용호를 단련해서 단을 이룬다고 한다.

67) 이근철, 「천부경에 대한 철학적 연구」, 대전대 박사학위논문, 2010, 97쪽, 107쪽.
68) 『參同契』「坎離理用」, "易謂坎離 坎離者 乾坤二用."
69) 위백양 저, 최향주 해역, 『주역참동계』, 자유문고, 2001, 15쪽.

> 용호(龍虎)란 납과 수은이요, 정기(鼎器)란 건곤(乾坤)이요, 문무(文武)란 화후(火候)이다. 용호를 단련하여 아홉 번 변화해야(九轉) 단(丹)을 이루는 것이다.[70]

그는 용호 즉 연홍鉛汞을 인체 내의 수화水火로, 정기鼎器를 건곤乾坤으로 보고, 인체에서 머리는 건이고 배는 곤이라고 한다. 주천화후周天火候를 역으로 풀어내면서 문화·무화는 수화의 조절방법이라고 설명한다. 그리고 호흡을 통해 천지의 원기元氣를 훔쳐서 장생에 이르게 한다고 한다.[71] 그의 저서에는 중국 도교 내단 사상의 기본경전인 『음부경(陰符經)』, 『참동계』, 『황정경(黃庭經)』 등을 두루 탐구한 흔적이 나타난다. 따라서 그는 송대 이후 체계화된 내단 사상에 영향을 받았다고 볼 수 있다.[72]

태백산인太白山人 복양자復陽子의 『주역참동계연설(周易參同契演說)』[73] 「단약십팔결(丹藥十八訣)」에서 수화승강의 길을 '운기승강지로運氣升降之路'라 하여 척추의 삼관(玉枕關, 轆轤關, 尾閭關)을 정과 기가 오르고 내리는 수로로 비유한다.[74] 수승화강의 운기법을 '운기승강지법運氣升降之

---

70) 『梅月堂集』卷17 「雜著」 龍虎第七, "夫龍虎者 鉛汞鼎器者 乾坤也 文武者 火候也 鍊之凡九轉而成丹."(『국역 매월당집』 3, 73쪽)
71) 『국역 매월당집』 3, 73~75쪽. 『梅月堂集』卷17 「雜著」, 龍虎第七 참조.
72) 김낙필·박영호·양은용·이진수, 「한국 신선사상의 전개에 관한 연구」, 82쪽.
73) 『周易參同契演說』은 주역참동계라는 표제를 빌렸지만, 그것에 대한 주석이나 강설이 아니라 수종의 연단서를 한데 묶고 있는데, 내용은 『參同契演說』(太白山人 復陽子 撰), 『海東傳道錄』(得陽者 韓無畏 撰), 『養心要訣』(忘憂堂 郭再祐 撰), 『靈寶畢法』(正陽眞人 鍾離權 撰), 附錄으로 이루어져 있다. 이 책에 대한 자세한 내용은 梁銀用의 논문 「『周易參同契演說』과 朝鮮道敎」와 李鎭洙의 책 『한국 양생사상 연구』(한양대학교 출판부, 1999)을 참조. 金侖壽는 韓國道敎學史上 이 책만큼 丹學을 집중으로 연구 정리한 문헌이 없기에 東國 丹學의 寶鑑이라 하여 『東丹寶鑑』이라 칭한다. 그리고 정확한 저자는 農廬 姜獻奎(1797~1860)이며 환갑을 전후해서 지은 책이라고 고증했다.(김륜수, 「『주역참동계연설』(『동단보감』)과 농로 강헌규」, 한국도교사상연구총서IV, 한국도교사상연구회편, 아세아문화사, 1990, 273~295쪽)
74) 『參同契演說』 「丹藥十八訣」 運氣升降之路, "仙經曰 背後有三關 腦後曰 玉枕關 轆轤關 水火之際曰尾閭關 皆精氣升降往來之道路也 若得斗柄之機幹運 則上下循環如天河之流轉也."

法'[75]이라 하여 임·독 유통 시 자세와 현상에 대해 자세히 설명하고 있다. 또한「내단삼요절(內丹三要節)」의 현빈론玄牝論에서 올바른 호흡, 즉 진식眞息은 정신집중凝神을 통해 기와 하나가 될 것을 강조하고,[76] 화후론火候論에서는 부단한 수승화강에 의한 단정평온丹鼎平溫을 요체로 본다.[77]

임맥을 내리고 독맥을 올리는 것 즉 전강후승前降後升의 순환구조는 임맥과 독맥을 연결하여 수련하는 주천수련이며 역수逆修인 것이고, 선천진기를 회복하는 것이라고 볼 수 있다. 장생의 기본이 되는 화기와 수기가 임·독맥을 따라 잘 유통되면 모든 맥들이 잘 통한다고 한다.[78]

정렴은 "기를 내릴 때에는 임맥을 앞에서 쓰고, 올릴 때에는 독맥을 뒤에서 쓴다"[79]라고 하여 임·독맥 운기를 강조한다. 기의 순환을 주천周天이라고 하는데 이를 조선시대 내단 사상가들은 연단의 요체로 설명한다. 주천방법과 그에 따라 나타나는 인체의 기적 현상을「단가별지구결(丹家別旨口訣)」에서 다음과 같이 표현한다.

> 기를 운행해야 선천(先天)을 만회할 수 있다. 때문에 눈은 보지 말고, 귀는 듣지 말고, 입은 말하지 말고, 코는 냄새 맡지 말아야 한다.

---

75)『參同契演說』「丹藥十八訣」運氣升降之法, "先要運氣 迺可挽回先天 故欲運其氣 則目不視 耳不聞 口不談 鼻不臭 兀然孤坐 以眼視鼻 以鼻視心 以意抑氣久 則自知其氣之降入谷海 卽以意幹氣 轉于尾閭從夾脊雙關 而上直抵腦後 納氣于頂中煉之 又熟漸自天庭降至心宮 如是運之久久則 自齶上有甘津一塊流下 此乃先天眞一祖氣還返之候也 急以舌收之 徐舒嚥下 送于臍間."

76)『參同契演說』「內丹三要節」玄牝論, "用志不分乃可凝神 但澄心絶慮 調息今均 寂然相照 (中略) 氣合神一歸混沌 心不動 念無去無來 湛然相住是謂眞息."

77)『參同契演說』「內丹三要節」火候論, "神氣相抱一 意沖和包裹混沌斯謂之火種種 相○丹鼎常溫."

78) "任督二脈 人身之子午也 乃丹家陽火陰符升降之道 坎水離火交媾之鄉 (中略) 兪琰註 參同契云 人身血氣 往來循環 晝夜不停 醫書有任督二脈 人能通此二脈 則百脈皆通."(李時珍,『寄經八脈考』, 대성문화사, 1995)

79)『龍虎訣』「閉氣」, "下用任脉於前 上用督脉於後."(『海東傳道錄·靑鶴集』, 276쪽) 정렴은 시선을 활용하는 운기 방법을 제시하고 있다.

우두커니 혼자 앉아서 눈으로 코를 보고, 코로 가슴을 보고, 마음으로써 기를 억제하기를 오래하면, 그 기가 융화되어 곡해(谷海:배꼽) 곧 단전으로 들어가는 것을 알게 된다. 마음으로 기를 미려(尾閭)로 돌려서 척주(脊柱)를 따라 올라 곧게 뇌(腦) 뒤에 도달하면 기가 정수리로 들어갈 것이다. 수련을 오래하여 숙습(熟習)이 되면 점차로 천정(天庭)으로부터 심궁(心宮)으로 내려갈 것이다. 이같이 운기(運炁)를 오래하면 잇몸 위에서 단침 한 덩어리가 흘러 내려올 것이다.[80]

위의 내용은 『참동계연의』의 운기승강지로와 운기승강지법의 내용과 크게 다르지 않다. 「단가별지구결」과 운기승강지법에서 주천은 오감을 막는 것으로부터 시작한다고 하는데, 오감을 막는다는 것은 삼법수행의 금촉수련에 해당한다고 볼 수 있다.

기가 단전에 들어가기 위해서는 의식을 단전에 머물도록 해야 하는데, 「내단삼요절」의 화후론에서는 정신을 단정丹鼎에 집중해서 단전이 항상 평온해야 한다고 강조하고 있다. 『용호결』에서는 "신기神氣가 배꼽 밑 단전 속으로 들어가야 한다"[81]고 하며 이를 '폐기閉氣'라 칭한다. 이와 유사하게 현대단학에서도 이를 '염념불망 의수단전念念不忘 意守丹田'이라고 표현하면서 의념을 단전에 집중하는 수련을 일상생활화할 것을 강조한다.[82]

수승화강 시 인체에 나타나는 대표적인 현상은 입안에 단침甘津이 생기는 것인데 『용호결』에서는 옥장금액玉漿金液이라고 한다. 『용호결』에서는 수련 과정을 폐기에 이어 일종의 호흡법인 태식太息을 거쳐 주천화후

---

80) 『丹家別旨口訣』「其三」, "先要運炁 乃可挽回先天故 欲運其炁則 目不視 耳不聞 口不談 鼻不嗅臭 兀然孤坐 以眼視鼻 以鼻視心 以意抑炁 久則自知其炁之融入谷海(臍)也 卽以意斡炁轉于尾閭 後夾脊雙關 而上直抵腦後納炁于頂中 煉之久熟 漸自天庭降之心宮 如是運之久久則 自齶上有甘津一塊流下 此乃先天眞一祖氣還返之候也 急以舌收之 徐徐嚥下 送于臍下(下問也)." (『海東傳道錄 · 靑鶴集』, 271쪽)

81) 『龍虎訣』「閉息」, "修丹之道 必而閉息 爲下手之方 疊足端手 舒顔和色 垂簾下視 必使神炁 相注於臍下 丹田之中." (『海東傳道錄 · 靑鶴集』, 276쪽)

82) 이승헌, 『단학』, 비봉출판사, 1987, 97쪽.

周天火候 순으로 설명한다. 특히 수승화강의 현상을 설명하면서 주천화후 시 몸에 발생하는 열감을 잘 다스려야 한다고 강조한다.[83] 수련 시 이러한 유의사항은 현대단학에서도 강조하고 있다.

전병훈은 천부경의 운삼사성환運三四成環을 수승화강의 원리로 설명한다.

> 진화진수(眞火眞水)가 뜻에 따라 오르고 내리는데−뒤로 오르고 앞쪽으로 내리는 것을 자오승강(子午升降)이라고 한다−오래 반복해서 성심으로 이루면 단(丹)을 이루고 선(仙)을 이룬다. 그러한 까닭으로 운삼사(運三四)라고 한다. 대개−좌측으로 올라 우측으로 내려가고 우측에서 올라 좌측으로 내려간 것을 묘유운용(卯酉運用)[84]이라고 한다 − 운(運)이란 뜻은 운행의 참뜻이며 환(環)은 곧 단(丹)의 형상이며 끝이 없으므로 성환(成環)이라 했다. 그러나 이 환의 가운데가 곧 현관(玄關)임을 알아야 한다.[85]

수승화강의 운행은 바로 주천을 의미하고, 주천을 오래 반복하면 단丹을 이루고 신선이 된다고 한다. 천부경의 '오칠일묘연五七一妙衍'을 "참뜻(眞意, 五, 土)으로 화(火, 七)와 수(水, 一)를 운용하면 수화가 승강을 통해 도를 이룬다"[86]라고 풀이한다. 이는 하도河圖를 수승화강과 연결시키는

---

83) 『龍虎訣』「周天火候」, "此時 有文武火候 斤兩法度 又有進退之法 最不可不審 若於身心靜定之後 進火如法 則膀胱如火熱 兩腎如湯煎 而自腰以上 清爽異常 若不能靜 定徑進火候 則遍身火熱 反有大傷於身."(『海東傳道錄‧靑鶴集』, 277쪽)

84) 『精神哲學通編』에 '묘서운용(卯西運用)'이라고 했고, 윤창대 역시 '묘서운용'이라고 해석했다. 그러나 『參同契闡幽』에 의하면 坎離兩卦는 後天八卦圖의 子午에 위치함으로 小周天은 子午周天이라 하며, 先天八卦圖에서는 坎離卦가 卯酉에 위치함으로 大周天을 卯酉周天이라고 한다.(위백양 저, 주원육 천유, 이윤희 역해, 『참동계천유』, 여강출판사, 2000, 342~345쪽) 본 연구에서는 '묘유운용(卯酉運用)'으로 한다.

85) 『精神哲學通編』第一篇「檀君天符經註解」, "此眞水火以意升降 (後升前降 曰 子午升降) 久久成丹 成仙 故云運三四也 蓋 (左升右降 右升左降 曰 卯酉運用) 運則以眞意運行 環卽丹之象 而無端 故曰成環也 然環之中 卽玄關 不可不知."

86) 『精神哲學通編』第一篇「檀君天符經註解」, "五乃土之生數 七爲火之成數 一是水之生數 (中略) 以眞意(土生) 運用火(七) 水(一) 水火升降如上 以成道."

견해인데, 이러한 견해는 현대단학에서도 확인할 수 있다. 현대단학에서 '삼사성환오칠일三四成環五七一'을 다음과 같이 풀어 설명한다.

> 셋과 넷이 어울려 고리를 만들고, 다섯과 일곱이 어울려 일체가 된 다.(수직적 차원인 3원(천 · 지 · 인, 위 · 아래 · 가운데)에 수평적 차 원의 사방(四方)이 생겨 큰 울타리(우주)가 만들어지고, 그 속에서 수 기와 화기가 교류하고 순환하여 살아 움직이는 질서를 만든다.[87]

> 삼(三)은 인체의 세 개의 내단전, 즉 하단전 · 중단전 · 상단전을 의 미한다. 사(四)는 양 손바닥과 발바닥에 위치한 네 개의 외단전, 즉 두 개의 용천과 두 개의 장심을 뜻한다. 내단전과 외단전이 통할 때(成環) 온몸에 기운이 충만해지고 원활하게 순환하게 된다. 오칠일(五七一) 의 오(五)는 토(土)로, 중심을 뜻하며 칠(七)은 심장의 불(火) 기운, 일 (一)은 신장의 물(水) 기운을 의미한다. 몸에 정체되어 있는 낡은 에너 지를 날숨을 통해 내보내고 새로운 기 에너지를 들숨으로 받아들여 호흡을 계속하면 신장의 수기(水氣)는 올라오고 심장의 화기(火氣)는 내려오는 수승화강의 상태가 이루어진다.[88]

현대단학은 '삼사성환'을 본체론적 해석과 내단학적 해석 두 가지로 이 해한다. 특히 두 번째 내단학적 해석, '오 · 칠 · 일五 · 七 · 一'을 '토 · 수 · 화 土 · 水 · 火'로 설명하는 방식은 앞의 전병훈의 해석과 동일하다. 이상에서 살펴본 바에 의하면, 수승화강의 원리는 현대단학과 중국 도교, 조선시대 내단 사상 모두 공통적으로 보이는 견해라 할 수 있다.

---

87) 이승헌, 『단학』, 50쪽.
88) 이승헌, 『힐링차크라』, 한문화, 2002, 45쪽.

2) 정충기장신명

현대단학에 따르면 정충精充의 단계에서 지감과 조식 수련을 통해 터득한 기가 하단전下丹田에 충만하게 되면서 중단전中丹田의 기가 장壯해진다. 기장의 단계를 지나 신명神明의 단계에서는 기가 완성되어 뇌에 있는 신성과 합일되는 신인합일에 이르게 된다. 정충기장신명의 원리는 신인합일 사상을 기론적 측면에서 설명한 현대단학의 수련 원리라 할 수 있으며, 이런 내용을 중국 도교의 내단적 개념으로 비교하자면 정이 기로 변화하고練精化氣, 기가 신으로 변화하여練氣化神 신이 허로, 즉 도로 변화한다練神化虛는 의미로 이해할 수 있을 것이다.

정충기장신명은 정이 충만하면 기가 장해지고 기가 장해지면 신이 밝아진다는 뜻으로, 인체 내의 기의 진화 과정을 표현한 것이다. 우리 몸에는 정·기·신 세 가지 차원의 에너지가 있는데 예로부터 이를 인체의 삼보三寶, 즉 세 가지 보물 또는 삼원三元이라 하여 세 가지 근원으로 보았다. 이 에너지 차원들은 우리의 의식이 진화함에 따라 상호 의존적으로 높은 차원의 에너지로 진화한다. 기의 진화는 곧 마음의 진화, 혼의 진화, 의식의 진화 단계를 거치게 되는 것이다.[89]

앞의 절에서 정·기·신은 현대단학 뿐만 아니라 중국 도교에서 인간을 기적으로 이해하는데 중요한 개념이며, 삼원론으로부터 유래되었음을 살펴보았다. 정·기·신을 『옥황심인경』에서는 '상약삼품上藥三品'이라고 하고,[90] 『정신철학통편』「태청편(太淸篇)」에서는 인간의 삼보라고 한다.[91] 여기서 삼보는 상호 유기적 관계를 지니며 정은 생명력의 근원을, 기는 생생 약동한 생명활동을, 신은 생명력에서 나오는 정신적 활동으로 이해한다.[92]

---

89) 이승헌, 『단학』, 99쪽.
90) 『上古玉皇心印經』, "上藥三品 神與氣精."(『道藏』1, 世紀出版集團, 1988, 748쪽)
91) 『精神哲學通編』第二篇 第二章「論人身精氣神運用之哲理」, "太淸篇曰 精氣神 爲人之三寶."
92) 김낙필, 『조선시대의 내단사상』, 210쪽.

현대단학은 기를 원기, 정기, 진기 차원으로 나누는데([표 6] 참조) 각
세 개의 기는 정·기·신의 단계로 나뉘고 각각 정기精氣, 중기中氣, 신기
神氣로 부른다.[93] 중국 내단파의 경우 정·기·신을 선천先天과 후천後天
으로 구분하는데, 선천에는 원정元精, 원기元氣, 원신元神이 있고 후천에는
교감지정交感之精, 호흡지기呼吸之氣, 사려지신思慮之神이 있다. 교감지정은
남녀 간의 성적 교섭 시 누설되는 정액을, 호흡지기는 호흡을 통해 얻는
기를, 사려지신은 분별작용이 주가 되는 보통의 심적 활동을 뜻한다. 이
에 반해 원정은 무형하며 무너지지 않는 생명의 원동력을, 원기는 무한한
생명의 흐름을, 원신은 분별을 초월하고 시·공간을 넘어선 자유자재한
정신적 광명을 뜻한다.[94]

이 견해에 따르면 원정, 원기, 원신은 현대단학에서 원기 차원의 정기,
중기, 신기에 해당한다. 교감지정과 호흡지기 그리고 사려지신은 정기 차
원의 정기, 중기, 신기에 속한다고 볼 수 있다. 전병훈에 따르면,

> 원신은 진성(眞性)이고 천진자연(天眞自然)의 신(神)이다. 인간이
> 태어날 때 하늘이 부여한 생의 이치는 성(性)이 되어 내재하게 된다.
> 인성(人性)이 움직이면 심(心)이 되고, 심이 응집된 것을 신(神)이라 하
> 니 움직임이 없는 신이 성이다. 신이 정과 기에 의지하게 되면 생동하
> 니 정과 기는 명이 된다. 따라서 삼자(정·기·신)는 성명(性命)의 근
> 저가 된다.[95]

전병훈은 정·기·신에서 신을 성性으로 정과 기를 명命으로 배속하여,
정·기·신론을 성명론性命論으로 연결하여 이해한다. 원기란 태어나면서

---

93) 이승헌, 『운기단법』, 45쪽.
94) 김낙필, 『조선시대의 내단사상』, 210~211쪽.
95) 『精神哲學通編』第二篇 第二章 第一節「論元神」, "神是元神 性之眞 乃天眞自然之神
   也 人生始化 天之賦與生理者爲性 性之在人 動則爲心 心凝曰神 神靜曰性 神依精氣
   則生 精氣爲命 故三者爲性命之根柢也."

천지원시天地元始의 조기祖氣를 받은 후 부모로부터 받은 형화形化의 기를 말한다.[96] 원정은 인체 내에 있고 강건순수剛健純粹한 것으로 정액과 같은 것이다. 전병훈의 원정·원기·원신은 현대단학의 원기와 같은 개념으로 이해할 수 있으나 상호간의 개념이 정확하게 일치하는 것은 아니다. 오충허伍沖虛의 『천선정리직론(天仙正理直論)』에서 "신과 기가 선도에 있어서 성과 명을 닦는 쌍수법雙修法이다"[97]라고 설명하였는데, 이 성명쌍수법은 송대를 전후하여 도교 입장에서 유교와 불교의 회통을 모색하려는 바탕 위에서 성립된 것이다. 중국 도교에서 정·기·신을 음과 양으로 나누어 파악하는 경우가 있다. 선천의 원정을 양정陽精, 원기를 양기陽氣, 원신을 양신陽神으로 보면 후천의 정은 음정陰精, 후천의 기는 음기陰氣, 후천의 신은 음신陰神이 된다. 내단 사상에서는 연단煉丹을 통해 음을 순양純陽으로 바꾼다고 한다. 이처럼 정·기·신의 선·후천이 각각 양과 음 즉 음양론으로 설명한다.[98]

앞에서 논의한 바에 따르면, 삼일신고 「진리훈」에 삼진을 선천으로 삼망을 후천으로 보는 대종교의 관점([표 4] 참조)을 도교의 선천과 후천 개념을 대입하여 성·명·정 삼진을 선천지기先天之氣의 원신·원기·원정으로 심·기·신 삼망을 후천지기後天之氣의 신·기·정으로 보는 견해가 있다.[99] 이는 삼망과 삼진을 모두 기로 보는 기일원론적 사유인데 삼망의 신身은 육체 즉 유형有形이기에 후천의 정精을 육체로 직해하기에는 무리가 있고, 삼일신고에서 신은 종교적 신으로 등장하고 있기에 단순히 기일원론적인 정·기·신의 신 개념으로 환원할 수 없다. 따라서 삼진과 삼망을 선·후천의 정·기·신으로 일방적인 대입은 적절치 못한 견해로 보인다.

---

96) 『精神哲學通編』第二篇 第二章 第二節 「論元氣」, "人生受氣之初 先得天地元始之祖氣 以後受父母形化之氣 故曰元氣."
97) 『天仙正理』 「伍沖虛自序」, "是炁也 神也 仙道之所以爲雙修性命者也."
98) 박병수, 「조선시대 도교 정·기·신론의 전개양상」, 359쪽.
99) 박병수, 위의 논문, 363쪽.

『회삼경』에서 적멸寂滅은 명심견성明心見性에 있고 비승飛昇은 양기연성養氣煉性에 있으며 대동大同은 수신솔성修身率性에 있다고 한다.100) 이를 윤세복은 지감을 명심明心에, 조식을 양기養氣에, 금촉을 수신修身에 배당하고,101) 각각 불·선·유의 수행법의 요체로 간주함으로써 삼교를 통합하는 시각을 보여준다. 또한 그는 "『회삼경』의 내용은 「진리훈」을 강해한 것이고 이 경은 삼교를 포함한 것인데, 불문佛門의 묘법妙法과 유교의 역학易學과 도가의 현리玄理에 관한 오지奧旨가 완비된 것으로『참동계』로 대조코자 하나 『참동계』는 그 방술方術만을 탐구한 것이로되 이 경은 철리哲理를 강술講述하야 인생철학으로 집대성된 것이다"102)라고 하여 「진리훈」의 내용을 도교경전인『참동계』와 단순 비교하는 것에 주의할 필요가 있다고 한다. 바꾸어 말해 이는 삼일신고 「진리훈」 속에 어느 정도『참동계』의 내단적 요소가 있음을 의미하는 것이다. 전병훈은 이러한 관점을 수용하여 천부경을 내단 사상으로 이해한 것일 수 있다. 그리고 전병훈은 정·기·신의 진화를 다음과 같이 설명한다.

> 정을 보배로 하여 기를 기르고 기를 보배로 삼아 신을 기르나니 정과 기와 신은 참됨을 닦는 상약이다. 금단철리(金丹哲理)의 요소이다. 이는 광성자가 제1번의 진화(進化)로 삼는 것이다.103)
> 대저 연정화기(煉精化氣)라는 것은 기화(氣化)하여 신이 되고 신으로써 기를 다스리며 기로써 신이 돌아오게 한다. 신과 기가 응결되어야 깊고 견고하다. 따라서 능히 장생구시(長生久視)하는 것이다.104)

---

100) 『會三經』「三我」, "及其功成하야 各有歸依라 故로 獨我는 歸依覺하야 有寂滅樂하고 爲我는 歸依玄하야 有飛昇樂하고 毋我는 歸依聖하야 有大同樂하나니라. 求寂滅은 存乎明心見性하고 求飛昇은 存乎養氣煉性하고 求大同은 存乎修身率性이니라."(『사부합편』, 188~189쪽)

101) [考] "佛之明心은 我의 止感法이오 仙之養氣는 我의 調息法이오 儒之修身은 我의 禁觸法이다."(『사부합편』, 189쪽)

102) 『사부합편』, 110쪽.

103) 『精神哲學通編』第二篇 第二章 第三節「論元精」, "寶精以養氣 寶氣以養神 所以精氣神爲修眞上藥 金丹哲理之要素也. 廣成子爲第一番進化."

104) 『精神哲學通編』第二篇 第二章 第四節「論元精」, "夫煉精化氣 氣化以爲神 以神御

전병훈은 정·기·신이 진화한다는 개념을 연정煉精·연기煉氣·연신煉神의 단계로 설명하고 있는데,[105] 이 이론은 오충허伍沖虛가 제시한 견해로써 그는 연정화기煉精化炁·연기화신煉氣化神·연신환허煉神還虛로 설명하면서 이를 선도수련의 세 개의 관문三關이라고 한다.[106]

현대단학의 정·기·신의 진화는 진기차원의 정·기·신에서 이루어진다고 한다. 진기眞氣란 음식물과 호흡을 통해 얻는 정기精氣에 정신집중이 이루어질 때 발생하는 기로 다음과 같이 설명한다.

> 정기가 단전호흡과 같은 정신집중 수련을 통해 진기로 바뀌고 하단전의 진기(정)가 충만해지면 몸이 건강해지고, 성욕이 줄어든다. 정충이 되면 기가 성숙하고 어른스러워져 패기와 기백이 생기며 중단전이 완성이 되는데 이때 음식에 대한 생각이 줄고 식욕을 조절할 수 있게 된다. 기운이 장해지면 신이 밝아져 신명이 되어 상단전이 개발되어 인간완성에 도달하게 된다. 신명이 되면 진리를 느낄 수 있는 감각이 생겨 우주 만물에 대한 이해와 깨달음의 경지에 이른다. 신명단계에서는 수면욕을 조절할 수 있게 된다.[107]

이와 같은 수련 원리에 따라 인체에 나타나는 현상을 이규경의 『오주연문장전산고』「정기신변증설(精氣神辨證說)」에서는 『심인경(心印經)』을 인용하여 다음과 같이 말한다.

氣 氣以歸神 神氣凝結深固 故能長生久視也."
105) 김낙필, 『조선시대의 내단사상』, 144쪽.
106) 『天仙正理』「道原淺說篇」, "亦有三關修煉 而仙道得." 內丹書마다 그 분류법이 다소 다른데, 陳摶(871~989)은 『無極圖』에서 '逆則成丹'의 원리를 玄牝之門(得竅) - 煉精化氣, 煉氣化神(煉己) - 五氣朝元(和合) - 取坎填離(得藥) - 煉神還虛, 復歸無極(脫胎)의 다섯 단계로 설명하고 있다. 진단이 제시한 5단계는 후대 내단수련의 단계를 구분하는 기준이 되었는데, 득규 단계는 축기과정에 해당하고 연정화기, 연기화신, 오기조원까지가 小周天 과정에 해당하고 취감전리과정이 大周天 과정에 해당한다고 볼 수 있다.(김수일, 「대·소주천의 구분」, 『도교문화연구』 30, 동과서, 2009, 251쪽)
107) 이승헌, 『단학』, 99~101쪽.

신은 기에 의탁하고 기는 정에 의탁하므로 정이 충만하면 기가 온전하고 기가 온전하면 신이 안정되는데, 정이 그 기본이다.108)

그리고 정이 충만해지면 욕정이 왕성해도 저절로 배설시키고 싶지 않게 된다고 하면서 "정이 충만하면 여색女色이 생각나지 않고 기가 충만하면 음식이 생각나지 않는다"109)라고 한다. 『금단대요(金丹大要)』에서도 "정이 가득하면 색욕이 일어나지 않고 기가 가득하면 식욕이 일어나지 않는다"110)라고 표현하고, 『산림경제』「섭생」에서는 『수양총서(修養叢書)』에 인용된 단서丹書를 언급하면서 "원정이 충족하면 색욕이 없어지고, 원기가 충실하면 식욕이 나지 않으며, 원신이 모이면 잠이 오지 않는다"111)라고 한다.

이상에 살펴본 바에 의하면 정·기·신 수련을 통해 나타나는 인체현상에 대해 중국 수련도교나 조선조 내단 사상 그리고 현대단학 모두 동일하게 설명하고 있다. 기운 수련 시 나타나는 현상과 정·기·신을 수련의 요체로 보는 점에 있어서는 현대단학과 중국 도교의 내단 사상은 모두 일치한다. 그러나 정·기·신 각각의 개념은 중국 도교에서도 계통에 따라 조금씩 다르고 현대단학과도 개념적 차이가 있음을 알 수 있다.

3) 심기혈정

김시습은 "마음이 있으면 뜻志이 되고, 뜻이 발發하면 기가 되니, 뜻은 기의 장수將帥다"112)라고 하고, 정렴은 "눈을 깃발로 삼아 뜻이 가는 대로

---

108) 『五洲衍文長箋散稿』「精氣神辨證說」, "神依於氣 氣依於精 精足則氣全 氣全則神定 精其本也."
109) 『五洲衍文長箋散稿』「精氣神辨證說」, "精滿不思色 氣滿不思食."
110) 『金丹大要』「精氣神說」, "精液雖盈 自不欲泄也 故云精滿不思色 氣滿不思食 此之謂也."
111) 『山林經濟』卷1「攝生」, "元氣保不思食 元神會不思睡 元精足不思慾."
112) 『국역 매월당집』3, 70쪽.

기를 조정한다"113)라고 하며, "신이 가면 기도 가고 신이 머물면 기도 머물러서 신이 이르는 곳에 기가 이르지 않음이 없으니 눈을 가지고 명령을 삼는 것은 마치 군중軍中에서 기치旗幟를 쓰는 것 같이 하여야 한다"114)라고 한 표현들은 모두 신이 기를 주재한다는 의미이다. 그리고 17세기 전기에 서술된 것으로 추정되는 태백산인太白山人 복양자復陽子의『주역참동계연설(周易參同契演說)』「존신(存神)」에서 신과 기를 모자母子관계로 비유하였는데, 그는 이러한 비유를『맹자』,『역』,『노자』의 말을 인용하여 설명하고 있다.115)

전병훈에 의하면 심이 모인 것이 신心凝曰神이라고 한다. 마음心을 모은다는 것은 정신집중을 의미하며, 현대단학은 정신집중을 통해 진기를 발생시킨다고 한다. 이러한 논리는 심기혈정의 원리로 이어진다.

> 마음은 기를 생성하므로 모든 기는 마음의 표현이다. 우리 몸속에 에너지가 응축되면 이것은 몸속 생명력의 표현인 피(血)가 된다. 피는 몸과 물질(精)을 만드는 생명력이다.116)

현대단학은 기운 수련을 통해 육체적인 건강을 추구하면서도 심의 기능을 기 보다 더 높은 가치로 둔다. 이러한 점은 불교의 일체유심조一切唯心造와 비견할 수 있을 것이다. 심기혈정의 원리는 참전계경에도 보인다.

> 일엄(溢嚴)이란 공명정대한 기운이 가득찬 물처럼 넘쳐흐르는 것을 말한다. 하늘이 추상같은 뜻을 머금으면 엄숙한 기운이 세계에 넘치고 사람이 바른 마음을 품으면 엄숙한 기운이 세계에 넘치고 사람이

113)『龍虎訣』「閉氣」, "閉炁者 以眼爲旗幟 炁之升降 左右前後 莫不如意之所之."(『海東傳道錄‧青鶴集』, 276쪽)
114)『龍虎訣』「閉氣」, "神行則行氣 神住則氣住 神之所至 氣無所不至 莫不以眼爲令 如軍中用旗幟."(『海東傳道錄‧青鶴集』, 276쪽)
115) 양은용,「『주역참동계연설』과 조선도교」, 197~198쪽.
116) 이승헌,『단학』, 102쪽.

바른 마음을 품으면 엄숙한 기운이 한결같이 일어난다. 그 위엄은 신령스런 용과 같고 그 모습은 높은 산봉우리와 같다.117)

상기의 내용이 다소 윤리적인 표현이기는 하지만, 인간의 마음상태에 따라 기운도 그에 따른다는 심기혈정의 사고가 깔려있다. 삼법수행 중의 하나인 조식을 통해 마음이 편안해지고 뜻이 하나로 모였을 때, 뜻대로 기를 조절할 수 있다고 현대단학은 주장한다.

생명 에너지는 호흡을 통해 우리 몸을 드나들기 때문에, 우리는 호흡을 조절함으로써 기운의 흐름과 강약을 조절할 수 있다. 우리가 기운을 의도대로 조절할 수 있다는 것은, 단순히 생각과 감정에 동요되지 않는 차원을 넘어 생각과 감정을 뜻대로 다룰 수 있게 된다는 것을 의미한다.118)

이상의 내용을 정리하면, 심기혈정의 원리는 마음心이 있는 곳에 기氣가 모이고, 기가 모인 곳에 혈血이 모이며, 혈이 있는 곳에 정精이 충만하다는 것이다. 즉, 마음이 기를 생성하고 이것이 발전하여 물질(血과 精)을 생성하니, 마음 하나만 잘 부리면 세상 모든 것을 원하는 대로 끌어당길 수 있다는 것이다. 이때의 정은 정보 · 에너지 · 질료 삼원 중에서 물질의 바탕이 되는 질료에 해당하고, 정 · 기 · 신의 정에 해당되는 것으로 이해된다.

마음 하나만 잘 부리면 세상 모든 것을 원하는 대로 끌어당길 수 있다는 것은 바로 끌어당김의 법칙(Law of Atrraction)이라 할 수 있다.119) 심기혈정의 원리에 따르면 인간은 자유의지를 갖고 있으며 운명론과 같은

---

117) 參佺戒經「溢嚴」, "溢 水盈而過也 嚴 正大之氣色也 天含秋意 肅氣溢于世界 人包正心 嚴氣溢于動作 威如神龍 形似喬嶽."
118) 이승헌, 『단학』, 93쪽.
119) Rhonda Byrn 저, 김우열 역, 『시크릿』, 살림Biz, 2007; Jon Gordon 저, 유영만 · 이수경 역, 『에너지 버스』, 샘앤파커스, 2007.

결정론적 세계관이 아니라 자기 자신의 삶을 개척하고 새롭게 창조하는 데 의의를 두고 있음을 확인할 수 있다.

이상으로 현대단학의 3대 수련 원리인 수승화강, 정충기장신명, 심기혈정에 대해 중국 도교의 내단 사상과 비교해서 살펴보았다. 그리고 현대단학이 한국선도를 현대적으로 해석하고 계승하였다는 논지는 앞에서도 살펴보았다. 그렇다고 해서 현대단학이 한국선도를 그대로 답습한 것이 아니라, 현대에 맞게 수련 원리를 발전시켜왔음은 분명하다. 이러한 관점에서 한국선도와 비교할 때 몇 가지 차이점을 확인할 수 있다.

첫째는 삼원론적 세계관을 바탕으로 하여 세계를 정보 · 에너지 · 질료라는 삼원으로 설명하고 에너지를 조화의 주체로 본다는 점이다. 둘째는 인간존재를 정 · 기 · 신과 영 · 혼 · 백 삼원으로 설명하고 존재론과 마찬가지로 기와 혼의 주체성을 강조한다는 점이다. 셋째는 정 · 기 · 신론을 도입하여 인간존재를 기적인 존재로 이해하고 내단학으로 발전시켰다는 점이다. 그리고 넷째는 홍익인간 사상을 단순히 한민족의 건국이념이라는 민족주의적 관념으로부터 벗어나 인류적 차원으로 구현하고 있는 점이다.[120] 마지막으로, 한국선도는 삼일신고 「신훈」의 '자성구자 강재이뇌'에서 보듯이 일찍부터 뇌에 대한 관심이 있었다. 이러한 관심을 현대단학은 뇌과학과 접목하고 있다는 점이다. 이 점은 현대단학의 가장 큰 특징이라고 할 수 있는 부분이다.

뇌과학은 21세기의 가장 중요한 담론 중 하나이며, 과학과 철학의 협력이 특히 중요한 분야이기도 하다. 최근 뇌과학에 대한 여러 연구 성과들이 등장하고 있으나, 그 철학적 측면에 대한 연구는 상대적으로 빈약하다고

---

120) 현대단학은 이상적인 인간의 모습을 홍익인간, 천지인이라고 하며 깨달음을 선택하고 그 깨달음을 실천하는 사람을 홍익인간이라고 한다. 깨달은 사람, 홍익을 실천하는 사람, 삶의 목적을 영혼의 완성으로 삼은 사람의 또 다른 표현은 지구인이라고 하여, 민족적, 종교적, 인종적, 사상적 편견과 관념을 극복하고 지구를 모든 가치의 중심으로 삼아 인류평화를 이루는 것이 수련의 최종 목적으로 본다.(이승헌, 『단학』, 41~43쪽)

볼 수 있다. 이제 인간을 이해하기 위해서는 뇌를 빼놓고 논의할 수 없다. 인류가 수천 년 동안 쌓아온 인간에 대한 이해의 철학적 성과는 뇌과학과의 통섭統攝이라는 시대적 요구상황에 당면하고 있다. 즉 뇌를 중심으로 한 철학121)의 발전은 시대적 과제라고 할 수 있다.

한국선도가 오래 전부터 갖고 있던 뇌의 관심은 현대단학이 뇌과학적 성과를 접목하면서부터 한국선도의 존재론, 신론, 인간론, 수행론 등이 뇌과학적 관점에서 재해석되고 있다. 한국선도는 오랜 기간에 걸쳐 한국인의 통찰과 직관 그리고 체험을 통해 이룩되었다. 그 내용들이 현대과학의 입장 즉 과학적 방법론에 비추어 본다면 실증성과 합리성이 다소 결여되어 있다고 볼 수도 있다. 그리고 한국선도와 현대단학의 이론이 뇌과학적 성과와 유사하다는 이유만으로 학제 간의 융합을 주장할 수 없을지도 모른다. 더욱이 환원주의에 빠질 위험성도 있다. 한국선도가 이룩한 존재의 근원, 삼원론적 세계관, 신성의 내재성, 수행을 통한 복본의 가능성 등에 대한 제반 이론들이 과학적이고 실증적인 방법론에 의해 도출된 것이 아니라 유구한 기간 동안 경험과 직관 그리고 통찰을 통해 이룩되었더라도, 이 모든 것이 인간의 뇌가 이룩한 성과임에는 틀림이 없다. 한국선도와 뇌과학의 만남은 작게는 동양과 서양의 만남이며 크게는 물질문명과 정신문명의 만남라고 할 수 있는 것이다. 이러한 의미에서 현대단학은 '뇌교육', '뇌철학' 등의 이름으로 새롭게 동서양의 융합을 시도하고 있는 것이다.

---

121) 신경과학자인 Patrica Churchland는 'Neurophilosophy(신경철학)'란 용어로 사용하고 있으며, 이는 신경과학을 중심으로 철학을 수용한 입장이다. 이 외에도 철학자 이정우를 중심으로 'Biosophy'라는 biology와 philosophy를 합친 말로 생명철학 또는 생명과학(뇌과학, 면역학, 분자생물학 등)과 철학(특히 베르그손과 들뢰즈의 존재론) 그리고 동북아 기학 전통을 접목하는 새로운 시도가 이루어지고 있다. "사람이 인간인 까닭은 뇌가 있기 때문이다."라고 하며 인문학과 자연과학의 화해와 통일은 뇌를 통해 가능하다고 강조하는 요로 다케시의 '유뇌론'이 있다. 그러나 필자는 어느 특정한 학문분야 보다는 뇌에 대한 신경과학, 의학, '심리, 교육 등 제반학문 분야의 성과를 중심으로 철학적 해석을 수용한다는 의미에서 뇌철학(Brain Philosophy)'이라고 하는 것이 더 포괄적이라고 생각한다.

III. 한국선도의 현대적 계승

1. 한국의 광명 사상

일찍이 한국 고유 사상을 연구한 많은 학자들이 한국인들은 고래로 '광명光明' 즉 '밝음'을 숭상한 백의민족임을 논증했다. 현실세계에서 가장 밝은 것은 '태양'이다. '태양숭배'는 여러 지역에서 확인할 수 있는 '히에로파니(聖顯, hierophany)'[122]이다. 한국의 신화들 역시 예외는 아니다. 그러나 한국의 건국신화에서 나타나는 '태양숭배'는 가시적으로 볼 수 있는 감각의 태양이 아니라 인간 내면의 원초적 체험을 통해 체득한 '영지적靈智的, 내면적 태양'이다. 그리고 특이한 점은 단순히 종교적 숭배를 넘어 '건국 이념'으로 '광명 사상'으로 이어진다는 것이다. 이러한 광명 사상은 한국 선도의 주요 핵심 사상이기도 하다. 현대단학을 통해 이러한 광명 사상이 한때 있었던 과거형 사상이 아니라 지금까지도 지속되고 있는 지속형 사상임을 살펴보고, 물질문명이 횡행하는 시대를 넘어 가치있는 미래형 사상이 될 수 있음을 간접적으로 살펴본다. 아울러 수행문화의 기원에 대해서도 고찰해본다.

한국인들은 '하늘'을 생명의 근원으로서 생각했으며 존칭접미사 '님'자를 붙여 '하느님'이라고 불렀다. 그리고 하늘은 '허공'과 같이 항상 편재하는 존재이며, 그냥 비어있는 것이 아니라 '기氣'로 가득 찬 세계이며 생명현상의 터전이 된다고 생각했다. 이러한 허공의 관념 속에 '광명', '생명'의

---

122) 태양숭배가 대중에게까지 일반화되었던 곳은 이집트, 아시아, 고대유럽, 대서양 연안의 멕시코와 페루 정도이며, 왕이나 영웅이나 제국의 힘에 의해 소위 역사가 진행되었던 곳에서 태양이 지고의 존재로 상징된다. 그렇지 않은 그 외의 지역(아프리카, 오스트레일리아, 멜라네시아, 폴리네시아, 미크로네시아 등)에 나타나는 태양숭배는 일관성이 결여되어 있다고 본다.(M. Eliade, 이은봉 역, 『종교형태론』, 한길사, 2009, 188~189쪽)

사상이 녹아들어 있다. 따라서 '허공을 어떻게 인식할 것인가'는 '하느님에 대한 인식'으로 한국선도와 현대단학의 인식론의 핵심을 이루고 있다. 더 나아가 그러한 인식 범주를 살펴봄으로써 '인간'과 '하느님'의 존재론적 위상과 그 관계적 의미의 핵심인 '신인합일' 사상에 대해 살펴볼 수 있다.

1) '광명'의 상징성

한국의 광명 사상은 고조선, 고구려, 신라 등의 건국신화에서 살펴볼 수 있다. 『삼국유사』의 단군조선 건국사는 환인에서 환웅으로 환웅에서 단군으로 이어지는 천손天孫의 계보를 잘 보여준다. 환인의 '홍익인간' 정신을 갖고 환웅이 삼위태백에 내려와 세상을 이치로 다스려 '재세이화'를 실현하였다. 단군은 환인의 홍익인간 정신과 환웅의 재세이화 정신으로 단군조선을 건국하였던 것이다. 여기서 환인과 환웅의 '환桓'이라는 음은 '환하다'라는 의미와 통하는 것으로 '밝음' 즉 '광명'을 상징한다.

앞에서도 언급하였듯이 안호상은 '환'은 '한'으로, '한'의 의미에는 하날—해, 하늘—허공, 한울—한누리, 한얼-하나 등 네 가지의 개념이 있다고 한다. 따라서 '한'이란 '하늘'을 의미한다. 그리고 하늘을 지고하고 광명한 신적 존재로 숭배하는 것은 세계 종교사의 보편적 현상이다.[123] 이 하늘에 '님'을 붙여 '하늘님' 또는 '하느님'이라는 인격신적인 면모를 불어 넣게 되면 '환인'은 '하늘' 또는 '하느님'이 되는 것이다. 환인과 환웅은 광명한 존재로서, 이들이 세운 환국이나 신시배달국은 '밝은 이'가 세운 나라가 되는 것이다. 고조선이라는 국명 역시 '밝은 나라'를 의미하는 것이며 단군은 '밝달임금'인 것이다.[124]

현상세계에서 광명을 가장 잘 대표하는 것은 '태양太陽'이다. 태양은 우리말로 '해'를 가리키는 것으로 주몽신화의 해모수解慕漱와 그 아들 해부루

---

123) M. Eliade, 앞의 책, 188~222쪽.
124) 이강오, 「단군신앙(총론 I)」, 9~10쪽.

解夫婁의 성이 '해'씨이다. 이 성은 해의 밝은 빛과 뜨거운 열기를 상징하고, 해모수는 천제로서 '해모습' 자체이며 해부루는 '해불'로서 태양의 뜨거움을 상징한다. 따라서 천제 해모수는 천제 환인처럼 태양신과 같은 존재이기에 이름은 서로 달라도 그 뜻은 모두 동일한 것이다.[125]

유화柳花가 천제 해모수와 통정 후, 햇빛을 받고 낳은 알은 태양을 상징하는 것으로 바로 '우주 알', 즉 '붉알'인 것이다.[126] 주몽뿐만 아니라 박혁거세 역시 '붉알'에서 태어났다. '박'은 '광명'을 의미한다. 최남선에 따르면 '붉(Park)'은 광명을 의미하고, 그 옛 뜻은 하느님神, 하늘天 등이며 신이나 천은 태양을 의미하는 것이고, 한국 고대에 하느님은 태양에 대한 인격적 칭호였으며 '붉은(Parkan)' 또는 '붉은애(Parkanai)'가 태양을 부르는 성스러운 말이었다고 한다.[127] 혁거세의 '혁赫'은 우리말의 '붉'을 어간으로 한 말이고, 박혁거세의 다른 이름인 '불구내弗矩內'란 말은 우리말의 '붉은 해'를 한문으로 표기한 말로 '밝은 이'를 뜻한다.[128] 환인·환웅·단군·해모수·박혁거세 등의 건국시조들은 모두 '밝은 이'를 상징하며 그들이 세운 나라들의 건국이념은 모두 일관성 있게 한국의 광명 사상을 대표하고 있다. 따라서 혁거세의 '밝은 빛으로 세상을 다스린다'라는 '광명이세光明理世' 정신은 환인의 '홍익인간' 정신, 환웅의 '재세이화' 정신과 상통하는 것이다.

---

125) 환인과 환웅이라는 이름이 해의 밝은 빛을 소리값대로 나타낸 것이라면, 부여의 해모수와 해부루는 해의 이름씨를 그대로 살려서 나타낸 것이다. 따라서 밝다는 뜻의 환인이나 환웅, 단군과 구분하기 위해서 해모수 또는 해부루라 했을 뿐 천제나 천왕이라는 햇님 또는 하느님을 나타내는 뜻은 같다.(임재해, 「건국본풀이로 본 시조왕의 '해' 상징과 정치적 이상」, 『비교민속학』 43, 비교민속학회, 2010, 484쪽)

126) 김성환, 「한국 고대 선교의 '빛'의 상징에 관한 연구(下)」, 23~25쪽. 김성환은 우주적 생명력의 근원을 '하늘-빛-해-불-양'으로 보는 것은 한국적 사유이고, '대지-어둠-달-물-음'으로 보는 것은 華夏적 사유라고 구분한다. 대표적인 예로, 남자의 睾丸을 한국은 불을 담은 알인 '불(붉)알'로 부르고 중국은 음기의 주머니인 '陰囊'으로 부른다.

127) 최남선, 『불함문화론』, 41쪽.

128) 위의 책, 107쪽.

이상 세 가지의 건국신화를 살펴보면 후대로 갈수록 하느님의 존재는 추상화되는 경향이 있다. 가장 오래된 단군신화에는 하느님인 환인과 하느님의 아들인 환웅 등 하느님과 그의 아들 이름이 직접 나타난다. 그러나 주몽신화의 경우에는 하느님의 이름은 나타나지 않고, 단지 천제 즉 하느님의 아들 해모수란 이름으로 등장한다. 주몽신화보다 후대에 속하는 혁거세신화의 경우, 하느님도 그의 아들의 이름도 등장하지 않고, 다만 빛이라는 상징적인 말로써 추상화되고 있다. 고대의 신화일수록 신의 이름을 구체적으로 표시하고 있으며, 후대에 내려올수록 신의 존재는 추상화되고 있는 것이다. 따라서 하늘과 하느님은 '광명', '밝음', '빛'으로 추상화되면서, 그 구체적인 모습은 '태양'으로 표상되었다.

2) 광명 사상의 현대적 지속: 생명전자 태양

한국의 광명 사상은 건국시조신화뿐만 아니라 한국선도 문헌인 천부경과 삼일신고, 『환단고기』 등에도 일관성 있게 나타난다. 천부경에서 "인간의 본성은 태양처럼 밝다.本心本太陽昂明"라는 의미는 태양처럼 밝음이 인간에 선험적으로 내재하고 있음을 강조한 것이다. 진 쿠퍼J. C. Cooper에 의하면, 태양은 눈에 보이는 태양과 눈에 보이지 않은 태양, 감각의 태양과 영지의 태양, 외재하는 태양과 내재하는 태양으로 구분하는데,[129] 이에 따르면 천부경의 태양은 인간에 내재하는 태양을 의미한다.

태양은 광명의 근원적 상징일 뿐 아니라 지구의 생명체를 생화 육성하는 근원이기에 생명사상과도 연결된다. 앞의 1부 한국선도에서 언급했듯이, 삼일신고 「세계훈」에서 지구의 생명현상을 "하느님께서 기운을 불어넣어 땅속 깊이까지 감싸고 (태양으로부터 오는) 햇볕과 열로 따뜻하게 하여 걷고 날고 허물벗고 헤엄치고 흙에서 자라는 온갖 것들이 번성하게

---

129) J. C. Cooper 저, 이윤기 역, 『그림으로 보는 세계문화상징사전』, 까치, 2010, 337쪽.

되었다"130)라고 표현하고 있다. 생명현상의 조건은 하느님이 불어넣는 '기'와 '태양의 햇볕과 열煦日色熱'이다. 이처럼『삼일신고』에 의하면 생명현상에 있어서 그 주재자는 하느님이고 생명력을 상징하는 '기'와 더불어 중요한 것은 바로 '태양'이다.

이러한 태양의 상징은『태백일사』의 해와 달의 아들이 신의 씨알로 인간 세상에 내려온다는 '일월지자 일신강충日月之子 一神降衷'으로 연결된다. "하느님이 인간에 내려와 본성이 통하여 광명하니, 세상을 이치대로 다스리고 교화하여 널리 인간을 이롭게 한다"131)는『태백일사』의 내용은 하느님이 인간의 뇌에 내려와 있다는 삼일신고「신훈」의 '강재이뇌降在爾腦'132)와 상통함을 엿볼 수 있다. 씨알은 생명의 본질이며 위에서 언급한 '붉알'이라고 볼 수 있다. 이러한 씨알 관념은「신훈」의 '자성구자自性求子'의 '자'의 의미와 유사하다. 따라서 인간은 그런 생명의 근원(씨알)을 내재하고 있으며, 그러한 생명의 근원은 뇌에 내려와 있으니 이를 '신성神性'이라고 부를 수 있는 것이다.

이상에서 살펴본 한국 고대인들이 지니고 있던 광명 사상의 사유체계는 신석기 시대의 빗살무늬토기, 홍산문화권과 한반도의 암각화, 청동기 시대의 팔주령, 고구려의 고분 등의 유물을 통해 확인할 수가 있다.133) 이 중에서 특히 한국 신석기 시대의 대표 유물인 빗살무늬토기의 문양에 나타나는 빛의 이미지를 통해 광명 사상을 발견할 수 있다.

---

130) 三一神誥「世界訓」, "神 呵氣包底 煦日色熱 行翥化游栽物 繁殖."
131)『太白逸史』「蘇塗經典本訓」, "日月之子 天神之衷 以照以線 圓覺而能 大降于世 有萬有衆 (中略) 夫弘益人間者 天帝之所以授桓雄也 一神降衷 性通功完 在世理化 弘益人間者 神市之所以傳檀君朝鮮也."
132) 三一神誥「神訓」, "自性求子 降在爾腦"
133) 김성환,「한국 고대 선교의 '빛'의 상징에 관한 연구(上·下)」.

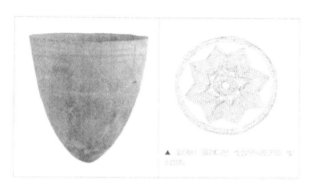

[그림 1] 빗살무늬토기(BC4000~BC3000)[134]

　빗살무늬토기(좌측그림)를 아래에서 위로 올려다 볼 때, 중심의 원과 거기서 퍼져 나오는 삼각 모양의 햇살, 여덟 갈래로 확산되는 빛에너지, 그리고 다시 바깥의 원으로 마무리되는 토기의 문양은 태양을 상징하는 동시에 빛에너지로 충만한 우주를 표상한다.(우측그림) 이는 선사시대의 태양숭배 상징 가운데서 아주 이른 시기의 것이다. 빗살무늬토기는 천신에게 바치는 제물을 담아 우주축인 가옥의 기둥뿌리에 놓였던 제기祭器였고, 우주의 중심과 통하는 천정의 구멍 아래 화로에 올렸던 신성한 물건이었을 것이다. 이는 고대 한국인의 정신세계를 증명하는 유력한 물적 증거라 할 수 있다. 신화와 상징 속에 거주했던 고대인은 문명화된 후손인 현대인보다 훨씬 더 우주의 중심에 가까이 있었고 또 빛으로 가득한 세계에 살았다. 이런 맥락에서 빗살무늬토기에 보이는 빛과 중심 이미지의 원형이 고대 한국에서 수십 세기에 걸쳐 놀라운 생명력을 가지고 홍산문화권과 한반도의 암각화, 청동기 시대의 팔주령, 고구려의 고분 등의 유물로 반복적으로 나타난다.[135]

---

134) [그림 1]의 출처는 김성환의 논문 「한국 고대 선교의 '빛'의 상징에 관한 연구(上)」, 35쪽 그림을 재인용함.
135) 한국 고대의 유물을 광명 사상으로 연결한 김성환의 견해는 한국 정신사(종교사) 와 역사고고학의 통섭이라는 측면에서 매우 훌륭한 견해이다.

[그림 2] 생명전자 태양[136]

이러한 광명 사상은 한국선도를 현대적으로 계승한 현대단학에 와서 '생명전자 태양'으로 재현된다.([그림 2] 참조) '생명전자 태양' 그림은 현대단학의 창시자인 일지 이승헌이 깊은 명상 중에 우주의식과 합일된 상태에서 본 생명전자의 이미지를 화가에게 구술하여 형상화시킨 것이다. [그림 2]의 중앙에서 붉은 색으로(그림에서는 흑백으로 검은색으로 보인다) 강렬하게 빛나는 빛이 바로 '생명전자 태양'이다.[137] 태양은 우주의 모든 기운 중에서 가장 맑고 순도가 높은 것으로, 우주의 근원적인 기운에 가깝다고 한다.[138] 만물은 이 태양의 빛을 받고 성장하며 인간도 예외가 아니다.

천부경에서 "사람 안에 하늘과 땅이 하나로 녹아있으며, 사람의 근본 마음은 태양처럼 밝게 빛난다.本心本太陽昻明人中天地一"라는 의미에서 확인할 수 있듯이, 인간이면 누구나 태양처럼 '밝은 마음' 즉 '양심陽心'이 선험적이며 보편적으로 내재하고 있는 것이다. 현대단학에서는 양심의 '陽心'과 '良心'을 구별한다. 良心은 어진 마음이고 옳고자 하고 참되고자 하는 의지이며, 이 良心을 아우르고 良心이 비롯되는 근본마음을 '陽心'이라고 한다.[139] 良心은 도덕심을 이루는 마음이고, 陽心은 선악이라는 도덕적 경계를 넘어선 태양과 같은 밝은 마음으로 누구나 선험적으로 내재하고

---

136) 이승헌, 『생명전자의 비밀』, 브레인월드, 2011.
137) 위의 책, 100~101쪽.
138) 위의 책, 102쪽.
139) 이승헌, 「일지희망편지 제87호(2011. 12. 2.)」, www.ilchi.net.

있는 것이다. 이는 쿠퍼의 지적처럼 태양은 물리적으로 눈에 보이는 태양과 눈에 보이지 않은 영지적 태양 중에 바로 영지적 태양으로 인간 내면에 존재하는 것이다. 따라서 현대단학에 의하면 '인간 본성이 광명하다.'는 것은 광명 사상의 핵심이라고 할 수 있다. 인간 본성의 밝음(양심)은 과학적 원리나 법칙처럼 인간의 밖에 외재하는 실체가 아니라, 인간의 내면에 실재하는 도덕적 보편성의 근거가 될 수 있다.

엘리아데(M. Eliade 1907~1986)가 광명이나 빛의 체험은 성스러운 공간의 '원초적인 체험'에서 유래했다고 하듯이,[140] 양심은 사변적 혹은 이성적으로 이해되는 것이 아니라 체험을 통해 경험적으로 '체득(體得, embodiment)'되는 것이다. 이때의 '체득'은 바로 수행으로 확보되는 것이고, 선험적으로 내재한 양심을 회복하는 것은 수행의 목적이 된다. '생명전자 태양' 역시 인간의 원초적인 체험 즉 수행을 통해 체득한 심상을 그림으로 형상화시킨 것이다. 이는 한국 선사 고대인들이 광명과 빛에 대한 원초적 체험을 빗살무늬토기의 문양으로 형상화시킨 것과 같은 맥락에서 이해할 수 있을 것이다.

한국 수행문화의 전통은 아주 오래된 것으로 보인다. 고대 선사시대에는 문자가 없었기에 당시 수행문화가 있었는지는 문헌적으로 확신할 수 없다. 그러나 한국 문화의 기원으로 보이는 요서지역 신석기 시대의 홍산紅山 문화에서[141] 출토된 유물을 통해서 수행문화의 전통을 추측할 수 있다. 앞에서 논의한 빗살무늬토기는 중원지역에는 보이지 않는 토기이며 홍산 문화에서 출토되는 주요 고고학적 유물이다. 홍산 문화는 BC 4,500년에서 BC 3,000년까지에 형성된 문화로, 특히 우하량 지역에서 발견된 삼원三元 구조의 원형 제단이나 비파형 동검, 적석총 등은 한국 문화의 신석기적 특징을 잘 보여준다.[142] 특히 여신묘에서 실물크기의 여신 두상과 여러 파편들이 발견되었는데 이를 복원한 모습은 [그림 3]과 같다.

140) M. Elidae 저, 이은봉 역,『성과 속』, 한길사, 1998, 81쪽.
141) 임재해,「단군신화로 본 고조선 문화의 기원 재인식」, 277~369쪽.
142) 우실하,『동북공정 너머 요하문명론』, 소나무, 2007, 170~194쪽.

[그림 3] 복원된 여신상[143]

　　[그림 3]의 여신상은 반가부좌를 튼 자세이며 손이 아랫배 하단전 위치에 포개져 있는 모습이다. 이러한 여신상의 모습은 세계 여러 지역에서 일반적으로 보이는 화려한 여신상의 모습과는 달리 다소 소박하고 정적인 모습을 하고 있다. 반가부좌는 수행 시 주로 취하는 자세로 볼 수 있고, 하단전은 선도수련에 있어 매우 중요한 위치로 단전호흡을 통해 축기하고 운기하는 기의 센터이다.

[그림 4] 호흡 수련하는 모습[144]

---

143) 위의 책, 191쪽.
144) 이 그림의 출처는 「MBC 프라임 '호흡'」이라는 프로그램에서 '숨, 감각이 열리는

[그림 4]는 최근에 선도수련의 일종인 단전호흡을 수련하는 여성의 자세를 찍은 사진이다. [그림 3]과 [그림 4]는 약 5,000년이라는 오랜 시간적 격차가 있지만 그 모습들은 서로 매우 유사한 형태를 취하고 있다. 이두 그림의 비교를 통해서 우하량 지역에서 출토된 BC 3,000년 경의 여인상을 단순히 여신의 상징으로 이해하는 것보다는 수련하고 있는 여인의모습으로 이해하는 것이 더 적절하지 않을까 한다. 우하량의 여인상이 수행하는 모습이라면 한국 수행문화의 전통은 고대 한민족의 시원과 함께하고 있으며 지금까지도 지속되고 있는 것이다.

이상의 내용을 종합해본다면, 현대단학의 '생명전자 태양'과 마찬가지로'빗살무늬토기 문양'은 단지 가시적인 태양만을 형상화한 것이 아니라, 인간안에 보편적으로 내재한 태양처럼 밝음 마음(양심)을 수행을 통해 체득한 것을 형상화한 것이다. 따라서 고대 한국인들은 수행을 통해 발현되는 양심을토대로 종교적, 정치적 체계를 구성했을 것이라고 추측할 수 있다.145)

2. '허공'의 개념과 인식의 문제

1) '허공'의 개념

태양은 우주의 지고한 힘이고 빛의 초월적 원형이라 할 수 있다.146) 우주의 큰 (붉)알인 태양으로부터 방사되는 빛과 열은 지구의 생명을 생육시키고, 빛은 우주의 작은 (붉)알로써 바로 빛의 알갱이인 것이다. 앞에서언급했듯이 현대단학은 이 빛의 알갱이를 '생명전자'라 부른다. 생명전자는온 우주를 가득 메우고 있으며 시각적으로는 밝게 빛나는 빛의 알갱이나

통로(1부)'라는 제목으로 11월 8일 방영한 내용의 일부를 캡쳐한 것임.
145) 이러한 관점에서 한국 고대문화를 해석하는 연구는 앞으로 한국 고유 사상인 한국선도 문화의 특징을 밝히는데 아주 주요한 연구 주제가 될 수 있다.
146) J. C. Cooper, 『그림으로 보는 세계문화상징사전』, 337쪽.

빛의 가루로 표현된다. 현대단학은 생명전자를 다른 말로 '천지기운天地氣運'이라고도 부르며, 우주를 구성하는 기본적인 입자, 정보와 생명을 전달하는 가장 작은 입자라고 한다.147) 이러한 생명전자의 개념은 동북아의 '기' 범주의 함의와 유사한 측면이 있다.148) 그리고 우주는 그냥 아무 것도 없는 텅 빈 무無의 공간이 아니라 생명전자, 즉 기로 가득 찬 텅 비어 있으면서도 충만한 '허공'의 세계인 것이다.

1부 한국선도에서 전술했듯이, 삼일신고「천훈」에서는 허공을 하늘의 한 속성으로 '허허공공虛虛空空'이라고 표현한다.149) 하늘을 허공으로 표현한 것이다. 「천훈」에서 하늘의 "있지 않은 곳이 없으며, 무엇이나 싸지 않은 것이 없는 것이다.無不在 無不容"는 표현은 허공의 속성을 설명한 것이다. 따라서 한국 고대인들은 허공을 '존재하는 것'으로 항상 편재하면서 우주 본체적인 그 어떤 것으로 인식했다. 그 허공은 공간적으로 우주 만물의 본체계로 드러난다. 모든 만물 즉 개체들은 허공이라는 본체 속에서 존재하며, 공간적으로 볼 때 허공은 오직 '하나'이다. 모든 것은 허공 속에 있기 때문에 만물은 '허공'을 통해서 '하나'가 될 수 있다.

'만물은 모두 하나다'라는 말은 깨달았다는 사람들이 공통적으로 주장하는 '깨달음의 명제'와 같은 것이다. 그렇다면 이 명제를 '허공을 통해서 하나가 될 수 있다'라는 말과 연결한다면, 그 깨달음은 '허공'을 인식할 때 가능한 것이다. 일반적으로 허공은 오감으로 인식할 수 없기에 비존재라고

---

147) 이승헌,『세도나 스토리』, 한문화, 2011, 169쪽.

148) 동북아의 기 범주의 함의는 ① 자연만물의 근원 또는 본체, ② 객관적으로 존재하는 질료 또는 원소, ③ 동태기능을 갖춘 객관실체, ④ 우주에 가득 찬 물질매개 또는 매체, ⑤ 인간의 性命, ⑥ 도덕 경지 등으로 볼 수 있다.(장입문『기의 철학』, 42~44쪽) 그러나 기의 속성을 한정적으로 정의하기 어려운 부분이 있다. 본 논문에서는 현대단학의 기 범주가 위의 여섯 가지 범주와 유사한 부분이 있음을 지적한 것이며, 현대단학의 기 범주에 대해서는 보다 깊이 있는 연구가 필요하다.

149) 三一神誥「天訓」, "主若曰 咨爾衆 蒼蒼非天 玄玄非天 天 無形質 無端倪 無上下四方 虛虛空空 無不在 無不容."

생각한다. 허공이 존재자가 되기 위해서는 경험적으로 인식되어야만 한다. 허공을 존재하는 것으로 인식한다는 말은 허공은 '인식될 수 있는 것'이라는 의미이다. 만약 허공이 아무것도 없는 '절대 무'라면 사변적 혹은 관념적 인식은 가능할지라도 경험적으로 포착되지는 않을 것이다. 따라서 허공이 존재하는 것이 되기 위해서는, 오감차원에서 인식할 수 없더라도, 인식할 수 있는 그 무언가가 있어야 하는데 그것은 바로 허공에 가득한 '기'라 할 수 있다. 허공은 생명전자, 기로 가득 찬 세계이지, 아무 것도 없는 빈공간이 아니다. 기는 오감차원에서 느낄 수 없지만, 수련을 통해 터득할 수 있고 느낄 수 있는 존재인 것이다. 그렇기에 기를 터득하는 것을 선도수련의 핵심으로 생각했다. 기를 통해 허공을 느낀다는 것은 인간의 인식범위가 확장되는 것을 의미하며, 사변적이고 이성적으로 파악되지 않는 초월적 존재를 느낄 수 있다는 의미이다.

참전계경 허령虛靈에서는 '기로 가득 찬 허공'을 다음과 같이 표현하고 있다.

> 허(虛)는 아무 것도 없는 것이며 령(靈)이란 마음이 신령스럽다는 것을 뜻한다. 허령(虛靈)한 사람의 마음은 그 가린 바가 없어 영롱하게 빛나고, 빈 가운데 기운이 생겨 우주를 두루 돌고 작게는 티끌 속까지 들어간다. 그 마음은 허(虛)하고 그 기운 또한 신령스럽다.150)

이 글에 의하면 허공은 비어 있지만 기로 가득 차 있으면서 빛나는 밝음의 공간으로 신령스러운 마음이 깃든 곳이다. 따라서 허공이라는 본체는 바로 마음의 본체이기도 하다. 불교에 의하면 허공은 무명無明이 아니다. 비어있고 고요한 공적空寂의 허공이 아니라, 그 속에 밝고 밝으면서 신령한 앎이 있다고 한다. 이를 지눌(知訥, 1158~1210)은 "법法이 다 공空한

---

150) 參佺戒經 「虛靈」, "虛 無物也 靈 心靈也. 虛靈者 心無所蔽 犀色玲瓏 虛中生(理)氣 大週天界 細入微塵. 其心也虛(其理氣也) 其氣且靈(且虛且靈)." '理'가 빠진 것은 단단학회 계열의 판본이며, 대종교 계열은 빈 공간에 '氣'뿐만 아니라 '理'가 함께 있다고 보고, '其心也虛 其氣且靈'는 '其理氣也 且虛且靈'이라고 한다.

그 곳에 신령스런 앎이 어둡지 않아 무정無情과 다르게 성性이 스스로 신령 스럽게 아니, 이것이 바로 고요하며 신령스럽게 아는 청정한 마음의 본체 이다"[151]라고 표현했다. 따라서 허공은 신령스러운 앎이 있으며 밝은 광 명의 세계가 있는 것이다. 원효(元曉, 617~686)는 인간 본성은 스스로 신 령스럽게 아는 앎自性神解을 갖고 있기에 '비어있음空'이 '마음心'이라고 하 며,[152] 이 마음은 일체를 포괄한 전체로써 시비와 분별을 넘어서고 언어 와 사변을 넘어선 것이기에 말로 규정하기 힘든 것인데, 억지로 이름하여 '한마음一心'이라고 했다.[153] 원효에 의하면, 공空 그 자체가 바로 인간 자 신의 마음이 되고, 공과 심이 일체가 되는 자각이 바로 해탈인 것이다. 인 간 자신의 존재가 바로 공, 허령한 본체임을 인식하고 그리하여 어두운 무 명을 벗어나 참된 지혜, 밝음을 획득하는 것이다.

「천훈」에서 본체인 허공을 "얼굴도 바탕도 없고 시작도 끝도 없으며, 위아래 둘레 사방도 없고, 비어 있는 듯하나 두루 꽉 차 있어서 있지 않은 곳이 없으며, 무엇이나 싸지 않은 것이 없다"라고 하였다. 허공은 규정될 수 없고 한정지을 수 없는 인식적 한계를 갖는 무한한 존재이다. 이러한 개념은 마치 고대 그리스 자연철학자 아낙시만드로스의 무규정자, 무한 정자, 무한을 뜻하는 '아페이론(무한자, apeiron)'과 일면 유사하다. 아낙시 만드로스는 자연계의 물질적이며 현상적인 유한자들의 근원을 인간이 인 식할 수 없는 무한자로 이해하고 있다. 플라톤(Plato, BC428~348)에 의 하면 페라스peras에 의해 한계지어지고 규정되지 않은 아페이론은 곧 형 상에 규정되지 않은 무규정적인 순수 질료, 순수 물질이 된다. 무한은

---

151) 知訥, 「木牛子修心訣」, 『韓國佛教全書』 권4, "然諸法皆空之處 靈知不昧 不同無情 性自神解 此是汝空寂靈知淸淨心體"

152) 元曉, 「大乘起信論疏記會本」, 『韓國佛教全書』 권1, "諸法中實 不同虛空 性自神解 故名爲心" 여기서 '허공이 아니다(不同虛空)'라는 의미는 그냥 비어있는 허공을 의미하기에 한국선도의 기로 가득찬(中實) 허공의 개념과 다르다.

153) 위의 책, "如是道理 離言絶慮 不知何以目之 强號爲一心也."

한계지어지지 않은 것, 규정되지 않은 것, 규정적 질서를 결한 무질서, 혼돈으로 이해된 것이다.154) 이러한 무한자의 개념은 인식 불가능한 존재로 마치 안개 속에서 형질을 구분할 수 없는 애매모호한 개체적 존재인 것이다. 그러나 삼일신고 '허공'의 속성을 무한한 존재라고 해서 순수 질료처럼 애매모호한 개체적 존재로 이해하는 방식은 적절치 못하다. 허공은 형상을 갖고 있는 개체나 무규정적인 순수 물질이 생성(becoming)할 수 있는 터전이 되는 본체적 존재인 것이다. 그 본체는 너무 크기에 '태극太極'이라 할 수 있고, 너무 커서 끝을 알 수 없고 한정할 수 없기에 '무극無極'이라 할 수 있다. 그 허공은 '밝은 세계', '광명의 세계'이며 수행을 통해 인식할 수 있는 존재이다. 허공은 광명의 세계이기에 그 속에서 생성, 변화하는 모든 만물들의 자기동일성(self-identity)을 선명하게 드러낼 수 있는 터전이기도 한 것이다.

2) '허공' 인식: 브레인스크린

한국선도에서는 하늘, 허공, 하느님과 같은 초월적인 존재는 수행을 통해 인식 가능한 존재가 된다. 무한하고 초월적이며 광명의 세계인 허공은 수행을 통해 인식 가능한 존재가 되는 것이다. 앞에서 논의했듯이 허공은 어떠한 개체도 아니며 아페이론과 같은 형상으로 한정되지 않는 순수 물질도 아니다. 그리고 사변이나 이성을 통한 가지적可知的 차원이나 가시적可視的 차원에서도 인식이 불가능한 존재이다. '있다', '존재한다'라는 말의 의미는 주체에 관계없이 그냥 있는 것이 아니라 바로 인식주체의 대상이라는 뜻을 함축하고 있다. 그렇다면 인식 주체인 인간이 어떻게 허공이란 대상을 인식할 수 있는가? 이에 대해 1부에서 논의한 삼일신고의 '자성구자

---

154) 순수 질료는 정신 바깥에 실재하는 객관적인 물질적 존재로 실체화된 것으로, 이는 중세를 거쳐 현대까지 서양인들의 정신 속에 잠재해 있는 근본적인 유물론적 태도를 보여주는 것이다.(한자경,『동서양의 인간 이해』, 서광사, 2001, 48~50쪽)

강재이뇌'의 의미에 대해 다시 한 번 정리하고 이어서 현대단학의 '브레인 스크린'을 중심으로 연결지어 살펴본다.

삼일신고에서 하늘은 인간의 오감차원에서는 인식할 수 있는 존재가 아니라고 한다. 인간이 하늘을 인식하기 위해서는 근원적인 존재인 하늘이 하느님으로 전화되는 과정을 거친 후에야 비로소 인식된다. 「천훈」의 하늘(허공)은 무규정적이며 시간과 공간을 초월하여 편재한 존재이다. 하늘을 시간과 공간을 초월한 존재로 표현한 것은 시간적으로 시작과 끝이 없다는 의미이고, 공간을 초월했다는 것은 허공이 연장성을 갖고 있는 물질적 개체가 아님을 의미한다. 허공은 공간 그 자체인 것이다. 이러한 하늘은 「신훈」에서 '하느님'으로 의인화되어 나타난다. 하느님은 무상無上의 위치에서 큰 덕과 큰 지혜와 큰 힘으로 하늘을 내시어 세계를 주관하며 만물을 지으시고 작은 것도 빠짐이 없고 밝고 신령스러워 감히 이름 지을 수 없는 존재로, 「천훈」의 하늘과 마찬가지로 형이상학적이며 초월적으로 외재한다. 그렇다면 초월적이며 외재한 신은 어떻게 인식 가능한 존재일 수 있는가. 아니면 영원히 인식할 수 없고 경험할 수도 없으니 추상적 사유로만 인식이 가능한 존재인가. 이에 대한 해답은 '성기원도 절친견 자성구자 강재이뇌聲氣願禱 絶親見 自性求子 降在爾腦'란 구절에서 찾을 수 있다.

하느님은 소리로 원하고 빌어도 만날 수 없는 존재이고 자기 자신의 본성自性을 통해 씨알子을 구할 때 이미 뇌에 내려와 존재한다. 하느님은 이미 뇌에 내려와 있기 때문에 본성의 자각 없이는 언어나 생각, 기도 등으로는 하느님과 만날 수 없다는 것이다. '강재이뇌'한 하느님은 초월적으로 외재하고 타자화된 하느님이 아니라 선험적으로 내재한 존재이다. 그러나 하느님이 내재하더라도 '소리와 김으로 빌고 기원해도 만날 수 없는聲氣願禱 絶親見' 하느님이기에 내재적이지만 여전히 초월적인 존재이다.

내재적이며 초월적인 하느님은 '자성구자'하는 수행을 통해 비로소 인식 가능한 존재가 되는 것이다. 우주 본체인 허공의 하늘이 하느님으로 전화되고, 그 하느님은 신성으로 인간에 내재할 때 비로소 인식 가능한 존재가 되는 것이다. 인간이면 누구나 신성을 내재하고 있고 인간 모두가 수행을 통해 신성을 인식할 수 있다는 것은, 초월적인 존재인 하느님이 현실적이며 보편적인 존재로 하강하게 된다는 것을 의미한다. 하느님은 하늘에서 전화된 것이고 하늘은 허공으로 표상될 수 있기에 하느님, 하늘, 허공 이 모두를 서로 다른 존재로 이해할 필요는 없다. 따라서 '하느님을 인식한다'함은 바로 하늘 즉 '허공을 인식하는 것'으로 이해할 수 있다.

플라톤의 인식(episteme)은 '참된 앎'으로 '있는 것을 있는 그대로 아는 것'이고 '있는 것'이란 '언제나 같은 상태로 한결같은 것'을 뜻한다.[155] 따라서 이때의 인식이란 불변하고 외재하고 대상화된 실체를 아는 것이다. 이러한 실체는 중세의 신이 되고, 근대 이후 과학적 원리가 된다. 이로서 인간은 인식되는 모든 대상들을 지배할 수 있는 능력을 획득하게 되었고, 급기야 인간 스스로를 대상화하여 인식함으로써 인간 자신을 기계화하고 노예화시킨다. 고대 그리스에서 신 또는 신적인 것은 감각에 의해 지각됨을 부인하면서, 신이나 이데아는 수학처럼 이성이나 사변을 통해서만 찾을 수 있다고 생각했다.

이에 비해 한국선도는 허공(하느님)이라는 존재는 수행을 통해 '경험적'으로 '인식'되는 것이다. 이때의 경험적이라는 것은 오감 차원이 아니라 일종의 '초월적 경험'을 의미한다. 그렇기에 한국선도의 '인식'은 그리스 철학의 '에피스테메episteme'가 아니다. 한국선도에서 인식의 범주는 서양 철학적 인식의 범주를 넘어 초월적 경험이 포함되어야 할 것이다. 그렇다면 어떤 방법으로 인간은 초월적 경험이 가능한가? 삼일신고에서는 지감止感 · 조식調息 · 금촉禁觸이라는 수행적 방법론을 제시하고 있고, 현대단학은 허공을 인식할 수 방법으로 '브레인스크린'이라고 하는 현대적 용어를

---

155) 플라톤, 박종현 역, 『국가』, 서광사, 2011, 375쪽(478a), 385쪽(484b).

활용하여 설명하고 있다. 수행으로 몸과 마음이 편안해지고 머리가 맑아지면 복잡하고 산만한 뇌파가 순수뇌파로 바뀌면서 '나'라는 표면의식이 사라지고 아주 평온한 무심의 상태를 체험하게 되는데 이 상태에서 나타나는 텅 빈 '빛의 화면'을 '브레인스크린'이라고 한다.156)

현대단학의 '브레인스크린'은 깨어 있는 의식을 공간화한 개념으로 다음과 같이 설명한다.

> 시각적으로 생명전자로 이루어진 빛의 스크린으로 묘사할 수 있다. 브레인스크린은 영사막과 같은 평면이 아니다. 홀로그램처럼 입체적이면서 모든 정신활동이 이루어지는 무한한 내면의 공간이다. 브레인스크린은 기본적으로 의식을 집중하는 대상이 이미지로 뇌 속에 반영되는 것이다. 시간과 공간의 제약을 받지 않는 무한한 창조와 가능성의 공간이다. 무한하게 커질 수 있으며, 우리는 그 안에서 과거, 현재, 미래를 자유롭게 오갈 수 있다. 브레인스크린은 생명전자가 활동하는 공간이자 이동하는 통로이며, 동시에 생명전자를 움직이는 주체이다. 중요한 것은 브레인스크린도 결국 우리 뇌의 작용이자 기능이라는 것이다.157)

현대단학에서 텅 빈 허공은 진동하는 우주의 기운으로 가득 차 있다고 한다. 그리고 그 공간은 물리적 공간이 아니라 내면에서 인식되는 공간이다. 이 내면의 공간은 '깨어있는 의식'이기에 의식 자체가 바로 허공인 것이다. 이 허공을 '브레인스크린'이라고 한다. 허공이 광명의 세계이듯이 브레인스크린 역시 빛의 알갱이, 생명전자로 가득 차 있는 밝음의 세계이다.

깨어있는 의식이 바로 허공을 인식하는 주체이면서 본체로 드러난다. 허공은 우주를 있게 하는 궁극적 물질이나 신이라는 객관적 타자로서의

---

156) 이승헌, 『생명전자의 비밀』, 76~77쪽. 영어권에서는 'MindScreen'으로 설명한다.(Ilchi Lee, The Call of Sedona, Bestlife, 2011)
157) 이승헌, 『세도나 스토리』, 169~170쪽.

실체가 아니며, 그 자체가 인식의 주체가 되고 이를 '천지마음'이라고 하고 현대적 용어로 '브레인스크린'이라 이름 한 것이다.[158] 이 천지마음을 원효는 '한마음一心', '공空'이라 하고 그 속에 '스스로 신령스럽게 아는 앎 自性神解'이 있다고 하며, 양자물리학자인 울프Fred Alan Wolf는 미립자, 소립자, 에너지로 가득 찬 우주 공간이 바로 '신의 마음(Mind of God)'이라고 비유한다.[159]

앞에서 살펴보았듯이 '허공'은 '하느님'과 다름이 아니기에 '허공의 하느님'이라 할 수 있고, 인간 마음이 허공과 하나 되어 천지마음이 된다는 것은 곧, '하느님'과 '인간'의 '하나 됨'을 의미하고, 이것은 정신적으로 달성되는 경지이다. 다시 말해 인간의 뇌에 내재한 신성과 하나되는 것이고, 삼일신고에서는 이를 '성통性通'이라고 하며 현대단학의 '신인합일' 사상으로 이어진다.

일반적으로 인식하기 위해서는 대상에 대한 지향성(intentionality)을 가져야 하는데, 신인합일 상태에서 하나님에 대한 인식은 인간 자신에 대한 지향이고, 인식의 주체와 객체가 사라지고 궁극적 절대 주체로 일체화되는 것이다. 이때 인간은 자기 자신을 지향하지만, 대상화하고 객체화하지 않는다. 왜냐하면 객체가 사라지고 궁극적 절대 주체만 살아있기 때문이다. 따라서 인간 본성(신성)의 자각이 바로 하느님에 대한 인식인 것이다. 이때는 하느님이 인간과 다른 존재가 아니라 하나임을 인식하게 되는데, 삼일신고에서는 이를 '앎知의 차원'을 넘어 '통通하는 것'이라고 한다.[160] 한국선도와 현대단학이 궁극적으로 추구하는 '인식'은 바로 '신과 하나됨의 경험'이며 그러한 인식의 메커니즘이 뇌에 있다고 강조한다. 그리고

---

158) 위의 책, 167쪽.
159) Fred Alen Wolf, 「Is the Mind of God Found in Quantum Field Theory?」, http://www. fredalanwolf.com/page2.htm(2011. 12. 29).
160) 三一神誥「眞理訓」, "眞性無善惡 上哲通 眞命無淸濁 中哲知 眞精無厚薄 下哲保 返眞一神"

현대단학은 신인합일은 특정한 사람에게만 일어나는 것이 아니라 인간이면 누구의 뇌에서나 일어나는 일종의 '현상'으로 이해한다.

브레인스크린은 인간 정신활동의 공간이며, 시공간을 초월하여 무한한 창조가 이루어지는 공간이다. 그 속에서 생명전자가 운동하면서 생성의 세계를 만들어내지만, 그 생명전자를 움직이는 주체가 브레인스크린이다. 따라서 생성의 세계는 대상적으로 객관화되고 외화된 마음의 산물이 아니다. 불교에서는 이런 생성의 세계란 인간의 심식心識의 경계로서만 존재하는 것이고 현상적 자아와 상일주재적常一主宰的 자아는 없고 자아는 오온五蘊이 인연 화합하여 형성된 무상無常한 것이라 한다.161) 따라서 생성하는 현상세계는 부정되어야 할 무엇이고, 이런 부정을 통해 모든 현상이 공임을 자각하는 현상 초월적 지혜를 얻어야 하는 것이다.

그러나 현대단학은 허공에 가득 찬 생명전자가 움직여 생명의 세계를 창조한다고 한다. 생명전자를 움직이게 하는 주체가 바로 브레인스크린이기에 이 현상세계는 인간의 마음이라는 주체에 의해 창조되고 변화될 수 있는 세계이며, 허망하고 부정되어야 할 세계가 아니다. 브레인스크린을 통해 인간 마음은 세계 창조의 주체가 된다. 신인합일된 인간의 마음은 바로 하느님 마음이고 반대로 신인합일하지 못한 인간의 마음은 하느님과 떨어진 인간 자신의 마음일 뿐이다. 신인합일의 가능성은 누구나 가지고 있지만, 그것을 선택하는 것은 인간 자신의 몫이다. 브레인스크린에 비쳐진 세계를 하느님 마음으로 창조할 것인지 그렇지 않을 것인지 그것 역시 인간의 선택에 달려있는 것이다.

---

161) 한자경, 『동서양의 인간 이해』, 서광사, 2001, 74~75쪽, 214쪽.

나오는 말

나오는 말

한국선도와 현대단학의 철학적 특징

한국선도의 삼원론은 하나에서 하늘과 땅 그리고 인간이 쪼개져 나와 극을 이루었다는 천부경의 '일석삼극' 원리에서 출발한다. 일석삼극의 원리는 한국선도의 특징으로 삼원론적 세계관으로 전개된다. 천부경의 삼원론적 세계관은 삼일신고와 그 외의 선도 문헌들에도 잘 나타나는데 존재론, 인간론, 수행론, 실천론 등 철학체계 전반에 걸쳐 일관적으로 흐르는 사유체계이고 한국선도의 가장 큰 특징이라 할 수 있다.

삼일신고는 81자로 간명하게 설명하고 있는 천부경을 '하늘', '하느님', '세계', '인간' 등으로 세분화하여 깨달은 성인이 대중들에게 하는 가르침의 형태로 풀어 설명하고 있다. 특히 「진리훈」에서는 인간 존재를 삼진(성·명·정)과 삼망(심·기·신) 그리고 삼도(감·식·촉)라는 종횡 3원적 구조로 파악하고 있다.

현대단학은 한국선도의 삼원론(천·지·인)을 정보·에너지·질료, 영·혼·백이라는 새로운 개념의 삼원으로 설명하고 있으며, 삼원간의 조화를 강조하고 삼원 조화의 주체(사람, 에너지, 혼)가 있다고 하는 것이 기존의 삼원론과 다른 점이라고 하겠다. 이러한 삼원의 조화성과 주체성은 선도 문헌인 『부도지』의 서사적 구조에서도 확인할 수 있다.

천부경의 '하나'의 개념을 파악하고 설명한다는 것은 한국선도 존재론의 정초를 세우는 작업이라 할 수 있다. 하나는 우주본체이며 존재의 근원으로 시공간에 구속받지 않는 존재로 이해할 수 있다. 하나와 하늘과 더불어 한국선도의 존재론을 이해할 수 있는 주요한 개념은 '무'이다. 천부경과 삼일신고에 보이는 무 개념은 도가나 도교에서의 형이상학적 개념의 도로 파악하지 않고 전체 문맥상 '없음'이란 형용사로 사용되고 있는 것이 특징이다. 천부경 81자 전문에는 동북아의 철학적 주요 개념들인 도, 기, 음양, 오행 등이 보이지 않는다는 것을 통해, 천부경과 삼일신고 두 문헌의 저작 시기가 상기 개념들이 철학적 개념들로 발전하기 이전의 시기에 저술되었음을 확인할 수 있다.

한국선도는 오감으로 인식할 수 없는 '허공'을 '있음'으로 간주한다. 무한한 허공 속에서 모든 존재들은 극을 이룬 한정자로서 형질을 가지고 그 자신의 동일성을 유지할 수 있는 것이다. 우주만물은 허공 속에서 하나가 되는 것이다. 그리고 그 허공은 무한하면서 편재하는 현존재이다. 이런 허공을 삼일신고 「천훈」은 '하늘'이라고 하고 모든 존재자들의 바탕이 되는 본체로써, 천부경의 '하나'가 '하늘'로 전화되어 나타난다.

천부경의 '하나'는 삼일신고에서 '하늘'과 '하느님'으로 전화되는데, 그 속성은 하나와 같이 무한정적이고 시공간의 제한이 없으며 편재하면서 만물의 근원이 된다. 하나와 하늘 그리고 하느님과 같은 근원적 실재는 인간의 보편적인 오감과 언어로는 인식되고 표현될 수 없는 존재이기에, 「천훈」과 「신훈」은 부정적 서술기법으로 표현하고 있는 것이다. 만물의 근원(하나, 하늘)은 주재주로서 의인화·타자화·대상화된 하느님으로 화할 때 비로소 대중들의 보편적 인식 속으로 들어온다. 의인화된 하느님은 대덕·대혜·대력이라는 삼원론적 시각으로 언표된다. 그러나 의인화된 하느님 역시 인간의 인식적 한계를 노정한다. 초월적이고 외재하며 대상화된 하느님이기에 대중들은 하느님을 밖에서 구하려고 노력한다. 그러나 하느님은 인간에 '강재이뇌'하여 내재적 선험적으로 구유되어 있기에,

'자성구자'할 때야 비로소 하느님과 만날 수 있고 합일에 이를 수 있는 것이다.

삼일신고의 일신관과 『태백일사』「삼신오제본기」의 삼신관과의 관계는 '일즉삼 삼즉일'의 원리에 따라 '일신이 곧 삼신이고 삼신이 곧 일신'으로 삼신일체 신관으로 이해해야 한다. 일신관과 삼신관은 환국시대에서부터 존재해 왔으며 시대에 따라 삼신의 대상은 변화되었다. 또한 환인·환웅·단군의 삼신일체 신관은 단군시대 이후에 형성된 것으로 봐야 할 것이다. 따라서 한국 신관을 일신관에서 삼신관으로 발전했다는 발생론적 시각으로 이해하기보다는 일신이 곧 삼신이고 삼신이 곧 일신이라는 관점에서 이해하는 것이 적절하다.

신시배달국과 단군조선시대와 그 이후 부여, 고구려 등에서는 제천의식이 발달했으며, 군주는 제사장의 역할을 했다. 제천의식에서 군주는 가르침으로 사람들을 교화했으며, 제천 시 금욕적 수행을 통해 자신과 종통을 바르게 세웠다. 국난이 있으면 제천의식을 통해 백성들을 단결케 했으며, 음주가무를 통해 백성들을 화합시켰으며, 기우제와 같은 기원적 기능도 수행했다. 제천의식은 국가적 주요 행사로써 국가의 질서와 공동체 의식을 함양하는 기능을 했다.

천부경 81자 전문 속에 기란 글자가 보이지 않으며, 삼일신고에 와서 등장한다. 삼일신고의 기는 신에 의해 모든 생명에게 생명력으로 부여되고 인간의 목숨과 관련된다. 이러한 삼일신고의 기는 철학적 개념으로 발전하기 이전에 초보적이며 원시적인 개념이다. 고대 중국 은대 이전의 기 개념과 유사하며 선악의 도덕적 개념으로 파악되지 않는다.

한국선도의 인간관은 인간 존재를 삼원론적 구조로 파악한다. 「진리훈」은 인간을 체계적이고 구조적인 존재로 파악하고 있다. 우주 만물의 근본인 하나(하늘, 하느님)로부터 성·명·정 삼진을 품수하고, 그 삼진에 의지하여 심·기·신 삼망이 착근하고, 삼진과 삼망이 만나서 감·식·촉

삼도에 이르러 열여덟 경계에 이른다. 원래 세 가지의 온전함(삼진)을 가진 존재이지만 세 가지 망령됨(삼망)으로 인해 선악과 청탁, 후박이란 분별이 생기게 되고, 세 가지 온전함과 세 가지 망령됨이 만나서 세 가지의 길(삼도)로 나아가 열여덟 경계에 이르게 되며, 선악, 청탁, 후박이 서로 섞여 삼도의 열여덟 경계를 따라 달리다가 태어나고 자라고 늙고 병들고 죽는 고통에 떨어지게 되는 것이다.

「진리훈」에 따르면 인간의 삶은 필연적인 타락의 고통 속으로 빠지고 만다. 그리고 타락하는 일련 과정을 현상적인 삼원적 구조로 설명하고 있다. 삼일신고에서 인간을 설명하는 시각과 천부경의 우주 발생론적 시각은 구조적으로 동일하다는 것을 알 수 있는데, 천부경의 하나를 중심으로 하는 일원론적 시각은 삼일신고의 하늘과 하느님으로 나타나며, 천부경의 일석삼극의 삼원론적 시각은 삼일신고 「진리훈」의 인간관에 그대로 투영되고 있다.

『부도지』에 의하면, 인간의 존재론적 위상은 천지인 삼원의 관계를 조화롭게 하는 주체로 주어진다. 삼원 조화의 주체가 되기 위해서는 인간은 '수증'해야 하는데, 이로써 인간은 수행해야만 하는 당위성을 부여받게 된다. 인간 그 존재 자체로만은 의미가 없으며 수행을 통해 삼원 조화의 주체역할을 인식하고 실천할 때 그 실존적 가치가 있는 것이다. 이러한 사유는 인간만이 최귀하기에 모든 만물의 주인이라는 배타적인 인간 중심으로 흐르는 것을 방지한다. 뿐만 아니라 생태학적으로 신과 인간, 동물과 식물, 산과 자연이 공생하는 홍익생명 사상이 갈무리되어 있다.

인간은 타락에 의한 실존적 제약성을 극복하기 위한 열망을 갖고 있기에, 삼법수행을 통해 '반망즉진'하여 '강재이뇌'한 신의 기틀이 크게 발하여 '성통공완'을 이루게 된다. 이때 인간은 타락으로부터 탈출하여 '복본'할 수 있는 것이다. 그러나 이런 복본의 가능성은 인간 누구에게나 가능성으로만 존재하여 수행을 통해서만이 획득 가능한 것이다. 따라서 깨달음이란 원래 없던 것이 생기는 것이 아니라 근본의 상태로 반본, 돌아감으로써 회복되는 것이다.

인간성은 복본을 통해 회복된다. 이때의 성은 삼진 중의 하나로써 외재한 신이 강재이뇌, 일신강충하여 신의 속성 즉 '신성'으로 내재하게 된다. '자성구자'를 통해 인간 안에 신성이 있고 그 신성이 바로 자기 자신의 실체임을 인식할 때 '반망즉진'에 이르게 된다. 본성 즉 신성은 본유적으로 광명한 존재인데 지감·조식·금촉 삼법수행을 통해 '본성광명' 혹은 '성통광명'의 경지에 이른다. 육체를 가진 인간은 '반망즉진'하여 인간성을 회복하여 '신인합일'에 이르고, 종국에는 육신을 버리고 참됨까지 버리고 근원적 존재인 하느님과 하나 되는 '반진일신'으로 나아가 하늘나라에 들어 영원한 복락을 누리게 된다. 이를 현대단학에서는 '천화'라고 한다.

한국의 건국신화에 나오는 시조들은 바로 하느님 즉 광명의 마음을 가진 '밝은 이'들로 이 세계를 광명세계로 창조하고자 노력했다. 이 세상은 인간의 마음이 현실화되는 세계이며 인간 생명이 다하는 날까지 자기 자신의 삶을 주체적으로 창조적으로 살아가는 광명의 세계인 것이다. 건국신화의 시조들은 하느님이거나 하느님의 자손으로 태양과 같은 밝은 마음, 즉 양심을 회복한 '밝은 이'들이다. 그들이 세운 나라들은 '밝은 나라'로 광명세계를 현실세계에 구현하고자 하였다. 광명 사상은 하늘(하느님)로부터 시작되기에 천손의 계보를 갖고 있으며 한국의 고유한 문화적 특징이라 할 수 있다. 이런 측면에서 볼 때 한국 고유문화를 '천손 문화'로 불러도 무방하다.

건국시조들이 '밝은 이'가 될 수 있었던 것은 인간의 본성이 태양처럼 밝고 신성으로 뇌에 선험적으로 내재하고 있기 때문이다. 누구에게나 양심의 발현은 가능성으로 내재하고 있는 것이다. 이러한 양심의 특성을 '태양'으로 상징하였고, 『천부경』에서는 '본심본태양앙명'으로 표현했으며 고대 선사시대에서는 빗살무늬토기의 문양으로 형상화하였으며 지금에 와서 현대단학은 '생명전자 태양'으로 재현하고 있다. '양심 발현의 가능성'이 현실화되기 위해서는 양심은 수행을 통해 경험적으로 체득되어야 한다. 그리고 이러한 수행의 전통은 한국사의 시원과 함께 하고 있다.

하늘은 우주 본체로서 허공을 속성으로 하지만 그냥 아무 것도 없는 텅 빈 무의 공간이 아니라 기로 가득 찬 세계이다. 따라서 허공을 느끼기 위해서는 허공 중에 가득한 기를 느낄 때 가능하다. 기는 생명전자로 빛의 알갱이, 붉알이기에 허공은 밝은 세계, 광명의 세계이며 수행을 통해 인식할 수 있는 세계이고, 그 속에서 생성하는 모든 만물들이 자기 동일성을 선명하게 그려낼 수 있는 생명 현상의 본체계이다. 모든 생명은 허공 속에 뿌리박고 살고 있으며 허공 안에서는 모든 만물이 하나이다.

하느님은 하늘에서 전화되었고 하늘은 허공으로 표상될 수 있기에 하느님, 하늘, 허공 이 모두는 서로 다른 존재가 아니다. 따라서 '허공을 인식한다'함은 바로 '하느님을 인식한다'는 것으로 이해할 수 있다. 그 하느님은 인간에 있어 영원히 초월적인 존재로 외재한 실체로 남아 있는 것이 아니라, 인간의 뇌에 신성으로 내재하면서 생명현상으로 드러난다. 내재한 신성과 하나되는 '신인합일'이란 인간의 마음이 하느님의 마음과 같아지는 것으로, 이때 인식의 주체와 객체가 사라지고 궁극적인 절대 주체로 일체화된다.

현대단학에서는 브레인스크린을 통해 허공을 인식한다. 브레인스크린은 인간 정신활동의 공간이며, 시공간을 초월하여 무한한 창조가 이루어지는 선택의 공간이다. 그 속에서 생명전자는 운동하면서 생명의 세계를 만들어내고 그 생명전자를 움직이는 주체가 브레인스크린이다. 그렇기에 이 생명의 세계란 인간의 마음이 주체로서 작용하는 브레인스크린이라는 공간의 세계가 현실세계에 구현되는 터전이지, 인간의 마음과 분리된 외화된 실체의 세계가 아니다. 따라서 이 세상은 인간의 마음이 현실화되는 세계이며 삶이 다하는 순간까지 주체적으로 창조적으로 살아가야 하는 광명한 생명의 세계인 것이다. 이러한 현대단학의 주장에 의하면 인간의 주체성은 아직도 살아 꿈틀 대는 인간 실존의 문제임을 지적하고 있다.

한국선도의 수행(성통)과 실천(공완)하는 전통은 상고시대부터 내려왔다.『부도지』에서는 이를 '수증'이라 하는데, 수행과 실천이 분리된 것이 아님을 말한다. 수행의 결과가 사회적 실천으로 이어지는 것이다. 수행법은 지감·조식·금촉 삼법수행이 대표적인데, 삼법수행에 앞서 필요한 덕목으로 정성과 믿음을 강조한다. 삼법수행은 삼일신고「진리훈」에 언급되어 있는데 자세한 방법은 나오지 않는다. 후대에 한국선도를 종교적으로 계승한 대종교와 현대화시킨 현대단학에 와서야 삼법수행을 재해석하고 다양한 수련법으로 체계화시킨다. 대종교의 경우 삼법수행을 삼교 융합적 시각에서 해석하고 있으며, 현대단학은 정·기·신론의 내단 사상과 뇌과학적 성과를 수용하여 보다 체계적인 수련법과 원리로 한국선도를 현대화시키고 있다. 특히 정·기·신론은 중국 수련도교와 조선시대 내단 사상의 핵심 이론인데, 그 연원은 한국선도의 삼원론으로부터 기원했을 가능성이 높기에 한국선도의 또 다른 전승관계로 파악하는 것이 적절할 것이다.

단군조선 건국사에 의하면, 홍익인간을 최초로 언급한 자는 환인이며 홍익인간 사상을 바탕으로 환웅이 신시를 세우고 재세이화를 실현한 것이다. 환인(환국)의 홍익인간 사상과 환웅(신시배달국)의 재세이화 정신이 단군조선 건국이념인 홍익인간·재세이화로 계승되었다. 홍익인간 사상은 환인의 환국에서 출발하여 환웅의 신시배달국에서 재세이화로 꽃을 피웠다. 환인의 홍익인간과 환웅의 재세이화의 정신은 단군조선의 건국이념으로 이어졌으며 대진국(발해)까지 국시로써 국학의 역할을 했다.

한국선도와 현대단학의 신인합일 사상은 인간을 신과 격리된 존재로 이해하는 신본주의와 그와 상대되는 인본주의와는 구별하여 이해해야 한다.

홍익인간에서 인간의 의미는 신성과 인성이 함께 공존하고 있는 존재로 이해해야 하며, 그런 인간을 이롭게 한다는 것은 바로 교화와 치화를 통해 신과 인간이 공존하는 상태에서 합일상태로 이르게 한다는 의미이다. 이렇게 홍익인간 사상은 바로 신인합일 사상으로 연결되는 것이다. 재세이화는 홍익인간의 과정에서 궁극적으로 이루어야 할 세계이며 바로 공완이라는 사명으로 주어져 있는 것이다.

따라서 한국선도와 현대단학은 개인완성과 전체완성을 별개로 보지 않는다. 홍익인간은 '신인합일을 통한 인간성 회복'을 의미하듯이 재세이화는 '모든 인간이 신인합일할 수 있는, 인간 완성을 이룰 수 있는 사회적 시스템(문화, 정치, 교육 등)의 구축'을 의미한다. 홍익인간은 개체 차원의 완성을 의미하고 재세이화는 사회 즉 전체 차원의 완성을 의미하지만, 개체의 완성과 전체의 완성은 분리되어 있는 것이 아니라 하나로 연결된다는 개전일여 사상을 보여준다.

홍익인간 사상은 자신 안에 있는 신성을 자각하고 합일을 통해 인간성을 회복하고, 사회 속에 홍익을 실천하는 존재로서 오늘날 인류가 직면한 총체적인 비평화의 상태를 극복할 평화의 주체가 될 수 있다. 하늘은 하느님과 같이 근원적 실체이며 인간의 신성으로 내재하기에 인간은 귀하고 존중받을 수 있는 것이다. 이러한 사상은 경천애인 사상으로 이어졌으며, 하늘을 숭상하는 것이 바로 인간을 존중하는 것이며 반대로 인간 존중은 하늘을 숭상하는 것이라는 홍익인간의 인간존중 사상은 한국인의 심연 속에 면면히 이어져 왔다.

사상사적 위치와 시의성

한국사상사는 크게 유·불·도 삼교를 중심으로 이해하는 것이 통설이다. 이러한 통설은 한국사상사의 시대적 한계선을 삼국시대까지만 인정하는 학계의 풍토에서 비롯된 것이다. 역사적으로 단군조선을 인정하더라도, 한국사상사의 한계를 삼국시대로 한정해버리면 단군조선에 어떤 고유한 사상도 문화도 없는 원시적 미개 국가가 되어 버린다.

엄밀히 따진다면 이러한 사상사적 풍토는 일제가 한국의 역사를 왜곡하기 이전, 조선시대 성리학을 국가적 이념으로 숭상하고 점차 중국 사대주의에 물들면서 나타난 현상으로 봐야 할 것이다. 그렇기에 한국은 고유한 전통문화가 없으며, 있다면 그 주변국인 일본과 중국의 아류로 전락했다고 말하는 것이다. 이는 문화적 주체성의 상실로 이어졌고, 구한말 망국의 위기에 직면하게 된 것이다. 이때 민족의 주체성을 회복하고자 나타난 종교, 어문, 역사적 민족주의의 태동으로 한국 고유 사상은 희미하게나마 그 모습을 드러내기 시작했다.

일제시대 역사 민족주의는 신채호, 박은식, 최남선, 안재홍, 정인보, 이능화 등에 의해 전개되고, 종교 민족주의는 나철의 대종교로 최현배의 어문 민족주의로 표현되었다. 이러한 일련의 사상은 해방 후, 안호상, 류승국, 김형효, 류병덕, 송항룡, 차주환 등으로 이어져 한국 고유 사상의 사유형으로 종합되고 연구되기 시작하였다. 그러한 연구 성과는 1987년 한국철학회에서 편찬한 『한국철학사』에 한 장章을 차지함으로써 한국선도는 한국사상사에 본격적으로 대두되었다고 볼 수 있다.

1990년대에 들어와 한국선도는 한국 도교의 범주에 포함되어 연구가 이루어졌다. 2000년대에는 삼국시대 이후 중국 도교에 영향을 받은 한국 도교에 집중하는 연구의 경향으로 인해 한국선도의 변별성은 점점 약화되기 시작했고, 주로 학문적 연구보다는 NGO차원의 국학운동과 1980년대 중반 이후 유행한 선도수련단체들을 통해 한국선도는 대중에게 알려졌다.

한국선도는 삼국시대 이후 수입된 삼교에 의해 그 사상적 영향력이 약화되었고 현실사회를 주도적으로 이끄는 이념으로 대두되지 못했다. 그러나 한국선도가 비록 삼국시대 이후 약화되었지만, 삼일신고에 보이는 개념들은 한국인의 생활과 언어 속에 깊이 각인되어 있고, 삼원론적 세계관과 하느님과 삼신일체의 신관, 신인합일 사상은 민속신앙과 민족종교의 기본적 신관을 형성하였고 경천애인 사상으로 나아갔다. 이후 이러한 신관은 기독교가 한국에 쉽게 정착할 수 있는 토양이 되었다. 홍익인간 사상은 인간존중의 교육이념으로 생명존중 사상으로 발현되었고, 평화를 사랑하는 민족성을 갖게 했다. 이처럼 한국선도는 한국인의 의식구조의 내면에 침전되어 면면히 흘러왔으며 한국사상을 심화시키는 역동적 원천이었음을 알 수 있다. 그러나 한국선도가 한국사상사에 미친 영향에도 불구하고 삼교나 기타 외래사상들에 비해 아직까지 확고한 사상사적 위치를 점하지 못하고 있는 것이 현실이다. 한국선도는 지금부터라도 지속적으로 그 의미를 되새겨야 할 중요한 사상적 보고임은 틀림이 없다.

한국선도와 현대단학의 철학과 내용에서 가장 두드러지는 특징이라면 삼원론적 세계관이다. 앞에서 논의했듯이, 한국선도의 삼원론을 중국 도교의 삼동·삼청설, 동북방 샤머니즘의 3수 분화적 세계관, 불교철학의 삼신불설, 유교의 삼재설, 기독교의 삼위일체설 등과 같이 인류의 보편적 관념의 측면에서 본다면, 단지 동서양의 주류인 이원론적 사고와 비교될 뿐이다.

경험적으로 솥이 안정적으로 서기 위해서는 세 개의 다리가 필요하듯이, 이원론이 갖고 있는 대립과 갈등의 문제는 이원을 조화로 이끌 수 있는 또 다른 실체의 등장을 요구한다. 그렇기에 삼원론은 조화와 상생으로 이끌 수 있는 매력 있는 이론으로 보일지 모른다. 그러나 한국선도의 삼원론은 그런 대안적 요구에 나온 원리가 아니라 한국 고대인들이 우주와 인간을 바라본 세계관이었으며, 우주 본체뿐만 아니라 신관, 인간관, 수행관 등의 철학체계 전반에 일관적으로 흐른다. 특히 인간의 수행을 통해서만 삼원 즉 하늘과 땅 그리고 사람이 조화로워진다고 하며 인간의 주체적 역할을 강조하고 있는 것이 가장 큰 특징으로 볼 수 있다. 삼원의 존재 그 자체만으로는 조화와 상생이 절로 이루어지지 않는다. 인간 스스로 삼원조화의 주체임을 인식하고 그 역할을 다할 때 비로소 조화와 상생이 구현되는 것이다. 이러한 인간 중심적 사고는 자연중심주의에 대한 상대적 개념이 아니며, 피조물인 자연을 인간이 신을 대신해서 마음대로 유린할 수 있다는 배타적 인간중심주의도 아니며, 신본주의와 대비되는 인본주의도 아니다. 바로 우주 만물과 함께 상생할 수 있는 주체로서의 인간중심주의인 것이다. 바로 이러한 사유가 신인합일 사상으로, 홍익인간 사상으로 계승되었던 것이다.

인간이 자기 자신의 존재를 삼원조화의 주체로 인식할 때, 수행의 당위성이 확보되고 인간성 회복을 위한 첫걸음을 시작할 수 있는 것이다. 이러한 인간 주체적 성격은 초월적인 피안에서 진리를 찾을 것이 아니라 인간의 내면적 본질을 통해 체득해야 한다. 이러한 점은 다문화와 이질화 시대를 사는 현대인들에게 종교와 이념 간의 대립과 갈등을 해소해 상생과 조화 그리고 화해로 이끌고, 민족 간의 대화를 통한 교섭과 융합 및 지구 공동체 의식을 고취할 수 있을 것이다. 특히 한민족의 화합과 동질성 회복을 위한 방향을 선명하게 제시할 수 있는 것이다. 현재 심각하게 대두되고 있는 지구 환경 문제에도 인간 자신이 하늘과 땅과 함께 조화의 주체로서 인식할 때 근본적인 해결책을 제시할 수 있을 것이다.

따라서 한국선도와 현대단학의 홍익인간 사상이 한국 고대국가의 건국이념이기에 전통사상의 수구라는 측면에서 의미가 있는 것이 아니라, 그 내포된 사상이 당면한 현대사회의 고질적인 병폐와 지구적 문제를 해결할 수 있는 시의성을 가진 사상적·철학적·실천적 대안으로써 더 큰 의미가 있는 것이다.

■ 참고문헌

1. 원전류

『三國遺事』

『三國史記』

『朝鮮王朝實錄』(鼎足山本), 서울대 규장각.

『修山集』, 한국고전종합DB.

『山林經濟』, 한국고전종합DB.

『桂苑筆耕集』, 한국고전종합DB.

『韶濩堂集續』(국립중앙도서관 소장본), 김택영, 1924.

『借樹亭雜收』(동국대학교 소장본), 김택영, 1925.

『檀典要義』(국립중앙도서관 소장본), 김용기, 단전요의발행소, 1925.

『檀君敎復興經略』(국립중앙도서관 소장본), 정진홍 편, 계신당, 1937.

『圖解三一神誥講義』(국립중앙도서관 소장본), 신태윤, 삼인동정사, 1938.

『檀君哲學釋義』(국립중앙도서관 소장본), 김형탁, 1957(김형탁의 발문일
　　　　기준).

『崔文昌侯全集』, 성균관대학교 대동문화연구원, 1962.

『滄皐集』卷2 (국립중앙도서관 소장본), 정인탁, 1963.

『揆園史話 · 靑鶴集』(영인본), 아세아문화사, 1968.

『古今觀我丹心典』(국립중앙도서관 소장본), 최강, 선화인쇄사, 1968.

『洪萬宗全集』上, 홍만종, 태학사, 1980.

『五洲衍文長箋散稿』上 · 下(영인본), 이규경, 명문당, 1982.

『精神哲學通編』(영인본), 전병훈, 명문당, 1983.

『周易參同契演說』(한국도교사상연구총서Ⅲ 영인본), 아세아문화사, 1989.

『梧溪日誌集』(한국도교사상연구총서Ⅴ 영인본), 아세아문화사, 1991.

『參同契註解』(한국도교사상연구총서IV 영인본), 아세아문화사, 1990.

『譯解倧經四部合編』, 대종교총본사, 1999.

『正本 桓檀古記』(영인본), 한뿌리, 2005.

『詩經』

『書經』

『周易』

『禮記』

『春秋』

『春秋左氏傳』

『國語』

『易傳』

『道德經』

『莊子』

『論語』

『墨子』

『孟子』

『荀子』

『管子』

『淮南子』

『魏志』

『後漢書』

『三國志』

『說文解字』

『山海經』

『金丹大要』

『上古玉皇心印經』(『道藏』1, 世紀出版集團, 1988)

2. 단행본

가노우 요시미츠 저, 동의과학연구소 옮김,『몸으로 본 중국사상』, 소나무, 2007.

강전섭 편,『홍만종연구』, 서울:민속원, 1998.

고경민,『비경보』, 정신도법교육회, 1976년 11월호.

고려대학교 육당문제연구소,『최남선전집』, 서울:현암사, 1973.

기세춘,『묵자』, 서울:바이북스, 2009.

김낙필,『조선시대의 내단사상』, 서울:한길사, 2000.

김능근,『유교의 천사상』, 서울:숭실대출판부, 1988.

김동원,『천부경강전』, 울산:정상생활, 2008.

김범부,『화랑외사』, 대구:이문사, 1981.

김상일,『한철학』, 청주:온누리, 1995.

김석진,『하늘 땅 사람의 이야기 대산의 천부경』, 서울:동방의 빛, 2009.

김성환,『운학선생사적』, 서울:경인문화사, 2010.

김인곤 외 6명 역,『소크라테스 이전 철학자들의 단편 선집』, 서울:아카넷, 2008.

김주호,『한민족의 신』, 서울:책보, 2008.

김충렬,『중국철학사』, 서울:예문서원, 2006.

김필수 외 3명,『관자』, 서울:소나무, 2006.

금인숙,『신비주의』, 파주:살림, 2006.

단재신채호선생전집편찬위원회,『단재신채호전집』, 천안:독립기념관 한국독립운동사연구소, 2008.

단재신채호기념사업회 편,『단재신채호전집』상, 서울:형설출판사, 1987.

단학회연구부,『환단고기』1~3권, 서울:코리언북스, 1998.

대종교종경종사편수위원회,『대종교중광60년사』, 청주:대종교총본사, 1971.

_____,『대종교요감(우리전통종교)』, 서울:대종교총본사, 1998.

대종교 한얼글 편수 위원회 엮음, 안호상 펴냄,『대종교 한얼글』, 대종교 총본사, 1990.

Rhonda Byrne, 김우열 역,『시크릿』, 파주:살림Biz, 2007.

류승국,『한국사상의 연원과 역사적 전망』, 서울:성균관대학교 출판부, 2008.

Maxwell R. Bennett · Peter Michael Stephan Hacker, 이을상 회 5인 옮김, 『신경과학의 철학』, 사이언스 북스, 2013. 48〜55쪽.

Michael Hutchison, 박창규 · 김현철 역,『뇌파연구와 깨달음』, 서울:미내 사 모임, 2000.

M. Eliade, 이은봉 역,『종교형태론』, 한길사, 2009.

_____, 이은봉 역,『성과 속』, 한길사, 1998.

문교부,『문교개관』, 1958.

민영현,『선과 한』, 부산:세종출판사, 1998.

박달재수련원,『애국지사단암이용태선생문고』, 서울:동화서관, 1997.

박제상 저, 김은수 역,『부도지』, 서울:한문화, 2003.

박창범,『하늘에 새긴 우리 역사』, 서울:김영사, 2002.

박한제 외,『아틀라스 중국사』, 파주:사계절, 2007.

북애자 저, 신학균 역,『규원사화』, 서울:명지대학출판부, 1973.

북애자 저, 고동영 역,『규원사화』, 서울:한뿌리, 2005.

사라 알란, 오만종 역,『거북의 비밀, 중국인의 우주와 신화』, 서울:예문 서원, 2002.

사송령 저, 김홍경 · 신하령 공역,『음양오행이란 무엇인가?』, 서울:연암 출판사, 1995.

서희건,『잃어버린 역사를 찾아서』1〜3권, 서울:고려원, 1991.

성백효 역,『논어집주』, 서울:전통문화연구회, 2006.

세종대왕기념사업회,『국역 매월당집』1~5권, 1982.

송호수,『한겨레의 뿌리 얼─한민족의 뿌리사상』, 서울:개천대학출판부·
　　　한터, 2000.

Snell 저, 김재홍 역,『정신의 발견』, 서울:까치, 1994.

심백강,『황하에서 한라까지』, 서울:참좋은세상, 2007.

신채호,『조선상고사』, 서울:일신서적, 1992.

안재홍선집간행위원회편,『민세안재홍선집』4, 서울:지식산업사, 1992.

안호상,『환웅과 단군과 화랑』, 서울:사림원, 1985.

_____,『국학기본학』, 대구:배영출판사, 1977.

양주동,『양주동전집』3, 동국대학교출판부, 1995.

Edward O. Wilson, 최재천·장대익 역,『통섭』, 서울:사이언스북스, 2006.

F. M. Cornford, 남경희 역,『종교에서 철학으로』, 서울:이화여자대학교
　　　출판부, 2004.

위백양, 주원육 천유, 이윤희 역해,『참동계천유』, 서울:여강출판사, 2000.

_____, 최향주 역,『주역참동계』, 서울:자유문고, 2001.

에두아르 수레 저, 진현준 역,『신비주의의 위대한 선각자들』, 사문난적, 2009.

여태일·전발평 편저, 서경호·김영지 옮김,『산해경』, 안티쿠스, 2009.

우실하,『동북공정 너머 요하문명론』, 소나무, 2007.

이기동,『시경강설』, 서울:성균관대학교 출판부, 2006.

이능화 집술, 이종은 역주,『조선도교사』, 서울:보성문화사, 2000.

이석명,『회남자』, 파주:사계절, 2004.

_____,『노자도덕경하상공장구』, 서울:소명출판, 2005.

이승헌,『숨쉬는 평화학』, 서울:한문화, 2002.

_____,『단학』, 서울:비봉출판사, 1987. 서울:한문화, 2003.

_____,『힐링 소사이어티를 위한 12가지 통찰』, 서울:한문화, 2001.

_____,『단학인』, 서울:한문화, 1996.

_____, 『운기단법』, 서울:한문화, 1998.

_____, 『힐링차크라』, 서울:한문화, 2002.

_____, 『뇌호흡』, 서울:한문화, 2002.

_____, 『뇌파진동』, 서울:한문화, 2008.

_____, 『생명전자의 비밀』, 브레인월드, 2011.

_____, 『세도나 스토리』, 한문화, 2011.

_____, The Call of Sedona, Bestlife, 2011.

이시영, 『감시만어』, 서울:일조각, 1995.

이시진, 『기경팔맥고』, 대성문화사, 1995.

이원국 저, 김낙필 외 3인 공역, 『내단』, 서울:성균관대학교 출판부, 2006.

이유립, 『대배달민족사』 1권~5권, 서울:고려가, 1987.

이정우, 『개념-뿌리들 1』, 서울:철학아카데미, 2004.

李養正, 『道敎槪說』, 北京:中華書局, 1989.

이종은 역주, 『해동전도록 · 청학집』, 서울:보성문화사, 1998.

이찬구, 『천부경과 동학』, 서울:모시는 사람들, 2007.

이택후, 『미의 역정』, 서울:동문선, 2003.

임승국, 『한단고기』, 서울:정신세계사, 2003.

임춘식, 『중국고대사의 전개』, 서울:신서원, 2003.

오강남, 『도덕경』, 서울:현암사, 2000.

오충허 저, 허천우 역, 『천선정리』, 서울:여강, 2004.

王明 著, 『抱朴子內篇校釋』, 北京:中華書局, 1996.

王明 編, 『太平經合校』上 · 下, 北京:中華書局, 1997.

유동식, 『한국무교의 역사와 구조』, 서울:연세대출판부, 1997.

유소홍 저, 송인창 · 안유경 역, 『오행, 그 신비를 벗긴다』, 서울:국학자료
　　　　원, 2008.

유화양 저, 유정식 역, 『금선증론』, 서울:여강, 2005.

윤구병,『윤구병의 존재론 강의 : 있음과 없음』, 서울:보리, 2003.

윤내현,『고조선연구』, 서울:일지사, 1995.

윤성범,『한국문화와 기독교』, 대한기독교서회, 1962.

염정상,『설문해자』, 서울:서울대학교출판문화원, 2009.

윤찬원,『도교철학의 이해－태평경의 철학체계와 도교적 세계관』, 서울:
　　　돌베개, 1998.

윤창대,『정신철학통편 : 전병훈선생의 생애와 정신을 중심으로』, 서울:
　　　우리출판사, 2004.

송항룡,『한국고대의 도교사상』, 성남:한국정신문화연구원, 1984.

선불교경전편찬연구회,『선불교경전 흔법』, 영동:선불교총본산 불광도
　　　원, 2003.

소광희 외 13인,『인간에 대한 철학적 성찰』, 서울:문예출판사, 2004.

小野澤精一·福永光司·山井湧 編, 전경진 역,『기의 사상』, 익산:원광대
　　　학교출판부, 1993.

신용하,『한국민족의 형성과 민족사회학』, 서울:지식산업사, 2001.

張君房 便, 李永晟 點校,『雲笈七籤』, 北京:中華書局, 2003.

장입문 저, 김교빈 외 역,『기의 철학』, 서울:예문서원, 2004.

정인보 저, 박성수 역,『정인보의 조선사연구』, 서원, 2000.

정재서,『한국 도교의 기원과 역사』, 서울:이화여자대학교출판부, 2006.

_____,『불사의 신화와 사상』, 서울:민음사, 1995.

정진헌 역, 유득공 저,『발해고』, 파주:서해문집, 2008.

정훈모 편집발행인,『단탁』(국회도서관 소장본), 창간호, 단탁사, 1921.

James, Wiilliam,『The Varieties of Religious Experience』, New York:Collier
　　　Macmillam, 1961.

J. C. Cooper 저, 이윤기 역,『그림으로 보는 세계문화상징사전』, 서울:까
　　　치, 2010.

조명기,『신라불교의 이념과 역사』, 서울:경서원, 1982.

Jon Gordon, 유영만 · 이수경 역,『에너지 버스』, 서울:샘앤파커스, 2007.

차주환,『한국도교사상연구』, 서울:서울대학교출판부, 1997.

_____,『한국의 도교사상』, 서울:동화출판공사, 1986.

최남선 저, 정재승 · 이주현 역,『불함문화론』, 서울:우리역사연구재단, 2008.

최동환, 천부경, 서울:지혜의 나무, 2008.

최문형,『동양에도 신은 있는가』, 서울:백산서당, 2002.

최민자,『천부경』, 서울:모시는사람들, 2008.

최영성,『고운사상의 맥』, 서울:심산, 2008.

최준식,『최준식의 한국 종교사 바로 보기: 유불선의 틀을 깨라』, 파주:한
      울아카데미, 2007.

_____,『한국의 종교, 문화로 읽는다』1~3권, 파주:사계절출판사, 2004.

철학연구회,『뇌과학과 지능 · 감각기술의 철학』, 철학연구회 2007년 춘
      계 학술발표자료집.

콘스탄틴 J. 밤바카스 저, 이재영 역,『철학의 탄생』, 파주:알마, 2008.

퇴경당권상노박사전집간행위원회,『퇴경당전서』8, 1998.

한국철학회,『한국철학사』상 · 중 · 하, 서울:동명사, 2002.

한규성,『단군천부경해론』, 서울:마음의 과장, 1968.

한문화,『천지인』, 1998.

Hick, J. H 저, 황필호 역,『종교철학개론』, 서울:종로서적, 1981.

오충허 저, 허천우 역,『천선정리』, 서울:여강, 2004.

플라톤, 박종현 역,『국가』, 파주:서광사, 2011.

홍만종 저, 이석호 역,『해동이적』, 서울:을유문화사, 1982.

홍윤기,『일본문화사신론』, 한누리미디어, 2011.

한자경,『동서양의 인간 이해』, 서울:서광사, 2001.

3. 연구논문

강현숙, 「삼원론의 구조-영·혼·백을 중심으로」, 국제뇌교육종합대학원대 석사학위논문, 2007.

고평석, 「규원사화, 북애노인 칠필본:165년 북애노인이 직접 쓴 규원사화를 공개한다」, 『한배달』 2권 2호, 한배달, 1989.

곽노순, 「한국교회와 하나님 칭호」, 『기독교사상』 15권 2~3호, 대한기독교서회, 1972.

국학연구소, 「천부경」, 『올소리』 1, 한뿌리, 2006.

_____, 「최초 공개 삼일신고 초간본」, 『올소리』 6, 한뿌리, 2008.

기수연, 「중국 문헌에 보이는 동이와 조선」, 『단군학연구』 4, 단군학회, 2001.

김광린, 「홍익인간사상과 민족통일(Ⅰ)」홍익문화통일강연시리즈 00-4호 홍익문화통일협회, 2000.

김광식, 「도의 존재론적 해석-도덕경의 도개면을 중심으로」, 『현대와 신학』 9, 연세대학교 연합신학대학원, 1982.

김낙필, 「해동전도록에 나타난 도교사상」『도교와 한국사상』, 한국도교사상연구총서 Ⅰ, 한국도교사상연구회, 아세아문화사, 1987.

_____, 「전병훈의 천부경 이해」, 『선도문화』 1, 선도문화연구원, 2006.

김낙필·박영호·양은용·이진수 공저, 「한국 신선사상의 전개에 관한 연구」, 『도교문화연구』 15, 한국도교문화학회 편, 동과서, 2001.

김도종, 「역사이해에 관한 기론적 고찰」, 원광대 박사학위논문, 1987.

김동환, 「을유중광의 민족사적 의의」, 『국학연구』 1, 국학연구원, 1988.

_____, 「단암 이용태의 종교사상」, 『애국지사 단암 이용태 선생 추모학술회의논문집』, 국학연구소, 2003.

_____, 「근대의 선도사상과 문화」, 『한국선도의 역사와 문화』, 제1회 국

제평화대학원대학교학술대회논문집, 2005.

_____, 「백포 서일의 삶과 사상」, 『올소리』 6, 흔뿌리, 2008.

김병수 · 박성식, 「명상과 뇌 관련 연구 동향 분석」, 『인문과학연구논총』 36, 2013.

김봉영, 「신화로 본 한민족의 태양숭배 사상」, 『국어교육연구』 1, 조선대학교 사범대학 국어교육과, 1975.

김상일, 「대종교편」, 『한국종교사상사 IV』, 연세대학교출판부, 1998

김석진, 「특별기고문」, 『선도문화』 7, 국학연구원, 2009.

김성환, 「대종교계 사서의 역사관 – 상고사 인식을 중심으로 –」, 『환단고기 · 규원사화 등 선가계 사학에 대한 남북공동연구』, 한국학술진흥재단 2005년도 협동연구 지정주제 지원사업 연구결과보고서(KRF_2005-044-A0004).

_____, 「선가자료 청학집의 자료적 검토」, 국학연구원 제9회 학술대회 자료집, 2008.

김성환, 「한국 고대의 선교의 '빛'의 상징에 관한 연구(상)」, 『도교문화연구』 31, 동과서, 2009.

_____, 「한국 고대의 선교의 '빛'의 상징에 관한 연구(하)」, 『도교문화연구』 32, 동과서, 2010.

김수일, 「대 · 소주천의 구분」, 『도교문화연구』 30, 동과서, 2009.

김수진, 「단군 천부경의 초기 주석 연구」, 원광대 석사학위논문, 2004.

김시황, 「구이와 동이」, 『동방한문학』 17, 동방한문학회, 1999.

김인곤, 「한국의 수련문화 30년」, 『정신세계』(창간준비 특집 1호), 정신세계사, 1999.

김영두, 「한국정치사상사」, 『한국문화사대계 II』, 고대민족문화연구소, 1978.

김용국, 「대종교와 독립운동」, 『노산 이은상 고희기념논문집』, 1973.

김윤수, 「신라시대 국선의 사상적 성격」, 『도교문화연구』 25, 한국도교
　　　문화학회 편, 동과서, 2006.

＿＿＿, 「『동국전도비기』와 『해동전도록』」, 『한국 도교의 현대적 조명』,
　　　한국도교사상연구총서 Ⅵ, 한국도교사상연구회 편, 아세아문화
　　　사, 1992.

김종업, 「삼일신고의 수련원리에 대한 현대적 해석과 방법론 이해」, 명지
　　　대 박사학위논문, 2003.

김주미, 「해 속의 삼족오과 그 상징성에 대한 고찰」, 『한류와 한사상』, 모
　　　시는사람들, 2009.

김정신, 「단군신앙에 관한 경전연구」, 『정신문화』 32, 1987.

김정숙, 「북한에서의 단군연구」, 『단군－그 이해와 자료』, 서울대학교출
　　　판부, 1997.

김한식, 「규원사화에 나타난 자연관」, 『교수논총』 37, 국방대학교, 2004.

나 철, 「도감」 『대종교보(통권 제286호)』, 대종교총본사, 2000 봄호.

도광순, 「한국의 전통적 교육가치관」, 『철학과 종교』, 현대종교문제연구
　　　소, 1981.

류병덕, 「한국 정신사에 있어서 도교의 특징」, 『도교와 한국사상』, 한국
　　　도교사상연구총서 Ⅰ, 한국도교사상연구회 편, 아세아문화사,
　　　1987.

＿＿＿, 「훈 붉사상의 본질과 전개」, 『한국종교』 제22집, 원광대학교 종교문
　　　제연구소, 1997.

류승국, 「한국인의 신관」, 『한국사상과 현대』, 동방학술연구원, 1988.

＿＿＿, 「2천년대 인류 미래와 한민족 철학의 방향」, 『한민족과 2천년대
　　　의 철학』, 1999년 철학자대회 발표문, 한국철학회.

문 혁, 「환단고기에 대한 사료학적 검토」, 『환단고기 · 규원사화 등 선가
　　　계사학에 대한 남북공동연구』, 한국학술진흥재단 2005년도 협동

연구 지정주제 지원사업 연구결과보고서(KRF_2005-044-A0004).

민영현, 「한민족사와 한국사의 역사철학적 과제 – 고유 사상과 연관한 서지 분석과 위작론에 대한 재고를 요청하며 –」, 『단군학연구』 6, 단군학회, 2002.

_____, 「중국도가와 도교 및 한국 선의 사상에 대한 비교연구」, 『선도문화』 1, 국제평화대학원대학교, 2006.

_____, 「도교적 사유체계와 그 상동·상이에 관한 연구」, 『선도문화』 7, 국학연구원, 2009.

민홍규, 「민홍규의 우리문화일기 – 나무에 뿌리가 없다」, 『뉴스피플』, 대한매일신보사, 2000년 11월 23일(9권 45호).

박광용, 「대종교 관련 문헌에 위작 많다 – 규원사화와 환단고기의 성격에 대한 재검토」, 『역사비평』 10, 1990.

_____, 「대단군 민족주의의 전개와 양면성」, 『역사비평』 10, 1990.

박대종, 「한국에서 발견된 갑골문자에 관한 연구 – 농은유집 천부경문을 중심으로」, 『대종언어 연구논문 1』, 대종언어연구소, 2002.

박미라, 「삼국·고려시대의 제천의례와 문제」, 『선도문화』 8, 국학연구원, 2010.

박병수, 「조선시대 도교 정·기·신론의 전개양상」, 『도교의 한국적 변용』, 한국도교사상연구총서 Ⅹ, 한국도교사상연구회편, 아세아문화사, 1996.

방석종, 「요하문명과 고조선 역사의 문명사적 고착 : 단군사화 본문의 역사비평적 해석」, 『단군학연구』 제15호, 단군학회, 2006.

박성수, 「한류의 역사적 배경」, 『한류와 한사상』, 모시는사람들, 2009.

_____, 「환단고기의 역사 세계와 고성 이씨 문중」, 『선도문화』 11, 국제뇌교육종합대학원출판부, 2011.

박창범·라대일, 「단군조선시대 천문현상기혹의 과학적 검증」, 『한국상고사학보』14, 1993.

삿사 미즈아키, 「한말 일제 강점기의 단군신앙운동의 전개-대종교, 단군
　　　교의 활동을 중심으로」, 서울대대학원 박사학위논문, 2003.

신용하, 「고조선 국가의 형성과 고조선 금속문화」, 『단군학연구』21, 단
　　　군학회, 2009.

서복관 저, 김홍경 역, 「음양오행설과 관련 문헌의 연구」, 『음양오행설의
　　　연구』, 신지서원, 1993.

서영대, 「백제의 오제신앙과 그 의미」, 『한국고대사연구』 20, 한국고대
　　　사학회, 2000.

_____, 「조선후기 선가 문헌에 나타난 상고사인식」, 『환단고기·규원사화 등
　　　선가계 사학에 대한 남북공동연구』, 한국학술진흥재단 2005년도 협
　　　동연구 지정주제 지원사업 연구결과보고서(KRF_2005-044-A0004).

_____, 「한국선도의 역사적 흐름」, 『선도문화』5, 국학연구원, 2008

_____, 「한국의 제천의례」, 『강화도 참성단과 개천대제』, 경인문화사, 2009.

성삼제, 「고조선 사라진 역사 11 : 환단고기와 고조선」, 『교육마당』 21
　　　(통권298호), 교육인적자원부, 2006

송양수, 「물질, 에너지, 정보로 본 삼원론의 구조」, 국제평화대학원대 석
　　　사학위논문, 2006,

손영종, 「단군 및 고조선 관계 비사들에 대한 리해-규원사화를 중심으로」,
　　　『단군학연구』 제8호, 단군학회, 2003.

송항룡, 「한국 고대의 도교사상」, 『도교와 한국사상』, 한국도교문화연구
　　　총서 Ⅰ, 한국도교사상연구회 편, 아세아문화사, 1986.

신용운, 「조선중기(16 · 17세기)의 단군론과 규원사화」, 『한국사의 단군
　　　인식과 단군운동』, 세계역사문화연구소 편, 국제평화대학원대학
　　　교출판부, 2005.

심백섭, 「규원사화의 본문구조와 세계관 형태에 관한 연구」, 서울대 석사

학위논문, 1993.

신채호, 「동국고대선교고」, 『단재신채호전집』, 단재신채호전집간행위원회, 1998.

안동준, 「고구려계 신화와 도교」, 『한국의 고대문화 형성』, 백산학회, 2007.

안진경, 「현대단학의 신입합일론 소고」, 국제평화대학원대 석사학위논문, 2005.

양계초 저, 김홍경 역, 「음양오행의 역사」, 『음양오행설의 연구』, 신지서원, 1993.

양은용, 「청한자 김시습의 단학수련과 도교사상」, 『도교와 한국문화』, 한국도교사상연구총서 II, 한국도교사상연구회편, 아세아문화사, 1989.

_____, 「『주역참동계연설』과 조선도교」, 『도교사상의 한국적 전개』, 한국도교사상연구총서 III, 한국도교사상연구회편, 아세아문화사, 1989.

_____, 「망우당 곽재우의 양생사상」, 『한국도교와 도가사상』, 한국도교사상연구총서 V, 한국도교사상연구회편, 아세아문화사, 1991.

_____, 「통일신라시대의 도교사상과 풍류도」, 『도교의 한국적 수용과 전이』, 한국도교사상연구총서 VIII, 한국도교사상연구회편, 아세아문화사, 1994.

_____, 「신출『단학지남』과 북창 정렴의 양생사상」, 『도교의 한국적 수용과 전이』, 한국도교사상연구총서 VIII, 한국도교사상연구회 편, 아세아문화사, 1994.

_____, 「조선시대 수련도교의 생명관」, 『도교와 생명사상』, 도교문화연구 제12집, 한국도교문화학회 편, 국학자료원, 1998.

_____, 「조선시대 수련도교의 생명관 - 청한자 김시습의 『잡저』를 중심

으로」, 『도교와 생명사상』, 도교문화연구 12, 한국도교문화학회 편, 국학자료원, 1998.

양재혁, 「도 개념의 구성과 도덕경」, 『대동문화연구』 35, 성균관대학교 대동문화연구원, 1999.

_____, 「도 개념의 구성과 도덕경(II)」, 『대동문화연구』 37, 성균관대 대동문화연구원, 2000.

오병무, 「단군신앙 계열의 흐름과 전망」, 『신종교연구』 8, 한국신종교학 회, 2003.

오영섭, 「대한민국 임시정부 요인들의 단군인식」, 『한국사의 단군인식과 단군운동』, 세계역사문화연구소 편, 국제평화대학원대학교출판 부, 2005.

옥성득, 「개신교 전래기의 신 명칭 용어 논쟁─구역성경(1893~1911)을 중심으로」, 『기독교사상』 37─10, 대한기독교서회, 1993.

우대석, 「환단고기 위서론에 대한 비판적 고찰」, 국제뇌교육종합대학원 석사학위논문, 2010.

우실하, 「도교와 한국 민족종교의 뿌리 북방 샤머니즘의 3수 분화의 세계 관」 『한국의 신종교와 도교』, 한국도교문화학회 추계학술대회 자료집, 2005.

_____, 「천부경, 삼일신고의 수리체계와 3수 분화의 세계관(1-3-9-81)」, 『선도문화』 1, 선도문화연구원, 2006.

유영희, 「근대 민족종교의 진리관 소고─대종교의 경우─」, 『국학연구』 2, 국학연구소, 2003.

윤관동, 「근대 한국선도의 제천의례 연구─대종교를 중심으로」, 『도교문 화연구』 21, 한국도교문화학회, 2006.

윤이흠, 「한국문화 연구를 위한 종교학의 역할과 기대」 『인문논총』 9, 서 울대 인문학연구소, 1982.

이강오, 「단군신앙(총론 I) – 한국신흥종교 자료집 제2부」, 『전북대학교 논문집』 10, 1968.

이근철, 「한의 개념에 대한 연구」, 『선도문화』 1, 선도문화연구원, 2006.

_____, 「삼일신고의 천에 대한 철학적 고찰」, 『도교문화연구』 36, 동과 서, 2012.

_____, 「천부경에 대한 철학적 연구」, 대전대 박사학위논문, 2010.

이도학, 「환단고기」, 『민족지성』 9, 민족지성사, 1986.

이상시, 「규원사화의 위서론에 대하여 – 한국경제신문 1988, 1. 5 게재논 설을 읽고 – 」, 『민족지성』 25, 민족지성사, 1988.

이석영, 「환국역무학사연구초(13)」, 『자유』, 1978.

이성규, 「중국 고문헌에 나타난 동북관」, 『동북아시아 선사 및 고대사 연 구의 방향』, 2003년도 정신문화연구원 학술대회 논문집, 정문연.

이순근, 「고조선은 과연 만주에 있었는가」, 『역사비평』 3, 역사문제연구 소, 1988

이승호, 「한국선도의 기원과 전승 – 홍익인간사상과 신인합일사상을 중 심으로」, 『도교문화연구』 23, 한국도교문화학회, 2006.

_____, 「한국선도경전 천부경의 전승과정에 대한 연구」, 『단군학연구』 19, 단군학회, 2008.

_____, 「한국선도문헌의 연구사 소고 – 전승과정과 위작논쟁을 중심으 로」, 『선도문화』 6, 국학연구원, 2009.

_____, 「한국선도 본체론 연구에 대한 시론」, 『선도문화』 9, 국학연구 원, 2010.

_____, 「삼일신고의 신관에 관한 철학적 연구」, 『신종교연구』 26, 한국 신종교학회, 2012.

_____, 「선교의 종교적 본질과 현대적 계승」, 『선도문화』 13, 국학연구 원, 2012.

_____, 「한국 광명 사상의 현대적 지속과 허공의 인식문제: 생명전자 태양과 브레인스크린을 중심으로」, 『선도문화』 12, 국학연구원, 2012.

_____, 「임아상의 삼일신고 주해 연구」, 『고조선단군학』 29, 고조선단군학회, 2013.

_____, 「뇌교육의 '신성' 개념과 신경과학적 접근을 통한 '신성인식'에 관한 시론적 이해」, 『선도문화』 16, 2014.

이재원, 「북한의 단군신화 인식에 대한 연구 : 문학적 관점을 중심으로」, 『단군학연구』 13, 2005.

이정훈, 「환단고기의 진실」, 『신동아』, 동아일보사, 2007년 9월호(50권 9호).

이천효, 「천부경의 본의해석」, 『도서관학논집』 25, 경북도서관학회, 1996.

이형래, 「해방 후 단군인식과 현대 단군운동의 전개」, 『한국사의 단군인식과 단군운동』, 국제평화대학원대학교출판부, 2006.

_____, 「천부경 연구사 소고」, 『선도문화』 2, 선도문화연구원, 2007.

임승필, 「하느님의 이름 어떻게 옮길 것인가」, 『사목』 204, 한국전주교중앙협의회, 1996.

임재해, 「한국신화의 주체적 인식과 민족문화의 정체성」, 『단군학연구』 17, 단군학회, 2007

_____, 「단군신화를 보는 생태학적인 눈과 자연친화적 홍익인간사상」, 『단군학연구』 9, 단군학회, 2003.

_____, 「단군신화로 본 고조선 문화의 기원 재인식」, 『단군학연구』 19, 2008.

임재해, 「건국본풀이로 본 시조왕의 '해' 상징과 정치적 이상」, 『비교민속학』 43, 비교민속학회, 2010.

임채우, 「전시문중자료를 통해본 전병훈의 생애에 대한 고증 연구 ― 생존 연대와 출생지를 중심으로」, 『도교문화연구』 22, 동과서, 2005.

_____, 「선도사 규원사화 해제 : 위작설에 대한 쟁점을 중심으로」, 국제 뇌교육종합대학원 국학연구원 제9회 학술대회 자료집, 2008.

_____, 「선도수련에서의 뇌 개념의 의의」, 『선도문화』 7, 국학연구원, 2009.

장병일, 「하늘님 고」, 『기독교사상』 16-2, 대한기독교서회, 1972.

조남호, 「홍익인간사상의 삼원론적 고찰」, 『홍익문화 통일 강연 시리즈 03-4호』 20, 홍익문화통일협회, 2003.

_____, 「천부경 해석의 문제점(1)」, 『선도문화』 1, 선도문화연구원, 2006.

_____, 「천부경의 연구사 정리(2)」, 『선도문화』 2, 선도문화연구원, 2007.

_____, 「김택영의 천부경 주석연구」, 『동서철학연구』 45, 한국동서철학회, 2007.

_____, 「권덕규의 단군 천부경 연구」, 『선도문화』 13, 국학연구원, 2012.

조영주, 「천부경직해로 본 이단해 사상」, 『자유』, 1977.

조인성, 「현전 규원사화의 사료적 성격에 관한 일검토」, 『두계 이병도박 사 구순기념 한국사 논총』, 1986.

_____, 「규원사화와 환단고기」, 『한국사시민강좌 2』, 일조각, 1988.

_____, 「한말 단군관계사서의 재검토 : 『신단실기』·『단기고사』·환단 고기를 중심으로」, 『국사관론총』 3, 국사편찬위원회, 1989.

조준희, 「국학자료발굴기」, 『올소리』 4, 국학연구소, 한뿌리, 2007.

_____, 「삼일신고 독경 연구」, 『선도문화』 7, 국학연구원, 2008.

조지훈, 「누석단 신수 당집 신앙연구」, 『문리논집』 7, 고려대학교 문리논 집 편집위원회, 1965.

전형배, 「환단고기의 진실」, 『신동아』, 2007년 9월호 부록.

전춘삼, 「한국전통 양생기공사상과 삼대경문」, 대구한의대 석사학위논 문, 2007.

정길영, 「백포 서일 연구-대일항쟁을 중심으로」, 국제뇌교육종합대학원 박사학위논문, 2013.

정경희, 「한국선도의 수행법과 제천의례」,『도교문화연구』21, 한국도교문화학회, 2004.

_____, 「현대의 선도와 단학」,『한국선도의 역사와 문화』, 제1회 국제평화대학원대학교학술대회논문집, 2005

_____, 「조선의 선도사상과 문화」,『한국선도의 역사와 문화』, 제1회 국제평화대학원대학교학술대회논문집, 2005.

_____, 「여말 학계와 천부경」, 국학원연구원 제9회 학술대회자료집, 2008.

정병희, 「경락의 수승화강에 관한 연구」,『도교문화연구』25, 한국도교문화학회 편, 동과서, 2006

정영훈, 「규원사화의 민족사상」, 고려대 석사학위논문, 1982.

_____, 「단군민족주의와 그 정치사상적 성격에 관한 연구-한말~정부수립기를 중심으로」, 단국대 박사학위논문, 1993.

_____, 「21세기를 향한 단군운동의 과제」,『국학연구』4, 국학연구소, 1998.

_____, 「규원사화에 나타난 민족의식」,『정신문화연구』13-2, 정신문화연구원, 1990.

_____, 「근대 민족주의사학의 역사의식-선가사학과의 관련 속에서」,『환단고기 · 규원사화 등 선가계 사학에 대한 남북공동연구』, 한국학술진흥재단 2005년도 협동연구 지정주제 지원사업 연구결과보고서(KRF-2005-044- A0004).

정의홍, 「규원사화의 신화」,『문학과 지성』23, 문학과 지성사, 1976.

정재서, 「신선설화연구」, 서울대 박사학위논문, 1988.

_____, 「태평경의 성립과 사상에 관한 시론」,『도교의 한국적 수용과 전이』, 한국도교사상연구총서 Ⅷ, 한국도교사상연구회 편, 아세아문화사, 1994.

_____, 「온성세고를 통해본 조선조 단학파의 이념적 성격」, 『도가사상과 한국도교』, 도교문화연구 제11집 한국도교문화학회, 1997.

_____, 「새 천년을 여는 수련문화」, 『월간 정신세계 창간준비 특집』, 정신세계사, 1999.

_____, 「도교 설화의 정치적 전유와 민족 정체성」, 『도교문화연구』 31, 동과서, 2009.

정해준, 「평화주체로서의 인간─내재하는 초월적 근원과의 합일의 과점에서─」, 국제뇌교육종합대학원대 박사학위논문, 2010.

차주환, 「통일신라시대의 도가사상」, 『한국철학사』 상, 한국철학회, 2002.

_____, 「라말의 유당학인과 도교」 『도교와 한국문화』, 한국도교사상연구총서 II, 한국도교사상연구회 편, 아세아문화사, 1988.

_____, 「한국도교의 종교사상」, 『도교와 한국문화』, 한국도교사상연구총서 II, 한국도교사상연구회 편, 아세아문화사, 1988.

채지영, 「현대단학의 영·혼·백」, 국제평화대학원대 석사학위논문, 2006.

최덕경, 「고대 요동지역의 농구 농업기술」, 『중국사연구』 49, 2007.

최문형, 「한국과 중국의 상고시대 문화교섭에 관한 고찰」, 『단군학연구』 9, 단군학회, 2003.

최인철, 「규원사화의 사료적 가치」, 『환단고기·규원사화 등 선가계 사학에 대한 남북공동연구』, 한국학술진흥재단 2005년도 협동연구 지정주제 지원사업 연구결과보고서(KRF-2005-044-A0004).

최삼룡, 「선인 설화로 본 한국 고유의 선가에 대한 연구」, 『도교와 한국사상』, 한국도교사상연구총서 I, 한국도교사상연구회 편, 아세아문화사, 1987.

_____, 「이의백의 오계일지집에 대하여」, 『한국도교와 도가사상』, 한국도교사상연구총서 V, 한국도교사상연구회 편, 1991.

_____, 「황윤석 문학의 도교적 측면에 대하여」, 『한국 도교문화의 위상』,

한국도교사상연구총서 VII, 한국도교사상연구회 편, 1993.

한별, 「단군천부경해」, 『계명』 4, 계명구락부, 1921.

한계순, 「김택영의 사회사상과 역사의식」, 인하대 박사학위논문, 1993.

한영우, 「17세기의 반존화적 도가사학의 성장—북애의 규원사화에 대하여」, 『한국학보』 1, 일지사, 1975.

_____, 「1910년대의 민족주의적 역사서술—이상용·박은식·김교헌·단기고사를 중심으로」, 『한국문화』, 1981.

_____, 「행촌 이암과 단군세기」, 『행촌 이암의 생애와 사상』, 일지사, 2002.

황광욱, 「천부경의 전래에 관한 일고찰」, 『한국철학논집』 2, 한국철학사연구회, 1992.

황선명, 「후천개벽과 혁세사상—조선 말기 민중종교운동을 중심으로—」, 『한국근대민중종교사상』, 학민사, 1983.

허호익, 「한중일 신관 비교를 통해 본 환인 하느님 신관과 한국 기독교」, 『한류와 한사상』, 모시는사람들, 2009.

_____, 「야훼신명의 신론적 이해」, 『현대조직신학의 이해』, 대한기독교서회, 2003.

4. 기타

『한한대사전』, 단국대학교 동양학연구소.

『뉴에이스 국어중사전』, 금성출판사.

『仙學辭典』, 眞善美出版社, 中華民國

『韓國佛敎全書』, 한국불교전서 검색시스템(http://ebti.dongguk.ac.kr).

MBC 다큐프라임 '호흡'(175회, 176회)

www.itkc.or.kr(한국고전번역원)

www.hanja.co.kr(대종언어연구소)

www.koreanhistory.or.kr(한국역사정보통합시스템)

www.riss.kr(한국교육학술정보원 학술연구정보서비스)

www.ilchi.net(일지희망편지)

http://www. fredalanwolf.com

색 인

■ 일반

■ 서명

한국선도와 현대단학

초판 1쇄 인쇄일	2015년 3월 25일
초판 1쇄 발행일	2015년 3월 26일

지은이	이승호
펴낸이	정구형
편집장	김효은
편집/디자인	박재원 우정민 김진솔
마케팅	정찬용 정진이
영업관리	한선희 이선건
책임편집	김진솔
인쇄처	월드문화사
펴낸곳	국학자료원 새미(주)

등록일 2005 03 15 제25100−2005−000008호
서울특별시 강동구 성안로 13 (성내동, 현영빌딩 2층)
Tel 442-4623 Fax 6499-3082
www.kookhak.co.kr
kookhak2001@hanmail.net

ISBN	979-11-954640-8-1 *93800
가격	24,000원